刊印古籍今注新譯叢書緣起

劉振強

人類歷史發展，每至偏執一端，往而不返的關頭，總有一股新興的反本運動繼起，要求回顧過往的源頭，從中汲取新生的創造力量。孔子所謂述而不作，溫故知新，以及歐洲文藝復興所強調的再生精神，都體現了創造源頭這股日新不竭的力量。古典之所以重要，古籍之所以不可不讀，正在這層尋本與啟示的意義上。處於現代世界而倡言讀古書，並不是迷信傳統，更不是故步自封，而是當我們愈懂得聆聽來自根源的聲音，我們就愈懂得如何向歷史追問，也就愈能夠清醒正對當世的苦厄。要擴大心量，冥契古今心靈，會通宇宙精神，不能不由學會讀古書這一層根本的工夫做起。

基於這樣的想法，本局自草創以來，即懷著注譯傳統重要典籍的理想，由第一部的四書做起，希望藉由文字障礙的掃除，幫助有心的讀者，打開蘊蓄於古老話語中的豐沛寶藏。我們工作的原則是「兼取諸家，直注明解」。一方面熔鑄眾說，擇善而從；一方面也力求簡明可喻，達到學術普及化的要求。叢書自陸續出刊以來，頗受各界的喜愛，使我們得到很大的鼓勵，也有信心繼續推廣這項工作。隨著海峽兩岸的交流，我們注譯的成員，也由臺灣各大學的教授，擴及大陸各有專長的學者。陣容的充實，使我們有更多的資源，整理更多樣化的古籍。兼採經、史、子、集四部的要典，重拾對博雅器識的重視，將是我們進一步的工作目標。

古籍的注譯，固然是一件繁難的工作，但其實也只是整個工作的開端而已，最後的完成與意義的賦予，全賴讀者的閱讀與自得自證。我們期望這項工作能有助於為世界文化的未來匯流，注入一股源頭活水；也希望各界大雅君子不吝指正，讓我們的步伐能夠更堅穩地走下去。

增訂五版序

同人於民國六十年出版了《新譯古文觀止》，幾十年來迭經修訂，以求與時俱進，精益求精。今年再次做了大幅的增訂。此次增訂，在既有的基礎上，力求更能配合時代脈動、讀者需求，因此特別再加強題解、注釋、語譯和研析四部分的工作。

題解是講明文章出處、命題緣由、篇題大意，以及該文寫作的時空背景、重點、主旨等。相關敘述前此或在注釋交代，或在研析提及，此次增訂，乃以「題解」一欄列在每篇選文之前，可以讓讀者在閱讀該文前，先有一初步之認識。相信對於閱讀、理解與賞析，會有更好的幫助。

注釋是了解文章的基礎，注釋的文字應力求與當代語言一致，方能有其效果。因此，此次在注釋行文上，更力求語意明晰，體例一致。另外，以閱讀習慣而言，讀者對本書未必從頭到尾依序閱讀，因此有些詞語就不避重出。

語譯是讀者掌握原文意旨的重要依據。譯事三難：信、達、雅，既要不失原作意旨，又要保持其神采精魂，然後卻要呈現給當代讀者，此即其難處之所在。此次語譯部分，原則仍採直譯，以求其信；但力求其通順、流暢，期使更具有可讀性，甚至可當範文來閱讀，以對讀者有最大的幫助。我們自信做得相當努力，也有著相當的成果可以貢獻給讀者。

研析部分側重在全文意旨、段落大意的分析，以使讀者更能掌握全文的脈絡；另外，讀古文的目的，不外陶冶性情，增長見識，加深思想，其主體是讀者，而讀者是當代的人，因此，對於文章所呈現的思想感情，除將它放在作者的時空環境去詮釋，還特別著重以今人觀點去進行批判，或做引申發揮。

這樣的作法是否合適，是否能對讀者真有助益，還望學界先進、廣大讀者不吝賜教。

編輯委員會　謹識

新譯古文觀止 目次

卷二 周文

卷三 周文

國語

卷四　秦文

卷五　漢文

卷六　漢文

下冊

卷七　六朝唐文

卷八　唐文

卷九 唐宋文

卷一〇 宋文

卷一一 宋文

卷一二 明文

導讀

一、源遠流長的「古文」

自從唐代韓愈、柳宗元等人以古文倡導天下，「古文」這個名詞遂被用來指稱一種文體。最初，韓、柳所說的「古文」，指的是先秦、兩漢的散文，其後，此一概念擴大為凡以「古文」為典範的散文作品，也都稱為「古文」。所以，簡單地說，「古文」的基本概念就是散文。散文而冠以「古」字，目的在於和「時文」區隔，而韓、柳面對的「時文」是六朝到初唐盛行的駢體文，明、清「古文」家面對的是科舉考試的八股文。

依循「古文」即指散文的概念，追溯其發展脈絡，則可大致分為先秦、兩漢、魏晉南北朝、唐宋、明清等五個時期。

㈠先秦　先秦是中國散文的成熟期和第一個繁榮期，《尚書》則是中國的第一部散文集。《尚書》中的〈盤庚〉三篇，記錄商代中興賢主盤庚向臣民說明必須遷都至殷的三次講演，它的文字古奧精簡，譬喻生動，是中國現存最古的散文。《尚書》從漢朝以來被歸入經部，其書大都是記言性質，有誓辭，有講演，有對話，以今日眼光來看，可視為保存史料的歷史散文。其後的《春秋》、《左傳》、《國語》、《戰國策》，記載春秋、戰國時代各國的政治、軍事、外交活動和重大事件，以及遊走於各國的策士、說客的言論，皆可歸之於歷史散文一類。此外，面對春秋、戰國時代急劇的社會變動，以及不停息的攻伐戰爭，諸子百家蠭起，他們各有所思、各有所見，或抒發理想、或闡述道理，於是又有哲理散文一脈。《老子》、《論語》、《墨子》、《孟子》、《莊子》、《荀子》、《韓非子》等，皆可歸之於哲理散文一類。

清代章學誠的《文史通義・詩教上》說：「蓋至戰國而文章之變盡，至戰國而著述之事專，至戰國而後世之文體備。」不論思想內容、形式技巧或語言風格，先秦散文都為後代奠定了深厚的基礎，成為中國散文取之不盡的源頭活水，其影響久遠而廣泛。

㈡兩漢　兩漢散文繼先秦而有更進一步的發展。先秦哲理散文在當代政治、經濟、社會各方面的具體條件之下而勃興，其所呈現的思想、所闡發的道理，也都以現實為觸發，兩漢政論散文以此為基礎，綜合儒、道、法三家的思想，更進一步與時代脈動緊密聯繫，發揮其經世濟民的功能。賈誼的〈論積貯疏〉、〈過秦〉、〈治安策〉，鼂錯的〈言兵事疏〉、〈論貴粟疏〉，鄒陽的〈獄中上梁王書〉，桓寬的《鹽鐵論》，王符的《潛夫論》，崔實的《政論》，仲長統的《昌言》，大都內容具體豐富，立論精當嚴密，語言樸實渾厚。歷史散文一脈，先秦以《左傳》成就最高，文字簡練而生動，敘述曲折而有致，唐劉知幾《史通・雜說上》說它「殆將工侔造化，思涉鬼神，著述罕聞，古今卓絕」，可謂推崇備至。司馬遷的《史記》承此基礎而有更為宏觀的視野，更為進步的人文精神，更為壯闊的氣勢。《史記》不僅是文學和史學的名山之作、不朽典範，更是司馬遷一生理想、熱情和血淚的結晶，唐、宋以迄明、清的散文作家，都深受其人、其文的影響。兩漢歷史散文的名著尚有班固的《漢書》，其書斷取西漢一代，對於後代正史之體例有其影響，所可注意的是在文字方面，《漢書》較諸《史記》喜用古字，尚藻飾，用排偶，已可部分看出六朝文風的端倪。

大抵先秦、兩漢的散文，或記載、詮釋歷史，或針砭、議論當代，或為解決問題而發，或為陳述理想而著，其動機、其目的本不在於文，故各家散文，各有其本色精光，這就是唐、宋以來散文作家孜孜以「古文」為典範而大力提倡的基本原因。

㈢魏晉南北朝　魏晉南北朝時期是春秋、戰國之後，中國歷史上第二個社會大變動的時期。二者之不同在於春秋、戰國時期為封建解體和國家形成的過渡階段，是一個由分而合的過程；魏晉南北朝是在大一統的漢帝國崩潰後的分裂時期。不同的歷史狀態、走向決定了不同的文學品味和風氣。春秋、戰國時期的散文可說是一個記載歷史或發表哲理的工具或手段，而魏晉南北朝時期的散文雖仍不脫工具、手段的性質，但它卻找到了一個不屬於歷史或哲理的目的——美。因為追求美，所以講究形式，注重辭藻，而個人情感的元素也顯然加重了許多。故大體而言，此一時期的文風，傾向於精緻細膩，不似兩漢散文的雄偉壯闊或事理賅洽。最足以代表此期文風的是以表現山水之美為目的的山水散文。山水是自然的，政、經、社會是人為的；面對人為種種的混亂脫序，文人企圖從山水之美尋找寄託、慰藉，這是可以理解的。

此一時期的山水散文，可以北魏酈道元的《水經注》和楊衒之的《洛陽伽藍記》為代表。《水經注》文字精美、文筆流暢，呈現雄奇秀麗的山水景致，生動而有韻味，對於後代的山水遊記影響極大；《洛陽伽藍記》記洛陽的佛寺園林，文字簡潔，辭采豐美，而記述詳實，可與史實參證。此外，一些山水小品，往往字句清麗，意境高遠，趣味雋永，充分表現此一時期文人的心態。

㈣唐宋　唐代結束了魏晉以來長期的分裂和動亂，締造了繼漢之後中國第二個大一統的帝國。唐帝國之不同於漢者，在於其文化包容力較強，因此魏晉以來的佛、老思想以及唯美文風依然持續。一直到中唐，韓愈有見於帝國衰象已露，企圖透過文學的復古運動，恢復儒術獨尊的主流地位，以挽狂瀾，故所謂古文運動，乃以文學復古為表，以思想和文化的復古為裡。

韓愈對散文的基本主張有三：其一，儒家思想是文學的指導，文學的目的在於闡發儒家思想；其二，文學創作是「不平則鳴」（韓愈〈送孟東野序〉）；其三，文學語言貴獨造，「惟陳言之務去」（韓愈

〈答李翊書〉），應做到「文從字順各識職」（韓愈〈南陽樊紹述墓志銘〉）。至於韓愈的散文，語言明快暢達，文氣充厚貫注，不論論說、敘事、抒情，皆有極高的成就。古文運動的另一倡導者柳宗元則以山水遊記及寓言短文，提供了散文優於駢文的實證。柳宗元山水遊記藉山水以寫自身遭遇和感慨；寓言短文則短小警策，或評時政，或諷人性，皆犀利而又深遠。

宋代歐陽脩以繼承韓愈為職志，領導當代古文運動，有門生、故舊三蘇父子、王安石、曾鞏等人為之羽翼，形成一強而有力的文學集團。此六人與唐代韓、柳合稱八大家，在中國散文史上有其堅固不可動搖的地位。整體而觀之，八大家的散文是唐、宋散文的傑出者、代表者，其文兼有歷史散文之事、哲理散文之理以及魏晉南北朝散文之情，三者全備，而散文之能事至此已到極峰。

(五)明清　明清為中國古典文學的最後階段。在金元散文不振，作家沉寂之後，明清散文有著復興的氣象。由於長期的歷史積累，明清散文作家面對汗牛充棟的經典作品，如何學習借鑑，遂成為一個必須討論的命題。明代前、後七子的「文必秦漢」，歸有光、唐順之等人的師法唐宋，清代桐城派的講求「義法」，宗主雖有不同，心態卻是一致的。另外，由於王陽明心學的影響，強調個人尊嚴、個性解放的浪漫思潮盛行於晚明，加上晚明政局的動盪、對外關係的挫折，於是強調抒發性靈、講求超逸品味的文學主張出現，與上述或尊秦漢、或法唐宋的作風，迥異其趣，公安派袁宗道、袁宏道、袁中道三兄弟的論文主張和散文風格，可為代表。

此一時期值得特別注意的文類有二：其一是小品文。小品文在魏晉南北朝時期已有相當好的創作成績，但其題材大都限於山水遊記，明清小品則題材擴大到生活的各方面，風格也呈現多樣的面貌。其二是傳記文。傳記文的人物，從市井到朝堂，或記事，或抒情，或議論，皆各有一段精光，不可磨滅。

二、溝通古今的工作

在中國散文悠久綿長的歷史過程中，不論題材、手法、風格，都呈現多樣多元的特色；不同時代、不同流派、不同作家，彼此激盪、相互借鑑，創造出相當豐富的遺產，留下極為寶貴的創作經驗，可供後人欣賞學習。但由於時空的懸隔，近代中國社會的急遽西化，使得今日的中國人，由陌生隔閡而畏懼排斥它們，從經驗傳遞和文化創新的角度來看，這是一個相當令人憂心的現象。

其實，文章的內涵不外乎情、理、事，情、理、事的表達，不外乎行文與結構。基本上，一篇好的文章，或蘊含人間至情，能使人沉吟低迴、心弦盪漾，因而容易感人；或揭示宇宙至理，使人觸類興發、心智靈明，因而容易服人；或記載典型事件，使人見賢思齊、遷善改過，因而容易教人。具備如此內容，加上行文的繁簡適度、清新流暢，結構的條理分明、波瀾起伏，便是天地間絕佳的文章。因此，文章只有好壞之分，而沒有古今之別。一個希望從事文學創作的人，必然要經過學習、模仿的階段，多方面學習前人的優秀作品，最後才能建立自己的風格；古典作品的閱讀、體會，絕對有助於創作水準的提高。一個並不想從事文學創作的人，也應該期許自己是一個高水準的讀者，而古典作品的閱讀、欣賞，絕對有助於欣賞品味的提昇。

道理極為淺顯易知，但問題的癥結仍在。因此，如何消除古文和當代讀者之間的隔閡，縮短其時空距離，便是從事古典文學研究的工作者無可旁貸的責任了。

古文遺產要繼承，然而中國古典散文作品，汗牛充棟、浩如煙海，窮個人畢生精力，亦難窺其全豹。就廣大讀者而言，一本優質的古文選本，應該是極為迫切的需求。但即就選本而言，自《昭明文選》以來，亦所在多有，為數不少，足以令人目眩神迷，不知所從。作為一本適合當代讀者閱讀條件的入門選本，同人認為它必須：(1)包含先秦以來優秀的散文作品，使讀者能把握中國古典散文的大體輪廓；(2)博采各類文體、不同作家的代表作品，不能局限於一家一派的成見；(3)其中的情、理、事，能提供讀者借古鑑今的助益；(4)篇幅不長，文字障礙不大。基於這樣的考量，同人選擇了清初康熙年間浙江省山陰縣人吳楚材、吳調侯叔姪的《古文觀止》為範本。此書凡十二卷，上起東周，下迄明末，凡二百二十二篇，中間除極少數的駢文名作和散文化的辭賦，餘均為散文作品。此書自康熙三十四年（西元一六九五年）問世以來，風行各地，雅俗共賞，家喻戶曉，影響之廣泛深遠，遠超過姚鼐《古文辭類纂》、曾國藩《經史百家雜鈔》，其原因即如上述。

其次，閱讀障礙必須消除，於是同人在民國六十年即出版了《新譯古文觀止》，以今注今譯的形式，希望能對當代讀者閱讀、欣賞古文，略盡棉薄。四十年來，本書曾經陸續修訂，其間大規模而全面的修訂，除此次外，尚有民國七十六年、八十六年兩次。這樣的不厭其煩，乃基於同人精益求精的一貫精神，力求配合時代脈動、讀者需求，以回饋長期以來廣大讀者、學界先進的不斷支持和教益。

對於這部書，同人首先依據原書所選篇章，重新做一次校勘的工作，找各專書專集的善本來校訂。例如《左傳》、《公羊傳》、《穀梁傳》、《禮記》的選文，用南昌重刊本的十三經來校訂；《國語》、《戰國策》、《史記》的選文，用《四部叢刊》或其他善本、武英殿的版本來校訂；其他各家的文章，用收於《四部叢刊》或其他善本的該家文集來校訂。這樣做的目的，在於恢復文章的原貌，作為正確理解文章、欣賞文章的基礎，不致於以訛傳訛，曲解作者原意。校訂本文之後，再進行下列的工作：

(1)進行本文的分段、標點，並加注讀音。
(2)介紹作者的生平傳略。
(3)進行文章的解題。
(4)注釋生難、重要字詞。

(5)語譯全文。

(6)賞析文章旨意、思想、結構、技巧。

老王賣瓜，雖不免自誇之嫌，同人的苦心經營，自認為可向讀者交代的，卻也不能不說：

(1)分段、標點，完全依循原文的表現形式、全文的思想脈絡，條理清晰，能正確反映原作的精神面貌。全文逐字加注讀音，方便閱讀。

(2)作者生平傳略，使用簡潔的文字，概括作者一生的重點，所處的時代背景，有「知人論世」的功能。

(3)題解扼要解說全文背景意旨，可以迅速了解文章全豹，掌握閱讀重點。

(4)注釋的文字，淺顯易懂，體例一致，不致造成誤解或甚至注釋比原詞更為艱深難解。

(5)語譯原則上採用直譯，但亦兼顧現代的語言習慣，做到流暢通順，具有相當高的可讀性。

(6)研析部分可以幫助讀者進一步了解文章的精妙，從中學習寫作的方法、技巧；對於文章所顯示的經驗、思想，或從歷史的角度，或以現代的觀點，進行評論，既提示解讀文章的方法，也可以使「古為我用」，在古人的基礎上，提升吾人的人生境界、思想深度。

三、對讀者的誠懇建議

我們的心力已經付出，我們的成果已經問世；當然，我們秉持精益求精的一貫精神，衷心期待讀者諸君的批評指教。在與讀者諸君共享這成果的同時，我們建議在閱讀本書各篇文章時：

(一)誦讀它　古人為文，頗重視文字的抑揚頓挫；有些文章，尤其是以抒情為主的文字，作者喜怒哀樂、悲歡離合的情感起伏，往往蘊藏在音節變化之中。這些精妙細膩之處，正是作者內心世界的奧祕，光憑眼觀，往往不能深刻體會，必須口誦，方能察覺。因此，誦讀它。這時，你會與作者同其憂樂，在心靈上獲得尚友古人、與古人對話的樂趣。

(二)批判它　如果說誦讀的建議是為了深入文章的肌理，以獲致情感的共鳴，批判就是為了跳出文章的藩籬，保持閱讀者的主體性靈明。所謂「橫看成嶺側成峰，遠近高低各不同。不識廬山真面目，只緣身在此山中」（蘇軾〈題西林壁〉），深入其中固然可發現其精妙，但它究竟是古人的文理、古人的觀點，這樣的文理、這樣的觀點，我既已經了解，但它是否能為我所用，是否適合現代社會，卻也是讀者所必須冷靜思考的。我們當然必須向古人學習，但卻不可以被誤導、被牽著鼻子走，否則我們如何立足、存活且在當代社會能自我實現？因此，批判它。這時，你會更深一層的了解那篇文章；這時，古人的成功能為你所用，古人的失敗卻不會讓你重蹈。

我們誠懇地提出這樣的建議，目的在於期待讀者和我們共同成長，一起進步。

卷一 周文

左傳

《左傳》，春秋時代魯國太史左丘明所作，經後人增益而成。一般認為《左傳》是解釋孔子《春秋》經的書，和《公羊傳》、《穀梁傳》合稱「春秋三傳」，但也有人認為這是一部自成一家之言的史書，並不是為解釋《春秋》經而作的。

《左傳》編年記載春秋時代的史事，以魯國為中心，從魯隱公元年（西元前七二二年）起，歷隱公、桓公、莊公、閔公、僖公、文公、宣公、成公、襄公、昭公、定公、哀公十二君，至魯哀公二十七年（西元前四六八年）止，共二百五十五年。此書提供了春秋時代列國在政治、經濟、軍事、文化各方面的豐富史料，也為後代敘事散文提供了優良的典範，對後代散文作家有著深遠的影響。

東漢以來，為《左傳》作注解的很多，以收在十三經注疏中的《春秋左傳注疏》最為通行，此書為晉杜預注、唐孔穎達疏。

鄭伯克段于鄢

隱公元年

【題解】本文選自《左傳》魯隱公元年（鄭莊公二十二年、西元前七二二年），篇名據《春秋》經文句而訂。

鄭伯，指春秋時代鄭國國君鄭莊公。姓姬，名寤生，在位四十三年（西元前七四三～前七〇一年）。鄭國為伯爵諸侯，故稱鄭伯。克，戰勝。段，鄭莊公的同母弟。鄢，鄭國邑名，在今河南鄢陵北。魯隱公元年六月，鄭莊公出兵，在鄢邑打敗了弟弟段，段逃亡到共。《春秋》經只用「鄭伯克段于鄢」六個字記載這一事件，《左傳》則一方面詳述事件始末，一方面闡發經文的微言大義，進而批判了鄭國王室母不慈、子不孝、兄不友、弟不恭的弊病，表現出作者「正名」和「孝慈」的倫理觀念。

初，鄭武公❶娶于申❷，曰武姜❸，生莊公及共叔段❹。莊公寤生❺，驚姜氏，故名曰寤生，遂惡之。愛共叔段，欲立之，亟❻請於武公，公弗許。及莊公即位，為之請制❼。公曰：「制，巖❽邑也，虢叔❾死焉。他邑唯命❿。」請京⓫。使居之，謂之京城大叔。

祭仲⓬曰：「都城⓭過百雉⓮，國之害也。先王之制，大都不過參國之一⓯；中，五之一；小，九之一。今京不度⓰，非制也。君將不堪。」公曰：「姜氏欲之，焉辟害⓱？」對曰：「姜氏何厭⓲之有？不如早為之所⓳，無使滋蔓⓴；蔓，難圖也。蔓草猶不可除，況君之寵弟乎？」公曰：「多行不義必自斃，子姑待之。」

既而大叔命西鄙㉑、北鄙貳㉒於己。公子呂㉓曰：「國不堪貳，君將若之何？欲與大叔，臣請事之；若弗與，則請除之，無生民心㉔。」公曰：「無庸㉕，將自及。」大叔又收貳㉖以為己邑，至于廩延㉗。子封曰：「可矣！厚㉘將得眾。」

公曰：「不義不暱㉙，厚將崩。」

大叔完聚㉚，繕㉛甲兵，具卒乘㉜，將襲鄭。夫人將啟㉝之。公聞其期，曰：「可矣。」命子封帥車二百乘以伐京。京叛大叔段，段入于鄢，公伐諸鄢。五月辛丑㉞，大叔出奔共。

書㉟曰：「鄭伯克段于鄢。」段不弟，故不言弟。如二君，故曰克。稱鄭伯，譏失教也。謂之鄭志㊱，不言出奔，難㊲之也。

遂寘㊳姜氏于城潁㊴，而誓之曰：「不及黃泉㊵，無相見也。」既而悔之。潁考叔㊶為潁谷㊷封人㊸，聞之，有獻於公。公賜之食，食舍肉。公問之，對曰：「小人有母，皆嘗小人之食矣，未嘗君之羹㊹，請以遺㊺之。」公曰：「爾有母遺，繄㊻我獨無。」潁考叔曰：「敢問何謂也？」公語之故，且告之悔。對曰：「君何患焉？若闕㊼地及泉，隧㊽而相見，其誰曰不然？」公從之。

公入而賦㊾：「大隧之中，其樂也融融。」姜出而賦：「大隧之外，其樂也泄泄㊿。」遂為母子如初。

君子曰：「潁考叔，純(51)孝也！愛其母，施(52)及莊公。《詩》曰：『孝子不匱，永錫爾類(53)。』其是之謂乎！」

【注　釋】①鄭武公　春秋時代鄭國的國君。名掘突，武是其謚號。鄭國原為周宣王之弟友的封國，在今陝西華縣東，春秋之鄭為武公所建，都新鄭（今河南新鄭）。②申　國名。在今河南南陽北，春秋時代初期，為楚文王所滅。③武姜　鄭武公之妻。武為其夫之謚號，姜為其母家之姓氏。④共叔段　鄭武公之子，名段。共是國名，後為衛所併，在今河南輝縣。叔是排行，古代以伯仲叔季排行，此處表示其小於莊公。段後來出奔到共，故稱共叔段。⑤寤生　難產的一種。胎兒出生時腳先出來。寤，同「啎」。啎，「牾」的訛字。逆；倒著。⑥亟　屢次。⑦制　鄭國邑名。即虎牢，原為東虢之地，在今河南汜水縣西。⑧巖　險要。⑨虢叔　東虢的國君。虢，國名，有東虢、西虢、北虢。東虢在今河南滎陽東北，東周平王四年（西元前七六七年）為鄭武公所滅。⑩唯命　「唯命是從」的省略。意思是一定聽從命令。⑪京　鄭國邑名。在今河南滎陽東南。⑫祭仲　鄭國大夫。祭是其食邑，在今河南中牟，仲是其字。⑬都城　都邑的城牆。都，指諸侯分封給子弟或卿、大夫的食邑。⑭雉　高一丈，長三丈。⑮參國之一　國都城牆的三分之一。鄭國為伯爵之諸侯國，其國都城牆三百雉，三分之一為百雉。⑯不度　指城牆長度不合規定。度，規矩。⑰焉辟害　如何避免禍害。辟，同「避」。⑱厭　滿足。⑲所　處置；安排。⑳滋蔓　滋長蔓延。㉑鄙　邊地。㉒貳　兩屬。此指同時聽命於鄭莊公及大叔。㉓公子呂　鄭國大夫。即下文子封。㉔無生民心　別使人民有二心。㉕無庸　不用；不必。庸，用。㉖貳　指西鄙、北鄙二地，前已兩屬者。㉗廩延　鄭國邊邑名。在今河南延津北。㉘厚　指土地擴大。㉙暱　親附；愛戴。㉚完聚　修城郭、積糧草。㉛繕　整修、製造。㉜具卒乘　準備步卒、兵車。春秋時兵車一車四馬為一乘，甲士三人，步卒七十二人。一說：一車用甲士十人。㉝啟　開城門。㉞五月辛丑　即五月二十三日。㉟書　寫；記載。此指《春秋》經之記載。㊱鄭志　鄭莊公的意圖。㊲難　不容易；不方便。《左傳》以為《春秋》經記某人「出奔」，是以此人為有罪，今段固然有罪，而鄭莊公實亦有罪，如言段「出奔」，似專歸罪於段，故不言「出奔」，乃因難以下筆。㊳寘　安置。㊴城潁　鄭國邑名。在今河南臨潁西北。㊵不及黃泉　不到墓穴。即不到死後。黃泉，墓穴之代稱。古人以為天玄地黃，泉在地下，故曰黃泉。㊶潁考叔　鄭國大夫。㊷潁谷　鄭國邑名。在今河南登封西南。㊸封人　管理邊疆的官。封，疆界。㊹羹　帶汁的肉。㊺遺　呈獻；贈送。㊻繄　發語詞。㊼闕　通「掘」。㊽隧　地道。㊾賦　賦詩；作詩。㊿泄泄　和樂的樣子。(51)純　大。(52)施　推及。(53)孝子不匱二句　語出《詩經．大雅．既醉》。錫，賜予。

【語　譯】當初，鄭武公從申國娶來的夫人，叫做武姜，生下莊公和共叔段。莊公出生時腳先出來，嚇著了姜氏，所以取名寤生，並且因此而討厭他。武姜偏愛共叔段，想要立他為太子，屢次向武公請求，武公都不答應。等到莊公即位，武姜替共叔段請求分封在制邑。莊公說：「制，是形勢險要的地方，從前虢叔因此而死。要是別處，我一定聽從命令。」武姜又請求京邑，莊公就把京邑封給段，鄭國人稱他為京城大叔。

祭仲說：「都邑城牆超過三百丈，是國家的禍害。先王的制度，大邑城牆不超過國都的三分之一，中邑不超過五分之一，小邑不超過九分之一。現在京邑城牆長度超過規定，不合先王的法度。君王將無法承受。」莊公說：「是姜氏要這樣的，我該如何避害呢？」祭仲回答說：「姜氏哪有滿足的時候？不如早作處置，不要讓他繼續滋長蔓延；一旦蔓延就難對付了。蔓延的野草尚且無法剷除，何況是君王寵愛的弟弟呢？」莊公說：「多行不義一定會自取滅亡，你等著瞧吧！」

不久，大叔命令西鄙、北鄙也要同時接受他的命令。公子呂說：「一國不能忍受有兩個君王，君王有什麼打算呢？如果要讓位給大叔，臣就請求去事奉他；如果不讓，就請除掉他，別使人民有二心。」莊公說：「用不著，他會自取其禍的。」大叔又進一步把西鄙、北鄙據為己有，並且擴大到廩延。子封說：「可以下手了。再擴大下去他就會得到人民的歸附了。」莊公說：「他多行不義，人民不會親附他，勢力擴大就會崩潰。」

大叔修城郭、積糧草，整補軍備，充實軍隊，準備偷襲鄭國。武姜打算開城作內應。莊公得知進兵的日期，說：「可以了。」就命子封率領兩百輛兵車討伐京城。京城人民背叛大叔段，段退入鄢，莊公又討伐鄢。五月辛丑，大叔逃到共國。

《春秋》經記載說：「鄭伯克段于鄢。」段不敬兄長，所以不稱弟。兄弟如同兩國之君對敵，所以稱克。稱莊公為鄭伯，是譏諷他不教導弟弟。認為鄭莊公本來就有殺弟的意圖，所以不說出奔，這是因為難以下筆。

於是莊公把姜氏安置到城潁，並且發誓說：「不到黃泉，不再相見。」不久卻又後悔。潁考叔是潁谷的封人，聽到了這事，就藉著進獻貢物去見莊公。莊公賜他食物，他把肉放在一邊不吃。莊公問他，他回答說：「小人家有母親，嘗過小人所有的食物，就是沒嘗過君王所賜的肉羹，請讓小人帶回去給她。」莊公說：「你有母親可送，偏偏我卻沒有！」潁考叔說：「請問這是什麼意思呢？」莊公就告訴他原因，並且表示自己的後悔。潁考叔回答說：「君王有什麼可憂慮的？如果掘地見泉，在地道中相見，有誰敢說不對？」莊公就照他的話做了。

莊公進入地道，賦詩說：「大地道中，其樂融融。」武姜走出地道，賦詩說：「大地道外，心情愉快。」於是恢復母子之情。

君子說：「潁考叔真是大孝啊！他愛自己的母親，又影響了莊公。《詩經》說：『孝子的心無乏匱，永遠賜福你族類。』說的就是這種情況吧！」

【研析】本文可分八段。前四段記敘鄭莊公和共叔段兄弟鬩牆，以致兵戎相見的來龍去脈。過程中，武姜因私心偏愛而請求廢長（莊公）立幼（共叔段）、請求分封（巖邑——制、大都——京）、準備作內應，這對莊公而言是不慈；共叔段因狂妄無知而據大都、收邊邑、準備襲鄭，這對莊公而言是不恭；而莊公靜以制動、養弟之惡，最後一擊再擊，趕盡殺絕地將段逐出鄭國，這對武姜而言是不孝，對共叔段而言是不友。這四段，以記事之筆從反面強調了「正名」和「孝慈」。第五段是對經文微言大義的闡發。第六、七兩段記「克段」之後，莊公逐母、母子和好的經過，從側面強調了「孝慈」。武姜不慈在先，莊公不孝隨之，二者的矛盾到「遂寘姜氏于城潁」為極點。莊公逐母之後，雖然「既而悔之」，卻必須潁考叔的獻策，在保全顏面的前提下，隧見母親，這顯示他的後悔恐非出於天倫之情，而有著統治利益的虛偽成分在，所以末段「君子曰」所稱讚的是潁考叔而非莊公，這正是一種意在言外的「春秋筆法」。

本文最大的優點在於：一、有史觀而非僅為史料的堆砌。相較於《公羊傳》、《穀梁傳》的記載，即可昭然得知。二、人物性格深刻而生動。莊公的陰狠、武姜的私心、共叔段的狂妄，透過他們的言語、動作，可說是躍然紙上。三、脈絡分明而不紊亂。全文將重心放在莊公、武姜、共叔段的主要矛盾——君位爭奪的攻防，再配以次要人物的襯托，使得全文所及雖是綿亙二十餘年的紛爭，卻能以條理清晰的面貌呈現在讀者面前。

周鄭交質

隱公三年

【題　解】本文選自《左傳》魯隱公三年（周平王五十一年、西元前七二〇年），篇名據傳文內容而訂。周，指東周王室。鄭，指鄭國。交質，交換人質。東周平王時，鄭莊公擔任天子卿士，掌握政務。後來因為平王想分散鄭莊公的權柄，導致鄭莊公不滿，雙方雖以交換人質來示信，但終於還是彼此交惡。本文記敘這一件事，重點在強調君臣皆須本於誠信，遵照禮制，才能和諧無間。

鄭武公、莊公❶為平王❷卿士❸。王貳❹于虢❺，鄭伯❻怨王。王曰：「無之。」故周、鄭交質❼，王子狐❽為質於鄭，鄭公子忽❾為質於周。

王崩，周人將畀❿虢公政。四月，鄭祭足⓫帥師取溫⓬之麥；秋，又取成周⓭之禾⓮。周、鄭交惡。

君子曰：「信不由中⓯，質無益也。明恕而行，要⓰之以禮，雖無有質，誰能間⓱之？苟有明信，澗谿沼沚⓲之毛⓳，蘋蘩薀藻⓴之菜，筐筥㉑錡釜㉒之器，潢汙㉓行潦㉔之水，可薦㉕於鬼神，可羞於王公，而況君子結二國之信，行之以禮，又焉用質？〈風〉㉖有〈采蘩〉、〈采蘋〉㉗，〈雅〉有〈行葦〉、〈泂酌〉㉘，昭忠信也。」

【注　釋】❶鄭武公莊公　見前篇〈鄭伯克段于鄢〉。❷平王　東周平王。西周幽王之子，名宜臼，平是其諡號，在位五十一年（西元前七七〇～前七二〇年）崩。幽王為犬戎所殺，諸侯迎立平王在洛陽即位，是為東周。❸卿士　指執掌政權的卿。❹貳　兩屬。此指將鄭莊公任卿士的政務分一半給西虢公。❺虢　指西虢公。東周時，其封地在今河南陝縣境。❻鄭伯　指鄭莊公。鄭國為伯爵之諸侯國，故稱。❼交質　交換人質。用來表示互信。❽王子狐　周平王之子。❾公子忽　鄭莊公之子。❿畀　給予。⓫祭足　即鄭國大夫祭仲。祭是其食邑，字仲，名足。⓬溫　周邑名。在今河南溫縣。⓭成周　即洛陽。東周都城。⓮禾　五穀的總稱。⓯中　內心。⓰要　約束；節制。⓱間　離間。⓲沚　小沙洲。⓳毛　草。⓴蘋蘩薀藻　浮萍、白蒿、水草、水藻。㉑筐筥　皆竹器。方形為筐，圓形為筥。㉒錡釜　皆鼎屬。有足為錡，無足為釜。㉓潢汙　池中的積水。潢，水池。汙，水不流動。㉔行潦　路旁的積水。行，道路。潦，積水。㉕薦　進獻。下「羞」字同。㉖風　指《詩經・國風》。㉗采蘩采蘋　《詩經・國風・召南》兩篇名。二詩詠採蘩、採蘋以供祭祀。㉘行葦泂酌　《詩經・大雅》兩篇名。行葦義取忠義，泂酌義取雖行潦，亦可供祭祀。

【語　譯】鄭武公、莊公相繼擔任東周平王的卿士。平王想把卿士的政務分一半給西虢公，莊公埋怨平王。平王說：「沒有這回事。」因此周鄭交換人質，平王的兒子狐到鄭國做人質，莊公的兒子忽到周做人質。

平王死後，周人準備把政務分給西虢公。四月，鄭國大夫祭足領兵強割了溫邑的麥子；秋天，又強割了洛陽的穀子。從此，周鄭便互相仇視。

君子說：「信誓如果不是發自內心，即使交換人質也沒有用。如果心存誠意、彼此諒解，再用禮來約束，雖然沒有人質，又有什麼能離間他們呢？如果真有誠信，即使是山澗、溪谷、池沼、沙洲的野草，浮萍、白蒿、水草、水藻的野菜，方形的筐、圓形的筥、有足的錡、無足的釜這些器具，池中和路旁的積水，都可以用來祭祀鬼神、獻給王公。何況是在位君子，締結兩國的信約，按照禮制行事，又何必交換人質呢？〈國風〉有〈采蘩〉、〈采蘋〉兩篇詩，〈大雅〉有〈行葦〉、〈泂酌〉兩篇詩，都在表明忠信的重要啊！」

【研　析】本文可分三段。前二段記事，末段針對事件而發議論。議論重點在於：行事須守誠信、合禮制。周為天子，鄭為諸侯，周平王欲分政務於西虢公，本是天子權柄所在，卻因鄭莊公的埋怨而有所忌憚；鄭莊公身為臣子，卻越分而與天子交換人質，又出師侵周，這種情況，真是「君不君，臣不臣」，有失禮制了。雙方既已交換人質，而周人在平王死後，又想「畀虢公政」，顯見交質只是一種欺飾的動作，並非真有誠信。文中「周、鄭交質」、「周、鄭交惡」、「結二國之信」等語，可見作者將周、鄭視同對等的國家，其譏刺的言外之意是很明顯的；當然，譏刺的對象並不僅限於周，鄭也是有分的。

石碏諫寵州吁

隱公三年

【題解】 本文選自《左傳》魯隱公三年（衛桓公十五年、西元前七二〇年），篇名據傳文內容而訂。石碏，春秋時代衛國大夫。州吁，春秋時代衛國國君衛莊公之子。記敘石碏向衛莊公進諫，勸說衛莊公不可過度寵愛公子州吁，須教之以正道，不可讓他走上邪途，以免種下國家動亂的禍根。魯隱公三年時，衛莊公之子衛桓公繼位已經十五年，所以全文屬於追敘，而不是魯隱公三年的事。

衛莊公❶娶于齊❷東宮❸得臣❹之妹，曰莊姜❺，美而無子，衛人所為賦〈碩人〉❻也。又娶于陳❼，曰厲媯❽，生孝伯，早死。其娣❾戴媯，生桓公❿，莊姜以為己子。

公子州吁，嬖人⓫之子也，有寵而好兵⓬，公弗禁。莊姜惡之。

石碏諫曰：「臣聞愛子，教之以義方⓭，弗納⓮於邪。驕奢淫佚，所自邪⓯也。四者之來，寵祿過也。將立州吁，乃⓰定之矣；若猶未也，階之為禍⓱。夫寵而不驕，驕而能降⑱，降而不憾⑲，憾而能眕⑳者，鮮矣。且夫賤妨貴，少陵㉑長，遠間㉒親，新間舊，小加㉓大，淫破義，所謂六逆也；君義，臣行，父慈，子孝，兄愛，弟敬，所謂六順也。去順效逆，所以速㉔禍也。君人者，將禍是務去㉕，而速之，無乃不可乎？」弗聽。

其子厚與州吁遊，禁之，不可。桓公立，乃老㉖。

【注　釋】❶衛莊公　春秋時代衛國的國君。衛武公之子，名揚，在位二十三年（西元前七五七～前七三五年）。衛國之始封君為周武王少弟康叔，初都朝歌（今河南淇縣東北），後遷楚丘（今河南滑縣東），又遷帝丘（今河北濮陽東北），秦二世時為秦所滅。❷齊　國名。周武王封太公望於此，都營丘（今山東臨淄），領今山東東北部、中部。❸東宮　太子所居之宮。後用以指太子。❹得臣　齊莊公之太子。早夭，未立。❺莊姜　衛莊公之妻。莊是其夫之謚號，姜為其母家姓氏。❻碩人　《詩經・衛風》篇名。詩中讚頌莊姜美而賢。❼陳　國名。周武王滅商，封舜之後代胡公（名滿）於宛丘（今河南淮陽），後為楚所滅。❽厲嬀　厲是其謚號，嬀是其母家姓氏。下文「戴」亦為謚號。❾娣　同嫁一夫之妹。❿桓公　春秋時代衛國的國君。⓫嬖人　受寵之人。此指姬妾。嬖，寵愛。⓬兵　武事。⓭義方　正道。⓮納　入。⓯所自邪　邪惡由來的根源。自，由；來。⓰乃　即；就。⓱階之為禍　寵祿過度，將導致禍害。階，階梯。引申指經由、緣由。之，指上文「寵祿過」。⓲降　屈抑。⓳憾　怨恨。⓴眕　厚重能忍。㉑陵　侵犯；陵駕。㉒間　離間。㉓加　陵越；超過。㉔速　招致。㉕禍是務去　務去禍。即致力於去禍。㉖老　告老致仕。

【語　譯】衛莊公娶齊國太子得臣的妹妹為夫人，叫做莊姜，貌美而沒有生孩子，她就是衛國人所作〈碩人〉這首詩的主人翁。莊公又從陳國娶了夫人，叫做厲嬀，生下孝伯，很小就死了。厲嬀的妹妹戴嬀，生下桓公，莊姜把他當做自己的兒子。

公子州吁是莊公寵妾所生，受到莊公的寵愛，州吁喜歡武事，莊公也不禁止他。莊姜則討厭他。

石碏諫莊公說：「臣聽說愛兒子就要教他正道，不讓他走上邪路。驕傲、奢侈、淫樂、放蕩，都是邪惡的根源。這四者之所以發生，是由於太受寵愛、賞賜過多。如果要立州吁為太子，那就趕快確定；如果還沒決定，則過度的寵愛賞賜，將會導致禍害。受寵而不驕傲，驕傲而能屈抑，受屈抑而不會怨恨，怨恨而能忍耐，這種人太少了。並且低賤妨害尊貴，年少陵駕年長，疏遠離間親近，新人離間舊人，位低超越位高，淫亂破壞道義，這就叫六逆；君合義，臣從命，父慈愛，子孝順，兄友愛，弟恭敬，這就叫六順。捨順而學逆，是招致禍患的原因。國君應致力消除禍患，如今反而去招致它，恐怕不可以吧！」莊公不聽勸。石碏的兒子石厚和州吁交往，石碏加以禁止，但沒有用。到桓公即位，石碏就告老退休。

【研　析】本文可分四段，重心在於石碏諫衛莊公的一段話。這一段話，概括而言，即人要行「義方」、守「名分」，方不至於招致禍患。

根據《春秋》經和《左傳》，州吁於魯隱公四年（衛桓公十六年，西元前七一九年）弒衛桓公而自立，同年九月被衛人所殺，而石碏之子石厚也因依附州吁，遭殺身之禍，這應驗了石碏「階之為禍」和「禁之」的預警。如果衛莊公和石厚都聽石碏的話，州吁能不驕奢淫佚，則上述悲劇應不致於發生才是。「義方」是個人行為的規範，「名分」是人際關係的分寸，這在今天，仍是吾人所當究明並且實踐的。

臧僖伯諫觀魚

隱公五年

【題　解】本文選自《左傳》魯隱公五年（西元前七一八年），篇名據傳文內容而訂。臧僖伯，春秋時代魯國大夫。魯孝公之子，名彄，字子臧，諡號僖。本文記敘魯隱公將到邊遠的棠邑（在今山東魚臺北魚亭山）觀看捕魚，臧僖伯認為捕魚是小事，國君不應過問，而魯隱公不聽。《春秋》經以「公矢魚于棠」五個字記載這一件事，《左傳》以為這是諷刺魯隱公的行動不合禮制。

春，公[1]將如棠觀魚者[2]。臧僖伯諫曰：「凡物不足以講大事[3]，其材不足以備器用[4]，則君不舉[5]焉。君，將納民於軌、物者也。故講事以度軌量[6]謂之軌，取材以章物采[7]謂之物。不軌不物，謂之亂政。亂政亟[8]行，所以敗也。故春蒐[9]、夏苗、秋獮、冬狩，皆於農隙以講事也。三年而治兵[10]，入而振旅[11]，歸而飲至[12]。以數軍實[13]、昭文章[14]、明貴賤、辨等列[15]、順少長、習威儀也。鳥獸之肉不登於俎[16]，皮革齒牙、骨角毛羽不登於器，則公不射，古之制也。若夫山林川澤之實[17]，器用之資[18]，皁隸[19]之事，官司[20]之守，非君所及也。」

公曰：「吾將略地[21]焉。」遂往。陳魚[22]而觀之，僖伯稱疾不從。

書曰[23]：「公矢[24]魚于棠。」非禮也，且言遠地也。

【注釋】[1]公　指魯隱公。春秋時代魯國的國君，魯惠公之子，名息，在位十一年（西元前七二二～前七一二年）。魯國之始封君為周公長子伯禽，都曲阜（今山東曲阜）。《左傳》記事以魯為中心，故其稱公，皆指魯公。[2]魚者　捕魚者。[3]講大事　講習大事。講，講習；演習。大事，指祭祀與兵戎。[4]器用　器具。此指大事所用之器具。[5]舉　舉動；行動。[6]度軌量　端正法度。軌量，法度。軌、量為同義詞。[7]章物采　彰顯器物。物采，器物。物、采為同義詞。[8]亟　屢次。[9]蒐　春獵之名。下文「苗」、「獮」、「狩」皆獵名，因季節而有異稱。[10]治兵　出兵。古禮兵出曰治兵。整齊隊伍，以尚威武。治，整齊之。[11]振旅　回兵。整齊隊伍。振，整。旅，眾。[12]飲至　祭告宗廟而後飲酒。[13]數軍實　檢查軍備。數，檢點；計算。[14]昭文章　顯示車服旌旗之華彩。昭，明。文章，文彩；華彩。[15]等列　等級；階級。[16]俎　祭器。[17]實　財貨。此指所產物。[18]資　材料。[19]皁隸　服賤役之人。[20]官司　官吏。[21]略地　巡視邊地。棠邑在魯、宋交界。[22]魚　指漁具。[23]書曰指《春秋》經的記載。㉔矢　陳列。

【語　譯】春天，隱公要到棠邑去看捕魚。臧僖伯進諫說：「任何事物如果不能用來講習國家大事，它的材質不能用來做有用的器具，國君就不去理會它。國君，是把人民納入『軌』、『物』的人。所以，講習大事以端正法度叫做『軌』，選擇材料以彰顯器物叫做『物』。不合『軌』、『物』，叫做亂政。亂政頻繁，是國家衰敗的原因。所以春蒐、夏苗、秋獮、冬狩，這四季的打獵，都是配合農閒時間來講習軍事。每三年軍隊出城大演習一次，入城時整齊好隊伍，入城後祭告宗廟再飲酒，這樣就可以藉機檢查軍備、顯示車旗的華彩、明示貴賤、辨別階級、調順長幼、講習威儀。如果鳥獸的肉不能擺在祭器供祭祀，牠們的皮革齒牙、骨角毛羽不能用來裝飾祭器，國君就不去射獵，這是古代的法制。至於山林川澤的產物，製造器具的材料，這是賤役的工作，官吏的職責，不是國君所當過問的。」

隱公說：「我是為了巡視邊地啊！」於是就去了。讓漁人陳列漁具，看他們捕魚。僖伯推說有病，沒有陪著去。

《春秋》經記載說：「隱公到棠邑檢視漁具。」這是諷刺隱公不合禮，並且表示棠邑太遠，隱公是不該去的。

【研　析】本文重心在臧僖伯向魯隱公進諫的一段話。話中的意思是國君所應關心的是祭祀、兵戎兩件大事，捕魚是小事，國君不必去理會。國君而去過問小事，將會紊亂體制，招致衰敗。

其實，不光是政治組織要講求體制、職責，任何一種組織、團體，都必須講求此道；權責分明，分工合作，才能正常運作，達成既定的目標。泯除時空的距離、社會型態的差異，本文所呈現的本質意義，應如上述。

鄭莊公戒飭守臣

隱公十一年

【題解】本文選自《左傳》魯隱公十一年（齊僖公十九年、鄭莊公三十二年、西元前七一二年），篇名據傳文內容而訂。鄭莊公，春秋時代鄭國國君。姓姬，名寤生，在位四十三年（西元前七四三～前七〇一年）。本文記敘鄭莊公於伐許成功，許莊公逃亡至衛國後，將許國東邊交給許莊公之弟許叔，讓許國大夫百里輔佐許叔；西邊派鄭國大夫公孫獲駐守。一方面期許百里安撫人民，保持和鄭國的友好關係；一方面又告誡百里，勿作久占的打算。《左傳》以為鄭莊公的處置可算得是「知禮」。

秋七月，公[1]會齊侯[2]、鄭伯[3]伐許[4]。庚辰[5]，傅[6]于許。潁考叔[7]取鄭伯之旗蝥弧[8]以先登，子都[9]自下射之，顛[10]。瑕叔盈[11]又以蝥弧登，周麾[12]而呼曰：「君[13]登矣！」鄭師畢登。壬午[14]，遂入許。許莊公[15]奔衛。齊侯以許讓公。公曰：「君謂許不共[16]，故從君討之。許既伏其罪矣，雖君有命，寡人弗敢與聞[17]。」乃與鄭人。

鄭伯使許大夫百里奉許叔[18]以居許東偏[19]，曰：「天禍許國，鬼神實不逞[20]于許君，而假手于我寡人。寡人唯是一二父兄[21]不能共億[22]，其敢以許自為功乎？寡人有弟[23]，不能和協，而使餬其口於四方[24]，其況能久有許乎？吾子其奉許叔以撫柔[25]此民也，吾將使獲[26]也佐吾子。若寡人得沒于地[27]，天其以禮悔禍[28]于許，無寧茲[29]許公復奉其社稷。唯我鄭國之有請謁[30]焉，如舊昏媾[31]，其能降以相從也；無滋㉜他族實偪㉝處此，以與我鄭國爭此土也。吾子孫其覆亡㉞之不暇，而況能禋祀㉟許乎？寡人之使吾子處此，不唯許國之為，亦聊以固吾圉㊱也。」

乃使公孫獲處許西偏。曰：「凡而㊲器用財賄㊳，無寘㊴于許。我死，乃亟㊵去之。吾先君㊶新邑㊷於此，王室而既卑矣，周之子孫日失其序㊸。夫許，大岳之胤㊹也。天而既厭周德矣，吾其能與許爭乎？」

君子謂鄭莊公於是乎有禮。禮，經㊺國家，定社稷，序㊻民人，利後嗣者也。許無刑㊼而伐之，服而舍之，度德而處之，量力而行之。相㊽時而動，無累後人，可謂知禮矣。

【注釋】❶公　指魯隱公。❷齊侯　指齊僖公。齊莊公之子，名祿父，在位三十三年（西元前七三〇～前六九八年）。齊國為侯爵諸侯國，故稱齊侯。❸鄭伯　指鄭莊公。❹許　國名。初封於許（今河南許昌東），後遷至葉（今河南葉縣）。❺庚辰　即七月初一日。❻傅　附著。此指逼近。❼潁考叔　鄭國大夫。❽蝥弧　旗名。為鄭莊公之旗，用以指揮。❾子都　鄭國大夫。鄭莊公將伐許，於祖廟頒發兵器，子都因與潁考叔爭車而結怨。❿顛　墜下。據同年此後傳文，知潁考叔因而墜死。⓫瑕叔盈　鄭國大夫。⓬周麾　向四周揮動旗幟。周，遍。麾，揮動。⓭君　指鄭莊公。⓮壬午　即七月初三日。⓯許莊公　春秋時許國的國君。名茀。⓰不共　不守法；違背法度。共，法度。⓱與聞　參與其事。此指占領許國之地。⓲許叔　許莊公之弟，名鄭。⓳東偏　東邊。⓴不逞　不滿；不快。㉑父兄　古代國君對同姓臣屬的稱呼。㉒共億　相和睦；相安。㉓弟　指共叔段。參見〈鄭伯克段于鄢〉。㉔餬其口於四方　寄食四方。此指共叔段出亡在外。餬，以薄粥塗物。㉕撫柔　安撫。㉖獲　即下文公孫獲。鄭國大夫。㉗沒于地　以壽終。㉘悔禍　終止降禍。㉙無寧茲　願使；願意讓。無，發語詞。無義。茲，使。

㉚請謁　請告；請求。謁，告。㉛昏媾　婚姻；通婚。㉜滋　通「茲」。使。㉝偪　通「逼」。逼迫；逼近。㉞覆亡　挽救危亡。覆，掩蔽。此引申為救護。㉟禋祀　誠敬齋潔以祭祀。㊱圉　邊陲；邊疆。㊲而　通「爾」。你。㊳財賄　財貨；財物。㊴寘　置。㊵亟　急。㊶先君　指鄭武公。鄭莊公之父。㊷新邑　指新鄭。在今河南新鄭。鄭舊封在今陝西華縣東北，東周時，鄭武公伐虢、檜而併其地，立國於此，至莊公，僅二世，故曰新。㊸序　通「緒」。功業。㊹大岳之胤　四岳的後代。大岳，即四岳。官名，主四岳之祭。大，通「太」。胤，後代。㊺經　治理。㊻序　秩序。此用為動詞。㊼刑　法度。㊽相　看；觀察。

【語譯】秋七月，魯隱公會合齊侯、鄭伯攻打許國。初一，軍隊逼近許國城下。潁考叔拿著鄭伯的蝥弧旗搶先登城，子都從城下用箭射他，潁考叔摔了下來。瑕叔盈又拿著蝥弧旗登城，向四周揮旗大喊說：「國君登城了！」於是鄭軍全登上了城。初三，占領許國。許莊公逃亡到衛國。齊侯要把許國讓給隱公。隱公說：「君王認為許國違背法度，所以寡人跟隨君王討伐許國。現在許國已經伏罪，雖然君王有這樣的命令，寡人還是不敢接受。」於是把許國給了鄭。

鄭伯讓許國大夫百里輔助許莊公之弟許叔住在許國的東邊，說：「上天降禍於許國，鬼神對許君不滿，而借寡人的手懲罰他。但是，寡人連一兩個臣屬都不能相安無事，又哪敢把討伐許國看作是自己的功績呢？寡人有個弟弟，都不能和睦相處，而讓他寄食四方，又怎能長久占有許國呢？你就幫著許叔安撫這些人民吧，我會派公孫獲來幫你。如果寡人能夠以壽而善終，上天也依禮終止降禍給許國，願意讓許公再度統治許國，那麼，如果我國有所請求，希望許國能像對待舊親戚一樣，委屈聽從；並且不要讓別族逼近而進入這裡，來跟我鄭國爭奪這塊土地。那我的子孫救亡都來不及，哪還能替許國祭祀祖先呢？寡人之所以讓你住在這裡，不僅為了許國，也是為了鞏固我的邊陲啊！」

於是派公孫獲住在許國的西邊，說：「你所有的器用財貨，都不要放在許國。我死後，你就趕快離開此地。寡人的先君剛在這兒新建都城，而周王室又已日益衰微，周朝的子孫，一天天喪失原有的功業。而許國，是四岳的後代。上天既然厭棄了周，寡人哪還能和許國爭呢？」

君子認為鄭莊公處理這件事是合禮的。禮，是治理國家、安定社稷，使人民有秩序、後代得利的啊！許國違反法度，因此加以討伐，服罪了就寬恕它，酌量自己的德行和力量來處理事情，見機而行，不連累子孫，這可說是「知禮」的了。

【研 析】本文可分四段，前三段為史事，末段為評論。首段記魯、齊、鄭三國聯合伐許成功，齊、魯互讓，許國歸鄭國處置。二、三段記鄭莊公對許國的處置，以及對兩國守臣的戒飭。末段以「知禮」讚美鄭莊公。

關於鄭莊公對許國的處置是否合禮，後人也有和《左傳》不同的看法，認為鄭莊公不立許叔為君，而將許一分為二，又派自己的大夫居其一半而加以監控箝制，名為保存許國，實有併吞之心；《左傳》謂之有禮，乃只論其事而未暇誅其用心。

如果撇開封建禮制的觀點和直指其用心的企圖，純從本文的二、三段來觀察，則鄭莊公可說是擅於言辭、處事周詳。第二段鄭莊公委婉紆曲地向許國大夫百里表達了幾點意思：一、許國的禍難乃上天所降，言外之意指伐許乃承順天意。二、鄭國沒有能力長期地占領許國的土地。這兩點分別從自己的動機和條件，間接表示其無領土的野心，乃是在許國土地已被分割的既成事實下，希望藉此安撫人心，消除其反抗。三、鄭、許的和好合作，能同蒙其利。這是以對未來的期待，來固結其情分，預留其餘地。至於第三段，則鄭莊公以直接肯定的口氣，以他所體察的當時的局勢，告誡鄭國大夫公孫獲自處之道。二、三段的語氣、內容各不相同，卻同樣的符合人我的關係，對別人是一套言辭、一種口氣，對自己人又是另一套；從現實的角度來看，可算得是得體合宜的了。

臧哀伯諫納郜鼎

桓公二年

【題 解】本文選自《左傳》魯桓公二年（西元前七一〇年），篇名據傳文內容而訂。臧哀伯，春秋時代魯國大夫。郜，國名。在今山東成武。春秋時代，宋國滅郜，得其大鼎，是為郜鼎。魯桓公二年，宋國大夫華督弒宋殤公，擁立宋莊公。魯桓公與齊僖公、陳桓公、鄭莊公聯合，共同承認宋國的變局，宋國對上述四國各有賄賂，魯國得到的就是郜鼎。本文記敘臧哀伯諫阻魯桓公納郜鼎於太廟，而魯桓公沒有接受諫言。《左傳》認為魯桓公的作為不合禮制。

夏四月，取郜大鼎于宋①。戊申②，納于大廟③。非禮也。

臧哀伯④諫曰：「君人者，將昭德塞違⑤，以臨照⑥百官。猶懼或失之，故昭令德以示子孫。是以清廟茅屋⑦，大路越席⑧，大羹不致⑨，粢食不鑿⑩，昭其儉也。袞冕黻珽⑪，帶裳幅舄⑫，衡紞紘綖⑬，昭其度⑭也。藻率⑮鞞鞛⑯，鞶厲⑰游纓⑱，昭其數也。火龍黼黻⑲，昭其文也。五色比象⑳，昭其物也。鍚鸞和鈴㉑，昭其聲也。三辰旂旗㉒，昭其明也。夫德，儉而有度，登降㉓有數，文物㉔以紀之，聲明㉕以發之，以臨照百官。百官於是乎戒懼，而不敢易㉖紀律。今滅德立違，而寘其賂器㉗於大廟，以明示百官。百官象㉘之，其又何誅㉙焉？國家之敗，由官邪也。官之失德，寵賂章㉚也。郜鼎在廟，章孰甚焉？武王克商，遷九鼎㉛於雒邑㉜，義士㉝猶或非之，而況將昭違亂之賂器於大廟，其若之何？」公不聽。

周內史㉞聞之，曰：「臧孫達㉟其有後於魯乎！君違，不忘諫之以德。」

【注　釋】❶宋　國名。周成王時封商紂之兄微子，號宋公，在今河南商邱。❷戊申　即四月初九日。❸大廟　帝王的祖廟。❹臧哀伯　魯國大夫。❺違　邪。指違禮背義之事。❻臨照　昭示；明示。❼清廟茅屋　用茅草覆蓋宗廟的屋頂。清廟，宗廟。帝王祭祀祖先的地方。茅，用為動詞。❽大路越席　用蒲草席子做大路的車墊。大路，祭天所乘坐的車。越席，結蒲草為席。❾大羹不致　祭祀用的肉汁不調五味，不求精緻。致，指口味精緻。❿粢食不鑿　祭祀的主食使用不舂的粗米。粢食，主食。鑿，舂。⓫袞冕黻珽　禮服、禮帽、蔽膝和玉笏。袞，天子及上公祭祀時所穿的禮服。衣上畫有蜷曲的龍。冕，禮帽。大夫以上所戴。黻，用熟皮革製成的蔽膝。珽，天子所用的玉笏。⓬帶裳幅舄　大帶、下衣、綁腿和複鞋。帶，大帶。以絲為之，用以束腰，束腰所剩而下垂者稱紳。裳，下身所穿。亦稱裙。幅，從腳背斜纏而上至於膝的布巾。有如今日的綁腿。舄，雙層底的鞋。一層皮，一層木。天子諸侯於吉事時所穿著。⓭衡紞紘綖　橫笄、瑱繩、冠繫和覆版。衡，固定冠冕的橫笄。紞，冠冕兩旁懸瑱的繩。瑱用美石為之，懸於紞而垂至耳邊。紘，固定冠冕的繩子。先繫結固定在左耳邊的橫笄上，另一頭經下巴再向上繫在右耳邊的橫笄上。綖，冠冕上的覆版。⓮度　制度；法度。⓯藻率　在佩巾上畫水藻。藻，畫水藻。率，通「帥」。佩巾。⓰鞞鞛　佩刀刀鞘上方的裝飾叫鞞，下方叫鞛。⓱鞶厲　垂革帶以為裝飾。鞶，革帶。厲，革帶下垂為飾的部分。⓲游纓　旌旗的飄帶和套馬頸的革帶。⓳火龍黼黻　皆衣裳之花紋。火，畫火。其形為半環。龍，畫龍。黼，用黑白二色繡成的斧形圖案。黻，用黑青二色繡成的花紋。其形似兩弓相背。⓴五色比象　用五色畫各種形象。五色，青黃赤白黑。㉑鍚鸞和鈴　車馬旌旗上的鈴鐺。鍚，馬額上的飾物，銅質，行走時有聲響。鸞，車衡上的鈴。和，車軾前的小鈴。鈴，旌旗上的小鈴。㉒三辰旂旗　旗上畫日月星等。三辰，日月星。旂旗，旗的總稱。天子旗名太常，畫日月，一說亦畫星。㉓登降　增減。㉔文物　圖紋形象。㉕聲明　聲音顏色。㉖易　違反。㉗賂器　此指郜鼎。㉘象　效法。㉙誅　懲罰。㉚章明　明顯。㉛九鼎　夏代所鑄鼎。材料由九州所貢，故稱。一說：鼎有九。㉜雒邑　今河南洛陽。㉝義士　高義之士。或曰指伯夷、叔齊。二人皆孤竹國國君之子，兄弟讓國，後皆投奔周，反對周武王伐紂，及周武王滅商，逃至首陽山，不食周粟而死。㉞內史　周王室官名。㉟臧孫達　即臧哀伯。

【語　譯】夏四月，從宋國取得郜國的大鼎。初九，安置在太廟。這是不合禮的。

臧哀伯進諫說：「國君要表彰道德、杜絕邪惡，以昭示百官。還怕有所缺失，因此顯揚道德，垂示子孫。所以，用茅草覆蓋太廟的屋頂，用蒲草席子做大路的車墊，祭祀用的肉汁不求口味精緻，祭祀用的主食使用不舂的粗米，這是為了昭示節儉。禮服、禮帽、蔽膝、玉笏，大帶、下衣、綁腿、複鞋，橫笄、瑱繩、冠繫、覆版，這是用來昭示制度。在佩巾上畫水藻，在佩刀刀鞘的上下方有裝飾品，革帶下垂以為裝飾，旌旗上的飄帶，套馬頸的革帶，這是昭示定數。衣裳上畫火、龍、黼、黻，這是昭示文采。用五色畫各種形象，這是昭示物色。車馬旌旗上的鈴鐺，這是昭示聲音。旌旗上畫日月星辰等，這是昭示光明。所謂德，就是要節儉而有法度，增減而有定數，用圖紋形象來表示它，用聲音顏色來彰顯它，以此來昭示百官。百官因此而戒懼，不敢違反紀律。現在反而破壞道德、樹立邪惡，將郜鼎安置在太廟，公然向百官展示壞的榜樣，如果百官跟著學樣，還能懲罰他們嗎？國家的衰敗，由於百官的邪惡。百官的失德，由於仗恃恩寵、公然賄賂。郜鼎在太廟，還有比這更明顯的賄賂嗎？周武王滅商，把九鼎搬到雒邑，卻還有明理之士說他不對，何況把明示邪亂的賄賂的器物放在太廟，這怎麼可以呢？」桓公不聽。

周天子的內史聽到這件事，說：「臧孫達的後代一定能在魯國長保祿位吧！國君違背禮制，他能不忘以德去勸阻。」

【研　析】本文可分三段。首段前四句記事，這四句《春秋》經和《左傳》文字相同；「非禮也」一句，則是《左傳》在記事之後所下的評論，是《春秋》經所無。第二段臧哀伯對於魯桓公接受郜鼎的諫言是全文的重心，也是上段「非禮也」的具體論述。諫言的內容可分兩部分：其一，從正面立論，以「昭德塞違」為人君的責任；能昭德則能塞違，使百官「戒懼」，「不敢易紀律」。其二，從反面立論，認為「滅德立違」將導致國家敗亡；而「納鼎」乃違之大者，故不可為。納鼎之所以是「違」，正因為那是宋國亂臣華父督的「賂器」。

當然，臧哀伯所說的「德」，是一種封建制度下的「禮制」，但如果將它理解為「秩序」、「分寸」，則他所說的這一段話，對我們還是有著相當的啟示意義。

季梁諫追楚師

桓公六年

21 季梁諫追楚師

【題解】本文選自《左傳》魯桓公六年（楚武王三十五年、西元前七〇六年），篇名據傳文內容而訂。季梁，春秋時代隨國（在今湖北隨縣南）賢人。本文記敘季梁識破楚武王的誘敵之計，諫止隨侯追擊故意示弱的楚軍，並且勸告隨侯應當「忠於民而信於神」、「脩政而親兄弟之國」，以免除大國侵逼的禍害。隨侯接納諫言，楚國因而不敢伐隨。

楚武王❶侵隨，使薳章❷求成❸焉，軍於瑕❹以待之。隨人使少師❺董成❻。鬭伯比❼言于楚子❽曰：「吾不得志❾於漢❿東也，我則使然。我張⓫吾三軍，而被⓬吾甲兵，以武臨之，彼則懼而協⓭以謀我，故難間也。漢東之國，隨為大。隨張⓮，必棄小國。小國離，楚之利也。少師侈⓯，請羸⓰師以張之。」熊率且比⓱曰：「季梁在，何益？」鬭伯比曰：「以為後圖，少師得其君⓲。」王毀軍⓳而納少師。

少師歸，請追楚師。隨侯將許之。季梁止之，曰：「天方授楚，楚之羸，其誘我也。君何急焉？臣聞小之能敵大也，小道大淫。所謂道，忠於民而信⓴於神也。上思利民，忠也；祝史㉑正辭㉒，信也。今民餒㉓而君逞欲㉔，祝史矯舉㉕以祭，臣不知其可也。」

公曰：「吾牲牷㉖肥腯㉗，粢盛㉘豐備，何則不信？」對曰：「夫民，神之主也。是以聖王先成民而後致力於神。故奉牲以告曰『博碩肥腯』，謂民力之普存也，謂其畜之碩大蕃滋㉙也，謂其不疾瘯蠡㉚也，謂其備腯咸有也。奉盛以告曰『絜粢豐盛』，謂其三時㉛不害而民和年豐也。奉酒醴以告曰『嘉栗旨酒㉜』，謂其上下皆有嘉德而無違心也。所謂馨香㉝，無讒慝㉞也。故務㉟其三時，脩其五教㊱，親其九族㊲，以致其禋㊳祀，於是乎民和而神降之福，故動則有成㊴。今民各有心，而鬼神乏主，君雖獨豐，其何福之有？君姑脩政而親兄弟之國㊵，庶免於難。」

隨侯懼而修政。楚不敢伐。

【注釋】❶楚武王　春秋時代楚國的國君。名熊通，在位五十一年（西元前七四〇～前六九〇年）。楚國之始封君為熊繹，都丹陽（今湖北秭歸東），本為子爵諸侯國，春秋時代僭稱王。❷薳章　楚國大夫。❸求成　談和。❹瑕　隨國地名。在今安徽蒙城東北。❺少師　官名。❻董成　主持和談。董，主持。❼鬬伯比　楚國大夫。❽楚子　即楚武王。❾得志　得逞其志；得遂其志。指擴大國土。❿漢　指漢水。⓫張　擴充；擴大。⓬被　具備。⓭協　和合；聯合。⓮張　自大。⓯侈　自傲；自大。⓰羸　弱。⓱熊率且比　楚國大夫。熊率，複姓。⓲得其君　得其君之寵信。⓳毀軍　藏其精銳而以老弱士卒示之。⓴信　誠。㉑祝史　主持祭祀祈禱之官。㉒正辭　言辭真實。㉓餒　飢餓。㉔逞欲　滿足慾望。逞，滿足。㉕矯舉　詐稱功德。矯，偽。㉖牲牷　祭祀用的犧牲毛色純一。牲，祭祀用的牛羊豬。牷，毛色純而完全。㉗腯　肥。㉘粢盛　指祭祀所用的穀物。㉙蕃滋　蕃育；蕃生。㉚瘯蠡　疥癬。㉛三時　指春夏秋。春耕、夏耘、秋收，皆務農之時。即所謂農時。㉜嘉栗旨酒　清潔美好的酒。嘉，善。栗，通「洌」。清；潔。旨，美。㉝馨香　芳香遠聞。㉞讒慝　讒言邪惡。㉟務　專心致力。㊱五教　父義、母慈、兄友、弟恭、子孝。㊲九族　杜預注：「九族謂外祖父、外祖母、從母子及妻父、妻母、姑之子、姊妹之子、女子之子並己之同族。」㊳禋　潔祀。㊴成　功。㊵兄弟之國　同姓之國。隨國為姬姓國，此指漢陽諸姬姓之國。

【語　譯】楚武王想要侵略隨國，先派薳章去假意談和，並把軍隊駐紮在瑕等待。隨國派少師主持和談。鬬伯比對楚子說：「我國在漢水東邊不能得志，是由於我們自己的失策。我們擴大軍隊，整頓裝備，用武力威脅別國，他們當然會害怕而聯合起來對付我們，所以難以離間。漢水東邊的國家，隨國最大。隨國如果自大，必然離棄那些小國。小國離心，就是楚國的利益。少師是個自大的人，請君王讓他看我軍的老弱士卒使他更加自大。」熊率且比說：「隨國有季梁在，這樣做有什麼用？」鬬伯比說：「這是為以後打算，因為少師將因此而受到隨君的信任。」楚王就擺出老弱士卒而接待少師。

少師回去後，請隨君追擊楚師。隨侯打算答應。季梁勸阻說：「現在楚國正是得天命的時候，楚軍的疲弱，恐怕是誘騙我們的。君王何必性急呢？臣聽說小國之所以能抗衡大國，是因為小國有道而大國荒淫。所謂道，就是忠於人民並且以誠心事奉鬼神。在上位的人想造福人民，這就是忠；祝史能真實地祝禱，這就是信。現在人民還在挨餓，而君王卻想滿足私慾，祝史虛報功德來祝禱，臣真不知道這怎麼行得通。」

隨侯說：「我祭祀用的犧牲毛色純一又肥壯，穀物也豐盛完備，怎能說是不誠呢？」季梁回答說：「人民是鬼神所關心的主體。因此聖王先造福人民然後盡力事奉鬼神。所以奉獻犧牲時祝告著說『碩大而肥壯』，這是說人民的財力普遍富足，牲畜又多又肥大，並且沒有疥癬的疾病，又有各種好的品種。奉獻穀物時祝告著說『乾淨而豐盛』，這是說沒有妨礙農時，人民和洽而收成很好。奉獻酒醴時祝告著說『清潔而甜美』，這是說上下都有美德而沒有邪惡之心。所謂祭物的芳香，就是沒有讒言邪惡。所以致力於農時，修明五教，親睦九族，以盡心祭祀鬼神，就可以人民和洽，鬼神降福，所以做任何事情都能成功。現在人民各有異心，鬼神沒有關心的主體，君王雖然祭祀特別豐盛，又能求得什麼福分？君王姑且修明政事而親近兄弟之國，或許可免於禍難。」

隨侯畏懼而努力修明政事。楚國也不敢來侵略了。

【研　析】本文可分五段。首段敘事件的起始，為以下二至四段鋪陳其背景。二段記楚國定謀示弱。三、四段記隨君與季梁的論辯。末段記事件的結局。

楚國的如意算盤是透過示弱、驕敵使隨國自大，以離間隨國與漢東各小國的團結，進一步將各國一一併吞。這個策略是基於對隨國少師自大心理的了解，可謂直攻其心，相當高明，但是「季梁在，何益」，卻也暗示了隨國自有人在，此計妙則妙矣，其奈未必能行得通；末段「楚不敢伐」的結局，在此實已先伏一筆。

三、四段是全文的重心。少師、隨國國君果然相繼中計，這回應了二段鬬伯比「張之」的預期，而季梁勸阻隨國國君的兩段話，又印證了二段熊率且比「何益」的質疑。季梁的諫言，其中心論點乃一種民本的思想，所以說「所謂道，忠於民而信於神也」、「是以聖王先成民，而後致力於神」、「上思利民，忠也」、「夫民，神之主也」。這種思想，在春秋時代，有著超越的積極意義。

相對於楚國，隨國是個小國，在強楚虎視之下，能終春秋之世而不亡，必有其保全之道。如就此次事件來看，則季梁之識破敵人陰謀並且直言極諫，而隨國國君之能納諫並落實於「修政」，應是「楚不敢伐」的主因。

曹劌論戰

莊公十年

【題　解】本文選自《左傳》魯莊公十年（齊桓公二年、西元前六八四年），篇名據傳文內容而訂。曹劌，春秋時代魯國人。齊桓公因為魯國在他與公子糾爭位時，支持公子糾，因此，繼位後便在魯莊公十年正月，出兵伐魯，兩軍在長勺（在今山東曲阜北）交戰，魯國以小勝大，打敗齊師。《春秋》經以「公敗齊師于長勺」七個字，記載這次戰役，而《左傳》則以二百多字，清晰生動地描述了戰役的始末，更藉曹劌的議論和舉動，表達了儒家觀點的戰爭思想。曹劌認為戰爭的憑藉，在於民心的凝聚，而民心的歸向又繫於統治者能公忠從事、愛護人民；至於戰場勝負的關鍵，則在於士兵勇氣的消長，掌握彼消我長的契機，方能克敵制勝。

齊師伐我❶，公❷將戰。曹劌請見。其鄉人曰：「肉食者❸謀之，又何間❹焉？」劌曰：「肉食者鄙，未能遠謀。」乃入見。問何以戰。公曰：「衣食所安❺，弗敢專❻也，必以分人。」對曰：「小惠未徧❼，民弗從也。」公曰：「犧牲玉帛❽，弗敢加❾也，必以信❿。」對曰：「小信未孚⓫，神弗福也。」公曰：「小大之獄⓬，雖不能察，必以情⓭。」對曰：「忠之屬也，可以一戰。戰，則請從。」

公與之乘。戰於長勺。公將鼓⓮之。劌曰：「未可。」齊人三鼓。劌曰：「可矣。」齊師敗績⓯。公將馳⓰之。劌曰：「未可。」下，視其轍⓱，登，軾⓲而望之，曰：「可矣。」遂逐齊師。

既克⓳，公問其故。對曰：「夫戰，勇氣也。一鼓作氣，再而衰，三而竭。彼竭我盈，故克之。夫大國，難測也，懼有伏⓴焉。吾視其轍亂，望其旗靡㉑，故逐之。」

【注釋】❶我　我國。指魯國。《左傳》記事以魯國為中心，故稱魯國為「我」。❷公　指魯莊公。春秋時魯國的國君，名同，在位三十二年（西元前六九三～前六六二年）。❸肉食者　指在位者。❹間　參與。❺安　感到舒適美好。❻專　獨有；獨享。❼徧　普遍。❽犧牲玉帛　皆祭品。犧牲，指牛、羊、豬。❾加　增加。指祭品以少報多。❿信　誠。⓫孚　取得信任。⑫獄　訟案。⑬情　忠誠。⑭鼓　擊鼓。古代作戰，擊鼓進軍。⑮敗績　大敗。⑯馳　驅車追逐。⑰轍　車輪輾過的痕跡。⑱軾　車前橫木。⑲克　勝。⑳伏　埋伏。㉑靡　倒。

【語　譯】齊軍侵略我國，莊公準備迎戰。曹劌請求進見。他的同鄉人說：「這事自有在位者在謀畫，你又何必去參與呢？」曹劌說：「那些在位者都很淺薄，不能深謀遠慮。」於是曹劌就去進見莊公。

曹劌問莊公憑藉什麼可以迎戰。莊公說：「舒適美好的衣食，我不敢獨享，一定分給別人。」曹劌回答說：「這種小恩惠並不普遍，人民是不會跟從的。」莊公說：「祭祀用的牛羊玉帛，不敢以少報多，一定對神誠實。」曹劌回答說：「這種小誠實得不到神的信任，神不會降福的。」莊公說：「大小訟案，雖不能一一明察，但一定竭盡我的忠誠。」曹劌回答說：「這是忠於人民的表現，可以一戰。出戰時請讓我跟隨。」

莊公和曹劌同乘一部兵車出發。在長勺和齊軍交戰。莊公準備擊鼓進攻。曹劌說：「還不行。」齊軍三次擊鼓後，曹劌說：「行了。」齊軍大敗。莊公準備追擊。曹劌說：「還不行。」他先下車，察看齊軍的車輪痕跡，又爬上車，靠著車前橫木瞭望敗退的齊軍，說：「行了。」於是擊退了齊軍。

戰勝後，莊公問他為什麼這麼做。曹劌回答說：「作戰，靠的是勇氣。第一通鼓士氣振作，第二通就衰退，第三通士氣就耗盡了。他們士氣耗盡而我們士氣正飽滿，所以戰勝他們。但是大國的虛實難於捉摸，我怕他們有埋伏；後來我看他們的車輪痕跡混亂，旌旗歪倒，所以才敢追擊。」

【研　析】本文可分四段。首段記齊、魯將戰，曹劌請求進見魯莊公。從「請見」的動作和與鄉人的對話，作為全文靈魂人物的曹劌，其性格特徵一開始就有了凸出的表現。他有著「國家興亡，匹夫有責」的愛國意識，也有著「國家興亡」、「舍我其誰」的千雲豪氣。

二段承上「入見」，記曹劌和魯莊公的對話。對話的主題是曹劌提出的「何以戰」，這既呼應了上段的「公將戰」，也表現出曹劌對戰爭的「遠謀」，與上段「肉食者鄙，未能遠謀」互相照應。魯莊公的三次回答，第一次針對貴族，第二次針對神靈，而他自認足以憑之一戰的這兩個條件，卻被曹劌一一否定，直到第三次回答，曹劌認為「可以一戰」，才塵埃落定。在緊湊而精簡的文字中，產生一起一伏的波瀾，筆法生動活潑而曲折有致。從曹劌的三次「對曰」，可以看出他意識到戰爭得以勝利的基本力量是民心的凝聚團結，這必須統治者平日忠於職守、愛護人民。這種見識是卓越的，是合乎儒家觀點的。

三段記戰事，承上「可以一戰」。但全段重心並不在戰事，而在曹劌一連串有關進攻、追擊時機的正確判斷，這再度回應了首段的「遠謀」。文中「未可」、「可矣」的交迭出現，也有著起伏跌宕的效果。而由於記敘文字簡潔緊湊，使得這「未可」和「可矣」的理由是什麼，勢必引起讀者的好奇，但直到戰事結束，曹劌並沒有說明（也許可以說是作者在賣關子），因此本段充滿懸疑的氣氛——讀者和魯莊公一樣地在期待著答案。

末段承上，曹劌對於他在戰事進行時的種種主張和動作提出說明，前半針對「鼓之」，後半針對「馳之」。總的來看，本段又回應了首段的「遠謀」，可以說三段是「遠謀」所呈現的表面動作和其效果，本段則為「遠謀」的內在謀慮和依據。

綜觀全文，以曹劌為重心，透過生動條理的文字，全面地敘述了長勺之戰。各段之間層層推進、環環相扣，既各有重點，又彼此呼應，分別從各個方面、不同層次表現了曹劌的「遠謀」。這使得全文成為一個有機的、不可分割的整體。從散文藝術上看，這種成就極為傑出。

齊桓公伐楚盟屈完

僖公四年

【題　解】本文選自《左傳》魯僖公四年（齊桓公三十年、西元前六五六年），篇名據傳文內容而訂。齊桓公，春秋時代齊國國君。齊僖公之子，名小白。春秋五霸之一，在位四十三年（西元前六八五～前六四三年）。屈完，春秋時代楚國大夫。齊國是春秋初期代鄭國而興的強國，齊桓公則是春秋五霸的頭一個；楚國是南方新興的強國，常想向中原擴張。齊國在中原的霸業大致完成之後，這一北一南的兩大強國，遂形成對峙並有著利益衝突的態勢。魯僖公四年齊桓公率諸侯之師，先敗蔡國，再伐楚國。雙方雖未交戰，楚國也未屈服，但還是訂立了盟約。這使得齊桓公的霸業、楚國的企圖暫被阻止。本文記敘此一事件，著重於雙方的外交折衝、言辭攻防。

春，齊侯❶以諸侯❷之師侵蔡❸。蔡潰❹，遂伐楚。

楚子❺使與師言曰：「君處北海❻，寡人處南海，唯是風❼馬牛不相及也。不虞❽君之涉❾吾地也，何故？」管仲❿對曰：「昔召康公⓫命我先君太公⓬曰：『五侯九伯⓭，女⓮實征之，以夾輔周室。』賜我先君履⓯，東至于海，西至于河，南至于穆陵⓰，北至于無棣⓱。爾貢苞茅⓲不入，王祭不供，無以縮酒⓳，寡人是徵⓴。昭王㉑南征而不復，寡人是問。」對曰：「貢之不入，寡君㉒之罪也，敢不供給？昭王之不復，君其問諸水濱！」

師進，次于陘㉓。

夏，楚子使屈完如師㉔。師退，次㉕于召陵㉖。

齊侯陳諸侯之師，與屈完乘而觀之。齊侯曰：「豈不穀㉗是為？先君之好是繼，與不穀同好如何？」對曰：「君惠徼㉘福於敝邑之社稷，辱收㉙寡君，寡君之願也。」齊侯曰：「以此眾戰，誰能禦之？以此攻城，何城不克？」對曰：「君若以德綏㉚諸侯，誰敢不服？君若以力，楚國方城㉛以為城，漢水以為池，雖眾，無所用之。」

屈完及諸侯盟。

【注釋】❶齊侯　指齊桓公。齊國為侯爵諸侯國。❷諸侯　指魯、宋、陳、衛、鄭、許、曹七國。❸蔡　國名。其始封君為周武王之弟叔度，在今河南上蔡西南。春秋初，在今河南新蔡，後避楚，遷今安徽鳳臺。❹潰　敗退逃散。❺楚子　指楚成王。名惲，在位四十六年（西元前六七一～前六二六年）。楚國為子爵諸侯國。❻北海　指極遠之地。與下句「南海」相對成文。指相去甚遠。海，指邊荒極遠之地。❼風　馬牛發情，雌雄相引誘、相追逐。❽虞　料想。❾涉　到；進入。❿管仲　名夷吾，字仲，春秋時代潁上人。齊桓公之相，佐齊桓公以成霸業。⓫召康公　即召公奭。名奭，召是其食邑，康是其諡號。曾佐周武王滅商，周成王時任太保，與周公分陝而治。⓬太公　太公望，名尚。齊國的始祖，因佐周文王、周武王滅商有功而封於齊。⓭五侯九伯　泛指諸侯。五侯，公、侯、伯、子、男五等爵。九伯，九州諸侯之長。⓮女　汝。⓯履　足跡所到之處。此指征伐之範圍。⓰穆陵　關名。即穆陵關（一作木陵關），在今湖北麻城北百里。⓱無棣　地名。在今河北盧龍一帶。⓲苞茅　成束的菁茅。苞，包裹；捆束。茅，指菁茅。一種有毛刺的茅，產於荊州，為楚國應納的貢物之一。⓳縮酒　祭祀儀式之一。束茅立之，將酒從上澆下，酒滓留在茅中，酒汁逐漸滲下，象徵神在飲酒。⓴徵　責問；問罪。㉑昭王　周天子。周成王之孫，名瑕，在位五十一年（西元前一〇五二～前一〇〇二年），曾南巡荊蠻，渡漢水，船壞溺死。㉒寡君　臣子對他國謙稱自己的國君。㉓陘　楚國地名。在今河南郾城境，下文「召陵」之南。㉔如師　至齊師駐地。師，此指齊師。㉕次　停留。此指軍隊臨時駐紮。㉖召陵　楚國地名。在今河南郾城東。㉗不穀　諸侯自稱之謙辭。穀，善。㉘徼　求。㉙收　接納；不嫌棄。㉚綏　安撫。㉛方城　山名。在今河南葉縣南。

【語譯】春，齊侯率領諸侯的軍隊攻打蔡國。蔡軍潰敗，於是又攻打楚國。

楚子派使者來到軍中說：「君王在北方，寡人在南方。即使是牛馬發情追逐，也跑不到對方的地界去。沒想到君王竟然來到我國，這是為什麼呢？」管仲回答說：「從前召康公命令寡人的先君太公說：『天下諸侯，你都可征伐他們，以輔助王室。』賜給先君征伐的區域，東到海，西到黃河，南到穆陵，北到無棣。你們該進貢苞茅而不進貢，使得天子祭祀時沒有苞茅，不能漉酒祭神，寡人為此而來問罪。昭王南征而沒有回去，寡人為此而來責問。」使者回答說：「不貢苞茅，這是寡君的罪過，豈敢不照舊進貢？至於昭王沒有回去，請君王到漢水岸邊去問吧！」

諸侯進軍，駐紮在陘。

夏，楚子派屈完來到軍中。諸侯軍隊後退，駐紮在召陵。

齊侯陳列諸侯軍隊，和屈完一同乘車觀看。齊侯說：「諸侯並不是為了寡人而和齊國結盟，而是為了延續和先君的友好關係，貴國也和敝國友好好嗎？」屈完回答說：「承君王的恩惠求福於敝國社稷，又承蒙願意接納寡君，這正是寡君的意願。」齊侯說：「用這些軍隊打仗，誰能抵擋他們？用這些軍隊攻城，什麼城攻不下？」屈完回答說：「君王如果以德安撫諸侯，誰敢不服？君王如果動武，楚國有方城山作城牆，漢水作護城河，君王軍隊雖多，也派不上用場。」

於是屈完和諸侯訂立了盟約。

【研　析】本文可分六段，其中一、三、四、六共四段記事件之始末，文字精簡，而二、五兩段記雙方交涉攻防的言辭，是全文最精彩的部分。

基本上，楚國所面對的是齊、魯、宋、陳、衛、鄭、許、曹等八個國家的聯軍，而且是得勝之軍，作為楚國使者的人，其言辭稍有不慎，即有辱國或引發大戰之虞，但兩次的楚國使者都能掌握分寸，保住國格，也避免了戰爭。第二段裡楚國使者先以「風馬牛不相及」責備齊國的入侵為師出無名，語氣嚴正而又生動；針對管仲的強烈反責，又避重就輕地承認不貢苞茅的過失並保證恢復，而冷峻地拒絕了「昭王南征而不復」的近乎羅織的罪名，可謂能屈能伸、有進有退。第五段楚國使者屈完在齊侯示好的軟性訴求下，也以軟性言辭應對；當齊侯語含威脅時，又以堅定的口氣予以反擊，可謂能剛能柔、有攻有守。

在齊國方面，第二段裡管仲的言辭既針對楚國使者的責問而防禦——以齊國奉命有專征之權、夾輔之責為防禦，進一步又以「苞茅不入」、「昭王南征而不復」為楚國的罪名而加以反擊，並間接表示齊國是師出有名的。這樣的連消帶打、反守為攻，技巧也是高超的。而第五段裡齊侯示好、示威，軟硬兼施的言辭，也誘使楚國使者表示結好乃「寡君之願」。君臣二人一唱一和，效果不惡。

雙方的立場都很堅定，言辭都很精彩，結果是盟約的成立。但是，如果齊國不強大，怎能結合其他七國，發動大軍進入楚國境內耀武揚威？如果楚國不強大，又怎能毫不示弱，堅持結好可以、打仗不怕的立場而退壓境的強敵呢？強大的國力是外交立場之所以能堅定的重要後盾，這恐怕是古今一理的吧！

宮之奇諫假道

僖公五年

【題解】本文選自《左傳》魯僖公五年（晉獻公二十二年、西元前六五五年），篇名據傳文內容而訂。宮之奇，春秋時代虞國（在今山西平陸）大夫。假道，借路通過。本文記敘晉國再次向虞國借道攻打北虢，宮之奇勸阻虞君而虞君不聽，結果晉滅北虢後，隨即襲滅虞國，虞君被捉。在此之前，魯僖公二年，晉國已曾向虞國借道伐北虢，占領了北虢的下陽（《穀梁傳》作「夏陽」），當時宮之奇即已勸諫，而虞君不但不聽，還出兵幫助晉國，導致晉國食髓知味，再次借道，結果虢滅，虞也不保。

晉侯❶復❷假道於虞❸以伐虢❹。

宮之奇諫曰：「虢，虞之表❺也；虢亡，虞必從之。晉不可啟❻，寇❼不可翫❽；一之謂甚❾，其可再乎？諺所謂『輔車❿相依，脣亡齒寒』者，其虞、虢之謂也。」

公曰：「晉，吾宗⑪也，豈害我哉？」對曰：「大伯⑫、虞仲⑬，大王⑭之昭⑮也，大伯不從⑯，是以不嗣⑰。虢仲、虢叔⑱，王季⑲之穆⑳也，為文王卿士，勳在王室，藏於盟府㉑。將虢是滅，何愛於虞？且虞能親於桓、莊㉒乎？其愛之也，桓、莊之族何罪，而以為戮㉓，不唯㉔偪㉕乎？親以寵偪，猶尚害之，況以國乎？」

公曰：「吾享祀豐絜㉖，神必據㉗我。」對曰：「臣聞之，鬼神非人實親，惟德是依。故〈周書〉㉘曰：『皇天無親，惟德是輔。』又曰：『黍稷非馨㉙，明德惟馨。』又曰：『民不易物㉚，惟德繄㉛物。』如是，則非德，民不和、神不享矣。神所馮㉜依，將在德矣。若晉取虞，而明德以薦馨香，神其㉝吐之乎？」

弗聽，許晉使。宮之奇以其族行，曰：「虞不臘㉞矣！在此行也，晉不更舉矣。」

冬，晉滅虢。師還，館㉟於虞。遂襲虞，滅之，執虞公。

【注釋】❶晉侯　指晉獻公。春秋時代晉國的國君，名詭諸，在位二十六年（西元前六七六～前六五一年）。晉國之始封君為周成王弟唐叔，都絳（今山西翼城東南），至晉獻公，略有今山西大部，河北西南部，河南西端、北端，陝西東端之地。❷復　又；再。❸虞　國名。周武王克商，封虞仲於此，在今山西平陸東北。❹虢　國名。此指北虢，為西虢的別支。❺表外表。此有屏障、外圍之意。❻啟　開啟；引發。❼寇　敵人。❽翫　同「玩」。輕忽。❾甚　過分。❿輔車　面頰和牙床。⓫宗　同宗。晉、虞二國皆出於周，姬姓。⓬大伯　周太王長子。吳國的始祖。⓭虞仲　周太王次子。虞國的始祖。⓮大王　周太王。即古公亶父，后稷之第十二代孫，周文王之祖父。⓯昭　與「穆」合為古代廟次及墓次，稱昭穆。始祖居中，左為昭，右為穆。周以后稷為始祖，其奇數之後代為昭，偶數之後代為穆，上一代為昭，則下一代為穆，反之亦然。周太王為穆，故其子為昭。⓰不從　不跟隨在側。周太王生大伯、虞仲、季歷，季歷生子昌（周文王），太王欲立季歷以傳昌，故大伯逃往荊蠻以讓季歷。⓱嗣　繼承；繼位。⓲虢仲虢叔　皆季歷之子，周文王之弟。仲為西虢始君，叔為東虢始君。⓳王季　即季歷。后稷第十三代孫，周文王之父。⓴穆　季歷為后稷第十三代孫，為昭，故虢仲、虢叔為穆。㉑盟府　收藏盟誓典策的府庫。周室及諸侯皆有。㉒桓莊　桓叔及其子莊伯。晉獻公為莊伯之孫、桓叔之曾孫。㉓戮　殺。桓、莊之族為晉獻公同祖兄弟，晉獻公懼其族太盛而逼公室，於魯莊公二十五年（西元前六六九年）盡殺群公子。㉔唯　僅因；只因。㉕偪　同「逼」。侵逼。㉖絜　同「潔」。㉗據　依；從。㉘周書　《尚書》的一部分。《尚書》有〈虞書〉、〈夏書〉、〈商書〉、〈周書〉四部分。以下三處引文，分別出自偽古文《尚書》的〈蔡仲之命〉、〈君陳〉、〈旅獒〉三篇。㉙馨　芳香遠聞。㉚民不易物　人不能改變祭物。民，人。易，改。物，指祭物。㉛繄　是；此。㉜馮　同「憑」。㉝其　豈。㉞臘　祭名。歲末大祭眾神。在夏曆十月，周曆十二月。㉟館　留止。此指軍隊駐紮。

【語　譯】晉侯又向虞國借道去攻打虢國。

宮之奇進諫說：「虢國，是虞國的屏障；虢國亡，虞國一定跟著滅亡。不可以引發晉國的野心，也不可以輕忽敵人；一次已經過分了，怎可再來一次呢？諺語所說的『輔車相依，脣亡齒寒』，正是虞國、虢國的寫照啊！」

虞公說：「晉國是我的同宗，難道會害我？」宮之奇回答說：「大伯、虞仲，都是太王的兒子；大伯沒跟隨在太王身邊，所以沒有繼位。虢仲、虢叔，都是王季的兒子，做過文王的卿士，對王室有功，盟府有記錄。晉國既要滅虢國，又怎會愛惜虞國呢？並且虞國能比桓叔、莊伯更親嗎？如果晉國愛惜桓叔、莊伯，那他們的子孫有什麼罪，卻全被晉侯所殺，不就只因為怕兩家勢力太大會侵逼公室嗎？對於侵逼公室的親族，尚且加以殺害，何況是國家呢？」

虞公說：「我祭神的物品豐盛而潔淨，神一定會依從我。」宮之奇回答說：「臣聽說鬼神並不是親近哪個人，而只是依從有德的人。所以〈周書〉說：『皇天沒有私親，只輔助有德的人。』又說：『黍稷不算芳香，美德才有芳香。』又說：『人不能改變祭物，只有德行可以充當祭物。』照這樣說來，那麼，沒有德行就不能使人民和諧、鬼神接受祭祀了。鬼神所依從的，就在德行了。如果晉國占領了虞國，而用明德作為芳香的祭物來祭神，神難道會吐出來嗎？」

虞公不採納，而答應晉國使者的要求。宮之奇帶著族人離開虞，說：「虞國過不了今年的臘祭了！就在這一次，晉國不必再發兵了。」

冬，晉國滅了虢國。軍隊回來，駐紮在虞國。於是襲擊虞國，把虞國滅了，捉了虞公。

【研　析】本文可分六段。第一段及第六段，記事件的始末。重心在二、三、四、五段宮之奇進諫的言辭，及虞君「弗聽」之後，宮之奇的行動和預言。

第二段宮之奇以虞、虢二國相互依存的形勢，勸阻虞公，不可假道給晉國，又以面對強鄰，不可輕忽，勸誡虞公，可謂深諳小國的自保之道。段末引「輔車相依，脣亡齒寒」的諺語以譬況虞、虢兩國的關係，使得前面所講種種，有一個形象化並且生動的概括，語言技巧頗高。

第三段虞公自認與晉國同宗，晉國必不會加害，而宮之奇則從晉國今日的舉動、往日的表現，以及對同宗的外國、同祖的親族之加害，對比凸顯出晉獻公的野心，既駁斥了虞公不切實際的想法，也回應了上段「晉不可啟，寇不可翫」。虢、虞、晉三國，皆為同宗的姬姓諸侯，今晉國既伐虢國，又怎能相信其獨愛於虞國而不以兵戎相加？桓、莊之族與晉獻公為親族，晉獻公尚且盡殺群公子，又怎能期待其獨愛較疏遠的同宗外國，不吞之而後快？這些論斷，既有事實依據，又深符國際間只有利害而無情義的務實觀點，相當紮實而透闢。

第四段虞公自認祭祀誠敬、神必依從，宮之奇則指出存亡在人而不在神，有德方能使人民和諧而鬼神受享。這是一種民本思想，有力地駁斥了虞公依賴鬼神的想法之虛妄。

不可期待敵人的慈悲，不可仰仗鬼神的保護，這是宮之奇三處諫言的基本態度。他以嚴密的推論、有力的證據，甚至於引經據典地說出他之所以反對假道給晉國，但是虞公竟然不聽，宮之奇只好帶著族人遠離，並且預言虞國亡在旦夕。事件的結局是虞國國亡君執，這是虞君「咎由自取」，也證實了宮之奇的高瞻遠矚。

齊桓下拜受胙

僖公九年

【題解】 本文選自《左傳》魯僖公九年（周襄王二年、齊桓公三十五年、西元前六五一年），篇名據傳文內容而訂。齊桓，齊桓公。春秋時代齊國國君，齊僖公之子，名小白。春秋五霸之一，在位四十三年（西元前六八五～前六四三年）。胙，祭祀用的肉。本文記敘齊桓公在葵丘（在今河南考城東）與諸侯會盟，依禮下階拜謝周襄王所賜祭肉，然後登堂領受，表現了一個霸主的風範。

會于葵丘，尋盟❶，且脩好❷。禮也。

王❸使宰孔❹賜齊侯❺胙❻，曰：「天子有事❼于文、武，使孔賜伯舅❽胙。」齊侯將下拜。孔曰：「且有後命。天子使孔曰：『以伯舅耋❾老，加勞❿，賜一級⓫，無下拜。』」對曰：「天威不違⓬顏咫尺⓭，小白⓮余敢貪⓯天子之命無下拜？恐隕越⓰于下，以遺⓱天子羞，敢不下拜？」下，拜；登，受。

【注釋】 ❶尋盟　重申前盟。尋，通「燖」。重溫。❷脩好　增進友好。❸王　指周襄王。東周天子，名鄭，在位三十四年（西元前六五二～前六一九年）。❹宰孔　周襄王之宰，名孔。❺齊侯　指齊桓公。齊為侯爵諸侯國。❻胙　祭祀用的肉。❼事　指祭祀之事。❽伯舅　天子對異姓諸侯的稱呼。❾耋　老。❿勞　有功勞。⓫賜一級　加賜一等。級，等。君有賜，臣當下階，面北再拜稽首，然後登堂，又再拜稽首，受賜，今免其下拜，是進一等。⓬違　離。⓭咫尺　形容距離近。咫，八寸。⓮小白　齊桓公名。⓯貪　受。⓰隕越　顛墜。此指敗壞禮法。⓱遺　帶給。

【語　譯】齊桓公在葵丘和諸侯會見，重申前盟，並增進彼此的友好。這是合禮制的。

周襄王派宰孔把祭肉賜給齊侯，說：「天子祭祀文王、武王，派孔把祭肉賜給伯舅。」齊侯要下階拜賜。宰孔說：「還有進一步的命令。天子命孔說：『因為伯舅年事已高，且對王室有功，所以加賜一等，不用下階拜謝。』」齊侯回答說：「天子的威嚴，近在面前，小白怎敢接受天子的寵命而不下階拜賜呢？恐怕在下的我敗壞了禮法，給天子帶來羞辱，怎敢不下階拜賜？」於是下階，拜賜；登階上堂，拜受。

【研　析】春秋時代周天子威權陵替，主導天下的是強國、霸主。霸主以武力為後盾，以尊王為號召，取得政治上的實利，齊桓公的「尊王攘夷」、「九合諸侯」是一個典型範例。天子以爵賞籠絡強國、霸主，仰賴其實力維持天下秩序，保住王室象徵性的共主地位。二者相需而用，各得所欲。本文可看作是這一歷史客觀形勢的具體事證。

周天子賜齊侯祭肉，並賜其不必下階拜謝，純是籠絡。宗廟祭肉，只分給同姓諸侯及二王（夏、殷）之後，齊國並非周天子的同姓諸侯，亦非二王之後，周天子之賜，純因齊國之強大，足以號令諸侯而已，此即文中所謂的「勞」。臣受君賜，有一定的禮節儀式，下階面北再拜稽首是不可免的，今周天子賜其不必下拜，自降威嚴，其原因亦如上述。齊侯堅持依禮拜受，在形式上既已維繫了禮法和周天子的尊嚴，實質上又無損於其霸主的威望，反因此更能得天下諸侯的歸心，可謂一舉兩得。

本文雖簡短，但透過對話的主要形式，生動地反映了天子、霸主之間的微妙關係，有著意在言外的效果。

陰飴甥對秦伯

僖公十五年

【題解】本文選自《左傳》魯僖公十五年（晉惠公六年、秦穆公十五年、西元前六四五年），篇名據傳文內容而訂。陰飴甥，春秋時代晉國大夫。姓呂，名飴，字子金。陰（在今山西霍州東南）是其食邑，為晉侯之甥，故稱「陰飴甥」。晉國在晉獻公時，因為寵愛驪姬而殺太子申生立驪姬之子奚齊，群公子紛紛逃亡。秦穆公出兵助公子夷吾歸晉國即位，是為晉惠公。晉惠公即位後並沒有實踐割地給秦國的諾言，又先接受秦國的賑糧而後坐視秦國的饑荒，秦穆公乃出兵伐晉國，在韓原（在今山西榮河縣北）一役，打敗晉軍、俘虜了晉惠公。本文記戰後陰飴甥赴秦求和，以巧妙的外交辭令回答秦伯，促使秦穆公釋放被俘的晉惠公。

十月，晉陰飴甥會秦伯❶，盟于王城❷。

秦伯曰：「晉國和❸乎？」對曰：「不和。小人恥失其君❹而悼喪其親，不憚征繕❺以立圉❻也，曰：『必報讎，寧事戎狄。』君子愛其君而知其罪，不憚征繕以待秦命，曰：『必報德，有死無二。』以此不和。」

秦伯曰：「國謂君何？」對曰：「小人慼❼，謂之不免❽；君子恕❾，以為必歸。小人曰：『我毒秦❿，秦豈歸君？』君子曰：『我知罪矣，秦必歸君。』貳⓫而執之，服而舍之，德莫厚焉，刑莫威焉。服者懷德，貳者畏刑，此一役⓬也，秦可以霸。納⑬而不定，廢而不立，以德為怨，秦不其然。』」

秦伯曰：「是吾心也。」改館⑭晉侯，饋七牢⑮焉。

【注釋】❶秦伯　指秦穆公。名任好，春秋五霸之一，在位三十九年（西元前六五九～前六二一年）。秦國為伯爵諸侯國。❷王城　秦國地名。在今陝西朝邑西南。❸和　和睦；和洽。❹君　指晉惠公。即下文「晉侯」，名夷吾，在位十四年（西元前六五〇～前六三七年）。❺征繕　徵軍賦、治甲兵。❻圉　晉惠公太子。即晉懷公，繼晉惠公而立，在位二年（西元前六三七～前六三六年）。❼慼　憂慮。❽不免　不免被殺。❾恕　以己心推想他人。❿毒秦　害秦。指秦國曾兩次運糧救晉國之饑荒，其後秦國饑荒晉國卻置之不救。⓫貳　有二心。⓬役　戰役。指魯僖公十五年秦國、晉國於韓原之戰役。⓭納　進入。此指秦穆公於魯僖公十年（西元前六五〇年）助晉惠公入晉國即位。⓮館　接待賓客的館舍。此用為動詞。晉惠公原被拘於靈臺，今則使入賓館。⓯七牢　七牛、七羊、七豕。七牢為饋贈諸侯之禮，此秦伯示意將送晉惠公歸國，故以諸侯之禮待之。牛、羊、豕各一為一牢。

【語譯】十月，晉國陰飴甥會見秦伯，在王城訂盟約。

秦伯說：「晉國內部和睦嗎？」陰飴甥回答說：「不和睦。人民以國君被俘為恥又傷悼失去親人，不怕徵稅徵兵以立圉為國君，說：『一定要報仇，寧可事奉戎狄。』士大夫愛國君也知道他的過失，不怕徵稅徵兵以等待秦國的命令，說：『一定要報答秦國的恩德，至死不變。』因此不和睦。」

秦伯說：「你們認為你們國君的結果會怎樣呢？」陰飴甥回答說：「人民憂慮，認為不免被殺；士大夫將心比心，認為一定會送回來。人民說：『我們害了秦國，秦國哪肯讓國君回來？』士大夫說：『我們已經知罪了，秦國一定會讓國君回來。有二心就捉了他，服從了就釋放他，這是最深厚的恩德，最威嚴的刑罰了。使服從的懷念恩德，有二心的畏懼刑罰，憑這一次戰役，秦國就可以稱霸。助他回國即位而不能使他安定，甚至於又廢掉他，這是把恩德變成怨仇，秦國不會這樣做的。』」

秦伯說：「這正是我的意思啊。」於是把晉君遷到賓館，送他七牢之禮。

【研　析】本文可分四段。一、四段記事，二、三段記陰飴甥的外交辭令。秦穆公問陰飴甥兩個問題，「晉國和乎」和「國謂君何」。秦穆公的原意是藉會見以刺探晉國的虛實，可滅則滅，可和則和。所以這兩個問題完全是一副試探的口氣，陰飴甥如果應對不當，即有可能激怒秦穆公或者洩漏了晉國內部情形，這對晉國都是不利的。但是他不亢不卑、外柔內剛，說盡晉國人對秦國的觀感，絲毫不帶個人的主觀，不但宣示了晉國人復仇的決心，又適度表達了晉國人對秦國的期待，使得秦穆公只好說送回晉惠公「是吾心也」。不久，也便送晉惠公回國了。其實秦穆公是從陰飴甥的言辭中察覺滅掉晉國並不容易，也感到被尊重、被期待的滿足，才會順水推舟的說出這話吧！

堅定的立場、委婉的言辭、巧妙的表達，是陰飴甥完成此次外交任務的原因。

子魚論戰

僖公二十二年

【題　解】本文選自《左傳》魯僖公二十二年（宋襄公十三年、楚成王三十四年、鄭文公三十五年、西元前六三八年），篇名據傳文內容而訂。子魚，春秋時代宋國公子，名目夷，字子魚。曾為宋襄公之相。魯僖公二十二年冬，宋、楚兩國戰於泓水，宋師大敗，宋襄公負傷，並於次年五月不治而死。戰爭的起因是在諸侯霸主齊桓公死後，宋襄公想跟楚國爭霸，因為鄭國依附楚國，宋襄公怒而伐鄭國，而楚國則出兵伐宋國救鄭國。本文記敘此次戰役的戰前、戰時、戰後，暗示了宋師敗績的原因，在於宋國失天命，以及宋襄公的迂腐和不識時務。

楚人伐宋以救鄭。宋公❶將戰，大司馬❷固❸諫曰：「天之棄商❹久矣，君將興之，弗可赦也已。」弗聽。

及楚人戰于泓❺。宋人既成列，楚人未既濟❻。司馬❼曰：「彼眾我寡，及其未既濟也，請擊之。」公曰：「不可。」既濟而未成列，又以告。公曰：「未可。」既陳❽而後擊之，宋師敗績。公傷股，門官❾殲❿焉。

國人皆咎⓫公。公曰：「君子不重傷⓬，不禽二毛⓭。古之為軍也，不以阻隘⓮也。寡人雖亡國之餘，不鼓⓯不成列。」子魚曰：「君未知戰。勍⓰敵之人，隘而不列，天贊⓱我也；阻而鼓之，不亦可乎？猶有懼焉。且今之勍者，皆吾敵也。雖及胡耇⓲，獲則取之，何有於二毛？明恥教戰，求殺敵也。傷未及死，如何勿重？若愛重傷，則如⓳勿傷；愛其二毛，則如服焉。三軍以利用⓴也，金鼓以聲氣㉑也。利而用之，阻隘可也；聲盛致志㉒，鼓儳㉓可也。」

【注　釋】❶宋公　指宋襄公。春秋時代宋國的國君，名茲父，在位十四年（西元前六五〇～前六三七年）。❷大司馬　官名。掌軍旅之事。❸固　公孫固。宋莊公之孫。❹商　宋國為殷商之後，故宋人每自稱商。❺泓　泓水。舊河道約在今河南柘城北。❻濟　渡過。❼司馬　官名。即下文「子魚」，名目夷，宋襄公之異母兄。❽陳　通「陣」。列陣。❾門官　君王近衛。❿殲　盡。⓫咎　埋怨。⓬重傷　再傷。傷害已受傷者。⓭二毛　毛髮半白半黑。⓮阻隘　在險隘處遏阻敵人。⓯鼓　擊鼓進軍。此指攻擊。下「鼓之」同。⓰勍　強。⓱贊　助。⓲胡耇　老人。胡、耇皆有「壽」、「老」之意。⓳如　應當。下「則如服焉」同。⓴以利用　因利而用；有利則用。以，因。㉑以聲氣　用其聲以勵勇氣。以，用。㉒聲盛致志　因鼓聲大作而士氣高昂。致，極。㉓儳　不整齊。

【語　譯】楚國攻打宋國以援救鄭國。宋公將要應戰，大司馬公孫固進諫說：「上天久已拋棄我商國，君王卻想要復興，這是得不到寬恕的。」宋公不聽。

宋軍和楚軍在泓水交戰。宋軍已經列陣，楚軍還沒全部渡河。司馬說：「他們人多而我們人少，趁他們還沒全部渡河，請下令攻擊。」宋公說：「不行。」楚軍全部過河而尚未列陣，司馬又請求攻擊。宋公說：「不行。」等到楚軍已經列陣，宋公才下令攻擊，結果宋軍大敗。宋公大腿受傷，左右衛士全部陣亡。

宋國人都埋怨宋公。宋公說：「君子不傷害傷兵，不捉毛髮半白的人。古人用兵，不在險隘的地方遏阻敵人。寡人雖是亡國的後代，不會攻擊尚未列陣的敵軍。」子魚說：「君王並不了解戰爭。強敵因為地形險隘而尚未列陣，這是天助我們；加以阻遏、攻擊，不是很好嗎？只怕這還未必獲勝哪。並且這些強悍的楚國士兵，都是我們的敵人啊。即使是老人，捉到就抓回來，管他頭髮白不白呢？讓士兵知恥，教他們作戰，就是要他們殺敵啊！受傷而沒有死的敵人，為什麼不可以再殺他？如果不忍心殺害受傷的敵人，那一開始就不該殺傷他；如果同情年長的敵人，那就該向他們投降。軍隊是為求取戰果而出動，金鼓則是用聲音來激勵勇氣。為求戰果而出動，那麼在險隘的地方遏阻敵人是可以的；鼓聲大作、士氣高昂，那麼攻擊尚未列陣的敵人也是可以的。」

【研　析】本文可分三段。首段記戰前，重點在於大司馬公孫固的諫言。大司馬以為商（即宋）失天命已久，宋襄公欲興商而發動戰爭，是違天命而不可赦。兩國交戰，可記的事必定很多，而作者重點地記下這段話，從文章技巧的角度看，這有著預示下文「宋師敗績」的伏筆的作用。

第二段記戰事，但重點擺在宋襄公和司馬子魚對於出擊時機的不同看法。子魚主張「以整擊亂」，趁楚國軍隊未完成戰鬥準備時出擊，宋襄公則堅持在敵方「既濟」、「既陳」「而後擊之」，結果是「宋師敗績」。從文章技巧的角度來看，本段既重點突出宋師在戰場上的失利是由於宋襄公戰術運用的失當，與上段的「失天命」共同構成宋國失敗的原因；又引發了讀者對於宋襄公何以如此的疑問或好奇，於是下段宋襄公與子魚的對答，就有它的必要性了。

第三段記戰後。宋襄公的話，具體說明了他在此次戰役中何以有如上段的表現。可以說，他對戰爭的觀念還停留在封建制度下一切依禮行事的認識，而子魚的話，則代表了春秋以來求戰果而不計人道的嶄新的戰爭概念。如果說宋師敗績的原因是由於宋襄公的延誤戰機，那麼，此一延誤其實是根源於宋襄公不合潮流的戰爭概念。

從文章的角度來說，全文依序為戰前、戰時、戰後，層次非常分明；如果以「宋師敗績」為中心，我們也可以看出全文環繞著這個重心而作有選擇性的史料安排，結構非常嚴謹。

從思想的角度來說，宋襄公既想爭霸於當代，又心存古代的觀念，這註定了他霸圖的失敗。戰爭必有殺戮，那是不人道的，因為任何生命都是寶貴的；如果要講求人道，而戰爭又不可避免，那麼，人道的極限又何在？這似乎也是閱讀本文後一個可以思考的問題。

寺人披見文公

僖公二十四年

【題　解】 本文選自《左傳》魯僖公二十四年（晉文公元年、秦穆公二十四年、西元前六三六年），篇名據傳文內容而訂。寺人，宦官。披，人名。文公，晉文公。春秋時代晉國國君。晉獻公之子，名重耳，春秋五霸之一，在位九年（西元前六三六～前六二八年）。本文記敘晉文公回國即位後，其弟晉惠公的舊臣呂甥與郤芮圖謀焚燒宮室，殺害晉文公。寺人披得知這個陰謀，向晉文公告密，因此得以預先防範而免於難。寺人披是晉文公的舊仇，晉文公能接納舊仇，拋棄前嫌，是他幸免的原因。

呂、郤❶畏偪❷，將焚公宮而弒晉侯❸。

寺人披請見。公使讓❹之，且辭❺焉，曰：「蒲城之役❻，君❼命一宿❽，女❾

即至。其後余從狄君⑩以田⑪渭濱，女為惠公⑫來求殺余，命女三宿，女中宿⑬至。雖有君命，何其速也？夫祛⑭猶在，女其行乎！」

對曰：「臣謂君之入也，其知之矣。若猶未也，又將及難。君命無二，古之制也。除君之惡，唯力是視⑮。蒲人、狄人，余何有焉？今君即位，其無蒲、狄乎？齊桓公置射鉤⑯而使管仲相，君若易之⑰，何辱命焉？行者甚眾，豈唯刑臣⑱？」

公見之，以難告。晉侯潛會秦伯⑲于王城⑳。己丑晦㉑，公宮火。瑕甥㉒、郤芮不獲公。乃如河上，秦伯誘而殺之。

【注釋】❶呂郤　呂甥和郤芮。皆晉惠公舊臣。呂甥即〈陰飴甥對秦伯〉中的陰飴甥。名飴，食邑於陰，又食邑於呂，為晉侯之甥。❷偪　通「逼」。迫害。❸晉侯　指晉文公。晉為侯爵諸侯國。❹讓　責備。❺辭　拒絕。❻蒲城之役　魯僖公五年（西元前六五五年），晉獻公殺其太子申生，公子重耳（晉文公）奔蒲（今山西隰縣），晉獻公命寺人披攻蒲，重耳翻牆逃走，寺人披砍下重耳的一截衣袖。❼君　指晉獻公。❽一宿　隔一夜。即出發日的第二天。❾女　汝。❿狄君　狄人之君。狄為北方部族名，重耳母親為狄人。⓫田　打獵。⓬惠公　指晉惠公。晉文公之弟，先晉文公即位。⓭中宿　二宿。即出發日起的第三天。⓮祛　衣袖。⓯唯力是視　盡力而為。⓰射鉤　射中衣帶鉤。管仲初事公子糾，為助公子糾即齊國君位，以箭射小白（齊桓公），中其帶鉤。⓱易之　反之；改之。指作法與齊桓公相反。⓲刑臣　刑餘之臣。宦官須受宮刑，故寺人披自稱如此。⓳秦伯　指秦穆公。秦為伯爵諸侯國。⓴王城　地名。在今陝西大荔東。魯襄公十一年（西元前五六二年）始屬秦國。㉑己丑晦　即三月二十九日。晦，月末。㉒瑕甥　即呂甥。

【語　譯】呂甥和郤芮恐怕受到迫害，準備放火燒宮室而殺晉文公。

宦官披請求進見。晉文公派人責備他，並且拒絕接見，說：「蒲城那件事，君王命令你第二天到，你卻當天就到。後來我和狄君在渭水邊打獵，你為惠公來找機會殺我，命令你第四天到，你卻第三天就到。雖然你是奉了君命，但又何必那麼快呢？當年被你砍下的袖口還在，你還是走吧！」

披回答說：「臣以為君王回國後，應該知道為君之道了。如果還不知道，恐怕還會遇到禍難的。人臣執行君王命令，不得有二心，這是古代的制度啊！為君除害，本當盡力而為。蒲人、狄人，對我來說算什麼呢？現在君王已經即位，難道不會再有像在蒲、狄時的禍難嗎？齊桓公不計較被射中帶鉤的舊怨而任用管仲為相，君王如果和他相反，何必君王的命令呢？離開的人一定很多，豈只臣一人而已？」

晉文公接見了他，他把即將發生的禍難向晉文公報告。晉文公暗地裡到王城去會見秦穆公。三月二十九日，晉文公的宮室起火。瑕甥、郤芮找不到晉文公，就趕到河邊，秦穆公誘殺了他們。

【研　析】本文可分四段。首段記呂、郤的陰謀。二段記晉文公責備寺人披並拒絕接見。三段記寺人披的答辯。四段記呂、郤發難及此事件的結局。

寺人披曾兩次受命殺害公子重耳，所以當他求見，晉文公便以舊怨相責並拒絕接見。針對晉文公的反應，寺人披的答辯首先以「君命無二」、「唯力是視」為自己脫罪，表示從前種種，無非奉命行事，罪不在己；其次舉齊桓公「置射鉤而使管仲相」為例，暗示晉文公當不念舊惡方能成大事。透過這兩點答辯，寺人披表示他對國君的忠心，並不專主一人而是視其在位與否。今晉文公既已在位，便是自己效忠的對象，用這來對晉文公輸誠，而又時時語含威脅，暗示晉文公如果不能寬大為懷、盡棄前嫌，則「行者甚眾」、「又將及難」、「其無蒲、狄乎」，禍難仍有可能發生。

從文章的結構看，寺人披得知呂、郤的陰謀，他的反應是「請見」。寺人披的動作，經過「拒絕」、「答辯」，最後交集在「公見之」而完成，接著「以難告」，除了進一步完成「動作」的目的，也呼應並延續了首段。於是，陰謀曝光、失敗，陰謀者被殺。這樣的結構，線索脈絡明晰，又有凸出的重心，可說相當傑出。從文章的內含來看，寺人披可算是一個陰險反覆的小人，也可以把他看作是一個識時務、明利害的世俗之人。總之，他不是一個能「擇善固執」的君子人。但是，從第三段他的反應，我們不得不佩服他的辯才無礙。晉文公的「使讓之，且辭焉」，可以看作是人情之常的反應，但其後的「公見之」，則又充分顯現出一個霸者所具有的氣度。如果不是接見了寺人披，晉文公很有可能會被燒死，則他哪來往後名留青史的霸業呢？

介之推不言祿

僖公二十四年

【題　解】本文選自《左傳》魯僖公二十四年（晉文公元年、西元前六三六年），篇名據傳文內容而訂。介之推，一作介子推、介推。春秋時代晉國人。曾隨晉文公流亡。本文記敘晉文公流亡國外十九年後，回國即位，賞賜跟隨他流亡的人，而介之推認為晉文公是得天命而立，臣下不該冒功領賞，便和母親一起隱遁，至死而不求祿。

晉侯❶賞從亡者。介之推不言祿❷，祿亦弗及。

推曰：「獻公之子九人，唯君❸在矣。惠、懷❹無親，外內棄之。天未絕晉，必將有主。主晉祀者，非君而誰？天實置❺之，而二三子以為己力，不亦誣❻乎？竊人之財，猶謂之盜，況貪天之功以為己力乎？下義❼其罪，上賞其姦，上下相蒙❽，難與處矣。」

其母曰：「盍⑨亦求之？以死，誰懟⑩？」對曰：「尤⑪而效之，罪又甚焉。且出怨言，不食其食⑫。」其母曰：「亦使知之，若何？」對曰：「言，身之文⑬也。身將隱，焉用文之？是⑭求顯也。」其母曰：「能如是乎？與汝偕隱。」遂隱而死。

晉侯求之不獲，以緜上⑮為之⑯田⑰，曰：「以志吾過，且旌⑱善人。」

【注釋】❶晉侯 指晉文公。晉國為侯爵諸侯國。❷祿 賞賜。❸君 指晉文公。❹惠懷 指晉惠公、晉懷公父子。❺置 立。❻誣 欺騙；虛妄。❼義 用為動詞。視之為義。❽蒙 欺騙；蒙蔽。❾盍 何不。❿懟 怨。⓫尤 罪過。此用為動詞。責其罪過。⓬食 指俸祿、賞賜。⓭文 文飾；裝飾。⓮是 此；如此。指上文「文之」。⓯緜上 晉國地名。在今山西介休東南介山下。⓰之 其。指介之推。⓱田 祭田。⓲旌 表揚。

【語譯】晉侯賞賜跟隨他流亡的人。介之推從不談賞賜，而賞賜也沒有給過他。

介之推說：「獻公的九個兒子，只有君王在世了。惠公、懷公沒有親近的人，國內外都離棄他們。如果天意不滅絕晉國，必定會有君主。主持晉國祭祀的人，除了君王還有誰？這是天意立他為君，而那些人卻以為是自己的功勞，這不是欺騙嗎？偷別人的財物，尚且叫做盜，何況是冒取上天的功勞認為是自己的力量呢？下面的人把罪過看作合理，上面的人賞賜他們的奸惡，上下相互欺蒙，這就難和他們相處了。」

他的母親說：「何不也去求賞呢？就這樣直到老死的話，你能怨誰？」介之推回答說：「既然批評了他們，卻又去效法他們，那我的罪過就更深重了。況且已口出怨言，就不該再受他的俸祿。」他的母親說：「也讓他知道一下，怎麼樣？」介之推回答說：「言語是身體的文飾。身體就要隱遁了，哪用得著文飾？文飾就是求顯達了。」他的母親說：「你能這樣嗎？那我就和你一起隱遁。」於是隱居到死。

晉侯找不到介之推，就把緜上作為他的祭田，說：「用這來表示我的過失，並且表揚好人。」

【研　析】本文可分四段。首段記事，而「不言祿」、「祿亦弗及」是以下三段記言、記事之所本，故本段可看作是全文的總冒或引子。二段記介之推的言論，說明上段所記「不言祿」的理由。他認為晉文公之立乃天命而非人力，所以那些爭功求賞的人是錯的，進一步他認為在那「上下相蒙」的環境，他很難和那些人相處（「難與處矣」），這為下段的「隱」埋下一伏筆。三段記介之推母子的對話，從「求之」、「使知之」等與「不言祿」正好相反的假設性舉動，進一步表明了介之推「不言祿」的堅定不移；最後的「遂隱而死」，則為「不言祿」作出結局。四段記晉文公以緜上為介之推祭田，此段遙承首段的「祿亦弗及」，使得整個故事有一個較為公道的結局。

全文值得注意的有兩點，其一是對比的效果，突出表現了介之推耿介廉潔的人格，這應是本文重點之所在。所謂對比，具體表現在「從亡者」的爭功求賞和介之推的不敢居功。其二是介之推的母教。三段介之推母親的問話，可以看作是她對兒子的反激、試探，而不是她在鼓勵兒子去求祿，所以在經過兩番試探，確定兒子的心意之後，她以「與汝偕隱」對兒子作出最好的支持。如果我們從本文而肯定介之推人格的高尚，那他所受的母教，應該是一個很重要的原因吧！

展喜犒師

僖公二十六年

【題　解】本文選自《左傳》魯僖公二十六年（齊孝公九年、西元前六三四年），篇名取傳文首段四字而訂。展喜，春秋時代魯國大夫。本文記敘齊國伐魯國，展喜以犒勞齊師為名憑其外交辭令，說服齊孝公退師。

齊孝公❶伐我北鄙。公❷使展喜犒師❸，使受命于展禽❹。

齊侯❺未入竟❻，展喜從之❼，曰：「寡君聞君親舉玉趾，將辱於敝邑，使下臣犒執事❽。」齊侯曰：「魯人恐乎？」對曰：「小人恐矣，君子則否。」齊侯曰：「室如懸罄❾，野無青草，何恃而不恐？」對曰：「恃先王❿之命。昔周公⓫、大公⓬，股肱⓭周室，夾輔⓮成王。成王勞之，而賜之盟，曰：『世世子孫，無相害也。』載⓯在盟府，太師⓰職⓱之。桓公是以糾合諸侯，而謀其不協，彌縫⓲其闕⓳，而匡⓴救其災，昭舊職也。及君即位，諸侯之望㉑曰：『其率㉒桓之功。』我敝邑用不敢保聚㉓，曰：『豈其嗣世九年㉔，而棄命廢職？其若先君何？君必不然。』恃此以不恐。」

齊侯乃還。

【注釋】❶齊孝公 春秋時代齊國的國君。齊桓公之子，名昭，在位十年（西元前六四二～前六三三年）。❷公 指魯僖公。魯莊公之子，名申，在位三十三年（西元前六五九～前六二七年）。❸犒師 犒勞齊師。犒，用酒食勞軍。❹展禽 展喜之兄。魯國人，名獲，字禽。食邑於柳下，私諡惠，亦稱柳下惠。❺齊侯 指齊孝公。齊國為侯爵諸侯國。❻竟 通「境」。❼從之 就之。即出境見齊侯。❽執事 供使令之人。此指齊師。❾室如懸罄 形容貧乏無儲蓄。貧窮人家，屋舍之脊高起，兩簷下垂，室內空無所有，如磬之懸掛，故稱。罄，通「磬」。古代的一種打擊樂器，用石或玉雕成，中間高，兩邊折而向下，其間空洞無物。❿先王 指周成王。⓫周公 周文王之子，名旦。輔佐周成王，周成王封其長子伯禽於魯。⓬大公 即姜太公。佐周武王伐紂，為周開國元勳，周成王封之於齊。⓭股肱 大腿和胳膊。引申為輔佐君王的大臣。此用為動詞。衛護。⓮夾輔 輔佐。⓯載 盟約。古稱載書，省稱載。⓰太師 官名。掌國家典籍等。⓱職 主管。⓲彌縫 彌補；補救。⓳闕通「缺」。缺失。⑳匡　補救。㉑望　期望。㉒率　遵循。㉓保聚　聚眾保衛。㉔九年　齊孝公於魯僖公十八年繼位，至此九年。

【語　譯】齊孝公攻打我國北部邊境。僖公派展喜去犒勞齊師，並且要他先向展禽請教如何措辭。

齊孝公還沒進入我國國境，展喜就出境去見齊孝公，說：「敝國國君聽說君王親自出動大駕，將要光臨敝國，特派下臣來犒勞君王的軍隊。」齊孝公說：「魯國人怕嗎？」展喜回答說：「人民怕，士大夫則不怕。」齊孝公說：「屋舍像懸掛的罄那樣空洞，四野連青草都沒有，仗著什麼而不怕？」展喜回答說：「仗著先王的命令。從前周公、太公衛護周室，輔佐周成王。周成王慰勞他們，賜給他們盟約，說：『世世代代、子子孫孫，不可互相傷害。』這盟約藏在盟府，由太師掌管。齊桓公因此聯合諸侯，來調解他們的不和，彌補他們的缺失，挽救他們的災難，這是彰顯舊有的職責啊！到了君王即位，諸侯期望著說：『一定遵循齊桓公的功業吧！』敝國因此不敢聚眾保衛，說：『難道繼位才九年，就拋棄王命、荒廢職責？這樣怎對得起他的先君？君王一定不會這樣的。』仗著這個，所以不怕。」

齊孝公就收兵回國了。

【研　析】本文可分三段。首、末兩段記事，一為事件之起始，一為事件之結局。二段記展喜說齊孝公的言辭，為全文重心。

展喜奉命犒勞齊師，而實擔負說退敵軍的外交使命。從文中齊孝公所說的「魯人恐乎」、「何恃而不恐」，可見其顧盼自雄、志在必得的信心，而展喜卻能以委婉堅定的言辭，使得齊孝公無言而還，可見其措辭之妙。文中展喜有三段話，重點在最後一段。第一段話可說是後二段話的引言，屬於一般的外交辭令；第二段話的「小人恐矣」，是順著齊孝公「魯人恐乎」的問話，先滿足齊孝公的自大心理，而真正要說的則是「君子則否」。這樣的簡短肯定，可想而知，必然引起齊孝公的好奇或者說是不解，所以順著齊孝公「何恃而不恐」的疑問，第三段話詳細闡說了「君子則否」的原因。為什麼「君子則否」呢？展喜說出二大原因：一是「恃先王之命」，那「世世子孫，無相害也」的盟約，這是從體制上提醒齊孝公。如果齊孝公在主觀意識或客觀實力上尚未能完全否定以周天子為中心的封建體制，而在這個體制之下，齊、魯又有著淵源久遠、關係密切的傳統，那麼，齊、魯必無相害之理。二是「諸侯之望」齊孝公「昭舊職」。這是以「霸主」的頭銜來套住齊孝公。齊桓公為春秋的首位霸主，其功業在於「糾合諸侯，而謀其不協，彌縫其闕，而匡救其災」。換言之，霸主是為天下維持秩序的，而不是以強凌弱、以大欺小的。齊孝公既有意繼承其父齊桓公的霸業，自當如是，所以展喜的結論是「君必不然」，不會強凌弱、大欺小。如此這般，當然是「不恐」了。

熟悉歷史並抓準齊孝公的心理，再加上明晰的說理，是展喜之所以能圓滿達成任務的原因，也是本文第二段的精彩佳妙之處。

燭之武退秦師

僖公三十年

【題　解】本文選自《左傳》魯僖公三十年（晉文公七年、秦穆公三十年、鄭文公四十三年、西元前六三〇年），篇名據傳文內容而訂。燭之武，春秋時代鄭國大夫。魯僖公二十八年，晉、楚二國為爭奪霸權，爆發了城濮（在今山西鄄城西南）之戰，楚國戰敗，晉國因而稱霸諸侯。鄭國在此次戰役中曾出兵幫助楚國，加上先前晉文公流亡在外時，受過鄭國的冷落，新仇舊怨，終於使晉文公聯合秦國圍攻鄭國。本文記敘燭之武在鄭國的危急關頭，擔任說客，說服秦穆公單獨撤軍，並且派人助鄭國防守，迫使晉國也只好撤兵，因而使鄭國化險為夷、安渡難關。

晉侯❶、秦伯❷圍鄭，以其無禮於晉❸，且貳於楚❹也。晉軍函陵❺，秦軍氾南❻。

佚之狐❼言於鄭伯❽曰：「國危矣！若使燭之武見秦君，師必退。」公從之。辭曰：「臣之壯也，猶不如人；今老矣，無能為也已。」公曰：「吾不能早用子，今急而求子，是寡人之過也。然鄭亡，子亦有不利焉！」許之。

夜，縋❾而出。見秦伯，曰：「秦、晉圍鄭，鄭既知亡矣。若亡鄭而有益於君，敢以煩執事❿。越國以鄙遠⓫，君知其難也；焉用亡鄭以陪鄰⓬？鄰之厚，君之薄也。若舍鄭以為東道主⓭，行李⓮之往來，共⓯其乏困，君亦無所害。且君嘗為晉君賜⓰矣，許君焦、瑕⓱，朝濟⓲而夕設版⓳焉，君之所知也。夫晉，何厭⓴之有？既東封㉑鄭，又欲肆㉒其西封；若不闕㉓秦，將焉取之？闕秦以利晉，唯君圖之。」

秦伯說㉔，與鄭人盟，使杞子、逢孫、楊孫㉕戍㉖之，乃還。

子犯㉗請擊之。公曰：「不可。微㉘夫人㉙之力不及此。因人之力而敝㉚之，不仁；失其所與㉛，不知；以亂易整㉜，不武。吾其還也。」亦去之。

【注釋】❶晉侯　指晉文公。晉國為侯爵諸侯國。❷秦伯　指秦穆公。秦國為伯爵諸侯國。❸無禮於晉　指魯僖公二十三年（西元前六三七年），重耳（晉文公）流亡過鄭國，鄭文公不以禮待之。❹貳於楚　指鄭國與楚國親近而對晉國有二心。貳，兩屬。此指鄭國既附晉國，又親楚國。❺函陵　鄭國地名。在今河南新鄭北。❻氾南　氾水之南。氾，水名。此指東氾水，在今河南中牟南。❼佚之狐　鄭國大夫。❽鄭伯　指鄭文公。名踕，在位四十五年（西元前六七二～前六二八年）。鄭國為伯爵諸侯國。❾縋　用繩繫之使其自上往下墜。❿執事　供使令之人。此處實指秦伯，為示尊敬，不敢直指。⓫鄙遠　以遠地為邊邑。鄙，邊邑。此用為動詞。⓬陪鄰　增加鄰國的土地。陪，增加。鄰，鄰國。此指晉國。⓭東道主　東方道路上的主人。秦國與東方諸侯往來，多經鄭國。⓮行李　外交人員。亦作「行理」。⓯共　通「供」。供應。⓰為晉君賜　有恩於晉國國君。此指晉惠公得秦穆公之助而回國即位。⓱焦瑕　晉國之二邑名。在今河南陝縣南。⓲濟　渡河。⓳設版　指築城牆。版，築牆用的夾版。⓴厭　滿足。㉑封　封地；領土。此用為動詞。開拓領土。㉒肆　拓展。㉓闕　損害；削弱。㉔說　通「悅」。喜悅；高興。㉕杞子逢孫楊孫　皆秦國大夫。㉖戍　防守。㉗子犯　晉國大夫。姓狐，名偃，字子犯，晉文公的舅父，又稱舅犯。㉘微　無。㉙夫人　那個人。此指秦穆公。秦穆公曾助晉文公回國即位。㉚敝　敗。㉛所與　所親善。此指秦國。㉜以亂易整　以分裂取代團結。

【語　譯】晉侯、秦伯圍攻鄭國，因為鄭國曾經對晉侯無禮，又和楚國親近，對晉國有二心。晉國駐軍在函陵，秦國駐軍在氾南。

佚之狐對鄭伯說：「國家危險了！如果派燭之武去見秦國國君，秦軍一定會撤走的。」鄭伯聽從他的話，去請燭之武。燭之武推辭說：「臣壯年時，尚且不如他人；現在老了，更是不中用了。」鄭伯說：「我沒有及早任用你，現在形勢緊急才來求你，這是寡人的錯。可是鄭國滅亡，對你也不利啊！」燭之武就答應了。

夜裡，用繩子將他吊下城去。見了秦伯，他說：「秦國、晉國圍攻鄭國，鄭國已經自知要亡了。如果滅掉鄭國對君王有益，那倒值得勞動君王的左右。但是越過他國而以遠方的土地為邊邑，君王也知道它的困難；又何必滅掉鄭國來增加鄰國的土地呢？鄰國的擴大，就是君王的削弱啊。如果放過鄭國，作為東方道路上的主人，使者的往來，鄭國可以供應所缺，對君王並沒有害處。並且君王曾有恩於晉國國君，而晉國國君答應以焦、瑕二地作為報答，結果早晨渡過黃河，晚上就築牆設防，這是君王所知道的。晉國，哪會滿足呢？既在東邊的鄭國開拓領土，一定又要擴大它西邊的領土；如果不侵損秦國，到哪裡去取得土地？侵損秦國來使晉國得利，這一切只有請君王考慮了。」

秦伯很高興，和鄭國結盟，派杞子、逢孫、楊孫在鄭國幫助防守，就回去了。

子犯請晉侯截擊秦軍。晉侯說：「不行，沒有那個人的幫助，我哪有今天。受人幫助卻回頭來打擊他，這是不仁；失去親善的盟國，這是不智；以分裂取代團結，這是不武。我們還是回去吧！」晉軍也撤兵了。

【研　析】本文可分五段。首段記晉、秦兩國聯合圍攻鄭國，為全文營造了一種山雨欲來、泰山壓頂的緊張氛圍。這其中有兩點值得注意：其一是圍攻鄭國乃出於晉國的主動，「無禮於晉，且貳於楚」都是晉、鄭兩國之間的恩怨，與秦國無干；其二是晉、秦二國雖聯合圍攻鄭國，但其軍隊一北一南，並未有統一的指揮系統，可說是雖合實分、各自為政。第一點是戰爭的起因，第二點是聯軍的態勢，作者在本段著意於此，似乎有意暗示：燭之武分化離間的言辭，正是針對此種狀況而見縫插針，成功的機率相當地高。

二段記鄭國內部的因應。本段在文章技巧上值得注意的有二：其一是佚之狐的話，有著承上啟下的關鍵作用。對於國家危機的高度警覺（「國危矣」），派燭之武為說客的建議，這是承上，亦即回應首段所鋪陳的危急形勢。派燭之武為說客的建議及「師必退」的預測，又成為以下文字的張本，這是啟下。其二是對比手法的運用。燭之武原本存在著的一些怨望——在這之前不被鄭伯重用的怨望，由於鄭伯的引咎自責，動之以利害，而前嫌盡棄；因此，鄭國內部是在大敵當前的情況下，君臣和衷共濟、休戚與共。這和首段晉、秦二國動機強弱不一，結合鬆散的情況，正成一強烈對比，而晉軍不能得逞，鄭國將得保全的結局，在此似乎也已先伏一筆。

三段記燭之武對秦伯的說辭，是全文的高潮，也是最精彩的部分。燭之武的說辭可分兩方面來了解：其一是滅亡鄭國無益於秦國而有利於晉國，利於晉國即有害於秦國。所以說「越國以鄙遠，君知其難」，而「亡鄭」只是「陪鄰」，「鄰之厚，君之薄也」，其結果將至於「闕秦以利晉」。為了落實這樣的說辭，他還翻晉惠公忘恩食言的舊帳，以加深秦伯原有的對晉國的不滿，並且暗示秦伯：晉國是不可靠的。其二是說之以利，但卻僅許之以「行李之往來，共其乏困」這種小利。全段重點在曉之以害，這主要是燭之武洞悉了晉、秦二強在當時的矛盾，極力從其矛盾關係中施展攻心之計；而全段八次提到「君」，似乎處處在為秦國著想，而不是為鄭國著想，更增強了說辭的親切和感染力，所以秦伯「說」似乎也是勢所必至、理所必有的反應了。

四、五段記結局。五段晉文公的話，反映出一個霸主的自我期許，可見其成功自有原因。

從全文的結構來看，一、二段為起局，四、五段為結局，三段為高潮，呈現出一種對稱之美；而通過前後的對比、承應，使得全文環環相扣，密不可分，是非常嚴謹的。

蹇叔哭師

僖公三十二年

【題　解】本文選自《左傳》魯僖公三十二年（秦穆公三十二年、鄭文公四十五年、西元前六二八年），篇名據傳文內容而訂。蹇叔，春秋時代秦國大夫。本文記敘蹇叔勸諫秦穆公別出兵偷襲鄭國，而秦穆公不聽勸阻，秦軍出發，蹇叔面對秦師及出征的兒子哭泣，並預言師出無回，必定覆敗。魯僖公三十年，晉、秦二強圍攻鄭國，鄭國大夫燭之武奉命說秦穆公，單獨與鄭國訂盟，並派大夫杞子等三將領助鄭國防守。魯僖公三十二年，晉文公卒，鄭國又讓杞子掌管北門，於是秦穆公想趁機襲滅鄭國，以遂行自秦襄公（西元前七七七～前七六六年在位）以來逐鹿中原的東進政策，因此不聽勸阻而出師遠征。次年，因軍機洩露，匆促退兵，在殽山為晉軍截擊而大敗，領軍的孟明等三將領被俘，證實了蹇叔的老成持重、動燭機先。

杞子❶自鄭使告于秦曰：「鄭人使我掌其北門之管❷，若潛師❸以來，國可得也。」

穆公訪❹諸蹇叔。蹇叔曰：「勞師以襲遠，非所聞也。師勞力竭，遠主備之，無乃不可乎？師之所為，鄭必知之；勤❺而無所❻，必有悖❼心。且行千里，其誰不知？」

公辭焉。召孟明、西乞、白乙❽，使出師于東門之外。蹇叔哭之，曰：「孟子❾，吾見師之出而不見其入也！」公使謂之曰：「爾何知？中壽❿，爾墓之木拱⓫矣！」

蹇叔之子與師，哭而送之，曰：「晉人禦師必於殽⓬。殽有二陵焉，其南陵，夏后皋⓭之墓也；其北陵，文王⓮之所辟⓯風雨也。必死是間，余收爾骨焉。」

秦師遂東。

【注釋】❶杞子　秦國大夫。秦國助鄭防守的三個將領之一。參見〈燭之武退秦師〉。❷管　鎖鑰。❸潛師　祕密出兵。❹訪　問；諮詢。❺勤　勞苦。❻無所　無所得。❼悖　背離。❽孟明西乞白乙　皆秦國大夫。孟明，名視。西乞，名術。白乙，名丙。❾孟子　指孟明。子，男子之美稱。❿中壽　中等壽命。《呂氏春秋．安死》：「中壽不過六十。」時蹇叔約七、八十歲，故下文云「爾墓之木拱矣」。⓫拱　兩手合抱。⓬殽　亦作崤。山名。即崤山，在河南洛寧北，有東西二殽，地勢險要。⓭夏后皋　夏桀之祖父。后，君。⓮文王　指周文王。⓯辟　通「避」。

【語譯】杞子從鄭國派人回秦報告說：「鄭國派我掌管他們北門的鎖鑰，如果偷偷發兵前來，就可以占領鄭國了。」

秦穆公去請教蹇叔。蹇叔說：「勞動軍隊去偷襲遠方的國家，我沒聽過這種事。軍隊疲憊，戰力衰竭，加上對方有了準備，恐怕不行吧？軍隊的舉動，鄭國一定知道；勞累而沒有斬獲，一定會有背離怨恨之心。

何況千里行軍，誰會不知道？」

穆公不聽。召見孟明、西乞、白乙，命令他們在東門外出兵。蹇叔哭著送他們，說：「孟子，我眼看著軍隊出發卻看不到他們回來了。」穆公派人對他說：「你知道什麼？如果只活六十歲，現在你墳上的樹已經可以兩手合抱了。」

蹇叔的兒子也在軍隊中，蹇叔哭著送他，說：「晉人一定在崤山設伏兵攔擊我軍。崤山有兩座山頭，南邊的是夏后皋的墓，北邊的是當年周文王避風雨的地方。你一定死在這兩座山之間，我會去那裡收你的屍骨。」

秦軍就向東出發了。

【研　析】本文可分五段。首尾兩段都是記事，首段記秦穆公決定偷襲鄭國的原因——杞子掌管鄭國北門，可作內應；末段記秦軍出發。餘二、三、四段可看作是本文的重心，而在這三段中，蹇叔和秦穆公是主角，一個反對偷襲鄭國，一個堅持，茲各別分析如下。

在第二段裡，由於秦穆公的諮詢，蹇叔以元老的身分，對於偷襲鄭國一事作了相當冷靜明智的分析，結論是「行不通」。他的理由是鄭國距秦很「遠」，由於「遠」，所以：㈠我方「師勞力竭」；㈡敵方（包括鄭國、晉國）「必知之」，而知之必「備之」。在這種情況下，當然是「無乃不可」了。但是，秦穆公不聽他的意見而下達出兵的命令，於是蹇叔預見秦師的慘敗而有三、四兩段的「哭」，而其言辭也一改第二段中的冷靜委婉，變得激切露骨。從蹇叔為人的角度來看，這反映了他熱切的愛國心，不忍眼睜睜看到可以預料的挫敗之發生。從文章技巧的角度來看，則蹇叔的三段話以及一哭再哭，有著層層推進、逐步加深、漸次明朗的預示，預示次年殽之戰的結果——秦軍慘敗。

有關秦穆公方面，我們從「訪諸蹇叔」可知他尊重蹇叔；但從「公辭焉」又可知他的諮詢動作，其實是想替他既定的決策尋求支持而已，未必是真心想要聽取蹇叔的意見；及至蹇叔哭師，秦穆公派人傳達的話，已遠遠逾越一個君主應有的風度，以及對待國家元老所應有的禮節了。這三層，作者活現出秦穆公對於偷襲鄭國一事的急切和自信，畢竟東進是秦國長期以來的目標，而晉文公剛死、鄭國又有可乘之機啊！

綜觀全文，層次分明，條理清晰，而人物個性，透過作者的旁述或人物的言辭，都表現得相當的生動。

卷二 周文

鄭子家告趙宣子

文公十七年

【題解】本文選自《左傳》魯文公十七年（晉靈公十一年、鄭穆公十八年、宋文公元年、西元前六一〇年），篇名據傳文內容而訂。子家，鄭國大夫。趙宣子，晉卿趙盾，宣子是其諡號。魯文公十六年，宋國人弒其國君宋昭公。魯文公十七年春，晉靈公聯合衛國、陳國、鄭國伐宋國，立宋昭公之弟宋文公而還。本文記敘事後諸侯在鄭國的扈邑（在今河南原武西北）會盟，以與宋國媾和。會盟之地雖在鄭國，主盟的晉靈公卻獨不接見鄭穆公，子家寫了一封信給趙宣子，表達嚴正立場，化解了一場外交危機。

晉侯❶合諸侯于扈，平宋❷也。於是晉侯不見鄭伯❸，以為貳於楚也。

鄭子家❹使執訊❺而與之書，以告趙宣子，曰：「寡君即位三年，召蔡侯❻而與之事君❼。九月，蔡侯入于敝邑以行。敝邑以侯宣多❽之難，寡君是以不得與蔡侯偕。十一月，克減❾侯宣多，而隨蔡侯以朝于執事。十二年六月，歸生佐寡君之嫡夷❿，以請陳侯⓫于楚而朝諸君⓬。十四年七月，寡君又朝以蕆⓭陳事。十五年五月，陳侯⓮自敝邑往朝于君。往年⓯正月，燭之武往，朝夷⓰也。八月，寡君又往朝。以陳、蔡之密邇⑰於楚，而不敢貳焉，則敝邑之故也。雖⑱敝邑之事君，何以不免？在位之中，一朝于襄，而再見于君。夷與孤⑲之二三臣，相及于絳⑳。雖我小國，則蔑㉑以過之矣。今大國曰：『爾未逞吾志。』敝邑有亡，無以加焉。古人有言曰：『畏首畏尾，身其餘幾？』又曰：『鹿死不擇音㉒。』小國之事大國也，德，則其人也；不德，則其鹿也。鋌而走險㉓，急何能擇？命之罔極㉔，亦知亡矣，將悉敝賦㉕以待於鯈㉖，唯執事命之。文公㉗二年，朝于齊。四年，為齊侵蔡，亦獲成㉘於楚。居大國之間，而從於強令，豈其罪也？大國若弗圖㉙，無所逃命。」

晉鞏朔㉚行成於鄭，趙穿㉛、公壻池㉜為質焉。

【注釋】❶晉侯　指晉靈公。晉文公之孫，晉襄公之子，名夷皋，在位十四年（西元前六二〇～前六〇七年）。晉國為侯爵諸侯國。❷平宋　與宋國媾和。❸鄭伯　指鄭穆公。鄭文公之子，名蘭，在位二十二年（西元前六二七～前六〇六年）。鄭國為伯爵諸侯國。❹子家　鄭國大夫。即下文「歸生」。❺執訊　官名。掌通報訊問。❻蔡侯　指蔡莊公。名甲午，在位三十四年（西元前六四五～前六一二年）。❼君　指晉襄公。❽侯宣多　鄭國大夫。以立鄭穆公之功，恃寵專權而作亂。❾克減　消滅。克，勝。減，通「咸」。滅絕。❿嫡夷　指鄭太子夷。鄭穆公之子，即鄭靈公，西元前六〇五年在位，是年，為公子歸生所弒。嫡，嫡子。夷是其名。⓫陳侯　指陳共公。名朔，在位十八年（西元前六三一～前六一四年）。陳國為侯爵諸侯國。⓬君　指晉靈公。以下皆同。⓭蕆　完備；完成。⓮陳侯　指陳靈公。名平國，在位十五年（西元前六一三～前五九九年）。⓯往年　去年。即魯文公十六年、鄭穆公十七年（西元前六一一年）。⓰朝夷　使太子夷往朝於晉。⓱密邇　靠近。⓲雖通「唯」。發語詞。下文「雖我小國」，同。⑲孤　子家稱其君鄭穆公。小國之君自稱孤，其臣子傳達辭令時亦以孤稱其君。⑳絳　晉都。在今山西翼城東南。㉑蔑　無；沒有。㉒音　聲音。㉓鋌而走險　受打擊而被迫冒險。鋌，箭莖。即箭頭的末端與箭桿相入的部分。此用為動詞。指鹿中箭。又引申指國家受打擊、逼迫。一說：鋌，疾走的樣子。㉔罔極　無準則。罔，無。極，準則。㉕敝賦　本國軍賦。賦，兵糧及一切軍用物資。㉖鯈　地名。在晉、鄭二國交界處。㉗文公　指鄭文公。西元前六七二年即位。㉘成　媾和。㉙圖　設想；諒解。㉚鞏朔　晉國大夫。㉛趙穿　晉卿。㉜公壻池　晉臣。公壻為姓氏，名池。

【語　譯】晉侯在扈邑會合諸侯，這是為了與宋國媾和。這時晉侯不肯和鄭伯會見，因為晉侯認為鄭伯和楚國有勾結。

鄭大夫子家派執訊官帶信給晉國的趙宣子，說：「寡君即位的第三年，就邀請蔡侯一起事奉貴國國君。九月，蔡侯先到敝國再前往貴國。敝國因為侯宣多的亂事，寡君因此不能和蔡侯同行。十一月，消滅了侯宣多，就隨蔡侯朝見執事。十二年六月，歸生輔佐寡君的太子夷，到楚國請陳侯一起朝見貴國國君。十四年七月，寡君又到貴國朝見以完成陳侯歸服於貴國的事。十五年五月，陳侯從敝國前往朝見貴國國君。去年正月，燭之武到貴國去，這是為了讓太子夷前往朝見貴國國君。八月，寡君又前去朝見。以陳國、蔡國那樣地靠近楚國，卻不敢對貴國有二心，這是因為敝國的緣故啊。敝國這樣地事奉貴國國君，為何還不能免罪呢？在位至今，朝見貴國先君襄公一次，貴國國君兩次。太子夷和孤的幾個臣子先後到過絳。敝國這樣的小國，禮數是無人能比得過的了。現在大國說：『你沒有讓我滿意。』那敝國只有滅亡，也不能再增加禮數了。古人說：『頭也怕，尾也怕，還剩多少不怕的呢？』又說：『鹿在臨死前，也顧不得鳴聲是否好聽了。』小國事奉大國時，有恩德，就會像人一樣；沒恩德，就會像鹿一樣。受到打擊而被迫冒險，急迫之間哪能選擇？貴國的命令沒有準則，敝國也知道將面臨滅亡了，只好動員全國的軍力在鯈地待命，就聽憑執事的命令了。文公二年，敝國曾朝見齊君。四年，為齊國攻打蔡國，也能和楚國取得和議。處在大國之間，而聽從其強制的命令，這難道是罪過嗎？大國如果不能諒解，我們也無從逃避命令。」

晉國鞏朔到鄭國媾和，並以趙穿、公壻池為人質。

【研　析】 本文可分四段。首、尾兩段記事，重心在第二段鄭子家給趙宣子的信。晉侯會合諸侯而獨不見鄭伯，因為他「以為（鄭）貳於楚」。這「貳於楚」曾在晉文公時作為聯合秦國圍攻鄭國的藉口（見〈燭之武退秦師〉），如今晉侯又這樣地「以為」，豈非兵禍又要降臨鄭國的前兆？子家有什麼說辭去化解這一可能到來的災難呢？

其一，鄭國對晉國奉事唯謹、禮數周到。信中依時間先後，歷述鄭國從穆公即位以來，其君臣奉事晉國的事實，即在強調這一點，所以說「雖我小國，則蔑以過之矣」。這是從正面直接表明鄭國並不「貳於楚」。

其二，鄭國極力拉攏原本親楚的陳、蔡二國以奉事晉。信中亦依時間先後歷述此一事實，而結以「以陳、蔡之密邇於楚，而不敢貳焉，則敝邑之故也」。連親楚的國家，鄭都將之拉到晉的陣營中來，那麼，鄭國又怎可能「貳於楚」呢？這是從側面間接的表明鄭國並不「貳於楚」。

其三，陳述小國夾在強權中間的困窘，縱然「從於強令」，實在也不能怪罪小國。這一點，信中舉鄭文公朝齊、為齊侵蔡的往事為例來說明，這是在表明了鄭國並未有「貳於楚」的意圖之後，退一步假設若晉國有此疑心，也應體諒鄭國夾在二強中間的苦衷。值得注意的是鄭文公雖有朝齊、侵蔡等就楚國而言是不友善的行動，但「亦獲成於楚」，得到楚國的諒解，信中提到這事，顯然含有向晉國抗議的意味。

以上三點，圍繞著首段「貳於楚」這個中心，企圖化解晉國對鄭國的猜疑心結。從晉國為諸侯霸主的現實考慮來看，鄭國這樣的委屈求全，的確有其必要；但從同為周天子之諸侯的角度來看，這又幾乎是有辱國格的，並且一味的軟弱，有時反而會被敵人鄙視，招來災禍，所以信中於娓娓解說之外，也表明了鄭國可屈不可辱的立場。從「古人有言曰」到「唯執事命之」的一節文字，子家要告訴趙宣子的是晉國不要把鄭國逼得「鋌而走險」，否則，鄭國在「急何能擇」的情況下，「將悉敝賦以待於儵」，不惜傾全國之力訴諸一戰的。

既有服事大國的誠意和事實，又有保全基本國格的底線和決心，子家的信，不亢不卑、亦柔亦剛，既能解晉之心結，又能保鄭之國格。全信以理為主，而以事實為理據，文字雖素樸無華，卻都鏗鏘有力，所以最後晉也只能「行成」了事了。

王孫滿對楚子

宣公三年

【題解】本文選自《左傳》魯宣公三年（楚莊王八年、周定王元年、西元前六〇六年），篇名據傳文內容而訂。王孫滿，周之大夫，周共王之孫，名滿。對，回答。楚子，楚莊王。春秋時代楚國國君。名侶。在位二十三年（西元前六一三～前五九一年），春秋五霸之一。楚國為子爵諸侯國，故稱楚子。本文記敘楚莊王乘伐陸渾之戎的機會，在周天子境內閱兵示威，並向周天子使臣王孫滿詢問象徵天子權威的九鼎之大小、輕重，王孫滿答以天子威權在道德與天命而不在鼎，因而折服了楚莊王。

楚子伐陸渾之戎❶，遂至於雒❷，觀兵❸于周疆。

定王❹使王孫滿❺勞楚子。楚子問鼎❻之大小、輕重焉。對曰：「在德不在鼎。昔夏之方有德也，遠方圖物❼，貢金九牧❽，鑄鼎象❾物，百物而為之備，使民知神、姦。故民入川澤、山林，不逢不若❿，螭、魅、罔、兩⓫，莫能逢⓬之。用能協于上下，以承天休⓭。桀有昏德，鼎遷于商，載祀⓮六百。商紂暴虐，鼎遷于周。德之休明⓯，雖小，重也。其姦回⓰昏亂，雖大，輕也。天祚⓱明德，有所厎止⓲。成王定鼎于郟鄏⓳，卜世三十，卜年七百，天所命也。周德雖衰，天命未改。鼎之輕重，未可問也。」

【注釋】❶陸渾之戎　古代北方民族之一。本居瓜州，魯僖公二十二年（西元前六三八年），秦、晉二國誘而遷之於伊川，即今河南嵩縣及伊川縣境。❷雒　指雒水，今作洛水。源出陝西洛南，至河南鞏縣入黃河。❸觀兵　檢閱軍隊。用以示威。❹定王　周定王。名瑜，在位二十一年（西元前六〇六～前五八六年）。❺王孫滿　周大夫。周共王之玄孫。❻鼎　指九鼎。相傳為夏禹所鑄，後為三代傳國之寶，置於首都，為王權之象徵。❼遠方圖物　遠方各繪製其珍物的圖畫以進獻。圖，繪；畫。❽貢金九牧　九州長官各進貢其地之金屬。金，金屬。九牧，九州之牧。相傳禹分天下為九州。牧，州長。❾象　模仿。❿不若　不順；不利。即下句「螭魅罔兩」等不利於人之物。⓫螭魅罔兩　皆古代傳說中的山川木石之精怪。⓬逢　遇。⓭休　福佑。⓮載祀　二字皆「年」之別稱。古人或稱載、祀、年、歲，其義相同。⓯休明　美善、光明。⓰姦回　奸邪。回，邪曲。⓱祚　賜福。⓲厎止　固定。厎，定。⓳郟鄏　地名。東周王城所在，在今河南洛陽西。

【語譯】楚子去討伐陸渾之戎，於是來到洛水邊，在周的境內閱兵示威。

周定王派王孫滿去慰勞楚子。楚子問他九鼎的大小、輕重。王孫滿回答說：「大小、輕重取決於君王的德行而不在於鼎的本身。從前夏朝正當有德的時候，遠方進貢繪製物類的圖畫，九州長官進貢金屬，於是鑄造九鼎並且把圖上的物象鑄在鼎上，各種物象都具備，讓人民認識神物和惡物。因此人民進入川澤、山林，不會碰上不利於己的物類。螭魅魍魎，都不會碰上。因此能上下和協，而得到上天的福佑。夏桀德行昏亂，九鼎易主歸商，經過了六百年。商紂暴虐，九鼎又易主而歸周。如果德行美善光明，鼎雖小卻是重的。如果奸邪昏亂，雖大卻是輕的。上天賜福給有德的人，有固定的天命。成王把九鼎安置在郟鄏，占卜的結果是傳三十代，享國七百年，這是天命啊！周德雖然衰退，天命並未改變。九鼎的輕重，是不可以詢問的。」

【研析】楚國是春秋時代南方的強國，楚莊王是春秋五霸之一。他承繼先人的基業，積極推展其經略中原的北進政策。魯宣公三年他出兵伐陸渾之戎，表面上是一樁「攘夷」的工作，但陸渾之戎是由晉、秦二國將之從瓜州誘遷而來，故此一役實有向晉國示威挑戰的意味；他又利用這機會「觀兵于周疆」、向周天子的使臣王孫滿問九鼎的大小輕重，這就有向周示威，向周天子僅存的象徵性的權威挑戰，想要取代周天子地位的暗示意味在。

面對楚莊王這樣無禮的舉動和暗藏的野心，王孫滿的答話，也有明暗兩層。從「在德不在鼎」到「雖大，輕也」，這是明白地以德之美惡為鼎之輕重的前提來回答楚莊王的問題。天子之德休明，則鼎重不可移；若其姦回昏亂，則輕而可移。由於鼎是三代傳國之寶，一如後代的傳國璽，所以有鼎即有天下的意思。鼎可移，故夏移於商，商移於周。今楚莊王既有意於天下，自當修德以待之，而不應觀兵以示威，這可能是王孫滿強調「在德不在鼎」的暗示意義。從「天祚明德」到「未可問也」，這是以「周德雖衰，天命未改」為理據，明斥楚莊王問鼎之大小輕重的不合禮制、不符天命，而暗示楚莊王不可生覬覦之心。

王孫滿的觀點，主要是道德與天命。從他對夏鑄九鼎的動機——使人民免除自然之災害（「故民入川澤、山林，不逢不若」）——之解釋來看，則他認為統治者的道德乃以利民為目標，如此則「天祚明德」，得以擁有天下；反之，則失天下。這在當時的歷史條件下，既有著進步的意義——以民為本的道德觀，又能和舊有的畏天命的傳統取得一定的妥協，而易於被人接受。他的這番說辭，《左傳》雖未明言其效果如何，但從《史記・周本紀》「楚兵乃去」、《史記・楚世家》「楚王乃歸」的記載，可見得是折服了楚莊王了。

齊國佐不辱命

成公二年

【題　解】本文選自《左傳》魯成公二年（晉景公十一年、齊頃公十年、西元前五八九年），篇名據傳文內容而訂。國佐，春秋時代齊卿。魯成公二年，晉國大夫郤克率晉、魯、衛、曹四國聯軍攻打齊國，敗齊軍於鞌（在今山東濟南西）。戰爭的起因有二，一是晉國、齊國兩強之間的霸權爭奪；二是盲一眼、瘸一腿的郤克於魯宣公十七年（西元前五九二年）出使齊國時，遭齊頃公之母嘲笑，心懷怨恨。本文記敘聯軍打敗齊軍後，一路追擊，直到距離齊都臨淄（在今山東淄博）甚近的馬陘（在今山東淄博東南）。齊頃公派國佐赴晉軍談和，憑其情理兼顧、軟中帶硬的言辭，拒絕了郤克無理的媾和條件，圓滿完成使命。

晉師從❶齊師，入自丘輿❷，擊馬陘。齊侯❸使賓媚人❹賂以紀❺甗❻、玉磬❼與地❽。「不可，則聽客❾之所為。」

賓媚人致賂。晉人不可，曰：「必以蕭同叔子❿為質，而使齊之封內⓫盡東其畝⓬。」

對曰：「蕭同叔子非他，寡君之母也。若以匹敵⓭，則亦晉君⓮之母也。吾子⓯布大命於諸侯，而曰必質其母以為信，其若王命何？且是以不孝令也。《詩》曰：『孝子不匱，永錫爾類。』若以不孝令於諸侯，其無乃非德類⓰也乎？

「先王疆理⓱天下，物⓲土之宜而布⓳其利。故《詩》曰：『我疆我理，南東其畝⓴。』今吾子疆理諸侯，而曰『盡東其畝』而已，唯吾子戎車㉑是利，無顧土宜，其無乃非先王之命也乎？反先王則不義，何以為盟主？其晉實有闕㉒。

「四王㉓之王也，樹德而濟㉔同欲焉；五伯㉕之霸也，勤而撫之，以役㉖王命。今吾子求合諸侯，以逞無疆㉗之欲。《詩》曰：『布政優優，百祿是遒㉘。』子實不優，而棄百祿，諸侯何害焉？

「不然，寡君之命使臣，則有辭矣。曰：『子以君師辱於敝邑，不腆㉙敝賦，以犒從者。畏君之震㉚，師徒橈敗㉛。吾子惠徼㉜齊國之福，不泯㉝其社稷，使繼舊好，唯是先君之敝器、土地不敢愛。子又不許，請收合餘燼㉞，背城借一㉟。敝邑之幸㊱，亦云從也；況其不幸，敢不唯命是聽？』」

【注釋】❶從 追逐；追趕。❷丘輿 齊國邑名。在今山東益都西南。❸齊侯 指齊頃公。名無野，在位十七年（西元前五九八～前五八二年）。❹賓媚人 即國佐。❺紀 古國名。在今山東壽光南。魯莊公四年（西元前六九〇年）滅於齊。❻甗 古代的一種烹飪器。分兩層，上層可蒸，下層可煮。此當為銅製，與下文「玉磬」皆齊國滅紀國時所得。❼玉磬 玉石所製樂器。❽地 指齊國所侵占的魯、衛二國之地。❾客 指晉人。此次侵齊國，晉國由郤克領軍，故此「客」字當實指郤克。❿蕭同叔子 蕭同叔的女兒。即齊頃公之母。蕭，春秋小國名。同叔，蕭國國君之字。子，此指女兒。⓫封內 境內。⓬東其畝 將田壠改成東西走向。畝，田間高畦。即田壠。田壠若取東西走向，則溝渠道路亦多東西向，有利於晉國自西往東侵齊國時兵車人馬之通行。⓭匹敵 平等；對等。⓮晉君 指晉景公。⓯吾子 指晉國大夫郤克。⓰德類 道德法則。類，法則；規範。⓱疆理 畫疆界、分地理。⓲物 相。即觀察。⓳布 布置；安排。⓴我疆我理二句 語出《詩經‧小雅‧信南山》。南東其畝，或東西其田畝，或南北其田畝。南，指南北走向。東，指東西走向。㉑戎車 兵車。㉒闕 缺失；過失。㉓四王 指舜、禹、湯、武。㉔濟 完成。㉕五伯 指夏伯昆吾、商伯大彭、豕韋、周伯齊桓公、晉文公。㉖役 服事。㉗無疆 無止境；無盡。㉘布政優優二句 語出《詩經‧商頌‧長發》。優優，寬緩的樣子。遒，聚集。㉙腆 富厚。㉚震 威。㉛橈敗 失敗。橈，挫折。㉜徼 求。㉝泯 滅。㉞餘燼 燒剩的殘餘。此喻殘兵敗將。㉟背城借一 以背向城，決一死戰。㊱幸 幸運。此指若幸而獲勝。

【語譯】晉軍追趕齊軍，從丘輿進入齊境，打到馬陘。齊侯派賓媚人帶著紀國的甗和玉磬以及所侵占的魯、衛的土地做禮物。並且指示：「如果對方不願媾和，就隨他們怎麼辦吧。」

賓媚人把禮物送去。晉人不同意，說：「一定要以蕭同叔的女兒做人質，並且把齊國境內的田壟全改成東西走向。」

賓媚人回答說：「蕭同叔的女兒不是別人，正是寡君的母親。如果從對等地位來說，那也就是晉君的母親啊。您向諸侯發布命令，卻說要他的母親做人質，這怎能符合天子的命令呢？並且這是以不孝來號令諸侯啊。《詩經》說：『孝子的心無乏匱，永遠賜福你族類。』如果以不孝來號令諸侯，這恐怕不合道德法則吧？

「先王畫定天下土地的疆界、區分其地理，完全看土地的特性而做最有利的安排。所以《詩經》說：『我畫疆界分地理，田畝或南北向或東西向。』現在您為諸侯畫疆界、分地理，卻說『田畝全部東西向』而已，只管自己兵車的便利，而不顧地勢是否合宜，這恐怕不是先王的政令吧！違反先王就是不義，怎能做盟主？晉國這可就有過失了。

「四王之所以王天下，是因為樹立德行而滿足天下的共同要求；五伯之所以領袖諸侯，是因為辛勤地安撫諸侯，以服事王命。現在您卻以會合諸侯，來滿足無盡的私慾。《詩經》說：『施政寬緩，福祿聚集。』您這樣的不寬緩，而自棄福祿，這對諸侯有什麼害處呢？

「如果您不答應，寡君派我為使臣時，已經有所交代了。說：『您帶領貴國國君的軍隊光臨敝國，敝國也有微薄的力量，可以犒勞您的隨從。因為畏懼貴國國君的威望，我們的軍隊失敗了。如果得到您的恩賜，我們可以祈求齊國的福分，就請不要滅亡齊國，讓我們和貴國繼續過去的友好，那麼先君所留下的破舊器具以及土地，我們是不敢愛惜的。如果您還是不肯允許，我們就請求收拾殘兵，背靠城牆，再決一死戰。如果敝國有幸獲勝，還是會聽從貴國的；更何況如果不幸失敗，豈敢不唯命是聽？』」

【研　析】本文可分三段。首段記國佐出使的背景。二段記晉人開出的談和條件，一是「以蕭同叔子為質」，這可視為郤克的公報私怨，一是「使齊之封內盡東其畝」，這是強迫齊國改變壟畝走向，以便利日後對齊國用兵，可視為對齊國霸權擴張的壓抑。第三段記國佐的言辭，為全文重心，又可分為四小節。

第一小節，國佐駁斥晉人以齊頃公之母為人質的條件。他以周朝封建禮制為理據，在封建禮制下，晉、齊二國地位對等，同是周天子諸侯，於是齊國國君之母「則亦晉君之母也」，由此暗示晉國要求以齊國國君之母為人質，則意同於以晉國國君之母為人質。這是不合「王命」的，也是不合孝道的。第二小節駁斥晉人「盡東其畝」的條件。他引《詩》說明先王治天下，視「土之宜而布其利」，田畝走向，各因地形以求地利，所以晉人基於其「戎車是利」所提出的此一要求，是不合先王之命的，是不義而不能為盟主的。第三小節直斥晉國統帥郤克的要求，實在是基於個人慾望，並斷言如此則郤克是自棄「百祿」。第四小節國佐轉達齊國國君的吩咐，表明有求和的誠意，也有一戰的決心。

戰爭的勝負也許要看武力的強弱，但是談和的工作，則非有情理兼顧、使人無可辯駁的說服力不可。有之，則國家利益可獲得最大保障，如果無此能力，則喪權辱國，也是必然的結果。據《左傳》，晉師與國佐於是年八月「盟於爰婁」。國佐的說辭，井井有條，句句在理，無怪乎其能成功。

楚歸晉知罃

成公三年

【題　解】本文選自《左傳》魯成公三年（楚共王三年、晉景公十二年、西元前五八八年），篇名據傳文內容而訂。知罃，春秋時代晉國大夫，晉國上卿荀首之子。魯宣公十二年（楚莊王十七年、晉景公三年、西元前五九七年），晉、楚二國大戰於邲（今河南鄭州附近），楚國戰勝，俘虜了知罃，晉國則俘虜了楚莊王之子穀臣，射殺楚國連尹襄老。魯成公三年，晉國送還穀臣以及連尹襄老的屍體，交換知罃回國。本文記敘知罃回國前與楚共王的對話。楚共王希望知罃感恩圖報，知罃則表達了公私分明、國家為重的嚴正立場。

晉人歸楚公子穀臣❶與連尹襄老❷之尸于楚，以求知罃。於是荀首❸佐中軍❹

矣，故楚人許之。

王❺送知罃，曰：「子其怨我乎？」對曰：「二國治戎❻，臣不才，不勝其任，以為俘馘❼。執事不以釁鼓❽，使歸即戮，君之惠也。臣實不才，又誰敢怨？」

王曰：「然則德我乎？」對曰：「二國圖其社稷而求紓❾其民，各懲❿其忿以相宥也，兩釋纍囚⓫，以成其好。二國有好，臣不與及，其誰敢德？」

王曰：「子歸，何以報我？」對曰：「臣不任⓬受怨，君亦不任受德。無怨無德，不知所報。」

王曰：「雖然，必告不穀⓭。」對曰：「以君之靈⓮，纍臣得歸骨於晉，寡君之以為戮，死且不朽。若從君之惠而免之，以賜君之外臣⓯首⓰；首其請於寡君，而以戮於宗⓱，亦死且不朽。若不獲命，而使嗣宗職⓲，次⓳及於事，而帥偏師⓴以脩封疆，雖遇執事，其弗敢違㉑。其竭力致死，無有二心，以盡臣禮。所以報也！」

王曰：「晉未可與爭。」重為之禮而歸之。

【注釋】❶穀臣　楚莊王之子。❷連尹襄老　楚之連尹，名襄老。連尹，楚官名。❸荀首　晉上卿。即知莊子，封於知，以邑為氏。❹佐中軍　即任中軍佐。為中軍的副帥。晉有中、上、下三軍，各軍皆有帥有佐，中軍總其命令指揮，帥佐皆由執政之上卿兼。❺王 指楚共王。名審，在位三十一年（西元前五九〇～前五六〇年）。❻治戎 指作戰。戎，兵事；軍事。❼俘馘 俘虜。馘，割取所殺或所俘的敵人的左耳，以計戰功。知罃僅被俘而未被馘，此「馘」字連類而及，無義。❽釁鼓 以血塗鼓。此指殺戮。釁，殺牲以祭，取其血塗於新成之器物。古代亦有殺俘虜或囚犯以釁器物者。❾紓 緩和；消解。❿懲 抑止；消弭。⓫纍囚 俘虜。纍，捆綁。囚，拘禁。⓬不任 未曾。⓭不穀 不善。諸侯自稱的謙詞。穀，善。⓮靈 福惠；恩德。⓯外臣 卿大夫對他國之君的自稱。⓰首 指荀首。⓱宗 宗廟。⓲宗職 宗子之職。⓳次 依次序。⓴偏師 全軍之部分。㉑違 逃避。

【語　譯】晉國人把楚國公子穀臣和連尹襄老的屍體送還給楚國，以要求換回知罃。這時荀首已經是晉國的中軍佐，所以楚國人答應了。

楚王送別知罃，說：「你怨恨我嗎？」知罃回答說：「兩國交戰，臣沒有才能，不能勝任自己的職務，成了俘虜。君王左右沒有殺臣，讓臣回國去接受處分，這是君王的恩惠啊。是臣自己沒有才能，又敢怨恨誰？」楚王說：「那麼，感激我嗎？」知罃回答說：「兩國各為自己的國家打算，希望消解人民的痛苦，各自抑止其怨恨而相互諒解，雙方都釋放俘虜，以恢復友好。兩國和好，並非臣個人的事，又能感激誰的恩德？」楚王說：「你回去後，怎樣報答我？」知罃回答說：「臣未曾有怨恨，君王也未曾有恩德。沒有怨恨，沒有恩德，臣不知道該報答什麼。」

楚王說：「話雖如此，你一定得告訴我。」知罃回答說：「託君王的福，囚臣能活著回晉國去，寡君如果殺了臣，臣死也不朽。如果照著君王的恩惠而赦免臣，把臣交給君王的外臣首；首又向寡君請准，在宗廟處死臣，這也是不朽的。如果寡君不准許，而讓臣繼續宗子的位職，依次序承擔任務，而率領部分軍隊保衛邊境，即使遇到君王的左右，臣也不敢逃避。只有盡全力、拚死命，沒有二心，以盡臣子的責任。這就是臣的報答。」

楚王說：「晉國，我們是不能和它相爭的。」於是重禮送他回國。

【研　析】本文可分六段，首、尾兩段記事，中間四段是知罃回國之前與楚王的對話，為全文重心。

楚王凡四問，知罃凡四答。楚王的前二問是試探性質，後二問才是重點；前二問是迂迴的，後二問是直接的，而其最終目的即在於以釋歸一事為恩德，拉攏知罃並求其回報。如果此一目的能夠實現，那對楚國是有利的，因為當時知罃之父荀首正掌晉國的軍政權柄；從楚王的立場去設想，他這樣的不厭其煩、迂迴曲折以求最起碼獲得知罃感恩圖報的口頭承諾，也是可以理解的。

楚王的問題並不好回答，但是，知罃卻以高度的技巧、得宜的分寸、嚴正的立場使得楚王心生敬畏。在技巧方面，他以「臣實不才」的自責，「又誰敢怨」的結語，巧妙撇開楚王「怨我乎」的問題；以「臣不與及」表示釋囚非個人之事，因而「其誰敢德」；又以「無怨無德，不知所報」，閃開——事實上也是拒絕——楚王「何以報我」的期待。亦即在前三問三答中，知罃所採取的是四兩撥千斤的手法，將楚王的問題輕輕推開，看似輕鬆，其實技巧是很高妙的。最後一問，知罃則緊緊堅守晉國臣子的嚴正立場，雖肯定楚王不殺他是「君之惠」，但這只是私惠，若將來在戰場上遭遇，他還是會盡臣子之禮，為晉國效死無二，這就是他對楚王的「報」。易言之，這是他以晉國臣子的身分、立場的最正確的對待楚國的態度。可以說，知罃對於楚王「何以報我」的問題，是以公私分明的分寸做了嚴正而明確的回答。

最後一段楚王說「晉未可與爭」，這是由於知罃言辭中所表現的國家立場、愛國情操，使得楚王因為對人的敬畏推而對其國家產生敬畏。個人表現會影響國家形象，這恐怕是古今都一樣的道理吧！

呂相絕秦

成公十三年

【題　解】本文選自《左傳》魯成公十三年（晉厲公三年、秦桓公二十七年、西元前五七八年），篇名據傳文內容而訂。呂相，春秋時代晉國大夫，亦稱呂宣子。魯成公十一年，晉、秦二國有令狐（在今山西猗氏西）之會，但秦國於會後即背盟，企圖聯結白狄及楚國對付晉國。晉國遂於魯成公十三年五月，聯合魯、齊、宋、衛、鄭、曹、邾、滕等國伐秦國，在秦國麻隧（在今陝西涇陽附近）大敗秦軍。本文記戰前晉國派呂相至秦國，數說秦國的種種不是，逼秦講和，否則斷交決戰，過失在於秦國。

晉侯❶使呂相絕秦，曰：「昔逮我獻公❷及穆公❸相好，戮力❹同心，申❺之以盟誓，重之以昏姻❻。天禍晉國❼，文公❽如齊，惠公❾如秦。無祿❿，獻公即世⓫。穆公不忘舊德，俾我惠公用能奉祀于晉⓬。又不能成大勳，而為韓之師⓭。亦悔于厥⓮心，用集我文公⓯，是穆之成也。

「文公躬擐⓰甲胄，跋履山川，踰越險阻，征東之諸侯，虞、夏、商、周之胤⓱而朝諸秦，則亦既報舊德矣。鄭人怒⓲君之疆埸⓳，我文公帥諸侯及秦圍鄭⓴。秦大夫不詢于我寡君，擅及鄭盟。諸侯疾㉑之，將致命于秦㉒。文公恐懼，綏靖㉓諸侯，秦師克還無害，則是我有大造㉔于西㉕也。

「無祿，文公即世，穆為不弔㉖，蔑㉗死我君，寡㉘我襄公，迭㉙我殽地，奸絕㉚我好，伐我保㉛城，殄㉜滅我費滑㉝，散離我兄弟㉞，撓亂我同盟㉟，傾覆我國家。我襄公未忘君之舊勳，而懼社稷之隕㊱，是以有殽之師㊲。猶願赦罪于穆公。穆公弗聽，而即㊳楚謀我。天誘其衷㊴，成王隕命，穆公是以不克逞志㊵于我。

「穆、襄即世，康、靈㊶即位。康公，我之自出，又欲闕翦㊷我公室，傾覆我社稷，帥我蝥賊(43)，以來蕩搖我邊疆，我是以有令狐之役(44)。康猶不悛(45)，入我河曲(46)，伐我涑川(47)，俘我王官(48)，翦我羈馬(49)，我是以有河曲之戰(50)。東道之不通，則是康公絕我好也。

「及君(51)之嗣也，我君景公(52)引領西望，曰：『庶撫我乎！』君亦不惠稱盟(53)，利吾有狄難(54)，入我河縣(55)，焚我箕、郜(56)，芟夷(57)我農功(58)，虔劉(59)我邊陲，我是以有輔氏之聚(60)。君亦悔禍之延，而欲徼福于先君獻、穆，使伯車(61)來命我景公曰：『吾與女同好棄惡，復脩舊德，以追念前勳。』言誓未就，景公即世，我寡君(62)是以有令狐之會(63)。君又不祥(64)，背棄盟誓。白狄(65)及君同州，君之仇讎，而我之昏姻(66)也。君來賜命曰：『吾與女伐狄。』寡君不敢顧昏姻，畏君之威，而受(67)命于吏。君有二心(68)於狄，曰：『晉將伐女。』狄應且憎(69)，是用告我。楚人惡君之二三其德(70)也，亦來告我曰：『秦背令狐之盟，而來求盟于我：「昭告昊天(71)上帝、秦三公(72)、楚三王(73)曰：『余雖與晉出入(74)，余唯利是視。』」不穀惡其無成德(75)，是用宣之，以懲不壹(76)。』」諸侯備聞此言，斯是用痛心疾首，暱(77)就寡人。

「寡人帥以聽命，唯好是求。君若惠顧諸侯，矜哀寡人而賜之盟，則寡人之願也。其承寧㊽諸侯以退，豈敢徼亂㊾？君若不施大惠，寡人不佞㊿，其不能以諸侯退矣。敢盡布之執事，俾執事實圖利之。」

【注　釋】❶晉侯　指晉厲公。名州蒲，在位八年（西元前五八〇～前五七三年）。晉國為侯爵諸侯國。❷獻公　指晉獻公。❸穆公　指秦穆公。❹戮力　併力；協力。❺申　表明。❻昏姻　指秦穆公娶晉獻公之女。❼天禍晉國　指晉獻公寵驪姬，殺世子申生及諸公子，公子重耳（文公）、夷吾（惠公）皆出奔他國。❽文公　指晉文公。❾惠公　指晉惠公。❿無祿　不幸。⓫即世　去世。⓬奉祀于晉　奉行晉國社稷宗廟之祭祀。指回晉國繼位。⓭韓之師　魯僖公十五年（西元前六四五年），秦、晉二國戰於韓原，晉惠公被俘。韓，韓原。在今山西榮河縣東北。⓮厥　其。此指秦穆公。⓯集我文公　指秦穆公送重耳回晉國即位。集，成就；成全。⓰擐　穿。⓱胤　後代。⓲怒　挑釁；侵犯。⓳疆埸　疆界。⓴圍鄭　魯僖公三十年，晉、秦二國聯兵圍鄭國。見〈燭之武退秦師〉。㉑疾　痛恨。㉒致命于秦　為晉國效命而攻秦國。致命，效命。㉓綏靖　安撫。㉔大造　大功勞。造，成就；成功。㉕西　指秦國。㉖不弔　不善；不仁。㉗蔑　輕視。㉘寡　孤弱。此用為動詞。㉙迭　通「軼」。侵襲。㉚奸絕　斷絕。奸，通「干」。犯。㉛保　通「堡」。土築之小城。㉜殄　滅。㉝費滑　滑國。費，滑都，在今河南偃師。滑，姬姓國。魯僖公三十三年（西元前六二七年）為秦所滅。㉞兄弟　兄弟之邦。指鄭、滑。二國與晉同為姬姓國。㉟同盟　同盟之國。指鄭、滑。時二國與晉國同盟。㊱隕　墜落。此指滅亡。㊲殽之師　魯僖公三十三年，秦、晉二國戰於殽，秦國敗。㊳即　就。㊴天誘其衷　天開其心。意同「老天有眼」、「上天保祐」。用為事態於己有利的慶幸語。此指楚國太子商臣弒其父楚成王，秦國聯楚圖晉之謀不得逞，事態有利於晉國。㊵逞志　得遂心願。㊶康靈　康，指秦康公。名罃，穆公之子，穆姬（晉獻公女）所生，在位十七年（西元前六二〇～前六〇四年）。靈，指晉靈公。名夷皋，在位十四年（西元前六二〇～前六〇七年）。㊷闕翦　損害。㊸蝥賊　喻危害國家之人。此指晉公子雍。雍為晉文公夫人（秦穆公女）所生，即晉襄公之弟。蝥，食苗根害蟲。賊，食苗節害蟲。㊹令狐之役　魯文公六年（西元前六二一年），晉襄公卒，太子夷皋年幼，晉國大臣派人往秦國迎公子雍，次年秦國派兵送雍至晉邑令狐（今山西猗氏西），而晉國改立夷皋（靈公），發兵敗秦軍於令狐。㊺悛　悔改。㊻河曲　晉國地名。在今山西永濟東南。黃河在此折而東流。㊼涑川　涑水。源出山西絳縣，至永濟入五姓湖，又西南入黃河。㊽王官　晉國地名。在今山西聞喜西。㊾羈馬　晉國地名。在今山西永濟南。㊿河曲之戰　魯文公十二年（西元前六一五年），秦康公伐晉國，戰於河曲。51君　指秦桓公。在位二十八年（西元前六〇四～前五七七年）。52景公　晉景公。名據，在位十九年（西元前五九九～前五八一年）。53稱盟　結盟。稱，舉。54狄難　魯宣公十五年（西元前五九四年），晉師滅赤狄別種潞氏。55河縣　晉國河東各縣。56箕郜　皆晉國地名。箕，在今山西蒲縣東北。郜，在今山西祁縣西。57芟夷　割取。58農功　農作物。59虔劉　屠殺。虔、劉皆「殺」。60輔氏之聚　魯宣公十五年，秦桓公伐晉國，晉國於輔氏打敗秦軍。輔氏，晉國地名。在今陝西朝邑西北。聚，集。戰必聚眾，故亦曰聚。61伯車　秦桓公之子。名鍼。62寡君　指晉厲公。63令狐之會　魯成公十一年（西元前五八〇年），晉厲公、秦桓公會於令狐。晉厲公先至，秦桓公不肯過黃河，於是秦國大夫史顆至河東與晉厲公盟，晉國大夫郤犨至河西與秦桓公盟。64不祥　不善；不仁。65白狄　狄之一支。在今山西汾陽西至陝西膚施一帶，其地屬古代雍州，與秦國同，故下云「同州」。66昏姻　白狄曾伐赤狄，得二女，以季隗嫁晉文公，叔隗嫁晉國大夫趙衰。67受　同「授」。68二心　欺騙、不誠之心。69應且憎　表面答應，內心憎惡。70二三其德　善變；無誠信。71昊天　天。昊，廣大無邊貌。72秦三公　指秦國之穆公、康公、共公。73楚三王　指楚國之成王、穆王、莊王。74出入　往來；交往。75成德　完美的德行。此指信義。76不壹　不誠。77暱　親近。78承寧　安撫。79徼亂　求亂；製造戰亂。80不佞　不才；不聰敏。

【語　譯】晉侯派呂相去和秦國斷交，說：「從前我國獻公和貴國穆公相友好，協力同心，不但用盟誓來表明，並且結成婚姻。上天降禍給晉國，文公逃到齊國，惠公逃到秦國。不幸，獻公去世。穆公不忘舊日的交情，幫助我國惠公得以回國繼位。但是穆公又不能貫徹這件大功勞，而發生了韓原的戰役。後來穆公大概心裡也覺得後悔吧，因此成全了我國文公，這是穆公的功績啊。

「文公親自穿戴甲冑，跋涉山川，經歷險阻，征服東方的諸侯，使虞、夏、商、周的後代都來秦國朝見，這也就報答了舊日的恩德了。鄭國侵犯君王的邊疆，我國文公率領諸侯和秦國一起包圍鄭國。秦國大夫沒有徵詢寡君，擅自和鄭國訂立了盟約，諸侯很是痛恨，打算和秦國拚命。文公恐懼，安撫諸侯，秦軍才能平安回去，這是我們對於秦國的大功勞啊。

「不幸，文公去世，穆公不仁，看不起我國去世的國君，認為我國的襄公孤弱，侵襲我國的殽地，破壞兩國的友好，攻打我國的城堡，消滅我們的滑國；拆散我國的兄弟之邦，擾亂我國的同盟之國，顛覆我們的國家。我國襄公沒有忘記穆公往日的功勞，而又害怕國家的滅亡，所以才有殽地的戰役。但是還希望取得穆公的諒解。而穆公不肯，反而拉攏楚國，想對付我國。上天保祐，楚國成王喪命，穆公因此不能得逞。

「穆公、襄公去世，康公、靈公即位。康公，是我國的外甥，但又想損害我國公室，顛覆我國社稷，帶著我國的敗類，來擾亂我國的邊疆，因此才有令狐一戰。康公還不悔改，又入侵我國河曲，攻打我國涑水，劫掠我國王官，占領我國羈馬，於是才有河曲一戰。貴國東來道路的不通，那是康公和我國斷絕了友好啊！

「到了君王繼位，我國景公伸長著脖子望著西邊，說：『大概會和我國修好吧！』但是君王依然不肯和我國結盟，反而趁著我國有狄人的內患，入侵我國河東各縣，焚燒我國的箕、郜二地，強行割取農作物，屠殺邊境人民，於是才有輔氏一戰。君王也後悔災禍的蔓延，想求福於先君獻公、穆公，派伯車來命令我國景公說：『我和你同心同德、拋開前嫌，恢復舊日友誼，追念過往勳勞。』盟誓還沒完成，而景公去世，寡君因此有令狐之會。君王卻又不懷好意，背棄盟誓。白狄和君王同在雍州，是君王的仇人，我國的姻親。君王派人來命令說：『我和你一起去伐狄。』寡君不敢顧及婚姻關係，畏懼君王的威嚴，就下達命令給官吏。君王卻又存欺騙之心，向狄人說：『晉國要攻打你們。』狄人表面接受而心生厭憎，因此告訴了我國。楚國厭惡君王的善變，也來告訴我國說：『秦國違背令狐的盟約，而來向我國請求結盟，說：「祝告皇天上帝、秦國三位先公、楚國三位先王：『我雖然和晉國來往，我只是想取得利益而已。』」不穀討厭他沒有信義，所以把它公開，來懲戒他的不誠信。』諸侯都聽到了這些話，所以非常痛恨，而親近寡人。

「現在寡人率領諸侯以聽候君王的命令，只是為了請求友好。君王如果顧念諸侯，體恤寡人，肯和我們結盟，那正是寡人的願望。就可以安撫諸侯而退走，豈敢挑起戰亂？君王如果不肯施給大恩惠，寡人不才，就不能帶領諸侯退走了。冒昧地把全部情形向君王的左右報告，請君王左右權衡一下利害得失。」

【研　析】本文除第一句記事外，其餘都是呂相責備秦國的言辭。言辭內容主要有三：其一，歷數秦國之穆公、康公、桓公對晉國的種種不友善，諸如違約背信、侵犯領土、傾覆社稷、離散兄弟之邦、撓亂同盟之國，以此為秦國的罪過。其二，歷陳晉國之獻公、文公、襄公、靈公、景公、厲公對秦國的種種友好，諸如知恩圖報、信守盟約、力求和平，以此凸顯晉國無虧於秦國。其三，逼秦國媾和，否則斷交決戰，過在於秦國。

晉、秦二國是鄰國，其統治階級相互間有著密切而錯綜的婚姻關係，但是由於霸權的爭奪，兩國在基本上又存在著難以化解的矛盾。因此，自魯僖公三十三年（西元前六二七年）殽之戰以來，即時和時戰，恩怨糾葛，其間實在沒有道德意義的、絕對的是非善惡可言。但就語言技巧來看，呂相歷歷的舉證、縱橫雄辯的言辭、酣暢淋漓的氣勢，的確達到了醜化秦國使其孤立，美化晉國使其先聲奪人的作用。戰爭的勝利，就是建立在這種宣傳戰成功的基礎上。進一步分析，可以發現呂相使用的技巧主要有二：其一，避重就輕。這可以敘述秦穆公為例，秦穆公先後助晉惠公、晉文公回國即位，可說是大有功於晉國的安定，但呂相卻寥寥數語帶過，反而全力鋪敘他的罪過，強調晉文公的「報舊德」；韓原之役的主要原因是晉惠公得秦國之助回國即位後，馬上背棄割地的承諾，又只接受秦國的賑濟而坐視秦國的饑荒，不加援手，理曲在晉國，但呂相卻完全避開此一事實，反說秦穆公為德不卒（「又不能成大勳」）。凡此，皆只言人之非，而不言己之不是，是為避重就輕。其二，歪曲事實。例如說到魯僖公三十年，晉、秦二國圍攻鄭國，秦國單獨與鄭國媾和一事，呂相說「諸侯疾之，將致命于秦」，其實根據《左傳》該年的記載，是晉國大夫狐偃建議晉文公乘秦國退兵時截擊秦軍，並不是所謂「諸侯」云云，但經此一歪曲，好像秦國退兵真犯了眾怒似的。這兩種技巧的巧妙運用，再加上呂相所指陳也並非全部不真實，所以這一番說辭就替晉國打了一場漂亮的宣傳戰了。當然，最重要的還是晉國緊接著在戰場上的勝利，益發彰顯了呂相所言的不虛。

駒支不屈于晉

襄公十四年

【題　解】本文選自《左傳》魯襄公十四年（晉悼公十五年、西元前五五九年），篇名據傳文內容而訂。駒支，春秋時代姜姓之戎族的首領。魯襄公十三年，吳國侵略楚國，結果大敗。由於晉國與吳國是同盟國，所以晉國以范宣子為首，在吳國的向地（在今安徽懷遠西）會合十三國的卿大夫，共同商討對付楚國的策略。本文記敘范宣子預謀拘執戎人領袖駒支，於是在會前一天，公開指責其罪過，恐嚇駒支不得參加次日的會盟，否則將予於逮捕。駒支據理、據事答辯，毫不退縮，使得范宣子只能謝罪，並取消禁命。

會于向。將執戎子❶駒支，范宣子❷親數❸諸朝❹，曰：「來！姜戎氏！昔秦人迫逐乃祖吾離于瓜州❺，乃祖吾離被苫蓋❻、蒙荊棘❼以來歸我先君。我先君惠公有不腆❽之田，與女剖分而食之。今諸侯之事我寡君❾不如昔者，蓋言語漏洩，則職❿女之由。詰朝⓫之事，爾無與焉。與，將執女。」

對曰：「昔秦人負恃其眾，貪于土地，逐我諸戎。惠公蠲⓬其大德，謂我諸戎，是四嶽⓭之裔冑⓮也，毋是翦棄⓯。賜我南鄙之田，狐狸所居，豺狼所嗥⓰。我諸戎除翦其荊棘，驅其狐狸豺狼，以為先君不侵不叛之臣，至于今不貳⓱。

「昔文公與秦伐鄭，秦人竊與鄭盟而舍戍⓲焉，於是乎有殽之師。晉禦其上，戎亢⓳其下，秦師不復⓴，我諸戎實然。譬如捕鹿，晉人角㉑之，諸戎掎㉒之，與晉踣㉓之。戎何以不免？自是以來，晉之百役，與我諸戎相繼于時，以從執政，猶殽志也，豈敢離遏㉔？今官之師旅㉕，無乃實有所闕，以攜㉖諸侯，而罪我諸戎。

我諸戎飲食衣服不與華㉗同，贄幣㉘不通，言語不達㉙，何惡之能為？不與於會，亦無瞢㉚焉。」賦〈青蠅〉㉛而退。

宣子辭㉜焉，使即事於會，成愷悌也。

【注　釋】❶戎子　戎族之君。下文「駒支」為其名。戎，此指姜姓之戎，為西戎之別種，居晉國之南鄙，歸服於晉國。子，《春秋》經稱小國或夷狄之君。❷范宣子　晉卿。士氏，名匄，字伯瑕。❸數　指責。❹朝　指會見議事之處所。❺瓜州　即今甘肅敦煌。❻苫蓋　白茅所編，用以遮身之物。❼蒙荊棘　頭戴荊棘編成之物。蒙，戴。❽腆　豐厚；多。❾寡君　指晉悼公。名周，在位十五年（西元前五七二～前五五八年）。❿職　主；當。⓫詰朝　明日；明晨。⓬蠲　顯明；顯示。⓭四嶽　堯時方伯。姜姓。⓮裔胄　後代。裔、胄為同義詞。⓯翦棄　拋棄。翦，去。⓰嗥　野獸咆哮。⓱不貳　無二心。⓲舍戍　置軍戍守。舍，安置。秦置軍助鄭戍守事，見〈燭之武退秦師〉。⓳亢　抵擋。⓴不復　指殽之戰秦軍全軍覆沒，無一返者。復，返；歸。㉑角　執其角。引申為當面迎擊。此即上文「禦其上」。㉒掎　拖其後足。引申為從後牽引。此即上文「亢其下」。㉓踣　仆倒。㉔離逷　違背。逷，遠離。㉕官之師旅　晉國執政者屬下的官吏。實指晉國之執政者。官，執政者。師、旅，皆官吏之名位。㉖攜　背離。㉗華　華夏。指中原。㉘贄幣　見面禮。㉙達　通。㉚瞢　悶；憂。㉛青蠅　《詩經‧小雅》篇名。中有「豈弟君子，無信讒言」。豈弟，通「愷悌」。和樂平易的樣子。㉜辭　謝罪。

【語　譯】諸侯在向地會盟。范宣子準備要抓戎子駒支，就在朝位上責備他，說：「聽著！姜戎氏！當初秦國將你的祖先吾離趕出瓜州，你的祖先吾離身披白茅衣、頭戴荊棘帽來歸附先君。先君惠公只有並不豐厚的田地，還分給你們享用。現在諸侯事奉寡君之所以不如從前，大概是有一些言語被洩漏了出去，這一定是你。明天的事，你不要參加了。如果參加，就把你抓起來。」

駒支回答說：「當初秦國仗著他們人多，貪求土地，驅逐我們各部戎人。惠公顯示他的大德，說我們各部戎人，是四嶽的後代，不可拋棄。賜給我們南疆的田，那是狐狸居住、豺狼咆哮的地方。我們砍伐荊棘，驅逐狐狸豺狼，作為先君的不侵犯、不背叛的臣下，至今沒有二心。

「從前文公和秦國攻鄭國，秦國私自和鄭國結盟並安置兵力幫助鄭國防守，因此才發生殽之戰。晉國正面迎擊，我們背面牽制，秦軍全部覆滅，這是我們出力的結果。好比捕鹿，晉國抓牠的角，我們拉牠的腳，和晉國合力扳倒牠。戎人為什麼還不能免罪呢？從那次戰役以後，晉國的所有戰役，我們都全族出動、一次又一次地追隨執政，就像殽之戰一樣，豈敢違背？現在執政屬下的官吏，恐怕實在是有過失，使得諸侯離心，卻歸罪給我們。我們的飲食衣服和中原不同，不相往來，言語不通，能做什麼壞事？不參加會見，也沒什麼好擔心的。」就吟誦〈青蠅〉詩而退席。

范宣子向他謝罪，讓他參加會見，這是想成就「愷悌」的名聲啊。

【研　析】本文重心在范宣子和駒支的言辭攻防。范宣子以晉國對戎人有收容之恩，而駒支反而「言語漏洩」，使得諸侯對晉國有二心，所以禁止駒支參加明日之會，否則將逮捕他。表面上看來，是駒支的確犯錯，所以范宣子才禁止他與會，而逮捕只是在駒支不聽從禁止時才會付諸行動。但是從一開始的「將執戎子駒支」來看，則《左傳》作者的看法，范宣子所謂「言語漏洩，則職女之由」，根本就是「欲加之罪」，是編織的罪名，目的是在為將要採取的逮捕行動製造藉口，而所謂「與，將執女」就只是掩飾其意圖的煙霧彈了。

針對范宣子這一別有用心的指責，駒支的答辯顯得條理明晰、理直氣婉、有守有攻，使得范宣子只能謝罪，並讓駒支與會。首先，對於收容之恩，駒支予以基本的肯定，但也指出戎人居晉國南鄙，有著開闢榛莽的勤勞、守土退敵的功勞，並且始終沒有二心。這主要採守勢，表明其感恩圖報的事實。其次，對於諸侯二心的原因，駒支正面指出那是晉國「實有所闕」，又從反面指出戎人不與中原交往，「何惡之能為」；這「惡」字指的是范宣子所說的「言語漏洩」。這主要採攻勢，指斥范宣子的編織罪名、製造藉口。最後「不與於會，亦無瞢焉」和「賦〈青蠅〉而退」，則以淡然的口氣、間接的暗示，回應了范宣子的禁止他與會。對於執權柄的人，淡然可能是一種最好的、卻也是最危險的反擊，因為那雖可能促使執權者反省、愧疚，也可能使他惱羞成怒。但是〈青蠅〉詩中的「豈弟君子，無信讒言」，卻彌補了「淡然」所可能引發的危機。因為它暗示：㈠范宣子是一個「豈弟君子」；㈡今天的局面，是由於小人的讒言在作祟。范宣子的「辭焉，使即事於會」雖未必全由於駒支的「賦〈青蠅〉」，但在前面充分的說理、辯解之後，此詩實有收束前文、意在言外、畫龍點睛的妙用。

祁奚請免叔向

襄公二十一年

【題解】 本文選自《左傳》魯襄公二十一年（晉平公六年、西元前五五二年），篇名據傳文內容而訂。祁奚，春秋時代晉國大夫。免，赦免。叔向，春秋時代晉國大夫。姓羊舌，名肸。魯襄公二十一年，晉國執政的范宣子因為聽信讒言而放逐他的外孫欒盈，殺欒盈同黨羊舌虎等十人，大夫叔向為羊舌虎之兄，因受牽連而遭囚禁。本文記敘晉國已告老的大夫祁奚，基於愛賢和晉國安定的考慮，進見范宣子，解救了叔向。

欒盈❶出奔楚。宣子❷殺羊舌虎❸，因叔向。

人謂叔向曰：「子離❹於罪，其為不知❺乎？」叔向曰：「與其死亡❻若何？《詩》曰：『優哉游哉，聊以卒歲❼。』知也！」

欒王鮒❽見叔向，曰：「吾為子請。」叔向弗應。出，不拜。其人皆咎❾叔向。叔向曰：「必祁大夫。」室老❿聞之，曰：「欒王鮒言於君，無不行，求赦吾子，吾子不許；祁大夫所不能也，而曰必由之，何也？」叔向曰：「欒王鮒，從君者也，何能行？祁大夫外舉不棄讎，內舉不失親⑪，其獨遺我乎？《詩》曰：『有覺德行，四國順之⑫。』夫子⑬覺者也。」

晉侯⑭問叔向之罪於樂王鮒。對曰：「不棄其親⑮，其有焉。」於是祁奚老⑯矣，聞之，乘馹⑰而見宣子，曰：「《詩》曰：『惠我無疆，子孫保之⑱。』《書》曰：『聖有謨勳，明徵定保⑲。』夫謀而鮮過、惠訓不倦者，叔向有焉，社稷之固⑳也，猶將十世宥之，以勸㉑能者。今壹㉒不免其身，以棄社稷，不亦惑乎？鯀殛而禹興㉓；伊尹放太甲而相之㉔，卒無怨色；管蔡為戮，周公右王㉕，若之何其以虎也棄社稷？子為善，誰敢不勉？多殺何為？」

宣子說㉖，與之乘，以言諸公㉗而免之。不見叔向而歸，叔向亦不告免焉而朝。

【注釋】①欒盈　春秋時代晉國大夫。②宣子　范宣子。春秋時代晉卿。③羊舌虎　春秋時代晉國大夫。欒盈之同黨。④離　通「罹」。遭遇；遭到。⑤知　通「智」。⑥死亡　死的和逃的。亡，逃。⑦優哉游哉二句　杜預以為語出《詩經・小雅》，今〈小雅〉無此二句，可能為逸詩。卒歲，度過歲月；過日子。⑧樂王鮒　春秋時代晉國大夫。亦稱樂桓子。⑨咎　責；怨。⑩室老　家臣之長。古代大夫皆有家臣。⑪外舉不棄讎二句　推薦人才，大公無私，不因其為外人、仇人而不舉，也不因其為族人、親人而不舉。祁奚曾向晉悼公推薦其仇人解狐及自己的兒子祁午。⑫有覺德行二句　語出《詩經・大雅・抑》。有覺，正直貌。四國，四方。⑬夫子　指祁奚。⑭晉侯　指晉平公。名彪，在位二十六年（西元前五五七～前五三二年）。⑮親指叔向的弟弟羊舌虎。⑯老　告老。⑰馹　驛車。⑱惠我無疆二句　語出《詩經・周頌・烈文》。⑲聖有謨勳二句　此二句為《尚書》逸文。偽古文《尚書》據《左傳》此文，纂入〈夏書・胤征〉，改「勳」為「訓」。謨勳，謀略、訓誨。「勳」借為「訓」。徵，信。定，安。⑳固　安定。㉑勸　鼓勵。㉒壹　竟；乃。㉓鯀殛而禹興　舜誅鯀而用其子禹。鯀治水無功，故被誅。殛，誅殺。興，起。㉔伊尹放太甲而相之　伊尹放逐太甲，及太甲悔過而使之復位，伊尹仍為相。伊尹為商湯之相，太甲為商湯之孫，太甲即位荒淫，故伊尹逐之。放，放逐。㉕管蔡為戮二句　周公殺管叔、蔡叔，輔佐周成王。管叔、蔡叔為周公兄弟，作亂被殺。右，助。王，指周成王。㉖說　通「悅」。㉗公　指晉平公。

【語譯】欒盈逃到楚國。范宣子殺了羊舌虎，囚禁叔向。

有人對叔向說：「您犯了罪，這恐怕是你不夠聰明吧？」叔向說：「比起那些死的和逃的呢？《詩經》說：『自在逍遙啊，姑且過日子。』這就是聰明啊！」

欒王鮒去見叔向，說：「我替您去求情。」叔向不回答。欒王鮒離去，叔向不拜送。左右的人都埋怨叔向。叔向說：「一定要祁大夫才行。」室老聽了，說：「欒王鮒對國君說的話，沒有行不通的，他要替您求情，您不答應；這是祁大夫做不到的，您卻說一定要他，為什麼？」叔向說：「欒王鮒，是一個順從君王的人，怎能辦得到？祁大夫推薦人才時，不避外人、仇人，也不避族人、親人，難道會單單不管我嗎？《詩經》說：『正直的德行，四方都順從。』祁夫子是個正直的人啊。」

晉侯向欒王鮒問叔向是否有罪。欒王鮒回答說：「叔向愛護弟弟，大概有通謀吧。」這時祁奚已經告老了，聽到這件事，就坐了驛車去見范宣子，說：「《詩經》說：『賜我恩惠無窮盡，子孫永遠保持它。』《尚書》說：『聖哲有謀略有訓誨，應當相信維護他。』說到謀略少有過失，教誨不會倦怠，叔向是具備的，他是使國家安定的賢人，即使他的十代子孫有罪都還應該寬免，以鼓勵有能力的人。現在竟然不赦免他，而遺棄社稷之臣，這不是令人困惑的嗎？舜殺鯀而起用禹；伊尹曾放逐太甲，太甲仍舊用他為相，始終沒有怨恨；管叔、蔡叔被殺，周公依然可以輔佐成王，為什麼要為了羊舌虎而捨棄一個社稷之臣呢？您做好事，誰敢不努力？何必多殺人呢？」

范宣子聽了很高興，就和祁奚一起坐車，去向晉平公報告，赦免了叔向。祁奚沒見叔向一面就回去了，叔向也沒向祁奚告知得赦就上朝去了。

【研　析】本文可分五段。首段節錄《左傳》原文，簡要交代事件的背景。二至四段分寫叔向和祁奚，是全文重心。此三段使用對話的形式、對比的手法，生動表現出二人的風格。二段以不特定之人對叔向平白受囚，提出「不知」的疑問，引出叔向一段樂天、坦然的答話。叔向認為比起那些死的和逃的，自己勝過多多，不能算是「不知」。三段記叔向拒絕樂王鮒的幫助而期待祁奚的援手，透過室老的疑問，叔向說出他對祁奚方能救他的信心。四段樂王鮒再次出現，卻對叔向落井下石，對比祁奚直接去見范宣子的行動，一者虛偽而狹隘，一者真誠而恢廓。我們可以說，從表現的角度看，樂王鮒在三、四段中扮演的是映襯主角祁奚的角色。四段祁奚的說辭要點是：因為叔向是賢人，不可棄；父子、君臣、兄弟，罪不應相及；希望范宣子為善救賢。這當中他引用《詩》、《書》，並以史實為證，相當有說服力。末段記事件的結果。令人激賞的是叔向的不謝恩私門，尤其是祁奚的助人而不圖報。可以說兩人都心存至公，無絲毫私心，風範極為高尚。

子產告范宣子輕幣

襄公二十四年

【題　解】本文選自《左傳》魯襄公二十四年（晉平公九年、鄭簡公十七年、西元前五四九年），篇名據傳文內容而訂。子產，姓公孫，名僑，字子產。春秋時代鄭國執政大夫。范宣子，春秋時代晉國執政之卿。范是姓氏，宣是其諡號，子為男子之美稱。幣，泛指車馬皮帛玉器等餽贈的禮物。春秋時代各小國照例須朝見霸主，獻納貢物。本文記敘鄭國執政大夫子產，認為諸侯對霸主之國晉國的進貢，負擔太重，因此趁鄭簡公前往晉國朝會，請隨行的鄭國大夫子西，轉交一封信給晉國執政的范宣子，說動了范宣子而減少各國的貢品。

范宣子為政❶，諸侯之幣❷重，鄭人病之。

二月，鄭伯❸如晉。子產寓❹書於子西❺，以告宣子曰：「子為晉國，四鄰諸侯不聞令德而聞重幣，僑也惑之。僑聞君子長國家者，非無賄❻之患❼，而無令名之難❽。夫諸侯之賄聚於公室，則諸侯貳；若吾子賴❾之，則晉國貳。諸侯貳則晉國壞，晉國貳則子之家壞。何沒沒❿也？將焉用賄？

「夫令名，德之輿⓫也；德，國家之基也。有基無壞，無亦是務⓬乎？有德則樂，樂則能久。《詩》云：『樂只君子，邦家之基⓭。』有令德也夫！『上帝臨女，無貳爾心⓮。』有令名也夫！恕思以明德，則令名載而行之，是以遠至邇安。毋寧⓯使人謂子，『子實生我』，而謂『子浚⓰我以生』乎？象有齒以焚⓱其身，賄也。」

宣子說，乃輕幣。

【注釋】❶為政　執政。為，治理。❷幣　帛。古人用以為餽贈之禮物。此泛指諸侯對於霸主之晉國的貢獻物。❸鄭伯　指鄭簡公。名嘉，在位三十六年（西元前五六五～前五三〇年）。鄭國為伯爵諸侯國。❹寓　寄；託。❺子西　春秋時代鄭國大夫。名公孫夏，字子西。❻賄　財貨。❼患　憂；愁。❽難　憂；愁。❾賴　取。❿沒沒　昏昧；迷惑。⓫輿　車。⓬務　專力。⓭樂只君子二句　語出《詩經・小雅・南山有臺》。只，語助詞。⓮上帝臨女二句　語出《詩經・大雅・大明》。⓯毋寧　寧可。毋，語助詞。⓰浚　深取；剝削。⓱焚　僵仆。即死亡。

【語　譯】范宣子執政，諸侯朝見晉國的貢品負擔很重，鄭國人對此感到痛苦。

二月，鄭伯到晉國。子產託子西帶信，告訴范宣子說：「您治理晉國，四鄰諸侯沒聽說晉國的美德而只聽說要很重的貢品，僑感到迷惑。僑聽說治國的君子，不愁沒有財貨，只愁沒有美名。諸侯的財貨聚集在晉國的王室，那諸侯便有二心；如果您拿了它，那晉國就會分裂。諸侯有二心，晉國就會受到傷害，晉國分裂，那您的家就會受到傷害。為什麼那麼執迷不悟呢？財貨有什麼用呢？

「美名，是德行的車子；德行，是國家的基石。有基石才不致於毀壞，不也該在這方面努力嗎？有德行就有快樂，快樂就能長久。《詩經》說：『快樂的君子，國家的基石。』這是有美德啊！『上帝監視著你，不要三心二意。』這是有美名啊！心存恕道以顯揚德行，那麼美名就載著德行傳揚四方，所以遠方來歸、近處安心。寧可讓人說您『您確實是養活了我們』，還是說『您剝削我們來養活自己』呢？象因牙而招致死亡，因為象牙是財貨啊。」

范宣子很高興，就減少各國的貢品。

【研　析】本文可分三段。首段記子產寫信的動機，三段記其結果，二段錄子產的信文，為全文的重心。信文的主題，在於闡說治國者應重德而輕財。蓋子產以為重財貨的弊病，將導致諸侯離心，內部分裂，而令德令名之利，能使「遠至邇安」。相較之下，利害判然分明。

全信主題明確，對比的使用是最大的原因；而其說理能使范宣子接受，則因此信全從晉國和范宣子的角度去剖析利害，而不直接要求減輕貢品。易言之，信中所傳達給范宣子的訊息是：子產為晉國的利益，所以反對「重幣」。這種方式的勸說，比較具有說服力，難怪范宣子會「說，乃輕幣」了。

晏子不死君難

襄公二十五年

【題　解】本文選自《左傳》魯襄公二十五年（齊莊公六年、西元前五四八年），篇名據傳文內容而訂。晏子，名嬰，字仲，謚號平。春秋時代齊國夷維（今山東高密）人。歷事齊靈公、齊莊公、齊景公三世，以節儉力行，名顯於世。君難，指齊莊公為其臣崔武子所弒。本文記敘齊莊公私通其臣崔武子之妻，為崔武子手下所殺。晏子既不為國君殉死，也不逃亡，但他到崔武子家，依禮哭齊莊公之屍而後歸。

崔武子❶見棠姜❷而美之，遂取❸之。莊公❹通焉，崔子弒之。

晏子立於崔氏之門外，其人❺曰：「死乎？」曰：「獨吾君也乎哉？吾死也。」曰：「行❻乎？」曰：「吾罪也乎哉？吾亡也。」曰：「歸乎？」曰：「君死，安歸？君民者，豈以陵❼民？社稷是主。臣君者❽，豈為其口實❾？社稷是養。故君為社稷死，則死之；為社稷亡，則亡之。若為己死，而為己亡，非其私暱❿，誰敢任之？且人⓫有君而弒之，吾焉得死之？而焉得亡之？將庸何歸？」

門啟而入，枕尸股而哭。興⓬，三踊⓭而出。人謂崔子「必殺之」。崔子曰：「民之望也，舍之，得民。」

【注　釋】❶崔武子　崔杼。春秋時代齊卿。❷棠姜　春秋時代齊國棠邑大夫棠公之妻。時棠公死，棠姜寡居。棠是其夫之氏，姜是其母家之姓。棠公是棠邑之大夫，以邑為氏。❸取　通「娶」。❹莊公　齊莊公。名光，在位六年（西元前五五三～前五四八年）。❺其人　指晏子的隨從。❻行　逃亡。❼陵　居其上。❽臣君者　為臣於君者；為君之臣者。❾口實　食物。此指俸祿。❿私暱　個人所親愛。指寵臣。⓫人　指崔杼。⓬興　起立。⓭踊　跳。

【語　譯】崔武子看到棠姜覺得她很美，就娶了她。齊莊公和棠姜私通；崔武子就殺了莊公。

晏子站在崔氏門外，他的隨從說：「殉死嗎？」晏子說：「光是我個人的君嗎？那我死。」隨從說：「逃亡嗎？」晏子說：「這是我的罪嗎？那我逃亡。」隨從說：「回去嗎？」晏子說：「君死了，回哪裡去？做君主的，難道是來高踞在人民之上的嗎？是來主持國家的。做臣子的，難道是為了俸祿嗎？是來保護國家的。所以君為國家而死，就為他殉死；君為國家而逃，就為他而逃。如果君為自己而死，為自己而逃，那除了他的寵臣，誰敢那樣做？並且這是別人殺死他的君主，我怎能殉死？怎能逃亡？又能回哪裡去？」

崔氏開了門，晏子進門，把屍體靠在自己大腿上而哭。起立，跳三次才出去。有人告訴崔武子「一定要殺他」。崔武子說：「他是得民望的人，放了他，可以得民心。」

【研　析】齊莊公私通其臣子之妻，這是「君不君」；崔杼因齊莊公私通其妻，而設計讓手下殺死齊莊公，這是「臣不臣」。齊莊公被殺於崔杼家裡，隨從的勇力之臣也有八人同時被殺，事後又有若干人為齊莊公而殉死。但是晏子並沒有殉死或逃亡，僅哭弔齊莊公之屍而已，這表現出晏子在君臣、死生之際，有他自己的看法。

晏子之所以不殉死、不逃亡而僅哭屍，其立足點全在「社稷」二字。他的基本觀點是立君在於「社稷是主」，目的是主持國家；置臣在於「社稷是養」，目的是保護國家。所以「君為社稷死，則死之；為社稷亡，則亡之」。今齊莊公乃因不正當的男女關係而死，那臣子也就不必因此而殉死或逃亡了。但齊莊公在名分上終究是君，君死，則盡哀而後歸，也是合乎禮制的。因此他站在崔杼家門外，開門後才進去哭、踊而後歸。

從這件事，可以看出晏子所要盡忠的是社稷，這種觀念是正確的。

季札觀周樂

襄公二十九年

【題　解】本文選自《左傳》魯襄公二十九年（吳餘祭四年、西元前五四四年），篇名據傳文內容而訂。季札，春秋時代吳王壽夢最小的兒子。名札，季是其排行。賢而博學，常出使中原各國。本文記敘季札訪問魯國，要求欣賞魯國保存的周王室的天子之樂，並一一加以讚賞和評論。魯國是周公長子伯禽的封國，周成王曾以天子之樂賜給周公，因此魯國有周王室的天子之樂。周王室東遷洛陽之後，禮崩樂壞，文物大多喪失，魯國依然保有，故季札得以觀之。

吳公子札來聘❶，請觀於周樂❷。

使工❸為之歌❹〈周南〉、〈召南〉❺。曰：「美哉！始基❻之矣，猶未❼也，然勤❽而不怨矣。」

為之歌〈邶〉、〈鄘〉、〈衛〉❾。曰：「美哉！淵❿乎！憂而不困者也。吾聞衛康叔、武公⓫之德如是，是其〈衛風〉乎！」

為之歌〈王〉⓬。曰：「美哉！思⓭而不懼，其周之東乎！」

為之歌〈鄭〉⓮。曰：「美哉！其細已⓯甚，民弗堪⓰也。是其先亡乎！」

為之歌〈齊〉⓱。曰：「美哉！泱泱⓲乎！大風也哉！表⓳東海者，其大公⓴乎！國未可量也！」

為之歌〈豳〉㉑。曰：「美哉！蕩㉒乎！樂而不淫㉓。其周公之東乎！」

為之歌〈秦〉㉔。曰：「此之謂夏聲㉕。夫能夏則大，大之至也，其周之舊乎！」

為之歌〈魏〉(26)。曰：「美哉！渢渢(27)乎！大(28)而婉，險(29)而易行。以德輔此，則明主也。」

為之歌〈唐〉(30)。曰：「思深哉！其有陶唐氏(31)之遺民乎？不然，何憂之遠也？非令德之後，誰能若是？」

為之歌〈陳〉(32)。曰：「國無主(33)，其能久乎？」

自〈鄶〉(34)以下無譏(35)焉。

為之歌〈小雅〉(36)。曰：「美哉！思(37)而不貳，怨而不言，其周德之衰乎！猶有先王(38)之遺民焉！」

為之歌〈大雅〉(39)。曰：「廣哉！熙熙(40)乎！曲而有直體，其文王之德乎！」

為之歌〈頌〉(41)。曰：「至矣哉！直而不倨(42)，曲而不屈；邇而不偪(43)，遠而不攜(44)；遷而不淫，復而不厭；哀而不愁，樂而不荒(45)；用而不匱，廣而不宣(46)；施而不費(47)，取而不貪；處(48)而不底(49)，行而不流(50)。五聲(51)和，八風(52)平，節(53)有度，守有序(54)。盛德之所同也！」

見舞〈象箾〉(55)、〈南籥〉(56)者，曰：「美哉！猶有憾(57)。」

見舞〈大武〉㊳者，曰：「美哉！周之盛也，其若此乎！」

見舞〈韶濩〉㊴者，曰：「聖人之弘㊵也，而猶有慚德㊶，聖人之難也！」

見舞〈大夏〉㊷者，曰：「美哉！勤而不德㊸，非禹，其誰能修之？」

見舞〈韶箾〉㊹者，曰：「德至矣哉！大矣！如天之無不幬㊺也，如地之無不載也。雖甚盛德，其蔑㊻以加於此矣，觀止矣。若有他樂，吾不敢請已。」

【注釋】❶聘　訪。諸侯派大夫訪問他國。❷周樂　周代音樂。包括周天子及諸侯的樂章。❸工　樂工。❹歌　演唱。此為絃歌，有伴奏。❺周南召南　江、漢一帶的南方音樂。以受周公、召公教化，故冠以周、召。今本《詩經》，〈周南〉有詩十一篇，〈召南〉有詩十四篇，居全書之首。❻始基　奠定基礎。指周之王業已在江、漢奠基。❼猶未　尚未成功。指周王業。❽勤　勞苦。❾邶鄘衛　皆國名。周初，邶在今河南湯陰東南，鄘在今河南新鄉西南，周公平定管、蔡之亂，二國皆併入於衛，封其少弟康叔。今本《詩經．國風》中，〈邶風〉有詩十九篇，〈鄘風〉有詩十篇，〈衛風〉有詩十篇。❿淵　深。⓫武公　衛國國君。康叔九世孫。時有幽王、褒姒之難，衛武公曾出兵助王室平戎。⓬王　東周王城。即洛邑，在今河南洛陽西。今本《詩經．國風》中，〈王風〉有詩十篇。⓭思　憂。⓮鄭　國名。今本《詩經．國風》中，〈鄭風〉有詩二十一篇。⓯已　太過。⓰堪　忍受。⓱齊　國名。今本《詩經．國風》中，〈齊風〉有詩十一篇。⓲泱泱　博大的樣子。⓳表　表率。⓴大公　太公望。即呂尚，齊國始祖。㉑豳　國名。周祖先公劉所建，在今陝西邠縣。今本《詩經．國風》中，〈豳風〉有詩七篇。㉒蕩　博大的樣子。㉓淫　過度；無節制。㉔秦　國名。今本《詩經．國風》中，〈秦風〉有詩十篇。㉕夏聲　正聲。一說：西方之聲。㉖魏　國名。在今山西芮城北。魯閔公元年（西元前六六一年）為晉所滅。今本《詩經．國風》中，〈魏風〉有詩七篇。㉗渢渢　浮動婉轉的樣子。㉘大　粗獷。㉙險　艱難。㉚唐　國名。在今山西太原一帶。周武王封其子叔虞於此，即後來之晉。今本《詩經．國風》中，〈唐風〉有詩十二篇。㉛陶唐氏　指堯。本封陶，後徙於唐（今山西太原）。㉜陳　國名。今本《詩經．國風》中，〈陳風〉有詩十篇。㉝國無主　國君荒淫，不能為社稷主。㉞鄶　國名。也作檜。在今河南鄭州南。

今本《詩經・國風》中，〈檜風〉有詩四篇。㉟譏　評論。㊱小雅　今本《詩經》之一部分，共七十四篇。㊲思　哀傷。㊳先王　指周代文、武、成、康諸王。㊴大雅　今本《詩經》之一部分，共三十一篇。㊵熙熙　和樂的樣子。㊶頌　今本《詩經》之一部分，凡〈周頌〉三十一篇、〈魯頌〉四篇、〈商頌〉五篇。㊷倨　傲慢。㊸偪　通「逼」。侵逼。㊹攜　分離。㊺荒　荒淫；過度。㊻宣　顯露。㊼費　耗損。㊽處　靜止；不動。㊾底　停滯。㊿流　泛濫不定。(51)五聲　宮、商、角、徵、羽等五聲音階。(52)八風　八音。金、石、絲、竹、匏、土、革、木八類樂器。(53)節　節拍。(54)守有序　交相鳴奏，各有次序，不相奪亂。(55)象箾　樂舞名。奏簫，舞者持竿作擊刺狀，是一種武舞。箾，簫。一說：箾即武舞所持竿。(56)南籥　樂舞名。用籥伴奏二南而舞，是一種文舞。南，二南。籥，形似笛之樂器。(57)憾　恨。言周文王恨不及身而致太平。(58)大武　周武王之樂。(59)韶濩　商湯之樂。(60)弘　大。(61)慚德　可慚之德。即德行尚有缺失。指湯以征伐得天下。(62)大夏　夏禹之樂。(63)不德　不自以為有德。(64)韶箾　虞舜之樂舞。(65)幬　覆蓋。(66)蔑　無。

【語　譯】吳公子季札來訪問，請求欣賞周朝的音樂。

讓樂工為他唱〈周南〉、〈召南〉。他說：「美好啊！王業已經奠基，而還沒完成，但是人民勞苦而沒有怨恨了。」

為他唱〈邶風〉、〈鄘風〉、〈衛風〉。他說：「美好啊！深厚啊！人民憂思而不困窮。我聽說衛康叔、武公的德化就像這樣，這大概是〈衛風〉吧！」

為他唱〈王風〉。他說：「美好啊！人民憂慮而不害怕，這是周室東遷以後的吧！」

為他唱〈鄭風〉。他說：「美好啊！但是太過瑣碎了，人民不能忍受的。這恐怕會早滅亡吧！」

為他唱〈齊風〉。他說：「美好啊！博大啊！真有大國之風啊！作為東海諸侯之表率的，這是太公的國家吧！國家不可限量。」

為他唱〈豳風〉。他說：「美好啊！博大啊！歡樂而有節制，這是周公東征時的吧！」

為他唱〈秦風〉。他說：「這就叫正聲。能用正聲，自然宏大，真是宏大極了，這是周朝舊有的吧！」

為他唱〈魏風〉。他說：「美好啊！浮動婉轉啊！粗獷而又婉轉，艱難而又容易推行。再用德行加以輔助，就是賢明的君主了。」

為他唱〈唐風〉。他說：「思慮很深啊！難道還有陶唐氏的遺民在嗎？不然，為什麼憂思那麼深遠呢？不是美德者的後代，誰能這樣？」

為他唱〈陳風〉。他說：「國家沒有賢君，還能久存嗎？」

從〈鄶風〉以下，他都沒有評論。

為他唱〈小雅〉。他說：「美好啊！哀傷而沒有二心，怨恨而沒有傾吐，這是周朝王化衰落時的吧！還有先王的遺民在啊！」

為他唱〈大雅〉。他說：「廣大啊！和樂啊！音樂曲折而立意正直，這是文王的德化吧！」

為他唱〈頌〉。他說：「好到極點了！正直而不傲慢，委婉而不卑下；親近而不侵逼，疏遠而不離心；遷徙而不邪亂，反覆而不厭倦；哀傷而不憂愁，歡樂而不荒淫；取用而不匱乏，寬廣而不顯露；施與而不耗損，收取而不貪婪；靜止而不停滯，流動而不泛濫。五聲和諧，八音均平，節拍有尺度，鳴奏守次序。這是盛德者所共有的啊！」

看了跳〈象箾〉、〈南籥〉舞，他說：「美好啊！但還有遺憾。」

看了跳〈大武〉舞，他說：「美好啊！周朝興盛時，就像這樣的吧！」

看了跳〈韶濩〉舞，他說：「聖人是那樣偉大，而還有所慚愧，可見聖人難為啊！」

看了跳〈大夏〉舞，他說：「美好啊！勤勞而不自以為有德。不是禹，有誰做得到？」

看了跳〈韶箾〉舞，他說：「德行到達極點了！偉大啊！像天一樣，無不覆蓋；像地一樣，無不承載。即使再大的盛德，恐怕也不能超過它了，就欣賞到這裡為止了。如果還有其他音樂，我也不敢再請求了。」

【研　析】季札對周樂的評論，是不是在聆賞過每一部分的整個內容才發表，例如是不是在聆賞〈周南〉、〈召南〉的整個內容後，才有「美哉！始基之矣」云云的評論，由於文獻的不足，我們不得而知；再則，他的每一段評論，是否完全正確，由於古樂早已亡佚，僅憑今本《詩經》保留的歌辭，以及其他一些零星片段的資料，我們也無法判斷。但是，本文仍有其珍貴的文獻價值。

其一，本文依次為〈風〉、〈小雅〉、〈大雅〉、〈頌〉以及文、武、湯、禹、舜的樂舞。若以今本《詩經》的次第和它相比較，則對於今本《詩經》的形成、次序，可以有一定的了解。

其二，季札的評論，大致可以分成兩個層次，一是就樂曲而論，如「美哉」、「美哉淵乎」等等；一是就樂曲風格及歌辭或舞蹈，推論其政情民風，這一層次尤為季札評論的重點。

《禮記・樂記》：「治世之音安以樂，其政和；亂世之音怨以怒，其政乖；亡國之音哀以思，其民困。」先哲對於音樂——尤其是來自民間自發創作的音樂，往往認為它和政治息息相關，可藉以體察政情民風，季札的評論正落實印證了這一觀點。於是，本文在一定程度上，也可作為研究當時政治、社會的一手資料。

子產壞晉館垣

襄公三十一年

【題　解】 本文選自《左傳》魯襄公三十一年（鄭簡公二十四年、晉平公十六年、西元前五四二年），篇名據傳文內容而訂。子產，姓公孫，名僑，字子產。春秋時代鄭國執政大夫。本文記敘子產陪侍鄭簡公赴晉國，因為未獲晉平公接見，晉國又不以禮接待，遂以拆毀賓館圍牆的動作，以及理直氣壯的辭令折服晉卿趙文子，晉平公也以禮接待鄭簡公。

子產相❶鄭伯❷以如晉，晉侯❸以我喪❹故，未之見也。子產使❺盡壞其館之垣，而納車馬焉。

士文伯❻讓❼之，曰：「敝邑以政刑之不修，寇盜充斥，無若諸侯之屬❽辱在❾寡君者何，是以令吏人完客所館，高其閈閎❿，厚其牆垣，以無憂客使。今吾子壞之，雖從者能戒，其若異客⓫何？以敝邑之為盟主，繕完⓬葺⓭牆，以待賓客；若皆毀之，其何以共命⓮？寡君使匄請命。」

對曰：「以敝邑褊小，介於大國，誅求⓯無時，是以不敢寧居，悉索敝賦⓰，以來會時事⓱。逢執事之不閒，而未得見；又不獲聞命，未知見時。不敢輸幣⓲，亦不敢暴露。其輸之，則君之府實也，非薦陳⓳之不敢輸也；其暴露之，則恐燥濕之不時而朽蠹⓴，以重敝邑之罪。

「僑聞文公之為盟主也，宮室卑庳㉑，無觀臺榭㉒，以崇大諸侯之館。館如公寢㉓，庫廄㉔繕修，司空㉕以時平易道路，圬人㉖以時塓㉗館宮室。諸侯賓至，甸㉘設庭燎㉙，僕人巡宮；車馬有所，賓從有代㉚，巾車㉛脂轄㉜，隸人㉝、牧、圉㉞各瞻㉟其事；百官之屬，各展㊱其物。公不留賓，而亦無廢事；憂樂同之，事則巡㊲之；教其不知，而恤其不足。賓至如歸，無寧㊳菑患？不畏寇盜，而亦不患燥濕。

「今銅鞮㊴之宮數里，而諸侯舍於隸人，門不容車，而不可踰越；盜賊公行，而天厲㊵不戒㊶。賓見無時，命不可知。若又勿壞，是無所藏幣以重罪也。敢請執事，將何所命之？雖君之有魯喪，亦敝邑之憂也。若獲薦㊷幣，修垣而行，君之惠也，敢憚勤勞？」

文伯復命。趙文子㊸曰：「信！我實不德，而以隸人之垣以贏㊹諸侯，是吾罪也。」使士文伯謝不敏焉。

晉侯見鄭伯，有加禮，厚其宴、好㊺而歸之。乃築諸侯之館。叔向曰：「辭之不可以已也如是夫！子產有辭，諸侯賴㊻之，若之何其釋辭也？《詩》曰：『辭之輯矣，民之協矣；辭之繹矣，民之莫矣㊼！』其知之矣！」

【注釋】❶相　佐助。❷鄭伯　指鄭簡公。名嘉，在位三十六年（西元前五六五～前五三〇年）。❸晉侯　指晉平公。❹我喪　指魯襄公之喪。魯襄公在位三十一年，卒於西元前五四二年夏六月。《春秋》以魯國為記史中心，故凡魯國皆稱「我」。❺使　使人；派人。❻士文伯　晉國大夫。名匄，字伯瑕。❼讓　責備；責問。❽屬　臣屬。❾在　存問。指朝聘。❿閈閎　門。閈、閎同義。⓫異客　他國賓客。⓬完　通「院」。牆。⓭葺　修理。⓮共命　供給所求。共，通「供」。命，指賓客之命。⓯誅求　責求。誅，責。⓰賦　指財物。⓱會時事　行朝見、聘問之事。會，朝會。時事，指聘問之事。⓲輸幣　送所貢於晉府庫。輸，送。幣，財帛之類。⓳薦陳　陳列。古代聘享之物，陳列於庭。⓴朽蠹　腐壞、蟲蛀。㉑卑庳　低小。卑、庳同義。㉒觀臺榭　供遊賞的臺榭。臺，四方而高的建築。榭，其上有屋的臺。㉓寢　寢宮。㉔庫廄　庫房、馬房。㉕司空　官名。掌土木工程。㉖圬人　泥水工匠。㉗塓　塗；刷。㉘甸　甸人。掌薪火的官。㉙庭燎　夜間燃火於庭。古者有大事，則庭燎以照明。其說有二，一謂積薪燃之，一謂手執火把。㉚代　代服勞役。㉛巾車　官名。管理車輛。㉜脂轄　用油塗車軸。轄，裹在車軸上的鐵皮。此指車軸。㉝隸人　掌灑掃清潔的人。㉞牧圉　看牛羊和看馬的人。㉟瞻　看顧；照料。㊱展陳列。㊲巡　安撫。㊳無寧　寧；豈。㊴銅鞮　地名。在今山西沁縣西南，晉平公築別宮於此。㊵天厲　天災。厲，通「癘」。災。㊶戒　防備。㊷薦　進獻；呈獻。㊸趙文子　晉卿。名武。㊹贏　受。引申為接待。㊺厚其宴好　宴會隆重，餽贈豐美。好，指好貨。㊻賴　利。㊼辭之輯矣四句　語出《詩經・大雅・板》。輯，和。繹，通「懌」。喜悅。莫，安定。

【語譯】子產輔佐鄭伯到晉國去，晉侯由於我國有喪事，沒有會見鄭伯。子產派人把賓館的牆全拆了，將車馬安置進去。

士文伯責備子產，說：「敝國由於政刑不修明，盜賊很多，對於諸侯派來朝聘寡君的人不知該怎麼辦才好，所以派官吏修繕賓客所住的館舍，大門造得高，圍牆砌得厚，讓賓客不必擔憂。現在您拆了它，雖然您的隨從能自行戒備，但是，別國的賓客又怎麼辦呢？由於敝國是盟主，因此修繕圍牆，以接待賓客；如果都毀了它，那要怎麼供給賓客的需求呢？寡君派匄來請問拆牆的用意。」

子產回答說：「由於敝國狹小，夾在大國之間，大國不時要求進貢，所以不敢安居，搜取了全國的財富，前來朝聘。碰上執事沒空，而不能朝見；又得不到命令，不知何時能朝見。既不敢呈獻財物，又不敢讓它暴露在外面。如果呈獻了，那就是君王府庫中的財物，不經過陳列的儀式不敢呈獻；如果讓它暴露在外，又怕乾濕無常而腐壞蟲蛀，因而加重敝國的罪過。

「僑聽說文公做盟主時，自己的宮室低小，沒有供遊賞的臺榭，而把賓館修得又高又大。賓館好像君王的寢宮，裡面的庫房馬房隨時修繕，司空按時整修道路，泥水工按時塗刷館舍宮室。諸侯的賓客到達，甸人在庭中點起火把，僕人在賓館巡邏；車馬有地方安置，賓客的隨從有人代服勞役，巾車在車軸上塗油，隸人、牧、圉各自照管分內的工作；百官各自陳列器物。文公不耽擱賓客，也不敢荒廢禮儀；和賓客同憂樂，有事就加以安撫；教導他們所不知的，體諒他們所不足的。賓客到晉國就像回到家一樣，哪有什麼災患？不必躭心盜賊，也不怕乾燥潮濕。

「現在銅鞮的別宮綿延數里，而諸侯住在像奴隸居住的屋子裡，門口進不了車子，又不能越牆而入；盜賊公然橫行，而天災又不能防備。賓客進見沒有確定的時間，也不知道什麼時候才有召見的命令。如果再不拆掉牆，這就沒有地方收藏貢禮而加重罪過了。請問執事，對我們將有什麼指示？雖然君王遭到魯國的喪事，這也是敝國所憂傷的啊！如果能呈獻貢禮，修好圍牆然後回國，這是君王的恩惠，我們豈敢怕勞苦？」

文伯回去覆命。趙文子說：「說得對！我們確實是理虧，用奴隸的房舍去接待諸侯，這是我們的罪過啊！」就派文伯去表示歉意。

晉侯接見鄭伯，禮儀加倍，宴會更隆重，贈送更豐厚，然後送他們回去。於是就建造接待諸侯的賓館。叔向說：「辭令的不可忽視就像這樣啊！子產善於辭令，諸侯因他而得到好處，為什麼要放棄辭令呢？《詩經》說：『辭令和睦，人民協力；辭令動聽，人民安定。』詩人是懂得這個道理了。」

【研　析】通常一個故事是由一連串的動作所構成。準此，我們以子產為主角，來分析他和一些相關人物的動作。首先，子產陪著鄭伯「如晉」，這個動作的目的當然是要「見」晉侯，但是晉侯「未之見」。想「見」和「未之見」之間，顯然是互相矛盾、有所衝突的；換句話說，子產想「見」的目的有了困難。面對這種衝突、這個困難，子產的反應是「使盡壞其館之垣，而納車馬焉」。這個動作透著怪異，並引起晉國的反應，派士文伯「讓之」，這時子產和晉侯之間有了間接的聯繫溝通，而其交會點就在於子產「盡壞其館之垣」的既成動作。士文伯「讓之」是針對拆牆動作的言辭責難，而子產的「對曰」則一方面為拆牆動作辯解，這是防守，一方面又借此機會攻擊晉侯的「未之見」。雙方的攻防，其結果是文伯「復命」、趙文子認錯（「是吾罪也」）、使士文伯「謝不敏焉」。這個過程，雙方由衝突、溝通進而取得諒解，子產透過拆牆所要傳達的主要訊息——希望早日會見，終於獲得晉侯的充分了解，並進一步有積極的回應——「見鄭伯」。至於末段叔向的話，則突出了子產在這故事中的重要地位，總結了這個故事所顯現的意義——辭令是非常重要的。

子產拆牆的動作是詭異而危險的，但這無疑使他有和晉國人對話的機會，讓他發揮辭令的才華，達到說服的效果。仔細分析子產的「對曰」，這種效果的獲得，不是沒有原因的。子產一方面表達了鄭國對晉國的服事之誠懇謹慎，一方面又訴說不得朝見所產生的困窘，軟中帶硬，理直氣婉，此其一。士文伯責問何以拆牆，子產卻迴避了問題的正面，而從反面訴說不得不拆，這是一種迂迴的技巧，免去了正面攻堅的困難，此其二。以晉文公的禮遇諸侯，使得「賓至如歸」，對比今日晉侯的虧待鄭伯、傲慢無禮，晉侯顯然有失霸主氣概。以捧晉文公來批評今日的晉侯，這在實質上既能針砭又不致激怒晉侯，而在技巧上就有著起伏跌宕的波瀾之勢，比較不會單調、沉悶，此其三。以晉文公的「憂樂同之」，引申為「雖君之有魯喪，亦敝邑之憂也」，正面表達了鄭國與晉國休戚相關的親切之意，反面則暗示了晉侯因魯國國君之喪而「未之見」的不當，可以說是「怨而不怒」，容易被接受。

當然，子產的一切動作、一切技巧，其出發點都是為了鄭國的國格、鄭伯的顏面，也就是為了鄭國的利益，這是在讚賞子產辭令巧妙之餘，最重要的一點認識。

子產論尹何為邑

襄公三十一年

【題解】本文選自《左傳》魯襄公三十一年（鄭簡公二十四年、西元前五四二年），篇名據傳文內容而訂。子產，姓公孫，名僑，字子產。春秋時代鄭國執政大夫。本文記敘鄭國上卿子皮想任命家臣尹何治理自己的家邑，子產認為尹何太年輕，缺乏經驗，子皮的任命，是愛之反而傷之，不但誤了子皮的家務事，也會使鄭國蒙受其害。

子皮❶欲使尹何❷為邑❸。子產曰：「少，未知可否。」子皮曰：「愿❹，吾愛之，不吾叛也。使夫❺往而學焉，夫亦愈知治矣。」

子產曰：「不可。人之愛人，求利之也。今吾子愛人則以政，猶未能操刀而使割也，其傷實多。子之愛人，傷之而已，其誰敢求愛於子？子於鄭國，棟也。棟折榱❻崩，僑將厭❼焉，敢不盡言？子有美錦，不使人學製❽焉。大官❾、大邑，身之所庇也，而使學者製焉，其為美錦，不亦多乎？僑聞學而後入政，未聞以政學者也。若果行此，必有所害。譬如田獵，射御貫❿，則能獲禽。若未嘗登車射御，則敗績⓫厭覆是懼，何暇思獲？」

子皮曰：「善哉！虎不敏。吾聞君子務知大者、遠者，小人務知小者、近者。我，小人也。衣服附在吾身，我知而慎之；大官、大邑所以庇身也，我遠而慢⓬之。微⓭子之言，吾不知也。他日⓮我曰：『子為鄭國，我為吾家，以庇焉，其可也。』今而後知不足。自今請，雖吾家，聽子而行。」

子產曰：「人心之不同如其面焉，吾豈敢謂子面如吾面乎？抑心所謂危，亦以告也。」

子皮以為忠，故委政焉。子產是以能為鄭國。

【注釋】❶子皮　鄭國上卿。名罕虎。❷尹何　子皮家臣。❸為邑　治理家邑。為，治理。邑，此指子皮之家邑。❹愿　忠厚。❺夫　此人。指尹何。下句「夫」字同。❻榱　屋椽。❼厭　通「壓」。❽製　裁。❾大官　指治理家邑之官。於子皮而言，為其屬下大官。⑩貫　通「慣」。熟習；熟練。⑪敗績　軍隊大敗。此指射御失敗。⑫慢　疏忽；忽視。⑬微　無。⑭他日　從前。

【語　譯】子皮想讓尹何治理家邑。子產說：「他還年輕，不知道行不行。」子皮說：「他為人忠厚，我喜歡他，他不會背叛我的。讓他去學習學習，他也就更懂得怎樣辦事了。」

子產說：「不可以。大凡喜歡一個人，總是謀求對這個人有利。現在您喜歡一個人就把政事交給他，這好比不會用刀而讓他去割東西，多半是會傷害到他的。您喜歡一個人，卻只會傷害到他，那誰還敢期待您的喜歡呢？您在鄭國是棟樑。如果棟樑斷折、屋椽崩塌，僑也要被壓在底下，豈敢不把話全說出來？您有漂亮的綢緞，絕不會讓人用它來學裁剪。大官、大邑是自身的託庇，卻讓學習的人去治理它，比起漂亮的綢緞，大官、大邑不是更重要嗎？僑只聽說學習以後才去辦政事，沒聽說拿做官來學習的。如果真這麼做，一定有所傷害。譬如打獵，射箭、駕車熟練，就能獲得獵物。如果沒上車射過箭、駕過車，那麼一心只怕車子翻了、人被壓了，哪有工夫想到獵獲物呢？」

子皮說：「說得好啊！虎真是不聰明。我聽說君子致力於了解大的、遠的，小人致力於了解小的、近的。我，是小人啊！衣服穿在我身上，我知道該慎重；大官、大邑是用來託庇自身的，我卻疏遠而忽視它。不是您這番話，我還不能覺悟哩！從前我說：『您治理鄭國，我管我的家務，這樣來託庇自己也可以了。』如今我才知道自己是不夠的。從現在起我向您請求，即使是我的家務，也聽候您的吩咐去辦。」

子產說：「人心的不相同，正如人面孔的不相同，我哪敢認為您的面孔該像我的呢？不過，我心裡覺得危險的，就把它告訴您就是了。」

子皮認為他忠誠，所以把政事託付給他。子產因此得以治理鄭國。

【研　析】子皮之所以「欲使尹何為邑」，是因為喜歡尹何，要讓他去學習。子產則在尹何年輕缺乏行政經驗的基本認知下，使用譬喻、對比，委婉而有力地指出子皮此一念頭的偏差。「未能操刀」譬喻尹何缺乏行政經驗，「使割」譬喻子皮「欲使尹何為邑」，此一譬。「美錦」譬喻「大官、大邑」，「學製」譬喻「學治」，此二譬。「田獵」譬喻「為邑」，「射御」譬喻「學」，此三譬。三組譬喻皆取材於日常貼近的事例，故其理易明。「未能操刀而使割也，其傷實多」，今派尹何為邑，則「傷之而已」；派尹何學治邑，其損害大過派人用美錦學裁製衣服，也大過「未能操刀而使割」；未習射御而田獵，將害及自身及同車之人，派尹何為邑，亦將使尹何、邑人、子皮、鄭國連鎖受害，如此對比，其害甚為明顯。更重要的是子產表達了他對這件事的休戚與共、利害相關的誠懇。他說在那可能的連鎖傷害之下，「僑將厭焉」，所以「敢不盡言」。本來派尹何為邑只是子皮的家務事，子產大可袖手不管，他卻能說出一番大道理，並且真心規勸，絕不置身事外，如此，子皮的感動，並非沒有理由的了。

政事不可以用來作為歷鍊人才的試驗品，因為那對人、對事、對國都是有害無益的，這是子產所給我們的啟示吧！而如何使事得其人、人稱其事，摒棄私心的愛憎而一秉至公，恐怕也是當權者所應該戒懼謹慎的吧！

子產卻楚逆女以兵

昭公元年

【題解】 本文選自《左傳》魯昭公元年（鄭簡公二十五年、楚郟敖四年、西元前五四一年），篇名據傳文內容而訂。子產，姓公孫，名僑，字子產。春秋時代鄭國執政大夫。卻，拒絕。逆，指迎娶。本文記楚國公子圍到鄭國聘問，並準備迎娶鄭國大夫公孫段之女。鄭國對於帶著軍隊而來的公子圍有所忌憚，怕對鄭國不利，因此不准公子圍入城，並先後派人與公子圍交涉，讓楚軍在解除武裝的情況下進城。

楚公子圍❶聘于鄭，且娶於公孫段❷氏。伍舉❸為介❹。將入館。鄭人惡❺之，使行人❻子羽❼與之言，乃館於外。既聘，將以眾逆。子產患❽之，使子羽辭，曰：「以敝邑褊小，不足以容從者，請墠❾聽命。」令尹❿命大宰⓫伯州犁對曰：「君辱貺⓬寡大夫⓭圍，謂圍將使豐氏⓮撫有⓯而室⓰。圍布几筵⓱，告於莊、共⓲之廟而來。若野賜之，是委君貺於草莽⓳也，是寡大夫不得列於諸卿也。不寧唯是⓴，又使圍蒙㉑其先君，將不得為寡君老㉒，其蔑以復矣。唯大夫圖之！」子羽曰：「小國無罪，恃實其罪。將恃大國之安靖己，而無乃包藏禍心㉓以圖之。小國失恃而懲㉔諸侯，使莫不憾者，距違君命，而有所壅塞不行是懼。不然，敝邑，館人㉕之屬也，其敢愛豐氏之祧㉖？」伍舉知其有備也，請垂櫜㉗而入。許之。

【注釋】❶楚公子圍　楚共王之子、康王之弟。楚王郟敖時曾任令尹，魯昭公二年（西元前五四〇年）即位，是為楚靈王，在位十二年。❷公孫段　春秋時代鄭國大夫。❸伍舉　春秋時代楚國大夫。❹介　副使。❺惡　忌憚。❻行人　官名。掌朝聘禮賓。❼子羽　春秋時代鄭國大夫。❽患　憂。❾墠　清除野草雜物，理出平地，以供祭祀。❿令尹　楚國執政之官。此指公子圍。⓫大宰　官名。掌王室內外事務，輔助君王治理國事。⓬貺　賜。⓭寡大夫　對外國稱本國的大夫。⓮豐氏　即公孫段。時段已賜氏為豐。⓯撫有　有。二字同義。⓰而室　爾之妻室。而，通「爾」。室，妻室。⓱布几筵　陳列几筵。

布，陳列。几，古人席地而坐時用以倚靠的器具。筵，墊底的竹席。古人席地而坐，席不止一層，下曰筵，上曰席。⑱莊共　楚莊王、楚共王。公子圍之祖與父。⑲莽　草深。⑳不寧唯是　不僅如此。寧，語助詞。㉑蒙　欺騙。㉒老　大臣。㉓禍心　害人之心。㉔懲　警惕。㉕館人　守賓館的人。㉖祧　遠祖之廟。㉗垂櫜　倒掛弓袋。示無武器。櫜，弓袋。

【語　譯】楚國公子圍到鄭國聘問，同時要到公孫段家娶妻。伍舉做副使。將要進住城內的賓館。鄭國人有所忌憚，派行人子羽去協調，於是就住在城外。

聘問過後，公子圍準備帶兵入城去迎娶。子產為此而擔心，派子羽去拒絕，說：「因為敝國狹小，不能容納您的隨從，請允許我們在城外設壇來聽候您的命令。」

公子圍派太宰伯州犂回答說：「承蒙君王惠賜寡大夫圍，對圍說：將讓豐氏的女兒做你妻室。圍陳設几筵，祭告莊王、共王的廟然後來鄭國。如果在城外賜婚，這等於把君王的恩賜丟棄在草叢，也讓寡大夫不能立身在卿的行列。不但這樣，又讓圍欺騙了先君，將不能再做寡君的大臣，恐怕也不能回國了。請大夫考慮一下。」

子羽說：「小國沒有罪過，依靠大國而不防備就是它的罪過。本想依靠大國來得到安全，而大國恐怕卻存心不良想打小國的主意。如果因為小國失去依靠而使諸侯有所警惕，無不怨恨，抗拒君王的命令，使君王命令受阻而行不通，這是小國所怕的。不然，敝國就像是替貴國看守館舍的，哪敢愛惜豐氏的祖廟？」

伍舉知道鄭國已經有防備，就請求倒掛弓袋而進城。鄭國同意。

【研　析】楚國公子圍到鄭國聘問，按禮鄭國應該招待他住進城內的賓館，子產卻派人拒絕而讓他住在城外，這是不合禮的；公子圍要到鄭國大夫公孫段家迎娶妻室，按禮這儀式也要在城內公孫段家的祖廟舉行，子產卻要他在城外行婚禮，這也是不合禮的。

子產為什麼對公子圍有這些不合禮的要求呢？因為公子圍這次出國帶著大批軍隊，要在鄭國的虢地和包括魯、晉、齊、宋、衛、陳、蔡、鄭、許、曹等國的代表會盟，子產怕公子圍帶兵進城會對鄭國不利，基於維護鄭國安全的考慮，他當然要加以拒絕。所以文中說「鄭人惡之」、「子產患之」，而在公子圍的兵眾解除武裝後，才答應他入城迎娶。

子產的反應是可以理解的，問題在於如何讓公子圍接受。由於本文對於公子圍「入館」事的雙方交涉僅簡單帶過，我們無從得知；但從針對迎娶一事雙方交涉的言辭，我們知道子羽乃是以剛柔互用、軟硬兼施的辭令使公子圍知難而退。在本文第二段中，子羽以地小不足容眾為由拒絕公子圍入城迎娶，這是柔中有剛、軟中帶硬，表面講的是鄭國地小，骨子裡卻是指斥公子圍不必要帶那麼多的兵入城。第三段楚太宰伯州犁幾乎無懈可擊的反駁，子羽則直斥公子圍「包藏禍心」，將對楚國不利為由，既迴避伯州犁的質問，又使伯州犁再無反駁的餘地，這是先剛後柔、硬中帶軟。

子產的洞燭幾微、子羽的妙善辭令，使得公子圍陰謀失敗，鄭國得以保全，這兩人的智慧都是超人一等的。

子革對靈王

昭公十二年

【題解】本文選自《左傳》魯昭公十二年（楚靈王十一年、周景王十五年、西元前五三〇年），篇名據傳文內容而訂。子革，春秋時代楚國大夫。靈王，楚靈王。春秋時代楚國國君。本文記敘楚靈王率師圍攻徐國，以威嚇吳國；躊躇滿志，要向周天子求鼎，向鄭國索取祖先的舊地。楚國右尹子革乘晚上晉見的機會，委婉曲折地勸諫楚靈王不應放縱野心，而當珍惜民力，顯揚德音。但楚靈王無法自我克制，終於招致殺身之禍。

楚子❶狩❷于州來❸，次❹于潁尾❺。使蕩侯❻、潘子、司馬督、囂尹午、陵尹喜帥師圍徐❼以懼吳，楚子次于乾谿❽以為之援。

雨雪。王皮冠，秦復陶⑨，翠被⑩，豹舄⑪，執鞭以出。僕析父⑫從。

右尹⑬子革夕⑭，王見之。去冠、被，舍鞭，與之語。曰：「昔我先王熊繹⑮與呂伋⑯、王孫牟⑰、燮父⑱、禽父⑲並事康王⑳，四國㉑皆有分㉒，我獨無有。今吾使人於周，求鼎以為分，王㉓其與我乎？」對曰：「與君王哉！昔我先王熊繹辟在荊山㉔，篳路藍縷㉕以處草莽，跋涉山林以事天子，唯是桃弧棘矢㉖以共禦㉗王事。齊，王舅㉘也；晉及魯、衛，王母弟㉙也。楚是以無分，而彼皆有。今周與四國服事君王，將唯命是從，豈其愛鼎？」

王曰：「昔我皇祖伯父昆吾㉚，舊許㉛是宅。今鄭人貪賴㉜其田而不我與。我若求之，其與我乎？」對曰：「與君王哉！周不愛鼎，鄭敢愛田？」

王曰：「昔諸侯遠我而畏晉，今我大城陳、蔡、不羹㉝，賦皆千乘㉞，子與有勞焉；諸侯其畏我乎？」對曰：「畏君王哉！是四國㉟者，專㊱足畏也，又加之以楚，敢不畏君王哉？」

工尹路㊲請曰：「君王命剝㊳圭以為鍼柲㊴，敢請命。」王入視之。

析父謂子革：「吾子，楚國之望也。今與王言如響㊵，國其若之何？」子革曰：「摩厲以須㊶；王出，吾刃將斬矣。」

王出，復語。左史倚相㊷趨過。王曰：「是良史也，子善視之！是能讀《三墳》、《五典》、《八索》、《九丘》㊸。」對曰：「臣嘗問焉。昔穆王㊹欲肆其心，周行天下，將皆必有車轍馬跡焉。祭公謀父㊺作〈祈招〉之詩以止王心，王是以獲沒於祇宮㊻。臣問其詩而不知也。若問遠焉，其焉能知之？」王曰：「子能乎？」對曰：「能。其詩曰：『祈招之愔愔㊼，式㊽昭㊾德音。思我王度，式如玉，式如金。形㊿民之力，而無醉飽之心。』」

王揖而入。饋[51]不食，寢不寐。數日，不能自克，以及於難[52]。

仲尼曰：「古也有志：『克己復禮，仁也。』信善哉！楚靈王若能如是，豈其辱於乾谿？」

【注釋】❶楚子　指楚靈王。楚國為子爵諸侯國。❷狩　冬獵。❸州來　國名。在今安徽鳳臺北，初為楚國屬邑，後為吳國所滅。❹次　軍隊臨時駐紮。❺潁尾　地名。在今安徽正陽。❻蕩侯　春秋時代楚國大夫。以下四人同。❼徐　國名。在今安徽泗縣西北，吳國的友邦。❽乾谿　地名。在今安徽亳縣東南。❾秦復陶　秦所贈羽衣。復陶，羽衣名。❿翠被　翠鳥羽毛所編織的披風。被，通「帔」。披風。⓫豹舄　豹皮做的鞋子。⓬僕析父　春秋時代楚國大夫。僕，官名。太僕。掌車馬。⓭右尹　官名。⓮夕　晚上晉見。⓯熊繹　楚始封君。⓰呂伋　齊太公之子丁公。⓱王孫牟　衛康叔之子康伯。⓲燮父　晉國唐叔之子。⓳禽父　周公長子伯禽。魯國始封君。⓴康王　周康王。周成王之子，名釗。㉑四國　指齊、衛、晉、魯。㉒分　賜予。㉓王　指周天子。時為周景王。㉔荊山　在今湖北南漳西。熊繹都於丹陽（今湖北秭歸東），在荊山南。㉕篳路藍縷　柴車、破衣。㉖桃弧棘矢　桃木的弓、棘木的箭。㉗共禦　進奉；貢獻。共，通「供」。禦，通「御」。㉘王舅　呂伋為周成王母舅。㉙王母弟　晉唐叔為周成王母弟，周公、衛康叔為周武王母弟。㉚皇祖伯父昆吾　昆吾為楚國遠祖季連之長兄，故此稱「皇祖伯父」。皇祖，遠祖。㉛舊許　舊許國之地。在今河南許昌。昆吾曾居此，後其地為鄭國所得。㉜賴　利。㉝不羹　指東不羹（今河南舞陽北）、西不羹（今河南襄城東南）。皆楚邑。㉞乘　一車四馬。㉟國　大都；大邑。㊱專　獨；單。㊲工尹路　工尹名路。工尹，官名。㊳剝　破。㊴鏚柲　斧柄。鏚，斧。柲，柄。㊵響　回聲。㊶須　待。㊷左史倚相　左史名倚相。左史，官名。㊸三墳五典八索九丘　皆古書名。㊹穆王　指周穆王。㊺祭公謀父　周卿士。封於祭，故曰祭公。祭，周畿內之國。㊻祇宮　周穆王之離宮。在今陝西華縣北。㊼愔愔　安和的樣子。㊽式　語助詞。無義。下兩「式」字同。㊾昭　明；顯。㊿形　成。(51)饋　進食。(52)及於難　魯昭公十三年（西元前五二九年），公子比弒楚靈王。

【語　譯】楚子在州來狩獵，軍隊駐紮在潁尾。又派蕩侯、潘子、司馬督、囂尹午、陵尹喜領兵包圍徐國以威嚇吳國，楚子進駐乾谿作他們的後援。

天下著雪。楚王戴著皮帽，穿著秦國的復陶羽衣，披著翠羽披風，穿著豹皮鞋子，拿著鞭子走出來。僕析父跟隨著。

右尹子革在晚上來朝見，楚王接見他，脫去帽子、披風，放下鞭子，和他說話。楚王說：「從前我的先王熊繹和呂伋、王孫牟、燮父、禽父一起事奉周康王，四國都得到賞賜，唯獨我國沒有。現在我派人到周，請求把鼎作為賞賜，王會給我嗎？」子革回答說：「會給君王啊！從前我國的先王熊繹僻居荊山，乘著柴車、穿著破衣以開闢荒野，奔走於山林之間以服事天子，只能用桃木弓、棘木箭為王室服務。齊國，是周成王的母舅；晉國和魯國、衛國是周天子的同胞兄弟。所以楚國沒有得到賞賜，而四國都有。現在周和四國都服從事奉君王，將會唯命是從，哪還會愛惜鼎呢？」

楚王說：「從前我的皇祖伯父昆吾，居住在舊許國。現在鄭國人貪圖這裡的土田之利而不給我們。我如果索討，他們會還給我嗎？」子革回答說：「會還君王啊！周天子不敢愛惜鼎，鄭國哪敢愛惜土田？」

楚王說：「從前諸侯疏遠我國而畏懼晉國，現在我大築陳國、蔡國和東、西不羹的城牆，每地都能出兵車千輛，你也是有功勞的；諸侯會怕我嗎？」子革回答說：「會怕君王啊！只這四個城邑，就足夠使人害怕了，再加上楚國，誰敢不怕君王呢？」

工尹路來請示說：「君王命令破開圭玉來裝飾斧柄，謹請示它的式樣。」楚王進去察看。析父對子革說：「您，是楚國有聲望的人。現在和君王說話，對答就像回聲一樣，國家怎麼辦？」子革說：「我磨利了刀等著；君王出來，我的刀刃就要砍下去了。」

楚王出來，再和子革說話。左史倚相快步走過。楚王說：「這人是個好史官，你要好好看待他！這人能讀《三墳》、《五典》、《八索》、《九丘》。」子革回答說：「臣曾問過他。從前周穆王要滿足他的私心，周遊天下，要各地都有他的車轍馬跡。祭公謀父作了〈祈招〉這首詩來勸止穆王的私心，周穆王因此得以在祗宮善終。臣問他這首詩，他不知道，如果問得遠一點，他哪會知道？」楚王說：「你能知道嗎？」子革回答說：「能。這首詩說：『祈招的安和，顯現好名聲。想起君王的風度，像玉，又像金。保全人民的利益，自己卻沒有醉飽的心。』」

楚王作一個揖而走進去。吃不下飯，睡不著覺，好幾天，還不能自我克制，因而遭到災禍。

仲尼說：「古代有句話說：『克制自己，回到禮儀，這就是仁。』真是說得好啊！楚靈王如果能這樣，哪會在乾谿受辱呢？」

【研　析】楚王的野心，一言以蔽之，即在於畏服諸侯，建立霸權。他要向周天子求鼎，以彌補祖先未曾得到賞賜的遺憾；要向鄭國索取祖先曾居住過的土地；要以實力取代晉國的霸主地位。從三至五段所記的楚王的言辭，再加上二段對楚王服飾的描繪，其躊躇滿志的模樣，可說是躍然於紙上。

三至五段中子革的對答，一味附和楚靈王，正如析父所謂的「如響」；但是子革在這裡使用了相當巧妙的技巧，在楚王志得意滿到了極點時，猛然一擊，指出楚王這種好大喜功的心理之不當，這給楚王帶來相當大的困擾。分析子革的回話之所以產生這麼大的震撼——「饋不食，寢不寐。數日，不能自克」，一是楚王對子革的敬重，這從楚王接見子革時「去冠、被，舍鞭」，以及最後子革說出諫言後，楚王「揖而入」，可以得知；其次就是子革的對話技巧。

最後一段所引述的仲尼的話，可視為《左傳》作者對於這件事的評論；我們可以看出那是基於承認體制、尊重秩序的前提。但是春秋乃至於戰國，是中國歷史上一個從封建體制走向國家結構的關鍵階段，列國爭雄，都有著逐鹿中原、雄霸天下的企圖，楚靈王有那樣的野心，其實也是可以理解的。當然，就在次年，楚國公子比殺了楚靈王，但在篡弒頻仍的年代，我們大可不必以單純的因果報應去解釋它。

在這個故事中，子革的說話技巧是最值得注意的、最值得體味的。

子產論政寬猛

昭公二十年

【題　解】本文選自《左傳》魯昭公二十年（鄭定公八年、西元前五二二年），篇名據傳文內容而訂。子產，姓公孫，名僑，字子產。春秋時代鄭國執政大夫。本文記敘子產生前叮嚀大夫子大叔，要他接掌執政後，以猛施政。子大叔不忍猛而行寬政，招致盜賊為害。《左傳》於記事之後，以孔子的一番議論，說明為政當寬猛並濟，才能政事平和。

鄭子產有疾，謂子大叔❶曰：「我死，子必為政。唯有德者能以寬服民，其次莫如猛❷。夫火烈，民望而畏之，故鮮死焉；水懦弱❸，民狎❹而翫❺之，則多死焉。故寬難。」疾數月而卒。

大叔為政，不忍猛而寬。鄭國多盜，取❻人于萑苻❼之澤。大叔悔之，曰：

「吾早從夫子❽，不及此。」興徒兵❾以攻萑苻之盜，盡殺之，盜少止。

仲尼曰：「善哉！政寬則民慢，慢則糾之以猛；猛則民殘，殘則施之以寬。寬以濟猛，猛以濟寬，政是以和。《詩》曰：『民亦勞止，汔可小康。惠此中國，以綏四方❿。』施之以寬也。『毋從詭隨，以謹無良。式遏寇虐，慘不畏明⓫。』糾之以猛也。『柔遠能邇，以定我王⓬。』平之以和也。又曰：『不競不絿，不剛不柔。布政優優，百祿是遒⓭。』和之至也！」

及子產卒，仲尼聞之，出涕曰：「古之遺愛也。」

【注釋】❶子大叔　鄭國大夫。❷猛　嚴。❸懦弱　柔弱。❹狎　輕忽。❺翫　通「玩」。玩弄。❻取　聚。❼萑苻　蘆葦叢密的水澤。❽夫子　指子產。❾徒兵　步兵。❿民亦勞止四句　語出《詩經・大雅・民勞》。止，語助詞。無義。汔，其。表示期待或推測。中國，指西周王畿之地。綏，安撫。⓫毋從詭隨四句　語出《詩經・大雅・民勞》。從，今本《詩經》作「縱」。詭隨，詭詐善變的人。謹，約束。式，語助詞。無義。慘，乃；曾。今本《詩經》作「憯」。明，光明；正道。⓬柔遠能邇二句　語出《詩經・大雅・民勞》。能，親善。⓭不競不絿四句　語出《詩經・商頌・長發》。競，強；急。絿，緩。優優，溫和的樣子。遒，聚。

【語譯】鄭子產生病，對子大叔說：「我死以後，你必然執政。只有有德的人能以寬大來使人民服從，其次就莫如嚴厲。火性猛烈，人看著就怕，所以死於火的人少；水性柔弱，人輕忽而玩弄它，死於水的人多。所以寬大難。」子產病了幾個月，就去世了。

大叔執政，不忍心嚴厲而採寬大。鄭國因此多盜賊，在蘆葦水澤一帶聚結。大叔後悔，說：「我早聽夫子的話，也不致於這樣了。」就派步兵攻打那些盜賊，把他們全殺了，盜賊才稍稍減少。

仲尼說：「說得好啊！政令寬大人民就怠慢，怠慢就以嚴厲來糾正；嚴厲則人民受到傷害，傷害就實行寬大。用寬大來調劑嚴厲，用嚴厲來調劑寬大，政事因此而平和。《詩經》說：『人民已經很辛苦，可讓他們稍安康。先行加惠王畿地，用來安撫定四方。』這是實行寬大。『不要放縱詭詐人，用來約束不善良。制止侵奪殘暴者，和那不怕正道的強梁。』這是以嚴厲來糾正。『安撫遠方親睦近處，以定天下保君王。』這是用和諧來使國家平靜。又說：『不急不緩，不剛不柔。施政溫和，福祿就有。』這是和諧的極致。」

等到子產去世，仲尼聽到了，流著淚說：「他的愛心，真有古人的遺風啊！」

【研　析】本文前二段記事，後二段評論。全文有四點值得注意：

其一，根據第一段，子產固然是要大叔以猛施政，但這是針對大叔個人的具體狀況而作的指示，當執政者「有德」足以服民時，子產還是主張寬以施政的。換句話說，對於寬猛，子產的主張並非一成不變、一概而論，而是視個別的、具體的狀況做調整，其最終目的則在於避免以政害人，使人民誤蹈法網，所以孔子說他是「古之遺愛」。

其二，大叔因為「不忍猛而寬」，造成「鄭國多盜」，結果是出兵「盡殺之」，這是大叔沒有自知之明，使得一個愛民的動機卻產生殺民的結局。

其三，子產以水火來譬喻為政的寬猛。水譬喻寬，火譬喻猛；「多死」譬喻不得當的寬所造成的後果，「鮮死」譬喻猛所可能有的好處。譬喻的作用在於將艱深化為淺易，將抽象化為具體，因此用作譬喻的材料越為人所習知，其說明、表達的效力就越大。水和火是絕大多數人所習知的，因此，第一段子產的言辭中，水火的譬喻既恰當又有很好的效果。

其四，第三段「仲尼曰」以下，以寬猛為主題而發揮，先「分論」寬猛，再加以「合論」，進而得出「政是以和」的「結論」，最後則引述詩句作為前述理論的「例證」。這種方式，可供論說文寫作的參考。

綜合全文的思想來看，寬猛並濟是其主旨，而愛民、牧民是其基本觀點，相對於後代君主專制體制形成之後，統治者高高在上、殘民以逞的行為，本文所表現出來的思想是進步、可取的。但是在民主多元的政治、社會結構中，統治者的權力來自人民的認可和付託，並接受民意的監督，因此依法行政、行政中立，那也就沒有所謂寬猛的問題存在了。如果還有，那也不是經由統治者自由心證的抉擇，而是來自民意的要求。

吳許越成

哀公元年

【題解】本文選自《左傳》魯哀公元年（吳夫差二年、越句踐三年、西元前四九四年），篇名據傳文內容而訂。成，求和；媾和。本文記敘吳國於夫椒（在今浙江紹興北）之戰打敗越王句踐後，大夫伍員勸諫吳王夫差不可答應越國的求和，吳王不聽，伍員預言吳國將於二十年後為越國所滅。

吳王夫差❶敗越❷于夫椒，報檇李❸也。遂入越。越子❹以甲楯❺五千保于會稽❻，使大夫種❼因吳大宰嚭❽以行成。吳子❾將許之。

伍員❿曰：「不可。臣聞之：『樹德莫如滋⑪，去疾⑫莫如盡。』昔有過⑬澆⑭殺斟灌⑮以伐斟鄩⑯，滅夏后相⑰。后緡⑱方娠⑲，逃出自竇⑳，歸于有仍㉑，生少康焉。為仍牧正㉒，惎㉓澆，能戒㉔之。澆使椒㉕求之，逃奔有虞，為之庖正㉖，以除其害。虞思㉗於是妻之以二姚，而邑諸綸㉘，有田一成㉙，有眾一旅㉚。能布其德而兆㉛其謀，以收夏眾，撫其官職；使女艾㉜諜㉝澆，使季杼㉞誘豷㉟。遂滅過、戈㊱，復禹之績，祀夏配天，不失舊物。今吳不如過，而越大於少康，或將豐㊲之，不亦難乎？句踐能親而務施㊳，施不失人，親不棄勞。與我同壤，而世為仇讎。於是乎克而弗取，將又存之，違天而長寇讎，後雖悔之，不可食㊴已。姬㊵之衰也，日可俟也。介在蠻夷，而長寇讎，以是求伯㊶，必不行矣！」

弗聽。退而告人曰：「越十年生聚，而十年教訓，二十年之外，吳其為沼㊷乎？」

【注釋】❶夫差　春秋時代吳國國君。吳王闔閭之子，在位二十三年（西元前四九五～前四七三年）。在位時曾敗越國於夫椒，敗齊國於艾陵（在今山東萊蕪東北），在黃池（在今河南商邱附近）和諸侯會盟，與晉國爭霸，後為越國所敗，自殺而死。❷越　春秋時代國名。相傳始祖為夏少康庶子無余，都會稽（今浙江紹興）。春秋末年，與吳國屢戰，滅吳國，並向北擴展，戰國時為楚國所滅。❸檇李　吳地。在今浙江嘉興南。魯定公十四年（西元前四九六年），吳、越二國戰於此，吳王闔閭受傷而死。❹越子　指越王句踐。春秋時代越國國君，在位三十三年（西元前四九七～前四六五年）。❺甲楯　披甲持盾之兵。楯，盾。❻會稽　指會稽山。在今浙江紹興東南。❼種　文種。春秋時代越國大夫。❽大宰嚭　大宰名嚭。大宰，官名。嚭為楚國大夫伯州犂之孫，伯為其氏，亦稱伯嚭。自楚奔吳，以功任大宰，深得夫差寵信。❾吳子　指吳王夫差。❿伍員　楚國人。字子胥，楚國大夫伍奢之次子，以父兄為楚平王所殺，奔吳，為吳國大夫。以功封於申，又稱申胥。⓫滋　增長；增多。⓬疾　害；惡。⓭有過　過。古國名，在今山東掖縣北。有，發聲詞。下「有仍」、「有虞」同。⓮澆　人名。寒國國君浞之子。⓯斟灌　夏同姓諸侯國。在今山東壽光東北。⓰斟鄩　夏同姓諸侯國。在今山東濰縣西南。⓱相　夏君。夏啟之孫。⓲后緡　夏后相之妻。有仍氏之女。⓳娠　懷孕。⓴竇　孔穴。㉑有仍　仍。古國名，不詳其所在。或曰即任國，在今山東濟寧。㉒牧正　牧官之長。主管畜牧。㉓惎　恨；忌。㉔戒　防備。㉕椒　澆之臣。㉖庖正　掌飲食之官。㉗思　虞君名。㉘綸　地名。在今河南虞城東南。㉙一成　土地方十里。㉚一旅　步卒五百人。㉛兆　開始。㉜女艾　少康之臣。㉝諜刺探敵情。㉞季杼　少康之子。㉟豷　澆之弟。㊱戈　豷之國。㊲豐　大。㊳施　賜予。㊴食　消除。㊵姬　指吳國。吳國始祖為周太王之子太伯、仲雍，故吳為姬姓之國。㊶伯　霸。㊷沼　汙池。

【語　譯】吳王夫差在夫椒打敗越軍，這是報復他父親在檇李戰敗的仇。於是進入越國。越子帶著披甲持盾的士兵五千人守住會稽山，並派大夫文種透過吳大宰嚭去求和。吳子打算答應。

伍員說：「不可以。臣聽說：『立德最好是不斷增長，除害最好是掃除淨盡。』從前過國的澆殺了斟灌的君王而攻打斟鄩，滅了夏后相。夏后相的妻子緡正懷著身孕，從牆洞逃出來，回到仍國，生下少康。少康後來做仍國的牧正，他痛恨澆，能心存戒備。澆派椒尋找少康，少康又逃到虞國，做虞國的庖正，以逃避危害。虞君把兩個女兒嫁給他，並封給他綸邑，擁有十里見方的田地，五百個步卒。少康能廣施恩德而開始進行復國的計畫，招集夏朝遺民，安撫他的官員；派女艾去偵察澆，派季杼去引誘豷。終於滅了過國、戈國，恢復了禹的業績，祭祀夏朝的祖先以配享天帝，光復原有的天下。現在吳不如過國，而越大於少康，上天也許會使越國壯大，這不就難了嗎？句踐能親近別人而且致力施惠，施惠就不會失去人才，親近就不會拋棄有功的人。越國和我國同在一塊土地上，而世代為仇敵。現在打了勝仗而不把它消滅掉，又打算讓它存在，這是違背天意而使仇敵壯大，以後就算懊悔，也消滅不了了。吳國的衰微，指日可見了。我國地處蠻夷之間，卻使仇敵壯大，這樣做而想要稱霸，必然行不通！」

吳王不聽。伍員退下去告訴別人說：「越國用十年來繁衍積聚，用十年來教育訓練，二十年後，吳國恐怕要變成池沼了吧？」

【研　析】本文記吳王夫差於夫椒戰勝後，不聽伍員的諫言而允許越國求和。

伍員之所以說媾和是「不可」的，其主要觀點在於「去疾莫如盡」；他視越國為吳國的「疾」，一定要徹底消除。根據這樣的理解，本文的第二段，其實是圍繞著「去疾莫如盡」的主題而申論。從「昔有過澆」到「不失舊物」一大節文字是本段的前半，以少康中興的故事印證「去疾莫如盡」的道理。從澆的立場來說，少康是他必除之「疾」，由於澆無法除去少康，才招致反被少康所滅的結局。這一大節講的雖然是歷史，但如以少康比越王句踐，而以澆比吳王夫差，則前事不忘、後事之師，吳王如要避免往後的不測，就必須趁著戰勝，一舉滅掉越國，以永絕後患。從「今吳不如過」以下是本段的後半，其議論有二層，一是今日如不滅越國，將來必定後悔不及，一是越國之存在，必定成為吳王霸圖的嚴重障礙。這後半段的文字，是以今日許越國媾和的前提，申說去疾不盡的將來之禍。在這前、後半段的文字中，「今吳不如過，而越大於少康」，具有承上啟下的作用，使得前半段少康中興的史實有了落實的意義。

就第二段來看，伍員的諫言，由古及今，從現在到未來，層層推進，既有主題，引證又相當確當，可算是相當具有說服力的。但是吳王並不採納，導致後來國滅身亡，這責任恐怕只有歸諸吳王的剛愎自用吧！

卷三 周文

國語

《國語》一書，有人認為作者是左丘明，也有人認為它和《左傳》本是一書，而《左傳》是從此書析出的。但據近人的考證，認為二者並非一書，亦非一人所作，其成書約在戰國時代，出於史官之手。全書凡二十一卷，計〈周語〉三卷、〈魯語〉二卷、〈齊語〉一卷、〈晉語〉九卷、〈鄭語〉一卷、〈楚語〉二卷、〈吳語〉一卷、〈越語〉二卷。重點記載自西周穆王起至東周定王止，五百多年間八國的史實，而以記言為重心。

此書三國韋昭曾為之作注，即《國語解》，近人則有徐元誥作《國語集解》。

祭公諫征犬戎

【題　解】本文選自《國語‧周語上》，篇名據文意而訂。祭公，周穆王之卿士。本文記敘周天子穆王將要征伐犬戎，祭公認為古先聖王對待天下，都是彰顯德惠以服人，從不誇示武力以揚威。周穆王不聽勸諫，一意孤行，出兵征伐犬戎，結果僅得到四隻白狼、四隻白鹿的戰利品，而戎、狄從此不再朝見周天子，可說是得不償失。

穆王❶將征犬戎❷。

祭公謀父❸諫曰：「不可。先王耀德不觀兵❹。夫兵戢❺而時動，動則威❻，觀則玩❼，玩則無震❽。是故周文公❾之〈頌〉❿曰：『載戢干戈⓫，載櫜⓬弓矢。我求懿德，肆于時夏⓭，允⓮王保之。』先王之於民也，懋⓯正其德而厚其性，阜⓰其財求而利其器用；明利害之鄉⓱，以文⓲修之，使務利而避害，懷德而畏威，故能保世以滋⓳大。

「昔我先王世后稷⓴，以服事虞、夏。及夏之衰㉑也，棄稷不務，我先王不窋㉒用失其官，而自竄㉓于戎、狄之間㉔。不敢怠業，時序㉕其德，纂㉖修其緒㉗，修其訓典㉘；朝夕恪㉙勤，守以敦篤，奉以忠信。奕世㉚載㉛德，不忝㉜前人。至于武王，昭前之光明而加之以慈和，事神保民，莫不欣喜。商王帝辛㉝，大惡於民，庶民不忍，欣戴武王，以致戎于商牧㉞。是先王非務武也，勤恤民隱㉟而除其害也。

「夫先王之制，邦內甸服㊱，邦外侯服㊲，侯、衛賓服㊳，蠻、夷要服㊴，戎、狄荒服㊵。甸服者祭㊶，侯服者祀㊷，賓服者享㊸，要服者貢㊹，荒服者王㊺。日祭、月祀、時㊻享、歲貢、終王㊼，先王之訓也！有不祭則修意㊽，有不祀則修言㊾，有不享則修文㊿，有不貢則修名[51]，有不王則修德，序成[52]而有不至則修刑[53]。於是乎有刑不祭，伐不祀，征不享，讓[54]不貢，告不王[55]。於是乎有刑罰之辟[56]，有攻伐之兵，有征討之備，有威讓之令，有文告之辭。布令陳辭而又不至，則增修於德，而無勤[57]民於遠。是以近無不聽，遠無不服。

「今自大畢、伯仕[58]之終也，犬戎氏以其職來王，天子曰：『予必以不享征之。』且觀之兵，其無乃[59]廢先王之訓，而王幾頓[60]乎！吾聞夫犬戎樹惇[61]，帥舊德[62]而守終純固[63]，其有以禦我矣。」

王不聽，遂征之。得四白狼、四白鹿以歸，自是荒服者不至。

【注釋】❶穆王　周穆王。周昭王之子，名滿，在位五十五年（西元前一〇〇一～前九四七年）。❷犬戎　古代戎族的一支。商、周時游牧於涇、渭一帶。❸祭公謀父　祭（在今河南開封東北）為其封邑，故稱祭公，謀父為其字。❹觀兵　誇示軍威。觀，示。❺戢　聚。❻威　可畏。❼玩　輕慢。❽震　驚恐；懼怕。❾周文公　周公旦。文是其諡號。❿頌　指《詩經．周頌．時邁》。⓫干戈　古代兵器名。干，盾。戈，戟之屬。長柄，有小刃旁出，可橫擊、鉤援。⓬櫜　弓袋。此用為動詞。斂；藏。⓭時夏　此中國。時，是；此。⓮允　信；確實。⓯懋　勉。⓰阜　豐富。⓱鄉　通「嚮」。所在。⓲文　指禮法。⓳滋　更加。⓴世后稷　世代為后稷。指周之始祖棄為舜之后稷，其子不窋為夏啟之后稷。世，父子相繼。后稷，農官名。㉑夏之衰　指夏太康時。㉒不窋　棄之子。㉓竄　逃匿。㉔戎狄之間　堯封棄於邰（今陝西武功西南），至不窋而遷於邠（今陝西邠縣），西接戎，北近狄。㉕序　布；施。㉖纂　繼。㉗緒　事業。㉘訓典　教誨和法度。㉙恪　敬謹。㉚奕世　累世。㉛載　承；繼。㉜忝　辱。㉝辛　商紂之名。㉞牧　牧野（今河南淇縣南）。㉟隱　痛苦。㊱邦內甸服　王城四面各五百里內之地為甸服。甸服，耕治王田以服事王。甸，王田。服，服其職業。據《周禮・夏官・職方氏》，周之王畿方千里，即王城四面各五百里範圍內之地為王畿。王畿不在周代侯服等九服（侯、甸、男、采、衛、蠻、夷、鎮、藩）之內，以王畿為甸服乃《書經・禹貢》所記夏代之制，祭公謀父稱先王之制猶以王畿為甸服者，韋昭《國語解》以為「世俗所習也」。㊲邦外侯服　王畿之外為侯服。侯服，為王服斥候之事。據《周禮・夏官・職方氏》，侯服為王畿四面距離王城五百里至一千里之地。㊳侯衛賓服　侯服至衛服總稱賓服。賓服，以按時入貢、賓見於王為其職分。據《周禮・夏官・職方氏》，王畿之外有侯、甸、男、采、衛等五服，每服與王城之距離依序遞增五百里，衛服距王城二千五百里至三千里。㊴蠻夷要服　蠻夷之地為要服。要服，以結好互信、受約束為其職分。要，約束。據《周禮・夏官・職方氏》，衛服之外有蠻服、夷服，其距王城亦依序遞增五百里，夷服距王城三千五百里至四千里。㊵戎狄荒服　戎狄之地為荒服。荒服，極遠之地而服政教。荒，邊遠。據《周禮・大司馬・職方氏》，夷服之外有鎮服、藩服，其距王城亦依序遞增五百里，藩服距王城四千五百里至五千里。此荒服當是鎮服、藩服之合稱。㊶甸服者祭　甸服供應天子日祭祖、考之所需。祭，指日祭。祭祖、考。㊷侯服者祀　侯服供應天子月祀高、曾祖之所需。祀，指月祀。祀高、曾祖。㊸賓服者享　賓服供應天子四季享獻之所需。享，享獻。此指享其遠祖。㊹要服者貢　要服每年進獻祭神之貢品。貢，歲貢。㊺荒服者王　荒服於其新君即位或周天子嗣位時朝見周天子。王，指朝見於王。即朝見周天子。㊻時　四時；四季。㊼終王　新君即位或周天子嗣位時來朝見。終，終世。㊽修意　端正自己的志意。修，整治；涵養。㊾修言　整治國家政令。言，政令；號令。㊿修文　整治國家典法。文，典法。(51)修名　整治尊卑職貢之名號。(52)序成　指以上意、言、文、名、德五者，皆依次整治完成。(53)修刑　整治刑罰。(54)讓　譴責；責備。(55)告不王　命行人陳辭以曉諭其不朝見於王。告，宣告；曉諭。(56)刑罰之辟　刑罰之法律。刑，指肉刑、死刑。罰，指以金錢贖罪。辟，法律。(57)勤　煩勞。(58)大畢伯仕　犬戎的兩個君王。(59)無乃　莫非；豈不是。(60)王幾頓　「荒服者王」這種禮制，大概就要毀壞了。幾，大概；差不多。頓，毀壞。(61)樹惇　生性敦樸。一說：周穆王時犬戎的君主。(62)帥舊德　遵循先祖的德行。帥，順著；遵循。(63)守終純固　終身恪守，專志不移。純，專一。固，堅持。

【語譯】周穆王要去征討犬戎。

祭公謀父勸諫他說：「行不得！先王都只彰顯德惠，從不以武力向人誇耀示威。軍隊平時要養精蓄銳，俟機而動，出動時才能威震八方，倘若不時炫耀武力，就容易流於輕慢，一旦流於輕慢，就沒有震懾的作用。

因此，周公所作的頌詩〈時邁〉說道：『收起干戈，藏好弓箭。我周希求惟美德，德惠廣被我華夏，吾王確實能保天下。』先王對於人民，總是勉勵他們端正德行並且敦厚性情，增加他們需求的財富並且便利他們的器用；讓他們明白利害之所在，而用禮法加以教化，使他們趨利避害，感戴朝廷的德治而畏懼威刑。所以先王的功業能夠代代相繼，日益壯大。

「從前我們的先王世代擔任后稷的官職，服事虞、夏二朝。及至夏朝中衰，廢置后稷之官，不復致力於農政，我先王不窋因而丟官，便自己逃匿到戎、狄之間。然而還不敢懈怠祖業，時時傳布恩德，繼續拓展祖先的事業，修明祖先的教誨和法度；從早到晚，敬慎勤奮，堅守敦厚篤實，奉行忠誠信實。世代相傳，承繼祖德，不敢辱沒祖先。到了武王，更將祖先光輝的事業發揚光大，並加上慈愛和善，事奉神明，愛護人民，神明和人民沒有不歡喜的。當時商紂為人民所極端厭惡，人民再也無法忍受，欣然群起擁戴武王，因此我周才出兵與商紂在牧野作戰。由此可見，先王並非崇尚武力，實在是用心體恤人民的痛苦，替他們除掉禍害罷了。

「先王的制度，王畿之內是甸服，甸服外五百里是侯服，從侯服到衛服總稱賓服，蠻夷之地是要服，戎狄之地是荒服。甸服供給祭祀祖父、父親的日祭之所需，侯服供應每月朔望祭祀高祖、曾祖的月祀之所需，賓服供應每季首月祭祀遠祖之所需，要服供應年終祭祀之所需，荒服只須在新君即位或天子登基之初進京朝見天子。每天祭祀祖父、父親，每月祭祀高祖、曾祖，每季祭祀遠祖，每年祭祀神靈一次，荒服只須承認天子主宰天下的至尊地位，一世進京朝見一次，這是先王的遺訓啊！若出現不供日祭的諸侯，天子就該自我反省，端肅志意；有不供應月祀的，天子就要檢查所頒布的號令；有不供應時享的，天子就應檢查國家的典法；有不進歲貢者，天子就須查覈王室所規定的諸侯尊卑等級和貢品的數量種類；荒服若不朝見，天子就該修治文德。這五種按次序都作了檢查修正，諸侯還有不來的，就必須整治刑罰。於是就有對不供日祭者的刑罰，對不供月祀者的攻伐，對不供時享者的征討，對不進歲貢者的譴責，對不朝覲天子者的警告。因此，就有刑罰的法律，有攻伐的軍隊，有征討的武備，有嚴厲譴責的命令，有曉諭的文辭。對於要服、荒服的諸侯，如果已經加以譴責、告諭而仍不歸服，那就再修飭自己的德行，而不要勞民遠征。因此，近處的諸侯無不聽命，而遠方的諸侯也沒有不信服的了。

「現在犬戎自從大畢、伯仕去世後，繼位君長都按照職分來朝見天子，天子卻說：『我定要照賓服諸侯不享的罪名征討他。』將要向他們炫耀武力，這豈不是會廢棄了先王的明訓，而荒服者一世一朝的禮制大概也會被破壞罷！我聽說犬戎君王稟性敦樸，能遵循先人的德行，畢生恪守，專志不移。這樣，他們大概就有抗拒王師的理由了。」

穆王不聽勸告，就出兵征討犬戎。結果只獲得四匹白狼、四隻白鹿回來。但從此以後，荒服的諸侯就再也不來朝見周天子了。

【研　析】本文記祭公謀父對周穆王將征犬戎的勸諫。以「先王耀德不觀兵」為中心，分別從先王教養、先王典制及現實情勢三方面加以論證，勸周穆王「增修於德，而無勤民於遠」，俾能近悅遠來。無奈忠言逆耳，周穆王仍一意孤行，結果因小失大。篇末以「自是荒服者不至」收煞，極富深意。

全文可分三段。首段透露周穆王將征犬戎的企圖，此一企圖背後是周穆王好大喜功的炫耀心態。二段祭公謀父展開其勸諫，可分四節。第一節開始的「不可」二字，顯示一種斬釘截鐵的、毫無轉圜餘地的反對態度，而反對的理由顯然源自一個傳統的政治觀——先王耀德不觀兵。作為政治典範的「先王」所代表的是一個不容置疑的傳統，而「耀德」、「觀兵」則各自蘊含著截然不同的政治心態，可作為君王能否體恤民情的判準。「兵戢而時動」等四句，一正一反，均是用來申明不可觀兵之意。又引〈周頌・時邁〉，轉入先王對百姓的教養，以明「耀德」之實。

第二節轉入對周朝建國史的回顧與沉思，以建國初期兩位關鍵性的「先王」為例，進一步說明「耀德不觀兵」的道理。「時序其德」四字可視為本段的重心：「朝夕」和「奕世」鉤勒出「時」的延續性；而「守以敦篤，奉以忠信」和「加之以慈和，事神保民」二句，則刻畫出「德」的具體內容。另方面，武王伐紂是個極富爭議性的話題。祭公謀父技巧性地運用了兩個「欣」字，解消了「致戎于商牧」可能導致的非議，予周穆王以口實。「昭前之光明而加之以慈和，事神保民，莫不欣喜」，指出武王所作所為無非「耀德」之舉，「耀德」正是「欣喜」之所由；「商王帝辛，大惡於民，庶民不忍，欣戴武王」，則透過百姓對兩位君主一惡一喜的情感（對商紂是「大惡」、「不忍」，對武王則是「欣喜」、「欣戴」），由此逼顯武王之用兵，乃是「耀德」後受到百姓「欣戴」的大勢所趨的不得已之舉。

第三節詳言畿服制，「增修於德，而無勤民於遠。是以近無不聽，遠無不服」幾句，總結先王無觀兵於遠國之事，下文方轉到周穆王身上。

第四節先言犬戎並無失禮之處，以見周穆王為滿足個人虛榮心而不惜破壞先王禮制的危險。「其無乃廢先王之訓，而王幾頓乎」和「其有以禦我矣」，連續兩個推測語氣，委婉中自有一股凜然之氣。

末段充滿惋惜，款款忠言終究撥不開慾望的迷霧，「王不聽，遂征之」六字，寫盡周穆王好大喜功、一意孤行的剛愎之姿。「自是荒服者不至」一語，宣告著周王朝威勢的淪喪，同時也是對那些過度自我膨脹且自以為是的人君的一記當頭棒喝！

召公諫厲王止謗

【題　解】本文選自《國語・周語上》，篇名據文意而訂。召公，名虎，召康公之孫，周厲王的卿士。召，亦作「邵」。厲王，周天子厲王。名胡，周夷王之子，在位三十六年（西元前八七七～前八四二年）。本文記敘厲王暴虐無道，為了消弭人民的批評指責，任命衛國巫者監視人民，殺害批評者。召公勸周厲王應該讓人民暢所欲言，並加以採擇施行。周厲王不接受召公的諫言，三年後，遂被流放。

厲王虐，國人❶謗王。召公告曰：「民不堪命❷矣！」王怒，得衛巫❸，使監謗者。以告，則殺之。國人莫敢言，道路以目❹。

王喜，告召公曰：「吾能弭❺謗矣，乃不敢言。」召公曰：「是障❻之也。防❼民之口，甚於防川。川壅❽而潰，傷人必多，民亦如之。是故為川者決之使導❾，為民者宣❿之使言。故天子聽政⓫，使公卿⓬至於列士⓭獻詩⓮，瞽⓯獻曲，史獻書⓰，師箴⓱，瞍賦⓲，矇誦⓳，百工諫⓴，庶人傳語，近臣盡規㉑，親戚補察㉒，瞽、史教誨㉓，耆、艾修之㉔，而後王斟酌㉕焉，是以事行而不悖㉖。民之有口，猶土㉗之有山川也，財用於是乎出；猶其有原隰㉘衍沃㉙也，衣食於是乎生。口之宣言也，善敗於是乎興㉚。行善而備㉛敗，其所以阜㉜財用衣食者也。夫民慮之於心而宣之於口，成而行之㉝，胡可壅也？若壅其口，其與能幾何㉞？」

王不聽，於是國人莫敢出言。三年，乃流㉟王於彘㊱。

【注　釋】❶國人　住在國都的人。❷不堪命　無法再忍受厲王暴虐的政令。堪，忍受。命，政令。❸衛巫　衛國的巫者。巫，能與鬼神溝通者。❹道路以目　路上相遇，用眼睛望一望以示意。❺弭　消除；止息。❻障　築堤防水。引申指阻塞或防堵。❼防　堵住。❽壅　堵塞。❾為川者決之使導　治河者疏浚壅塞，使水暢流。為，治理。決，開通水道；疏導水流。導，疏通。❿宣　開放。⓫聽政　聽取群臣奏議，並決定政事。⓬公卿　三公九卿。周以太師、太傅、太保為三公，以少師、少傅、少保、冢宰、司徒、宗伯、司馬、司寇、司空為九卿。⓭列士　士之總稱。士分上士、中士、下士三級，為王室各衙署中的一般辦事官員。⑭獻詩　獻詩以勸善規過。⑮瞽　盲者。古代樂師多以盲者擔任。⑯史獻書　外史獻書陳古今史事以為借鑑。史，外史。掌三皇五帝之書。⑰師箴　少師進勸勉諫諍之箴言。⑱瞍賦　瞍歌誦公卿列士所獻之詩。瞍，無眸子之人。瞍無眸子，謂其黑白不分。瞽無目，謂其中空洞無物。⑲矇誦　矇絃歌諷誦箴諫之語。矇，有眸子而看不見的人。⑳百工諫　百工就其職事進言規諫。百工，管理各種工匠的職官。㉑盡規　盡力規諫。㉒補察　補救天子的過失，察辨庶政之是非。㉓瞽史教誨　瞽史以陰陽、天時、禮法之書教誨天子。㉔耆艾修之　年高有德者整理各方意見。耆艾，指年高有德的人。㉕斟酌　權衡事情之可否而加以取捨。㉖悖　違背。㉗土　指土地。㉘原隰　寬闊而平坦的土地曰原，低下而潮濕者曰隰。㉙衍沃　低平之地曰衍，有河流溝渠灌溉之土地曰沃。㉚善敗於是乎興　善惡因此而呈現。興，起。此處有展現、呈現的意思。㉛備　防範。㉜阜　豐富；增多。㉝成而行之　好的意見即付諸實行。即上文「行善」之意。成，成熟合理。㉞其與能幾何　能維持多久。與，句中助詞。㉟流　放逐。㊱彘　在今山西霍縣東北。

【語　譯】周厲王暴虐，國都的人民都在背地裡說他的壞話。召公提醒周厲王說：「百姓已不能忍受您的政令了！」周厲王很生氣，就找來一個衛國的巫師，派他去監視察訪毀謗他的人。凡是經巫師告發的，一概處死。從此，國都的人民不敢再多言，就算路上遇見熟人，也只是用目光示意而已。

厲王很高興，對召公說：「我能夠消弭毀謗了，他們不敢說話了。」召公答道：「這不過是堵住他們的嘴罷了。堵住人民的嘴，比堵住大河的水還來得危險哪！大河一旦壅塞而泛濫，受害的人一定很多，堵住人民的嘴，也有這樣的危險。因此，治河的人要疏浚壅塞使水暢流，治理人民的人要啟發誘導讓人民說話。所以天子處理國政，令公卿大夫以至列士都獻上規諫的詩，樂官獻上反映民意的樂曲，外史進呈古代文獻，少師進獻勸諫的箴言，瞍者唱詩，矇者誦文，百工就其職掌諫諍得失，人民以各種方式向天子上達己意，左右近臣盡力規勸，宗族姻親隨時督察是非、彌補過失，樂官、太史提供教誨，元老重臣整理各種意見，然後天子斟酌施行，因此一切政事都能順利實施而不悖情理。人民有嘴，就像大地有山川，財貨物資都由此產生；又像土地有高原、窪地、溝渠和沃野一樣，衣食也都由此產生。人民用嘴發表意見，國家政事的好壞就從這裡反映出來。是好的就施行，壞的就加以防範，這是用來增加財富衣食的方法。人民心裡想的，從嘴裡說出來，若合理就去實行，怎麼可以堵塞它呢？假如只是堵塞人民的嘴，這又能維持多久呢？」

周厲王不聽，因此國都人民不敢再說話。過了三年，就把周厲王流放到彘地去了。

【研　析】本文可分三段。首段敘周厲王止謗之原委。國人之「謗」源自周厲王之「虐」，周厲王的「虐」由三方面呈現：首先，由召公的諫言透露百姓難以忍受的訊息——民不堪命矣，此為虛寫其「虐」；第二，實寫周厲王使衛巫監謗，遂使生殺大權轉由巫者決定，政令之「虐」，尤為不堪；第三，實寫國人畏死而不敢言，只能以目示意，則「不堪命」之「虐」至此達到極點。周厲王「以殺止謗」的嚴厲措施，不僅是百姓由「謗王」至於「莫敢言」的直接原因，也埋下他被國人放逐的導火線。

第二段是召公進一步勸諫的實際內容。他藉由治水的道理說明人君面對批評應有的態度：「宣之使言」。這四字是全篇主旨，以下層層敘說，無非寫此一句。周厲王的態度由「怒」而「喜」，但他的「喜」是奠基於百姓「乃不敢言」的極度壓抑之上，由此益見其「虐」。

末段言周厲王依然故我，終遭流放。全文否定句的多次出現，值得注意，如：「民不堪命矣」、「國人莫敢言」、「乃不敢言」、「王弗聽，於是國人莫敢出言」。否定句重複出現，有利於營造出某種不確定的、緊繃的氣氛，使全文籠罩在一觸即發的危機氛圍裡，而「乃流王於彘」的結局之出現，遂為順理成章的事了。

襄王不許請隧

【題　解】本文選自《國語・周語中》，篇名據文意而訂。襄王，周天子襄王。名鄭，周惠王之子，在位三十四年（西元前六五二～前六一九年）。隧，墓道。古代天子死後，靈柩經由平地斜挖到墓穴的通道入葬稱隧。周襄王十七年（西元前六三六年），其異母弟子帶引狄人攻周，周襄王逃到鄭國。晉文公出師勤王，殺子帶，重迎周襄王入王城。本文記敘亂事平定後，周襄王以賞賜土地酬謝晉文公，而晉文公辭謝土地，要求准許他採用「隧」的天子葬禮，周襄王以先王禮制不可因私情而更改，拒絕晉文公的請求。

晉文公既定襄王于郟❶，王勞之以地❷。辭，請隧焉。王不許，曰：「昔我先王之有天下也，規❸方千里以為甸服❹，以供上帝山川百神之祀，以備百姓❺兆民❻之用，以待不庭❼不虞❽之患。其餘以均分公侯伯子男❾，使各有寧宇❿，以順及天地，無逢⓫其災害。先王豈有賴⓬焉？內官⓭不過九御⓮，外官⓯不過九品⓰，足以供給神祇⓱而已，豈敢厭縱⓲其耳目心腹以亂百度⓳？亦唯是死生之服物、采章⓴，以臨長㉑百姓而輕重布之㉒，王何異之有？

「今天降禍災㉓於周室，余一人㉔僅亦守府㉕。又不佞㉖以勤叔父㉗，而班㉘先王之大物㉙以賞私德㉚。其叔父實應且憎㉛，以非㉜余一人。余一人豈敢有愛㉝？先民有言曰：『改玉改行㉞。』叔父若能光裕大德，更姓改物㉟，以創制㊱天下，自顯庸㊲也，而縮取㊳備物㊴以鎮撫百姓，余一人其流辟㊵於裔土㊶，何辭之有與？若猶是姬姓也，尚將列為公侯，以復㊷先王之職，大物其未可改也。叔父其懋昭明德㊸，物將自至，余何敢以私勞㊹變前之大章㊺，以忝天下？其若先王與百姓何？何政令之為㊻也？若不然，叔父有地而隧焉，余安能知之？」

文公遂不敢請，受地而還。

【注釋】❶郟 東周王城所在。在今河南洛陽西。❷勞之以地 賞賜土地以為酬謝。勞，酬謝。以，拿；用。地，指陽樊（今河南濟源西南）、溫（今河南溫縣）、原（今河南濟源西北）、欑茅（今河南修武北）。❸規 規畫；劃分。❹甸服 王城周圍方千里之地。參見〈祭公諫征犬戎〉㊱。❺百姓 百官。❻兆民 萬民。❼不庭 諸侯不來朝見。意謂諸侯不服從朝廷。諸侯朝見天子，於庭中成禮。❽不虞 指意想不到的事。虞，預想。❾公侯伯子男 據《周禮》記載，公之地方五百里，侯方四百里，伯方三百里，子方二百里，男方一百里，此就封地大小不同而言。若依禮制則分為公、侯伯、子男三等。❿寧宇 安居。⓫逢 遭遇。⓬賴 利。⓭內官 宮廷中的女官、妃嬪。⓮九御 即九嬪。泛指後宮女官。⓯外官 宮廷外的官。即朝廷之官。⓰九品 九卿。⓱神祇 天神地祇。⓲厭縱 縱肆。厭，通「饜」。飽足。縱，放任。⓳百度 各種典章制度。⓴服物采章 服飾與器物上的色彩和花紋。古代不同階級的人，其衣服、器物，在色彩與花紋的配合上均有不同的規定。服物，衣服、織品及器物。采章，色彩花紋。㉑臨長 治理。㉒輕重布之 位尊者重，位卑者輕，各有等差。布，分；列。㉓禍災 指子帶之亂。㉔余一人 周天子自稱。㉕府 指先王之府藏。㉖不佞 不才。自謙之詞。㉗叔父 天子稱同姓諸侯。㉘班 通「頒」。分賜。㉙大物 大的禮儀。此指「隧」。㉚私德 私人的恩德。指晉文公出兵送周襄王返國復位。㉛實應且憎 即使接受，也會憎惡。應，接受。一說：遭受。且，通「詛」。詛咒。㉜非 責難。㉝愛 吝惜；捨不得。㉞改玉改行 佩不同的玉，就有不同的步伐。古人腰懸佩玉以節制行步，君臣佩玉不同，遲速有節。此喻君臣尊卑不同，晉文公仍在臣位，不可請隧葬。㉟更姓改物 指改朝換代。更姓，易姓。改物，改變曆法、服色。㊱創制 創立法度。㊲顯庸 昭明功勞。一說：顯，公開。庸，同「用」。採用。㊳縮取 收取。㊴備物 指天子的儀衛和器服。㊵流辟 流亡。流，流放。辟，通「避」。㊶裔土 邊遠的地方。㊷復 恢復。㊸懋昭明德 努力顯揚光明的德行。懋，勉；努力。昭，光明。㊹私勞 與上文「私德」同意。㊺大章 大法。指服物采章的規定。章，法度。㊻為 有。

【語譯】晉文公助周襄王重返郟城復位之後，周襄王賜給土地酬謝他。晉文公辭謝不受，請求周襄王准許他採用天子所用的挖掘墓道下葬的禮儀。周襄王不許，說：「從前我先王統一天下的時候，規畫方千里之地作為甸服，以甸服的田賦職貢，來供應對上帝、山川各種神靈的祭祀，來供給百官和人民的衣食用度，以防備諸侯不來進貢和其他意外災害的發生。甸服以外的土地，則按公、侯、伯、子、男的等級均分給諸侯，使他們各自安居，以順應天地，不致遭受災禍。先王難道有獨擅其利嗎？王室宮內女官不過九嬪，朝廷官吏不過九卿，只夠服事天地祭祀祖先罷了，哪敢放縱聲色、滿足嗜欲而破壞各種典章制度呢？也只有這點生前死後所用的服飾、器物、車輿、旗幟等穿用的東西，為治理群臣而依照貴賤等級訂有不同的輕重標準，除此之外，天子還有什麼不同？

「現在上天降災難給周王室，我也只能保守先王的府藏而已，自己沒有才幹，以致煩勞叔父，現在如果將先王制訂的大禮賞賜給私恩之人，恐怕叔父您就算接受了，心裡也會憎惡，甚至責難我行事不當。我怎敢吝惜這隧葬之禮而不肯應允您呢？古人說道：『改換佩玉，就得改變步伐。』叔父若能顯揚您的德行，改易天子姓氏，更換正朔和服色，而創頒新制於天下，以昭明您的功業，且進一步採用天子的大禮去統治安撫百姓，那時我即使流亡於邊地，又能有什麼怨言呢？如果天子還是姬姓，叔父依舊列位公侯，就得盡臣子的職責，去恢復先王的職分，那麼這個天子用的大禮，仍是不能改的。叔父如能努力彰顯德行，天子的大禮自會降臨，我哪敢為酬謝私勞而任意變更先王規定的大法，因而愧對天下呢？這樣叫我又怎麼對得起先王和百姓呢？怎麼能推行政令呢？假使叔父仍不以為然，您自己有土地，就算私自開挖墓道實行隧葬，我又怎能過問呢？」

於是晉文公不敢再請求，接受了賞賜的土地回去了。

【研　析】晉文公在幫助周襄王復位之後，自以為有功勞，當受特殊的賞賜，一如周公得用天子禮樂之例；且當時晉文公年逾六十二，故寧可婉拒封地，而求死後的榮寵。周襄王如果答應，晉文公死後就享有和天子一樣的喪葬禮制，這無異承認晉文公也是天子。因此，儘管周王室的勢力已經日漸式微，但仍不肯應允這個僭越君臣名分的請求。

但是，面對勤王功臣這種近似敲詐的動作，周襄王既得衡量適當的賞賜，又要在不傷和氣的前提下避免喪權自辱。如何拿捏說話的分寸，就成為周襄王最大的挑戰了。

周襄王辭令之精彩，首先是他運用古今、彼我、正反的對比，反襯晉文公所請之僭禮。他先指出「先王」這一招牌，「以供」、「以備」、「以待」三句，交代先王必須支付祭祀、利民、伐不臣等鉅額費用，其餘亦均分給諸侯，由是可知先王所為，無不謀及天下而為蒼生。「先王豈有賴焉」，謂其非以天下為私產；而「不過」、「足以」、「豈敢」諸句，則描繪出先王撙節用度的敬慎態度。「亦唯是」以下指出君臣貴賤之差等唯在死生之服物采章，以見其不容更改。「今天降禍災於周室」一句，透露政治情勢丕變的無奈，同時在正反對比中讓晉文公自行抉擇。在古今對比方面，先王「豈敢厭縱其耳目心腹，以亂百度」，而周襄王則自謂「余一人豈敢有愛」、「余何敢以私勞變前之大章」，凡此皆扣緊大公無私的立場，以相對於晉文公之「私德」和「私勞」，使晉文公無話可說。就彼我之別而言，周襄王不斷以「余一人」和「叔父」對舉，極力凸顯雙方的差異，並從正反兩面設論。「叔父若能光裕大德」、「若猶是姬姓也」，兩個「若」字逼得文公無所遁形；接著說「其若先王與百姓何？何政令之為也」，益使文公啞口無言；最後再以極露骨的口氣大膽假設：「若不然，叔父有地而隧焉，余安能知之？」使晉文公終究有所顧忌，「不敢請，受地而還」。

周襄王辭鋒之犀利，可由他扣緊「改」字看出，從「改玉改行」到「更姓改物」，強烈質疑晉文公的僭越之心，而歸結於「大物其未可改也」；益以公私之辨，多方設言，遂使晉文公知難而退。但從另一方面看，周襄王寧失溫、原等邑而不許晉文公請隧，說明王室重禮輕土，又何嘗不是周室王畿日蹙的原因之一，此亦不可不察。

單子知陳必亡

【題　解】本文選自《國語・周語中》，篇名據文意而訂。單子，即單襄公，名朝。周定王的卿士。本文記敘單襄公於周定王六年（西元前六〇一年）奉命出使宋國，並借道陳國而使楚，因在陳所見種種不合先王政教法令的現象，認為陳國必亡。其後，周定王八年，陳靈公被弒；九年，陳為楚國所破，單襄公的預言果然應驗。

定王❶使單襄公❷聘❸於宋，遂假道❹於陳以聘於楚。火朝覿矣❺，道茀❻不可行，候不在疆❼，司空不視塗❽，澤不陂❾，川不梁❿，野有庾積⓫，場功⓬未畢，道無列樹，墾田若蓺⓭，膳宰不致餼⓮，司里⓯不授館⓰，國無寄寓⓱，縣無施舍⓲。民將築臺於夏氏⓳。及陳，陳靈公⓴與孔寧、儀行父㉑南冠㉒以如夏氏，留賓㉓不見。

單子歸，告王曰：「陳侯不有大咎㉔，國必亡。」王曰：「何故？」對曰：「夫辰角㉕見而雨畢，天根㉖見而水涸，本㉗見而草木節解㉘，駟㉙見而隕霜㉚，火見而清風戒寒㉛。故先王之教曰：『雨畢而除道㉜，水涸而成㉝梁，草木節解而備藏，隕霜而冬裘具㉞，清風至而修城郭宮室。』故夏令曰：『九月除道，十月成梁。』其時儆㉟曰：『收而㊱場功，偫㊲而畚梮㊳。營室㊴之中，土功㊵其始；火之初見，期㊶於司里。』此先王所以不用財賄，而廣施德於天下者也。今陳國火朝覿矣，而道路若塞，野場若棄，澤不陂障，川無舟梁，是廢先王之教也！

「周制有之曰：『列樹以表[42]道，立鄙食以守路[43]，國有郊牧[44]，疆有寓望[45]，藪有圃草[46]，囿[47]有林池，所以禦災也。其餘無非穀土[48]。民無懸耜[49]，野無奧草[50]，不奪民時[51]，不蔑[52]民功。有優無匱，有逸無罷[53]。國有班事[54]，縣有序民[55]。』今陳國道路不可知，田在草間，功成而不收，民罷於逸樂，是棄先王之法制也！

「周之秩官[56]有之曰：『敵國[57]賓至，關尹[58]以告，行理以節逆之[59]，候人為導，卿出郊勞[60]，門尹除門[61]，宗祝執祀[62]，司里授館，司徒具徒[63]，司空視塗，司寇詰姦[64]，虞人入材[65]，甸人積薪[66]，火師監燎[67]，水師監濯[68]，膳宰致饔[69]，廩人[70]獻餼，司馬陳芻[71]，工人展車[72]，百官以物至，賓入如歸。是故小大[73]莫不懷愛。其貴國[74]之賓至，則以班[75]加一等，益虔[76]。至於王吏[77]，則皆官正[78]涖事[79]，上卿監之。若王巡守[80]，則君親監之。』今雖朝[81]也不才，有分族[82]於周，承王命以為過賓[83]於陳，而司事莫至，是蔑先王之官也！

「先王之令有之曰：『天道賞善而罰淫[84]。故凡我造國[85]，無從非彝[86]，無即慆淫[87]，各守爾典[88]，以承天休[89]。』今陳侯不念胤續之常[90]，棄其伉儷妃嬪，而帥其卿佐以淫於夏氏，不亦嬻姓[91]矣乎？陳，我大姬[92]之後也。棄袞冕[93]而南冠以出，不亦簡彝[94]乎？是又犯先王之令也！

「昔先王之教，懋帥95其德也，猶恐隕越96。若廢其教而棄其制，蔑其官而犯其令，將何以守國？居大國97之間，而無此四者98，其能久乎？」

六年99，單子如楚。八年，陳侯殺于夏氏。九年，楚子入陳100。

【注釋】❶定王　周定王。周襄王之子，名瑜，在位二十一年（西元前六〇六～前五八六年）。❷單襄公　名朝。周定王的卿士。❸聘　古代國與國間遣使訪問。❹假道　借道；借路。天子之使聘訪，原本無須借道，然此時周王室衰落，故以諸侯相聘之禮派遣副使到所經國家的國都，獻束帛於朝，借道通行。❺火朝覿矣　早晨已能看到火星了。火，古星名。二十八宿中東方蒼龍七宿的第五宿（心宿），也叫「大火」、「商星」。中國古代天文學將周天的恆星分為二十八宿，作為觀察日月五星（金、木、水、火、土）的座標。一周天分四個方位，各有七宿，分別以四種動物相配，即東方蒼龍、北方玄武、西方白虎、南方朱雀。火是心宿第二星，頗巨大，古人以之觀測歲時季節。夏曆十月的早晨，火星出現於天空。朝，早晨。覿，見。❻茀　草木叢生，阻礙行道。❼候不在疆　候人不在邊境迎送賓客。候，候人。掌管迎送賓客的官。疆，邊境。❽司空不視塗　司空不巡察道路。司空，掌管道路工程的官員。塗，同「途」。❾澤不陂　湖沼漫溢而仍未築堤防患。陂，澤畔障水的堤岸。此作動詞。築堤。❿川不梁　河上沒有搭橋。梁，橋梁。此作動詞。搭橋。⓫庾積　露天堆積的穀物。庾，露天堆穀。積，米穀。⓬場功　指收禾穀之事。場，打穀場。功，農事。⓭墾田若蓺　田地裡禾苗稀少。蓺，茅草的芽。⓮膳宰不致餼　膳宰不依禮向賓客致送生牲、禾米。膳宰，掌管賓客飲食的官。餼，生牲及禾米。⓯司里　掌管宅里客館的官。⓰授館　為賓客安排客館。⓱寄寓　供賓客停憩居止的館舍。⓲縣無施舍　近郊沒有旅舍。周初王畿地區稱縣，後諸侯都城近郊亦稱縣。施舍，施予之館舍。指館廬、路室等，均以供旅客休息住宿。⓳築臺於夏氏　為夏氏築臺。一說：在夏氏宅旁構築高臺，以觀其君臣醜行。臺，觀臺。以供眺望。夏氏，指春秋時代陳國大夫夏徵舒。其母與陳靈公、孔寧、儀行父君臣私通。⓴陳靈公　春秋時代陳國的國君。名平國，在位十五年（西元前六一三～前五九九年），為其臣夏徵舒所弒。㉑孔寧儀行父　二人皆春秋時代陳國大夫。㉒南冠　楚國的帽子。楚國居南方，故稱南冠。㉓賓　指單襄公。㉔咎　災禍。㉕辰角　古星名。即角宿。蒼龍七宿的第一宿。蒼龍七宿排列如龍，角宿是龍角。角宿於夏曆九月初寒露節早晨出現。㉖天根　古星名。即氐宿。

蒼龍七宿的第三宿。天根在寒露節後五日的早晨出現。㉗本　即氐星。㉘節解　草木枝節脫落。㉙駟　古星名。即房宿，又名「天駟」、「天龍」。蒼龍七宿的第四宿。房宿於夏曆九月中霜降節早晨出現。㉚隕霜　降霜。隕，降。㉛戒寒　戒人準備防寒。㉜除道　整修道路。㉝成　完成。㉞具　準備。㉟儆　通「警」。警告；告誡。㊱而　通「爾」。你們。㊲偫　準備。㊳畚梮　畚箕、籮筐。畚，盛土器。梮，抬土器。㊴營室　星名。即室宿。北方玄武七宿的第六宿。古人認為夏曆十月的黃昏，當它出現在正南方，正是農事結束，可以營造宮室的時候。㊵土功　土木之工。指營造宮室。㊶期　會聚。㊷表　標記。㊸立鄙食以守路　郊野有房舍，備飲食以接待客人。鄙，城外郊野。守，候。㊹國有郊牧　都城之郊，有放牧的地方。郊，都城之外。牧，放牧之地。㊺疆有寓望　邊境有寄住的屋舍、守候的人。疆，邊境。寓，寄住的屋舍。望，守候的人。㊻藪有圃草　水淺的湖澤有茂盛的草。藪，水淺的湖澤。圃，通「甫」。大；多。㊼囿　古代帝王畜養禽獸的地方。㊽穀土　種穀物的田地。㊾耜　翻土的農具。㊿奧草　叢生的雜草。51民時　農時。耕耘收穫的時令。52蔑　輕視；忽視。53罷　通「疲」。疲勞。54班事　政事井然有序。班，次序。55序民　守次序的人民。56秩官　不詳。或曰篇名。57敵國　地位相等的國家。58關尹　掌關門的官吏。59行理以節逆之　行理拿著瑞節迎接之。行理，掌朝覲聘問的官。即周禮小行人。節，瑞節。使者執為憑證的信物。逆，迎接。60卿出郊勞　卿出近郊慰勞。卿，天子或諸侯的高級官員。爵位在公與大夫之間。61門尹除門　掌門的官吏掃除門庭。除，清除；掃除。62宗祝執祀　宗伯、太祝執祭祀之禮。宗伯掌宗廟祭祀等禮儀，太祝掌祈禱祝辭之事。63司徒具徒　司徒供給徒役以修道路。司徒，掌邦教徒役。64司寇詰姦　司寇查禁盜賊。司寇，掌刑獄。詰，查問。65虞人入材　虞人供應木材。虞人，掌山澤。66甸人積薪　甸人積聚薪柴。甸人，即甸師。掌薪柴之事。67火師監燎　火師監督庭燎之事。火師，掌火之官。燎，燒柴火以照明。古有大事，則於堂前空地燃火炬以照明，謂之庭燎。68水師監濯　水師監督洗滌之事。水師，掌水之官。69膳宰致饔　膳宰送上熟食。饔，熟食。70廩人　掌出納米穀之官。71司馬陳芻　司馬陳列餵馬的草料。司馬，掌管圉人養馬之事。芻，乾草。72工人展車　工師檢查賓客的車輛。工人，亦稱工師、工正，主管手工業。展，視。73小大　指賓客地位的高低。大謂賓，小謂副手。74貴國　大國。75班　位次。76虔　敬。77王吏　天子之吏。78官正　官之長。79涖事　執行職務。涖，臨。80巡守　天子巡視諸侯之國。諸侯受封，為天子守土。81朝　單襄公自稱其名。82分族　親族的分支。83過賓　過路的客人。84淫　惡。85造國　建國。86非彝　不法。彝，法度。87慆淫　怠惰縱樂。88典　制度。89天休　天賜的吉祥。休，吉。90胤續之常　繼嗣的常道。91嬻姓　褻瀆同姓。夏徵舒之父為陳靈公之從祖父，今陳靈公通於夏徵舒之母，是姪孫與從叔祖母通姦，故曰嬻姓。92大姬　周武王之女。陳之遠祖妣。93袞冕　袞衣、冕冠。

上公之禮服。94簡彝　輕慢法度。95帥　通「率」。遵循。96隕越　墮落；敗壞。97大國　指晉、楚。98四者　指上文「教」、「制」、「官」、「令」。99六年　指周定王六年（西元前六〇一年）。100楚子入陳　周定王九年，楚以夏徵舒弒君亂政，伐陳，殺夏徵舒。楚子，指楚莊王。楚國為子爵諸侯國。

【語　譯】周定王派單襄公到宋國訪問，並且就向陳國借道，要到楚國訪問。那時早晨已能看到火星了，但是陳國的道路草木叢生，不好行走，候人不在邊境迎賓，司空不巡察道路，湖澤泛濫而未築堤，河上沒有搭橋，田野裡還有露天堆積的穀物，打穀場上的農事尚未完畢，路旁沒有排列成行的路樹，田地裡禾苗稀少，膳宰不致送生牲、禾米，司里不安排客館，都城沒有客館，近郊沒有旅舍。人民都替夏氏築臺去了。到了陳國，陳靈公和孔寧、儀行父戴著楚冠到夏氏家去，卻放下賓客不予接見。

單襄公回來後，向周定王報告說：「即使陳侯自己不遭大禍，陳國也一定要滅亡。」周定王說：「這是什麼緣故呢？」單襄公回答說：「辰角星在早晨出現時，雨水就沒有了；天根星在早晨出現時，河水就枯乾了；氐星在早晨出現時，草木就枯落了；駟星在早晨出現時，就開始降霜了；火星在早晨出現時，冷風刮起，預告人們要準備防寒了。所以先王的教訓說：『雨水沒有了，就要整修道路；河水枯乾了，就要造好橋梁；草木枯落了，就要做好收藏；開始降霜了，就要準備冬天的皮衣；冷風來了，就要修理城郭屋舍。』所以夏代的月令說：『九月整修道路，十月造好橋梁。』又按時警告百姓說：『做完你們在打穀場的工作，準備好你們的畚箕籮筐。營室出現在天空中央，要開始做建造屋舍的工作了。火星初現時，大家在司里那裡集合。』這就是先王不用財貨而能廣施恩德給天下百姓的原因。現在陳國在早晨已經看到火星了，而道路還阻塞不通，田野、打穀場也廢棄沒收拾，湖澤不築堤，河上沒有船、橋，這是荒廢先王的教導啊！

「周代有這樣的制度：『種植成列的樹木，用來標明道路；在郊野建屋舍、備飲食，用來接待客人；都城近郊有放牧牲畜的地方；邊境有客舍和守候迎賓的人；水淺的湖澤有茂盛的草；苑囿裡有林木水池，這都是用來防備災害的。其餘都是種穀物的田地。人民家裡沒有懸掛不用的犁，田野沒有叢生的雜草，不妨礙農事的時令，不忽視人民的工作。人民富裕而不貧乏，安樂而不疲勞。都城裡的政事井井有條，郊野的人民守法守序。』現在，陳國的道路無從辨認，田地淹沒在雜草間，莊稼成熟了也不收割，人民疲於作樂，這是廢棄先王的法制啊！

「周代的秩官說：『地位相等的國家有賓客到來，關尹就去報告國君，行理拿著瑞節去迎接，候人在前引導，卿出郊慰勞，門尹掃除門庭，宗伯、太祝陪客人到宗廟行祭祀的禮儀，司里供應館舍，司徒供應徒役，司空視察道路，司寇查禁盜賊，虞人供應木材，甸人積聚薪柴，火師監督庭燎，水師監督洗滌的事，膳宰送上熟食，廩人獻上生牲、禾米，司馬陳列餵馬的草料，工師檢查賓客的車輛，百官各自送來供應的物品，賓客一進入國境，就好像回到家裡一樣。所以不論地位高低，沒有不心懷感激的。如果大國的賓客到來，就依位次加高一等，更加恭敬。至於天子的使臣，就都要由官長執行職務，由上卿監督。如果是天子巡視，則由國君監督。』現在朝雖然不才，也是周室的親族，奉了天子的命令，是一個過路的賓客，而竟然沒有一個官員來接待我，這是漠視先王的官制啊！

「先王的教令曾說：『天道獎勵善良而懲罰邪惡。所以我們建立國家，不能做非法的事，也不要怠惰縱樂，各自遵守你們的制度，以接受天賜的吉祥。』現在陳侯不顧繼嗣的常道，拋棄他的后妃，帶領他的臣子到夏家縱情淫樂，這不是褻瀆同姓嗎？陳國，是我大姬的後代。拋棄袞冕而戴著楚冠出門，這不是輕慢禮法嗎？這又觸犯了先王的法令啊！

「從前先王的教訓，我們努力去遵循其德意，尚且害怕會墮落。如果廢棄先王的教訓和制度，漠視先王的官制而觸犯其命令，怎能保住國家呢？處在大國之間，而沒有以上四種操守，國家能長久嗎？」

周定王六年，單襄公到楚國去。八年，陳靈公被夏徵舒所殺。九年，楚莊王攻進了陳國。

【研　析】本文可分三段。首段記單襄公在陳國之所見，為二段單襄公議論和判斷的張本。末段記陳國在單襄公借道之後，三年之內，君死國破，為二段單襄公的判斷做印證。

第二段單襄公向周定王的報告是全文的重心。「陳侯不有大咎，國必亡」二句，是單襄公就其在陳國之所見所下的判斷；從文章結構的角度來看，這兩句是承上段的記敘而來，又作為以下論證的主題。「對曰」以下的文字，即依循上述主題而作條理的論證，可以分為五節。前四節以古今對照，凸顯陳國現況的不合古制，分別是：內政不修，「廢先王之教」；農事荒廢，「棄先王之法制」；待客失禮，「蔑先王之官」；君臣淫亂，「犯先王之令」。第五節總結以上四節，得出「將何以守國」、「其能久乎」的結論，回應了段首「陳侯不有大咎，國必亡」的論證主題。

不論是從全文或是從第二段來看，都表現出一種井然有序的條理，這是本文的最大優點。

展禽論祀爰居

【題　解】本文選自《國語．魯語上》，篇名據文意而訂。展禽，春秋時代魯國大夫。名獲，字禽，食邑於柳下，諡惠，亦稱柳下惠。爰居，海鳥名。本文記敘魯國大夫臧文仲派人祭祀停在魯國東門外的海鳥，展禽批評這樣做是越禮而不宜。展禽認為唯有對國計民生有貢獻的人才配受祭祀，而海鳥是因為海上有災難，才會飛來停留，不應祭祀。臧文仲承認自己的過失，並將這一件事記在簡冊上。

海鳥曰爰居，止於魯東門之外三日，臧文仲❶使國人祭之。

展禽曰：「越❷哉！臧孫之為政也。夫祀，國之大節❸也；而節，政之所成也。故慎制祀以為國典❹。今無故而加典，非政之宜也。

「夫聖王之制祀也，法施於民❺則祀之，以死勤事❻則祀之，以勞定國則祀之，能禦大災則祀之，能扞⑦大患則祀之。非是族⑧也，不在祀典。

「昔烈山氏⑨之有天下也，其子曰柱，能殖⑩百穀百蔬；夏之興也，周棄⑪繼之，故祀以為稷⑫。共工氏之伯九有⑬也，其子曰后土⑭，能平九土⑮，故祀以為社⑯。黃帝⑰能成命⑱百物，以明民共⑲財，顓頊⑳能修之。帝嚳㉑能序三辰㉒以固㉓民，堯㉔能單均㉕刑法以儀民㉖，舜㉗勤民事而野死，鯀㉘鄣洪水而殛㉙死，禹㉚能以德修鯀之功，契㉛為司徒而民輯㉜，冥㉝勤其官而水死，湯㉞以寬治民而除其邪㉟，稷㊱勤百穀而山死㊲，文王㊳以文昭，武王去民之穢㊴。故有虞氏禘㊵黃帝而祖㊶顓頊，郊㊷堯而宗㊸舜。夏后氏禘黃帝而祖顓頊，郊鯀而宗禹。商人禘舜而祖契，郊冥而宗湯。周人禘嚳而郊稷，祖文王而宗武王。幕㊹，能帥顓頊者也，有虞氏報㊺焉。杼㊻，能帥禹者也，夏后氏報焉。上甲微㊼，能帥契者也，商人報焉。高圉㊽、大王㊾能帥稷者也，周人報焉。

「凡禘、郊、祖、宗、報，此五者，國之典祀也。加之以社稷山川之神，皆有功烈㊿於民者也。及前哲令德之人，所以為明質(51)也。及天之三辰，民所以瞻仰也。及地之五行(52)，所以生殖也。及九州名山川澤，所以出財用也。非是，不在祀典。

「今海鳥至，己不知而祀之，以為國典，難以為仁且智矣。夫仁者講功，而智者處物。無功而祀之，非仁也；不知而不能問，非智也。今茲海其有災乎？夫廣川㊿之鳥獸，恆知避其災也。」

是歲也，海多大風，冬煖。文仲聞柳下季54之言，曰：「信吾過也！季子之言，不可不法也。」使書以為三筴55。

【注釋】❶臧文仲　春秋時代魯國大夫。複姓臧孫，名辰，文是其諡號。❷越　超過。❸節　禮節；禮制。❹典　制度；法制。❺法施於民　立法定制而有恩惠於民。施，給予。此引申指恩惠。❻以死勤事　勤於其職事而以身殉職。❼扞　抵擋；抵禦。❽族　類。❾烈山氏　神農氏。烈山，山名。在今湖北隨縣北。傳說神農生於此。❿殖　耕種；耕植。⓫棄　周始祖之名。⓬稷　穀神。夏以前以柱為稷，商以來以棄為稷。⓭共工氏之伯九有　共工氏稱霸九州時。共工氏世居江、淮之間，為共工之官，因官為氏。後欲稱霸九州，帝嚳使人敗之。伯，通「霸」。九有，九州。⓮后土　共工氏之子。名句龍。黃帝時為土官，後遂祀為土神。后，官長。為土官之長，故稱后土。⓯九土　九州的土地。⓰社　土神。⓱黃帝　傳說為中原各族之共同祖先。姬姓，號軒轅氏、有熊氏。曾打敗炎帝、蚩尤，發明文字、音律、養蠶、舟車等。⓲成命　定名。命，名。⓳共　通「供」。供應。⓴顓頊　黃帝之孫。年二十即位，在位七十八年。初建都於高陽，號高陽氏。㉑帝嚳　黃帝曾孫。受封於辛。後繼顓頊王天下，號高辛氏。㉒三辰　日、月、星之合稱。㉓固　安定。㉔堯　帝嚳之子。名放勛，初封陶，後封唐，故稱陶唐氏。在位九十八年。㉕單均　力求公平。單，通「殫」。盡。均，平。㉖儀民　使人民向善。儀，善。㉗舜　姚姓，名重華。受堯禪而即帝位，號有虞氏。在位期間任用賢人，天下大治。後南巡，死於蒼梧（今湖南寧遠境）之野。㉘鯀　夏禹之父。堯封為崇伯。受堯命治理洪水，用築堤障水之法，九年而水未平，舜殺之於羽山。㉙殛　誅殺。㉚禹　夏代開國之君，姒姓。奉舜命治理洪水，疏通江河，興修溝渠，治平洪水，受堯禪而有天下。㉛契　商之始祖。助禹治水有功，舜任為司徒，掌教化。㉜輯　和睦。㉝冥　契之六世孫。夏時為水官。㉞湯　商代開國之君。㉟除其邪　指湯敗夏桀。㊱稷　即周之始祖棄。㊲山死　棄死於黑水之山。㊳文王　周文王。姬姓，名昌，紂時為西伯。在位五十年，天下歸心。㊴去民之穢　指武王伐紂。㊵禘　祭名。古代天子於始祖之廟祭祀其始祖所自出之帝，而配祭始祖。㊶祖　祭名。祭祀開國之祖。㊷郊　祭名。天子祭天，於每年冬至在南郊舉行，亦可配祭祖先。㊸宗　祭名。祭祀祖先、有德者。㊹幕　舜之後代，為夏諸侯。㊺報　報恩德的祭祀。㊻杼　禹之七世孫。夏少康之子。㊼上甲微　契之八世孫。商湯之六世祖。㊽高圉　棄之十世孫。㊾大王　高圉之曾孫。周文王之祖父。㊿功烈　功業。(51)質　信任。(52)五行　金、木、水、火、土。(53)廣川　大海。(54)柳下季　即展禽。季是其排行。(55)筴　通「冊」。簡冊。

【語　譯】有名叫爰居的海鳥，停在魯國東門外三天了，臧文仲派國人去祭牠。

展禽說：「臧孫這樣施政，也太越禮了！祭祀，是國家重大的禮節；政治的安定，要靠禮節才能做到。所以要慎重制訂祭祀的禮節，作為國家的法制。現在無緣無故的增加典制，不是執政者所該做的。

「聖王制訂祭典的原則是：能立法定制而有恩惠於人民的就祭祀他，勤於職事而死的就祭祀他，能勤勞定國的就祭祀他，能抵禦大災難的就祭祀他，能抵擋大禍患的就祭祀他。不是這一類的人，就不在祭祀之列。

「從前烈山氏得到天下，他的兒子叫柱，能種植各類穀物蔬菜；後來夏朝興起，周棄能繼續他的事業，所以尊他為稷神而祭祀。共工氏稱霸九州時，他的兒子叫后土，能平治九州的土地，所以尊他為社神而祭祀。黃帝能定百物的名稱，使人民明白應向國家供給財賦；顓頊能接續黃帝的事業。帝嚳能按日月星辰的運行安排時令，使百姓安居樂業；堯能力求刑法的公平，使人民向善；舜勤勞民事而死在蒼梧之野；鯀築堤阻遏大水無功而被誅殺；禹能以德行繼續鯀的事業；契擔任司徒使人民和睦；冥勤於職務而死於水；湯以寬大治理人民而能消滅邪惡；棄勤於植百穀而死在黑水之山；文王以文德而顯揚；武王為民除害。所以有虞氏禘祭黃帝而祖祭顓頊，郊祭堯而宗祭舜。夏后氏禘祭黃帝而祖祭顓頊，郊祭鯀而宗祭禹。商人禘祭舜而祖祭契，郊祭冥而宗祭湯。周人禘祭嚳而郊祭稷，祖祭文王而宗祭武王。幕，是能遵循顓頊德政的人，所以有虞氏報祭他。杼，是能遵循大禹德政的人，所以夏后氏報祭他。上甲微，是能遵循契之德政的人，所以商人報祭他。高圉、大王是能遵循稷之德政的人，所以周人報祭他。

「禘、郊、祖、宗、報，這五種都是國家的祭典。再加上社稷山川的神，都對人民有功德；以及從前有智慧、有美德的人，都是人民所信任的；以及天上的日月星，都是人民所仰望的；以及地上的金木水火土，都是人民賴以生活的；以及九州的名山川澤，都是生產財用的。除了這些，就不在祭典之列了。

「現在海鳥飛來，自己不了解，便去祭祀牠，當做國家的祭典，這就難以說是仁智了。仁者講求功績，智者能處理事物。沒有功績而祭祀它，這不是仁；不了解又不向人請問，這不是智。現在海上大概有災難吧？那些大海中的鳥獸，是常常能預知並且躲避災難的啊。」

這一年，海上多大風，冬天暖和，文仲聽到了展禽的話，便說：「這確實是我的過失！季子的話，不可不取法。」便叫人寫在簡冊上，一共寫了三冊。

【研　析】本文可分三段。首段記祭海鳥事，次段記展禽的批評。末段記臧文仲接受批評、承認錯誤。

第二段是全文重心，可分五節。第一節有兩層：其一，祭祀是國家大典，關係著政事的成敗。可以說這是展禽對於祭祀的基本認識。其二，祭海鳥是「無故而加典，非政之宜」。「故」字是以下三節論述的中心。第二節指出只有「法施於民」等五種情況才在先王祀典之列。這一節從正面提綱挈領列舉先王制祀的「故」；而「非是族也，不在祀典」，則從反面暗示祭海鳥的「無故」。第三節歷舉古代聖賢的事跡，說明他們之所以受祭祀的「故」；因其事跡的不同，祭祀也有別。這一節是第二節的舉證，同時落實了第一節「故」字的具體內容。第四節列舉社稷山川之神等等之所以在祀典的「故」，是第三節的補述。「非是，不在祀典」除總結三、四兩節，也呼應了第二節「非是族也，不在祀典」，再一次暗示祭海鳥的「無故」且「非政之宜」。第五節是本段的總結。以「非仁」、「非智」批評祭海鳥的失當。不知海鳥何以至而不請教於人，這是非智；海鳥「無功而祀之」，這是非仁。值得注意的是「功」字，這其實就是首段「故」字的意含，二至四節所敘種種在祀典之列的，都是因其有功。這個字在前三節時時可以看到其影子，到了末了才明白指出，有著畫龍點睛的巧妙。

總結展禽的言論，他之所以批評臧文仲派人祭海鳥，一言以蔽之：海鳥「無功」；必須有功於國家人民，才配列在祀典。這種觀點是人本的，符合儒家觀點的。在這種觀點下的祭祀，是一種肯定和感念的崇拜行為，具有教育和示範的社會功能。展禽將它和政事成敗看成具有因果關係，當係因為臧文仲是當時魯國的執政大夫，是一種針對個案而發的議論；其實，祭祀的功能當不僅於此。

在這個故事裡，展禽的直言無諱，臧文仲的能容能改，也是值得我們注意的。

里革斷罟匡君

【題解】 本文選自《國語・魯語上》，篇名據文意而訂。里革，春秋時代魯國大夫。罟，魚網。本文記敘魯宣公在泗水捕魚，里革認為正值夏季魚類孕育小魚的時節，這種舉動是貪心無度，因此割斷魚網，並且闡述了古人資源取用的規範和含意。魯宣公聽從了里革，並且把破網留下來作為警惕。

宣公❶夏濫❷於泗淵❸，里革斷其罟而棄之，曰：「古者大寒降❹，土蟄❺發，水虞❻於是乎講❼罛罶❽，取名魚❾，登川禽❿，而嘗⓫之寢廟⓬，行諸國人⓭，助宣氣⓮也。鳥獸孕，水蟲⓯成，獸虞⓰於是乎禁罝羅⓱，矠⓲魚鱉，以為夏犒⓳，助生阜⓴也。鳥獸成，水蟲孕，水虞於是禁罝㉑罜麗㉒，設穽鄂㉓，以實廟庖㉔，畜功用也。且夫山不槎蘖㉕，澤不伐夭㉖，魚禁鯤鮞㉗，獸長麑麌㉘，鳥翼鷇㉙卵，蟲舍蚳蝝㉚，蕃㉛庶物也。古之訓也。今魚方別孕㉜，不教魚長，又行網罟，貪無藝㉝也。」

公聞之，曰：「吾過，而里革匡我，不亦善乎？是良罟也，為我得法。使有司藏之，使吾無忘諗㉞。」師存㉟侍，曰：「藏罟，不如寘㊱里革於側之不忘也。」

【注　釋】❶宣公　魯宣公。名俀，在位十八年（西元前六〇八～前五九一年）。❷濫　浸；漬。此指浸網於水以取魚。❸泗淵　泗水的深處。泗，水名。在今山東泗水縣。淵，深水。❹大寒降　大寒以後。大寒，二十四節氣之一，在夏曆十二月。降，下；以後。❺蟄　伏藏在土中的蟲類。❻水虞　官名。掌川澤之禁令。❼講　講習；講求。❽罛罶　捕魚的工具。罛，魚網。罶，捕魚的竹器。❾名魚　大魚。❿登川禽　取鱉蛤之類的水產。登，取。川禽，水產。指鱉蛤之類。⓫嘗　古代秋祭名。⓬寢廟　宗廟。宗廟前殿供祀祖先稱廟，後殿藏祖先衣冠稱寢。⓭行諸國人　令國人亦取之。諸，「之於」的合音。「之」為動詞「行」的賓語，代指上文「取名魚，登川禽」。⓮助宣氣　助陽氣之宣洩。⓯水蟲　指魚類。蟲，動物的總名。⓰獸虞　官名。掌鳥獸之禁令。⓱罝羅　捕鳥獸的網。罝，捕獸網。羅，捕鳥網。⓲矠　刺取。⓳夏槁　曬乾儲存，供夏天食用。槁，曬乾。⓴生阜　生長。㉑罝　高誘注：「當作罛。」罛，大魚網。㉒罜麗　小魚網。㉓穽鄂　陷阱。穽，陷阱。鄂，埋有尖木樁的陷阱。㉔廟庖　宗廟庖廚。指祭祀宗廟所需。㉕槎櫱　砍伐新生的嫩枝。槎，砍伐。櫱，樹木被砍伐後再生的新枝。㉖夭　初生的草木。㉗鯤鮞　小魚和魚卵。鯤，小魚。鮞，魚卵。㉘麑䴠　小鹿和小麋。麑，小鹿。䴠，小麋。㉙鷇　幼鳥。㉚蚳蝝　蟻卵和小蝗蟲。蚳可作醬，蝝可食。蚳，蟻卵。蝝，尚未長翅膀的小蝗蟲。㉛蕃　繁衍；繁殖。㉜別孕　孕育小魚。別，後代；下一代。㉝無藝　無極。藝，極。㉞諗　規諫。㉟師存　樂師名存。㊱寘　同「置」。安置。

【語　譯】魯宣公在夏天時到泗水的深處下網捕魚，里革把網割破並且丟掉，說：「古代大寒以後，伏藏在土中的蟲類開始活動，水虞在這時候策畫使用魚網竹籠之類去捕大魚、捉鱉蛤，以供宗廟祭祀，並讓人民也去捕捉，這是要幫助陽氣宣洩上升。當鳥獸懷孕，魚類長大時，獸虞就禁止人們使用獸網鳥羅，只准許刺取魚鱉，製成魚乾供夏天食用，這是要幫助鳥獸生長繁殖。當鳥獸長成，魚類懷卵時，水虞就禁止人們使用大、小魚網，而准許設陷阱捕捉鳥獸，以供宗廟祭祀，這是要蓄積有用之物。至於上山不砍新生的嫩枝，進入水澤不砍初生的草木，禁止捕小魚、取魚卵，要讓小鹿和小麋成長，要保護幼鳥和鳥蛋，要放過蟻卵和小蝗蟲，這是要讓萬物繁殖。這些都是古人的遺訓。現在魚正在孕育小魚，不但不讓牠產卵成長，還要用網去捕捉，真是貪心無度啊！」

魯宣公聽了這些話，說：「我有過失，里革就來糾正我，不是很好嗎？這是一張很有意義的網，它使我懂得古人的法度。叫主管官吏收藏好，讓我不要忘記這一番勸告。」樂師存陪侍在一旁，就說：「與其收藏魚網，不如把里革留在身邊，更不會忘記。」

【研　析】本文可分二段。首段記魯宣公捕魚，里革割網和他的諫言；二段記宣公納諫，藏網以示不忘，而樂師存則進一步以藏網不如留人為諫，為這一故事做一個更具人本意義的結尾。

臣子能以行動和言辭直諫，君主能納諫從善，這些都是值得肯定的，而更值得注意的是里革的諫言裡所隱含的意識。他敘述了古人對於取用動植物資源的種種作為和禁止，分別給予「助宣氣」、「助生阜」、「畜功用」、「蕃庶物」的詮釋。簡而言之，即人要在尊重自然秩序、維護動植物生機的前提下，適度合時地取用自然資源，而不可以「貪無藝」。這種意識之形成，雖與當時生產力較為低下有關，但絕大部分是源於人與自然萬物必須和諧相處、共存共榮的傳統思想。今日科技日昌、物質發舒，人類掠奪資源的能力也與時俱增，眼看生態環境問題已經嚴重到即將危害人類生存，人類追求無盡享受的惡果已日益明顯；那麼，里革的言辭，是否也該對今日人類有著諫諍的意義呢？

敬姜論勞逸

【題　解】本文選自《國語·魯語下》，篇名據文意而訂。敬姜，春秋時代公父穆伯之妻，公父文伯之母。本文記敘敬姜告誡其子公父文伯，當務勤勞、去淫逸，以免荒廢祖先留下的事業，甚至招致祭祀斷絕的惡果。

公父文伯❶退朝，朝❷其母，其母方績❸。文伯曰：「以歜之家而主❹猶績，懼忓❺季孫❻之怒也，其以歜為不能事主乎！」

其母歎曰：「魯其亡乎！使僮子❼備官❽而未之聞耶？居❾，吾語女。

「昔聖王之處民❿也，擇瘠土而處之，勞其民而用之，故長王⓫天下。夫民勞則思，思則善心生；逸則淫，淫則忘善，忘善則惡心生。沃土之民不材⓬，逸也；瘠土之民，莫不嚮義，勞也。

「是故天子大采⓭朝日⓮，與三公、九卿祖識⓯地德⓰；日中⓱考政，與百官之政事，師尹惟旅牧相⓲，宣序⓳民事；少采⓴夕月㉑，與大史㉒、司載㉓糾虔天刑㉔；日入，監九御㉕，使潔奉禘、郊㉖之粢盛㉗，而後即安㉘。諸侯朝㉙修天子之業命㉚，晝考其國職㉛，夕㉜省其典刑㉝，夜儆㉞百工，使無慆淫㉟，而後即安。卿大夫朝考其職，晝講其庶政㊱，夕序其業，夜庀㊲其家事㊳，而後即安。士朝受業，晝而講貫㊴，夕而習復㊵，夜而計過，無憾，而後即安。自庶人以下，明㊶而動，晦㊷而休，無日以怠。

「王后親織玄紞㊸，公侯之夫人加之以紘、綖㊹，卿之內子㊺為大帶㊻，命婦㊼成祭服，列士㊽之妻加之以朝服，自庶士㊾以下，皆衣其夫㊿。社而賦事(51)，蒸而獻功(52)，男女效績(53)，愆(54)則有辟(55)，古之制也。君子勞心，小人勞力，先王之訓也。自上以下，誰敢淫心舍力(56)？

「今我，寡也，爾又在下位，朝夕處事，猶恐忘先人之業。況有怠惰，其何以避辟？吾冀而(57)朝夕修(58)我，曰：『必無廢先人。』爾今曰：『胡不自安？』以是承君之官，余懼穆伯之絕祀(59)也。」

仲尼聞之，曰：「弟子志之，季氏之婦不淫矣！」

【注釋】❶公父文伯　春秋時代魯國大夫。名歜，季悼子之孫，公父穆伯之子。❷朝　拜見；謁見。古代臣見君、子見父母皆稱朝。❸績　搓麻成繩或線。❹主　家主。春秋、戰國時代稱大夫為主，其妻亦從夫稱。❺忓　通「干」。觸犯。❻季孫　指季康子。名肥，季悼子之曾孫。當時為魯國執政之卿，位高權重。❼僮子　未成年的男子。此指不明事理的人，即指公父文伯。❽備官　居官；做官。❾居　坐。❿處民　治理人民。處，安置。⓫王　君臨；統治。⓬不材　不成材。⓭大采　五采的袞服。為君王之禮服。⓮朝日　祭日神。古代天子於春分祭日。⓯祖識　熟習認識。⓰地德　地利。指地生百物以養人。⓱日中　太陽正中時。即正午。⓲師尹惟旅牧相　師尹與眾州牧輔助天子。師尹，大夫官。惟，與。旅，眾。牧，州牧。相，輔助。⓳宣序　宣布並依序推行。⓴少采　三采的袞服。亦君王之禮服。㉑夕月　祭月神。古代天子於秋分祭月。㉒大史　官名。掌典籍、策命、天文、曆法、祭祀等。㉓司載　官名。掌觀察天文以辨吉凶。㉔糾虔天刑　恭敬地觀察天象所顯示的法度。糾，恭。虔，敬。刑，法。㉕九御　九嬪。天子內宮的女官，掌祭服祭品。㉖禘郊　皆祭名。禘，古代天子祭祀祖先。郊，古代天子祭天。㉗粢盛　盛在祭器內的黍稷。粢，祭祀用的黍稷。㉘即安　休息。即，就。安，歇息。㉙朝日　出時。即早晨。㉚業命　事業、命令。㉛國職　國事。㉜夕　日入時。㉝典刑　常法。典，常。㉞儆　通「警」。告誡。㉟慆淫　怠慢、放蕩。㊱庶政　各種政務。庶，眾；多。㊲庀　治理。㊳家事　封地之事。家，大夫采邑。㊴講貫　講習。㊵習復　複習。㊶明　日出；天明。㊷晦　日入；天黑。㊸玄紞　黑色的紞。玄，黑色。紞，冕冠上用以懸瑱的帶子。㊹紘綖　冠冕上的紐帶和飾巾。紘，冠冕上的紐帶，由頷下挽上而繫在笄的兩端。綖，覆在冕上的飾巾。㊺內子　卿的嫡妻。㊻大帶　黑帛做的束腰帶。㊼命婦　婦人有封號者。此指大夫之妻。㊽列士　上士。㊾庶士　下士。㊿衣其夫　為其夫製衣。衣，用為動詞。(51)社而賦事　祭社後頒布農桑之事。社，用為動詞。祭社。古代於春分祭社。賦，頒布。事，指農桑之事。(52)蒸而獻功　冬祭時呈獻農事之成果。蒸，冬祭。功，功績；成果。(53)績　功績；成果。(54)愆　過失。(55)辟　懲罰。(56)淫心舍力　心志放縱，不肯努力。(57)而　通「爾」。你。(58)修　警惕。(59)絕祀　無人祭祀；祭祀斷絕。指無後代子孫，因而祖先無人祭祀。

【語　譯】公父文伯退朝回家，去拜見母親，他的母親正在搓麻。文伯說：「像我們這樣的人家，主母還要搓麻，恐怕會觸怒季孫，以為我不能奉養母親呢！」

文伯的母親歎口氣說：「魯國恐怕要亡國了吧！怎會讓你這種不懂得道理的人去做官呢？而你竟然也沒聽說過治國之道嗎？坐下！讓我告訴你。

「從前聖王治理人民，總是選擇貧瘠的土地讓他們居住，讓人民慣於勤勞再使用他們，所以能長久地統治天下。人民勤勞就會思考，思考就會產生善心；安逸就會放縱，放縱就會失去善心，失去善心就會產生惡心。肥沃土地上的人民多半不成材，這是因為安逸啊；貧瘠土地上的人民，沒有不向義的，這是因為勤勞啊。

「所以天子在春分的早晨，穿著五采的禮服去祭日，和三公九卿熟習認識地利；正午開始考察政令和百官的政務，師尹和眾州牧輔助天子宣布政令、依序辦理民事；天子在秋分的晚上，穿著三采的禮服去祭月，和太史、司載恭敬地觀察天象所顯示的法度；從日入起就要監督九嬪，把祭祖、祭天的黍稷準備好，然後才去休息。諸侯早晨辦理天子的事情、命令，白天考察國內的政事，日入時省察法規制度，晚上告誡百官，使他們不敢怠慢放蕩，然後才去休息。卿大夫早晨查考自己的職務，白天辦理各種政務，日入時依序檢覈，晚上處理封地的事務，然後才去休息。士早晨接受任務，白天專心講習，傍晚再複習，晚上反省有無過失，沒有，然後才去休息。從平民以下，天亮就工作，天黑就休息，沒有一天的懈怠。

「王后要親自織玄紞，公侯的夫人還要加上做紘、綖，卿的嫡妻要做大帶，大夫的妻子要做祭服，上士的妻子還要加上做朝服，從下士以下的妻子，都要替丈夫做衣裳。春分祭社後就頒布分配農桑之事，冬祭時各自呈獻成果，男女都要努力追求績效，有過失就要受罰，這是古代的制度啊！在上位的要勞心，在下位的要勞力，這是先王的教訓啊！從上到下，誰敢放縱怠惰？

「現在我是個寡婦，你又只是個小官，就算從早到晚做事，都還怕失去祖先的事業。何況是這種怠惰的想法，又怎能避罪免罰呢？我希望你從早到晚都能警惕我，說：『一定不要荒廢祖先留下的事業。』你現在卻說：『為什麼不自求安逸？』照這樣去承當國君給你的官職，我真怕你父親就要無人祭祀了。」

孔子聽到這件事說：「弟子們記著這些話！像季氏這樣的婦人，可說是不放縱的了。」

【研　析】本文可分三段。首段記公父文伯見敬姜績麻，恐遭「不能事主」的罪名。二段記敬姜告誡公父文伯。三段記孔子的評論，「不淫」是對敬姜勤以守家的肯定。

二段是全文的重心，可分五節。第一節敬姜直斥公父文伯為不明事理、不知治國之道，這是針對上段所記公父文伯的言辭而來。第二節敬姜以為古代聖王之所以能長王天下，乃因「勞其民而用之」，「勞」字即為上一節敬姜以為是公父文伯所「未之聞」的治國之道，也是以下二節所要論證的中心。第三節言自天子以至庶人，無不晝夜勤勞；第四節言自王后以至庶士之妻，亦無不晝夜勤勞。這些說的都是「古之制」，而「自上以下，誰敢淫心舍力」二句為此二節之結語，並呼應了第二節所說的「勞其民而用之」，具體說明先王之所以能「長王天下」的原因。以上二至四節引述古代聖王的作為和教訓，其所闡發無非一個「勞」字。第五節再度回到對公父文伯的直接告誡，敬姜以為從公父文伯言辭裡所反映出來的怠惰心理，是違背先王之訓，是違背古制的。將有不可避免的惡果，甚至於將會因而毀家，敗壞先人事業、斷絕祖先祭祀。

從第二段裡，我們可以得知敬姜之所以強調勤勞，是因為她認為於公而言，淫逸足以亡國；於私而言，淫逸足以敗家，所以說「魯其亡乎」、「懼穆伯之絕祀」；而唯有「君子勞心，小人勞力」，才合乎先王之訓，才是保國守家王天下之道。所以必須務勤勞、去淫逸。

撇開敬姜的階級立場不談，第二段所說的「民勞則思，思則善心生；逸則淫，淫則忘善，忘善則惡心生」，實已說出人心真實的一面，頗能發人深省。

叔向賀貧

【題　解】本文選自《國語・晉語八》，篇名據文意而訂。叔向，春秋時代晉國大夫。姓羊舌，名肸。本文記敘晉國正卿韓宣子以貧窮為憂，叔向卻慶賀他。叔向認為有財必須有德，否則財雖富有，亦不能長保，反而容易招致家破人亡。

叔向見韓宣子❶，宣子憂貧，叔向賀之。

宣子曰：「吾有卿之名而無其實❷，無以從二三子❸，吾是以憂。子賀我，何故？」

對曰：「昔欒武子❹無一卒之田❺，其宮❻不備其宗器❼，宣其德行，順其憲則❽，使越❾于諸侯。諸侯親之，戎、狄懷❿之，以正⓫晉國。行刑不疚⓬，以免於難。及桓子⑬，驕泰奢侈，貪慾無藝⑭，略則行志⑮，假貸居賄⑯，宜及於難，而賴武之德以沒其身。及懷子⑰，改桓之行而修武之德，可以免於難，而離⑱桓之罪，以亡於楚⑲。

「夫郤昭子⑳，其富半公室㉑，其家半三軍㉒，恃其富寵，以泰㉓于國，其身尸於朝㉔，其宗滅於絳㉕。不然，夫八郤，五大夫三卿㉖，其寵大矣，一朝而滅，莫之哀也，唯無德也。

「今吾子有欒武子之貧，吾以為能其德㉗矣，是以賀。若不憂德之不建，而患貨之不足，將弔㉘不暇，何賀之有？」

宣子拜稽首㉙焉，曰：「起也將亡，賴子存之。非起也敢專承之，其自桓叔㉚以下，嘉吾子之賜。」

【注釋】❶韓宣子　春秋時代晉國正卿。名起，宣是其謚。❷實　指財富。❸二三子　指晉國之卿大夫。❹欒武子　春秋時代晉國上卿。名書，武是其謚。❺一卒之田　百頃之田。百夫為卒，一夫受田百畝。欒武子為上卿，應有一旅（五百夫）之田，即五百頃。❻宮　宗廟。❼宗器　宗廟所用的祭器。❽憲則　法度。憲，法。❾越　顯揚。❿懷　歸附。⓫正　匡正；整飭。⓬行刑不疚　執行法令，沒有缺失。刑，法。疚，缺失；過失。⓭桓子　欒武子之子。名黶。⓮無藝　無極。藝，極。⓯略則行志　違犯法度，任意妄為。略，犯。則，法。⓰假貸居賄　放債取息，積聚財貨。居，蓄；聚。賄，財貨。⓱懷子　桓子之子。名盈。⓲離　通「罹」。遭受。⓳亡於楚　指欒盈出奔於楚。亡，逃。據《國語・晉語八》，晉平公因大夫陽畢之言，以欒書曾弒晉厲公，遂逐欒盈。欒盈奔楚，在楚三年，返晉，被殺，其族滅。⑳郤昭子　春秋時代晉國正卿。名至。㉑公室　諸侯之國。此指晉國。㉒三軍　周制諸侯大國三軍，一軍有一萬二千五百人。晉設中軍、上軍、下軍。㉓泰　驕縱奢侈。㉔尸於朝　被殺而陳屍於朝。尸，陳屍以示眾。㉕絳　晉國舊都。在今山西新絳北。㉖五大夫三卿　指郤氏有五人為大夫，三人為卿。五大夫為郤文、郤豹、郤芮、郤穀、郤溱，三卿為郤錡、郤至、郤犨。㉗能其德　能有其品德。其，指欒武子。㉘弔　哀悼。㉙稽首　叩頭至地。古代最恭敬的跪拜禮。㉚桓叔　韓氏之始祖。晉文侯之弟，名成師。其子萬，受封於韓為大夫，遂以韓為氏。

【語譯】叔向去見韓宣子，韓宣子正在為貧窮而憂愁，叔向卻向他道賀。

韓宣子說：「我空有卿的虛名而沒有卿的財富，不能和其他的卿大夫相比，我正為此而發愁，您反而賀我，這是什麼緣故？」

叔向回答說：「從前欒武子田地不到百頃，宗廟裡連祭器都不完備，可是他能發揮德行，遵循法度，所以名聲顯揚於各國。諸侯都來親近他，戎狄也來歸附，因此而將晉國治理好。他執行法令，沒有缺失，因此而免遭禍難。到了桓子，驕縱奢侈，貪得無饜，違法任性，放債斂財，本應遭遇禍難的，但是靠著欒武子的遺德，安然度過他的一生。到了懷子，一反桓子的所作所為而繼承欒武子的品德，照說應可免於禍難的，卻被桓子的罪行所連累，因而逃亡到楚國。

「至於郤昭子，他的財富抵得上半個晉國，他的家臣將佐佔了三軍的一半，就因為仗著財富榮寵，在晉國驕縱奢侈，結果不但自己陳屍朝堂，連絳地的宗族也全被殺滅。要不然，以郤氏八人，有五個大夫，三個卿，榮寵可大了，卻在一時之間全被殺滅，得不到任何人的同情，這只因為沒有品德啊！

「現在，您像欒武子那樣的貧窮，我認為也一定有他那樣的品德，所以慶賀您。如果您不愁不能立德，只愁財貨不足，那我為您哀悼都來不及，還有什麼可賀的？」

韓宣子叩頭拜謝，說：「我韓起幾乎就要自取滅亡了，幸好有您來救我。這不單是我韓起一人受惠，從桓叔以下，我韓氏列祖列宗都要感謝您的恩賜。」

【研　析】本文可分四段。首段記韓宣子憂貧，叔向賀其貧。二段記韓宣子追問叔向為何賀其貧。三段叔向引晉國欒、郤二氏之興亡，規勸韓宣子應「憂德之不建」，不應「患貨之不足」。四段記韓宣子納諫拜謝。

叔向的規諫之所以能成功，原因有三：其一，充分掌握對方的好奇心，營造出有利於規諫的氣氛。韓宣子為貧而憂，叔向卻反常地「賀之」，這當然會逗起韓宣子的好奇而追問著「何故」。於是，叔向接下去的議論，便成為在韓宣子主動要求下所必然要說的，這就容易入耳了。其二，例證確鑿，近在眼前。叔向所引欒、郤二家族，都是晉國大族，當為韓宣子所習知。欒武子貧而有德，不但自身免於難，也庇蔭了富而無德的兒子；桓子富而無德，因而連累了努力修德養行的兒子。郤氏富寵無其匹，卻因驕泰而滅族。兩個家族的事例，說明了貧窮並不足慮，德之有無才是個人成敗以及家族興亡的關鍵。其三，委婉其辭，正面鼓勵。叔向諫言的中心觀點是人應「憂德之不建」，不應「患貨之不足」；相對而言，韓宣子卻憂貧不憂德。如何讓諫言產生作用，便須技巧。叔向先由韓宣子如欒武子之貧，而肯定他「能其德」，再轉而說如果韓宣子僅憂貧而不憂德，便無可賀，反要哀悼。這一正一反之間，先予鼓勵，再委婉而諷，話就顯得中聽，不會刺耳。

叔向說話很有技巧，其觀點也頗可取；當然，韓宣子勇於認錯，接納雅言，那氣度也值得肯定。

王孫圉論楚寶

【題　解】本文選自《國語・楚語下》，篇名據文意而訂。王孫圉，春秋時代楚國大夫。名圉，為楚王族，故稱王孫。本文記敘王孫圉訪問晉國，晉卿趙簡子在饗宴時故意炫耀佩玉，並語帶譏諷地問起楚國把美玉白珩當作寶貝歷時多久。王孫圉答以楚國所寶是能輔佐君王的賢士大夫，是能供祭祀、享賓客、充軍備的山林川澤的物產，白珩只是玩好，非楚國之寶。

王孫圉聘❶於晉，定公❷饗❸之。趙簡子❹鳴玉以相❺，問於王孫圉曰：「楚之白珩❻猶在乎？」對曰：「然。」簡子曰：「其為寶也，幾何❼矣？」曰：「未嘗為寶。楚之所寶者，曰觀射父❽，能作訓辭❾，以行事於諸侯，使無以寡君為口實❿。又有左史⓫倚相⓬，能道訓典⓭，以敘百物⓮，以朝夕獻善敗⓯于寡君，使寡君無忘先王之業；又能上下說⓰乎鬼神，順道⓱其欲惡⓲，使神無有怨痛⓳于楚國。又有藪⓴曰雲㉑，連徒洲㉒，金、木、竹、箭㉓之所生也。龜㉔、珠㉕、角㉖、齒㉗、皮㉘、革㉙、羽㉚、毛㉛，所以備賦㉜用，以戒不虞㉝者也；所以共㉞幣帛㉟，以賓享㊱於諸侯者也。若諸侯之好幣具，而導之以訓辭，有不虞之備，而皇神相之㊲，寡君其可以免罪於諸侯，而國民保焉。此楚國之寶也。若夫白珩，先王之玩㊳也，何寶之焉？

「圉聞國之寶六而已。明王聖人能制議㊴百物，以輔相國家，則寶之；玉㊵足以庇廕㊶嘉穀，使無水旱之災，則寶之；龜足以憲臧否㊷，則寶之；珠足以禦火災，則寶之；金足以禦兵亂，則寶之；山林藪澤足以備財用，則寶之。若夫譁囂㊸之美，楚雖蠻夷，不能寶也！」

【注　釋】❶聘　古代諸侯之間或諸侯與天子之間派使節訪問。❷定公　晉定公。春秋時代晉國國君，名午，在位三十六年（西元前五一一～前四七六年）。❸饗　用酒食招待賓客。❹趙簡子　晉卿。名鞅，簡子是其謚。❺相　襄助禮儀的進行。❻白珩　楚國美玉名。珩，佩玉的一種，形似磬而較小。❼幾何　多少。此問其年代。❽觀射父　楚國大夫。❾訓辭　得體的言辭。訓，典式；法則。❿口實　話柄。⓫左史　官名。周制左史記言，右史記事。春秋時代晉、楚皆有左史。⓬倚相　人名。⓭訓典　先王之典籍。⓮敘百物　論述各種事物。敘，論述。物，事。⓯善敗　善惡。⓰說　通「悅」。⓱順道　順從。道，遵從。⓲欲惡　好惡。⓳怨痛　怨恨。⓴藪　大澤。㉑雲　雲夢澤。在今湖北安陸南。㉒徒洲　洲名。洲，水中地之可居者。㉓箭　竹名。即箭竹，其稈可作箭幹，故名。㉔龜　指龜甲。用來占卜。㉕珠　指珍珠。古人以為可禦火災。㉖角　指獸角。可做弓弩。㉗齒　指象牙。可做珥（劍柄和劍身相接處的凸出部分）。㉘皮　指虎豹皮。可做車墊或馬上盛弓器。㉙革　指犀牛皮。可做甲冑。㉚羽　指鳥羽。可裝飾旌旗。㉛毛　指犛牛尾。可裝飾旗桿頭。㉜賦　兵賦。即軍用物資。㉝不虞　意外的。虞，料度。㉞共　通「供」。供應；供給。㉟幣帛　泛指用以聘享的財物。幣、帛皆絲織物之總名。古代聘享之財物，有車馬玉帛等，而以幣帛泛稱之。㊱賓享　以賓客之禮相待。享，款待。㊲皇神相之　天神助之。皇神，天神。相，助。㊳玩　玩物。㊴議　謀慮；計議。㊵玉　指祭祀用的玉器。㊶庇廕　保佑。㊷憲臧否　明示吉凶。憲，示。臧否，吉凶。㊸譁囂　喧譁。此指玉佩之聲。

【語　譯】王孫圉到晉國去訪問，晉定公設宴款待他。晉國大夫趙簡子作陪，把身上的佩玉弄得叮噹作響，並問王孫圉說：「楚國的白珩還在嗎？」王孫圉回答說：「是的。」趙簡子說：「把那東西當寶貝，至今有多久了？」

王孫圉說：「我們從來不把它當作寶貝。楚國所寶貴的，有個觀射父，他言辭得體，奉派到各國去，沒人敢拿敝國國君當話柄。還有個左史倚相，他能引用先王典籍，用來論述各種事物，隨時向敝國國君提供善惡興衰的道理，使敝國國君能不忘先王的功業；又能上下取悅鬼神，順從鬼神的好惡，使鬼神不會怨恨楚國。我們還有一個叫雲夢的大澤，連著徒洲，是金、木、竹、箭出產的地方，又有龜、珠、角、齒、皮、革、羽、毛，這些可以供應軍備，以預防意外災禍；也可以供作禮物，用來款待諸侯。如果諸侯喜愛的禮物已具備了，再用得體的言辭去溝通，又有預防災禍的準備，加上天神佑助，敝國國君或許可以避免得罪諸侯，而國家人民也就保得住了。這才是楚國的寶貝啊！至於白珩，不過是先王的玩物，有什麼寶貴的呢？

「圉聽說國家的寶貝只有六種。明王聖人能夠議訂百事，以輔助國家，可說是一寶；祭祀的玉器可以保護百穀，使國家沒有水旱災害，可說是一寶；龜甲占卜能夠明示吉凶，可說是一寶；珍珠可以防禦火災，可說是一寶；金屬可以抵禦戰亂，可說是一寶；山林湖澤可以供給財物，可說是一寶。至於只會叮噹作響的美玉，楚國雖然是蠻夷之邦，還不至於把它當寶貝呢！」

【研析】本文可分二段。首段記趙簡子以問楚玉白珩為名，企圖汙辱楚國。在招待外國使臣的宴會上，身為贊禮者的趙簡子居然「鳴玉以相」，其態度輕佻而無禮，因此當他問「楚之白珩猶在乎」時，必定不是平常的應酬話，而由於其意圖未明，所以王孫圉僅簡單回答一個「然」字，其沉著冷靜，彷彿可見。當趙簡子再問「其為寶也幾何矣」時，那語氣的輕蔑，已到「是可忍，孰不可忍」的地步，於是王孫圉義正辭嚴地加以駁斥。

第二段一開始王孫圉便以「未嘗為寶」冷峻而直接地反擊趙簡子的輕蔑，以下便以長篇言辭暢論「楚之所寶者」、「國之寶六」，又分別以「若夫白珩，先王之玩也，何寶之焉」、「若夫譁囂之美，楚雖蠻夷，不能寶也」，呼應「未嘗為寶」。晉國是中原之邦，而王孫圉自稱楚為蠻夷，身為蠻夷尚且不以不急之玩物為寶，今趙簡子為晉國之卿，其見識理應高於來自蠻夷的使臣，卻反而問蠻夷所不寶之物，則為不如蠻夷矣，故「楚雖蠻夷」云云，其諷刺意味甚為犀利。至於所謂「楚之所寶者」和「國之寶六」的論述，其主要觀點乃在於對保國衛民有利的人、事、物才是國寶；此一道理亦理應為勞心治人者所共知，而趙簡子竟然炫耀身上佩玉、問白珩價值幾何。兩相比較，趙簡子的淺薄無知，就凸顯出來了。因此，王孫圉的議論，不僅在教訓趙簡子，也在暗示趙簡子的挑釁汙蔑有失身分。

言為心聲，言辭是否合宜，不但關係到個人的形象，甚至於也會影響到群體的榮辱。趙簡子的不當言辭，來自他偏差的心態，結果是自討沒趣、自取其辱；王孫圉沉著嚴正的言辭，不僅展現個人的素養，也保全了楚國的國格。

諸稽郢行成於吳

【題　解】本文選自《國語・吳語》，篇名據文意而訂。諸稽郢，春秋時代越國大夫。行成，求和；媾和。本文記敘吳王夫差起兵伐越，越王句踐採納大夫文種的策略，派諸稽郢赴吳向夫差求和。諸稽郢以卑辭求和，並許送越王子女入吳，春秋按時進貢，以天子之禮對待吳王。

吳王夫差❶起師伐越，越王句踐❷起師逆❸之江。大夫種❹乃獻謀曰：「夫吳之與越，唯天所授，王其無庸❺戰。夫申胥❻、華登❼，簡服❽吳國之士於甲兵，而未嘗有所挫❾也。夫一人善射，百夫決拾❿，勝未可成也。夫謀，必素見⓫成事焉，而後履⓬之，不可以授命⓭。王不如設戎⓮，約辭行成⓯，以喜其民，以廣侈⓰吳王之心。吾以卜之於天，天若棄吳，必許吾成而不吾足⓱也，將必寬然有伯⓲諸侯之心焉。既罷弊⓳其民，而天奪之食⓴，安受其燼㉑，乃無有命㉒矣。」

越王許諾，乃命諸稽郢行成於吳，曰：「寡君句踐使下臣郢不敢顯然布㉓幣行禮，敢私告於下執事㉔曰：昔者越國見禍，得罪於天王㉕。天王親趨玉趾，以心孤㉖句踐，而又宥赦之。君王之於越也，繄㉗起死人而肉白骨㉘也！孤㉙不敢忘天災，其敢忘君王之大賜乎？今句踐申㉚禍無良㉛，草鄙之人，敢忘天王之大德，而思邊陲㉜之小怨，以重得罪於下執事？句踐用帥二三之老㉝，親委㉞重罪，頓顙㉟於邊。

「今君王不察㊱，盛怒屬㊲兵，將殘㊳伐越國。越國固貢獻之邑㊴也，君王不以鞭箠㊵使之，而辱軍士，使寇令㊶焉。句踐請盟：一介㊷嫡女㊸，執箕帚以晐姓於王宮㊹；一介嫡男，奉槃匜㊺以隨諸御㊻，春秋貢獻，不解㊼於王府㊽。天王豈辱裁㊾之？亦征諸侯之禮也！

「夫諺曰：『狐埋之而狐搰㊿之，是以無成功。』今天王既封殖(51)越國，以明聞於天下，而又刈(52)亡之，是天王之無成勞也。雖四方之諸侯，則何實以事吳？敢使下臣盡辭，唯天王秉(53)利度義焉！」

【注釋】❶夫差　春秋末期吳國的國君。吳王闔閭之子，在位二十三年（西元前四九五～前四七三年）。在位期間曾攻破越國，在黃池（今河南封丘西南）之會與晉國爭霸。後吳國為越國所滅，夫差自殺而死。❷句踐　春秋末期越國的國君。在位三十三年（西元前四九七～前四六五年）。在位的第四年，曾被吳王夫差所敗，其後十年生聚，十年教養，終於消滅吳國，並向北擴展，大會諸侯，稱霸主。❸逆　迎戰。❹種　越國大夫文種。字少禽。❺無庸　不用。庸，用。❻申胥　伍員，字子胥。吳國封之於申，故稱申胥。楚國大夫伍奢之次子，父、兄皆為楚平王所殺，乃出奔吳國，助闔閭取得王位，打敗楚國。❼華登　宋國司馬華費遂之子。華氏在宋國作亂失敗後，華登奔吳國，為大夫。❽簡服　挑選並加以訓練。簡，選擇。服，習。❾挫　敗。❿決拾　佩帶決拾以學射箭。決，射箭者套在右手大拇指上的象牙套子，用以鉤弓弦時保護手指，俗稱扳指。拾，射箭者著於左臂的皮製護袖。⓫素見　預見。素，預先。⓬履　實行。⓭授命　送命。⓮設戎　部署軍隊。戎，兵。⓯約辭行成　卑辭求和。約，卑。成，講和。⓰廣侈　自大。⓱不吾足　不以敗我為滿足。⓲伯　通「霸」。稱霸。⓳罷弊　疲困。罷，通「疲」。⓴天奪之食　天奪其祿。之，其。指吳王。食，祿。㉑燼　餘。㉒命　天命。㉓布　陳列。㉔執事　供使令的人。此實指吳王。㉕得罪於天王　指吳、越檇李之役（西元前四九六年），吳王闔閭為越國所敗，傷足而死。天王，指吳王。㉖孤　棄。㉗繄　是。㉘肉白骨　使白骨生肉。即使人死而復生。㉙孤　侯王自稱的謙辭。㉚申　重複；再一次。㉛無良　不善。㉜邊陲　邊境。㉝二三之老　指越國的大夫。諸侯之大夫曰老。㉞委　承當。㉟頓顙　叩頭。顙，前額。㊱察詳審；細察。㊲屬　聚集；集合。㊳殘　毀壞。㊴貢獻之邑　進奉之國。即屬國。㊵鞭箠　馬鞭。㊶使寇令　使用抵禦外寇的命令。㊷一介　一個。㊸嫡女　正室所生之女。嫡，正室；正妻。㊹晐姓於王宮　入侍王宮。晐，備。君王後宮備有各姓女子，故云晐姓。㊺槃匜　盛水器。㊻諸御　侍御之近臣宦豎。㊼解　通「懈」。㊽王府　王室之府藏。收藏財物之處。㊾裁制裁。㊿搰　挖掘。(51)封殖　扶植。(52)刈　割斷；鏟除。(53)秉　衡量。

【語　譯】吳王夫差出兵攻打越國，越王句踐也派兵在江邊迎戰。大夫文種於是獻計說：「吳、越二國，都是上天所授命的，王可以不用作戰。那伍子胥和華登為吳國精練甲兵，從不曾吃過敗仗。只要有一個人擅長射箭，就會有一百個人帶箭拉弦爭著去學，因此我們未必打得過吳國。一切計畫，都必須能預見其成功，然後才去實行，不可以貿然地去送命。王不如一面部署軍隊，一面用謙卑的言辭去求和，來讓吳國人民高興，讓吳王驕縱自大。我們把這事向上天卜問，上天若是棄絕吳國，那吳國一定會答應我們的求和，並且不以敗我越國為滿足，將會肆無忌憚地想爭霸諸侯。這一來，既使百姓疲困，上天也會奪去他的祿命，我們安安穩穩地去收拾殘局，吳國也就天命終結了。」

越王接納了他的話，就命諸稽郢到吳國去求和，對吳王說：「敝國國君句踐派下臣郢來，不敢公然地陳列幣帛行禮，只敢冒昧地私下告訴左右執事的人說：從前越國遭到禍殃，得罪了天王。天王親自領兵征伐，本打算棄絕句踐，而又寬恕了他。君王對於越國，真是起死回生的救命恩人啊！孤不敢忘記上天所降的災殃，又哪敢忘君王的大恩呢？現在句踐再一次遭災禍，實在是自己的不善。只是，草野鄙人，哪敢忘記天王的大德，而為了邊境的小糾紛，再度得罪左右執事呢？句踐因此帶領了幾個大夫，親自來到邊境，叩頭等待領受重罪。

「現在君王不細察究竟，就盛怒出兵，將要毀滅越國。越國本是吳的屬國，君王卻不用馬鞭驅使我們，而要勞動軍士，發出禦寇的命令。句踐請求訂立盟約：派一個嫡生女兒，叫她拿著箕帚在君王後宮聽候使喚；派一個嫡生兒子，叫他捧著槃匜跟著侍御在旁侍候。每年春秋向王府進貢，不敢懈怠。天王何必屈駕來制裁越國呢？並且這也是天子向諸侯徵稅的禮制啊！

「諺語說：『狐狸自埋自挖，所以不會成功。』現在天王既然已經扶植越國，而且已經公開傳布於天下，卻又要鏟除它，這樣天王就沒有功績了。即使是天下諸侯，又叫他們憑什麼來事奉吳國呢？因此，冒昧地派下臣來說出全部的實話，請天王衡量這事的利害義理吧！」

【研　析】本文可分二段。首段記文種向句踐所獻的計謀。文種認為凡事必須謀定而後動，有成功的把握才去做。盱衡當時情勢，吳國強越國弱，越國沒有勝算，所以建議句踐一面備戰，一面卑辭求和，以助長夫差的自大，讓他北上爭霸，國力消耗，內部空虛，而後趁機敗之。

二段記諸稽郢至吳國轉達句踐求和的言辭。其要點為：表示感恩不忘、待罪惶恐之心；此其一。以越國為吳國的臣屬，吳王自可鞭箠使令之，今盛怒發兵，實為不審，將使天下諸侯，望而卻步，不敢服事吳國；此其二。送嫡子女入吳國，春秋按時進貢，有如對待天子；此其三。凡此，都在執行文種「廣侈吳王之心」，使其「寬然有伯諸侯之心」的策略。

成功的策略，正確的執行，使得夫差接受句踐的求和，也使得越國有生聚教訓的機會；最後，越終於滅了吳國，既雪恥，又除掉心腹之大患。當然，夫差之所以終於國滅身亡，與他的自大自用絕對有關，這也是文種計謀之所以能成功的根本原因。

申胥諫許越成

【題解】本文選自《國語・吳語》，篇名據文意而訂。申胥，伍員，字子胥。春秋時代楚國人。以父兄皆為楚平王所殺，自楚投奔吳國為大夫。以功封於申（在今河南南陽西北），又稱申胥。成，求和；媾和。本文記敘申胥勸吳王夫差不可答應越國求和，應把握時機，一舉殲滅越國，而吳王不聽，兩國終於達成和議。

吳王夫差乃告諸大夫曰：「孤將有大志於齊❶，吾將許越成，而❷無拂❸吾慮。若越既改❹，吾又何求？若其不改，反行❺，吾振旅❻焉。」

申胥諫曰：「不可許也！夫越，非實忠心好吳也，又非懾❼畏吾甲兵之彊也。大夫種勇而善謀，將還玩❽吳國於股掌之上，以得其志。夫固知君王之蓋❾威以好勝也，故婉約❿其辭，以從逸⓫王志，使淫樂於諸夏⓬之國以自傷也。使吾甲兵鈍弊⓭，民人離落⓮，而日以憔悴⓯，然後安受吾燼⓰。夫越王好信以愛民，四方歸之，年穀時熟，日長炎炎⓱。及⓲吾猶可以戰也，為虺⓳弗摧，為蛇將若何？」

吳王曰：「大夫奚隆⓴於越？越曾㉑足以為大虞㉒乎？若無越，則吾何以春秋曜㉓吾軍士？」乃許之成。

將盟，越王又使諸稽郢辭曰：「以盟為有益乎？前盟口血未乾㉔，足以結信矣。以盟為無益乎？君王舍甲兵之威以臨使之，而胡㉕重於鬼神而自輕也？」吳王乃許之，荒㉖成不盟。

【注釋】❶將有大志於齊　對齊國將有大志。意謂將伐齊國。❷而　通「爾」。你們。❸拂　違逆；反對。❹改　改變態度。意謂誠心事奉吳國。❺反行　回來。指伐齊國回來。反，通「返」。❻振旅　師還整軍。❼懾　懼。❽還玩　旋轉玩弄。還，轉。❾蓋　崇尚。❿婉約　婉轉卑順。約，卑順。⓫從逸　放縱。從，通「縱」。⓬諸夏　指中原各國。⓭鈍弊　耗損疲困。⓮離落　離散。⓯憔悴　困苦。⓰燼　餘。⓱炎炎　興盛的樣子。⓲及　趁著。⓳虺　小蛇。⓴隆　看重。㉑曾　乃；竟然。㉒虞　憂患。㉓曜　通「耀」。炫耀。㉔口血未乾　指方訂盟誓不久。古代訂盟，盟者以牲血塗口表示誠意信守。㉕胡　何。㉖荒　空。

【語譯】吳王夫差於是告訴眾大夫說：「孤將對齊國有大企圖，所以要答應越國的求和，你們不要反對我的計畫。倘若越國已經改變態度，我還要求什麼？倘若還不改過，等我回來，再整軍攻打它。」

申胥規勸說：「不可以答應啊！越國並不是誠心要和我吳國和好，也不是害怕我們的軍隊強大。越國的大夫文種，勇敢而又善於謀略，只不過想把我們吳國放在他的股掌之上旋轉著玩弄，以達到他消滅吳國的野心。他本來就知道君王尚武好勝的心理，所以用謙卑的說辭，來使君王意志放縱，在與中原各國的交往中，沉溺於虛榮而傷害自己。使我們的甲兵耗損疲困，人民離散，一天比一天困苦，然後安安穩穩地來收拾殘局。越王講信用、愛人民，四方歸心，五穀年年豐收，國勢蒸蒸日上。我們應該把握這個可以戰勝他的時機，否則，就像小蛇不打死，到了牠長成大蛇時，那該怎麼辦？」

吳王說：「大夫為什麼這麼看重越國呢？越國竟然會是我們的大患嗎？假如沒有越國，那春、秋兩季，我們又到哪裡去炫耀軍威呢？」於是就答應了越國的求和。

即將訂盟了，越王又派諸稽郢婉辭說：「您認為盟誓有用嗎？那麼上次結盟到現在塗在嘴上的血還沒乾呢，足夠固結信守了。您認為盟誓沒有用嗎？那君王就放棄武力威脅，直接役使我們好了，又為什麼要看重鬼神而看輕自己呢？」吳王就答應他，兩國只講和而不在神前盟誓。

【研　析】本文在《國語》一書，緊承前篇〈諸稽郢行成於吳〉，又本書卷二選自《左傳》的〈吳許越成〉亦與此事有關，三篇文章可以參互閱讀。

夫差之所以要答應越國的求和，基本上他是認為越國不足以為吳國的大患。他說：「若無越，則吾何以春秋曜吾軍士？」「若其不改，反行，吾振旅焉。」在他心目中，取越國有如探囊取物，留著它，正如貓不一口吃下老鼠一樣，玩玩牠，顯顯自己的威風。再加上他認為越國已誠心順從，吳國之後方已無憂，正可北上伐齊國，爭霸中原。

對照上文〈諸稽郢行成於吳〉，申胥可說是洞燭越國求和的背後陰謀。他認為越國「非實忠心好吳也，又非懾畏吾甲兵之彊也」，實在是「固知君王之蓋威以好勝也」，故卑辭求和，使吳王縱逸自傷，吳國國力耗損，而後乘其虛而取之。因此，他力主趁此時機，一舉滅了越國，以免日後為吳國的大患。

夫差的剛愎自用，使得他聽不進申胥的直諫忠言，種下日後國滅身亡的下場。驕者必敗，這是千古不變的律則，我們大可不必為夫差的下場而惋惜，這是他自取的。然而自古以來忠臣直士之諫，亦有委婉曲折其辭，因而能感悟其君，力挽狂瀾敗局者；詳味文中申胥的諫言，其耿耿忠心，可昭日月，其縷縷分析，亦皆切中實情，然而除了夫差的剛愎，申胥的言辭是否太直接了呢？如果他能運用一下技巧，是不是能改變夫差的成見，而不致於造成日後吳國的覆亡，他自己也不會落到自殺身亡、屍體還要被投入江水之中呢？

公羊傳

《公羊傳》，《春秋》三傳之一，也稱《春秋公羊傳》、《公羊春秋》。戰國時齊國人公羊高受孔子弟子子夏之學而撰述，經公羊家世代相傳，至西漢景帝時，公羊高之玄孫公羊壽才和齊人胡毋生著於竹帛。

此書解經往往逐字逐句，詳加解釋，設問設答，反覆申述，重在闡發《春秋》的微言大義，故於史事，頗為簡略。這一種解經的方式，使得此書成為研究戰國至西漢儒家思想的重要典籍。

東漢何休有《春秋公羊解詁》、唐徐彥有《公羊傳疏》，此後注解之書罕見。至清代公羊之學再興，姚鼐有《公羊補注》、孔廣森有《公羊通義》、陳立有《春秋公羊義疏》、劉逢祿有《公羊何氏釋例》及《何氏解詁箋》等。

春王正月

隱公元年

【題解】本文選自《公羊傳》魯隱公元年（周平王四十九年、西元前七二二年），篇名摘取《春秋》經文「元年春王正月」而訂。《春秋》編年記事，以魯國為中心，凡歷十二公。每一魯國國君即位的第一年，經文首句都是「元年春王正月」（魯定公於六月即位，故僅有「元年春王」四字，這是唯一的例外）。由於《春秋》記事始於魯隱公，故《公羊傳》於本年解說「元年春王正月」的意含，並進一步說明何以魯隱公元年的經文沒有「即位」的記載。從詮釋文字中，可以看出《公羊傳》尊王室、守宗法的封建精神。

元年者何？君❶之始年也。春者何？歲之始也。王者孰謂？謂文王❷也。曷為先言王而後言正月？王正月❸也。何言乎王正月？大一統❹也。

公❺何以不言即位？成公意也。何成乎公之意？公將平❻國而反之桓❼。曷為反之桓？桓幼而貴，隱長而卑。其為尊卑也微，國人莫知。隱長又賢，諸大夫扳❽隱而立之。隱於是焉而辭立，則未知桓之將必得立也。且如桓立，則恐諸大夫之不能相❾幼君也。故凡隱之立，為桓立也。隱長又賢，何以不宜立？立適以長不以賢❿，立子以貴不以長⓫。桓何以貴？母貴也。母貴則子何以貴？子以母貴，母以子貴。

【注釋】❶君　指魯隱公。❷文王　周文王。姓姬，名昌，周始命之王。❸王正月　周王之正月。王，指周王。即周天子。正月，指周曆正月。古代王者受命，必改正朔。正即正月，歲之首。朔即初一，月之始。❹大一統　對天下一統的尊重。大，重視；尊重。一統，天下統一，服從於天子。❺公　指魯隱公。魯惠公之子，在位十一年（西元前七二二～前七一二年）。魯惠公元妃曰孟子，孟子卒，魯惠公以聲子為繼室，生隱公。❻平　平定；安定。❼桓　指魯桓公。名軌，魯惠公夫人仲子所生，魯隱公之異母弟，年較幼而身分貴於魯隱公，繼魯隱公為魯國國君，在位十八年（西元前七一一～前六九四年）。❽扳　通「攀」。攀附；援引。❾相　輔助。❿立適以長不以賢　立正妻之子，則以長幼為序，不問其賢不肖。適，通「嫡」。正室；正妻。此指嫡子。⓫立子以貴不以長　非嫡子，則依其身分之尊貴而立，不問其長幼。

【語譯】「元年」是什麼意思？就是國君即位的第一年。「春」是什麼意思？就是一年的開始。「王」是指誰？是指周文王。為什麼先說「王」而後說「正月」？因為這是周王的正月。為什麼稱「王正月」？是表示對天下一統的尊重。

為什麼不說隱公即位？這是成全隱公的心意。成全隱公的什麼心意？隱公想要治理好魯國，然後把君位歸還給桓公。為什麼要歸還給桓公？因為桓公年幼而尊貴，隱公年長而卑賤。不過他們的尊卑差距很小，國人都不了解。隱公年長又賢能，大夫們都攀附隱公而立他為君。隱公當時如果推辭，則不知桓公是否一定會被立為國君。況且即使桓公被立，也怕大夫們不見得肯輔助這位幼君。所以，隱公接受擁立，是為桓公而接受。隱公年長又賢能，為什麼不宜立為國君？因為立嫡子是從長不從賢，立眾子是從貴不從長。桓公為什麼較尊貴？因為他母親較尊貴。母親尊貴為什麼兒子就較尊貴？兒子因為母親而尊貴，母親也因為兒子而尊貴。

【研　析】本文可分二段。首段解釋《春秋經》魯隱公元年的首句經文「春王正月」，依「春」、「王」、先王後正月、「王正月」的順序，一一解說其意含。次段則解釋《春秋》魯隱公元年經文何以沒有「即位」的記載。首先解釋不書即位的原因，乃在「成公意」。魯桓公貴而魯隱公賤，依理應立魯桓公，而魯桓公年幼，魯隱公恐其不勝君位，故先接受大夫之擁立，以圖他日能還政於魯桓公。《春秋》知魯隱公之意，不書即位以明之。其次說明魯隱公何以不宜立。依「立子以貴不以長」的原則，魯隱公長而卑，魯桓公幼而貴，故應立魯桓公。

全文文字質樸，首段依經文各字分別解釋，二段則重點在說明「立適以長不以賢，立子以貴不以長」。兩段呈現出各自不同的詮釋條理；前者依經文先後，後者則採推溯原因之方式。不論何種方式，都是值得吾人學習的。至於其對君位繼承方式的詮釋，完全體現了宗法制度的精神，此一精神在父系社會的結構中，被延伸到家族、家庭單位，具有保護宗族財產，不使分散的目的，與今日的繼承制度，有著相當程度的不同。

宋人及楚人平

宣公十五年

【題　解】本文選自《公羊傳》魯宣公十五年（宋文公十七年、楚莊王二十年、西元前五九四年），篇名取《春秋》經文「宋人及楚人平」而訂。全文針對經文，從「褒」、「貶」的觀點，說明《春秋》經的體例不記載魯國以外國家的和談（外平），此處何以要記宋、楚二國的和談；而促成和談的子反、華元，二人都是大夫，所以稱「人」以表示貶抑。

外平不書❶，此何以書？大其平乎己❷也。何大乎其平乎己？

莊王圍宋❸，軍有七日之糧爾，盡此不勝，將去而歸爾。於是使司馬❹子反❺乘堙❻而闚宋城，宋華元❼亦乘堙而出見之。司馬子反曰：「子之國何如？」華元曰：「憊❽矣。」曰：「何如？」曰：「易子而食之，析骸而炊❾之。」司馬子反曰：「嘻！甚矣憊。雖然，吾聞之也，圍者柑馬而秣之❿，使肥者應客⓫。是何子之情⓬也？」華元曰：「吾聞之，君子見人之厄⓭則矜⓮之，小人見人之厄則幸⓯之。吾見子之君子也，是以告情于子也。」司馬子反曰：「諾，勉之矣！吾軍亦有七日之糧爾，盡此不勝，將去而歸爾。」揖⓰而去之。反于莊王。莊王曰：「何如？」司馬子反曰：「憊矣！」曰：「何如？」曰：「易子而食之，析骸而炊之。」莊王曰：「嘻！甚矣憊。雖然，吾今取此，然後而歸爾。」司馬子反曰：「不可。臣已告之矣，軍有七日之糧爾。」莊王怒曰：「吾使子往視之，子曷為告之？」司馬子反曰：「以區區⓱之宋，猶有不欺人之臣，可以楚而無乎？

是以告之也。」莊王曰：「諾，舍而止⑱。雖然，吾猶取此，然後歸爾。」司馬子反曰：「然則君請處⑲于此，臣請歸爾。」莊王曰：「子去我而歸，吾孰與處于此？吾亦從子而歸爾。」引師而去之。

故君子大其平乎己也。此皆大夫也，其稱人何？貶。曷為貶？平者在下⑳也。

【注　釋】①外平不書　外國之間的講和，《春秋》不記載。外，指魯國以外的國家。《春秋》記事以魯國為中心，故稱他國為外。平，講和；和談。此指魯宣公十五年（西元前五九四年）楚、宋二國和談。②大其平乎己　讚揚他們自行促成和談。大，讚揚；肯定。其，指楚國大夫子反、宋國大夫華元。③莊王圍宋　楚莊王圍攻宋國。事在魯宣公十四年（西元前五九五年），因楚國大夫申舟路過宋國將聘問於齊國，未向宋國借道，為宋大夫華元所殺，楚莊王遂發兵圍宋國。楚莊王，名侶，在位二十三年（西元前六一三～前五九一年）。④司馬　官名。掌軍事。⑤子反　楚國大夫。即公子側。⑥乘堙　登上土山。乘，登。堙，堆土為山，用以觀察敵情。⑦華元　宋國大夫。⑧憊　疲困。⑨析骸而炊　拆屍骨為柴火。⑩柑馬而秣之　以木勒馬口使不能進食。柑，以木勒馬口。秣，餵馬。⑪使肥者應客　讓肥馬給客人看。⑫情　真實。⑬厄　困難。⑭矜　憐憫；同情。⑮幸　慶幸。⑯揖　拱手為禮。⑰區區　小小的。⑱舍而止　築屋舍而止宿。舍，屋舍。此用為動詞。⑲處　止；停留。⑳平者在下　講和的人是在下位的大夫。

【語　譯】外國之間的講和，《春秋》是不記載的，這件事為什麼記載呢？這是讚揚子反、華元二人自行促成了和談。為什麼要讚揚他們自行促成和談呢？

楚莊王圍攻宋國，軍隊只有七天的糧食了，吃完這些糧食再不能打勝的話，就要放棄而回去了。這時，楚莊王派司馬子反登上土山去窺探宋國城內的情況，宋國大夫華元也登上土山並且出城來見子反。司馬子反問：「你們城裡情況如何？」華元說：「疲困啦！」又問：「疲困到什麼程度？」回答說：「交換孩子殺了吃，拆屍骨當柴火。」司馬子反說：「唉！真的是疲困極了。不過，我聽說，被圍的人往往用木頭勒住馬口，使牠吃不下，再讓肥馬給客人看。您卻為何說出實情呢？」華元說：「我也聽說，君子看到別人的苦難就憐憫他，小人看到別人的苦難就幸災樂禍。我看您是個君子，所以告訴您實情。」司馬子反說：「嗯，再努力吧！我們也只有七天的糧食了，吃完這些糧食再不能打勝的話，就要放棄而回去了。」說罷，拱拱手告別而去。回到楚莊王那裡。楚莊王問：「情況如何？」司馬子反回答說：「疲困啦！」又問：「疲困到什麼程度？」回答說：「交換孩子殺了吃，拆屍骨當柴火。」楚莊王說：「唉！真的是疲困極了。不過，我還是滅了它，然後才回去。」司馬子反說：「不行。臣已經告訴他，我們只有七天的糧食了。」楚莊王發怒地說：「我叫你去偵察敵情，你為什麼把這些告訴他？」司馬子反說：「以小小的宋國，還有不欺騙人的臣子，楚國可以沒有嗎？所以我告訴了他。」楚莊王說：「好吧。那就紮營住下。不過，我還是攻下它，然後才回去。」司馬子反說：「那麼，就請君王留在這裡，臣可要回去了。」楚莊王說：「你離開我而回去，我還和誰留在這裡？我也跟你回去了。」就帶領軍隊離開了宋國。

所以君子讚揚他們促成了這次和談。子反、華元都是大夫，為什麼稱「人」呢？那是貶抑的意思。為什麼貶抑他們呢？因為他們身居下位卻擅自作主講和。

【研　析】 本文針對《春秋》經文的解說，重點有二：其一，「外平不書，此何以書？」《春秋》不記載魯國以外各國之間的談和，這裡為什麼記載楚、宋二國的媾和？《公羊傳》的解釋是「大其平乎己也」，肯定宋華元和楚子反促成此次和談，所以《春秋》特別記上一筆，用這來表示對二人的「褒」。其二，「其稱人何？」既然圍宋國是楚莊王親自帥師，談和也該是由他主動和宋國國君談，為什麼不說「宋公及楚子平」而稱「宋人及楚人平」？《公羊傳》的解釋是「貶」，因為「平者在下」，媾和應為君王之權柄，如今華元、子反皆大夫，卻擅自決定媾和，所以用「人」來表示對二人的貶。

全文可分三段。記事的重心在第二段，敘述宋華元、楚子反二人「平乎己」的過程。交戰雙方的大夫見了面，相互坦誠不欺的說出本身的狀況：「易子而食之，析骸而炊之」、「吾軍亦有七日之糧爾，盡此不勝，將去而歸爾」，然後子反因為堅持「不欺人」，不惜以「君請處于此，臣請歸爾」促使楚莊王「引師而去之」，解除了宋國的困境。

兩個大夫的坦誠不欺，促成了楚、宋二國的和談，受益最大的當然是無辜的百姓，這是《春秋》之所以褒；而其以稱「人」來示貶，則全從封建體制出發，認為有國君在，大夫不得擅專。一褒一貶，顯示《春秋》的史觀有進步的一面，也有保守的一面。

吳子使札來聘

襄公二十九年

【題　解】本文選自《公羊傳》魯襄公二十九年（吳餘祭四年、西元前五四四年），篇名據《春秋》經文「吳子使札來聘」而訂。吳子，指春秋時代吳王餘祭。札，吳王壽夢最小的兒子。名札，故稱季札或季子。吳國在中原諸侯眼中，一向視之為夷狄，因此《春秋》經提到吳君，例同夷狄，貶稱「子」。並且《春秋》經記載吳國史事，向來僅稱「吳」，而不提其君或大夫。本年記吳國公子季札聘問魯國，既提到吳君稱之為「吳子」，又記來訪者之名「札」，《公羊傳》以為這是讚美季札讓國，故記敘讓國一事，詮釋經文的含義。

吳無君無大夫❶，此何以有君有大夫❷？賢季子也。何賢乎季子？讓國❸也。

其讓國奈何？

謁❹也，餘祭❺也，夷昧❻也，與季子同母者四。季子弱❼而才，兄弟皆愛之，同欲立之以為君。謁曰：「今若是迮❽而與季子國，季子猶不受也。請無與子而與弟，弟兄迭❾為君，而致❿國乎季子。」皆曰：「諾。」故諸為君者，皆輕死為勇。飲食必祝曰：「天苟有吳國，尚速有悔⓫於予身。」故謁也死，餘祭也立。餘祭也死，夷昧也立。夷昧也死，則國宜之季子者也。季子使而亡⓬焉，僚⓭者，長庶⓮也，即之⓯。季子使而反⓰，至而君之⓱爾。闔廬⓲曰：「先君之所以不與子國而與弟者，凡⓳為季子故也。將從先君之命與？則國宜之季子者也。如不從先君之命與？則我宜立者⓴也。僚惡㉑得為君乎？」於是使專諸刺僚㉒，而致國乎季子。季子不受，曰：「爾弒吾君，吾受爾國，是吾與爾為篡也。爾殺吾兄，吾又殺爾，是父子兄弟相殺，終身無已也。」去之延陵㉓，終身不入吳國。故君子以其不受為義，以其不殺為仁。賢季子，則吳何以有君有大夫？以季子為臣，則宜有君者也。札者何？吳季子之名也。《春秋》賢者不名㉔，此何以名？許夷狄者，不壹而足㉕也。季子者，所賢也，曷為不足乎季子？許人臣者必使臣，許人子者必使子也！

【注釋】❶吳無君無大夫　《春秋》記吳國之事，向來不稱其國君，亦不稱其大夫。❷有君有大夫　君，指《春秋》經文的「吳子」。大夫，指《春秋》經文的「札」。❸讓國　辭讓君位。❹謁　吳王壽夢的長子。又稱諸樊。繼壽夢而立，在位十三年（西元前五六〇～前五四八年）。❺餘祭　吳王壽夢的次子。繼諸樊而立，在位十七年（西元前五四七～前五三一年）。❻夷昧　也作「餘昧」。吳王壽夢的第三子，繼餘祭而立，在位四年（西元前五三〇～前五二七年），卒後其子僚繼立。❼弱　年幼。❽迮　倉促。❾迭　更替；輪流。❿致　送給。⓫悔　災禍。⓬使而亡　出使未歸。亡，出外。⓭僚　夷昧之子。繼夷昧而立，在位十二年（西元前五二六～前五一五年），被弒。⓮長庶　眾子中最為年長者。庶，庶子。嫡長子以外的眾子。⓯即之　即國君之位。⓰反　通「返」。歸。⓱君之　已立為君。指僚已立為君。⓲闔廬　吳王謁之子。使專諸刺僚，繼立，在位十九年（西元前五一四～前四九六年）。⓳凡　皆。⓴我宜立者　我是應該繼位為君之人。季子既不繼位，理應由謁之子闔廬繼位，因為謁是嫡長，而闔廬為謁之子；僚則是夷昧之子，雖年長於闔廬而非嫡子。㉑惡　何。㉒使專諸刺僚　吳王僚十二年（西元前五一五年），闔廬宴請僚，使膳夫專諸藏匕首於魚腹，趁進獻時刺死僚。㉓延陵　春秋吳國邑名。在今江蘇武進。㉔賢者不名　不直稱賢者之名。謂《春秋》對賢者稱字或稱子，不稱名，以示尊重。㉕不壹而足　不以一事之美善為完足。

【語譯】《春秋》記吳國之事，向來不提其君，也不提其大夫，這裡的記載為什麼有君、有大夫？這是讚美季子啊。讚美季子什麼呢？讚美他辭讓君位。他的辭讓君位是怎麼一回事呢？

謁、餘祭、夷昧和季子是同母的四兄弟。季子年紀最小而有才能，三個哥哥都愛他，一致希望立他為國君。謁說：「現在若是倉促地把君位傳給季子，季子還是不會接受的。我請大家不要傳位給兒子而傳給弟弟，兄弟輪流做國君，就可以把君位傳給季子了。」大家都說：「好。」因此這幾個兄弟輪到做國君的，都很勇敢而不怕死。飲食時一定禱告說：「上天如果有意保全吳國，請快降災禍給我。」所以謁死後，餘祭繼位。餘祭死後，夷昧繼位。夷昧死了，國君就該傳給季子了。

季子正出使在外，僚是子姪中年紀最大的，就即位了。等到季子出使回來，僚已經做了國君。闔廬說：「先君之所以不傳位給兒子而傳給弟弟，都是為了季子啊。如果遵從先君的遺命嘛，那麼君位應該傳給季子。如果不遵從先君的遺命嘛，那我就該做國君。僚怎麼可以做國君呢？」於是命專諸刺殺僚，而要把君位交給季子。

季子不接受，說：「你殺了我的國君，如果我接受你的君位，這便是我和你共謀篡位了。你殺了我哥哥的兒子，如果我又殺了你，這是父子兄弟相殘殺，永遠沒完沒了啊！」就離開都城到延陵去，終身不回吳國。所以君子認為他不接受君位是義，不殺闔廬是仁。為什麼讚美季子就要提到吳國的君和大夫？因為有季子這樣的臣，就應該是有君的了。札是誰？是吳國季子的名。《春秋》不直稱賢者的名，這裡為什麼稱名？因為讚美夷狄，不能單憑一件好事就認為完美了。季子既是《春秋》所讚美的，為什麼還認為他不夠完美？因為讚美人臣必將他放在臣的地位，讚美人子必將他放在子的地位。稱季子的名就是將他放在臣的地位。

【研　析】 本文是對《春秋》魯襄公二十九年（西元前五四四年）「吳子使札來聘」的經文作解說，因係事後的解說，所以發生在魯昭公二十七年（西元前五一五年）的專諸刺吳王僚也一併記入，以彰顯季子的不受君位之義，不殺闔廬之仁。解說的重點有三：其一，「吳無君無大夫，此何以有君有大夫」。吳國為夷狄之邦，《春秋》記吳國史事向來只稱「吳」，不記其君及其大夫，此處既稱吳王餘祭為「吳子」，又記其大夫之名「札」，《公羊傳》以為是「賢季子」。因為讚美季子，連帶也尊稱其君。其二，「何賢乎季子」。《公羊傳》以為是讚美季子能「讓國」，這是義；不殺闔廬，這是仁。其三，「《春秋》賢者不名，此何以名」。《春秋》記賢者，不直書其名，此處稱季子之名「札」，《公羊傳》以為季札是夷狄，「許夷狄者，不壹而足」，所以直書其名。

全文記事重心在季子兄弟之間的「讓國」。先記季子諸兄決定傳弟不傳子，並且輕死為勇，祝禱自身早死，寫出他們愛季子之才而「同欲立之以為君」的用心；次記季子不受君位，不殺闔廬，「去之延陵，終身不入吳國」，印證諸兄並未錯愛季子；而以「義」、「仁」肯定季子的品德。

孔子說：「能以禮讓為國乎？何有！不能以禮讓為國，如禮何？」（《論語・里仁》）禮的規範是否能落實，人是最重要的關鍵，無人遵守的規範，僅是具文。以王位繼承而言，歷代莫不有其規範，但也往往出現「竊國者為諸侯」（《莊子・胠篋》）的事例，出現過「父子兄弟相殺」的慘劇，相較之下，季子讓國的難能可貴，豈不昭然可知。

穀梁傳

《穀梁傳》為《春秋》三傳之一，相傳是戰國時期魯國人穀梁赤所作，最初僅是口耳相傳，到漢景帝、漢武帝時才由經師重加整理，寫定成書。

此書晉范寧有集解，唐楊士勛作疏，後收入《十三經注疏》；清許桂林有《穀梁釋例》，柳興宗有《穀梁大義疏》，鍾文烝有《穀梁補注》。

鄭伯克段于鄢

隱公元年

【題解】本文選自《穀梁傳》魯隱公元年（鄭莊公二十二年、西元前七二二年），篇名據《春秋》經文「鄭伯克段于鄢」而訂。鄭伯，春秋時代鄭國國君鄭莊公。鄭武公之子，名寤生。在位四十三年（西元前七四三～前七〇一年）。鄭國是伯爵諸侯國，故稱鄭莊公為鄭伯。段，共叔段。鄭莊公同母弟。鄢，鄭國邑名。在今河南鄢陵。本文就《春秋》經文所記，解說其用語的意含。

克者何？能也。何能也？能殺也。何以不言殺？見段之有徒眾也。段，鄭伯弟也。何以知其為弟也？殺世子❶、母弟❷目❸君；以其目君，知其為弟也。段，弟也，而弗謂弟；公子❹也，而弗謂公子。貶之也。段失子弟之道矣。賤段而甚❺

鄭伯也。何甚乎鄭伯？甚鄭伯之處心積慮，成於殺也。于鄢，遠也。猶曰取之其母之懷中而殺之云爾，甚之也。然則為鄭伯者宜奈何？緩追逸❻賊，親親❼之道也。

【注釋】❶世子　天子及諸侯之嫡長子，為君位之繼承者。❷母弟　同母所生之弟。❸目　稱。❹公子　諸侯之子，除嫡長為繼承者之外，皆稱公子。❺甚　極。❻逸　逃跑。❼親親　愛其親人。上一親字為動詞。愛。下一親字為名詞。親人。

【語譯】「克」是什麼意思？就是能夠。能夠什麼？就是能夠殺人。為什麼不說殺？這是表示段擁有兵眾。段是鄭伯的弟弟。怎麼知道段是弟弟？凡是殺世子和同母弟的，都稱君。因為經文稱君，就知道段是弟弟。段既是弟弟，卻不稱弟；既是公子，卻不稱公子。這是貶低段的意思。因為段失了做子弟的道理。責備段，更責備鄭伯。為什麼更責備鄭伯？因為鄭伯早就千方百計的要殺段，最後也殺了。「于鄢」是表示路遠。這就如同說鄭伯從他母親懷中把段搶過來殺死一樣，是表示嚴厲責備鄭伯啊！那麼，作為鄭伯，他該怎麼做？他要慢慢地追，讓段逃走，那才是愛他親人的正確做法。

【研　析】本文主要的意思有五：其一，鄭伯和段是兄弟，是君臣，鄭伯殺段，經文不說殺而說克，好像兩國交戰，是含貶抑之義。其二，不稱段為弟、為公子，是貶段「失子弟之道」。其三，經文貶鄭伯更甚於貶段，因為鄭伯早就處心積慮想殺這個弟弟。其四，經文「于鄢」是嚴厲責備鄭伯老遠地動眾殺弟，如同從母親懷中奪而殺之。其五，提出鄭伯應「緩追逸賊」，才是「親親之道」。

此事《左傳》記載詳於始末（可參閱本書卷一〈鄭伯克段于鄢〉），而本文則側重在闡發經文的微言大義，二書之不同即在於此。

虞師晉師滅夏陽

僖公二年

【題解】本文選自《穀梁傳》魯僖公二年（晉獻公十九年、西元前六五八年），篇名據《春秋》經文「虞師晉師滅夏陽」而訂。虞，國名。在今山西平陸北。夏陽，虢國邑名。在今山西平陸北。本文解說《春秋》經文的含義，並記敘虞國大夫宮之奇識破晉國以良馬、美玉向虞國借道的陰謀詭計，勸諫虞國國君不可借道，而虞君不聽，遂至晉師伐虢而取夏陽，並於魯僖公五年亡虢滅虞。

非國而曰滅，重夏陽也。虞無師❶，其曰師，何也？以其先❷晉，不可以不言師也。其先晉，何也？為主❸乎滅夏陽也。夏陽者，虞、虢❹之塞邑❺也，滅夏陽，而虞、虢舉❻矣。

虞之為主乎滅夏陽何也？晉獻公❼欲伐虢，荀息❽曰：「君何不以屈產之乘❾，垂棘之璧❿，而借道乎虞也？」公曰：「此晉國之寶也。如受吾幣⓫而不借吾道，則如之何？」荀息曰：「此小國之所以事大國也。彼不借吾道，必不敢受吾幣；如受吾幣而借吾道，則是我取之中府⓬而藏之外府⓭，取之中廄⓮而置之外廄⓯也。」公曰：「宮之奇⓰存焉，必不使受之也。」荀息曰：「宮之奇之為人也，達心而懦⓱，又少長于君。達心則其言略⓲，懦則不能強諫，少長於君則君輕之。且夫玩好⑲在耳目之前，而患在一國之後⑳，此中知㉑以上乃能慮之。臣料虞君中知以下也。」公遂借道而伐虢。

宮之奇諫曰：「晉國之使者，其辭卑而幣重，必不便㉒於虞。」虞公弗聽，遂受其幣而借之道。宮之奇諫曰：「語曰：『脣亡㉓則齒寒。』其斯之謂與？」挈㉔其妻子以奔曹㉕。

獻公亡虢，五年㉖，而後舉虞。荀息牽馬操璧而前，曰：「璧則猶是也，而馬齒加長㉗矣。」

【注釋】❶無師　未出兵。師，軍隊。此處《左傳》所記不同，《左傳》魯僖公二年：「虞公許之，且請先伐虢。宮之奇諫，不聽，遂起師。」❷先　引導。❸主　主謀；主使。❹虢　國名。有東虢、西虢、北虢。此指北虢，在今河南三門峽和山西平陸一帶，魯僖公五年（西元前六五五年）為晉國所滅。❺塞邑　邊界險要之地。❻舉　攻取；占領。❼晉獻公　春秋時代晉國的國君。名詭諸，在位二十六年（西元前六七六～前六五一年）。❽荀息　晉國大夫。❾屈產之乘　屈地所產的良馬。屈，晉國地名。在今山西吉縣北。一說：屈產，地名。在今山西石樓東南。乘，馬四匹。此指馬。❿垂棘之璧　垂棘所產的美玉。垂棘，晉國地名，在今山西省境，確址不詳。⓫幣　本指用作禮物的帛織品。此泛指禮物。⓬中府　宮內藏財貨的府庫。⓭外府　宮外藏財貨的府庫。⓮中廄　宮內的馬房。⓯外廄　宮外的馬房。⓰宮之奇　虞國大夫。⓱達心而懦　內心明達，個性懦弱。⓲略　簡略。⓳玩好　供玩賞的東西。此指上文「屈產之乘」、「垂棘之璧」。⓴患在一國之後　禍患在虢滅之後。一國，指虢。㉑中知　中智。知，通「智」。㉒不便　不利。㉓亡　無。㉔挈　帶領。㉕曹　國名。在今山東定陶西北。㉖五年　指魯僖公五年（西元前六五五年）。㉗馬齒加長　馬齒增長。馬齒隨年齡而增長，視其齒而知其齡。

【語　譯】夏陽並不是國家，而《春秋》卻使用「滅」字，這是重視夏陽的緣故。虞國並沒有出兵，《春秋》

卻記載「虞師」，這是為什麼？因為虞國引導晉軍，所以不能不說「虞師」。說虞國引導晉軍，這是什麼意思？這是認定虞國是滅夏陽的主謀啊！夏陽是虞、虢兩國邊界的要塞，晉國只要滅了夏陽，就可以攻取虞、虢兩國了。

為什麼認定虞國是滅夏陽的主謀呢？晉獻公要攻打虢國時，荀息說：「君王為什麼不拿屈地的良馬和垂棘的美玉，去向虞國借路呢？」晉獻公說：「這些都是晉國的寶貝。如果虞國接受了我的禮物卻不肯借路，那怎麼辦？」荀息說：「這就是小國侍奉大國的道理了。如果虞國不肯借路給我們，就一定不敢接受我們的禮物；如果接受了禮物而借路給我們，那就好像我們把寶物從內府拿到外府，把良馬從內廄移到外廄一樣。」晉獻公說：「虞國有宮之奇在，一定不會讓虞公接受這禮物的。」荀息說：「宮之奇這個人，內心明達而個性懦弱，又是從小和虞公一起長大。內心明達，說話就會簡略；個性懦弱，就不能強力規諫；從小和虞公一起長大，虞公就會輕忽他。況且可供玩賞的東西近在眼前，而禍患卻要在滅虢國之後才見到，這要中智以上的人才能預想得到。臣料定虞君不過是中智以下的人罷了。」晉獻公於是向虞國借路去攻打虢國。

宮之奇規諫虞公說：「晉國的使者，言辭謙卑而禮物貴重，一定會對虞國不利。」虞公不聽，就收下禮物而借路給晉國。宮之奇規諫說：「俗語說：『脣亡則齒寒。』大概就是這種情形吧？」虞公仍然不聽，宮之奇就帶著妻小逃到曹國去。

魯僖公五年，晉獻公滅了虢國，隨即滅虞國。荀息牽著先前送給虞公的良馬，拿著美玉，走到晉獻公面前說：「美玉還是老樣子，只不過馬的牙齒增長了些。」

【研　析】本文可分四段。首段先解說夏陽非國家，何以經文言「滅」；以為夏陽為虞、虢兩國邊界要地，夏陽為晉國所取，則兩國隨之而下，故經文用「滅」以表示重視夏陽。次說晉國滅夏陽，虞國並未出兵，何以經文有「虞師」；以為虞國借道給晉國，晉國得以取夏陽，是夏陽之破，有如虞國為晉國之先導，主謀使晉國取之，故經文云「虞師」是表示對虞國的責備。以下二段即解說何以認定虞國為滅虢國之主使者。

二段記晉國大夫荀息向晉獻公進計，用良馬、美玉利誘虞國國君答應借道。荀息認為虞國小晉國大，虞國如不答應借道，必不敢接受禮物，如其接受，則借道之計可行，而禮物也只是暫存虞國而已，於晉國無損；且以虞國國君之智，必貪眼前小利而不知未來之禍，雖有宮之奇在，亦因其「達心而懦，又少長于君」，必不能強諫，即使強諫，亦必不為虞國國君所接受。荀息根據人我、利害的判斷，所以主張送禮借道。

三段記宮之奇諫虞國國君，不被接受，知國必亡，率家人奔曹國。四段記僖公五年晉國滅虢、虞二國，以完足此一事件之始末。「璧則猶是也，而馬齒加長矣」呼應二段「取之中府而藏之外府，取之中廄而置之外廄」，良馬、美玉不過暫存在虞國三年，如今再歸晉國，而晉國於馬、璧之外，又多得二國的土地，可謂有利而無害。

荀息計策之所以成功，是他能掌握晉、虞二國的強弱形勢，並且洞悉虞國君臣之弱點；而虞國國君之所以害人害己，則是貪小利而無遠慮，不知虢、虞兩國，「脣亡則齒寒」的依存關係；所謂「人無遠慮，必有近憂」(《論語・衛靈公》)，正是這個道理。

檀弓

〈檀弓〉是《禮記》的篇名，分上下兩篇，多記春秋、戰國時代有關禮儀的故事。各個故事各自獨立而不相聯屬，篇名是取篇首人名檀弓而訂。檀弓是魯國人，善於禮。

中國自古重視禮儀，談論禮制禮意的著述，至漢初約存二百餘篇，博士戴聖從中選取四十九篇，稱《小戴記》，其叔戴德選取八十五篇，稱《大戴記》。《大戴記》今存三十九篇，《小戴記》則收入十三經中，尚有四十九篇，即今所稱《禮記》，並與《周禮》、《儀禮》合稱三禮。

《禮記》所收，大抵是孔子弟子及其後學所記，是研究中國古代禮樂制度、儒家思想的重要典籍。其注釋較重要的有東漢鄭玄注、唐孔穎達疏，收在十三經注疏中，此外清孫希旦的《禮記集解》最稱賅備。

晉獻公殺世子申生

【題解】本文選自《禮記・檀弓上》，篇名摘取首句而訂。晉獻公，名詭諸。春秋時代晉國國君，在位二十六年（西元前六四六～前六五一年）。世子，天子諸侯的嫡長子。申生，晉獻公的嫡長子，夫人齊姜所生。晉獻公有九個兒子，申生是君位繼承人，但夫人齊姜死後，晉獻公寵妾驪姬想立兒子奚齊為世子，於是設計誣陷申生欲謀害晉獻公。晉獻公聽信驪姬讒言，逼申生自縊而死。本文記申生向其弟重耳（晉文公）、其師狐突表白心跡，而後坦然受死。

晉獻公將殺其世子申生，公子重耳❶謂之曰：「子蓋❷言子之志❸於公乎？」世子曰：「不可。君安驪姬，是❹我傷公之心也。」曰：「然則蓋行乎？」世子曰：「不可。君謂我欲弒君也，天下豈有無父之國哉？吾何行如❺之？」

使人辭於狐突❻，曰：「申生有罪，不念伯氏之言❼也，以至于死。申生不敢愛其死。雖然，吾君老矣，子❽少，國家多難，伯氏不出而圖❾吾君。伯氏苟出而圖吾君，申生受賜而死。」再拜稽首❿，乃卒。是以為恭⓫世子也。

【注釋】❶重耳　晉獻公的兒子。申生的異母弟，即後來的晉文公。❷蓋　通「盍」。何不。下文「然則蓋行乎」同。❸志　心意。❹是　此；這樣做。❺如　往。❻狐突　春秋時代晉國大夫。姓狐，名突，字伯。申生之師。❼伯氏之言　魯閔公二年（西元前六六一年），晉獻公派申生伐東山皋落氏，狐突曾勸申生出奔避禍，申生不聽。伯氏，指狐突。❽子　指驪姬之子奚齊。❾圖　謀畫。❿稽首　跪拜叩首至地。古代九種拜禮中最為恭敬的一種。⓫恭　申生的諡號。敬順事上曰恭。

【語譯】晉獻公要殺他的世子申生，公子重耳對申生說：「您為什麼不向父王表明您的心意呢？」世子說：「不行。父王寵愛驪姬，我要是這樣做，就傷了父王的心了。」重耳說：「那麼，您何不逃走呢？」世子說：「不行。君王說我要弒君，天下哪有無父的國家呢？我能逃到哪裡去？」

申生派人去向狐突訣別，說：「申生有罪，都是因為不聽先生的話，以致於送命。申生雖不敢貪生怕死，但是君王老了，弟弟還小，國家多災難，先生又不肯出來幫助君王策畫國事。先生如果肯出來幫君王策畫國事，申生就像受您恩賜一樣，死也甘心。」說完拜了兩拜，叩首，自殺而死。因此諡為恭世子。

【研析】本文可分兩段，主要是以「記言」的方式寫申生臨死前的心情。首段是申生和重耳的對話，重耳一勸申生表明其清白，一勸其離開晉國逃亡，均為申生所婉拒。因為表白則必須揭發驪姬的奸計，將使深愛驪姬的晉獻公傷心；逃亡則身負「欲弒君」的罪名，將無所容於天地之間。從這對話中，可以看出申生對於君父的孝心。二段記申生訣別其師狐突的告語。申生既抱一死的決心，而所念念不忘的是「吾君老矣，子少，國家多難」，所以懇求狐突「出而圖吾君」，而坦然受死。從這告語中，可以看出申生對晉國之忠愛。

申生的忠孝之情，令人感動，他的行為也頗符合封建禮制的要求；但是身為世子，負有承繼君位的責任，而竟任令奸邪得逞，以致晉獻公卒後，晉國有一段時間的混亂。申生逆來順受、委屈求全，於私，其人格固然崇高；於公，卻也不免是一缺憾！

曾子易簣

【題解】本文選自《禮記・檀弓上》，篇名據文意而訂。曾子，名參，字子輿，春秋時代魯國南武城（在今山東費縣西南）人。孔子弟子，以孝著稱。易簣，更換寢蓆。簣，竹蓆。本文記曾子在病危臨終之際，因童子一句天真的問話，察覺自己的竹蓆是大夫所用，不合禮制，堅持更換以求合禮。

曾子寢疾❶，病❷。樂正子春❸坐於牀下，曾元、曾申❹坐於足，童子❺隅坐❻而執燭。

童子曰：「華而睆❼！大夫之簣與？」子春曰：「止！」曾子聞之，瞿然❽曰：「呼❾？」曰：「華而睆！大夫之簣與？」曾子曰：「然。斯季孫❿之賜也。

我未之能易⑪也。元，起，易簀！」曾元曰：「夫子之病革⑫矣，不可以變⑬，幸而至於旦，請敬易之。」

曾子曰：「爾之愛我也不如彼⑭。君子之愛人也以德，細人⑮之愛人也以姑息⑯。吾何求哉？吾得正⑰而斃⑱焉，斯已矣。」舉⑲扶而易之，反席未安而沒⑳。

【注釋】❶寢疾　臥病在床。疾，生病。❷病　疾重；病重。疾、病二字皆為生病，分別言之，則輕曰疾，重曰病。❸樂正子春　曾參弟子。樂正，本為官名，後用為姓氏。周有大樂正為樂官之長，小樂正為副，總稱樂正。❹曾元曾申　曾參的兩個兒子。❺童子　未成年的人。❻隅坐　坐在角落。隅，角落。❼華而睆　華麗又美好。華，指竹蓆畫有文彩。睆，美好的樣子。❽瞿然　驚訝的樣子。❾呼　想要發問的聲音。❿季孫　春秋時代魯國大夫。掌魯國政柄。⓫易　換。⓬革　危急。⓭變　動。⓮彼　指童子。⓯細人　小人。指其見識短淺。⓰姑息　苟容取安。謂無原則地寬容。⓱正　合適。此指合於禮。⓲斃　死亡。⓳舉　全部。⓴沒　通「歿」。死亡。

【語譯】曾子臥病在床，病情沉重。樂正子春坐在床下，曾元、曾申坐在曾子腳邊，小童坐在角落拿著燭火。小童說：「好漂亮啊！那是大夫用的竹蓆吧？」子春說：「別講！」曾子聽到了小童的話，驚訝地問：「哦？」小童說：「好漂亮啊！那是大夫用的竹蓆吧？」曾子說：「是的。這是季孫賜給我的。我沒有力氣起床換掉它。元，扶我起來，把竹蓆換掉！」曾元說：「父親病得這麼沉重，不可以移動，請父親忍耐一下，等到天亮再換吧。」

曾子說：「你對我的愛護，還不及這個小童。君子以德來愛護人，小人才以姑息來愛護人。我還有什麼好求的呢？我能合乎禮而死，也就夠了。」大家只好合力扶起他，換了竹蓆；曾子再回到床上，還沒躺好就去世了。

【研　析】本文可分三段。首段記曾子病危，眾人陪侍在側。次段記童子發問，曾子因而要更換竹蓆，而其子曾元設法拖延。三段記曾子堅持，於是更換竹蓆而隨即去世。

〈檀弓〉的作者應是基於肯定曾子而記下這個故事。曾子因童子一問而猛然覺察，不顧生命之危，毅然命人更蓆，合禮而死，這當然是值得肯定的。但這種不合禮制的行為，應該不是一朝一夕之間的事，而是已經持續多時，以曾子之大賢，還必須有童子之言而後驚覺、改正，可見封建禮制在當時已經崩壞，或至少已沒那麼大的強制力了。文中樂正子春對童子的制止，曾元的設法拖延，都因顧及曾子的病情，而童子的一問再問，顯現其天真無偽，這些都在情理之中，都可理解。

全文主要以對話方式進行，樂正子春的一聲「止」，顯示其氣急敗壞的心情，故語氣簡短冷峻；曾子的反應，顯示其病中恍惚，一時會不過意來，先是一個在驚詫之下的疑問語氣「呼」，經童子重說一遍，則神志清楚地做說明、下決心；曾元則面對禮制和父命，委婉含蓄地設法想暫時化解場面的尷尬。凡此，都符合人物的身分心情，生動入理，這是本文在文章形式及手法上成功的地方。

有子之言似夫子

【題　解】本文選自《禮記・檀弓上》，篇名取第二段中文句而訂。有子，名若，字子有，春秋時代魯國人。孔子弟子。夫子，指孔子。本文記敘孔子死後，其弟子有子和曾子對孔子所說的「喪欲速貧，死欲速朽」，有不同的理解，經向子游求證，子游認為有子的理解接近孔子原意，所以說「有子之言似夫子」。

有子問於曾子曰：「問喪❶於夫子❷乎？」曰：「聞之矣。『喪欲速貧，死欲速朽。』」有子曰：「是非君子❸之言也。」曾子曰：「參❹也聞諸夫子也！」有子又曰：「是非君子之言也！」曾子曰：「參也與子游❺聞之。」有子曰：「然？然則夫子有為❻言之也。」

曾子以斯言告於子游。子游曰：「甚哉！有子之言似❼夫子也。昔者夫子居於宋❽，見桓司馬❾自為石椁❿，三年而不成。夫子曰：『若是其靡⓫也，死不如速朽之愈⓬也。』死之欲速朽，為桓司馬言之也。南宮敬叔反⓭，必載寶而朝⓮。夫子曰：『若是其貨⓯也，喪不如速貧之愈也。』喪之欲速貧，為敬叔言之也！」

曾子以子游之言告於有子。有子曰：「然！吾固曰非夫子之言也。」曾子曰：「子何以知之？」有子曰：「夫子制於中都⓰，四寸之棺，五寸之椁，以斯知不欲速朽也。昔者夫子失魯司寇⓱，將之荊⓲，蓋先之以子夏⓳，又申之以冉有⓴，以斯知不欲速貧也。」

【注釋】❶問喪　聽聞喪失祿位之事。問，聞。喪，失去。此指失官職祿位。❷夫子　弟子對其師的稱呼。此指孔子。❸君子　即夫子。指孔子。❹參　曾子之名。古人自稱用名，稱人用字或號。❺子游　姓言，名偃，子游為其字，春秋時代吳國人。孔子弟子，以文學著稱，曾任魯國武城（在今山東費縣西南）宰。❻有為　有原因；有用意。❼似　接近。❽宋　春秋時代國名。故城在今河南商邱南。❾桓司馬　指桓魋。姓向，名魋，春秋時代宋國大夫，封邑在桓，曾官司馬，故稱桓司馬、桓魋。司馬，官名。掌軍事。❿石椁　石製的外棺。⓫靡　奢侈浪費。⓬愈　好。⓭南宮敬叔反　南宮敬叔返國。南宮敬叔，春秋時代魯國大夫孟僖子之子仲孫閱，曾因失位而離開魯國，後又返回。反，通「返」。⓮載寶而朝　以車載著珍寶去朝見魯國國君。意即欲以行賄而求復位。⑮貨　賄賂。⑯制於中都　在中都制定法度。制，制定；規定。中都，春秋時代魯國邑名，在今山東汶上西。孔子於魯定公九年（西元前五〇一年）為中都宰。⑰司寇　官名。掌刑獄、糾察等事。孔子曾任魯司寇，魯定公十四年（西元前四九六年），因與季氏不合而去位。⑱荊　楚國舊名。⑲子夏　（西元前五〇七～前四〇〇年）姓卜，名商，春秋時代衛國人。孔子弟子，習於詩，擅長文學。孔子卒後，講學於西河，魏文侯師事之。⑳冉有　（西元前五二二～前四八九年）姓冉，名求，字子有，春秋時代魯國人。孔子弟子，曾仕為季氏宰。

【語　譯】有子問曾子說：「聽過夫子說到有關失掉祿位以後的事嗎？」曾子說：「聽過。『失掉祿位要貧窮得快，死了要腐爛得快。』」有子說：「這不應該是夫子的話。」曾子說：「參的確聽夫子說過。」有子又說：「這不應該是夫子的話。」曾子說：「參和子游都聽到的。」有子說：「是嗎？那麼夫子一定是另有原因而這樣說的。」

曾子把這話對子游說。子游說：「太厲害了！有子的話實在很接近夫子的本意。從前夫子在宋國的時候，看到桓司馬為自己做石槨，花了三年時間還沒做好。夫子說：『像這樣的奢侈浪費，死後還不如快些腐爛的好。』所謂『死了要腐爛得快』，這是針對桓司馬而說的。南宮敬叔失掉祿位後，每次回國總帶著許多珍寶去朝見魯國國君。夫子便說：『像這樣的行賄，失掉祿位後還不如快些貧窮的好。』所謂『失掉祿位要貧窮得快』，這是針對南宮敬叔而說的。」

曾子把子游的話告訴有子。有子說：「是啊！我本來就說這不應該是夫子的話。」曾子說：「您怎麼知道的呢？」有子說：「夫子治理中都時，曾定下法度，棺要四寸厚，槨要五寸厚，因此知道夫子並不希望人死後腐爛得快。還有，夫子在失去魯國司寇的官職後，打算到楚國去，就先叫子夏去表明意願，接著又叫冉有去再次重申，因此知道夫子並不希望貧窮得快。」

【研　析】本文可分三段。首段記曾子認為孔子主張「喪欲速貧，死欲速朽」，而有子不以為然，認為若真有其事，也是另有針對性的。二段記曾子求證於子游，證實了有子的理解為正確。「喪不如速貧」是針對南宮敬叔的行賄而發，「死不如速朽」則是針對桓司馬的奢侈浪費。三段記有子以孔子行事證其並不主張「喪欲速貧，死欲速朽」。

從第二段所記子游的證言，以及第一段曾子的堅持到第三段的「子何以知之」一問，可見在相關問題上的理解，有子是較為接近孔子的。而曾子為何會有誤解呢？原因即在於曾子不能分辨出特殊和一般之間的歧異。孔子因人設教，針對不同的事例和個別的人，常有不同的說法，這些說法就具備有針對性和特殊性，不能視為一般，不能認為即是孔子的基本主張或中心思想。就文中所記而言，「桓司馬自為石椁，三年而不成」，是一個個別之人的特殊事例，針對這一事實，孔子認為是「靡」，所以才說「死不如速朽之愈也」。這原是在兩害相權之下的輕重取捨，當然不能由此推論出在一般的、正常情況之下，孔子是主張「死欲速朽」。有子之所以為子游所肯定，即在於他能比曾子有更周密的分辨，並以孔子自身行事來理解孔子的思想。

這篇文章所記的事例，可以提示我們在認識方面的一些分際。

公子重耳對秦客

【題解】本文選自《禮記・檀弓下》，篇名據文意而訂。重耳，晉文公之名。晉獻公之子。對，回答。本文記敘晉獻公死後，流亡到狄的重耳，在其舅父狐犯教導下，婉言拒絕秦穆公欲助其返國取君位的暗示。

晉獻公之喪，秦穆公使人❶弔❷公子重耳，且曰：「寡人❸聞之，亡國恆於斯❹，得國恆於斯。雖吾子儼然❺在憂服❻之中，喪❼亦不可久也，時亦不可失也。孺子❽其圖❾之！」

以告舅犯❿。舅犯曰：「孺子其辭⓫焉。喪人無寶，仁親以為寶。父死之謂何⑫？又因以為利，而天下其孰能說之？孺子其辭焉！」

公子重耳對客曰：「君惠弔亡臣重耳。身喪父死，不得與於哭泣之哀，以為君憂。父死之謂何？或敢有他志，以辱君義？」稽顙而不拜⑬，哭而起，起而不私⑭。

子顯以致命⑮於穆公。穆公曰：「仁夫公子重耳！夫稽顙而不拜，則未為後⑯也，故不成拜。哭而起，則愛父也。起而不私，則遠利⑰也。」

【注釋】❶人　指秦穆公之子縶。亦即下文的「客」、「子顯」。❷弔　慰問喪家。❸寡人　古代諸侯自稱之謙辭。此以下為子顯轉述秦穆公之言。❹斯　這種時候。❺儼然　矜持莊重的樣子。❻憂服　喪服。指在喪期中。❼喪　失位。下文「喪人無寶」、「身喪父死」，二「喪」字並同。❽孺子　古代稱天子諸侯的繼承人。晉獻公諸子，世子申生外，重耳年紀最長，時申生已死，故稱重耳為孺子，以繼承人視之。❾圖　謀慮。❿舅犯　重耳之舅狐偃。字子犯，一作咎犯。隨從重耳流亡在外十九年，後助重耳回國即位。⓫辭　推辭。⓬父死之謂何　父親死了是何等事情。意謂父死為重大之事。⓭稽顙而不拜　僅行稽顙之禮而不拜謝。古代喪禮，主喪人對弔唁者先稽顙後拜謝，即下文所謂「成拜」。重耳以自己非君位繼承人，不能主喪，故僅稽顙而不拜謝。稽顙，跪而以額觸地。古代居喪者最重的敬禮形式。拜，長跪拱手，屈上身而俯首至手，上身與地面平行。⓮不私　不私下交談。⓯致命　覆命。⓰後　繼承人。⓱遠利　避開謀取君位的私利。遠，避開。

【語譯】晉獻公死後，秦穆公派人去慰問公子重耳，並且說：「寡人聽說：失國常在這種時候，得國也常在這種時候。雖然您現在正莊重地處在喪期中，但是失位流亡在外也不可以太久，時機也不可以輕易喪失。孺子好好地考慮一下吧！」

重耳把這話告訴舅犯。舅犯說：「孺子一定要辭謝他的好意。失位的人沒什麼珍貴的東西，只有仁愛孝親才是最珍貴的。父親去世是何等重大的事？如果還要趁機牟利，天下有誰能替您解釋？孺子一定要辭謝他的好意！」

公子重耳回答客人說：「承蒙君王的恩惠，弔唁亡臣重耳。重耳失位流亡，如今父親去世，不能參加喪禮，哭泣哀悼，致使君王擔憂。父親去世是何等重大的事？哪敢有別的念頭，而辱沒君王的情義？」說完，跪在地上叩頭，但不拜謝，哭著站了起來，起來後不再和使者私下交談。

子顯向秦穆公覆命。秦穆公說：「真是仁愛啊！公子重耳。叩頭而不拜謝，那是他不以繼承人自居，所以不行成拜禮。哭著站起來，那是愛他的父親。起來後不再私下交談，那是為了遠避君位的利益啊！」

【研析】本文可分四段。首段記秦穆公派人弔喪，並鼓勵重耳趁機回國取君位。二段記舅犯教重耳辭謝秦國使者。三段記重耳婉謝，並以合宜的禮數表明心跡。四段記秦穆公肯定重耳為「仁」。

晉獻公死後，晉國曾亂過一陣子。對於流亡在外的公子重耳來說，應該是回國取君位的好時機，況且秦穆公又有意相助，但重耳在舅犯的教導下拒絕了。

重耳先感謝秦穆公派人弔唁，並表明不敢趁父喪而謀取君位，「以辱君義」，似乎從對方的立場設想，這樣的婉拒，才不致拒人於千里之外；而不敢取君位是在父死這一前提之下的決心，其實也預留了將來情況改變時的迴旋空間。除了言辭，重耳又以「稽顙而不拜」等動作，間接卻有力地表達了因哀父喪而無心於君位。言辭加動作，遂贏得秦穆公「仁夫公子重耳」的肯定，故此後秦穆公仍以兵助其返國即位，可說是理所當然的。

以重耳的飽經患難，舅犯的老謀深算，此時的婉拒幫助，應有其客觀的考慮，但拒絕而不使對方難堪，反而更受敬重，這一點是相當不容易的。

杜賁揚解

【題解】本文選自《禮記・檀弓下》，篇名摘取末段「杜蕢洗而揚觶」而訂。記敘晉國大夫知悼子停棺未葬的喪期中，晉平公就在寢宮飲酒奏樂，廚師杜蕢勇闖寢宮，藉罰陪侍者飲酒，間接諫諍，使得晉平公認錯，並且也接受罰酒。

知悼子❶卒，未葬。平公❷飲酒，師曠、李調侍，鼓鐘❸。

杜蕢自外來，聞鐘聲，曰：「安在？」曰：「在寢❹。」杜蕢入寢，歷階❺而升。酌，曰：「曠，飲斯！」又酌，曰：「調，飲斯！」又酌，堂❻上北面❼，坐❽，飲之。降❾，趨❿而出。

平公呼而進之，曰：「蕢，曩者⓫爾心或開⓬予，是以不與爾言。爾飲曠，何也？」曰：「子卯不樂⓭。知悼子在堂⓮，斯其為子卯也大矣！曠也，大師⓯也，不以詔⓰，是以飲之也。」「爾飲調，何也？」曰：「調也，君之褻臣⓱也，為一飲一食，亡君之疾⓲，是以飲之也。」「爾飲，何也？」曰：「蕢也，宰夫⓳也，非刀匕是共⓴，又敢與知防㉑，是以飲之也。」

平公曰：「寡人亦有過焉，酌而飲寡人。」杜蕢洗而揚觶㉒。公謂侍者曰：「如我死，則必無廢斯爵㉓也！」至于今，既畢獻㉔，斯揚觶，謂之杜舉。

【注　釋】❶知悼子　春秋時代晉國大夫。即荀盈，荀首之子，卒於魯昭公九年（西元前五三三年）。荀首封於知，故以知為氏。❷平公　晉平公。名彪，在位二十六年（西元前五五七～前五三二年）。❸鼓鐘　敲鐘。鼓，用為動詞。敲擊。❹寢　寢宮。君王所居的內宮。❺歷階　越級登階。即一步跨上兩階。❻堂　房室以外，臺階以上的部分。❼北面　面向北。古代臣見君北面。❽坐　兩膝著地，臀部在腳跟上。❾降　下臺階。❿趨　疾行；快步走。⓫曩者　從前；過去。此指杜蕢入寢時。⓬開　開導；啟發。⓭子卯不樂　甲子、乙卯之日不奏樂。紂以甲子日亡，桀以乙卯日亡，後以此二日為不祥之日。⓮在堂　停柩在堂。意謂其殮而尚未下葬。⓯大師　樂官。⓰詔　告訴。⓱褻臣　近臣。⓲疾　忌諱。⓳宰夫　膳夫。君王的廚師。⓴刀匕是共　供應刀匙。匕，匙。古代取食物的餐具。是，句中助詞。共，通「供」。㉑與知防　參與防閑諫諍。與知，參與。防，指防閑諫諍。㉒揚觶　舉起酒杯。觶，古代的一種酒器，青銅製。㉓爵　古代的一種酒器，青銅製。㉔獻　敬酒。

【語　譯】知悼子去世，還沒下葬。晉平公就喝起酒來，師曠和李調作陪，還敲著鐘助興。

杜蕢從外面進來，聽到鐘聲，問道：「鐘聲在哪裡？」有人回答說：「在寢宮。」杜蕢就走進寢宮，一步兩階的到了堂上。他斟了一杯酒，說：「曠，喝了它！」又斟了一杯酒，說：「調，喝了它！」再斟了一杯酒，在堂上面對北方，坐下來，自己喝了。然後走下臺階，快步走出去。

晉平公喊他進來，說：「蕢，剛才你的舉動，或許心裡有話要開導我，所以我沒跟你說話。你叫曠喝酒，是什麼意思？」杜蕢回答說：「不祥的日子不奏樂。知悼子的靈柩還停在堂上，這是大不祥的日子。曠是大師，不把這道理稟告君王，因此罰他喝酒。」「你叫調喝酒，是什麼意思？」答說：「調是君王的近臣，因為貪圖飲食，忘記君王應忌諱的事，因此罰他喝酒。」「你自己也喝酒，又是什麼意思？」答說：「蕢是個宰夫，不去做供應刀匙的事，還敢參與防閑諫諍，所以罰自己喝酒。」

晉平公說：「那寡人也有錯，斟一杯酒罰寡人喝吧。」杜蕢把觶洗乾淨，雙手舉起獻給晉平公。晉平公對侍者說：「我死了以後，也不可以丟棄這隻爵。」直到現在，宴席上敬完酒後，還要舉一舉觶，叫做「杜舉」。

【研　析】本文可分四段。首段記晉平公於大夫知悼子喪期中飲酒奏樂。二段記杜蕢入寢宮，酌酒罰師曠、李調，並且自罰。三段記杜蕢因晉平公之問，說明罰酒的理由。四段記晉平公認錯並接受罰酒。

晉平公在大夫喪期中飲酒奏樂，這的確是失禮的，但還輪不到宰夫杜蕢來諫諍。杜蕢也知道自己的職責是供應刀匙，備辦酒食，而不是防閑諫諍，但是他卻做了他不必、也不該做的事。從「歷階而升」、「降，趨而出」的急促動作，從「安在」、「曠，飲斯」、「調，飲斯」的短促話語，在在可以看出他的痛心和決心。君王失禮，而竟無一人挺身直諫，這是他的痛心；直闖而入，不顧身分，無懼於可能招來的大不敬的罪責，這是他的決心。當杜蕢快步走出寢宮時，一場可能降臨在他身上的禍害，似乎是可以預期的，也是身為讀者的我們所擔心的。

但事態的演變，卻大大出人意表。晉平公對於剛才杜蕢的舉動——那不合常態的、帶些詭異的動作，理解為「爾心或開予」，這可見在他內心裡對於自己飲酒奏樂多少有些忐忑，因而給予杜蕢一個很好的機會、很大的可能，去解釋自己的舉動，並間接或直接的指出晉平公的失禮不當。於是，故事情節急轉直下，杜蕢盡情指出師曠、李調「亡君之疾」的錯誤，自己越分諫諍的失當，卻也正是間接指出種種錯誤失當的根源來自於晉平公，很巧妙的讓晉平公承認過失，接受罰酒。

故事的結局是圓滿的，錯誤得以糾正，禮的精神得以維護；這固然主要是因為杜蕢的勇氣和技巧，但晉平公的大度能容、知錯能改，也是重要的原因。

晉獻文子成室

【題 解】本文選自《禮記．檀弓下》，篇名取首句而訂。獻，慶賀。文子，春秋時代晉國正卿趙武，文是諡號。成室，新屋落成。本文記敘趙武新屋落成，大夫張老以頌詞表讚美而隱含規箴，趙武既正面回應，又稽首拜謝。

晉獻❶文子成室，晉大夫發❷焉。張老❸曰：「美哉輪❹焉！美哉奐❺焉！歌於斯❻，哭❼於斯，聚國族❽於斯！」文子曰：「武也得歌於斯，哭於斯，聚國族於斯，是全要領❾以從先大夫❿於九京⓫也！」北面再拜稽首。

君子謂之善頌⓬善禱⓭。

【注釋】❶獻　慶賀。❷發　送禮。❸張老　晉國大夫。❹輪　高大。❺奐　通「煥」。華麗。❻歌於斯　祭祀奏樂歌唱於此室。斯，此。指上文「室」。下文五「斯」字，同。❼哭　謂喪事哭泣。❽聚國族　謂招待賓客及宗族。❾全要領　保全腰頸。謂免於腰斬、頸斬之刑，得以善終。古代死罪者或斬腰，或斬頸。要，通「腰」。領，頸子。❿先大夫　指去世的父親。趙武之父趙朔為晉國大夫。⓫九京　即九原。在今山西絳縣北境，春秋時代晉國卿大夫墓地之所在。⓬頌　讚美；祝福。⓭禱　祈福。

【語譯】晉君慶賀趙文子新屋落成，大夫都前往贈送禮物。

張老說：「美啊，高大極了！美啊，華麗極了！可以在這裡祭祀奏樂，可以在這裡居喪哭泣，也可以在這裡招待賓客宗族！」趙文子說：「趙武得以在這裡祭祀奏樂，在這裡居喪哭泣，在這裡招待賓客宗族，就是能保全生命，得以善終，以追隨先大夫於九泉啊！」說罷，面向北方拱手再拜，叩頭答謝。

君子認為他們一個善於祝賀，一個善於祈禱。

【研析】本文可分三段。首段記事。二段記張老之祝賀及趙文子之祈禱。三段評論。

趙文子為晉國正卿，在位得勢，所以當他新屋落成時，晉國國君致賀、大夫送禮，這既是人情之常，也是權勢使然；本文對此僅以兩句帶過，而將記事重點放在張老和趙文子的對話，原因是二人的對話，表現出

「善頌」和「善禱」。易言之，在眾多祝賀的動作中，張老以他的言辭表達了合宜的祝頌，而趙文子的回應亦然。

詳細體味張老的賀辭，其實隱含規箴。他祝趙文子長保其美輪美奐的房宅，可以子孫萬代祭祀於此、居喪於此、宴集於此。要能如此，則所謂居安思危、持盈保泰，就成為趙文子所必須念茲在茲的了。趙文子能聽出張老的弦外之音，而以自足自保、求全要領回應，並「北面再拜稽首」以答謝，可以說既能知善言，又能納雅言，這對於一個權勢在身的人來說，是難能可貴的。所以說他們一個「善頌」，一個「善禱」。

卷四 秦文

戰國策

《戰國策》，西漢劉向編。劉向以為所編皆戰國遊士為輔所用之國而定的策謀，故訂名「戰國策」。其書漢、魏以後，頗有散佚，至北宋曾鞏加以搜求訂正，重新編成。其時代上繼春秋，下迄楚、漢，約二百四十六年（西元前四五四～前二〇九年），計東周一、西周一、秦五、齊六、楚四、趙四、魏四、韓三、燕三、宋衛一、中山一，凡十二國三十三篇，保存了當時各國在政治、軍事、外交等方面的重要史料，以及活躍於其間的謀臣策士之流，縱橫捭闔、權謀詭變的策略和言辭。因其文筆犀利恣肆，活潑生動，也成為後代散文家學習的典範。北宋三蘇父子的策論，即受此書極大的影響。

最早注《戰國策》的是東漢高誘，其注今已殘缺。後來宋姚宏有校正續注、鮑彪有校注、元吳師道有校注。

蘇秦以連橫說秦

【題　解】本文選自《戰國策・秦策一》，篇名摘取首句而訂。蘇秦（西元前？～前三一七年），字季子，戰國時代東周洛陽（今河南洛陽）人。師事鬼谷先生，學縱橫家術，與張儀同為戰國縱橫家的代表人物。連橫，指秦國與六國和好，以解除孤立，分化六國，而後將六國各個擊破的外交、軍事策略。東西為橫，秦國在西，六國在東，故稱連橫。本文記敘蘇秦先以連橫之策遊說秦惠王，未被採用，落魄而歸。在家苦讀兵書謀略，一年後復出，以合縱之策說趙肅侯，獲得成功，聯合山東六國，共同抗秦，威勢財富，顯赫一時。其家人前倨後恭，反映了世態炎涼、人情冷暖的現實。

蘇秦始將連橫說秦惠王❶，曰：「大王之國，西有巴、蜀❷、漢中❸之利，北有胡貉❹、代馬❺之用，南有巫山、黔中之限❻，東有殽、函❼之固。田肥美，民殷富，戰車萬乘❽，奮擊❾百萬，沃野千里，蓄積饒多，地勢形便❿。此所謂天府⓫，天下之雄⓬國也。以大王之賢，士民之眾，車騎之用，兵法之教，可以并諸侯，吞天下，稱帝而治。願大王少留意，臣請奏其效⓭。」

秦王曰：「寡人聞之，毛羽不豐滿者不可以高飛，文章⓮不成者不可以誅罰，道德不厚者不可以使民，政教不順者不可以煩大臣。今先生儼然⓯不遠千里而庭教之，願以異日⓰。」

蘇秦曰：「臣固疑大王之不能用也。昔者神農伐補遂⓱，黃帝伐涿鹿而禽蚩尤⓲，堯伐驩兜⓳，舜伐三苗⓴，禹伐共工㉑，湯伐有夏㉒，文王伐崇㉓，武王伐紂，齊桓任戰㉔而霸天下。由此觀之，惡㉕有不戰者乎？古者使車轂擊馳㉖，言語相結㉗，天下為一。約從連橫㉘，兵革不藏；文士並飭㉙，諸侯亂惑；萬端俱起，不可勝理[30]；科條[31]既備，民多偽態[32]；書策稠濁[33]，百姓不足；上下相愁，民無所聊[34]；明言章理[35]，兵甲[36]愈起；辯言偉服[37]，戰攻不息；繁稱文辭[38]，天下不治；舌敝耳聾[39]，不見成功；行義約信，天下不親。於是乃廢文任武，厚養死士，綴甲厲兵[40]，效勝[41]於戰場。夫徒處而致利[42]，安坐而廣地，雖古五帝[43]、三王[44]、五霸[45]，明主賢君，常欲坐而致之，其勢不能，故以戰續之。寬則兩軍相攻，迫則杖戟[46]相撞，然後可建大功。是故兵勝於外，義強於內；威立於上，民服於下。今欲并天下，凌萬乘[47]，詘敵國[48]，制海內，子元元[49]，臣諸侯，非兵不可。今之嗣主[50]，忽於至道[51]，皆惛[52]於教，亂於治，迷於言，惑於語，沉於辯，溺於辭[53]。以此論之，王固不能行也。」

說秦王書十上，而說不行。黑貂[54]之裘敝，黃金百斤盡，資用[55]乏絕，去秦而歸。羸縢履蹻[56]，負書擔橐[57]，形容[58]枯槁，面目黧[59]黑，狀有愧色。歸至家，妻不下紝[60]，嫂不為炊，父母不與言。蘇秦喟然歎曰：「妻不以我為夫，嫂不以我為叔，父母不以我為子，是皆秦之罪也！」乃夜發書，陳篋[61]數十，得《太公陰符》[62]之謀，伏而誦之，簡練[63]以為揣摩[64]。讀書欲睡，引錐自刺其股，血流至足。曰：「安有說人主不能出其金玉錦繡，取卿相之尊者乎？」朞年[65]，揣摩成，曰：「此真可以說當世之君矣。」

於是乃摩[66]燕烏集闕[67]，見說趙王[68]於華屋之下，抵掌[69]而談。趙王大悅，封為武安[70]君，受相印。革車[71]百乘，錦繡千純[72]，白璧百雙，黃金萬鎰[73]，以隨其後，約從散橫[74]，以抑強秦。故蘇秦相於趙，而關不通[75]。當此之時，天下之大，萬民之眾，王侯之威，謀臣之權，皆欲決於蘇秦之策。不費斗糧，未煩一兵，未戰一士，未絕一弦，未折一矢，諸侯相親，賢於兄弟。夫賢人在而天下服，一人用而天下從。故曰：「式[76]於政，不式於勇；式於廊廟[77]之內，不式於四境之外。」當秦之隆[78]，黃金萬鎰為用，轉轂連騎[79]，炫熿[80]於道。山東[81]之國，從風而服，使趙大重。且夫蘇秦特窮巷、掘門[82]、桑戶[83]、棬樞[84]之士耳，伏軾撙銜[85]，橫歷天下，庭說諸侯之主，杜[86]左右之口，天下莫之伉[87]。

將說楚王[88]，路過洛陽，父母聞之，清宮除道[89]，張[90]樂設飲，郊迎三十里。妻側目而視，側耳而聽；嫂蛇行匍伏[91]，四拜自跪而謝[92]。蘇秦曰：「嫂，何前倨[93]而後卑也？」嫂曰：「以季子之位尊而多金。」蘇秦曰：「嗟乎！貧窮則父母不子，富貴則親戚畏懼。人生世上，勢位富厚，蓋[94]可以忽乎哉？」

【注　釋】❶秦惠王　戰國時代秦國國君。名駟，秦孝公之子。在位二十七年（西元前三三七～前三一一年）。❷巴蜀　皆古國名。後皆滅於秦國。巴在今四川東部，蜀在今四川西北部。此時巴蜀與下文「漢中」皆尚未屬秦國，故下文所謂「利」，或指交通、交易之利。❸漢中　本為楚國地，後屬秦國，置郡。在今陝西南部及湖北西北部。❹胡貉　胡地所產的貉。胡，指北狄。在今山西北部。貉，動物名。形似貍而較肥胖，毛溫滑可製裘。❺代馬　代地所產的馬。代，古國名。戰國時為趙所滅，置郡。在今山西北部及河北西北部。❻巫山黔中之限　巫山、黔中的屏障。巫山在今四川巫山縣東，黔中為楚郡，故城在今湖南沅陵西，此時皆尚未屬秦。限，屏障。❼殽函　殽山與函谷關。殽山，山名。在今河南靈寶東南，地勢險隘。函谷關，關名。在今河南靈寶南。❽萬乘　萬輛兵車。古代一車四馬謂之乘。周制，天子萬乘，春秋、戰國時代封建解體，諸侯大國亦萬乘。❾奮擊　奮勇作戰。此指奮勇作戰之兵士。❿形便　形勢便於攻守。⓫天府　天然的府庫。指其物產豐饒。府，聚藏財物之所。⓬雄　強大。⓭奏其效　奏明其策略。⓮文章　指法令。⓯儼然　鄭重嚴肅的樣子。⓰異日　他日；以後。⓱神農伐補遂　神農討伐補遂。神農，古帝名。相傳曾製耒耜，教民農耕，又嘗百草，發明醫藥。補遂，古國名。⓲黃帝伐涿鹿而禽蚩尤　黃帝出兵涿鹿，生擒蚩尤。涿鹿，山名。在今河北涿鹿西南。禽，通「擒」。蚩尤，傳說中東方九黎之君。⓳驩兜　堯之臣。與共工朋比為惡，被堯放逐在崇山。⓴三苗　古國名。在今湖北武昌、湖南岳陽、江西九江一帶。㉑共工　共工氏。居江、淮之間，子孫世代為水官，故以官為氏。堯舜時共工與驩兜、三苗、鯀被稱為四凶，舜命禹伐之，將之流放於幽州。㉒有夏　即夏朝。此指夏君桀。有，語氣詞。無義。㉓崇　商代時國名。在今河南嵩縣北。紂時卿士崇侯虎助紂為虐，為周文王所滅。㉔任戰　用兵。㉕惡　哪；怎。㉖車轂擊馳　車輛往來奔馳，互相摩擦撞擊。形容使者往來之多。轂，車輪中心的圓木圈，中空以承車軸。㉗言語相結　以會談締結盟約。㉘約從連橫　即合縱連橫。泛指各國之間的相互結盟，與戰國的合縱連橫不同。㉙文士並飭　辯士巧飾言辭以遊說。文士，指辯士。飭，通「飾」。修飾。㉚理　整治；處理。㉛科條　法令。㉜偽態　虛偽作假。㉝稠濁　繁多而混亂。㉞聊　倚賴；依靠。㉟章理　明顯的道理。章，通「彰」。明顯。㊱兵甲　指戰爭。㊲辯言偉服　雄辯的言辭，華麗的服飾。此指辯言偉服的使臣。㊳繁稱文辭　繁雜地引述書籍中的文辭。㊴舌敝耳聾　講破了舌頭，聽聾了耳朵。㊵綴甲厲兵　縫合鎧甲，磨利兵器。指整飭軍備。綴，連結。厲，磨。㊶效勝　求勝。效，求取效果。㊷徒處而致利　不必勞動而獲利。徒處，安居而無所作為。致，獲得；取得。㊸五帝　傳說中上古時代的五個帝王。有三說：一說指太昊、神農、黃帝、少昊、顓頊，一說指黃帝、顓頊、帝嚳、堯、舜，一說指少昊、顓頊、帝嚳、堯、舜。㊹三王　三代的君王。有二說：一說指夏禹、商湯、周文王及武王，一說指夏禹、商湯、周文王。㊺五霸　春秋時代稱霸一時的五個諸侯。有三說：一說指齊桓公、宋襄公、晉文公、秦穆公、楚莊王，一說指齊桓公、晉文公、楚莊王、吳闔閭、越句踐，一說指齊桓公、晉文公、秦穆公、楚莊王、吳闔閭。㊻杖戟　木棒和戟。戟，兵器名。能直刺、橫擊。㊼淩萬乘　淩駕大國。淩，超過。萬乘，萬輛兵車。此指大國。㊽詘敵國　屈服敵國。詘，屈服。敵國，實力相當之國。㊾元元　人民。㊿嗣主　繼位的君王。51至道　最高的道理。此指戰爭之理。52惛　不明。53辭　言辭。54貂　動物名。皮輕煖，為貴重裘料。55資用　財用；費用。56羸縢履蹻　裹著綁腿，穿著草鞋。羸，纏繞。縢，綁腿巾。履，穿著。蹻，草鞋。57橐　一種袋子。58形容　形體容貌。59黧　黑而黃的顏色。60紝　紡織。此指織機。61篋　小書箱。62太公陰符　書名。兵法一類的書。63簡練　精心研究。64揣摩　反覆思考。65朞年　滿一年。66摩　到達。67燕烏集闕　不詳。一說為趙國關塞名；一說燕烏集為趙國宮闕名。68趙王　指趙肅侯。名語，在位二十四年（西元前三四九～前三二六年）。69抵掌　手掌向空側擊作勢。形容談話之熱烈。抵，通「扺」。側擊。70武安　趙國邑名。在今河南武安西南。71革車　兵車。72純　量詞。絲錦布帛一束稱一純。73鎰　重量單位。有二說：一說二十四兩，一說二十兩。74約從散橫　建立六國的合縱，解散六國與秦國的連橫。75關不通　指六國與秦國斷絕往來。關，指函谷關，為秦國與六國往來的要道。76式　用。77廊廟　指朝廷。78隆　顯赫。79轉轂連騎　形容車馬往來，連續不斷。80炫熿　光耀顯赫。81山東　指殽山以東。82掘門　鑿開牆壁以為門。掘，古字通「窟」。洞窟。83桑戶　以桑木為門板。84棬樞　以彎木為門軸。85伏軾撙銜　伏在車軾上，手拉著馬轡。軾，車前橫木。撙，控制。銜，裝在馬口中的橫鐵，用以控勒馬的行動。86杜　閉；塞。87伉　通「抗」。匹敵；抗衡。88楚王　指楚威王。名商，在位十一年（西元前三三九～前三二九年）。一說：指楚懷王。名槐，在位三十年（西元前三二八～前二九九年）。89清宮除道　打掃房屋，清除道路。90張　陳設。91蛇行匍伏　手足伏地而爬行。92謝　賠罪。93倨　傲慢。94蓋　通「盍」。何；怎麼。

【語　譯】蘇秦最初用連橫的主張去遊說秦惠王，說：「大王的國家，西面有巴、蜀、漢中的財富，北面有胡地的貉、代地的馬可以利用，南面有巫山、黔中的屏障，東面有殽山、函谷關的堅固。田地肥美，人民富足，戰車萬輛，精兵百萬，肥沃的原野千里，財貨儲備豐富，地理形勢便於攻守。這可說是天然的府庫，天下的強國了。以大王的賢明，軍民的眾多，車騎的利用，兵法的講求，一定可以兼并諸侯，吞滅天下，稱帝而統治。請大王稍加留意，臣願說明統一天下的策略。」

秦王說：「寡人聽說過，羽毛不豐滿不可以高飛，法令不完備不可以施行誅罰，道德不深厚不可以使令人民，政教不和順不可以勞動大臣。現在先生鄭重地不辭千里之遠來教導我，不過，還是以後再請教吧。」

蘇秦說：「臣原本就懷疑大王不能採用我的主張啊。古時候，神農討伐補遂，黃帝出兵涿鹿而生擒蚩尤，堯討伐驩兜，舜討伐三苗，禹討伐共工，湯討伐夏桀，文王討伐崇侯，武王討伐紂王，齊桓公用兵征戰而稱霸天下。由此看來，哪有不戰爭的呢？從前各國互派使臣，車輛奔馳往來，用會談來締結盟約，以求天下統一。有合縱的主張，有連橫的主張，戰爭卻一直無法避免；辯士言辭巧飾，諸侯昏亂迷惑；各種事端紛紛發生，簡直無法處理；法令應有盡有，人民卻多虛偽作假；文書又多又亂，百姓卻衣食不足；上下互相責怨，人民無所依靠；道理講得越明白，戰爭越是發生；使臣往來越多，戰爭越不能止息；越是引述典籍，天下越是無法太平；講破了舌頭，聽聾了耳朵，仍舊不能成功；行仁義、講信用，天下還是不能相親。於是只有放棄文治，採用武力，多養死士，整飭軍備，在戰場上求取勝利。如果想不勞動而獲利，安坐而擴展領土，即使是古代的五帝、三王、五霸那樣賢明的君主，常想要坐取成功，形勢上也不可能做到，所以接著只能使用戰爭的手段。兩軍距離遠就相互追逐攻打，距離近就杖戟相撞，這樣才能建立偉大的功業。所以軍隊在外打勝仗，君王在內也就增強了仁義；君王建立了威望，人民自然服從。現在想要兼并天下，凌駕大國，折服實力相當的國家，控制天下，統治人民，臣服諸侯，就非用兵不可。可是當今繼位的君主，忽視這個最重要的道理，都不懂得接受教導，政令紊亂，迷惑於各種言論，沉溺於雄辯和詭辭。這樣說來，大王本來就不可能採行我的主張啊！」

蘇秦遊說秦王的奏章上了十次，始終都沒有被採納。黑貂的皮裘穿破了，百斤的黃金用光了，費用短缺，只得離開秦國回家。他裹著綁腿，穿著草鞋，背著書籍，挑著行李，容貌憔悴，面色黃黑，表情羞愧。回到家裡，妻子沒有離開織機，嫂嫂不燒飯給他吃，父母不跟他說話。蘇秦歎著氣說：「妻子不把我當丈夫，嫂嫂不把我當小叔，父母不把我當兒子，這都是秦王的罪過啊！」於是連夜找書，擺出數十個書箱，找出《太公陰符》的兵法書來，伏案誦讀，精心研究，反覆思考。讀得疲倦想睡時，就拿錐子刺自己的大腿，血一直流到腳上。對自己說：「哪有遊說人主而不能讓他拿出金玉錦繡、使自己取得卿相尊貴的事呢？」過了一年，他研究得透徹了，對自己說：「現在真可以去遊說當今的君主了。」

於是，蘇秦來到燕烏集闕，在華麗的宮殿裡向趙王遊說，抵掌高談。趙王非常高興，封他為武安君，授給相印。又給他兵車一百輛，錦繡一千束，白璧一百雙，黃金一萬鎰，讓他帶著，去推動合縱，瓦解連橫，以抑制強秦。所以蘇秦在趙國為相時，六國都斷絕和秦國的往來。這時候，廣大的天下，眾多的人民，威望的王侯，權勢的謀臣，都要聽從蘇秦的決策。不費一斗糧，不動一個兵，不用一個將，不斷一根弦，不折一枝箭，諸侯都能相親，勝過兄弟。可見賢人在位而天下便都歸服，一個人受重用而天下便都跟從。所以說：「運用政策，不必使用武力；在朝廷上謀畫，不必在境外打仗。」當蘇秦最顯赫時，有萬鎰黃金可以使用，車馬成群，聲勢顯赫地往來於道路上。殽山以東的國家，望風而服從，使得趙國的地位大受尊重。並且蘇秦只不過是一個住在窮巷、挖牆當門、用桑木做門板、彎木做門軸的寒士罷了，可是他竟然能乘車駕馬，走遍天下，在各國朝廷遊說君主，而使君主的左右閉口無言，天下沒人可以跟他抗衡。

當他要去遊說楚王，路過洛陽時，他的父母聽到消息，連忙打掃房屋，清除道路，準備音樂，陳設酒席，到城外三十里的地方去迎接他。妻子只敢側面看他，側著耳朵聽他說話；嫂嫂伏地爬行，拜了四拜，跪在地上賠罪。蘇秦說：「嫂嫂，為什麼從前那麼傲慢現在又這樣謙卑呢？」嫂嫂說：「因為小叔現在地位尊貴錢又多。」蘇秦說：「唉！貧窮時父母就不把我當兒子，富貴了親戚也要畏懼。人生在世，對於權勢財富怎可以不重視呢？」

【研　析】本文可分六段。首段記蘇秦以連橫之策遊說秦惠王，勸其以秦國之有利條件，「并諸侯，吞天下，稱帝而治」。二段記秦王以條件未備、時機尚未成熟，婉拒蘇秦。三段記蘇秦申明自古帝王霸主、明主賢君，皆以用兵而成功，並歎惜當代君主不能採納其主張。四段記蘇秦遊說秦國失敗，回家後受到家人的冷淡鄙視，因而發憤，苦讀兵書。五段記蘇秦以合縱之策遊說趙王成功，建立縱約，瓦解連橫，使天下諸侯相親，趙國地位大重，並建立起他個人顯赫的聲望和權勢。六段記蘇秦將說楚王，路過洛陽，家人以其位尊而多金，謙卑熱絡以待之。

戰國時代由於農耕技術的進步，土地生產力大幅提高，土地成為最重要的富源，於是「爭地以戰，殺人盈野；爭城以戰，殺人盈城」（《孟子·離婁》）。為了兼并土地而進行的戰爭，其慘烈可知，人民的痛苦，可以想見。面對這樣的局面，有心之士，或以仁義為倡，主張王道，鼓吹仁者無敵，孟子者流是；或以兼愛為說，主張非攻，反對戰爭，墨家者流是。他們都具悲天憫人的胸懷，人道的理想，希望拯救生活在水深火熱中的人民。但同時也有一種人，他們憑著三寸不爛之舌和縱橫捭闔的智謀，遊說諸侯，取悅人主，替人主畫策設謀、運籌折衝，有時更不惜挑撥離間、倡議戰爭，以此來取卿相，得富貴。他們的言論，並沒有什麼學術思想可言，他們的主張也不見得有什麼理想抱負可說，所圖的僅是自身的功名富貴而已；他們與列國之君的主客關係，是建立在利害的衡量上，主君利用賓客的才能，賓客企求主君的富貴，利合則留，不合則去，並無任何道義情感可言；他們有時成功，有時失敗，成敗之間，往往有機運在。他們是戰國歷史舞臺上最為活躍的一群人。

蘇秦便是一個典型，他勤奮苦讀，目的只在「說人主」以「出其金玉錦繡，取卿相之尊」；他先是主張連橫，勸秦王併吞天下，後又主張合縱，為趙國遊說諸侯聯合抗拒秦國。這樣的反覆無常，前後迴異，完全是為了達成自己取得富貴的目的。他遊說秦王失敗，僅因當時秦國剛誅殺了變法的商鞅，國內保守貴族得勢，反對一切客卿的獻策，因而碰壁；他說趙王成功，只因當時秦、魏二國連年戰爭，山東諸侯畏懼秦國又無計可施，合縱的策略正符合他們的需要。前後天淵之別的結果，只因客觀環境的變化，可說有著相當的機運成分在。

蘇秦歷說各國，《史記·蘇秦列傳》記載頗詳，《戰國策》此文著重在說秦、趙二國的一敗一成，寫出其遊說秦王失敗後的困頓，遊說趙王成功後的騰達。雖其人未必人格高尚，其事未必意義非凡，但據此文，倒有兩點是值得我們深思的：其一，蘇秦說秦王失敗，引錐刺骨，發憤苦讀，並不因家人的冷淡而怨尤沮喪，此種艱苦卓絕、鍥而不捨的意志，如果化為拯救天下、福國利民的宏願，其所成就當是利己利人，有更為非凡的意義和積極的貢獻。其二，蘇秦家人前冷後熱、前倨後卑的醜態，應視為親情之變而非親情之常；人情冷暖，世態炎涼，自古已然，面對此一事實，而有「人生世上，勢位富厚，蓋可以忽乎哉」的感歎，固然也是人情之常，但也是一種妥協——對世俗價值觀的妥協。不錯，「男兒當自強」，但如果自強的目的只在取得世俗的諛譽，而非基於自我認知的堅持、道德判斷的執著，這樣的自強又有多大意義呢？

司馬錯論伐蜀

【題解】本文選自《戰國策．秦策一》，篇名據文意而訂。司馬錯，戰國時代秦惠王的將領。本文記敘司馬錯與張儀在秦惠王面前，爭論秦要伐蜀還是伐韓的問題。司馬錯主張伐蜀，張儀主張伐韓，結果秦惠王採納了司馬錯的主張，伐蜀成功，秦國因而更加富強。

司馬錯與張儀❶爭論於秦惠王❷前。司馬錯欲伐蜀❸，張儀曰：「不如伐韓❹。」

王曰：「請聞其說。」

對曰：「親魏❺善楚❻，下兵三川❼，塞轘轅、緱氏之口❽，當屯留之道❾，魏絕南陽❿，楚臨南鄭⓫，秦攻新城⓬、宜陽⓭，以臨二周⓮之郊，誅⓯周主之罪，侵楚、魏之地。周自知不救，九鼎⓰寶器必出。據九鼎，按圖籍⓱，挾天子以令天下，天下莫敢不聽，此王業也。今夫蜀，西僻之國而戎狄之長也。敝⓲兵勞眾，不足以成名；得其地，不足以為利。臣聞爭名者於朝⑲，爭利者於市。今三川、周室，天下之市朝也，而王不爭焉，顧爭於戎狄，去王業遠矣。」

司馬錯曰：「不然。臣聞之，欲富國者，務廣其地；欲強兵者，務富其民；欲王者，務博其德。三資⑳者備，而王隨之矣。今王之地小民貧，故臣願從事於易。夫蜀，西僻之國也，而戎狄之長也，而有桀、紂之亂。以秦攻之，譬如使豺狼逐群羊也。取其地，足以廣國也；得其財，足以富民繕㉑兵，不傷眾而彼已服矣。故拔一國，而天下不以為暴；利盡西海㉒，諸侯不以為貪。是我一舉而名實兩附，而又有禁暴正亂之名。今攻韓，劫天子；劫天子，惡名也，而未必利也，又有不義之名。而攻天下之所不欲，危。臣請謁㉓其故。周，天下之宗室㉔也。齊，韓之與國㉕也。周自知失九鼎，韓自知亡三川，則必將二國并力合謀，以因㉖于齊、趙，而求解乎楚、魏，以鼎與楚，以地與魏，王不能禁。此臣所謂危，不如伐蜀之完也。」

惠王曰：「善！寡人聽子。」卒起兵伐蜀。十月，取之㉗，遂定蜀。蜀主更號為侯，而使陳莊㉘相蜀。蜀既屬，秦益強，富厚，輕㉙諸侯。

【注　釋】❶張儀　（西元前？～前三〇九年）戰國時代魏國人。與蘇秦同師事鬼谷先生，學縱橫家術。初遊說楚國受辱，後由趙國入秦國，相秦惠王，封武信君，以連橫之策說六國，破合縱。秦惠王卒，離開秦國入魏國為相，一年後卒。❷秦惠王　戰國時代秦國國君。名駟，秦孝公之子，在位二十七年（西元前三三七～前三一一年）。❸蜀　國名。在今四川西北部。❹韓　戰國七雄之一。春秋時代晉國韓武子封地。周威烈王時三家分晉，遂為諸侯，地在今陝西東部及河南西北部，西與秦國毗連。❺魏　戰國七雄之一。開國君為魏文侯，與韓、趙三家分晉，地在今河南北部及山西西南部。❻楚　戰國七雄之一。周成王封熊繹於楚，都丹陽（今湖北秭歸東），後徙於郢（今湖北江陵西北）。全盛時領有今湖南、湖北、安徽、江蘇、浙江及四川巫山以東、廣西蒼梧北、陝西洵陽以南之地。❼三川　指黃河、伊水、洛水之間的地區。在今河南黃河以南，靈寶以東。❽塞轘轅緱氏之口　堵塞轘轅、緱氏的出入口。轘轅，山名。在河南偃師東南，鞏縣西南，登封西北，山路環曲奇險，歷代為扼守要地。緱氏，山名。在河南偃師南，地當伊洛平原東部嵩山口，為兵家之要地。❾當屯留之道　擋住屯留的通道。屯留，地名。故城在今山西屯留南。❿南陽　地名。在今河南南陽。⓫南鄭　地名。在今河南新鄭西北。⓬新城　地名。在今河南洛陽南。⓭宜陽　地名。在今河南宜陽西。⓮二周　東周西周。周考王以王城（今河南洛陽西）故地封其弟揭，以續周公之職，稱河南公，地在洛陽西，稱西周。河南公封其少子班於鞏（今河南鞏縣）以奉王，在洛陽東，稱東周。⓯誅　聲討。⓰九鼎　傳說禹所鑄九個大鼎。象徵九州。夏、商、周奉為傳國之寶。⓱圖籍　地圖戶籍。⓲敝　疲憊。⓳朝　朝廷。⓴三資　三種條件。指廣地、富民、博德。資，憑藉。㉑繕　整治。㉒西海　西方。此指蜀。古人以為中國居天下之中，四方皆有海。㉓謁　告。㉔宗室　指國君或皇帝的宗族。㉕與國　友邦；盟國。㉖因　藉。㉗十月取之　據《史記》，秦惠王二十二年（西元前三一六年）十月滅蜀。㉘陳莊　秦臣。㉙輕　輕視。

【語　譯】司馬錯和張儀在秦惠王面前爭論。司馬錯主張伐蜀國，張儀說：「不如伐韓國。」秦惠王說：「我想聽聽你們的理由。」

張儀答說：「先和魏、楚兩國親善友好，然後出兵三川，堵塞轘轅、緱氏兩山的出入口，擋住屯留的通道，約定魏國截斷南陽，楚國兵臨南鄭，秦國攻打新城、宜陽，直逼東周、西周的城郊，聲討周天子的罪狀，然後再去侵襲楚、魏兩國的土地。周天子自知不能獲救，必定獻出九鼎寶器。秦國據有九鼎，按照地圖戶籍，挾持天子以號令天下，天下沒人敢不聽從，這是王者之業啊。至於蜀國，不過是一個僻處西方的國家，戎狄的領袖罷了。勞師動眾地去征伐，並不能成就威名；即使取得它的土地，也談不上什麼利益。臣聽說爭名要在朝廷，爭利要到市場。如今三川和周室，就是天下的市場和朝廷啊，君王不去爭奪，卻要到戎狄之地去爭，未免離王業太遠了。」

司馬錯說：「不對。臣聽說，想富國的，一定要擴大疆土；想強兵的，一定要使人民富足；想王天下的，一定要廣施恩德。三者齊備，王業也就跟著實現了。現在君王土地小百姓窮，所以臣希望先從容易的來做。說到蜀國，是僻處西方的國家，戎狄的領袖，卻有著像夏桀、商紂時那樣的荒亂。如果秦國去攻打它，就像豺狼追逐羊群一樣。占領它的土地，足以擴大疆土；取得它的財富，足以富民強兵；不用損兵折將，而對方就屈服了。所以雖然滅了一個國家，而天下不會認為是殘暴；占盡蜀國的財富，諸侯不會認為是貪婪。這樣做，我們可以名利兼收，還可以博得除暴定亂的美名。現在要是攻打韓國，劫持天子，要知道劫持天子是一種惡名，未必獲利，卻要落得個不義的名聲。攻打天下人都不願攻打的周室，那是危險的事。臣請說明箇中的道理。周是天下的宗室，齊國是韓國的友邦。周知道將要失去九鼎，韓國知道將要失去三川，兩國必定同心協力，共同設法，透過齊、趙二國，要求楚國、魏國退兵，把九鼎給楚國，土地給魏國，這是君王所不能制止的。這就是臣所說的危險，不如伐蜀國來得妥當啊。」

惠王說：「好！寡人聽您的。」終於出兵伐蜀國。十月，占領蜀國土地，就平定了蜀國。蜀君改稱為侯，派陳莊去做蜀相。蜀國既歸屬於秦國，秦國更加富強，從此傲視諸侯。

【研　析】本文可分四段。首段記事件之始：司馬錯主張伐蜀國，張儀主張伐韓國。二、三段承首段，分記張儀和司馬錯各自申論其主張。四段記事件之末：秦國伐蜀國成功，因而富強，傲視諸侯。

張儀認為伐蜀國不足以成威名、得實利，所以反對；其所以主張伐韓國，是認為藉此可進一步聲討周天子，挾之以號令天下，成就秦國之王業。司馬錯則認為成王業須有地廣、民富、德博的條件，而秦國尚未具備；劫天子乃天下之大不韙，危險又不易成功；伐蜀國容易，且可得廣地、強兵之利，禁暴正亂之名，立王業之根基。

論辯雙方，針鋒相對，精闢透徹，各有所見，相當的精彩。兩人的著重點其實都在於秦國之王業如何建立，但張儀的實踐方式是直接而強勁的，司馬錯則較為迂迴而和緩。秦惠王最後採納了司馬錯的主張，並且獲得成功，可見司馬錯主張伐蜀是有其客觀情勢的合理性；但張儀的主張未被採行，也不能遽以論斷其不合宜。所可注意的是張儀心目中並未尊重周室，也無所謂德義的判斷，這是他身為策士，一切以利害為衡量的必然表現，也正是當時遊說之士的典型；而司馬錯身為秦國臣子，乃體制內的人，他的博德之說，和對周天子的不敢貿然衝犯，正因秦國之安危與他息息相關，封建體制對他尚有拘束之力。二者主張不同，正因他們的身分有別。

范雎說秦王

【題解】本文選自《戰國策．秦策三》，篇名據文意而訂。范雎，字叔，戰國時代魏國人。因事逃離魏國，至秦，以遠交近攻的策略遊說秦昭王，拜相，封應侯。本文記敘范雎至秦國遊說秦昭王，秦昭王執賓主之禮再三請教，范雎再三婉謝，表示為秦國利益，不計個人生死榮辱，只恐秦王無法擺脫骨肉、大臣的羈絆而下定決心，任用新人，實行新政，故不敢暢所欲言。秦昭王則表示願意誠心領教，於是范雎領命。

范雎至，秦王❶庭迎范雎，敬執賓主之禮。范雎辭讓。是日見范雎，見者無不變色易容❷者。秦王屏❸左右，宮中虛無人。秦王跽而請曰：「先生何以幸❹教寡人？」范雎曰：「唯唯❺。」有間❻，秦王復請。范雎曰：「唯唯。」若是者三。秦王跽❼曰：「先生不幸教寡人乎？」

范睢謝曰：「非敢然也。臣聞始時呂尚❽之遇文王也，身為漁父，而釣於渭陽❾之濱耳。若是者，交疏也。已，一說而立為太師❿，載與俱歸者，其言深也。故文王果收功於呂尚，卒擅⓫天下而身立為帝王。即⓬使文王疏呂望而弗與深言，是周無天子之德，而文、武無與⓭成其王也。今臣，羈旅⓮之臣也，交疏於王，而所願陳者，皆匡⓯君臣之事，處人骨肉⓰之間。願以陳臣之陋忠，而未知王心也。所以王三問而不對者，是也。

「臣非有所畏而不敢言也。知今日言之於前，而明日伏誅於後，然臣弗敢畏也。大王信行臣之言，死不足以為臣患，亡不足以為臣憂；漆身而為厲⓱，被髮而為狂，不足以為臣恥。五帝⓲之聖而死，三王⓳之仁而死，五霸⓴之賢而死，烏獲㉑之力而死，賁、育㉒之勇而死。死者，人之所必不免也。處必然之勢，可以少有補於秦，此臣之所大願也，臣何患乎？伍子胥橐載而出昭關㉓，夜行而晝伏，至於蔆水㉔，無以餌㉕其口。膝行蒲伏㉖，乞食於吳市，卒興吳國，闔廬㉗為霸。使臣得進謀如伍子胥，加之以幽囚，終身不復見，是臣說之行也，臣何憂乎？箕子㉘、接輿㉙，漆身而為厲，被髮而為狂，無益於殷、楚。使臣得同行於箕子、接輿，可以補所賢之主，是臣之大榮也，臣又何恥乎？

「臣之所恐者，獨恐臣死之後，天下見臣盡忠而身蹶㉚也，是以杜口裹足㉛，莫肯即㉜秦耳。足下上畏太后㉝之嚴，下惑姦臣之態，居深宮之中，不離保傅㉞之手，終身闇惑㉟，無與昭奸㊱。大者宗廟滅覆，小者身以孤危，此臣之所恐耳。若夫窮辱之事，死亡之患，臣弗敢畏也。臣死而秦治，賢㊲於生也。」

秦王跽曰：「先生是何言也。夫秦國僻遠，寡人愚不肖，先生乃幸至此，此天以寡人慁㊳先生，而存先王之廟也。寡人得受命於先生，此天所以幸先王而不棄其孤㊴也。先生奈何而言若此！事無大小，上及太后，下至大臣，願先生悉以教寡人，無疑寡人也！」

范睢再拜，秦王亦再拜。

【注釋】❶秦王　指秦昭王。名稷，秦惠王之子，秦武王之弟，在位五十六年（西元前三〇六～前二五一年）。❷變色易容　改變臉色表情。此形容臉色肅敬。❸屏　斥退。❹幸　表示請求的謙辭。❺唯唯　表示恭敬的應答之辭。❻有間　隔一會兒。❼跽　長跪。古人席地而坐，兩膝著地，臀部靠著腳跟謂之跪。伸直腰股謂之長跪，以示莊重。❽呂尚　周代齊國之始祖。姜姓，呂氏，名望。官太師，也稱師尚父。佐周武王滅商，封於齊。❾渭陽　渭水之北。水北曰陽。❿太師　官名。三公之一。⓫擅　據有。⓬即　假如。⓭與　通「以」。⓮羈旅　寄居作客於外。⓯匡　糾正。⓰骨肉　骨和肉。比喻至親之人或關係。此指秦昭王與宣太后為母子，秦相穰侯（魏冉）為宣太后之異父弟，秦昭王之舅。⓱漆身而為厲　用漆塗身，使皮膚腫癩。漆，用為動詞。塗抹。厲，通「癩」。⑱五帝　傳說中上古時代的五個帝王。有三說：一說指太昊、神農、黃帝、少昊、顓頊，一說指黃帝、顓頊、帝嚳、堯、舜，一說指少昊、顓頊、帝嚳、堯、舜。⑲三王　三代的君王。有二說：一說指夏禹、商湯、周文王及武王，一說指夏禹、商湯、周文王。⑳五霸　春秋時代稱霸一時的五個諸侯。有三說：一說指齊桓公、宋襄公、晉文公、秦穆公、楚莊王，一說指齊桓公、晉文公、楚莊王、吳闔廬、越句踐，一說指齊桓公、晉文公、秦穆公、楚莊王、吳闔廬。㉑烏獲　秦武王時的力士。㉒賁育　孟賁、夏育。皆衛國勇士。㉓伍子胥橐載而出昭關　伍子胥藏在牛皮袋子裡逃出昭關。伍子胥（西元前？～前四八五年），名員。春秋時代楚國人，父伍奢、兄伍尚為楚平王所殺，於是離開楚國，投奔吳國，佐吳王打敗楚、越兩國。昭關，在今安徽含山縣西北，春秋時代地當吳、楚二國交界。橐，指牛皮袋子。㉔蔆水　即溧水。在今江蘇溧陽。㉕餌　進食。㉖蒲伏　即匍匐。爬行。㉗闔廬　春秋時代吳國國君。在位十九年（西元前五一四～前四九六年）。㉘箕子　名胥餘。封於箕（今山西太谷東）。商紂之叔，官太師，紂無道，箕子屢諫不聽，乃佯狂為奴。㉙接輿　春秋時代楚國隱士。姓陸，名通，字接輿。楚昭王政令無常，乃披髮佯狂，躬耕不仕。㉚蹶　跌倒。此指死亡。㉛杜口裹足　閉口不言，停步不前。㉜即　接近；前來。㉝太后　指宣太后。㉞保傅　指內宮中負責教養君王的女官。㉟闇惑　迷惑不明。㊱照奸　明辨奸邪。照，明察。㊲賢　勝過。㊳慁　汙；辱。㊴孤　遺孤。此秦昭王自指。

【語　譯】范雎來到秦國，秦昭王在朝廷上迎接他，很恭敬地行賓主之禮。范雎謙讓不肯接受。接見范雎當天，凡是看見范雎的人，無不敬畏肅穆。秦昭王斥退左右，宮中空無一人。秦昭王跪著請求說：「先生願意教導寡人什麼呢？」范雎說：「喔，喔。」隔一會兒，秦昭王再度請求。范雎仍說：「喔，喔。」這樣的前後三次。秦昭王長跪說：「先生不願意教導寡人嗎？」

范雎謝罪說：「不敢如此。臣聽說當初呂尚遇見周文王時，不過是個漁父，在渭水北岸釣魚。像這樣，雙方交情是很疏淡的。不久，一次交談，周文王便立他為太師，載他一同回去，這是他們交談很深入啊。所以周文王果然得到呂尚的輔佐之功，終於據有天下而身為帝王。假如當時周文王疏遠呂望而不肯和他深談，那麼周便沒有天子的德行，而周文王、武王也就無從成就王業了。現在臣只是作客的外臣，和大王交情疏淡，而所要陳述的，都是糾正君臣的事，又處在大王的骨肉之間。臣雖然願意表達一片愚忠，但還不知道大王的心意。大王問了三次，臣之所以沒回答，就是這個緣故啊！

「臣並非有所畏懼而不敢說。即使明知今天說了，明天就有殺身之禍，臣也不敢心存畏懼。如果大王真會實行臣所說的話，臣即使死也不擔心，即使逃亡也不憂愁；用漆塗身而成為癩子，披頭散髮而成為瘋子，臣也不以為恥辱。五帝那樣的聖人也會死，三王那樣的仁人也會死，五霸那樣的賢人也會死，烏獲那樣的力士也會死，孟賁、夏育那樣的勇士也會死。死，是任何人都不能避免的。在必然會死的形勢下，能夠對秦國稍有補益，這是臣最大的心願，臣有什麼可憂慮的呢？伍子胥藏在牛皮袋子裡逃出昭關，晚上趕路，白天藏匿，到了蔆水，沒有食物充飢，雙膝跪著爬行，在吳國市上行乞，終於復興吳國，使闔廬成為霸主。如果臣能像伍子胥那樣進獻計謀，即使遭到幽禁，終身不再相見，臣的主張已經實行，臣還有什麼憂愁呢？箕子、接輿，塗漆在身上成為癩子，披頭散髮裝做瘋子，對殷商、楚國並沒有幫助。假如臣和箕子、接輿一樣，但可以有助於所敬佩的賢主，這是臣最大的榮幸，臣有什麼可羞恥的呢？

「臣所擔心的，只是怕臣死之後，天下人見我盡忠而死，因此而閉口不言，停步不前，沒有人肯到秦國來而已。大王上怕太后的威嚴，下被奸臣醜態所迷惑，住在深宮裡，不離保母師傅的左右，終身迷惑不明，無人幫助您辨別奸邪。這樣下去，大則國家滅亡，小則自身孤立危險，這才是臣所害怕的。至於窮困恥辱的事，死亡放逐的禍患，臣不敢害怕。臣死而能使秦國治理得好，勝過活著啊。」

秦昭王長跪著說：「先生，這是什麼話呢！秦國地處偏遠，寡人又愚昧無能，有幸承先生到來，這是上天讓寡人得以麻煩先生，保存先王的宗廟啊。寡人能受先生的教誨，這是上天福佑先王而不拋棄先王的遺孤啊。先生怎麼說出這樣的話呢！今後不論大事小事，上到太后，下到大臣，希望先生全教導寡人，不要懷疑寡人。」

范雎再拜，秦昭王也跟著再拜。

【研　析】本文可分四段。首段記范雎至秦，秦昭王執賓主之禮，再三請教，范雎再三婉辭。二段記范雎說明其再三辭謝之故。三段記秦昭王誠心領教。四段二句，記范雎再拜領命，秦昭王再拜答謝。

范雎死裡逃生，來到秦國，難道不是為了遊說秦昭王以取富貴？何以當秦昭王三跪求教時，他都唯唯作答，不置可否？這其實是故作姿態，以退為進的攻心手法。

秦昭王是秦武王的弟弟，秦武王死後，其兄弟爭奪王位，秦昭王在他舅舅魏冉（後封穰侯）的支持下取得王位，因此朝廷大權掌握在魏冉和他姊姊（昭王之母）宣太后之手。由魏國入秦國、九死一生的范雎，洞知秦國王室的權力結構，他想要秦昭王重用而獨掌大權，就必須徹底摧毀原有的權力核心，所以他不敢貿然行事，以免惹禍。

本文第二段表現出范雎這樣的步步為營、深謀遠慮。全段的言語，處處表現出不為個人，只為秦國著想，所以說「處必然之勢，可以少有補於秦，此臣之所大願也」、「使臣得同行于箕子、接輿，可以補所賢之主，是臣之大榮也，臣又何恥乎」、「臣死而秦治，賢於生也」，這樣的赤忱，當然容易打動秦昭王之心。再加上委婉曲折、層層深入的說辭，他終於取得秦昭王的信任，「事無大小，上及太后，下至大臣，願先生悉以教寡人，無疑寡人也」。

范雎的回答，可以分為三層。第一層先以交淺不言深、疏不間親、新不間舊，解釋何以秦王三請而他不答。所謂「交疏於王，而所願陳者，皆匡君臣之事，處人骨肉之間」，既作了解釋，又試探秦昭王是否有擺脫骨肉和大臣之舊關係而信用新人的決心。第二層則表示為秦國之利益，不惜死亡、放逐、恥辱等等個人的禍害。第三層表示身之死亡窮辱不足憂，而憂人才之不敢赴秦國，最終則承第一層的暗示試探，直指太后和魏冉專權的禍害：「大者宗廟滅覆，小者身以孤危。」

綜觀第二段，不外宣誓忠誠、曉以利害，這是典型的策士手法。而范雎之所以成功，是他能正確掌握當時秦國王室的權力矛盾和衝突，這又是戰國策士無與倫比的能耐。

鄒忌諷齊王納諫

【題解】本文選自《戰國策．齊策一》，篇名據文意而訂。鄒忌，戰國時代齊國大夫。齊威王時為相，封於下邳（今江蘇邳縣東），號成侯。齊王，齊威王。姓田，名嬰齊。在位三十七年（西元前三五六～前三二〇年）。

本文記敘鄒忌領悟到妻有所私，妾有所畏，客有所求，因而皆謂鄒忌較城北徐公為美。於是將此領悟說齊威王，以免王受蒙蔽而不自知。齊威王接納諫言，廣開言路，遂使燕、趙、韓、魏四國臣服於齊國。

鄒忌脩❶八尺❷有餘，而形貌昳麗❸。朝❹服衣冠，窺鏡❺，謂其妻曰：「我孰與城北徐公美？」其妻曰：「君美甚，徐公何能及君也。」城北徐公，齊國之美麗者也。忌不自信，而復問其妾曰：「吾孰與徐公美？」妾曰：「徐公何能及君也。」旦日❻，客從外來，與坐談，問之曰：「吾與徐公孰美？」客曰：「徐公不若君之美也。」

明日，徐公來。孰❼視之，自以為不如；窺鏡而自視，又弗如遠甚。暮，寢而思之，曰：「吾妻之美我者，私❽我也；妾之美我者，畏我也；客之美我者，欲有求於我也。」

於是入朝見威王❾，曰：「臣誠❿知不如徐公美。臣之妻私臣，臣之妾畏臣，臣之客欲有求於臣，皆以美於徐公。今齊，地方千里⓫，百二十城。宮婦左右⓬，莫不私王；朝廷之臣，莫不畏王；四境之內，莫不有求於王。由此觀之，王之蔽⓭甚矣。」王曰：「善！」乃下令：「群臣吏民能面刺⓮寡人之過者，受上賞；上書諫寡人者，受中賞；能謗議⓯於市朝，聞寡人之耳者，受下賞。」

令初下，群臣進諫，門庭若市⓰；數月之後，時時而間進⓱；朞年⓲之後，雖欲言，無可進者。燕、趙、韓、魏聞之，皆朝於齊。此所謂戰勝於朝廷⓳。

【注釋】❶脩　長。此指身高。❷尺　戰國一尺，約合今二三・一公分❸形貌昳麗　身材容貌瀟灑美麗。貌，同「貌」。昳，通「逸」。❹朝　早晨。❺窺鏡　照鏡子。❻旦日　明天。❼熟　仔細。❽私　偏愛。❾威王　齊威王。❿誠　確定；確實。⓫地方千里　土地面積有一千里見方。即縱橫各一千里。此非確數，言其為大國耳。⓬宮婦左右　后妃及近侍。⓭蔽　蒙蔽。⓮面刺　當面指出過錯。⓯謗議　批評議論。⓰門庭若市　門口和庭院有如市集。形容來往者之多。⓱間進　斷續而進諫。間，間隔。⓲朞年　滿一年。⓳戰勝於朝廷　在朝廷上，不必用兵就打勝仗。意謂修明朝政而服他國。

【語譯】鄒忌身高八尺多，身材容貌瀟灑美麗。有一天早晨，穿戴衣冠，照著鏡子，問他的妻子說：「我和城北徐公誰比較美呢？」他的妻子回答說：「您這麼美，徐公哪比得上您哪！」城北徐公是齊國的美男子，鄒忌不相信，又問他的妾說：「我和徐公誰比較美呢？」妾說：「徐公哪比得上您哪！」第二天，有客人來訪，鄒忌跟客人坐著談話，問客人說：「我和徐公誰比較美呢？」客人說：「徐公不如您美。」

第二天，徐公來了。鄒忌仔細看了看他，自認為比不上徐公；再照照鏡子自己看了又看，更覺得遠不如徐公。晚上，躺在床上想著這件事，說：「妻之所以說我美，那是偏愛我；妾之所以說我美，那是怕我；客人之所以說我美，那是想對我有所要求。」

於是上朝謁見齊威王，說：「臣確實自知不如徐公美。但是臣的妻偏愛臣，臣的妾怕臣，臣的客人想對臣有所要求，都說臣比徐公美。現在，齊國的土地有千里見方，城有一百二十座。宮中的后妃近侍，無不偏愛君王；朝中的臣子，無不畏懼君王；全國上下，無不有求於君王。這樣看來，君王所受的蒙蔽就太嚴重了。」齊威王說：「對極了！」就下令：「大小官吏和人民，能當面指出寡人過錯的，可以領受上等的獎賞；能上書規諫寡人的，可以領受中等的獎賞；能在市集朝廷評論，讓寡人聽到的，可以領受下等的獎賞。」

命令剛宣布時，群臣紛紛進諫，門庭像鬧市一般；幾個月後，進諫的人時斷時續；滿一年後，即使想進諫，也沒有可諫的事了。燕、趙、韓、魏等國聽到這件事，都來朝見齊威王。這就是所謂在朝廷上戰勝了敵國。

【研　析】本文可分四段。首段記鄒忌之妻、妾、客人皆言鄒忌美於徐公。二段承上，記鄒忌領悟箇中之道理：妻有所私，妾有所畏，客有所求，故皆謂鄒忌為美。三段記鄒忌以此體悟說齊威王，王因而廣開言路，除蔽納諫。四段記齊威王受諫，朝政修明而服四國。

恭維阿諛能讓人舒坦，討人歡心，但這種不由衷的言行，也往往使人受蒙蔽利用而不自知；唯有明智之人，聽其言而察其真偽，方不致於受害。鄒忌身為大夫，又曾拜相封侯，掌握一定的權柄，這是奉承者的好對象，而他周遭之人，基於不同的動機目的去恭維他，說他比城北徐公為美，這是可以預料得到的。鄒忌卻能保持冷靜客觀，透過事實的檢視比較，「自以為不如」，「又弗如遠甚」，這是他的洞明練達之處。他又能從自身而推想到齊王，從生活的體驗察覺到政治的道理，使齊王納諫，朝政修明，那真可以說是「能近取譬」（《論語．雍也》）了。學問原本是可以從經驗中去淬取，智慧原本是可以從實踐裡去磨鍊的啊！當然，在這個故事裡，齊威王能察納雅言，並劍及履及的實踐，也是明君的典範，值得肯定。

全文主要以對話構成，重複的話語雖多，但作者能配合不同身分而做變化，使人不覺繁複，反而使文章更為生動，道理更為深刻明晰，這是本文成功的地方，值得仔細體會。

顏斶說齊王

【題解】本文選自《戰國策·齊策四》，篇名據文意而訂。顏斶，戰國時代齊國處士。齊王，齊宣王，姓田，名辟疆。在位十九年（西元前三一九～前三〇一年）。本文記敘顏斶堅持士貴於王的理念，不屈從於齊宣王的頤指氣使、無禮對待，也不受利祿籠絡，寧願遠離權勢，歸真返璞，維護士人的尊嚴。

齊宣王見顏斶，曰：「斶前。」斶亦曰：「王前。」宣王不說❶。左右曰：「王，人君也；斶，人臣也。王曰斶前，斶亦曰王前，可乎？」斶對曰：「夫斶前為慕勢❷，王前為趨士❸。與❹使斶為慕勢，不如使王為趨士。」王忿然作色❺，曰：「王者貴乎？士貴乎？」對曰：「士貴耳，王者不貴。」王曰：「有說乎？」斶曰：「有。昔者秦攻齊，令曰：『有敢去❻柳下季❼壟❽五十步而樵采❾者，死不赦。』令曰：『有能得齊王頭者，封萬戶侯，賜金千鎰❿。』由是觀之，生王之頭，曾不若死士之壟也。」

宣王曰：「嗟乎！君子焉可侮哉？寡人自取病⓫耳。願請受為弟子。且顏先生與寡人遊⓬，食必太牢⓭，出必乘車，妻子衣服麗都⓮。」顏斶辭去，曰：「夫玉生於山，制⓯則破焉，非弗寶貴矣，然太璞不完⓰。士生乎鄙野，推選則祿焉，非不尊遂⓱也，然而形神不全。斶願得歸，晚食⓲以當肉，安步以當車，無罪以當貴，清淨貞正以自虞⓳。」則再拜而辭去。

君子曰：「斶知足矣！歸真反璞⓴，則終身不辱。」

【注釋】❶說　通「悅」。❷慕勢　貪慕權勢；趨附權勢。❸趨士　禮賢下士。趨，快步走。表示敬謹。❹與　與其。假設的語氣。❺忿然作色　氣憤而變臉色。❻去　距離。❼柳下季　春秋時代魯國賢大夫。姓展，名禽，字季，食采邑於柳下，諡惠。❽壟　墳墓。❾樵采　砍柴割草。❿鎰　古代重量單位。有二說：一說二十兩，一說二十四兩。⓫病　恥辱；羞辱。⓬遊　交往。⓭太牢　牛羊豕三牲具備。牢，祭祀用的犧牲。⓮麗都　華麗；華美。都，美。⓯制　雕琢。⓰太璞不完　玉石失去其天然本質。太璞，玉之未雕琢者。⓱尊遂　尊貴顯達。⓲晚食　遲吃；吃得遲。⓳自虞　自娛。虞，通「娛」。⓴歸真反璞　回歸本真。反，通「返」。璞，樸實；質樸。

【語譯】齊宣王召見顏斶，說：「斶，上前來。」顏斶也說：「大王，上前來。」齊宣王不高興。左右侍臣說：「大王是君，你是臣。大王叫你上前，你也叫大王上前，這樣可以嗎？」顏斶回答說：「斶上前是趨附權勢，大王上前是禮賢下士。與其讓斶趨附權勢，不如讓大王禮賢下士。」齊宣王氣得變了臉色，說：「君王尊貴呢？還是士人尊貴呢？」顏斶回答說：「士人尊貴，君王不尊貴。」齊宣王說：「有說法嗎？」顏斶說：「有。從前秦國攻打齊國，下令說：『膽敢到柳下季墳墓五十步內去砍柴割草的人，一定處死，絕不寬赦。』又下令說：『誰能得到齊王的腦袋，封萬戶侯，賜黃金一千鎰。』由此看來，一個活著的王的腦袋，還不及一個死去的士人的墳墓呢。」

齊宣王說：「唉！君子哪裡是可以怠慢的呢？寡人只是自取其辱而已！請您收我為弟子。只要顏先生和寡人交往，吃的是牛羊豕，出門一定坐車，妻子兒女一定衣服華麗。」顏斶辭謝而去，說：「玉生在山上，經玉工雕琢就被破壞了，雕琢過的玉並不是不珍貴，只是璞石的本質已經不完整了。士人生在鄉野，一旦被推薦選拔就有祿位，並不是不尊貴顯達，但是精神形體也已經不能保全了。斶希望能夠回去，情願遲些吃飯，可以當作吃肉一般；安閒地步行，可以當作坐車一般；不犯罪過，可以當作富貴一般；清淨正直，可以自得其樂。」於是拜了兩拜告辭而去。

君子說：「顏斶可算是知足的了。能回歸本真，那就一生不會蒙受恥辱了。」

【研　析】本文可分三段。首段記顏斶堅持士人的尊嚴比君王來得重要，故不願屈從於齊宣王的無禮。二段記顏斶寧願保全本真而不受籠絡。三段記君子之評論，以為顏斶能知足故不辱。

首段所記，齊宣王與顏斶之間，由於對彼此關係的認知有所差異而產生言辭齟齬。就齊宣王而言，他自認乃一國之尊，可以頤指氣使，所以他要「斶前」；顏斶「王前」的回應，可說完全出乎他的意料，所以「不說」。當顏斶進一步說出「與使斶為慕勢，不如使王為趨士」時，可說君王的權勢已遭到蔑視，是可忍，孰不可忍，所以他「忿然作色」；而「王者貴乎？士貴乎」的一問，形同攤牌，完全是一副盛氣凌人的口氣。就顏斶而言，他不但無視於齊宣王的傲慢，不理會他的不悅和忿然作色，反而因齊宣王情緒的逐漸激動，更為淋漓盡致、不留餘地地進行反擊，說出他所想說的話，表達出他所堅持的理念。「生王之頭，曾不若死士之壟也」，固然言之有據，但在齊宣王忿然而問的情況下，這樣的結論，對顏斶而言，無寧是極為不利的。這一段所記，二者之間的認知差異，隨著言辭的答問，造成逐步繃緊的衝突對立。

從衝突對立的角度來觀察，第二段齊宣王自承錯誤，願意受教，使得緊張緩和，具有降溫的作用；齊宣王進一步表示願意施予榮利，則已一改前段所表現的以勢壓人。至此，衝突似乎已經化解，兩種對立的觀點，似乎也可以在利的衡量下，取得一致，或各取所需。但「顏斶辭去」的反應，卻大出人之意表，使得文章又起波瀾。何以當齊宣王態度軟化且已示好之後，顏斶仍不肯妥協？其實，齊宣王雖認錯示好，但其潛意識仍是高高在上，並非真正體會顏斶士貴於王的堅持。從以勢壓人到以利誘人，看似不同，其基本心態卻是一樣的：權勢榮利，操之在我。所以接下去有一大段言辭，表明顏斶保全形神，不願因仕祿而受汙染的心志，其「再拜而辭去」，也就成為必然且可以理解的結局了。

戰國時代，士風卑下，大都畏權懼勢，好名貪利，但也不是沒有例外，本文所記的顏斶就表現出不畏權勢、不慕名利的高貴情操。孟子說：「說大人則藐之。」（《孟子．盡心下》）顏斶對齊宣王真是「藐之」了。

馮諼客孟嘗君

【題解】本文選自《戰國策．齊策四》，篇名據文意而訂。馮諼，戰國時代齊宣王時人。諼，或作「煖」、「驩」。孟嘗君，姓田名文，戰國時代齊國靖郭君田嬰之子。襲父封爵。好結交奇才異能之士，門下食客數千人，為戰國四公子之一。曾為齊湣王相。本文記敘馮諼為孟嘗君門客，以彈鋏三歌自歎不受重視，而孟嘗君逐一滿足了他的願望。其後馮諼以焚券市義、遊梁求售、立廟於薛，為孟嘗君鞏固權位，使孟嘗君在齊國為相數十年，而無任何禍難。

齊人有馮諼者，貧乏不能自存，使人屬❶孟嘗君，願寄食門下。孟嘗君曰：「客何好？」曰：「客無好也。」曰：「客何能？」曰：「客無能也。」孟嘗君笑而受之，曰：「諾❷。」左右以君賤之也，食以草具❸。

居有頃，倚柱彈其劍，歌曰：「長鋏❹歸來乎！食無魚。」左右以告。孟嘗君曰：「食之，比❺門下之客。」居有頃，復彈其鋏，歌曰：「長鋏歸來乎！出無車。」左右皆笑之，以告。孟嘗君曰：「之駕，比門下之車客。」於是乘其車，揭❻其劍，過❼其友，曰：「孟嘗君客我。」後有頃，復彈其劍鋏，歌曰：「長鋏歸來乎！無以為家❽。」左右皆惡之，以為貪而不知足。孟嘗君問：「馮公有親乎？」對曰：「有老母。」孟嘗君使人給其食用，無使乏。於是馮諼不復歌。

後孟嘗君出記❾，問門下諸客：「誰習計會❿，能為文收責⓫於薛⓬者乎？」馮諼署⓭曰：「能。」孟嘗君怪之，曰：「此誰也？」左右曰：「乃歌夫長鋏歸來者也。」孟嘗君笑曰：「客果有能也。吾負⓮之，未嘗見也。」請而見之，謝⓯曰：「文倦於事，憒於憂⓰，而性懧愚⓱，沉⓲於國家之事，開罪於先生。先生不羞⓳，乃有意欲為收責於薛乎？」馮諼曰：「願之。」於是約車⓴治裝，載券契㉑而行，辭曰：「責畢收，以何市㉒而反？」孟嘗君曰：「視吾家所寡有者。」

驅而之薛，使吏召諸民當償者，悉來合券㉓。券徧合，起矯命㉔以責賜諸民，因燒其券，民稱萬歲。長驅㉕到齊，晨而求見。孟嘗君怪其疾也，衣冠而見之，曰：「責畢收乎？來何疾也？」曰：「收畢矣。」「以何市而反？」馮諼曰：「君云視吾家所寡有者。臣竊計，君宮中積珍寶，狗馬實外廄㉖，美人充下陳㉗。君家所寡有者以義耳。竊以為君市義。」孟嘗君曰：「市義奈何㉘？」曰：「今君有區區㉙之薛，不拊㉚愛子其民㉛，因而賈利之㉜。臣竊矯君命，以責賜諸民，因燒其券，民稱萬歲。乃臣所以為君市義也。」孟嘗君不說㉝，曰：「諾，先生休㉞矣！」

後朞年㉟，齊王㊱謂孟嘗君曰：「寡人不敢以先王㊲之臣為臣。」孟嘗君就國於薛，未至百里，民扶老攜幼，迎君道中。孟嘗君顧謂馮諼曰：「先生所為文市義者，乃今日見之。」

馮諼曰：「狡兔有三窟㊳，僅得免其死耳。今君有一窟，未得高枕而臥也。請為君復鑿二窟。」孟嘗君予車五十乘，金五百斤，西遊於梁㊴，謂惠王㊵曰：「齊放其大臣孟嘗君於諸侯，諸侯先迎之者富而兵強。」於是，梁王虛上位，以故相為上將軍，遣使者，黃金千斤，車百乘，往聘孟嘗君。馮諼先驅，誡孟嘗君曰：「千金，重幣㊶也；百乘，顯使也。齊其聞之矣！」梁使三反，孟嘗君固辭不往也。

齊王聞之，君臣恐懼，遣太傅㊷齎㊸黃金千斤，文車二駟㊹，服劍㊺一，封書謝孟嘗君曰：「寡人不祥㊻，被於宗廟之祟㊼，沉於諂諛之臣，開罪於君。寡人不足為㊽也，願君顧㊾先王之宗廟，姑反國統萬人㊿乎？」馮諼誡孟嘗君曰：「願請先王之祭器(51)，立宗廟於薛。」廟成，還報孟嘗君曰：「三窟已就(52)，君姑高枕為樂矣！」

孟嘗君為相數十年，無纖介(53)之禍者，馮諼之計也。

【注釋】❶屬　請託。❷諾　應允之辭。❸草具　粗劣的食物。草，粗劣。具，食物。❹長鋏　長劍。鋏，劍柄。借代為劍。❺比　比照。❻揭　高舉。❼過　拜訪。❽無以為家　無法養家。❾記　文書；公告。❿計會　即會計。指帳目之計算及錢財之出納等事。計，零星計算。會，總合計算。⓫責　通「債」。⓬薛　孟嘗君封地。在今山東滕縣東南。⓭署　簽名。⓮負　辜負。⓯謝　謝罪；道歉。⓰憒於憂　因憂煩而糊塗。憒，糊塗；昏亂。⓱懧愚　懦弱愚昧。懧，同「懦」。⓲沉　陷溺。⓳不羞　不以為恥辱。⓴約車　準備車馬。約，整理置備。㉑券契　契據；合約。㉒市　購買。㉓合券　合驗券契。古人把契約寫或刻在竹木版上，剖為兩半，債權人執左半，債務人執右半，償債時，兩半相合，以為驗證。㉔矯命　假命令。㉕長驅　前進不止。㉖廄　馬房；馬棚。㉗下陳　古代殿堂下陳列禮品、站立侍妾或表演歌舞的地方。引申指侍妾或後宮。㉘奈何　如何；怎麼樣。㉙區區　小小的。㉚拊　通「撫」。撫慰；安撫。㉛子其民　愛護人民。子，用為動詞。愛護。㉜賈利之　以商賈之道取利於民。㉝說　通「悅」。㉞休　休息。㉟朞年　滿一年。㊱齊王　指齊湣王。名地，齊宣王之子，在位十七年（西元前三〇〇～前二八四年）。㊲先王　指齊宣王。名辟疆，齊威王之子，齊湣王之父，在位十九年（西元前三一九～前三〇一年）。㊳狡兔有三窟　聰明的兔子，有三處藏身的洞穴。比喻為避禍而計慮周詳。㊴梁　即魏國。魏國本以安邑（故城在今山西夏縣北）為都，魏惠王（即梁惠王）遷都大梁（今河南開封），故又稱梁國。㊵梁王　指梁惠王。名罃，魏武侯之子，在位五十一年（西元前三六九～前三一九年）。㊶重幣　厚禮。幣，繒帛。古時以束帛為祭祀或贈送賓客的禮物。㊷太傅　官名。與太師、太保合稱三公。㊸齎　持物贈人。㊹文車二駟　有雕飾或彩繪的馬車二輛。駟，古代以四馬駕一車，因以稱四馬之車，或車之四馬。㊺服劍　佩劍。㊻不祥　不善。㊼宗廟之祟　祖先所降的災禍。宗廟，天子、諸侯奉祀祖先的宮室。此指奉祀在宗廟的祖先。祟，神禍。㊽不足為　不值得幫助。㊾顧　顧念。㊿萬人　指全國人民。(51)祭器　宗廟祭祀所用的禮器。(52)就　成。(53)纖介　細微。纖，細小。介，通「芥」。微小。

【語　譯】齊國有個叫馮諼的人，窮得沒辦法過活，託人請求孟嘗君，希望寄食在他門下。孟嘗君說：「客人有什麼喜好？」回答說：「客人沒有什麼喜好。」孟嘗君又說：「客人有什麼才幹？」回答說：「客人沒有什麼才幹。」孟嘗君笑著接受了，說：「好吧！」左右以為孟嘗君看不起馮諼，就用粗劣的食物給他吃。

過不久，馮諼靠著柱子彈著劍，唱道：「長劍啊回去吧！吃飯沒有魚。」左右就去告訴孟嘗君。孟嘗君說：「給他魚吃，比照門下可以吃魚的門客。」過不久，馮諼又彈著劍，唱道：「長劍啊回去吧！出門沒有車。」左右都笑他，又去告訴孟嘗君。孟嘗君說：「給他坐車，比照門下可以坐車的門客。」於是馮諼坐著車，高舉著劍，拜訪他的朋友，說：「孟嘗君以客禮待我。」又過不久，馮諼又彈著劍，唱道：「長劍啊回去吧！無法養家。」左右都厭惡他，認為他貪心不足。孟嘗君問道：「馮公有親人嗎？」回答說：「有老母親。」孟嘗君就派人供應他母親吃用，使她不再匱乏。於是馮諼不再唱歌了。

後來孟嘗君發布公告，問門下食客：「哪一位懂得會計，能夠替我去薛地收債？」馮諼簽上名說：「我能。」孟嘗君覺得奇怪，問說：「這是誰呢？」左右說：「就是唱『長劍啊回去吧』的那位。」孟嘗君笑著說：「客人果然有才幹，是我對不起他，從未接見過他。」於是請馮諼來見面，向他道歉說：「我被職務弄得很疲倦，因憂思而糊塗，而且生性懦弱愚昧，又為著國事忙碌，因此得罪了先生。先生不在意，竟然有意為我去薛地收債嗎？」馮諼回答說：「願意。」於是準備車馬，整理行裝，載著契據起程，辭行的時候說：「債收完後，買些什麼回來？」孟嘗君說：「看我們家缺少什麼，就買什麼。」

於是驅車到薛。派小吏召集所有欠債的人都來核對契據。核對完畢後，馮諼便假傳孟嘗君的命令，把應收的債全部贈送給他們，於是燒了契據，百姓都歡呼萬歲。接著便驅車趕回齊國，一大早就求見孟嘗君。孟嘗君對他這麼快就回來覺得很奇怪，穿戴好衣冠接見他，說：「債都收完了嗎？為什麼這麼快就回來了！」馮諼回答說：「都收好了。」孟嘗君問道：「買了什麼回來？」馮諼答說：「您說過看家裡缺什麼就買什麼。我私下思量著，您宮中堆滿了珠寶，外面的馬棚裡養滿了狗馬，又有眾多美女侍立在堂下，您家只缺少『義』罷了，因此我為您買了『義』。」孟嘗君說：「買義是怎麼一回事呢？」馮諼說：「如今您只有小小的薛地，卻不像對待子女一般地愛護您的人民，反而在人民身上圖利。我假傳您的命令，把債賜還給人民，燒掉契據，人民高呼萬歲，這就是我為您買來的『義』啊。」孟嘗君不高興，說：「哦！您去休息吧。」

過了一年，齊王對孟嘗君說：「寡人不敢以先王的臣子為我的臣子。」孟嘗君只好回到薛地去。距離薛地還有一百里，百姓扶老攜幼在路上迎接孟嘗君。孟嘗君回頭對馮諼說：「先生為我買的『義』，今天終於見到了。」

馮諼說：「狡兔有三個洞穴，才能免於死亡。現在您只有一個洞穴，還不能高枕而臥呢。讓我再替您挖兩個洞穴吧。」於是孟嘗君給他車五十輛、金五百斤，到西邊的梁國去遊說梁惠王，說：「齊國把大臣孟嘗君放棄送給諸侯，先請到他的諸侯便可富國強兵。」於是梁王把原來的相國調為上將軍，空出相位，派使者攜帶黃金千斤、車子百輛，前往聘請孟嘗君。馮諼趕在使者之前回去，告誡孟嘗君說：「千斤黃金是重禮，百輛車駕是顯耀的使節。齊國大概聽到這個消息了。」梁國的使者來回三次，孟嘗君都辭謝不去。

齊王聽到這件事後，君臣都很害怕，於是派遣太傅攜帶黃金千斤、彩繪的馬車兩輛以及佩劍一把，並且寫了一封信向孟嘗君謝罪，說：「寡人不吉祥，遭到祖先降災，受到阿諛之臣的迷惑，得罪了您。寡人實在是不值得幫助的，希望您顧念祖先的宗廟，姑且回來治理萬民吧。」馮諼告誡孟嘗君說：「希望您請求得到先王的祭器，在薛地建立宗廟。」宗廟落成後，馮諼回去報告孟嘗君說：「現在三個洞穴都已挖好了，您可以高枕無憂了。」

孟嘗君在齊國當了幾十年的國相，沒有一點災禍，這都是由於馮諼的計謀啊！

【研　析】本文可分八段。一、二段記馮諼寄食於孟嘗君門下，種種需索，孟嘗君都一一的滿足他。三、四段記馮諼自薦，替孟嘗君到薛地收債，並矯命燒券，免薛地人民之債，為孟嘗君市義，收攬民心。五段記孟嘗君罷官回薛，見到馮諼市義的效果。六段記馮諼為孟嘗君遊梁造勢。七段記孟嘗君復位，並依馮諼之策，請先王之祭器以立宗廟。八段記馮諼之計，使孟嘗君在齊為相數十年，始終無禍。

全文敘事重心在於馮諼的特異、智謀和孟嘗君的器度、雅量。馮諼的特異，從「客無好」、「客無能」的回答，「食無魚」、「出無車」、「無以為家」的需索，到矯命燒券，一步緊似一步的達到極點；孟嘗君的雅量，從「笑而受之」、「食之」、「為之駕」、「使人給其食用」的相對反應，及側筆襯映的「左右以告」、「左右皆笑之」、「左右皆惡之」，到強忍不悅的「先生休矣」，也層層推進，至於飽和。至此而筆勢一轉，從孟嘗君被貶退，見市義之效、薛地民心，不但化解了前面雙線並行的性格刻畫所隱含的衝突，並且肯定了馮諼在特異中所深藏的高瞻遠矚的智謀。於是雙線合一，君臣相得，遊梁國以造聲勢、立宗廟以鞏固地位的營窟行動，就全從正面直寫馮諼的智謀。結尾三句，總括馮諼之功，對照首段所謂「客無能」，原來正是大能大用。

有孟嘗君之量，方能容馮諼之異而用其智；有馮諼之智，方能得孟嘗君之用而展其才，古之君臣，今之主雇，理無不同。但才智表現並不在舌尖口利的言辭，或標新立異的行為，而應是待人處事的練達穩健、深識長慮。

趙威后問齊使

【題解】本文選自《戰國策・齊策四》，篇名據文意而訂。趙威后，戰國時代趙惠文王之后。趙惠文王卒，太子立，是為趙孝成王，年幼，由趙威后執政。本文記敘趙威后接見齊國使者，對於齊國種種的垂詢。趙威后先問齊國收成、人民，最後才問候齊王。因為齊國使者的不悅，進一步問齊國民間賢人，何以在齊國不受重視，表達了她以民為本的觀念。

齊王❶使使者問趙威后。書❷未發❸，威后問使者曰：「歲❹亦無恙❺耶？民亦無恙耶？王亦無恙耶？」使者不說❻，曰：「臣奉使使威后，今不問王，而先問歲與民，豈先賤而後尊貴者乎？」威后曰：「不然。苟❼無歲，何以有民？苟無民，何以有君？故❽問，舍本而問末者耶？」

乃進而問之曰：「齊有處士❾曰鍾離子❿，無恙耶？是⓫其為人也，有糧者亦食⓬，無糧者亦食；有衣者亦衣⓭，無衣者亦衣。是⓮助王養其民者也，何以至今不業⓯也？葉陽子⓰無恙乎？是其為人，哀鰥寡⓱，卹孤獨⓲，振⓳困窮，補不足。是助王息⓴其民者也，何以至今不業也？北宮㉑之女嬰兒子㉒無恙耶？徹其環瑱㉓，至老不嫁，以養父母。是皆率民而出於孝情者也，胡為至今不朝㉔也？此二士弗業，一女不朝，何以王齊國、子萬民㉕乎？於陵㉖子仲㉗尚存乎？是其為人也，上不臣於王，下不治其家，中不索交㉘諸侯。此率民而出於無用者，何為至今不殺乎？」

【注釋】❶齊王　指齊王建。齊襄王之子，戰國時代齊國末代之君，故無謚號，在位四十四年（西元前二六四～前二二一年），國亡被俘。齊亡而六國皆滅，秦統一天下。❷書　書信。此指齊王致趙威后書。❸發　啟封。❹歲　收成。❺無恙　安全無災。恙，災害。❻說　通「悅」。❼苟　若；如。❽故　為何。❾處士　有才能而不仕者。❿鍾離子　鍾離是複姓，子是男子之美稱。⓫是　語助詞。作用同「夫」。⓬食　用為動詞。拿食物給人吃。下句「食」字同。⓭衣　用為動詞。拿衣服給人穿。下句第二個「衣」字同。⓮是　此；這是。⓯不業　無功業。意謂不居官。⓰葉陽子　齊國處士。葉陽為地名，此以地代稱其人。子是男子之美稱。⓱哀鰥寡　憐憫鰥夫寡婦。鰥，老而無妻。⓲卹孤獨　撫卹孤兒寡老。孤，幼而無父。

獨，老而無子。⑲振　救濟。⑳息　繁育；生養。㉑北宮　複姓。㉒嬰兒子　女子名。㉓徹其環瑱　摘掉耳環耳玉。徹，通「撤」。除去。環，耳環。瑱，一種玉製的耳部飾物。㉔不朝　不上朝。古代女子唯有受封號為命婦方可上朝。㉕子萬民　統治人民。㉖於陵　齊國邑名。在今山東長山縣西。㉗子仲　人名。㉘索交　交往。索，求。

【語　譯】齊王派使者去問候趙威后。書信還沒啟封，趙威后就問使者說：「收成也還好嗎？人民也都平安嗎？齊王也平安嗎？」使者不高興，說：「臣奉命問候威后，如今威后不先問齊王，倒先問收成和人民，豈不是先卑賤而後尊貴嗎？」趙威后說：「不是這樣的。如果沒有收成，哪還有人民？如果沒有人民，哪還有國君？問候怎能捨根本而問枝節呢？」

於是趙威后繼續問道：「齊國有個處士叫鍾離子，他好嗎？他的為人，有糧的他也供他們食物吃，沒糧的他也供他們食物吃；有衣的他也供他們衣穿，沒衣的他也供他們衣穿。這是幫助君王撫養人民的人啊，為什麼至今還沒有職位呢？葉陽子好嗎？他的為人，憐憫鰥夫寡婦，撫卹孤兒寡老，救濟困苦貧窮，補助衣食不足的人。這是幫助君王生養人民的人啊，為什麼至今還沒有職位呢？北宮嬰兒子好嗎？這個女子摘掉耳環耳玉，到老不嫁，以奉養父母。這是帶領人民盡孝道的人啊，為什麼至今還沒有封她為命婦讓她上朝呢？這兩個賢士沒有職位，這一個女子不能上朝，如何能治理齊國統領百姓呢？於陵那個叫子仲的人還在嗎？他的為人，上對國君不守臣民的本分，下不能齊家，中不能結交諸侯。這是引導人民無所作為的人，為什麼至今還沒殺掉呢？」

【研　析】本文可分二段。首段記趙威后問齊國之年歲、人民、君王，並說明何以所問之先後如此。二段記趙威后問齊國之民間人物。

第一段所問，顯示趙威后以民為本的觀念，這在當時可算是一種進步的思想；第二段所問，則顯示其對齊國現況的深刻了解。全文以問為主，在問話中活現出趙威后的精明幹練和充分的自信，人物刻畫相當成功。

莊辛論幸臣

【題解】本文選自《戰國策・楚策四》，篇名據文意而訂。莊辛，戰國時代楚國人。事楚頃襄王。幸臣，君王左右得寵的臣子。本文為莊辛勸諫楚頃襄王不可信任幸臣，以免敵國乘隙、遂致亡國的全部內容。楚頃襄王即位後，親近幸臣，不圖振作，莊辛曾勸諫而不聽。楚頃襄王二十一年（西元前二七八年），秦將白起破楚國都城郢，楚頃襄王逃亡至陳國，使人召莊辛回楚國，莊辛乘機再諫，促其醒悟。

臣聞鄙語❶曰：「見兔而顧❷犬，未為晚也；亡❸羊而補牢❹，未為遲也。」臣聞昔湯、武以百里昌，桀、紂以天下亡。今楚國雖小，絕長續短❺，猶以❻數千里，豈特❼百里哉？

王獨不見夫蜻蛉❽乎？六足四翼，飛翔乎天地之間，俛❾啄蚊虻❿而食之，仰承甘露⓫而飲之，自以為無患，與人無爭也。不知夫五尺童子，方將調飴膠絲⓬，加⓭己乎四仞⓮之上，而下為螻蟻⓯食也。

蜻蛉其小者也，黃雀因是以⓰。俯噣白粒⓱，仰棲茂樹，鼓翅奮翼，自以為無患，與人無爭也。不知夫公子王孫，左挾彈，右攝丸⓲，將加己乎十仞之上，以其類⓳為招⓴。晝游乎茂樹，夕調乎酸鹹㉑，倏忽之間，墜於公子之手㉒。

夫雀其小者也，黃鵠㉓因是以。游乎江海，淹㉔乎大沼，俯噣鱔鯉，仰嚙陵衡㉕，奮其六翮㉖，而凌㉗清風，飄搖㉘乎高翔，自以為無患，與人無爭也。不知夫射者，方將脩其碆盧㉙，治其矰繳㉚，將加己乎百仞之上。被礛磻㉛，引微繳㉜，折㉝清風而抎㉞矣。故晝游乎江河，夕調乎鼎鼐。

夫黃鵠其小者也，蔡靈侯㉟之事因是以。南游乎高陂㊱，北陵㊲乎巫山㊳，飲茹谿㊴之流，食湘㊵波之魚，左抱幼妾，右擁嬖女㊶，與之馳騁乎高蔡㊷之中，而不以國家為事。不知夫子發㊸方受命乎靈王㊹，繫己以朱絲而見之也。

蔡靈侯之事其小者也，君王之事因是以。左州侯，右夏侯㊺，輦從㊻鄢陵君與壽陵君㊼，飯封祿之粟㊽，而戴方府之金㊾，與之馳騁乎雲夢㊿之中，而不以天下國家為事。不知夫穰侯(51)方受命乎秦王(52)，填黽塞之內(53)，而投己乎黽塞之外(54)。

【注釋】❶鄙語　俗語；俚語。❷顧　回頭。❸亡　丟失；丟掉。❹牢　飼養牲畜的欄圈。❺絕長續短　截長補短。意謂土地有廣狹，將之拼湊在一起計算。❻以　有。❼特　僅；只有。❽蜻蛉　蜻蜓一類的昆蟲。❾俛　俯；向下。❿虻　昆蟲名。似蠅而小，口有刺，喜叮牲畜。⓫甘露　露水。⓬調飴膠絲　調糖飴黏於絲。飴，米麥製成的糖漿。膠，用為動詞。黏上；黏住。⓭加　加害。⓮仞　八尺。一說：七尺。⓯螻蟻　螻蛄和螞蟻。螻蛄，俗稱「土猴」。⓰因是以　猶是已；也是這樣。因，猶；如同。是，此。以，通「已」。語助詞。⓱白粒　指米粒。⓲左挾彈二句　左手挾著彈弓，右手拿著彈丸。攝，持。⓳類　據王念孫《讀書雜志》卷一，此字當作「頸」。⓴招　鵠的；目標。㉑調乎酸鹹　指加佐料烹調。㉒倏忽之間二

句　據金正煒《戰國策補釋》卷三，此二句當移至「晝游乎茂樹」之前，譯文據以移前。㉓黃鵠　鳥名。俗名天鵝，似雁而大，飛翔甚高。㉔淹　止息。㉕蔆衡　菱角和香草。蔆，通「菱」。衡，通「蘅」。香草。㉖六翮　鳥翅的六根大羽。此指鳥翅。翮，毛羽之莖，中空。㉗淩　駕；乘。㉘飄搖　形容飛翔搖動的樣子。㉙碆盧　射鳥用的石製箭頭和塗漆的黑色弓。㉚矰繳　繫上絲繩，用以射鳥的箭。矰，末端繫絲，用以射鳥的短箭。繳，繫在箭上的絲繩。㉛被礛磻　中利箭。被，遭受。礛磻，尖利的石製箭頭。㉜引微繳　拖著微細的箭繩。引，拖。㉝折　斷。指飛翔中斷，不能再飛。㉞抎　通「隕」。掉落；墜落。㉟蔡靈侯　春秋時代蔡國國君。名般，蔡景侯之子。弒父自立，在位十二年（西元前五四二～前五三一年），為楚靈王所誘殺。㊱陂　山丘；山坡。一說：池。㊲陵　登。㊳巫山　山名。在今四川巫山縣東。㊴茹谿　水名。在今四川巫山縣北。㊵湘　湘水。源出廣西興安海陽山，在湖南注入洞庭湖。㊶嬖女　所寵幸的美女。嬖，寵幸；寵愛。㊷高蔡　地名。在今河南上蔡。㊸子發　楚國大夫。㊹靈王　指春秋時代楚國國君楚靈王。名虔，在位十二年（西元前五四〇～前五二九年）。㊺左州侯二句　左有州侯，右有夏侯。二人皆楚頃襄王寵臣。㊻輦從　隨從於輦後。輦，以人力推挽之車。秦漢以後，特指君后所乘車。㊼鄢陵君與壽陵君　二人皆楚頃襄王寵臣。㊽飯封祿之粟　食用取自封地作為俸給的穀物。飯，吃。祿，俸給。粟，泛指穀物。㊾戴方府之金　分得府庫的金錢。戴，增加；增多。方府之金，四方貢入府庫的金錢。方，四方。府，府庫。㊿雲夢　雲夢澤。在今湖北安陸北。(51)穰侯　秦將軍魏冉。秦昭王母宣太后之異父弟，封於穰（今河南鄧縣東南）。(52)秦王　指秦昭王。名稷，秦惠王之子，秦武王之弟，在位五十六年（西元前三〇六～前二五一年）。(53)填黽塞之內　軍隊布滿黽塞之內。填，滿；實。黽塞，古隘道名。在今河南信陽境。黽塞在楚國都之北，所謂內外，就楚國而言。(54)投己乎黽塞之外　把自己趕到黽塞之外。投，放逐。己，指楚頃襄王。秦昭王二十九年（西元前二七八年），秦將白起破楚都，楚頃襄王出奔陳。陳在黽塞之北，故曰外。

【語　譯】臣聽過這樣的俗話：「看到兔子再回頭去放狗，還不算晚；丟掉羊再去修補羊圈，還不算遲。」臣聽說從前商湯、周武王以百里的土地而昌盛，夏桀、殷紂擁有天下而滅亡。如今楚國雖小，截長補短，還有幾千里的土地，豈止百里呢？

君王難道沒見過那蜻蛉嗎？牠有六隻腳，四張翅膀，在天地間飛翔，俯身啄蚊虻吃，仰身接露水喝，自以為沒有禍患，與人無爭。哪知道五尺孩童正調了糖飴黏在絲繩上，要從四仞高的空中捉下牠，給螻蟻去吃呢。

蜻蛉被抓還是小事，黃雀也是這樣。牠飛到低處啄食米粒，飛上高處棲息在茂林，振動翅膀，張開羽翼，自以為沒有禍患，與人無爭。哪知道公子王孫，左手挾彈弓，右手拿彈丸，要從十仞高的空中打下牠，把牠們的脖子當作目標。一剎那間，就落在公子的手中。白天還在茂林中遊息，晚上已被烹調成為食物。

黃雀被打下還是小事，黃鵠也是這樣。牠遨遊在江海之上，棲息在大池沼邊，俯身啄食鱔魚鯉魚，仰頭咬嚼菱角香草，張開翅膀，乘著清風，飄搖地在高空中飛翔，自以為沒有禍患，與人無爭。哪知道射鳥的人，正在修理弓箭，準備好繫上絲繩的箭，要從百仞的空中射下牠。黃鵠身中利箭，拖著細繩，不能再飛，就從清風中掉了下來。所以牠白天還在江河上漫遊，晚上已被放在鼎鼐裡烹調了。

黃鵠被射下還算是小事，蔡靈侯的事也是這樣。他南遊高丘，北登巫山，飲茹谿的水，吃湘水的魚，左手抱著年輕的愛妾，右手摟著寵幸的美女，和她們在上蔡馳騁遊樂，不把國事放在心上。哪知道子發已經奉了楚靈王的命令，要用紅繩綁著他去見楚靈王呢。

蔡靈侯被殺還算是小事，君王的事也是這樣。君王左有州侯，右有夏侯，車後跟隨著鄢陵君和壽陵君，讓他們吃封地的糧米，分得府庫的金錢，和他們在雲夢澤之中遨遊，不把天下國家的事放在心上。哪知道穰侯已奉了秦昭王的命令，要率領大批軍隊進入黽塞，把君王趕到黽塞之外呢。

【研　析】本文所選，是楚國郢都城破之後，莊辛對頃襄王的諫言。全文可分六段。首段以若能「亡羊而補牢」，楚猶有可為，勉楚頃襄王。二至四段，以物為喻，由小至大，說明居安而不思危，則禍害必至。五段以人為證，指出寵奸佞、貪佚樂，乃蔡靈侯之所以亡，而其智與物無異。六段直指楚頃襄王親小人樂佚遊，與蔡靈侯之所為相同，此乃國都淪陷、自身逃亡之原因。

莊辛的諫言，先以勉勵，再加警惕；以物喻人，以古證今；層層推進，步步深入，既表現出其耿耿之心，又明白指出楚頃襄王之蔽，故《戰國策》謂楚頃襄王聞之而「顏色變作，身體戰慄」，可見其言辭之切中肯綮。

觸龍說趙太后

【題解】 本文選自《戰國策‧趙策四》，篇名據文意而訂。觸龍，戰國時代趙國人，官左師。趙太后，即趙威后。戰國時代趙惠文王之后。趙惠文王卒，太子立，是為趙孝成王，年幼，由趙威后執政。本文記敘趙國被秦國所攻，情勢緊急，求救於齊國，齊國要求以趙太后幼子長安君為人質，方肯出兵，而趙太后堅持不肯。觸龍進見趙太后，以迂迴漸進的方式、情理兼具的說辭，說服趙太后，讓長安君赴齊國為人質交換了齊國出兵救趙國。

趙太后新用事❶，秦急攻之。趙氏求救於齊。齊曰：「必以長安君❷為質❸，兵乃出。」太后不肯，大臣強諫。太后明謂左右：「有復言令長安君為質者，老婦必唾其面❹。」

左師觸龍言願見太后。太后盛氣❺而胥❻之。入而徐趨❼，至而自謝❽，曰：「老臣病足，曾❾不能疾走。不得見久矣，竊自恕❿，而恐太后玉體之有所郄⓫也，故願望見太后。」太后曰：「老婦恃輦⓬而行。」曰：「日食飲得無⓭衰乎？」曰：「恃鬻⓮耳。」曰：「老臣今者殊不欲食，乃自強步⓯，日三、四里，少益嗜食⓰，和於身也。」太后曰：「老婦不能。」太后之色少解⓱。

左師公曰：「老臣賤息⑱舒祺，最少，不肖⑲。而臣衰，竊愛憐之。願令得補黑衣之數⑳，以衛王宮。沒死㉑以聞。」太后曰：「敬諾。年幾何矣？」對曰：「十五歲矣。雖少，願及㉒未填溝壑㉓而託之。」太后曰：「丈夫㉔亦愛憐其少子乎？」對曰：「甚於婦人。」太后笑曰：「婦人異甚㉕。」對曰：「老臣竊以為媼㉖之愛燕后㉗，賢㉘於長安君。」曰：「君過矣。不若長安君之甚。」

左師公曰：「父母之愛子，則為之計深遠。媼之送燕后也，持其踵㉙，為之泣，念悲其遠也，亦哀之矣。已行，非弗思也，祭祀必祝之，祝曰：『必勿使反㉚。』豈非計久長，有子孫相繼為王也哉？」太后曰：「然。」左師公曰：「今三世以前，至於趙之為趙㉛，趙主之子孫侯者，其繼有在者乎？」曰：「無有。」曰：「微㉜獨趙，諸侯有在者乎㉝？」曰：「老婦不聞也。」「此其近者禍及身㉞，遠者及其子孫。豈人主之子孫則必不善哉？位尊而無功，奉厚而無勞，而挾重器㉟多也。今媼尊長安君之位，而封之以膏腴之地㊱，多予之重器，而不及今令有功於國；一旦山陵崩㊲，長安君何以自託於趙？老臣以媼為長安君計短也，故以為其愛不若燕后。」太后曰：「諾！恣㊳君之所使之！」於是為長安君約㊴車百乘，質於齊，齊兵乃出。

子義㊵聞之曰：「人主之子也，骨肉之親也，猶不能恃無功之尊、無勞之奉，而守金玉之重也，而況人臣乎？」

【注釋】❶新用事　剛剛執掌政事。用事，任事。此指執掌政事。❷長安君　趙太后幼子之封號。❸質　人質。先秦各國結盟，常以國君之子或兄弟往居盟國，以為信守盟約之保證。❹唾其面　往他臉上吐口水。❺盛氣　盛怒之氣。❻胥　通「須」。等待。❼徐趨　徐行；小步慢行。❽謝　謝罪；道歉。❾曾　乃。❿恕　忖度；推想。⓫郄　通「隙」。縫隙。此引申為身體欠安。⓬輦　以人力推挽之車。秦、漢以後，特稱君后所乘車。⓭得無　該不會。⓮鬻　通「粥」。⓯強步　勉強步行。⓰少益嗜食　稍微增加食慾。少、益，都是「稍」的意思。嗜，喜愛。⓱解　通「懈」。和緩。⓲息　兒子。⓳不肖　不似。後人不如先人，謂之不肖。引申為沒出息或不成器。肖，似。⓴補黑衣之數　補衛士的缺額。黑衣為衛士之服，因以借指衛士。數，名額。㉑沒死　冒死。㉒及　趁著。㉓填溝壑　棄屍骨於山溝谿谷。此觸龍自稱其死亡的婉辭。㉔丈夫　指成年男子。㉕異甚　特別厲害。㉖媼　稱年老婦女。㉗燕后　趙太后之女。嫁燕王為后，故稱。㉘賢　勝過。㉙踵　車踵。古代車子後面的橫木。㉚反　通「返」。古代諸侯嫁女與他國，不返，唯國滅或被廢，始返母國，稱大歸。㉛趙之為趙　趙國始建國時。即指趙由大夫之家而成諸侯之國時。趙原為晉之大夫，周威烈王時，趙藉（趙烈侯）、韓虔（韓景侯）、魏斯（魏文侯）三家共分晉國地，周威烈王二十三年（西元前四〇三年），正式封三家為諸侯。㉜微　非；不是。㉝諸侯有在者乎　即「諸侯之子孫侯者，其繼有在者乎」。承上文「趙王之子孫」云云而省略。㉞身　自身；自己。㉟重器　寶器。如鐘鼎圭璧之類。㊱膏腴之地　肥沃的土地。㊲山陵崩　古稱帝王之死。此指趙太后。山陵比喻帝王，言其崇高。帝王死曰崩。㊳恣　聽任。㊴約　整束；備辦。㊵子義　趙國賢士。

【語譯】趙太后剛剛執掌政事，秦國趁機加緊攻打趙國。趙國向齊國求救。齊國說：「一定要長安君來當人質，我們才會出兵。」趙太后不肯答應，大臣都極力勸諫。趙太后明白地告訴左右的人：「有誰再說讓長安君去當人質，老身一定在他臉上吐口水。」

左師觸龍說希望晉見太后。趙太后怒氣沖沖地等著他。觸龍進來後，小步緩慢地向前走，來到趙太后面前，自己先謝罪，說：「老臣腳有毛病，所以走不快。好久沒來朝見太后了，臣心裡在想，不知太后玉體是否康健，所以希望能來朝見。」趙太后說：「老身行動全靠輦車。」觸龍說：「每天的飲食該不會減少吧？」趙太后說：「就吃點粥而已。」觸龍說：「老臣近來胃口很差，就勉強散散步，每天走個三、四里，食慾稍微好些，身體也比較舒適了。」趙太后說：「這老身可做不到。」這時，趙太后的臉色和緩了些。

左師公說：「老臣的賤子名叫舒祺，年紀最小，不成器。而臣已衰老，心裡卻疼他。希望能讓他補個衛士的缺，保衛王宮。臣冒死來向太后稟告。」趙太后說：「好的。年紀多大了？」觸龍回答說：「十五歲了。雖然還小，但希望趁著未死來拜託太后。」趙太后說：「男人也疼愛自己的小兒子嗎？」觸龍回答說：「比女人還要疼。」趙太后笑著說：「女人可疼得特別厲害呢！」觸龍回答說：「老臣認為您老人家疼燕后勝過疼長安君呢。」趙太后說：「您錯了。比不上疼長安君那樣深。」

左師公說：「父母疼愛子女，就要為他作長遠的打算。您老人家在送燕后出嫁的時候，緊抓著她坐車後面的橫木，為她哭泣，這是為她要遠離而傷心啊，也真夠疼她的了。她走後，您並不是不想念她，可是每逢祭祀必定祝禱說：『一定別讓她回來！』這難道不是為她作長遠的打算，希望她的子孫能世世代代為王嗎？」趙太后說：「是的。」左師公說：「從現在算起，三代以前，一直到趙氏立國的時候，趙王的子孫封侯的，現在還有繼承人在位嗎？」趙太后說：「沒有。」觸龍又說：「不單是趙國，當時其他諸侯的子孫封侯的，現在還有繼承人在位嗎？」趙太后說：「老身沒聽說過。」觸龍說：「這樣看來，禍患快的發生在自己身上，慢的就落在子孫身上。難道君王的子孫就一定不好嗎？因為他們地位高而沒有功勳，俸祿厚而沒有勞績，又擁有太多的寶器啊。現在您老太太讓長安君居尊貴的地位，封給他肥沃的土地，給他很多的寶器，又不讓他趁現在為國立功；一旦太后百年之後，長安君憑什麼在趙國立足呢？老臣認為您老太太為長安君的打算不夠長遠，所以認為您對長安君的疼愛不如對燕后。」趙太后說：「好！任憑您的安排吧！」於是就替長安君準備了一百輛車子，送他到齊國當人質，齊國也就出兵了。

子義聽到這件事，說：「國君的兒子，骨肉的至親，都還不能仗著沒有功勳的高位，沒有勞績的俸祿，而保住他的尊貴，何況是臣子呢？」

【研　析】本文可分五段。首段記秦國攻趙國，趙國危急，而趙太后峻拒以長安君為人質，換取齊國出兵相助。二段記觸龍求見，與趙太后閒話家常，趙太后由盛怒而轉緩和。三段記觸龍以幼子相託，引出父母之愛子女的話題。四段記觸龍以趙太后不趁此時令長安君為國立功，則恐其將來無以立足於趙國，則雖云愛之，實非「為之計深遠」，趙太后因而醒悟，以長安君為人質，換得齊國出兵相助。五段記趙國賢士子義對此事之論評。

忠言逆耳，本人情之常態，所以勸諫乃一難事；這尤以諫君王或掌權有勢者為然。基本上，進言者與被諫者往往存在著一定的認知或主張的歧異，居於弱勢地位的進言者，一有不慎，不但其忠言不被接納而於事態無補，且可能因而激怒對方而一意孤行，造成更嚴重的後果，甚且在對方盛怒而喪失理智的情況下，遭致極為不利的禍害。趙太后既已明言必唾諫者之面，則其認知乃以為為質於齊國是不利於長安君，此時，在她心目中，長安君的利與害，其重要性怕是遠超過趙國的安與危了。偏在此時而觸龍求見。觸龍之來，不諫何為？則是若可忍，孰為不可忍？趙太后盛氣以待，是可想而知。在這種情況下，觸龍欲有所諫，可說相當的困難。然而，他居然說服了趙太后，這當中是有著極為高妙的技巧的。簡而言之，曰迂迴，曰攻堅。

首先是迂迴以消除趙太后的敵意，化解趙太后的怒氣，然後逐步進入問題的核心。觸龍進門之後的動作，活脫一副老弱的模樣，對於這樣的一個人，通常較為不易產生敵意；然後觸龍訴說自己的病痛，和趙太后閒話家常，表示出他對趙太后起居健康的關心，使得「太后之色少解」，可說其迂迴戰術已經看到初步效果了；接下去再以幼子相託，很自然地把話題引到父母愛護子女上面，則更為接近核心了。這樣的迂迴前進，層層深入，不但使得原先可能的衝突對立化解於無形，且使讓長安君為人質以救趙國的主題，得以水到渠成地提出，且說動趙太后採納。

其次是攻堅，直接指出問題的是非利害。觸龍以為趙太后不讓長安君為人質，看似愛護長安君而為他的利益著想，但從長遠來看，其實反不利於長安君。亦即他針對趙太后切切以長安君之利益為重的堅持，指出其不利於長安君，而唯有使之為人質，以「令有功於國」，才是深遠之計。因此，觸龍並不反對維護長安君的利益，反而站在與趙太后同樣是維護長安君利益的立場，指出其更為深遠的考慮，更為積極的作法，那就是使長安君為人質，否則，愛之適足以害之。這一來，觸龍並未與趙太后維護長安君利益的立場相悖，而其主張雖與趙太后不同，反較趙太后之堅持為理智而可行，少害而多利，所以能為趙太后接受。

一個理性而有益的主張，加上巧妙運用的動作和言辭，是觸龍在這件事上面能獲得成功的原因。

魯仲連義不帝秦

【題解】本文選自《戰國策・趙策三》，篇名據文意而訂。魯仲連，戰國時代齊國人。帝秦，尊秦王為帝。本文記敘趙國國都邯鄲（在今河北邯鄲）被秦圍攻，魏王派兵救援，而畏懼秦國威勢，軍隊不敢前進。魏王又派使者，透過趙國公子平原君，企圖說服趙國使尊秦王為帝，以退秦兵。此時，魯仲連剛好在邯鄲，激於義憤，往見魏使，陳說利害而折服之，而魏公子信陵君奪魏將兵權，領軍解圍，魯仲連則拒受封賞，飄然而去。

秦圍趙之邯鄲。魏安釐王❶使將軍晉鄙救趙。畏秦，止於蕩陰❷，不進。魏王使客將軍❸辛垣衍❹間入❺邯鄲，因平原君❻謂趙王❼曰：「秦所以急圍趙者，前與齊湣王❽爭強為帝❾，已而復歸帝❿，以齊故。今齊益弱，方今唯秦雄天下，此非必貪邯鄲，其意欲求為帝。趙誠發使尊秦昭王⓫為帝，秦必喜，罷兵去。」

平原君猶豫未有所決。

此時魯仲連適⑫游趙，會⑬秦圍趙。聞魏將欲令趙尊秦為帝，乃見平原君，曰：「事將奈何矣？」平原君曰：「勝也何敢言事？百萬之眾折於外⑭，今又內圍邯鄲而不能去⑮。魏王使客將軍辛垣衍令趙帝秦，今其人在是。勝也何敢言事？」魯連曰：「始吾以君為天下之賢公子也，吾乃今然後知君非天下之賢公子也。梁⑯客辛垣衍安在？吾請為君責而歸之。」平原君曰：「勝請為召⑰而見之於先生。」

平原君遂見辛垣衍，曰：「東國⑱有魯連先生，其人在此，勝請為紹介而見之於將軍。」辛垣衍曰：「吾聞魯連先生，齊國之高士也。衍，人臣也，使事有職⑲，吾不願見魯連先生也。」平原君曰：「勝已泄⑳之矣。」辛垣衍許諾。

魯連見辛垣衍而無言。辛垣衍曰：「吾視居此圍城之中者，皆有求於平原君者也。今吾視先生之玉貌，非有求於平原君者，曷為㉑久居此圍城之中而不去也？」魯連曰：「世以鮑焦㉒無從容㉓而死者，皆非也。今眾人不知，則為一身。彼秦者，棄禮義而上首功㉔之國也。權㉕使其士，虜㉖使其民。彼則㉗肆然㉘而為帝，過而㉙遂正於天下㉚，則連有赴東海而死耳。吾不忍為之民也！所為㉛見將軍者，欲以助趙也。」辛垣衍曰：「先生助之奈何？」魯連曰：「吾將使梁及燕助之，齊、楚則固助之矣。」辛垣衍曰：「燕則吾請㉜以㉝從矣。若乃梁，則吾乃梁人也，先生惡能使梁助之邪㉞？」魯連曰：「梁未睹秦稱帝之害故也。使梁睹秦稱帝之害，則必助趙矣。」

辛垣衍曰：「秦稱帝之害將奈何？」魯仲連曰：「昔齊威王㉟嘗為仁義矣，率天下諸侯而朝周。周貧且微，諸侯莫朝，而齊獨朝之。居歲餘，周烈王㊱崩，諸侯皆弔，齊後往。周怒，赴㊲於齊曰：『天崩地坼㊳，天子㊴下席㊵。東藩㊶之臣田嬰齊後至，則斮㊷之。』威王勃然怒曰：『叱嗟㊸！而㊹母婢也！』卒為天下笑。故生㊺則朝周，死則叱之，誠不忍㊻其求也。彼天子固然，其無足怪。」辛垣衍曰：「先生獨未見夫僕乎？十人而從一人者，寧㊼力不勝、智不若邪？畏之也。」魯仲連曰：「然梁之比於秦，若僕邪？」辛垣衍曰：「然。」魯仲連曰：「然則吾將使秦王烹醢㊽梁王。」辛垣衍怏然㊾不說㊿，曰：「嘻，亦太甚矣，先生之言也！先生又惡能使秦王烹醢梁王？」

魯仲連曰：「固也，待吾言之。昔者鬼侯(51)、鄂侯(52)、文王，紂之三公也。鬼侯有子(53)而好，故入之於紂。紂以為惡，醢鬼侯。鄂侯爭之急，辨之疾，故脯(54)

鄂侯。文王聞之，喟然而歎，故拘之於牖里[55]之庫[56]百日，而欲舍[57]之死。曷為與人俱稱帝王，卒就脯醢之地也？齊湣王將之魯，夷維子[58]執策[59]而從，謂魯人曰：『子將何以待吾君？』魯人曰：『吾將以十太牢[60]待子之君。』夷維子曰：『子安取禮而來待吾君？彼吾君者，天子也。天子巡狩[61]，諸侯避舍[62]，納于筦鍵[63]，攝衽抱几[64]，視膳[65]於堂下，天子已食，乃退而聽朝也。』魯人投其籥[66]，不果納[67]，不得入於魯。將之薛[68]，假涂於鄒[69]。當是時，鄒君死，湣王欲入弔。夷維子謂鄒之孤[70]曰：『天子弔，主人必將倍殯柩[71]，設北面於南方，然後天子南面弔也。』鄒之群臣曰：『必若此，吾將伏劍[72]而死。』故不敢入於鄒。鄒、魯之臣，生則不得事養，死則不得飯含[73]，然且欲行天子之禮於鄒、魯之臣，不果納。今秦萬乘之國，梁亦萬乘之國。俱據萬乘之國，交[74]有稱王之名，睹其一戰而勝，欲從而帝之，是使三晉[75]之大臣，不如鄒、魯之僕妾也。且秦無已[76]而帝，則且變易諸侯之大臣。彼將奪其所謂不肖，而予其所謂賢；奪其所憎，而予其所愛。彼又將使其子女讒妾為諸侯妃姬，處梁之宮，梁王安得晏然[77]而已乎？而將軍又何以得故寵乎？」

於是辛垣衍起，再拜，謝曰：「始以先生為庸人，吾乃今日而知先生為天下之士也。吾請去，不敢復言帝秦。」秦將聞之，為卻軍[78]五十里。適會魏公子無忌[79]奪晉鄙軍以救趙擊秦，秦軍引[80]而去。

於是平原君欲封魯仲連。魯仲連辭讓者三，終不肯受。平原君乃置酒，酒酣，起，前，以千金為魯連壽[81]。魯連笑曰：「所貴於天下之士者，為人排患釋難、解紛亂而無所取也。即[82]有所取者，是商賈之人也，仲連不忍為也。」遂辭平原君而去，終身不復見。

【注釋】❶魏安釐王　戰國時代魏國國君。名圉，魏昭王之子，信陵君異母兄，在位三十四年（西元前二七六～前二四三年）。❷蕩陰　地名。當趙、魏交界，在今河南湯陰。❸客將軍　非本國人而為將軍者。❹辛垣衍　人名。辛垣為複姓。❺間入　乘隙而入。❻平原君　名勝。封於平原（今山東平原），故稱。趙孝成王之叔，趙武王之子，時為趙相。性好客，門下食客三千，為戰國四公子之一。❼趙王　指趙孝成王。名丹，趙惠文王之子，在位二十一年（西元前二六五～前二四五年）。❽齊湣王　戰國時代齊國國君。名地，齊宣王之子，在位十七年（西元前三〇〇～前二八四年）。❾爭強為帝　周赧王二十七年（西元前二八八年），秦昭王稱西帝，齊湣王稱東帝，後蘇代說齊湣王使去帝號，齊湣王從之，秦昭王隨之亦取消帝號。❿歸帝　歸還帝號。即取消帝號。⓫秦昭王　戰國時代秦國國君。名稷，秦武王異母弟，在位五十六年（西元前三〇六～前二五一年）。⓬適　恰好。⓭會　正遇上。⓮百萬之眾折於外　百萬軍隊在外挫敗。趙孝成王六年（西元前二六〇年），秦國將領白起大破趙軍於長平（今山西高平西北），坑殺趙國降卒四十餘萬。折，挫敗。⓯去　離開。此指退兵。⓰梁　即魏。魏國於惠王時遷都大梁（今河南開封）後又稱梁。⓱召　當從《史記・魯仲連鄒陽列傳》作「紹介」，即雙方的聯繫人。⓲東國　東方之國。此指齊國。魯仲連為齊國人，齊國在趙國東方，故云。⓳職　任務；職務。⓴泄　洩露。㉑曷為　為何。曷，何。㉒鮑焦　周之隱士。廉潔自守，不仕帝王諸侯，後抱木餓死。㉓從容　寬容；寬大。㉔上首功　崇尚斬首之功。秦國有爵級的制度，凡分二十級，以斬敵首計功而賜爵級。上，崇尚。㉕權　權詐。㉖虜　奴隸。㉗則　若。㉘肆然　公然。㉙過而　甚而；甚至於。過，甚。㉚正於天下　為政於天下。即統治天下。正，通「政」。㉛所為　所以。㉜請　通「情」。的確；確實。㉝以以為；認為。㉞邪　通「耶」。㉟齊威王　戰國時代齊國國君。田氏，名嬰齊，一作因齊，齊桓公之子，在位三十七年（西元前三五六～前三二〇年）。㊱周烈王　周天子。名喜，在位七年（西元前三七五～前三六九年）。㊲赴　通「訃」。報喪。㊳天崩地坼　天崩地裂。此指天子死亡。㊴天子　指周顯王。名扁，周烈王之弟，在位四十八年（西元前三六八～前三二一年）。㊵下席　謂居喪寢於苫席之上。㊶東藩　東方之藩國。此指齊國。古代封建諸侯以屏藩王室，故以諸侯為藩國。藩，屏蔽。㊷斮　砍；斬。㊸叱嗟　怒斥之聲。㊹而　通「爾」。㊺生　指周烈王生時。㊻忍　忍受。㊼寧　難道。㊽烹醢　皆古代酷刑。烹，煮。醢，剁成肉醬。㊾怏然　不高興的樣子。㊿說　通「悅」。(51)鬼侯　商代諸侯。封地在今河南臨漳。(52)鄂侯　商代諸侯。封地在今山西中陽。(53)子　指女子。上古「子」字本通稱男女。(54)脯　製成肉乾。(55)牖里　地名。亦作羑里，在今河南湯陰。(56)庫　監牢。(57)舍　處置。(58)夷維子　齊國夷維人。以邑為姓。夷維，今山東濰縣。子，男子之美稱。(59)策　馬鞭。(60)太牢　牛羊豬各一。(61)巡狩　天子巡視諸侯所守地。狩，通「守」。(62)避舍　離其正殿而不居。(63)納于筦鍵　獻出鎖匙。納，獻出。于，語助詞。筦鍵，鎖匙。(64)攝衽抱几　提起衣襟，移動几案。攝，提起。衽，衣襟。抱，捧。几，小桌；矮桌。(65)視膳　侍候別人吃飯。(66)投其籥　下鎖閉門。籥，通「鑰」。(67)不果納　不納；不使入。果，事如預期。(68)薛　齊國邑名。在今山東滕縣東南。(69)假涂於鄒　借道於鄒。涂，通「途」。道路。鄒，國名。在今山東鄒縣。(70)孤　指鄒之新君。(71)倍殯柩　移動靈柩至相反方向。靈柩本坐北朝南，今因「天子」將弔，故移為坐南朝北，以便「天子」面南而弔。倍，通「背」。殯，停喪。屍已入棺稱柩。(72)伏劍　以劍自殺。(73)飯含　將珠玉米貝等物放於死者口中。飯，把米放在死人口中。含，把玉放在死人口中。(74)交　互相；彼此。(75)三晉　韓、趙、魏三國最初皆為晉國之大夫，後分晉國而三，故稱。此處主要指魏、趙。(76)無已　不止；無止境。(77)晏然　安然。(78)卻軍　退兵。(79)魏公子無忌　即信陵君（西元前?～前二四三年）。名無忌，魏昭王少子，魏安釐王異母弟，信陵君為其封號。仁而下士，食客三千，為戰國四公子之一。信陵君姊為平原君夫人，故用侯生之計，託魏王愛妾如姬盜兵符，假傳王命，殺晉鄙，奪其軍而救趙國。(80)引　退。(81)壽　以財物贈人，表示慶賀、祝福。(82)即　若。

【語　譯】秦軍圍攻趙國的邯鄲，魏安釐王派將軍晉鄙去援救趙國。因為畏懼秦軍，軍隊停留在蕩陰，不敢前進。魏王派客將軍辛垣衍乘機進入邯鄲，透過平原君告訴趙王說：「秦之所以急於圍攻趙國，是因為從前曾跟齊湣王爭強稱帝，不久又取消帝號，這是由於齊國的緣故。現在齊國比從前更為衰弱，只有秦國稱雄天下，這次行動不一定是貪求得到邯鄲，他的意思是想做皇帝。如果趙國派使者去尊奉秦昭王為帝，秦王必定高興，撤軍離開。」平原君遲疑不定。

這時魯仲連正好在趙國遊歷，碰上秦軍圍趙。聽說魏國想叫趙國尊奉秦為皇帝，就去見平原君，說：「這件事打算怎麼處理？」平原君說：「勝哪敢談這件事？百萬大軍在外受挫，現在邯鄲被圍又不能退敵。魏王派客將軍辛垣衍叫趙國尊奉秦王為皇帝，此人現在還在這裡。勝哪敢談這件事？」魯連說：「原先我以為您是天下的賢公子，現在我才知道您並不是天下的賢公子。梁客辛垣衍在哪裡？我去替您責備他，讓他回去。」平原君說：「讓勝做個聯繫人，領他來見先生。」

平原君就召見辛垣衍，說：「齊國有位魯連先生，人在這裡，讓勝做個聯繫人，領他來見將軍。」辛垣衍說：「我聽說魯連先生，是齊國的高士。衍是人臣，奉使來此，職務在身，我不想見魯連先生。」平原君說：「勝已經告訴他了。」辛垣衍只好答應。

魯連見了辛垣衍，沒有說話。辛垣衍說：「我看在這圍城裡的人，都是有求於平原君的。現在我看先生的尊容，不像是有求於平原君的人，為什麼久留在這圍城裡而不離開呢？」魯連說：「世人認為鮑焦不能從容活在世上而自殺，這種看法是錯誤的。現在一般人不了解鮑焦，認為他只會為個人打算。那秦國，是一個拋棄仁義而崇尚屠殺的國家。用權詐差使將士，像奴隸般役使人民。秦國如果公然稱帝，甚至於統治天下，那連只有跳東海自殺而已，我實在不願當秦國的百姓啊！我之所以來見將軍，是想幫助趙國啊。」辛垣衍說：「先生如何幫助趙國呢？」魯連說：「我打算說服梁、燕二國來援助趙國，至於齊、楚二國本來就已幫助趙國了。」辛垣衍說：「我的確相信燕國會聽您的；至於梁國，我就是梁國人，先生怎能使梁國援助趙國呢？」魯連說：「這是因為梁國沒看出秦王稱帝的害處啊。如果梁國看出秦王稱帝的害處，就必定會援助趙國了。」

辛垣衍說：「秦王稱帝的害處會是怎樣呢？」魯仲連說：「從前齊威王曾經推行仁義，率領天下諸侯去朝見周天子。周貧窮又弱小，諸侯都不去朝見，只有齊王單獨去朝見。過了一年多，周烈王崩，諸侯都去弔喪，齊王最後才去。周顯王很生氣，派人到齊國報喪，並說：『天子死了，有如天崩地裂，繼位天子都睡在苫席上守靈，東方的藩臣田嬰齊竟敢遲到，罪該斬首。』齊威王勃然大怒說：『呸！你娘不過是個侍婢。』這一來，齊王終於被天下所恥笑。所以，周天子活著時去朝見，死後又叱罵他，實在是因為忍受不了周顯王的苛求啊。其實天子本來如此，不足為怪。」辛垣衍說：「先生難道沒見過奴僕嗎？十個奴僕之所以要聽從一個主人，難道是力氣不敵、智力不如嗎？是因為畏懼主人啊。」魯仲連說：「可是，梁國和秦國比，竟像是僕人嗎？」辛垣衍說：「是的。」魯仲連說：「那麼，我將會讓秦王把梁王煮了，剁成肉醬。」辛垣衍很不高興，說：「唉呀！先生的話也太過分了。先生又怎能讓秦王把梁王煮了剁成肉醬呢？」

魯仲連說：「當然能，讓我告訴你。從前鬼侯、鄂侯、文王，是紂王的三公。鬼侯有個女兒很美，所以獻給紂王。紂王卻以為她不好，就把鬼侯剁成肉醬。鄂侯為了這事極力爭辯，所以紂王就把鄂侯殺死曬成肉乾。文王聽到這件事，長歎一聲，所以紂王把文王囚禁在牖里的監牢裡一百天，想置他於死地。為什麼和別人一樣的稱帝稱王，結果卻要走上被曬成肉乾、剁成肉醬的地步呢？齊湣王將要到魯國去，夷維子執鞭駕車當侍從，他對魯國人說：『你們預備怎樣接待我國國君？』魯國人說：『我們準備用牛羊豬各十隻款待您的國君。』夷維子說：『你們這是用的什麼禮節來招待我國國君呢？我們的國君，是天子啊。天子巡視諸侯，諸侯要離開正殿，住在外面，獻出鎖匙，提起衣襟擺設几案，在堂下侍候天子進食，天子吃完飯，才退下去，回自己的朝廷聽政。』魯國人下鎖關門，齊湣王不被接納，不得進入魯國。齊湣王想到薛邑去，向鄒國借路。這時候，鄒國國君剛死，齊湣王想入鄒國弔喪，夷維子向鄒國新君說：『天子來弔喪，主人一定要掉轉靈柩，擺成坐南朝北的方位，好讓天子面向南面弔喪。』鄒國的群臣說：『一定要這樣，我們情願用劍自殺。』所以齊湣王不敢進入鄒國。鄒、魯二國的臣子，當國君活著的時候，不能侍奉供養，死後又不能行飯含的禮節，雖然如此，尚且能在齊湣王想對他們行天子之禮時，堅持不肯接納。現在秦國是萬乘的大國，梁國也是萬乘的大國。彼此都是萬乘的大國，互相都有稱王的名義，只因看到秦國一次戰勝，便想要尊秦王稱帝，這就使得三晉的大臣，不如鄒、魯的僕妾啊。並且秦王不止是稱帝而已，還會更動諸侯的大臣。他會撤換他認為不肖的人，任用他認為賢能的人；撤換他憎惡的人，任用他喜歡的人。他又會派他的女兒和善於進讒言的婢妾作諸侯的妃嬪姬妾，住在梁國的王宮裡，到時梁王還能安然無事嗎？而將軍又怎能得到原來的恩寵呢？」

於是辛垣衍站起身來，連拜了兩拜，謝罪說：「原本以為先生是個平凡人，我現在才知道先生是天下的賢士啊。我就此離去，不敢再說尊秦王為帝的話了。」秦將聽到這件事，因而退兵五十里。正好魏公子無忌奪得晉鄙的軍隊來救趙國，攻打秦軍，秦軍就退走了。

於是平原君想分封土地給魯仲連。魯仲連再三的推辭，始終不肯接受。平原君就設酒筵招待，酒喝得盡興時，平原君起身，向前，以千金為禮物致贈魯連。魯連笑著說：「天下賢士的可貴，就在於能替人排除憂患、消弭災難、調解紛爭而不求取報酬。如果有所求取，那就是商人了，這是仲連不願做的啊。」於是辭別平原君而去，終身不再和平原君見面。

【研　析】本文可分八段。首段記秦軍圍趙國，魏國援軍雖出，畏秦軍而不進，又使辛垣衍說趙國，欲使趙國尊秦王為帝。二段記魯仲連見平原君，願代為說服辛垣衍。三段記平原君徵得辛垣衍之同意而見魯仲連。四段記魯仲連表明不願見秦王為帝，而欲助趙國。五段記魯仲連言帝秦之害，梁王必被烹醢。六段舉例以證成帝秦之害，並謂雖小國，亦可以抗拒大國之無理要求。七段記辛垣衍被說服，而魏公子援軍至，趙國得以解圍。八段記魯仲連不受封賞，功成而去。

本文所記是趙孝成王八年（西元前二五八年）的事，上距趙孝成王六年趙軍大敗於長平（今山西高平西北），降卒四十餘萬被坑殺，僅有二年。趙國在元氣大傷而未恢復，與國援軍又逡巡觀望之餘，可說是岌岌可危，所以當辛垣衍以魏國使者的身分，來勸趙國尊秦王為帝，就連柄國的平原君也猶豫未決了。趙國無力應戰，又不願投降，則尊秦王為帝，未始不是一條可行的道路，但尊秦王為帝的利弊得失，又似乎一時難以評估，這是平原君之所以不能作決定的原因吧！

在這種情勢之下，魯仲連以一個普通外國旅客的身分，獨堅持不與強權妥協，不向暴力低頭的立場，激於義憤，說服了辛垣衍，既立下大功，又拒絕封賞，此種重義輕財的風範，透過文中的滔滔雄辯，表露無遺，使人如見其人，如聞其聲。而魯仲連之所以能說服辛垣衍，一在其議論有堅實的例證，非徒託空言；二在將秦王稱帝之害，與魏國之安危結合；三在點出秦王如果稱帝，則辛垣衍亦將因而失其故寵。他的剖析，從大局著手，最後集中於說客——辛垣衍——身上，這或許是辛垣衍之所以被說服的最重要的原因吧！

魯共公擇言

【題　解】本文選自《戰國策・魏策二》，篇名據文意而訂。魯共公，戰國時代魯國國君。在位二十三年（西元前三七四～前三五三年）。擇言，擇善言而陳述。本文記敘梁王宴請諸侯，魯君共公即席進諫，認為美酒、美食、美色、遊樂四者足以讓人沉溺而亡國，身為國君，理當警惕。

梁王魏嬰❶觴❷諸侯於范臺❸。酒酣，請魯君舉觴。

魯君興❹，避席❺擇言曰：「昔者帝女❻令儀狄❼作酒而美，進之禹，禹飲而甘❽之，遂疏❾儀狄，絕旨酒❿，曰：『後世必有以酒亡其國者。』齊桓公⓫夜半不嗛⓬，易牙⓭乃煎敖燔炙⓮，和調五味⓯而進之，桓公食之而飽，至旦不覺，曰：『後世必有以味亡其國者。』晉文公⓰得南之威⓱，三日不聽朝，遂推南之威而遠之，曰：『後世必有以色亡其國者。』楚王⓲登強臺⓳而望崩山⓴，左江而右湖，以臨彷徨㉑，其樂忘死，遂盟㉒強臺而弗登，曰：『後世必有以高臺陂池㉓亡其國者。』今主君之尊㉔，儀狄之酒也；主君之味，易牙之調也；左白臺㉕而右閭須㉖，南威之美也；前夾林㉗而後蘭臺㉘，強臺之樂也。有一於此，足以亡其國，今主君兼此四者，可無戒與？」

梁王稱善相屬㉙。

【注　釋】❶梁王魏嬰　即梁惠王。戰國時代梁國國君，在位五十一年（西元前三六九～前三一九年）。梁即魏，梁惠王自安邑（今山西夏縣西北）遷都大梁（今河南開封），故也稱梁。嬰，《史記》作「罃」。❷觴　酒器。此用為動詞。設宴席請人喝酒。❸范臺　魏國臺名。臺，高而上平，可眺望四方的建築。❹興　起立。❺避席　離坐。古人席地而坐，離坐而起表示敬意。❻帝女　指禹之女。❼儀狄　相傳為禹時的造酒者。❽甘　味美。❾疏　疏遠。❿旨酒　美酒。旨，味美。⓫齊桓公　春秋時代齊國國君。名小白，齊僖公之子，齊襄公之弟，在位四十三年（西元前六八五～前六四三年），為春秋五霸之一。⓬嗛　通「慊」。滿足；快意。⓭易牙　齊桓公近臣。善烹調。⓮煎敖燔炙　皆烹飪方法。煎，有汁而熬之使乾。敖，通「熬」。用慢火煮物。燔，炙烤。炙，烤燒。⓯五味　辛、酸、鹹、苦、甘五種味道。⓰晉文公　春秋時代晉國國君。名重耳，晉獻公之子，在位九年（西元前六三六～前六二八年），為春秋五霸之一。⓱南之威　即南威。春秋時代美女名。⓲楚王　指楚莊王。名侶，也作「旅」、「呂」，楚穆王之子，在位二十三年（西元前六一三～前五九一年）。⓳強臺　楚國臺名。一作「荊臺」，即章華臺，在今湖北監利北。⓴崩山　山名。一作「崇山」。㉑彷徨　《淮南子・道應》：「強臺者，南望料山，以臨方皇。」注：「方皇，水名也。一曰山名。」《藝文類聚》引作「方湟」。㉒盟　發誓。㉓陂池　水池。㉔尊　酒器。㉕白臺　美女名。㉖閭須　美女名。㉗夾林　不詳。或曰當即今河南尉氏東北之夾河集，與開封隔賈魯河相對。㉘蘭臺　不詳。㉙相屬　相續。

【語　譯】梁惠王魏嬰在范臺招待諸侯飲酒。喝得酒酣耳熱的時候，請魯共公舉杯敬酒。

魯共公站起來，離席致辭說：「從前夏禹的女兒命儀狄釀酒，酒味很甜美，呈獻給禹，禹喝了，覺得味道甜美，於是就疏遠儀狄，戒絕美酒，說：『後代必定有因美酒而亡國的。』齊桓公半夜覺得心情不佳，易牙就煎熬燔炙、調和五味，進呈給齊桓公，齊桓公吃得很飽，直睡到天亮還沒醒，說：『後代必定有因美味而亡國的。』晉文公得到美女南威，三天不上朝聽政，於是就疏遠了南威，說：『後代必定有因美色而亡國的。』楚王登上強臺，眺望崩山，左邊是江，右邊是湖，方湟橫在眼前，快樂得簡直忘了生死，於是就立誓不再登這高臺，說：『後代必定有因高臺陂池而亡國的。』如今君王杯裡的酒，就像是儀狄釀造的美酒；君王所吃的美味，就像是易牙烹調的食物；左有白臺，右有閭須，就像是南威那樣的美女；前有夾林，後有蘭臺，就像是登臨強臺的快樂。只要有其中一項，就足以亡國了。如今君王四項全有，能不警惕嗎？」

梁惠王聽了，連連稱讚。

【研　析】本文可分三段。首段記梁惠王宴請諸侯，酒酣而請魯共公敬酒。二段記魯共公致辭。三段記梁惠王稱讚魯共公的嘉言。

全文重心在二段。魯共公的言辭分二層，一是引述歷史，以夏禹、齊桓公、晉文公、楚莊王的故事，說明美酒、美味、美色、美景，不可沉溺，否則必招致亡國之禍；一是勸戒梁惠王，認為梁惠王的作為，已四者全犯，不可不戒。

梁惠王好大喜功，即位之後，連年征戰，一直想恢復春秋時代晉國的霸業。本文所記的這件事大約是在他即位的第十一年，當時正在打敗韓、趙二國之後，梁國聲勢大盛，魯、宋、衛、韓等國國君都來朝賀，梁惠王志得意滿，所以他要魯共公舉觴敬酒，無非想藉其口以誇示自己的功業榮耀，沒想到魯共公引古為鑑，直陳其非，被澆了一頭冷水，也只好「稱善相屬」了。

君子贈人以言，像魯共公這樣的人，可以算是君子人了。

唐雎說信陵君

【題解】本文選自《戰國策・魏策四》，篇名據文意而訂。唐雎，戰國時代魏國人。信陵君，名無忌。戰國時代魏安釐王的異母弟。為戰國四公子之一。趙孝成王六年（西元前二六〇年），秦、趙二國戰於長平（在今山西高平西北），趙軍大敗，降卒四十萬被秦軍坑殺，趙國元氣大傷。趙孝成王八年，秦軍又圍趙國都城邯鄲（在今河北邯鄲），情勢緊急。趙國向魏國求救，魏王派晉鄙領軍救援，但因畏懼秦軍強大，兵至魏、趙二國邊界，即駐留觀望。信陵君使人竊取魏王兵符，殺晉鄙，以其軍隊破秦軍，邯鄲因而得以保全。本文記敘戰後趙王將親自出城迎接，在見面之前，唐雎告誡信陵君「有德於人，不可不忘」，信陵君敬謹受教。

信陵君殺晉鄙，救邯鄲，破秦人，存趙國，趙王❶自郊迎。

唐雎謂信陵君曰：「臣聞之曰，事有不可知者，有不可不知者；有不可忘者，有不可不忘者。」信陵君曰：「何謂也？」對曰：「人之憎我也，不可不知也；吾憎人也，不可得而知也。人之有德於我也，不可忘也；吾有德於人也，不可不忘也。今君殺晉鄙，救邯鄲，破秦人，存趙國，此大德也。今趙王自郊迎，卒然❷見趙王，臣願君之忘之也！」信陵君曰：「無忌謹受教。」

【注釋】❶趙王　指趙孝成王。名丹，趙惠文王之子，在位二十一年（西元前二六五～前二四五年）。❷卒然　急遽；突然。卒，通「猝」。

【語譯】信陵君殺了晉鄙，救了邯鄲，打敗了秦軍，保全了趙國，趙王親自到郊外迎接他。

唐雎向信陵君說：「臣聽說，事情有不可以知道的，有不可以不知道的；有不可以忘記的，有不可以不忘記的。」信陵君說：「這話怎麼講？」唐雎回答說：「別人恨我，我不可以不知道；我恨別人，不可以讓人知道。別人對我有恩，不可以忘記；我對別人有恩，不可以不忘記。如今您殺了晉鄙，救了邯鄲，打敗了秦軍，保全了趙國，這是大恩德啊！現在趙王親自到郊外迎接，很快就會見到趙王，臣希望您忘了救趙的事吧！」信陵君說：「無忌謹接受您的教誨。」

【研析】本文可分二段。首段記其事。二段記唐雎與信陵君之問對，而重心在唐雎之忠告。唐雎旨在告誡信陵君「吾有德於人也，不可不忘也」，即不可恃恩德而驕人，但他先說「事有不可知者」，次說「有不可不知者」，再說「有不可忘者」，最後才說到主題——「有不可不忘者」，而要信陵君忘卻救趙國之大德；如此說法，可謂一波三折，層層逼入，委婉誠懇，言簡意賅，無怪乎信陵君能敬謹接受。

唐雎不辱使命

【題解】本文選自《戰國策・魏策四》，篇名據文意而訂。唐雎，戰國時代魏國人。本文記敘秦王想以換地為名，併吞魏國安陵君的封地安陵（在今河南鄢陵西北）。唐雎為此奉命出使，無視於秦王的威嚇，抱著必死的決心，慷慨陳辭，不辱君命，使秦王屈服，不再提換地的事。

秦王❶使人謂安陵君❷曰：「寡人欲以五百里之地易❸安陵，安陵君其許寡人。」安陵君曰：「大王加惠❹，以大易小，甚善。雖然，受地於先王，願終守之，弗敢易。」秦王不說❺。安陵君因使唐雎使於秦。

秦王謂唐雎曰：「寡人以五百里之地易安陵，安陵君不聽❻寡人，何也？且秦滅韓亡魏❼，而君以五十里之地存者，以君為長者，故不錯意❽也。今吾以十倍之地，請廣❾於君，而君逆寡人者，輕寡人與？」唐雎對曰：「否，非若是也。安陵君受地於先王而守之，雖千里不敢易也，豈直❿五百里哉？」

秦王怫然⓫怒，謂唐雎曰：「公亦嘗聞天子之怒乎？」唐雎對曰：「臣未嘗聞也。」秦王曰：「天子之怒，伏屍⓬百萬，流血千里。」唐雎曰：「大王嘗聞布衣⓭之怒乎？」秦王曰：「布衣之怒，亦⓮免冠徒跣⓯，以頭搶地⓰耳。」唐雎曰：「此庸夫⓱之怒也，非士之怒也。夫專諸⓲之刺王僚⓳也，彗星⓴襲月；聶政㉑之刺韓傀㉒也，白虹貫日；要離㉓之刺慶忌㉔也，蒼鷹擊於殿上。此三子皆布衣之士也，懷怒未發，休祲㉕降於天，與臣而將四矣。若士必怒，伏屍二人，流血五步，天下縞素㉖，今日是也。」挺劍而起。

秦王色撓㉗，長跪而謝之，曰：「先生坐，何至於此！寡人諭㉘矣。夫韓、魏滅亡，而安陵以五十里之地存者，徒㉙以有先生也。」

【注釋】❶秦王　指秦始皇。時尚未稱帝。名政，在位三十七年（西元前二四六～前二一〇年），即王位的第二十六年，統一天下，稱「始皇帝」。❷安陵君　戰國時代魏襄王之弟。封於安陵，故稱。❸易　交換。❹加惠　施加恩惠。❺說　通「悅」。❻不聽　不從。❼秦滅韓亡魏　秦國滅韓國在秦王政十七年（西元前二三〇年），滅魏國在秦王政二十二年（西元前二二五年)。❽錯意　置意;放在心上。錯,通「措」。置。❾廣　擴大。❿直　但;僅。⓫怫然　憤怒的樣子。⓬伏屍　屍體仆地。⓭布衣　平民。古代平民穿麻布衣,故稱。⓮亦　不過。⓯免冠徒跣　脫去帽子,赤腳步行。徒,步行。跣,赤腳。⓰搶地　觸地。⓱庸夫　凡人;平庸之人。⓲專諸　(西元前?~前五一五年)春秋時代吳國人。吳公子光(即後之吳王闔閭)為爭王位,因伍員之推薦,使專諸刺殺吳王僚,僚死,專諸亦為衛兵所殺。⓳王僚　吳王僚。春秋時代吳國國君,在位十二年(西元前五二六~前五一五年)。⓴彗星　古稱妖星、欃星。後世俗稱掃帚星。㉑聶政　戰國時代韓國人。韓國大夫嚴遂欲殺韓相韓傀,乃結交聶政,使刺殺韓傀,聶政於事成後,自毀容貌,自殺而死。㉒韓傀　戰國韓相。㉓要離　春秋時代吳國人。吳公子光既殺吳王僚,僚之子慶忌逃至衛國,光又派要離往衛國,刺死慶忌,慶忌死,要離亦自殺而死。㉔慶忌　春秋時代吳國人。吳王僚之子。㉕休祲　吉凶禍福的徵兆。休,美善;吉祥。祲,妖氣。㉖縞素　白色喪服。㉗撓　屈服。㉘諭　明白。㉙徒　僅;但。

【語　譯】秦王派人告訴安陵君說:「寡人要以五百里的土地交換安陵,請安陵君答應寡人。」安陵君說:「承蒙大王施恩,拿大土地交換小土地,固然很好。不過,土地是先王所封,希望始終守住它,不敢交換。」秦王不高興。安陵君因此派唐雎出使秦國。

秦王對唐雎說:「寡人以五百里的土地交換安陵,安陵君卻不聽從寡人,這是為什麼?並且秦已滅了韓、魏二國,而安陵君以五十里的土地還能存在,那是寡人把安陵君當作長者,所以才不在意。現在我以十倍的土地,讓安陵君擴大領土,而安陵君竟然違抗寡人,他是輕視寡人嗎?」唐雎回答說:「不,不是這樣的。安陵君承受先王的封地而守住它,就算是千里的土地也不敢交換,何況僅是五百里呢?」

秦王勃然大怒,對唐雎說:「你也曾聽說過天子發怒嗎?」唐雎回答說:「臣不曾聽說過。」秦王說:「天子發怒,死人百萬,血流千里。」唐雎說:「大王曾聽說過平民發怒嗎?」秦王說:「平民發怒,不過脫帽赤腳,用頭撞地罷了。」唐雎說:「這是凡人發怒,不是志士的發怒。從前專諸刺殺王僚時,彗星侵襲月亮;聶政刺殺韓傀時,白虹貫穿太陽;要離刺殺慶忌時,蒼鷹在殿上撲擊。這三人都是平民中的志士,在他們心有憤怒還沒發作時,上天就有了徵兆。現在加上臣,就將要有四個人了。如果志士真的發怒,只會橫屍二人，血流五步，但天下人都要穿白色喪服，今天就會這樣。」唐雎便拔劍起身向前。

秦王臉色緩和了下來，挺直腰身跪著謝罪，說：「先生請坐，何至於這樣呢？寡人明白了。那韓、魏二國滅亡，而安陵君以五十里的土地倒能保全，只因有先生啊。」

【研　析】本文可分四段。首段記安陵君不允秦王易地的要求，秦王不悅。二段記唐雎向秦王解釋安陵君不願易地的原因。三段記唐雎不受威脅，反以必死之決心，欲刺秦王於五步之內。四段記秦王氣餒謝罪。

安陵是魏國的附庸，地僅五十里，且在韓、魏二國相繼滅亡之後，秦國如以武力攻取，則安陵直如囊中物而已，何必以大易小呢？其實秦王是想用詐騙手段併吞安陵，否則安陵君願守先王封地而不敢易，理由是充分正當的，秦王何必「不說」，又何必「怫然怒」，又以「天子之怒，伏屍百萬，流血千里」，暗示將發動戰爭，屠滅安陵？說穿了這是詭計被識破後的惱羞成怒罷了。

安陵君能堅持國格，維護得自先人的土地，且婉言以免得罪強秦，可謂用心良苦，而唐雎在這種局勢之下，奉命出使，其艱難不言而喻。當唐雎面對秦王似是而非的責難時，他正確而委婉地轉達了安陵君的立場；當秦王惱羞成怒，以戰爭相脅時，他針鋒相對地以「布衣之怒」抗衡秦王的「天子之怒」，因而軟化了秦王。其言談的分寸，可說不亢不卑，故能不辱使命。

「天子之怒」固然嚇人，但以一對一、面對面而言，天子也不過是血肉之軀，未必是憤怒的布衣之士的對手，唐雎就是以這樣的氣勢，使得秦王「色撓」的。孟子說「說大人則藐之」，唐雎可說是掌握了這個認識了。

樂毅報燕王書

從這個故事看來，誰說弱國就一定無外交？

【題　解】本文選自《戰國策・燕策二》，篇名據文意而訂。樂毅，戰國時代中山國靈壽（今河北靈壽）人，名將樂羊的後裔。時燕昭王禮賢下士，乃入燕。燕昭王二十八年（西元前二八四年），率燕、秦、趙、韓、魏五國軍隊擊破齊國，攻下七十餘座城，以功封於昌國（今山東淄川），號昌國君。及燕昭王卒，燕惠王立。燕惠王素與樂毅不合，又中齊國反間之計，於是改派騎劫為將，樂毅恐回燕國被殺，遂逃奔至趙國，而燕軍為齊國所敗，樂毅所攻占的齊國七十餘城復失。燕惠王恐怕趙國重用樂毅，乘燕國大敗而伐燕，遂遣使責備樂毅並表示歉意。樂毅回（報）書向燕惠王辯白，表示逃奔趙國乃出於不得已，並且不會乘機不利於燕國。

昌國君樂毅為燕昭王❶合五國❷之兵而攻齊，下七十餘城，盡郡縣之❸以屬燕。三城❹未下，而燕昭王死。惠王❺即位，用齊人反間❻，疑樂毅，而使騎劫代之將。樂毅奔趙，趙封以為望諸君。齊田單❼詐騎劫，卒敗燕軍，復收七十餘城以復齊。

燕王悔，懼趙用樂毅，承燕之敝❽以伐燕。燕王乃使人讓❾樂毅且謝之，曰：「先王❿舉國而委⓫將軍，將軍為燕破齊，報先王之讎⓬，天下莫不振動。寡人豈敢一日而忘將軍之功哉？會先王棄群臣⓭，寡人新即位，左右誤寡人。寡人之使騎劫代將軍者，為將軍久暴露⓮於外，故召將軍且休⓯計事⓰。將軍過聽⓱，以與寡人有隙⓲，遂捐⓳燕而歸趙。將軍自為計⓴則可矣，而亦何以報先王之所以遇㉑

將軍之意乎？」

望諸君乃使人獻書報燕王，曰：「臣不佞㉒，不能奉承先王之教，以順左右之心，恐抵㉓斧質之罪㉔，以傷先王之明，而又害於足下㉕之義，故遁逃奔趙。自負㉖以不肖之罪，故不敢為辭說。今王使使者數㉗之罪，臣恐侍御者㉘之不察先王之所以畜幸㉙臣之理，而又不白㉚於臣之所以事先王之心，故敢以書對㉛。

「臣聞賢聖之君，不以祿私其親，功多者授之；不以官隨其愛，能當者處之㉜。故察能而授官者，成功之君也；論行而結交者，立名之士也。臣以所學者觀之，先王之舉錯㉝，有高世之心㉞，故假節於魏王㉟，而以身得察㊱於燕。先王過舉，擢之乎賓客之中，而立之乎群臣之上，不謀於父兄㊲，而使臣為亞卿㊳。臣自以為奉令承教，可以幸無罪矣，故受命而不辭。

「先王命之曰：『我有積怨深怒於齊，不量輕弱，而欲以齊為事㊴。』臣對曰：『夫齊，霸國之餘教㊵而驟勝之遺事㊶也。閑㊷於兵甲，習於戰攻。王若欲攻之，則必舉天下而圖之。舉天下而圖之，莫徑㊸於結㊹趙矣。且又淮北、宋地㊺，楚、魏之所同願也。趙若許，約楚、魏、宋盡力，四國攻之，齊可大破也。』先王曰：『善。』

「臣乃口受令[46]，具符節[47]，南使臣於趙。顧反命[48]，起兵隨而攻齊。以天之道，先王之靈，河北之地[49]，隨先王舉而有之於濟上[50]。濟上之軍，奉令擊齊，大勝之。輕卒銳兵，長驅至國。齊王[51]逃遁走莒[52]，僅以身免。珠玉、財寶、車甲、珍器，盡收入燕。大呂[53]陳於元英[54]，故鼎[55]反於磿室[56]，齊器[57]設於寧臺[58]；薊丘之植[59]，植於汶篁[60]。自五伯[61]以來，功未有及先王者也。先王以為順于其志，以臣為不頓命[62]，故裂地[63]而封之，使之得比乎小國諸侯。臣不佞，自以為奉令承教，可以幸無罪矣，故受命而弗辭。

「臣聞賢明之君，功立而不廢，故著於春秋；蚤知[64]之士，名成而不毀，故稱於後世。若先王之報怨雪恥，夷[65]萬乘之強國，收八百歲[66]之蓄積，及至棄群臣之日，遺令詔後嗣之餘義，執政任事之臣，所以能循法令，順庶孽[67]者，施及萌隸[68]，皆可以教於後世。

「臣聞善作者不必善成，善始者不必善終。昔者伍子胥[69]說聽乎闔閭[70]，故吳王遠迹至於郢[71]。夫差[72]弗是也，賜之鴟夷而浮之江[73]。故吳王夫差不悟先論[74]之可以立功，故沉子胥而不悔；子胥不蚤見主之不同量[75]，故入江而不改[76]。夫免身[77]全功，以明先王之迹者，臣之上計也；離[78]毀辱之非，墮[79]先王之名者，臣之所大恐也；臨不測之罪，以幸為利[80]者，義之所不敢出也。

「臣聞古之君子，交絕不出惡聲[81]；忠臣之去也，不潔其名[82]。臣雖不佞，數[83]奉教於君子矣。恐侍御者之親[84]左右之說，而不察疏遠之行也，故敢以書報，唯君之留意焉。」

【注釋】❶燕昭王　戰國時代燕國國君。名平，燕王噲之子，在位三十三年（西元前三一一～前二七九年）。❷五國　指燕、秦、趙、韓、魏。❸郡縣之　劃為郡縣。❹三城　指聊、莒、即墨。聊、莒均在今山東東南部，即墨在今山東平度東南。當時未下之城，實僅莒、即墨。❺惠王　燕惠王。燕昭王之子，在位七年（西元前二七八～前二七二年）。❻反間　利用敵方間諜傳遞假情報，或散布謠言以離間敵人。時齊國田單散布謠言，謂樂毅故意留齊國二城，欲久仗兵威以服齊人而南面稱王，此即反間。❼田單　戰國時代齊國人。守即墨，以火牛陣破燕軍，收復七十餘城，以功任相國，封安平君。❽敝　疲憊；衰敗。❾讓　責備。❿先王　指燕昭王。⓫委　託付。⓬先王之讎　指周赧王元年（西元前三一四年），齊國乘燕國內亂伐燕，殺燕王噲。⓭棄群臣　丟下群臣。意謂其死亡。⓮暴露　在露天之下受日曬雨淋。此指長久在外。⓯休　休息。⓰計事　商量事情。⓱過聽　聽言有誤。猶今言「誤會」。⓲隙　裂痕；嫌隙。⓳捐　拋棄。⓴自為計　為個人打算。㉑遇　對待。㉒不佞　不才。自謙之詞。㉓抵　觸犯。㉔斧質之罪　死罪。斧、質皆古代刑具名。㉕足下　稱人之敬詞。㉖負　擔負。㉗數　數說；責備。㉘侍御者　左右侍候之人。此實指燕惠王。㉙畜幸　任用且寵幸。畜，養。此有「任用」意。㉚白　明白；了解。㉛對　回答。㉜能當者處之　使有才能者居官職。能，才能。當，相當；勝任。㉝舉錯　舉動；作為。錯，通「措」。㉞高世之心　高出世俗的用心。㉟假節於魏王　借為魏王持節使燕的機會。假，借；利用。節，古代使者所持的信物。魏王，指魏昭王。名遬，魏哀王之子，在位十九年（西元前二九五～前二七七年）。㊱得察　得到了解賞識。㊲父兄　指與燕王同姓之群臣。㊳亞卿　次卿。位在正卿之次。㊴以齊為事　以對齊國報仇為己事。㊵霸國之餘教　霸主之國的遺教。春秋時代齊桓公曾為霸主，故稱齊為霸國。餘教，遺留的教化。《史記》作「餘業」。㊶驟勝之遺事　常勝的經驗。驟，屢次。遺事，前人所留下的事跡。㊷閑　熟習。㊸徑　直接而便捷。㊹結　結交。㊺宋地　宋國之地。在今河南東部及山東、安徽、江蘇之間。周赧王二十九年（西元前二八六年），齊國滅宋國。㊻口受令　接受親口的命令。㊼符節　古代使者所持的信物。㊽顧反命　回來覆命。顧，回來。㊾河北之地　指黃河以北燕國之地。㊿濟上　指濟水之西。樂毅破齊軍於此。51齊王　指齊湣王。名地，齊宣王之子，在位十七年（西元前三〇〇～前二八四年）。五國聯軍破齊，齊湣王出走，為其相淖齒所弒。52莒　齊地。在今山東東南部。53大呂　鐘名。齊國所有。54元英　燕國宮殿名。55故鼎　指燕王噲時為齊國所奪的燕鼎。56曆室　燕國宮殿名。57齊器　齊之祭器。58寧臺　燕國臺名。在今河北薊縣境。59薊丘之植　薊丘的植物。薊丘，燕都。即今河北大興。60植於汶篁　種植於汶水的竹田。植，種植。汶，汶水。在齊境。篁，竹田。61五伯　即五霸。春秋時代稱霸一時的五個諸侯。有三說：一說指齊桓公、宋襄公、晉文公、秦穆公、楚莊王，一說指齊桓公、晉文公、楚莊王、吳闔閭、越句踐，一說指齊桓公、晉文公、秦穆公、楚莊王、吳闔閭。62頓命　敗壞使命。頓，敗壞。63裂地　分地。64蚤知　先見之明。蚤，通「早」。65夷　平定。66八百歲　齊國自太公望始封，至齊湣王，約八百年。67庶孽　庶子。妾所生之子。68萌隸　平民和奴隸。69伍子胥（西元前？～前四八五年）名員。字子胥，春秋時代楚國人，父奢、兄尚皆為楚平王所殺，遂奔吳國，佐吳王闔閭伐楚國，破郢。70闔閭　春秋時代吳國國君。也作闔廬，在位十九年（西元前五一四～前四九六年）。71郢　楚都。在今湖北江陵西北。72夫差　春秋時代吳國國君。闔閭之子，在位二十三年（西元前四九五～前四七三年）。73賜之鴟夷而浮之江　指吳王夫差殺伍子胥，以皮袋盛其屍而投之江。鴟夷，皮袋。74先論　先見。指伍子胥生前勸夫差拒絕越國之求和並停止攻伐齊國的主張。75量　度量。76改　後悔。77免身　免於身受禍患。78離　通「罹」。遭受。79墮　通「隳」。毀壞。80以幸為利　以幸災為利。指乘燕國之敝，以趙國伐之。81惡聲　惡言；壞話。82不潔其名　不洗刷其罪名。83數　屢；常。84親　相信。

【語　譯】昌國君樂毅為燕昭王聯合五國的軍隊去攻打齊國，攻下七十多座城，全劃為郡縣，隸屬燕國。只差三座城沒有攻下，而燕昭王就去世了。燕惠王即位，中了齊國人的反間計，懷疑樂毅，派騎劫代替樂毅領軍。樂毅逃奔趙國，趙國封他為望諸君。齊國田單用計欺騙騎劫，終於擊敗燕軍，收回七十多座城而復興了齊國。

燕惠王後悔了，又恐怕趙國任用樂毅，乘燕國疲憊時來攻打燕國。於是燕惠王派人去責備樂毅並且向樂毅表示歉意，說：「先王將國家託付給將軍，將軍替燕國打敗了齊國，報了先王的仇，天下諸侯沒有不震驚的。寡人怎敢有一天忘記將軍的功勞呢？正好先王離群臣而去，寡人剛即位，左右臣子誤導了寡人。寡人之所以派騎劫替代將軍，是因為將軍長久在外，所以召回將軍暫時休息並且商議國事。將軍誤會，以致和寡人有嫌隙，於是拋棄燕國而投奔趙國。將軍為自己打算，這是可以的，但是又拿什麼來報答先王對待將軍的厚意呢？」

望諸君就派人送信答覆燕惠王說：「臣不才，不能奉承先王的教訓，以順應君王左右的心意，恐怕觸犯死罪，因而傷害先王的英明，並且損害君王的道義，所以逃奔趙國。自己甘願承擔不肖的罪名，所以不敢辯白。現在君王派人來數說臣的罪過，臣唯恐君王左右不了解先王重用及寵幸臣的道理，也不明白臣事奉先王的忠心，所以才敢用這封信來回答。

「臣聽說賢聖的君王，不把爵祿私自賞給親信，只授給功勞多的人；不把官職隨意賞給喜歡的人，只授給有才能的人。所以考察才能而任命官職的，才是成功的君王；選擇德行而結交朋友的，才是能建立名聲的士人。臣憑所學，看出先王的作為，有著超越世俗的用心，所以利用替魏王持節使燕的機會，因而受到賞識。先王破格舉用，把臣從賓客中提拔出來，安置在群臣之上，並沒和宗室大臣商量，就任命臣為亞卿。臣自以為奉行命令、承受教誨，就可以僥倖無罪，所以接受任命而不敢推辭。

「先王命令臣說：『我和齊國有宿怨深恨，所以不顧力量的微弱，要向齊國報仇。』臣回答說：『齊這個國家，還保有霸主之國的遺教，常勝之國的餘威。熟習軍事，擅長戰爭。君王要想打它，一定要聯合天下諸侯一起對付它。聯合天下諸侯一起對付它，沒有比聯合趙國更直接便捷的了。並且淮北和宋國故地，是楚、魏都想要的。趙國如果答應了，再約楚、魏、宋共同出力，四國協同攻齊，可以大敗齊國。』先王說：『好！』

「臣於是接受了先王親口下的命令，帶著符節，南下出使趙國。回來覆命後，隨即出兵攻齊。依靠天道的保佑，先王的聖明，黃河以北的地利，我們隨著先王很快地打到濟水西岸。濟西大軍，奉命追擊，又獲大勝。輕裝精銳的士卒，長驅直入齊都。齊王逃往莒城，勉強脫身。珠玉、財寶、車輛、盔甲、珍貴器物，全都歸燕國所有。大呂鐘陳列在元英宮，從前被齊國奪去的鼎又回到曆室宮，齊國祭器都陳列於寧臺。薊丘的植物，種植在汶水的竹田。從五霸以來，功業沒有比得上先王的。先王認為心願達成，臣沒有辱命，所以封給臣土地，使臣得像小國諸侯一樣。臣不才，自以為奉行命令、承受教誨，就可以僥倖無罪，所以接受封命而沒有推辭。

「臣聽說賢明的國君，既建立功業就不讓它荒廢，所以名揚史冊；遠見的士人，既樹立名聲便不會毀壞它，所以名傳後世。像先王的報仇雪恥，平定萬乘的大國，沒收了齊國八百年的積蓄，到了拋棄群臣的時候，還遺命詔告子孫為政之道，使執政辦事的大臣，能遵循法令，安撫庶親，並施恩到一般百姓，這些都是可以教導後世的。

「臣聽說善於創始的未必善於完成，善於開端的未必善於結束。從前伍子胥的勸說被闔閭所接受，所以吳王的足跡能遠到楚國的郢都。夫差不是這樣，而是賜他一隻皮袋，把他的屍體裝著投進江中。吳王夫差不明白先見之明可以建立功業，所以把伍子胥丟入江中而不後悔；伍子胥不能及早看出前後君主的度量不同，所以被投入江中也還沒悔悟。脫身免禍，保全功勞，以顯揚先王的功績，這是臣的上策；遭受詆毀侮辱，敗壞先王名聲，這是臣最害怕的事；面對不可預測的罪名，幸災樂禍地圖謀私利，這是臣在道義上所不敢做的事。

「臣聽說古代的君子，和人絕交也不說壞話；忠臣離開國家，也不為自己的名聲辯白。臣雖然不才，也時常受君子的教誨。恐怕君王聽信左右的話，卻不了解遠臣的行為，所以才敢寫這封信來回報，請君王多加留意。」

【研　析】本文可分三段。首段記樂毅破齊國立功，因見疑而奔趙國。二段記燕惠王派人向樂毅解釋並無殺害之心，且責備其辜負燕昭王知遇之恩。三段為樂毅回信，可分七節：其一，說明寧自負罪名而奔趙國，乃恐回燕國後被殺，如此，既傷燕昭王的知人之明，又陷燕惠王於殺功臣之不義；回信旨在說明受燕昭王重用的原因，及事奉燕國的忠心。其二，說明燕昭王「察能而授官」，故身得用於燕國。其三，記其向燕昭王獻破齊國之策。其四，記破齊國立功，報燕昭王之仇。其五，記燕昭王臨終告誡後王，當循法令，施恩澤。其六，說明以伍子胥為鑑，故棄燕國奔趙國，但不會乘機不利於燕國。其七，申明回書辯白乃不得已。

燕惠王之所以會疑樂毅，是因中齊國人反間之計；其所以中計，又因燕惠王素來就和樂毅不睦。故樂毅深知若奉召回燕國，則必死無疑，勢不得不奔。燕惠王的解釋，可說是言不由衷，不必多辯，但其「亦何以報先王之所以遇將軍之意乎」的責備，卻不可不白，故樂毅報書的一至四節，殷殷以申明「先王之所以畜幸臣之理」，及「臣之所以事先王之心」。然棄燕國而奔趙國，既為事實，則於全始全終之德，豈不閒然有缺？故五、六兩節，又委婉含蓄地暗示燕惠王之不能與燕昭王同量，不能遵燕昭王之遺教，疑忌先王功臣而有殺害之心，為「免身全功，以明先王之迹」，出走乃逼不得已。全書脈絡，大抵如此。

報書全文，直接稱先王者凡十五次，這固然是感於燕昭王能「擢之乎賓客之中，而立之乎群臣之上」的知遇之恩，又何嘗不是對燕惠王疑忠遠賢的慨歎；對燕昭王的感激越是深刻，對燕惠王的遺憾也就越是痛切。燕昭王能知人善任，用人不疑，「察能而授官」，燕惠王卻用人不當，疑忌功臣；燕昭王能因功而授祿，「裂地而封」破齊立功的樂毅，燕惠王卻奪其兵權，欲置之死；燕昭王能「功立而不廢」，燕惠王卻七十餘城復失。凡此種種，明為感念燕昭王之賢聖，實暗示燕惠王之愚闇，不出惡聲而寓諷諫。

忠而見疑，賢而被斥，不得不棄功遁逃，樂毅心中該有多少憤懣？但從報書中我們所看到的卻是心平氣和、委婉含蓄，光明磊落、溫柔敦厚，無怪乎燕惠王收信後會封其子樂閒襲爵，而樂毅也得以往來燕、趙，兩國均以為客卿。

李 斯

李斯（西元前?～前二〇八年），戰國時代楚上蔡（今河南上蔡）人。年輕時曾任郡小吏，後從荀子學帝王之術。學成入秦國，投秦相呂不韋門下為郎，以併吞六國之策說秦王政，拜客卿。秦王政一統天下，以李斯為丞相，廢封建，置郡縣，定律令，築長城，統一文字，焚民間詩書百家語；秦朝規模制度，多出其手。秦始皇崩（西元前二一〇年），李斯依趙高之計，矯詔賜秦始皇太子扶蘇死，立其少子胡亥。後趙高擅政，誣李斯謀反，處腰斬，並夷三族。李斯長於書法，有《倉頡篇》，為識字讀本，傳世秦刻石也多出其手。其文章鋪陳排比，氣勢奔放，為漢賦之先聲。

諫逐客書

【題　解】本文選自《史記·李斯列傳》，篇名據文意而訂。秦王政十年（西元前二二七年），秦國發覺韓王派來的水利專家鄭國，名義上是幫助秦國發展水利，其實是要藉機消耗秦國國力，以阻止秦國侵略韓國。秦國宗室大臣因而提議驅逐所有來自六國的人士。李斯也在被逐之列，故上此書，陳說逐客不利於秦，是錯誤的政策。秦王政接納諫諍，並恢復李斯官職。

秦宗室❶大臣皆言秦王曰：「諸侯人來事秦者，大抵為其主遊間❷於秦耳，請一切❸逐客。」李斯議❹亦在逐中。

斯乃上書曰：「臣聞吏議逐客，竊以為過⑤矣。昔穆公⑥求士，西取由余於戎⑦，東得百里奚於宛⑧，迎蹇叔於宋⑨，來邳豹、公孫支於晉⑩。此五子者，不產於秦，而穆公用之，并國二十，遂霸西戎。孝公用商鞅之法⑪，移風易俗。民以殷盛⑫，國以富彊；百姓樂用⑬，諸侯親服；獲楚、魏之師⑭，舉⑮地千里，至今治彊⑯。惠王用張儀之計⑰，拔三川⑱之地，西并巴、蜀⑲，北收上郡⑳，南取漢中㉑，包九夷㉒，制鄢、郢㉓，東據成皋㉔之險，割膏腴之壤；遂散六國之從㉕，使之西面事秦，功施㉖到今。昭王㉗得范雎㉘，廢穰侯㉙，逐華陽㉚，彊公室，杜私門㉛，蠶食㉜諸侯，使秦成帝業。此四君者，皆以客之功。由此觀之，客何負於秦哉？向使四君卻㉝客而不內㉞，疏士而不用，是使國無富利之實，而秦無彊大之名也。

「今陛下致昆山之玉㉟，有隨、和之寶㊱，垂明月之珠㊲，服太阿㊳之劍，乘纖離㊴之馬，建翠鳳之旗㊵，樹靈鼉之鼓㊶。此數寶者，秦不生一焉，而陛下說㊷之，何也？必秦國之所生然後可，則是夜光之璧不飾朝廷，犀、象之器不為玩好，鄭、衛之女㊸不充後宮，而駿良駃騠㊹不實外廄㊺，江南金錫不為用，西蜀丹青㊻不為采㊼。所以飾後宮、充下陳㊽、娛心意、說耳目者，必出於秦然後可，則是宛珠之簪[49]，傅璣之珥[50]、阿縞[51]之衣，錦繡之飾，不進於前，而隨俗雅化[52]，佳冶窈窕[53]，趙女不立於側也。夫擊甕叩缶[54]，彈箏搏髀[55]，而歌呼嗚嗚快耳者，真秦之聲也；鄭、衛、桑間[56]，〈韶〉虞、武〈象〉[57]者，異國之樂也。今棄擊甕叩缶而就鄭、衛，退彈箏而取〈韶〉虞，若是者何也？快意當前[58]，適觀[59]而已矣！今取人則不然，不問可否，不論曲直，非秦者去，為客者逐。然則是所重者在乎色樂珠玉，而所輕者在乎民人[60]也。此非所以跨海內[61]、制諸侯之術也。

「臣聞地廣者粟多，國大者人眾，兵彊則士勇。是以太山[62]不讓[63]土壤，故能成其大；河海不擇細流，故能就其深；王者不卻眾庶，故能明其德。是以地無四方，民無異國，四時充美[64]，鬼神降福，此五帝、三王之所以無敵也。今乃棄黔首[65]以資敵國，卻賓客以業[66]諸侯，使天下之士，退而不敢西向，裹足[67]不入秦，此所謂藉寇兵而齎盜糧[68]者也。

「夫物不產於秦，可寶者多；士不產於秦，而願忠者眾。今逐客以資敵國，損民以益讎，內自虛而外樹怨於諸侯，求國無危，不可得也。」

秦王乃除逐客之令，復李斯官。

【注釋】❶宗室　與國君或皇帝同祖宗的貴族。❷遊間　遊說離間。❸一切　一概。❹議　商議。❺過　錯誤。❻穆公　秦穆公。名任好，秦德公少子，秦成公之弟，在位三十九年（西元前六五九～前六二一年），為春秋五霸之一。❼西取由余於戎　從西邊的戎得到由余。由余，晉人。逃入戎，奉戎王之命使秦國，秦穆公愛其才，設計離間，由余乃降秦國，後秦國用其計，滅戎稱霸。戎，西方民族名。❽東得百里奚於宛　在東邊的宛地得到百里奚。百里奚，虞國大夫。晉獻公滅虞國，以百里奚為陪嫁的臣僕，入秦國，後逃至宛，為楚國人所執，秦穆公以五張黑色公羊皮贖之歸，與議國事，知其賢，授以國政，相秦七年而秦穆公以成霸業。❾迎蹇叔於宋　從宋國把蹇叔迎聘過來。蹇叔，秦國岐（今山西岐山縣）人。遊於宋國，秦穆公因百里奚之薦，迎聘之以為上大夫。❿來邳豹公孫支於晉　從晉國招來邳豹和公孫支。邳豹，晉大夫邳鄭之子。父為晉惠公所殺，乃奔秦國。公孫支，秦國岐人。初遊晉國，後歸秦國，為大夫。⓫孝公用商鞅之法　秦孝公採用商鞅的新法。秦孝公，名渠梁。秦獻公之子，秦穆公十五世孫，在位二十四年（西元前三六一～前三三八年）。商鞅（西元前三九〇～前三三八年），姓公孫，名鞅，衛國人。秦封之於、商十五邑，號為商君。初為魏相公叔痤家臣，入秦，秦孝公用之以變法，廢井田、開阡陌，獎勵耕戰，使秦國富強。⓬殷盛　富足。⓭樂用　樂於效力。⓮獲楚魏之師　俘獲楚、魏二國的軍隊。秦孝公十年（西元前三五二年），商鞅領兵圍魏國的安邑（今山西夏縣北），降之，二十二年伐楚國、擊魏國，虜魏公子卬，魏國割河西之地以求和。⓯舉　攻下。⓰治彊　安定強大。⓱惠王用張儀之計　秦惠王採用張儀的計謀。惠王，即惠文君。名駟，秦孝公之子，在位二十七年（西元前三三七～前三一一年），即位之十三年稱王（西元前三二五年），史稱惠文王或惠王。張儀（西元前？～前三〇九年），魏國人。入秦，相秦惠王，迫使魏國獻上郡，瓦解諸侯合縱，取楚國的漢中地。⓲三川　今河南河、洛、伊三水間地區。秦惠王三年（西元前三三五年）及秦武王四年（西元前三〇七年），秦二度拔韓國之宜陽（今河南宜陽），至莊襄王而置三川郡。⓳巴蜀　古二小國名。皆在今四川。巴在川東，蜀在川西，秦惠王二十二年（西元前三一六年），二國並為秦國所滅，分置巴郡及蜀郡。⓴上郡　今陝西北部及綏遠鄂爾多斯旗左翼等地。秦惠王十年（西元前三二八年）魏國納上郡十五縣於秦。㉑漢中　今陝西東南部及湖北西北部一帶。秦惠王二十六年（西元前三一二年），攻楚國之漢中，取地六百里，置漢中郡。㉒包九夷　兼并許多蠻夷部族。九，形容其多。㉓制鄢郢　控制楚國。鄢，楚地。在今湖北宜城。郢，楚都。在今湖北江陵北。㉔成皋　地名。又名虎牢，在今河南汜水縣境。㉕散六國之從　離散六國的合縱聯盟。蘇秦以合縱之策，遊說六國，使合力抗秦，後張儀為秦相，以連横之計，勸諸侯奉事秦國，使合縱瓦解。從，通「縱」。南北為縱，東西為横。㉖施　延續。㉗昭王　即秦昭襄王。名稷，秦惠王之子，秦武王之弟，在位五十六年（西元前三〇六～前二五一年）。㉘范

雎　（西元前？～前二二五年）魏國人。入秦，遊說秦昭王遠交近攻，加強王權，秦昭王以為相。㉙穰侯　即魏冉。秦昭王母宣太后之異父弟，先為將軍，又為相，封於穰（今河南鄧縣東南）。㉚華陽　名芈戎。宣太后同父弟，封於華陽（今陝西商縣東），稱華陽君。㉛彊公室二句　壯大王室權力，杜絕私人勢力。私門，權臣之門。指穰侯、華陽君。㉜蠶食　比喻逐漸侵吞。㉝卻　拒絕。㉞內　通「納」。收容。㉟昆山之玉　昆岡的美玉。昆岡，在于闐國（今新疆和闐）東北四百里，以產玉著名。㊱隨和之寶　隨侯之珠及和氏之璧。隨，古國名。也作「隋」，在今湖北隨縣。相傳隨侯曾救大蛇，後大蛇自江中銜珠報之。和，指卞和。春秋時代楚國人，得璞玉於山中，歷獻楚厲王及楚武王，皆以為石，雙足被刖，楚文王時，卞和抱玉哭於荊山下，楚文王使人剖之，果為美玉。㊲明月之珠　傳說中在夜間光如明月的珠子。㊳太阿　寶劍名。據《越絕書》，春秋時代楚王請歐冶子、干將鑿茨山，取鐵英，造龍淵、太阿、工布三把鐵劍。㊴纖離　古良馬名。㊵翠鳳之旗　用翠羽結成鳳形為飾的旗子。㊶靈鼉之鼓　以鼉皮製成的鼓。鼉，動物名。俗名豬婆龍，背灰褐色，上有黃斑及黃條，腹部灰色，長約二公尺，穴居池沼底部，皮可以張鼓，古人以為有靈異，故稱靈鼉。㊷說　通「悅」。㊸鄭衛之女　泛指外國的美女。以下「趙女」亦同。㊹駃騠　北狄的良馬。㊺外廄　宮外的馬房。㊻丹青　硃砂和空青。可作彩繪的塗料。㊼采　彩色；彩繪。㊽下陳　後列。此指侍妾。㊾宛珠之簪　以宛珠鑲飾的簪。宛，在今河南南陽。產珠玉。㊿傅璣之珥　鑲珠璣的耳環。傅，附；鑲嵌。璣，小珠。珥，耳飾。(51)阿縞　東阿所產的白色絹帛。東阿，齊國地名。在今山東東阿。縞，白色的生絹。(52)隨俗雅化　時髦而高雅。(53)佳冶窈窕　容貌嬌豔，體態美好。冶，豔麗。(54)擊甕叩缶　擊瓦甕，敲瓦盆。秦國人歌唱時，擊二者以為節拍。(55)彈箏搏髀　彈著箏，拍著腿。箏，樂器。有五絃、十二絃、十三絃等。搏，打。髀，股骨。(56)鄭衛桑間　指鄭、衛二國的音樂。桑間，衛國之地。其地歌謠之風甚盛。(57)韶虞武象　虞舜的〈韶〉樂，周武王的〈象〉舞。(58)當前　眼前。(59)適觀　觀看而覺舒適。(60)民人　人。此指人才。(61)跨海內　統一天下。(62)太山　即泰山。(63)讓　推辭；排斥。(64)充美　富裕美好。(65)黔首　百姓；人民。秦時謂人民曰黔首。或曰指人民髮黑，或曰指人民以黑巾裹頭。黔，黑。(66)業　用為動詞。指成其事、立其業。(67)裹足　纏裹其足。引申為止足不敢向前。(68)藉寇兵而齎盜糧　借武器給敵寇，送糧食給盜賊。藉，通「借」。兵，兵械。齎，贈送；給予。

【語　譯】秦國的宗室大臣都對秦王說：「從各國來秦服務的人，大都是為他們國君來遊說離間秦國的，請驅逐所有的客卿。」李斯也在議定的驅逐行列中。

於是李斯上書說：「臣聽說官吏們建議驅逐客卿，臣以為這是錯誤的。從前穆公訪求賢士，從西戎得到了由余，在東邊的宛贖得百里奚，自宋國迎聘蹇叔，由晉國招來丕豹、公孫支。這五個人都不是秦國人，穆公任用他們，結果就兼并了二十個國家，稱霸西戎。孝公用商鞅的新法，改變風俗，百姓因此富足，國家因此富強；百姓樂於為國效命，諸侯親近歸服；擊敗楚、魏，奪得千里的土地，到現在仍然安定強大。惠王用張儀的計謀，攻下三川，西併吞巴、蜀，北占領上郡，南攻取漢中，兼并蠻夷，控制楚國，東占據成皋的險要，割取肥沃的土地；於是離散六國的合縱，使他們向西事奉秦國，功業一直延續到現在。昭王得到范雎，廢黜穰侯，驅逐華陽君，壯大王室權力，杜絕私人勢力，逐漸侵吞諸侯，使秦國成就帝業。這四位君主，都是靠客卿的功勞。由此看來，客卿對秦國有什麼虧欠？假如這四位君主拒絕客卿而不接納，疏遠賢士而不任用，那秦國勢必沒有富足的事實與強大的威名了。

「現在陛下得到昆山的美玉，擁有隨侯珠、和氏璧，掛明月珠，佩太阿劍，騎纖離馬，豎翠鳳旗，設靈鼉鼓。這幾種寶物，沒有一樣出產在秦國，而陛下卻喜愛它們，為什麼呢？一定要秦國的產物才可以用，那麼夜光璧就不該擺飾在朝廷，犀角象牙做成的器具不該作為賞玩的寶物，鄭、衛二國的美女不該納入後宮，而北狄的駿馬不該養在馬棚，江南的金錫不該使用，西蜀的丹青不該拿來塗彩。所有用來裝飾後宮、充作姬妾、娛樂心意、取悅耳目的，一定要出產於秦國才可以，那麼鑲著宛珠的簪，嵌著珠璣的耳環，東阿白絹裁成的衣裳，織錦刺繡的服飾，不該進呈到面前，而時髦高雅、嬌豔姣好的趙國美女不該侍立在左右。擊瓦罐敲瓦盆，彈箏拍腿，嗚嗚地歌著叫著以愉悅耳朵，是道地的秦國音樂；鄭、衛、桑間的歌謠，虞舜的〈韶〉樂、周武王的〈象〉舞是異國的音樂。如今捨棄擊瓦罐敲瓦盆的音樂而改聽鄭、衛的歌謠，不彈箏而採用〈韶〉樂〈象〉舞，這樣做是為什麼呢？不過是求眼前的快樂，覺得舒適罷了！現在用人卻不是如此，不問優劣，不分是非，不是秦國人就排斥，凡是客卿就驅逐。那麼所重視的是美色音樂珍珠美玉，所輕視的是人才了。這不是統一天下、控制諸侯的作法啊！

「臣聽說土地廣的米糧多，國家大的百姓眾，軍力強盛兵士就勇敢。所以泰山不推辭土壤，才能成就它的高大；河海不捨棄細流，才能成就它的深；君王不排斥百姓，才能顯揚他的盛德。因此地不分東南西北，人不論本國外國，時時充實美好，鬼神降下福澤，這是五帝三王所以無敵的原因。現在卻擯棄百姓而幫助敵國，斥逐賓客以成就諸侯，使天下的賢士退避而不敢向西，止步不入秦國，這叫做借兵器給敵人而送糧食給盜賊啊。

「物品不產於秦國，但值得珍貴的很多；人才不出於秦國，而願意效忠的也很多。如今驅逐客卿而幫助敵國，損害人民去助長仇人，對內自損國力，對外結怨諸侯，而希望國家沒有危險，是不可能的。」

秦王就取消了驅逐客卿的命令，恢復李斯的官職。

【研　析】本文可分三段。首段記秦議逐客卿，末段記秦罷逐客之令，一始一末，為史家敘事之筆；中間一段為李斯所上書，是全文的中心。

李斯之書，要點可大分為四：其一，列舉秦國四賢君穆公、孝公、惠王、昭王，皆以重用客卿而使秦國富利強大，證明客卿非但不負於秦國，且於秦國大有利。此從正面言客卿之利，以駁斥逐客之議。其二，列舉秦王所珍愛玩好諸物，皆出異國而非秦國所產，指出若用人而「不問可否，不論曲直，非秦者去，為客者逐」，則是重色樂珠玉而輕人才，非欲一統天下者所應為。此從側面言逐客之不當。其三，強調帝王有容乃大，今若逐客，是反其道而行，將使天下之士裹足不入於秦國，而為他國所用。其四，言逐客即為資敵，客為諸侯所用，將大不利於秦國。三、四兩點，皆言逐客之害，從反面指出議者之不能遠慮。

全書純從秦國之利害而客觀分析，殷殷以秦國之富強為念，絕無乞憐求容之意。既動之以利害，又明之以事理，舉證確當，文氣暢達；排比、對偶的修辭手法，使得文章既有說服力，又極富文采。尤其第二部分，從人才說到玩物，比喻精彩，波瀾迭起，更是極盡文章之妙。

屈原

屈原（西元前三四三～前？年），名平，字原，戰國時代楚國人。屈與景、昭二姓皆楚國王族。屈原以其出身，宗族及國家意識特別濃烈。時當戰國末年，天下以秦國最強，齊國最富，而楚國則土地最廣。楚國內部或主親秦，或主親齊，屈原主親齊最力。年輕時以其博學多能又長於辭令，擔任左徒之要職，盡忠竭智，頗得楚懷王信任。其後因遭讒言，又逢親秦一派得勢，而被疏遠，甚至放逐。流浪江南多年，眼見國是日非，報國無門，滿懷悲憤，投汨羅江而死。所作〈離騷〉等二十五篇，為騷賦一體之祖，其文辭瑰麗，情感細緻，又開古典文學浪漫一派之先河。

卜居

【題解】本文選自《楚辭》。卜居，占卜請問居世自處之道。敘述屈原竭知盡忠而被放逐，心煩意亂，不知如何自處，於是求教於太卜鄭詹尹，但太卜卻只能勸勉屈原：照著自己的心意行事。

屈原既放❶，三年，不得復見。竭知❷盡忠，而蔽鄣於讒❸，心煩慮亂，不知所從。乃往見太卜❹鄭詹尹❺，曰：「余有所疑，願因❻先生決❼之。」詹尹乃端策拂龜❽，曰：「君將何以教之？」

屈原曰：「吾寧悃悃款款❾、朴以忠❿乎？將⓫送往勞來⓬斯無窮⓭乎？寧誅鋤草茅以力耕乎？將游大人⓮以成名乎？寧正言不諱以危身乎？將從俗富貴⓯以媮生⓰乎？寧超然高舉⓱以保真⓲乎？將哫訾栗斯、喔咿儒兒⓳以事婦人⓴乎？寧廉潔正直以自清乎？將突梯滑稽㉑，如脂如韋㉒以潔楹㉓乎？寧昂昂㉔若千里之駒乎？將氾氾㉕若水中之鳧㉖，與波上下，偷以全吾軀乎？寧與騏驥㉗亢軛㉘乎？將隨駑馬㉙之跡乎？寧與黃鵠㉚比翼㉛乎？將與雞鶩㉜爭食乎？此孰吉孰凶？何去何從？世溷濁㉝而不清，蟬翼為重，千鈞㉞為輕；黃鐘㉟毀棄，瓦釜㊱雷鳴；讒人高張㊲，賢士無名。吁嗟默默兮，誰知吾之廉貞？」

詹尹乃釋策而謝㊳，曰：「夫尺有所短，寸有所長㊴；物有所不足，智有所不明；數㊵有所不逮，神有所不通㊶。用君之心，行君之意，龜策誠不能知此事。」

【注釋】❶放　放逐。❷知　通「智」。❸蔽鄣於讒　被小人所遮蔽阻攔。鄣，同「障」。遮蔽。讒，指奸佞小人。❹太卜　掌占卜之官。❺鄭詹尹　人名。❻因　憑藉。❼決　決定。❽端策拂龜　擺正蓍草，拂淨龜甲。為表示虔敬的占卜準備動作。策，古代占卜用的蓍草莖。❾悃悃款款　誠誠懇懇。❿朴以忠　樸實而忠貞。朴，通「樸」。以，而。⓫將　還是。⓬送往勞來　送往迎來。指忙於應酬。⓭無窮　免於困窮。一說：不止。⓮游大人　交結高官顯貴。⓯從俗富貴　迎合時俗，追求富貴。⓰媮生　苟且求生。媮，同「偷」。⓱超然高舉　遠走高飛。指捨棄名利，遠離是非。⓲保真　保全純真，不受世俗汙染。⓳哫訾栗斯喔咿儒兒　形容巧言令色、曲己迎人的醜態。哫訾，阿諛逢迎。栗斯，故作戒懼小心的樣子。喔咿儒兒，故作笑容，裝出順從的樣子，以取悅於人。⑳婦人　指楚懷王寵姬鄭袖。鄭袖與子蘭上官大夫勾結讒害屈原。㉑突梯滑稽　圓滑伶俐。㉒如脂如韋　滑溜如油脂，柔軟如熟牛皮。㉓潔楹　潤潔楹柱，使之圓滑。比喻圓滑諂媚。或謂潔楹合音如「敬」，足恭媚世之意。㉔昂昂　超群出眾的樣子。㉕汜汜　浮游不定的樣子。㉖鳧　野鴨。㉗騏驥　駿馬。㉘亢軛　抗衡；並駕齊驅。亢，通「抗」。舉。軛，車轅前端曲木，用以套牛馬以駕車。㉙駑馬　劣馬。㉚黃鵠　天鵝。㉛比翼　並翼齊飛。㉜鶩　鴨。㉝溷濁　混濁。㉞千鈞　形容很重。三十斤為一鈞。㉟黃鐘　聲音宏亮，其音合黃鐘之律的大鐘。古樂分十二律，陰、陽律各六，黃鐘居陽律之首，最宏亮。㊱瓦釜　陶土燒成的鍋。㊲高張　居於高位，氣燄囂張。㊳謝　辭謝。㊴尺有所短二句　喻不同的情況，不同的標準，衡量的結果會有所不同，不能一概而論。㊵數　術數。此指占卜之術。㊶通　通曉。

【語譯】屈原被放逐後，過了三年，一直無法再見到楚王。他竭盡心智、盡忠國君，卻被小人所遮蔽阻攔，因此心情煩悶，思慮混亂，不知如何是好。於是就去拜望太卜鄭詹尹，說：「我有一些疑問，希望先生幫我做個決定。」詹尹於是擺正蓍草，拂淨龜甲，說：「先生有何指教？」

屈原說：「我寧可誠誠懇懇、樸質而忠貞呢？還是送往迎來以免於困窮呢？寧可剷除茅草而努力耕作呢？還是結交高官顯貴以成名呢？寧可直言不隱而危害到己身呢？還是迎合時俗、追求富貴而苟且求生呢？寧可遠走高飛以保存本真呢？還是畏畏縮縮、強顏歡笑以事奉婦人呢？寧可廉潔正直以自保純潔呢？還是圓滑伶俐，像油脂、柔韋一樣用來潤潔楹柱呢？寧可高昂地像日行千里的良駒呢？還是像水中浮游不定的野鴨，隨波上下，苟且以保全我的身軀呢？寧可和駿馬並駕齊驅呢？還是跟隨劣馬的足跡呢？寧可和天鵝比翼而飛呢？還是和雞鴨爭食呢？以上什麼是吉？什麼是凶？什麼該捨棄？什麼該順從？世間混濁而不清，認為蟬翼是重的，卻說千鈞是輕的；黃鐘被毀壞拋棄，瓦釜卻像雷鳴般的響動；小人居於高位，氣燄囂張，賢士卻默默無名。我悲歎世間的沉默，有誰能了解我的廉潔忠貞？」

詹尹於是放下了筮草而辭謝，說：「尺有它的短處，寸也有它的長處；物理有時不一定能周全，智慧有時不一定能洞察；占卜有時不一定有把握，神靈有時不一定能通達。秉著您的良心，照您的意思去做吧。龜策實在不能知道這事。」

【研析】本文可分三段。首段言屈原忠而被逐，心煩慮亂，乃往見太卜，欲借龜策決其疑惑。二段用反詰連詞「寧」、「將」，一口氣提出八個疑問，揭露其心中的矛盾和痛苦。三段言龜策亦無法決斷屈原之疑惑，太卜唯勉以「用君之心，行君之意」而已。

題為「卜居」，意謂問卜以求為人處世之道，其事未必是真，蓋假設問答，以自抒其懷抱，故朱熹云：「哀憫當世之人，習安邪佞，違背正直，故陽（編按：佯）為不知二者之是非可否，而將假著龜以決之。」洵為知言之論。

第二段是全文的重心，具體傾訴了首段的「心煩慮亂」。八個「寧」字所述，是屈原對生命價值的認識和堅持；八個「將」字所述，是屈原對於世俗「溷濁而不清」的認知和控訴。在理念和現實極端相反的情況下，矛盾和彷徨因而產生，抉擇不易的掙扎和痛苦，亦根源於此。相對於此，第三段的「用君之心，行君之意」，雖出自太卜之口，實為屈原最終的選擇；在舉世昏濁的現實世界，獨自保持其堅貞高潔，不隨波逐流，不同流合汙，這就是屈原無悔的執著。

全文從疑惑到苦悶，從求問於龜策到自我體悟，最終獲得解脫，表現出高度的人文精神，也展現出嚴謹的是非判斷，發抒其內心的憤慨，表明絕不妥協的堅定立場。

宋玉

宋玉（約西元前二九八～約前二二二年），戰國時代楚國人，生平不詳。約當生在屈原之後，為一仕途不得志的寒士。《漢書・藝文志》宋玉賦有十六篇，今傳者散見於《楚辭章句》、《文選》及《古文苑》中，凡十三篇。作品長於細緻描繪物象而情景融合，後人與屈原並稱屈、宋。

對楚王問

【題解】本文選自《昭明文選》。對，回答。楚王，戰國時代楚頃襄王。名橫，楚懷王之子。在位三十六年（西元前二九八～前二六三年）。本文記宋玉回答楚頃襄王對他品行是否有過失的問難，表現了宋玉孤高之情，以及懷才不得伸的怨懟。後代文體有對問一類，採問答對話形式抒情寫志，其源始於本文。

楚襄王❶問於宋玉曰：「先生其❷有遺行❸與？何士民眾庶❹不譽之甚也！」

宋玉對曰：「唯，然。有之。願大王寬❺其罪，使得畢其辭。客有歌於郢❻中者，其始曰〈下里巴人〉❼，國中屬❽而和者數千人；其為〈陽阿薤露〉❾，國中屬而和者數百人；其為〈陽春白雪〉❿，國中屬而和者不過數十人；引商刻羽⓫，雜以流徵⑫，國中屬而和者不過數人而已。是其曲彌⑬高，其和彌寡。故鳥有鳳⑭而魚有鯤⑮。鳳凰上擊⑯九千里，絕雲霓⑰，負蒼天⑱，足亂浮雲，翱翔乎杳冥⑲之上。夫蕃籬⑳之鷃㉑，豈能與之料㉒天地之高㉓哉？鯤魚朝發崑崙之墟㉔，暴鬐㉕於碣石㉖，暮宿於孟諸㉗。夫尺澤㉘之鯢㉙，豈能與之量江海之大哉？故非獨鳥有鳳而魚有鯤也，士亦有之。夫聖人瑰意琦行㉚，超然獨處。世俗之民，又安知臣之所為哉？」

【注釋】❶楚襄王　即楚頃襄王。名橫，楚懷王之子，在位三十六年（西元前二九八～前二六三年）。❷其　大概。表猜測的語氣。❸遺行　過失的行為。❹士民眾庶　士和百姓。❺寬　寬恕。❻郢　楚都。在今湖北江陵。❼下里巴人　古曲名。屬鄉野民歌。❽屬　接續。❾陽阿薤露　古曲名。❿陽春白雪　古曲名。⓫引商刻羽　拉長商聲，縮減羽聲。意謂力求曲調變化而和諧。引，延長。商，五聲之一。其聲敏疾。刻，削減。羽，五聲之一。其聲低平。⓬雜以流徵　中間加入抑揚流盪的徵聲。徵，五聲之一。其聲抑揚遞續，流盪變化，故稱流徵。⓭彌　更加。⓮鳳　即鳳凰。雄為鳳，雌為凰。⓯鯤　大魚名。⓰上擊　振翅高飛。擊，指兩翼上下拍動。⓱絕雲霓　穿越雲霄。絕，度過。霓，副虹。位於主虹外側，常出現於雨後。⓲負蒼天　背著蒼天。⓳杳冥　指眇遠幽深的地方。⓴蕃籬　用竹木編成的籬笆。蕃，通「藩」。籬笆。㉑鷃　鳥名。也作「鴳」，俗稱鵪鶉。㉒料　估量。㉓天地之高　即天之高。地字連類而及。㉔崑崙之墟　崑崙大山。崑崙山在新疆、西藏之間，西接帕米爾高原，東延入青海省境，峰嶺層疊，形勢聳峻。墟，大丘。㉕暴鬐　暴露魚鰭。暴，顯露。鬐，同「鰭」。魚類在水中運動的器官，由體壁突出而成，形狀扁平，有脊鰭、胸鰭、腹鰭、尾鰭等。㉖碣石　古山名。在今河北昌黎西北。㉗孟諸　古澤名。故地在今河南商邱東北。也作「孟豬」、「望諸」、「盟諸」、「明都」。㉘尺澤　一尺之澤。極言其小。㉙鯢　小魚。㉚瑰意琦行　奇偉不凡的思想和行為。瑰，奇偉。琦，珍奇。

【語　譯】楚襄王問宋玉說：「先生大概有過失的行為吧？為什麼士人和百姓都很不稱讚你呢？」

宋玉回答道：「哦，是的。有的。希望大王寬恕臣的罪過，讓臣把話說完。有個在郢都唱歌的外地人，最初唱〈下里巴人〉，城裡接續應和的有幾千人；後來改唱〈陽阿薤露〉，城裡接續應和的有幾幾百人；再唱〈陽春白雪〉，城裡接續應和不過幾十人；最後他拉長商聲、縮減羽聲，中間又加入抑揚流盪的徵聲，城裡接續應和的不過幾個人罷了。這表示曲調愈高，應和的人就愈少。所以鳥類中有鳳凰而魚類中有鯤魚。鳳凰振翅高飛，可以淩空九千里，穿越雲霄，背負青天，踩亂浮雲，在眇遠幽深的天際翱翔。那些只能在籬笆間跳躍的鷃鴳，怎能和牠估量天的高度呢！鯤魚早晨從崑崙大山出發，一直游到海畔的碣石山，傍晚又游回孟諸澤歇宿。那些小池裡的鯢魚，怎能和牠量測江海的寬廣呢！因此不單是鳥類中有鳳凰而魚類中有鯤魚，就是士人中也有特出的。聖人奇偉不凡的思想和行事，高超不群。那些膚淺的俗人，又怎能了解臣的所作所為呢！」

【研　析】本文可分二段。首段楚襄王問宋玉是否有遺行，二段宋玉答楚襄王之問。一問一答，構成全文，而重心在「答」，「問」只是為「答」立案而已。

「答」的部分，又可分為兩節。自「唯，然，有之」至「使得畢其辭」為第一節。此下至末為第二節。

第一節緊接襄王之問，而坦承有遺行。「唯，然，有之」四字之中而語氣三變。「唯」乃輕聲微應，語帶支吾，因猝然見問，措手不及，故藉此一頓，以換取思考之時間。及神思稍定，始肯定答覆曰「然」。繼則胸有成竹，而強調之曰「有之」，隱示事有必然。若常人，則必否認之不暇矣。故宋玉之答，極為反常，足使聞之者滿懷訝異，而切盼其解說。此文之卓犖新奇，全在於此。若一味否認，則雖文采可觀，亦落於俗套矣。

第二節旨在說明所以見譏之故，端在世俗之無知。此意又不從正面說出，而連設三喻以明之。先以曲為喻。依曲之高下與和者之多寡，分四層以相映襯，結出「曲高和寡」之至理，以見俗眾之不足以知名曲也。同樣情形，事例尚多，因以「故鳥有鳳而魚有鯤」引出鳥、魚兩喻，各用對比法，以明鷃不足以知鳳，而鯢不足以知鯤，歸結到世俗之民不足以知聖人。宋玉分明以聖人自居，而運用比喻的結果，不但無露才揚己之跡，而反有諷諭楚襄王勿聽小人之言的含意。

細檢全文，立意卓爾不群，結構井然有序。答語全用比喻，又多用對比手法，輾轉鋪陳，文辭溫婉而綺麗，有如彩霞滿天，令人目不暇接。而巧喻之中，語含諷諫，只是託意委婉，不易察覺罷了。

卷五 漢文

史記

《史記》一百三十卷，西漢司馬遷撰。全書起自黃帝，迄於漢武帝，凡二千餘年，共五十二萬餘字。內容分為十二「本紀」，記歷代帝王大事政績；十「表」，表列歷史大事；八「書」，記天文地理及典章制度；三十「世家」，記王侯將相事跡；七十「列傳」，記歷代名人事跡。是一部包羅萬象、博大謹嚴的紀傳體通史，對於後代散文作家也有極深遠的影響。

五帝本紀贊

【題解】本文選自《史記・五帝本紀》，篇名據原題加一「贊」字而訂。贊，稱頌；讚美。《史記》以黃帝、顓頊、嚳、堯、舜為五帝，合此五帝事跡，作〈五帝本紀〉，置於全書之首。本文為〈五帝本紀〉的卷末，說明作紀的緣由，以及史料來源和考信原則。

太史公❶曰：「學者多稱五帝，尚❷矣。然《尚書》❸獨載堯以來，而百家❹

言黃帝，其文不雅馴❺，薦紳❻先生難言之。孔子所傳宰予❼問〈五帝德〉❽及〈帝繫姓〉，儒者或不傳。余嘗西至空桐❾，北過涿鹿❿，東漸⓫於海，南浮⓬江淮矣。至長老皆各往往稱黃帝、堯、舜之處，風教⓭固殊焉。總之，不離古文⓮者近是。

「予觀《春秋》、《國語》⓯，其發明〈五帝德〉、〈帝繫姓〉，章⓰矣。顧弟⓱弗深考，其所表見⓲皆不虛。《書》缺有間⓳矣，其軼⓴乃時時見於他說。非好學深思，心知其意，固㉑難為淺見寡聞道㉒也。余并論次㉓，擇其言尤雅者，故著為『本紀』書首。」

【注釋】❶太史公　司馬遷自稱。《史記》各卷贊語凡稱「太史公」皆司馬遷自稱，但〈天官書〉、〈封禪書〉的贊語兩稱「太史公」，係指其父司馬談。太史，官名。掌圖書典籍。❷尚　通「上」。久遠。❸尚書　即《書經》。❹百家　指先秦諸子。百為概括之詞，非真有百餘家。❺雅馴　高雅合理。馴，順；合理。❻薦紳　通「搢紳」，或作「縉紳」。插笏垂紳。古代朝士的裝束，今泛指仕宦者。搢，插。紳，大帶子。❼宰予　字子我，亦稱宰我。春秋魯人，孔子弟子。❽五帝德　與下〈帝繫姓〉皆《大戴禮》及《孔子家語》篇名。❾空桐　即崆峒。山名，在今甘肅平涼西。❿涿鹿　山名。在今河北涿鹿東南。⓫漸　入。⓬浮　泛。⓭風教　風俗教化。⓮古文　指用籀文寫成之典籍。與今文（用漢代隸書寫成）相對。⓯春秋國語　二書名。⓰章　明顯。⓱顧弟　但是。顧，特；但。弟，通「第」。但。⓲表見　表現。見，通「現」。⓳間　間隙；缺漏。⓴軼　通「逸」。散失。此指逸文。㉑固　本來。㉒道　解釋。㉓論次　依次敘述。

【語譯】太史公說：「很多學者都在談五帝的事情，可算是久遠了。但是《書經》的記載卻獨從唐堯開始，至於先秦諸子有關黃帝的記載，文辭多不高雅合理，所以縉紳先生都不談這些。像孔子所傳下的宰予問〈五帝德〉及〈帝繫姓〉兩篇，有的儒者便不肯傳述。我曾經西到崆峒山，北過涿鹿山，東至泛大海，南遊江淮。

每到一處，長老們常常講述一些某處與黃帝或某處與堯、舜有關的事情，可見風俗教化原本各處不同。總之，不背離古文典籍的就近於真實。

「我看《春秋》、《國語》二書，很明顯的，其間有很多可和〈五帝德〉及〈帝繫姓〉兩篇互相發明。只不過一般人不加深思罷了，其實書裡所發表的都不假。《書經》本有殘缺脫漏，它的逸文，時常散見於其他典籍，若不是好學深思，明白其中的意思，實在也是很難為孤陋寡聞的人說得明白的。我選擇古籍中文詞最雅馴的，按照時代次序，把它寫成『本紀』的第一篇。」

【研　析】本文可分二段。首段談到後人往往不相信五帝事跡，而作者經實地訪求，發現各地風教不一，五帝事跡非全不可信。二段比對典籍，知《尚書》原有缺漏，他書可以補足，故擇其尤雅者，撰為〈五帝本紀〉。全文交代了司馬遷對古史的考信原則和《史記》的開卷義例，可與〈三代世表・序〉合觀。

在古史的考信原則方面，主要有兩項標準：一是取材於《尚書》、《禮記》、《春秋》、《國語》等文獻資料；二是透過實地勘查來驗證或補充，他曾「西至空桐，北過涿鹿，東漸於海，南浮江淮」，訪談於耆宿長老，以與古籍載錄者參證。這兩項標準，反映了司馬遷作史的實證精神。

其次，就寫作動機而言，《尚書》是儒家的重要經典，第一篇即為〈堯典〉；至於百家雜述黃帝事跡，文辭多半荒誕不雅正，使人半信半疑；而孔子回答宰予問〈五帝德〉、〈帝繫姓〉之事，竟連儒門後學都不傳習。基於這三項理由，司馬遷決定撰寫〈五帝本紀〉。

再就上溯黃帝的理由來說，首先，從傳播區域看，雖然各地風教不一，但都傳誦著黃帝的事跡；其次，司馬遷比對《春秋》、《國語》，認為〈五帝德〉和〈帝繫姓〉是可靠的資料；第三，《尚書》雖不記黃帝事跡，但它所遺漏的卻往往散見其他書中；第四，百家言黃帝雖使人疑信參半，但應非全然憑空捏造。綜合上述考察，司馬遷認為《史記》上限應起於黃帝，可以〈五帝德〉、〈帝繫姓〉為根據，擇取百家之言、耆宿傳述之雅馴者相互參證。

《史記》在取材和立傳原則上都有特殊用意，司馬遷自認為「固難為淺見寡聞道也」。但司馬遷乃是藉由《史記》來呈現他心中的歷史，他只呼喚那「好學深思，心知其意」的知音，而不奢望所有人都能了解其中的微言大義。知音畢竟難求，不是嗎？

項羽本紀贊

【題解】 本文選自《史記・項羽本紀》，篇名據原題加一「贊」字而訂。贊，稱頌；讚美。項羽（西元前二三二～前二〇二年），名籍，字羽，下相（今江蘇宿遷）人。秦末，隨其叔父項梁起兵，大破秦師，率諸侯義師入關中滅秦，自立為西楚霸王，分封天下。後為劉邦所敗，自刎而死。《史記》將項羽列入「本紀」，歷敘其生平事跡。本文為〈項羽本紀〉的卷末，論定項羽「近古以來未嘗有」的功業，也評論了項羽自矜自是、專尚武力，至死而不覺悟的缺陷。

太史公曰：「吾聞之周生❶曰：『舜目蓋重瞳子❷。』又聞項羽亦重瞳子。羽豈其苗裔❸邪？何興之暴❹也！夫秦失其政❺，陳涉首難❻，豪傑蠭起❼，相與並爭，不可勝數。然羽非有尺寸❽，乘勢起隴畝❾之中，三年，遂將❿五諸侯⓫滅秦，分裂天下而封王侯，政由羽出，號為霸王。位雖不終，近古⓬以來未嘗有也。及羽背關懷楚⓭，放逐義帝⓮而自立，怨王侯⓯叛己，難矣！自矜功伐⓰，奮⓱其私智而不師古，謂霸王之業，欲以力征⓲經營⓳天下。五年，卒亡其國，身死東城⑳。尚不覺寤㉑，而不自責過㉒矣，乃引㉓『天亡我，非用兵之罪也』，豈不謬哉？」

【注釋】❶周生　漢時儒者。事跡不詳。❷重瞳子　一個眼珠有兩個瞳孔。❸苗裔　後代子孫。❹暴　快速。❺秦失其政　秦朝政治動亂，天下不安。謂秦始皇暴虐，人民怨恨，及二世即位，趙高弄權，內政混亂，革命四起。❻陳涉首難　陳涉首先起事。陳涉，名勝，陽城（今河南登封）人。秦二世元年，與吳廣起兵，不久自立為王，後為其車夫莊賈所殺。軍事行動必予人以難，故最先興兵起事的叫首難。❼蠭起　蜂擁而起。形容其多。蠭，「蜂」之古字。❽非有尺寸　沒有尺寸的土地。❾隴畝　田野。這裡指民間。❿將　率領。⓫五諸侯　指齊、燕、韓、趙、魏。⓬近古　近代。這裡指戰國及秦、楚之際。⓭背關懷楚　放棄關中而東歸楚地。背，離開；放棄。關，指關中。懷楚，懷念楚國。⓮義帝　指楚懷王之孫。名心，項梁立為懷王，項羽入關，尊為義帝，後徙之長沙，陰令人擊殺之江中。⓯王侯　指韓廣、劉邦等。⓰功伐　功勳。二字乃同義詞。伐亦功。⓱奮　騁弄；施展。⓲力征　武力征伐。⓳經營　治理營謀。⓴東城　在今安徽定遠東南。項羽至此僅剩二十八騎，雖奮戰三勝，終敗死於此。㉑寤　通「悟」。㉒自責過　自責過失；自我檢討。㉓引　援引；據為理由。

【語譯】太史公說：「我聽周生說：『舜的眼珠有兩個瞳孔。』又聽說項羽也有兩個瞳孔。項羽難道是舜的後代嗎？要不然，為什麼會興起得這麼快呢！那時秦朝政治失修，陳勝首先起事，英雄豪傑蜂擁而起，彼此爭奪天下，多得數不清。然而項羽並沒有一尺一寸的土地，他乘勢從民間興起，三年的工夫，就率領五國諸侯滅掉秦，分割天下封給各國王侯，一切政令都由項羽發布，自號西楚霸王。他的王位雖然不能保住，可是近代以來還沒有過這樣的人物呢！到了項羽離開關中回到楚國，又趕走義帝自立為王，卻怨恨諸侯背叛他，這事就很難了！自誇功勳，只憑一己的智慧而不取法古聖先賢，以為霸王的事業，只要使用武力征伐就能治理天下。僅僅五年，終於亡國，自己被迫自刎於東城。至死還不覺悟，不肯自責，還藉口說『這是天意要亡我，不是我用兵有錯誤』，豈不荒唐透頂麼？」

【研析】本文可分兩層。第一層評論了項羽的成功。對於項羽的迅速崛起，司馬遷首先透過一則傳聞——舜和項羽均為重瞳子——來加以揣測。這則補敘是否足以證明項羽具有聖王的血統呢？若其不然，何以他能在「豪傑蠭起，相與並爭，不可勝數」的亂世中驟然興起？又如何能在三年之中「將五諸侯滅秦，分裂天下而封王侯」？若其然，何以竟於五年之後身死國亡？而其行事又何其乖謬，且至死不悟？難道項羽只是個虛有其表的莽夫，才略一無可取？抑或個性上的缺陷致使他功敗垂成？項羽猶如一個驚歎號，在歷史中劃下一道錯愕，使人還來不及驚賞，卻又在瞬間墜入無窮的歎惋。

其次，就項羽失敗的原因而言，主要有五點：一是目光短淺，分封諸侯而無統一天下之志，致使海內復陷於爭亂；第二，背關懷楚，喪失地利；第三，放逐義帝而自立，引發諸侯叛變；第四，自矜功伐，未能師法於古，廣施德政；第五，專恃武力，失去民心。項羽曾經擁有最好的機會，但卻由於個人的優柔寡斷與自矜自是，使得天時、地利、人和各項優勢一一流逝，實在令人惋惜。司馬遷也透過這些，表達了他對項羽愛恨交織的複雜情感。

最後，〈項羽本紀〉最引人爭議者，乃在於項羽未履天子之位，且落得身首異處的下場，何以司馬遷將他列入「本紀」？所以自唐人司馬貞作《史記索隱》，主張本篇宜降為「世家」，歷來學者意見頗為分歧。然深探司馬遷之用心，乃是不以成敗論英雄，如陳涉、孔子立「世家」，項羽立「本紀」，均破例為體，以突出其歷史地位，實為《史記》特色之一。

秦楚之際月表

【題　解】本文選自《史記・秦楚之際月表》，篇名據原題而訂。〈秦楚之際月表〉，自秦二世元年（西元前二〇九年）陳勝起事，至漢王劉邦五年（西元前二〇二年）定天下止，按月表列天下大事。本文為表前之序文，概述秦、楚之際天下局勢之激烈變動，強調王者得天命之不易。《史記》十「表」，凡年代不可考者作「世表」，有〈三代世表〉一篇；可考者作「年表」，有〈十二諸侯年表〉等八篇；局勢變動劇烈者則作「月表」，有〈秦楚之際月表〉一篇。

太史公讀秦、楚之際，曰：「初作難❶，發於陳涉❷。虐戾滅秦❸，自項氏❹。撥亂❺誅暴，平定海內，卒踐帝祚❻，成於漢家。五年之間❼，號令三嬗❽。自生民以來❾，未始有受命若斯之亟❿也。

「昔虞、夏之興，積善累功數十年⓫，德洽⓬百姓，攝行⓭政事，考之於天⓮，然後在位。湯、武之王，乃由契⓯、后稷⓰修仁行義十餘世，不期而會孟津⓱八百諸侯，猶以為未可，其後乃放弒⓲。秦起襄公⓳，章⓴於文、繆㉑，獻、孝㉒之後，稍㉓以蠶食㉔六國，百有餘載，至始皇，乃能并冠帶之倫㉕。以德若彼㉖，用力如此㉗，蓋一統若斯之難也。

「秦既稱帝，患兵革㉘不休，以㉙有諸侯也。於是無尺土之封㉚，墮㉛壞名城，銷鋒鏑㉜，鉏㉝豪傑，維㉞萬世之安。然王跡㉟之興，起於閭巷㊱，合從㊲討伐，軼㊳於三代。鄉㊴秦之禁，適足以資㊵賢者，為驅除難耳。故憤發其所為天下雄，安在無土不王㊶？此乃傳㊷之所謂大聖乎！豈非天哉？豈非天哉？非大聖，孰能當此受命而帝者乎？」

【注釋】❶作難　發難；起事。❷陳涉　名勝，字涉。陽城（今河南登封）人，與吳廣為首先發難抗秦者，旋自立為王，後為其車夫莊賈所殺。❸虐戾滅秦　殘暴兇狠，屠秦都咸陽，殺秦二世。❹項氏　指項羽。❺撥亂　平亂。❻踐帝祚　登上帝位。踐，登上。祚，通「阼」。帝位。❼五年之間　指秦亡至漢王劉邦統一天下的五年之間。❽三嬗　三次更替。指由秦至項羽，由項羽而再至劉邦。嬗，通「禪」。更替。❾生民以來　有人類以來。即有史以來。❿受命若斯之亟　天命的變換像這般急速。受命，指接受天命，登上帝位。斯，這樣。亟，急速。⓫積善累功數十年　謂舜、禹在未即帝位前已服務國家數十年，且有功於百姓。按堯薦舜於天凡二十八年，舜薦禹於天凡十七年。⓬洽　融洽。⓭攝行　代理。⓮考之於天　受考察於天。⓯契　帝嚳之子，商代之始祖。⓰后稷　舜時農官名。周始祖棄曾為舜后稷，因號曰后稷。⓱孟津　在今河南孟縣南。⓲放弒　謂湯放桀，武王弒紂。⓳襄公　秦襄公。周平王東遷，秦襄公以兵送之，於是周平王賜以岐豐之地，為諸侯，秦國由是始大。⓴章　顯赫。㉑文繆　指秦文公與秦繆公。繆，也作「穆」。㉒獻孝　指秦獻公與秦孝公。㉓稍　逐漸。㉔蠶食　像蠶啃噬桑葉般慢慢吞併。㉕并冠帶之倫　吞滅文明較高的六國而統一天下。冠帶，戴冠束帶。代表重視禮儀。倫，輩；類。㉖彼　指上述虞、夏、商、周。㉗用力如此　像秦這樣的使用武力。㉘兵革　戰亂。㉙以　因為。㉚無尺土之封　不分封王侯。指秦朝廢封建，行郡縣制。㉛墮　通「隳」。毀壞。㉜銷鋒鏑　銷毀兵器。銷，鎔化。鋒，刀刃。鏑，箭鏃。㉝鉏　「鋤」的本字。鏟除；誅滅。㉞維　通「惟」。計慮；圖謀。㉟王跡　王者的跡象、活動。指漢高祖而言。㊱閭巷　鄉里；民間。漢高祖出身亭長。㊲合從　即「合縱」。謂聯合各路軍隊。㊳軼　勝過；超過。㊴鄉　通「向」。從前。㊵資　幫助。㊶無土不王　沒有土地就不能稱王。㊷傳　古書。

【語譯】太史公讀秦楚之間的史實，說：「最初發難，始於陳勝。用暴虐手段滅亡秦朝，則是項羽。平定混亂，誅伐昏暴，安定天下，終於登上帝位的是漢家。五年之間，號令更換了三次。有史以來，天命變換從沒有這樣的急速。

「古代虞舜、夏禹的興起，都是累積了幾十年的善政事功，恩惠施及百姓，代行天子職務，接受上天考察，然後才正式即位。商湯、周武的成就王業，是從他們的祖先契和后稷開始修行仁政十幾代，而武王在孟津大會諸侯，不約而來的有八百餘，還認為時機未到，後來才有湯放逐夏桀，武王誅殺商紂之事。秦國由秦襄公時興起，文公、繆公時，國勢才日益顯赫，到了獻公、孝公以後，漸漸吞併諸侯，又過了一百多年，到秦始皇，才併吞六國而有天下。憑功德如虞、夏、商、周，用武力如秦，一統天下，原是這樣的不容易啊！

「秦既稱帝，擔心戰亂不停，是因為有諸侯存在。於是不分封諸侯，毀壞名城，銷毀兵器，誅殺豪傑，以圖謀萬代的安定。然而帝王的興起，卻出於鄉里，聯合天下英雄討伐暴秦，其成就遠超過夏、商、周三代。從前秦朝的禁令，恰好幫助了有才能的人，為他們排除困難罷了。所以發憤為強就能稱霸天下，怎麼能說沒有土地便不能成王呢？這大概就是古書上所說的大聖人吧！難道不是天意嗎？難道不是天意嗎？假如不是大聖人，誰能擔當這重任而接受天命成為帝王呢？」

【研　析】本文可分三段。首段論秦朝亡至漢朝一統。「初作難」三字為陳勝定案，「虐戾滅秦」四字斷定項羽功過，而「撥亂誅暴，平定海內，卒踐帝祚」十二字則交代漢高祖功業。項羽和劉邦之行事，一虐戾一寬仁，恰為成敗之關鍵；另方面，五年之間，稟受天命而號令天下的共主竟三易其人，歷史事勢變化之劇烈與無常，實亦使人慨歎而驚心不已。

二段透過歷史的回顧慨歎一統天下之難，以與上段對照，並為下段論漢高祖事功預作鋪墊。以德服人者若虞、夏、商、周四代之興，以力征戰者如秦之崛起於西陲，其所以得天下的方式雖異，但都歷經了長時間的經營或併合。相較於秦楚之際，五年之中而號令三嬗，一緩一亟，一難一易間，形成強烈對比。

末段以秦之「失」和漢之「得」相對照。「鄉秦之禁，適足以資賢者為驅除難耳」二句語帶譏諷，適為首段「五年之間，號令三嬗」提供合理的解釋。劉邦起於閭巷，論「德」不如三代，論「力」不及秦，且無尺土之封，而竟能一統天下，真可謂奇蹟。司馬遷以推測口吻結篇，不無玄機。何以故？虞、夏之興以「積善」，湯、武之王以「仁義」，乃被典籍肯定為大聖，而劉邦之得天下，非盡由積「德」，何堪稱「聖」？另方面，秦以「力」征而稱帝，而劉邦竟能打破「無土不王」的歷史規律而受命稱帝，看似容易，實則極難。在「五年之間，號令三嬗」的歷史表象背後，涵括了陳勝的「初作難」、項羽的「虐戾滅秦」、劉邦「撥亂誅暴，平定海內」的「合從討伐」，以及秦帝國蓄意的「墮壞名城，銷鋒鏑，鉏豪傑」等一系列慘酷的殺戮，但劉邦卻能「憤發其所為天下雄」，則其一統似易實難，而其受命似亦非庸才所堪任。司馬遷在篇末連說了兩次「豈非天哉」，固然是驚賞於劉邦的一統之功，但又何嘗不是在感慨著秦、楚之際的劇變與天命的無常呢？

高祖功臣侯年表

【題　解】 本文選自《史記・高祖功臣侯者年表》，篇名據原題而訂。〈高祖功臣侯者年表〉是《史記》十「表」之一（參見〈秦楚之際月表〉題解），本文為其序文。追古敘今，說明古代人臣受封，有歷千載而猶存者，漢初所封侯者百餘家，僅百餘年而只餘五家，其關鍵在於一則篤於仁義而奉法，一則子孫驕溢而亡國，故作年表，以為殷鑑。

太史公曰：「古者人臣，功有五品❶：以德立宗廟❷、定社稷❸曰勳，以言曰勞，用力曰功，明其等❹曰伐❺，積日曰閱❻。封爵之誓曰：『使河如帶❼，泰山若厲❽，國以永寧，爰❾及苗裔❿。』始未嘗不欲固其根本⓫，而枝葉⓬稍⓭陵夷⓮衰微也。余讀高祖侯功臣，察其首封所以失之⓯者，曰：異哉所聞。

「《書》曰：『協和萬國⓰。』遷于夏、商，或數千歲⓱。蓋周封八百，幽、厲⓲之後，見於《春秋》⓳。《尚書》有唐、虞⓴之侯伯，歷三代千有餘載，自全以蕃㉑衛天子，豈非篤㉒于仁義、奉上法哉？

「漢興，功臣受封者百有餘人。天下初定，故大城名都散亡，戶口可得而數者十二、三㉓。是以大侯不過萬家，小者五、六百戶。後數世，民咸㉔歸鄉里，戶益息㉕。蕭、曹、絳、灌㉖之屬，或至四萬，小侯自倍，富厚如之。子孫驕溢㉗，忘其先，淫嬖㉘。至太初㉙，百年之間，見侯五㉚，餘皆坐法㉛隕命亡國，耗㉜矣。罔㉝亦少密焉，然皆身無兢兢㉞於當世之禁云。

「居今之世，志㉟古之道，所以自鏡㊱也，未必盡同。帝王者，各殊禮而異務，要以成功為統紀㊲，豈可緄㊳乎？觀所以得尊寵及所以廢辱，亦當世得失之林㊴也，何必舊聞？於是謹其終始，表見其文，頗有所不盡本末㊵，著其明，疑者闕之。後有君子，欲推而列之，得以覽焉。」

【注釋】❶五品　五等。品，類別；等級。❷立宗廟　建立宗廟。這裡指建立君主的基業。❸社稷　國家。社，土神。稷，穀神。古代君主都立社稷，後來便用以借指國家。❹等　等級。❺伐　通「閥」。積功。❻閱　經歷。❼帶　衣帶。此喻其狹。❽厲　通「礪」。磨刀石。此喻其小。❾爰　乃。❿苗裔　後代子孫。⓫根本　喻始封功臣的基業。⓬枝葉　指承業的子孫。⓭稍　逐漸。⓮陵夷　衰頹。⓯失之　失其封爵。⓰萬國　今《尚書・堯典》作「萬邦」。指四方諸侯。⓱遷于夏商二句　指堯時諸侯，有的經歷數千年，直到夏、商二代依然為侯。遷，移。⓲幽厲　周幽王、周厲王。西周兩個暴虐君主。⓳春秋　原為魯國史官記載的一部編年史書，相傳經孔子修訂，所記自魯隱公元年（西元前七二二年）起，至魯哀公十四年

（西元前四八一年）止，共二百四十二年。⑳唐虞　指唐堯和虞舜。㉑蕃　通「藩」。屏障。㉒篤　忠實；忠厚。㉓十二三　十分之二、三。㉔咸　都。㉕息　增長。㉖蕭曹絳灌　蕭何、曹參、絳侯周勃、灌嬰。皆劉邦豐沛故人，漢初功臣。㉗驕溢　驕奢過度。溢，滿；過度。㉘淫嬖　淫亂邪惡。㉙太初　漢武帝年號。西元前一〇四～前一〇一年。㉚見侯五　能見到的侯有五。即平陽侯曹宗、曲周侯酈終根、陽河侯卞仁、戴侯祕蒙、汾陽侯靳石。另谷陵侯馮偃失載，其餘一百三十七侯皆失國。㉛坐法　犯法。坐，因。㉜耗　盡。㉝罔　通「網」。法網。㉞兢兢　戒慎的樣子。㉟志　通「誌」。記住。㊱鏡　借鑑。㊲統紀　綱紀；綱領。㊳緄　縫合。謂帝王之道，原各不同，不可強合。㊴林　凡叢集之所皆可曰林。㊵不盡本末　不能原原本本記述。漢武帝太初（西元前一〇四～前一〇一年）以後尚有五侯，且谷陵侯馮偃始終失載，故云。

【語　譯】太史公說：「古時人臣，功勞有五等：以仁德輔佐君王，建立基業、安定國家叫勳，建言的叫勞，出力的叫功，明其功績叫伐，任事長久叫閱。封爵時宣誓說：『即使黃河細得像帶子，泰山夷平似磨刀石，國家也長久安寧，一直傳到後代子孫。』最初分封的時候，未嘗不想使他的基業鞏固，可是後來的子孫，卻日漸衰頹下去。我研究高祖封侯的功臣，仔細考察他們初封和失侯的原因，那真是和我所聽說的完全不一樣。《書經》上說：『使萬邦和諧相處。』延續傳到夏代、商代，有的已幾千年了。周代所封的八百個諸侯，幽王、厲王以後，《春秋》上還有記載。《尚書》裡則有唐、虞時代的侯伯，有的經過夏、商、周三代達一千多年，仍能自我保全，並且藩衛天子，難道不是因為能篤守仁義而又奉行王法嗎？

「漢朝興起後，功臣受封的有一百多位，這時候，天下剛平定，過去的大城名都，戶口散亡甚多，算得出來的，大概只剩下十分之二、三。所以大侯的食邑不過萬家，小的只有五、六百戶罷了。過了幾代，人民大都還鄉，戶口日漸增多，像蕭何、曹參、周勃、灌嬰他們，有的竟封到四萬戶。就是小侯也比以前加了一倍，富貴殷厚也是如此。他們的子孫驕奢淫逸，忘卻了祖先創業的艱難，以致荒淫邪辟。到了太初年間，僅百餘年，能見到的侯只有五個，其餘的都因犯罪，送了命，亡了國，差不多都完了。法律固然嫌嚴了點，然而，都因他們不謹慎才觸犯禁令的啊！

「處在現在的時代，記取古道，正是用來作為自我鑑戒，但也未必完全一樣。做帝王的，各有各的禮教，各有各的事務，總之以成功做標準就是了，哪裡可以強合的呢？看他們所以得到尊貴寵愛，以及遭到被廢的恥辱，這也是當世得失事例的總會，何必要談過去？於是就謹慎地記下他們的始末，用表格文字表明，但有些地方不能原原本本地說出來，所以只把顯明的說一說，疑惑的從缺。倘後世的有志之士，想推求敘述，也可以用此作參考。」

【研　析】本文可分四段。首段說明古代封建本在獎賞人臣功勳，期其享國久遠，然而漢高祖功臣之所以失侯，則與所聞古之封建不同。一個「異」字，既點出古今之別，又為下二段分敘的綱領。

二段敘古。透過《尚書》、《春秋》的記載，建構出一個封爵的觀念傳統（所聞），以與下段漢高祖功臣侯者之隕命亡國對比。唐、虞、三代受封之侯國，短者歷時數百年，長者且逾數千年，皆能自全以藩衛天子，如其封爵之誓所云，原因厥在其「篤于仁義，奉上法」。

三段敘今。漢興百年之間，天下由破敝而富厚，戶口由散亡而殷庶，然而諸侯卻由百有餘人而銳減為五，異於《尚書》「協和萬國」之舊聞，也不同於「國以永寧，爰及苗裔」之古誓。究其原委，則上之失在「罔亦少密焉」，下之失在「驕溢」、「淫嬖」、「皆身無兢兢於當世之禁」，以致「坐法隕命亡國」。

末段敘述列表的動機，在於總結歷史教訓，志古自鏡。「今之世」與「古之道」，「未必盡同」，這裡透露了一些訊息：首先是重視當世得失，沒有必要以古非今，此為字面上的意義。其次，「居今之世」則法網密，言下之意，則雖志古之道以自鏡，亦未必免於廢戮。第三，當世得失之林，只是當世之禁所致，遠非五品之功、封爵之誓所足以概括。「未必盡同」、「豈可緄乎」、「何必舊聞」三句，以反詰、質疑的口吻代替論斷，既能激射漢法之失，復不失委婉，亦屬難能。

孔子世家贊

【題解】本文選自《史記·孔子世家》，篇名據原題加一「贊」字而訂。贊，稱頌；讚美。孔子（西元前五五一～前四七九年），名丘，字仲尼，春秋時代魯國陬邑（今山東曲阜東南）人。曾任魯國司寇，後周遊列國，因不遇明君以行其道，歸魯，講學著述。為儒家創始人，後世尊稱「至聖」。司馬遷以孔子傳十餘世，為學者所宗，故將孔子生平歸之記世襲諸侯的「世家」。本文為〈孔子世家〉篇末結語，司馬遷推崇孔子無與倫比的學術地位與影響，並表達了對於孔子的仰慕之心，間接說明了何以孔子一介平民，而《史記》歸之於「世家」的用意。

太史公曰：「《詩》❶有之：『高山仰止，景行行止❷。』雖不能至，然心鄉往❸之。余讀孔氏書❹，想見其為人。適❺魯，觀仲尼廟堂❻、車服禮器❼，諸生❽以時❾習禮其家，余低回❿留之，不能去云。

「天下君王至於賢人，眾矣！當時則榮，沒⓫則已焉。孔子布衣⓬，傳十餘世⓭，學者宗⓮之。自天子、王侯、中國言六藝⓯者，折中⓰於夫子⓱，可謂至聖矣！」

【注釋】❶詩　指《詩經》。❷高山仰止二句　高山可以仰望，大道可供循行。語出《詩經·小雅·車舝》。此用以譬喻孔子的崇高偉大。❸鄉往　嚮往。鄉，通「向」。傾向。❹孔氏書　孔子遺書。主要指六經和《論語》。孔氏，指孔子。❺適　到。❻廟堂　指孔子廟。❼車服禮器　指孔子之遺物。禮器，祭器。❽諸生　學官弟子。即學生。❾以時　按時。❿低回　徘徊留連。⓫沒　通「歿」。死亡。⓬布衣　庶人；平民。⓭傳十餘世　孔子第十二代孫孔安國是司馬遷的古文《尚書》老師，所以孔子至漢已傳十餘世。⓮宗　崇奉。⓯六藝　有二說：其一指禮、樂、射、御、書、數，其一指《詩》、《書》、《易》、

《禮》、《樂》、《春秋》。此指六經。⑯折中　無過與不及之謂。此謂以夫子為標準，凡過與不及，皆取斷於夫子而得中。⑰夫子　指孔子。

【語　譯】太史公說：「《詩經》裡有兩句詩說：『高山可以仰望，大道可供循行。』孔子的崇高偉大，雖然無法及得上，但卻一心企慕著。我讀孔子遺書，想見他的為人。到了魯國，參觀孔廟，和他遺留下來的車服禮器，學生按時到此來學習禮儀，我徘徊留連，捨不得離去。

「天下的君王和歷代賢能之士，可說人數眾多啊！他們在世時固然榮耀，但死後也就什麼都沒有了。孔子是一介平民，卻傳了十幾代，讀書人都崇奉他。從天子、王侯到全天下講六經的人，都以夫子為準則，真可稱為至聖了。」

【研　析】本文可分兩段。首段以《詩經》中的兩句開端，恰恰是對孔子形象的概括：一方面謂其德行崇高，使人欽仰莫及；另方面則謂其學問廣博，足以作為人生的指導原則。「雖不能至，然心鄉往之」二句，寫盡司馬遷的仰慕之情。因此讀孔子之書而「想見其為人」，觀其廟堂車服禮器而「低回留之，不能去」，在在顯示司馬遷對孔子的推崇。

二段以君王及一般賢人和孔子對比，「當時則榮，沒則已焉」一語，不無嘲諷之意。在時間的競技場上，權勢終究不能挽救自身的湮沒；但道德和理性之光，卻能破除蒙昧而提升生命。司馬遷發憤著書，又何嘗不是將希望寄於未來呢？另方面，「折中於夫子」實亦司馬遷述史的原則之一，觀其〈孟子荀卿列傳〉輒引孔子相襯即可見其一斑，而首稱孔子為「至聖」，亦推尊之極致。

孔子以一介平民而列「世家」，就像項羽列在「本紀」，均是破例。不同的是，後者是基於「不以成敗論英雄」的觀點，而前者則是站在學術影響的立場。由此亦可推知，司馬遷想要傳述的毋寧是他心中的歷史，此亦〈太史公自序〉所謂「成一家之言」的旁解。

外戚世家序

【題解】本文選自《史記・外戚世家》，篇名據原題加一「序」字而訂。外戚，指帝王后妃及其外家。〈外戚世家〉記漢興以來外戚，本文為其序。主旨在強調帝王興起，非唯本身德行美好，亦賴有外戚之助，因為夫婦之際，是人倫中最為重要的一環，不可不慎。

自古受命帝王❶及繼體守文之君❷，非獨內德茂❸也，蓋亦有外戚之助焉。夏之興也以塗山❹，而桀之放❺也以末喜❻；殷之興也以有娀❼，紂之殺也嬖妲己❽；周之興也以姜原❾及大任❿，而幽王之禽⓫也淫於褒姒⓬。

故《易》基〈乾〉、〈坤〉⓭，《詩》始〈關雎〉⓮，《書》美釐降⓯，《春秋》譏不親迎⓰。夫婦之際，人道之大倫⓱也；禮之用，唯婚姻為兢兢⓲。夫樂調而四時和，陰陽之變，萬物之統⓳也，可不慎與？人能弘道⓴，無如命何。甚哉妃匹㉑之愛，君不能得之於臣，父不能得之於子，況卑下乎？既驩合矣，或不能成子姓㉒；能成子姓矣，或不能要其終㉓。豈非命也哉？孔子罕稱命㉔，蓋難言之也。非通幽明㉕之變，惡㉖能識乎性命㉗哉？

【注釋】❶受命帝王　得天命而開國創業的帝王。命，天命。❷繼體守文之君　指繼承帝位之君。體，體統。指君位。文，指典章制度。❸內德茂　內在之德完美。茂，盛；美。❹塗山　古國名。在今安徽壽春東北。傳說禹娶塗山氏之女。❺放　放逐。湯放桀於南巢（今安徽巢縣東北）。❻末喜　桀之妃。一作「妺喜」。傳說桀伐有施，有施人進末喜，桀寵之。❼有娀　古國名。在今山西永濟。傳說帝嚳娶有娀氏之女簡狄為次妃，生契，為殷始祖。❽嬖妲己　愛幸妲己。妲己，有蘇氏之女。紂妃，專寵，助紂為虐，周武王滅紂，殺之。❾姜原　一作「姜嫄」。相傳為有邰氏之女，帝嚳元妃，后稷之母。❿大任　一作「太任」。周文王母。⓫禽　通「擒」。⓬褒姒　褒國之女。姓姒，周幽王寵妃，相傳性不喜笑，周幽王妄舉烽火以博其一笑，後犬戎入侵，周幽王舉烽火告急，諸侯因前受騙不來救，周幽王被殺，褒姒被虜。⓭易基乾坤　《易經》之理，始於〈乾〉〈坤〉。基，始。乾坤，二卦名。分別代表陰陽、男女等。⓮關雎　《詩經・周南》首篇。舊說以為詠后妃之德，以化天下夫婦。⓯釐降　嫁女兒。此謂堯以二女嫁舜。見《尚書・堯典》。釐，辦理。降，下降。此指下嫁。⓰親迎　婿自迎娶。魯隱公二年（西元前七二一年），紀侯娶魯國女，未親迎，《春秋》特記之以示譏刺。⓱大倫　重大的倫常。夫婦為五倫之一，有夫婦，而後有父子、兄弟等倫，故曰大倫。⓲兢兢　戒慎的樣子。⓳統　綱紀。⓴人能弘道　人能將道擴而大之。弘，大。語出《論語・衛靈公》。㉑妃匹　指夫婦。妃，配偶。㉒子姓　子孫。㉓要其終　白頭偕老。要，求得。終，善終；好的結果。㉔孔子罕稱命　《論語・子罕》：「子罕言利與命與仁。」㉕幽明　陰陽。指天地間隱微顯明之事物。㉖惡　怎麼。㉗性命　《易・乾卦》：「乾道變化，各正性命。」疏：「性者，天生之質，若剛柔遲速之別。命者，人所稟受，若貴賤夭壽之屬。」

【語譯】古來開國的帝王以及繼承君位遵守典章的君主，不僅靠內在德行的美好，大抵也有外戚的幫助。

夏代的興起由於娶了塗山氏的女兒，而桀被放逐是由於寵幸末喜。殷商的興盛由於娶了有娀國的女兒，而紂王被殺是由於寵幸妲己。周代的興盛由於娶了有邰氏的姜原和大任，而幽王被擒殺是由於迷戀褒姒。

所以，《易經》的道理，始於〈乾〉、〈坤〉，《詩經》第一章是論后妃之德的〈關雎〉，《書經》特別贊美堯下嫁二女給舜，《春秋》譏諷不親迎。因為夫婦之間，是人道中最大的倫常；禮的作用，特別在婚姻上最應謹慎。要知道，音樂協調則四時和順，陰陽的變化，是萬物的法則，怎能不謹慎呢？人縱然能宏揚大道，但是對於命運卻無可奈何。夫婦的愛可說是至乎其極了，君王不能在臣子身上得到，父親不能在兒子身上得到，更何況那些卑微低下的人呢？既已相愛結合了，也許還不能繁衍子孫；就算有了子孫，也許還不能白頭偕老，這難道不是命運嗎？孔子所以少談命運，就因為它很難講啊。不是通達陰陽變化的人，怎能了解性命呢？

【研　析】本文可分三段。首段開宗明義點出一個王朝的興衰，多少都和外戚有關；成功的君主，不僅須時時修明個人的德行，還得仰仗外戚的輔助。由此觀之，外戚之於王朝，實有其不可忽視的重要性。

二段歷敘三代興廢之所由，得佳偶則成，淫嬖於狐媚婦人則敗。三代之興，皆在夫婦同心，惟其德馨，故能受命；而其後繼君王所以不免於放殺，實由於夫狎婦淫，以致綱紀廢弛。夫婦之道是一切人倫關係的起點，不可不慎。司馬遷透過王朝的興滅，清楚地揭示了這層意義。

末段追溯六經的本始，繼而拈出「命」字為全文眼目，隱然寄寓深意。《易經》藉由陰陽的消長來概括宇宙變化的法則，《詩經》以闡釋后妃之德的〈關雎〉始篇，《尚書》和《春秋》寄倫常教化於美刺，而《禮》《樂》二經則以敬慎的態度調和陰陽。六經雖然預設了一個立場，即透過對人類秩序的掌握來取得宇宙秩序的平衡，但仍無法保證其間不會出現突發性的變數。司馬遷將這種歷史中的偶然性稱之為「命」，以相對於永恆的至道。或許，在價值錯亂的現實世界中，將失意歸諸超乎天人關係的「命」，也算是種自我調適的方式吧！抑或歷史本來就是必然性和偶然性的交錯？

伯夷列傳

【題　解】本文選自《史記・伯夷列傳》。伯夷，殷商時孤竹國國君之長子，與弟叔齊互相讓位而逃離本國。後周武王伐紂，兄弟二人曾叩馬而諫。及殷商亡，恥食周粟，隱居首陽山（在今山西永濟南），採薇而食，最後餓死山中。〈伯夷列傳〉為《史記》列傳的第一篇，記敘伯夷、叔齊的行事，表達了對於「天道與善」這個傳統觀念的檢討，而以堅持理念、砥礪名行為士人之終極歸趨。

夫學者載籍❶極博，猶考信於六藝❷。《詩》《書》雖缺❸，然虞、夏之文❹可知也。堯將遜位❺，讓於虞舜，舜、禹之間，岳、牧❻咸薦，乃試之於位。典職數十年❼，功用既興❽，然後授政❾。示天下重器❿，王者大統⓫，傳天下若斯之難也。而說者⓬曰：「堯讓天下於許由⓭，許由不受，恥之，逃隱。及夏之時，有卞隨、務光⓮者。」此何以稱⓯焉？太史公⓰曰「余登箕山，其上蓋有許由冢」云。孔子序列古之仁聖賢人，如吳太伯⓱、伯夷之倫，詳矣。余以所聞，由、光義至高，其文辭不少概見⓲，何哉？

孔子曰：「伯夷、叔齊，不念舊惡，怨是用希⓳。」「求仁得仁，又何怨乎⓴？」余悲伯夷之意，睹軼詩㉑，可異焉。其傳㉒曰：「伯夷、叔齊，孤竹㉓君之二子也。父欲立叔齊，及父卒，叔齊讓伯夷。伯夷曰：『父命也。』遂逃去。叔齊亦不肯立而逃之。國人立其中子。於是伯夷、叔齊聞西伯昌㉔善養老，『盍㉕往歸焉？』及至，西伯卒，武王載木主㉖，號為文王，東伐紂㉗。伯夷、叔齊叩馬㉘而諫曰：『父死不葬，爰㉙及干戈，可謂孝乎？以臣弒君，可謂仁乎？』左右欲兵之㉚。太公㉛曰：『此義人也。』扶而去之。武王已平殷亂，天下宗周㉜，而伯夷、叔齊恥之，義不食周粟，隱於首陽山，采薇㉝而食之。及餓且死，作歌，其辭曰：

『登彼西山(34)兮，采其薇矣。以暴易暴兮，不知其非矣。神農(35)、虞、夏忽焉沒(36)兮，我安適歸(37)矣？于嗟(38)徂(39)兮，命之衰矣！』遂餓死於首陽山。」由此觀之，怨邪(40)？非邪？

或曰：「天道無親(41)，常與(42)善人。」若伯夷、叔齊，可謂善人者非邪？積仁絜行(43)如此而餓死。且七十子之徒(44)，仲尼獨薦顏淵(45)為好學，然回也屢空(46)，糟糠不厭(47)，而卒蚤(48)夭。天之報施善人，其何如哉？盜蹠(49)日殺不辜(50)，肝人之肉(51)，暴戾恣睢(52)，聚黨數千人，橫行天下，竟以壽終，是遵何德哉？此其尤大彰明較著(53)者也。若至近世，操行不軌(54)，專犯忌諱(55)，而終身逸樂富厚，累世不絕。或擇地而蹈之，時然後出言(56)，行不由徑(57)，非公正不發憤，而遇禍災者，不可勝數也。余甚惑焉。儻(58)所謂天道，是邪？非邪？

子曰：「道不同，不相為謀(59)。」亦各從其志也。故曰：「富貴如可求，雖執鞭之士，吾亦為之；如不可求，從吾所好(60)。」「歲寒，然後知松柏之後凋(61)。」舉世混濁，清士乃見(62)。豈以其重若彼(63)，其輕若此(64)哉？「君子疾沒世而名不稱焉(65)。」賈子(66)曰：「貪夫徇財，烈士徇名，夸者死權，眾庶馮生(67)。」同明相照，同類相求。「雲從龍，風從虎。聖人作而萬物覩(68)。」伯夷、叔齊雖賢，得夫子而名益彰；顏淵雖篤學，附驥尾(69)而行益顯。巖穴之士(70)，趨舍有時(71)，若此類(72)名堙滅而不稱，悲夫！閭巷之人(73)，欲砥行立名者，非附青雲之士(74)，惡(75)能施(76)於後世哉？

【注釋】❶載籍　書籍。❷六蓺　即六經。蓺，通「藝」。❸詩書雖缺　相傳《詩經》、《尚書》都經孔子刪訂，《詩》三百零五篇，《書》一百篇。由於秦始皇焚書，《尚書》已殘缺，漢初伏生所傳今文《尚書》只有二十八篇。❹虞夏之文　指《尚書》中的〈堯典〉、〈舜典〉、〈大禹謨〉等篇。❺遜位　讓位。❻岳牧　四岳九牧。四岳，四方諸侯之長。九牧，九州之長。❼典職數十年　指舜攝政二十八年，舜薦禹於天下十七年。典，掌管。❽功用既興　功績已經顯著。興，盛。❾授政　授以政事。即禪位。❿重器　寶器。⓫大統　指重大的法統。⓬說者　指諸子百家。⓭許由　上古高士。堯以天下讓之，不受，遁耕於潁水之北，箕山（在今河南登封東南）之下，堯又欲召為九州長，許由不欲聞，洗耳於潁水之濱。死葬箕山頂。⓮卞隨務光　皆夏代高士。湯欲以天下讓卞隨，卞隨恥而自投於潁水。湯伐桀，與務光謀，務光拒之，聞湯欲以天下讓，乃負石自沉於蓼水。⓯稱　說。⓰太史公　此指司馬談。⓱吳太伯　古公亶父長子。周文王伯祖，為讓國於弟季歷而逃至吳。⓲不少概見　一點梗概也看不到。不少，毫無。概，梗概。⓳伯夷叔齊三句　語出《論語・公冶長》。是用，因此。用，因；以。⓴求仁得仁二句　語出《論語・述而》。㉑軼詩　散失之詩。指下文采薇之歌。此詩不見於《詩經》，故云。軼，通「逸」。㉒傳　古書。指《韓詩外傳》及《呂氏春秋》。㉓孤竹　國名。商湯時所封。㉔西伯昌　指周文王姬昌。西伯，西方諸侯之長。㉕盍　何不。㉖木主　神主。㉗紂　殷商的末代帝王。㉘叩馬　扣住馬韁繩。叩，通「扣」。㉙爰　乃；於是。㉚兵之　以兵器擊殺之。㉛太公　指姜太公呂尚。㉜宗周　主周。即天下以周為宗。㉝薇　草名。嫩時可食。㉞西山　即首陽山。㉟神農　傳說中的遠古帝王。生於姜水，以姜為姓，教民務農，故號神農氏，以火德王，故又稱炎帝。㊱沒　消失。㊲安適歸　歸向何處。安，何。適，往。㊳于嗟　感歎詞。于，同「吁」。㊴徂　往。此指死亡。人死謂之徂，蓋謂生者來而死者往。㊵邪　語助詞。通「耶」。㊶親　愛。㊷與　贊助。㊸絜行　修養德行。㊹七十子之徒　孔門七十弟子之流。孔子學生三千，身通六藝者七十二人，七十是舉其成數。徒，輩。㊺顏淵　名回，字子淵。孔子弟子。《論語・雍也》：「哀公問弟子孰為好學。

孔子對曰：『有顏回者好學。』」㊻屢空　經常貧窮。《論語・先進》：「子曰：『回也其庶乎！屢空。』」㊼糟糠不厭　最粗劣的食物，都不能吃飽。糟糠，酒滓及穀皮。貧者之所食。厭，通「饜」。飽足。㊽蚤　通「早」。㊾盜蹠　古之大盜。展禽之弟。蹠，也作「跖」。㊿不辜　無辜；無罪。(51)肝人之肉　把人肉當作動物肝臟來吃。(52)暴戾恣睢　殘暴放縱。(53)較著　顯明；顯著。較，明。(54)不軌　不守法度。軌，法度。(55)忌諱　避忌諱言。此指法所棄者。(56)時然後出言　該說時才說。《論語・憲問》：「夫子時然後言。」(57)行不由徑　不走小路。語出《論語・雍也》。(58)儻　亦作「倘」。如果；或許。(59)道不同二句　語出《論語・衛靈公》。(60)富貴如可求五句　語出《論語・述而》。(61)歲寒二句　語出《論語・子罕》。(62)見　通「現」。出現。(63)彼　指上文「操行不軌」的人。(64)此　指上文「擇地而蹈」的人。(65)君子疾沒世而名不稱焉　語出《論語・衛靈公》。(66)賈子　賈誼（西元前二〇一～前一六九年）。西漢洛陽（今河南洛陽）人，長於辭賦及政論。(67)貪夫徇財四句　語出〈鵩鳥賦〉。徇財，為財而死。夸者死權，好大喜功者死於權勢。眾庶馮生，眾人貪生。馮，通「憑」。倚賴。(68)雲從龍三句　語出《易・乾卦》。世用以喻君臣之遇合。(69)附驥尾　附人而成名。(70)巖穴之士　指山林隱士。(71)趨舍有時　進退有時。趨，進取。舍，退隱。(72)類　大抵；大致。(73)閭巷之人　普通人。閭巷，指窮鄉僻壤。(74)青雲之士　有美德令譽之士。(75)惡　何；怎麼。(76)施　延續；流傳。

【語　譯】學者雖書籍極多，但還要以六經為徵信的依據。《詩經》、《尚書》雖有殘缺，然而虞、夏的記載還是可由此得知。堯準備退位，讓給舜，以及舜讓位給禹，都是經過四岳、九牧的一致推薦，才讓他們先行代理。掌管政務數十年，功績既已顯著，然後才授給帝位。這表示天下是寶器，帝王是重大的法統，傳讓帝位是這樣的慎重啊！可是有人說：「堯讓天下給許由，許由不接受，且引以為恥，於是逃走隱居於箕山之下。到了夏代，又有卞隨、務光兩人，也不接受湯的讓位。」這是根據什麼而這樣說的呢？太史公說過「我曾登上箕山，山上傳說有許由的墳墓」這樣的話。孔夫子論列古代仁人聖賢，像吳太伯、伯夷等人，詳細得很。就我所知，許由、務光的義行極高尚，可是《詩》《書》上卻連他們的梗概也沒有，這是為什麼呢？

孔子說：「伯夷、叔齊不記舊怨，因此怨恨也就很少了。」又說：「追求仁而做到仁，還有什麼怨恨呢？」我為伯夷兄弟的用心而悲痛，看他們那首未經《詩經》收錄的詩，感到奇怪。古書上說：「伯夷、叔齊是孤竹君的兩個兒子，父親想立叔齊為儲君，等到父親死了，叔齊讓給伯夷。伯夷說：『這是父親的遺命啊。』就此逃離。叔齊也不肯繼位而逃走，國人就立先君的中子為君。這時候，伯夷、叔齊聽到西伯昌能尊老養老，心想：『何不去投奔呢？』到了周，西伯已死，武王載了神主，追尊西伯為文王，東進伐紂。伯夷、叔齊拉住武王的馬韁繩向他勸說：『父親死了還沒有安葬，就興動刀兵，可以算是孝嗎？做臣子的要去殺國君，可以算是仁嗎？』武王左右的人要殺掉他倆，太公呂尚說：『這是有正義感的人啊。』叫人攙扶開去。武王平定了殷商的混亂，天下都歸附周朝，伯夷、叔齊卻以武王的行為為可恥，堅持不吃周朝的米粟，隱居在首陽山上，採食野菜。等到餓得快死的時候，作了一首歌，歌辭說：『登上那西山呀，採那薇草。以兇暴代替兇暴啊，還不知道自己的錯。神農呀！虞、夏呀！都匆匆地過去了，叫我往何處去呢！唉！唉！死期到了，生命衰了！』就餓死在首陽山上。」這樣看來，是怨呢？還是不怨呢？

有人說：「天道沒有偏愛，常贊助善人。」像伯夷、叔齊，可以算是善人呢，還是不算呢？這樣的累積仁義、修養德行，竟會餓死。還有孔子在七十二弟子中，單單稱讚顏回好學，可是顏回經常鬧窮，就連最粗劣的食物都吃不飽，而且早死。上天報答好人，又是怎樣呢？盜蹠成天殺害無辜，把人肉當作動物的肝臟來吃，殘暴放縱，聚集黨羽幾千人，橫行天下，竟能終其天年，這又是依據什麼準則呢？這些都是特別大而顯明的例子。至於近代，那些不守法度，專犯禁令的人，卻是終身安逸富貴，幾代不絕。有的人講究出處進退，該說話的時候才說，連走路都不走小路，不是公正的事絕不去做，卻遭遇災禍的，多到無法計算。我很迷惘。或許這就是所謂天道，是呢？不是呢？

孔子說：「志趣觀念不同的人，不必相互商量。」也就是說聽從各人的心志吧。因此，孔子又說：「富貴如果可以強求，就是叫我替人家趕車子我也做；如果不能強求，那就照我喜歡的去做吧。」「寒天才知道松柏是最後凋謝的。」世上一片混濁，清高的士人才顯現出來。哪裡可以因為善惡的後果輕重顛倒而改變其節操呢？孔子說：「君子痛心的是死後名聲不稱揚於世。」賈誼也說：「貪婪的人為財而死，英烈的人為名而死，好大喜功的人死於權勢，一般人只知道活命保身。」同樣有光明的，自然互相照亮；同是一類，自然互相應求。「雲隨著龍，風跟著虎，聖人興起而萬物瞻仰。」伯夷、叔齊雖是賢人，得到夫子的稱揚而名聲就更加彰明；顏回雖然是好學，由於追隨孔子而德行更顯著。那些山林隱士，講究進退有時，這種人大多姓名埋沒而不能稱揚於後世，真是可悲啊！鄉里小民，想要砥礪品行，建立名聲，不依附德高望重的人，怎能流傳於後世呢？

【研　析】本文雖以「伯夷」命篇，而記載伯夷、叔齊行事的「其傳曰」一節卻只有二百零八字，其餘四分之三的文字都是感慨議論，故從篇名看似屬傳狀類，實為序贊論文。其體制與十「表」序相同，冠於七十「列傳」之首，以提示「列傳」之義例。通篇以孔子為主，許由、務光、顏淵作陪，雜引經傳，變化奇特，堪稱絕妙好辭。

全文可分四段。首段藉堯讓天下襯出伯夷讓國的美德，有兩點值得注意：一、歷來高士之行多賴載籍而得以流芳，然則古書散佚不少，是以更需聖人稱許乃有可能為人傳誦；古代載籍雖多，要以六藝最為至道，而「中國言六藝者，折中於夫子」（《史記・孔子世家贊》），於是孔子遂成為一切學術的最高判準。二、「世家」以吳太伯為首，「列傳」以伯夷為首，乃有意透過爭讓、義利之辨來批評時弊。同樣以讓國著稱，吳太伯、伯夷之高義見傳，而許由、卞隨、務光的事跡卻因不載於《詩》《書》，幾欲泯沒。由此觀之，伯夷、叔齊尚稱幸運。

作者關注的焦點，通常透過不斷的重複來強調。二段延續上段的文脈，又雜引經傳的記載，以讓、義、恥、怨、逃、隱、歸七字為中心，鮮活地勾勒出伯夷清介的形象。禪讓被視為政治傳統中的一項美德，堯和舜均曾以讓賢而為人所樂道，而伯夷、叔齊則為孝悌而讓，他們服膺的是「義」的道德標準；姜太公所以稱他們為「義人」，而他們何以「義不食周粟」，都可由此得到解釋。另方面，許由、卞隨、務光所樹立的隱士文化傳統，乃是以某種「羞恥意識」為其基本心態。世俗的名位成為鄙棄的對象，同時也是羞辱的象徵，於是逃隱變成維持清高的必要行動。伯夷、叔齊之所以往歸周文王，在於周文王「善養老」，而養老乃基於對智慧的尊重，超越了對經濟生產力的考量，是「義」的極致；在他們由「逃」而「隱」的過程中，「義」一直是最高的價值判準，諫周武王以仁孝、義不食周粟、隱於首陽山這一連串的舉動，都是「尚義」的表徵。周武王違失了對君父之義，這是伯夷、叔齊所不齒的，於是他們以「餓死」作為最強烈的抗議，同時在死亡中完成最徹底的隱遯。「怨」源於不甘心，就伯夷、叔齊命運的波折而言是可怨的，但由他們所讓（利）所爭（義）均出於自覺的抉擇來看，則亦可無怨矣。司馬遷以反問句小結，頗耐人尋味。

三段轉入對天道的質疑，一方面藉顏淵、盜蹠一正一反的人物反襯伯夷，另方面又概括近世是非顛倒的悲哀，從而追問：如果天道不能明確而有效地展現其公正性，那麼生命的意義究竟應如何確定？末段乃引孔子的「道不同，不相為謀」自我調適，客觀的情勢畢竟不是個人所能扭轉，君子唯一能掌握的，乃是對自我理念的堅持；故而砥礪名行以傳譽於後世，遂成為絕望中的最後安慰。清代的梁玉繩曾舉出十條證據懷疑伯夷事跡的可信度，但司馬遷乃是要借伯夷的酒杯，澆自己胸中的塊壘，故反論贊之賓而為傳記之主，此亦感憤所激，變例為體。

管晏列傳

【題　解】本文選自《史記・管晏列傳》。管，管仲。晏，晏嬰。管仲（西元前？～前六四五年），名夷吾，字仲。春秋時代潁上（今安徽潁上）人。相齊桓公以成霸主功業，齊桓公尊稱之為仲父。晏嬰（西元前？～前五〇〇年），字平仲，萊州（治所在今山東掖縣）夷維人。歷事齊靈公、齊莊公、齊景公，顯名於諸侯。管仲、晏嬰相距百餘年，先後為齊相，司馬遷將二人合傳，記敘其軼事；而就取材而觀，實亦寓含對人與人相知相惜之心的高度推崇，以及深刻的忻慕。

管仲夷吾者，潁上人也。少時，常與鮑叔牙❶游，鮑叔知其賢❷。管仲貧困，常欺鮑叔，鮑叔終善遇❸之，不以為言。已而鮑叔事齊公子小白❹，管仲事公子糾❺。及小白立為桓公，公子糾死，管仲囚焉。鮑叔遂進❻管仲。管仲既用，任政于齊，齊桓公以霸，九合❼諸侯，一匡❽天下，管仲之謀也。

管仲曰：「吾始困時，嘗與鮑叔賈❾，分財利，多自與，鮑叔不以我為貪，知我貧也。吾嘗為鮑叔謀事，而更窮困，鮑叔不以我為愚，知時有利不利也。吾嘗三仕三見逐❿於君，鮑叔不以我為不肖，知我不遭時也。吾嘗三戰三走⓫，鮑叔不以我為怯，知我有老母也。公子糾敗，召忽⓬死之，吾幽囚受辱，鮑叔不以我為無恥，知我不羞小節，而恥功名不顯於天下也。生我者父母，知我者鮑子也！」鮑叔既進管仲，以身下之⓭。子孫世祿⓮於齊，有封邑⓯者十餘世，常為名大夫。天下不多⓰管仲之賢，而多鮑叔能知人也。

管仲既任政相齊，以區區⓱之齊在海濱，通貨積財，富國彊兵，與俗同好惡。故其稱曰⓲：「倉廩⓳實而知禮節，衣食足而知榮辱，上服度⓴則六親㉑固。」「四維㉒不張，國乃滅亡。」「下令如流水之原，令順民心。」故論卑而易行。俗之所欲，因而予之；俗之所否，因而去之。其為政也，善因禍而為福，轉敗而為功。

貴輕重[23]，慎權衡[24]。桓公實怒少姬，南襲蔡[25]，管仲因而伐楚，責包茅不入貢於周室[26]。桓公實北征山戎[27]，而管仲因而令燕修召公[28]之政。於柯之會[29]，桓公欲背曹沫之約，管仲因而信之，諸侯由是歸齊[30]。故曰：「知與之為取，政之寶也[31]。」管仲富擬於公室，有三歸[32]、反坫[33]，齊人不以為侈。管仲卒，齊國遵其政，常彊於諸侯。後百餘年而有晏子焉。

晏平仲嬰者，萊[34]之夷維[35]人也。事齊靈公[36]、莊公[37]、景公[38]，以節儉力行重於齊。既相齊，食不重肉[39]，妾不衣帛[40]。其在朝，君語及之，即危言[41]；語不及之，即危行[42]。國有道，即順命[43]；無道，即衡命[44]。以此三世[45]顯名於諸侯。

越石父[46]賢，在縲紲[47]中。晏子出，遭之塗[48]，解左驂[49]贖之，載歸。弗謝[50]，入閨[51]。久之，越石父請絕[52]。晏子戄然[53]，攝[54]衣冠，謝[55]曰：「嬰雖不仁，免子於厄[56]，何子求絕之速也？」石父曰：「不然。吾聞君子詘[57]於不知己，而信[58]於知己者。方[59]吾在縲紲中，彼不知我也。夫子既已感寤[60]而贖我，是知己。知己而無禮，固不如在縲紲之中。」晏子於是延入[61]為上客。

晏子為齊相，出，其御[62]之妻從門閒[63]而闚[64]其夫。其夫為相御，擁大蓋[65]，策駟馬[66]，意氣揚揚，甚自得也。既而歸，其妻請去[67]。夫問其故，妻曰：「晏子長不滿六尺(68)，身相齊國，名顯諸侯。今者妾觀其出，志念深矣，常有以自下(69)者。今子長八尺，乃為人僕御。然子之意，自以為足，妾是以求去也。」其後，夫自抑損(70)，晏子怪而問之，御以實對。晏子薦以為大夫。

太史公曰：吾讀管氏〈牧民〉、〈山高〉、〈乘馬〉、〈輕重〉、〈九府〉(71)，及《晏子春秋》(72)，詳哉其言之也。既見其著書，欲觀其行事，故次(73)其傳。至其書，世多有之，是以不論，論其軼事(74)。管仲世所謂賢臣，然孔子小之(75)。豈以為周道衰微，桓公既賢，而不勉之至王，乃稱霸哉？語曰：「將順其美，匡救其惡，故上下能相親也(76)。」豈管仲之謂乎？方晏子伏莊公尸(77)哭之，成禮然後去，豈所謂「見義不為無勇(78)」者邪？至其諫說，犯君之顏，此所謂「進思盡忠，退思補過(79)」者哉！假令晏子而在，余雖為之執鞭(80)，所忻慕(81)焉。

【注釋】❶鮑叔牙　姓鮑，字叔，名牙。齊大夫。❷賢　多才。❸遇　對待。❹小白　齊桓公名。春秋時代齊國國君，齊釐公之子，齊獻公之弟，在位四十三年（西元前六八五～前六四三年），為春秋五霸之一。❺公子糾　齊襄公之弟。齊國亂，小白奔莒國，鮑叔傅之，公子糾奔魯國，管仲、召忽傅之，後小白立為齊桓公，遺書於魯國，殺公子糾。❻進　推薦。❼九合　多次會合。九，表示其多。一說：九，通「糾」。聚。❽一匡　整個匡正過來。一，整全。匡，正。❾賈　居貨待賣。❿見逐　被免職。⓫走　逃跑。⓬召忽　春秋時代齊國人。事公子糾。⓭以身下之　自居於其下位。身，自己。之，指管仲。⓮世祿　世世代代有官俸。⓯封邑　受封之地。⓰多　稱讚；推重。⓱區區　小。⓲故其稱曰　以下七句引文語出《管子・牧民》。

⑲倉廩　泛指倉庫。方者為倉，圓者為廩。一說：藏穀者為倉，藏米者為廩。⑳上服度　君王服行法度。㉑六親　王先謙謂諸父一，諸舅二，兄弟三，姑姊四，昏媾五，姻婭六。㉒四維　指禮義廉恥。㉓輕重　斟酌輕重。㉔權衡　衡量得失。㉕桓公實怒少姬二句　齊桓公與蔡姬戲於舟中，蔡姬蕩舟，驚齊桓公，齊桓公怒，使蔡姬歸母家省過，蔡國將蔡姬改嫁，齊桓公怒而興兵伐之，時為周惠王二十一年（西元前六五六年）。少姬，蔡女。蔡，國名。在今河南上蔡，南鄰楚國。㉖責包茅不入貢於周室　周惠王二十一年，齊國合八諸侯軍入蔡國，順道伐楚國，楚成王遣使問何故，管仲責以不貢包茅於周天子，及周昭王南征不復事，楚國自承失貢之罪，乃盟於召陵。按楚時稱王，因周室衰微而久不入貢。包，裹。茅，菁茅。香草名，供祭祀漉酒之用。㉗山戎　種族名。又稱北戎，在今河北北部。周惠王十四年（西元前六六三年），山戎侵燕國，齊桓公救燕國而伐山戎，因勸燕莊公入貢天子。㉘召公　名奭。周文王庶子，封於召，為燕國之始祖。㉙柯之會　周僖王元年（西元前六八一年），齊國打敗魯國，魯莊公獻邑以和，齊桓公與魯國會於柯。柯，在今山東東阿西南。㉚桓公欲背曹沫之約三句　齊國與魯國會於柯時，魯將曹沫以匕首劫齊桓公，請歸返魯所侵佔魯地，齊桓公許之，後欲不許，管仲以為不可背信而損威，遂與魯地，諸侯聞之，皆信齊國而歸附焉。㉛知與之為取二句　語出《管子．牧民》。與，給。㉜三歸　其說不一。或曰娶三姓女，有三房家室。或曰臺名，或曰地名，或曰指稅收。㉝反坫　古代諸侯燕飲享客，在獻酬禮畢時，用來放回空酒杯的土臺。㉞萊　萊州。舊治在今山東掖縣。㉟夷維　萊之邑名。㊱靈公　齊靈公。名環，齊頃公之子，在位二十八年（西元前五八一～前五五四年）。㊲莊公　齊莊公。名光，齊靈公之子，在位六年（西元前五五三～前五四八年）。㊳景公　齊景公。名杵臼，齊莊公異母弟，在位五十八年（西元前五四七～前四九〇年）。㊴重肉　兩種肉。㊵衣帛　穿絲織的衣服。衣，穿著。㊶危言　直言。㊷危行　正直的行為。㊸順命　順從法令而行。㊹衡命　權衡命令而後行。㊺三世　指靈公、莊公、景公三朝。㊻越石父　齊人。㊼縲紲　捆綁犯人的繩索。引申指囚禁。縲，黑索。紲，繫。㊽塗　通「途」。路上。㊾左驂　在馬車左邊駕車的馬。㊿弗謝　不招呼一聲。指晏子而言。謝，以言辭相問候。(51)閨　內室門。(52)請絕　請求絕交。(53)戄然　驚愕的樣子。(54)攝　整理；整飭。(55)謝　請罪。(56)厄　困窮；危難。(57)詘　通「屈」。委屈。(58)信　通「伸」。(59)方　當。(60)感寤　有所感而覺悟。寤，通「悟」。(61)延入　請入。延，引進。(62)御　本謂駕馭車馬。此指車夫。(63)門間　門縫。(64)闚　同「窺」。偷看。(65)蓋　車上的傘蓋。(66)策駟馬　駕著四匹馬。(67)請去　請求離開夫家。(68)不滿六尺　謂身材矮小。下文「八尺」，謂體格高大。古時一尺約合今制七寸。(69)自下　自謙。(70)抑損　收斂；謙退。(71)牧民山高乘馬輕重九府　皆《管子》篇名。〈山高〉、〈九府〉二篇不在今《管子》八十六篇內。(72)晏子春秋　書名。舊題晏子撰，東漢應劭疑出於齊春秋，為戰國人摭集晏

子遺事而成。73次 編列。74軼事 史書所未載的事跡。75孔子小之 孔子輕視他。《論語・八佾》：「管仲之器小哉！」小，看不起。管仲有三歸、反坫，志奢意滿，故孔子小之。76將順其美三句 語出《孝經・事君》。謂國君有好的行為則助長之，如有惡處則匡救之，故君臣能相親。77伏莊公尸 周靈王二十四年（西元前五四八年），崔杼弒齊莊公，晏子枕尸而哭，盡禮而出。78見義不為無勇 語出《論語・為政》。79進思盡忠二句 語出《孝經・事君》。80執鞭 指駕車。81忻慕 欣喜嚮往。忻，同「欣」。

【語譯】管仲夷吾是潁上人。年輕時常和鮑叔牙在一起，鮑叔牙知道他很有才能。管仲很窮，常常占鮑叔的便宜，但鮑叔始終待他很好，不說什麼。後來，鮑叔牙投效了齊公子小白，管仲則事奉公子糾。等到小白立為桓公，公子糾被殺，管仲被囚禁。鮑叔牙就向齊桓公推薦管仲。管仲被任用後，執掌齊國政事，齊桓公因此成就霸業，多次會集諸侯，匡正了整個天下，這些都是管仲的謀畫啊。

管仲說：「我從前窮困時，曾和鮑叔牙合夥做生意，分利潤時，自己多拿些，鮑叔牙不認為我貪財，他知道我貧窮。我曾替鮑叔牙計畫事情，反而使他更困難，鮑叔牙並不認為我笨，他知道時運有時順有時不順。我曾經三次做官，三次被免職，鮑叔牙不以為我沒有才能，他知道我沒有遇到好機會。我曾三次打仗，三次敗逃，鮑叔牙並不以為我膽小，他知道我有老母在堂。公子糾失敗，召忽自殺，我被囚禁，遭受屈辱，鮑叔牙並不以為我無恥，他知道我不羞小節，而以功名不能顯揚於天下為羞恥。生我的是父母，了解我的是鮑叔牙。」鮑叔牙既推薦了管仲，自己情願居管仲的下位。他的子孫世世代代都在齊國享俸祿，有封地的有十幾代，而且常常都有著名的大夫。因此，天下人並不讚美管仲的才能，卻敬重鮑叔牙能夠知人。

管仲既在齊國為相，執掌政事，使地處海邊的小小齊國，能流通貨物，聚積錢財，富國強兵，且和人民同好惡。所以他說：「倉庫充實才知道禮節，衣食充足才知道榮辱，君王服行法度，六親才會團結和睦。」「四維不發揚，國家就滅亡。」「發布命令像水的源頭，使它順應民心。」所以議論淺近，容易實行。百姓希望的就給他們，百姓反對的就廢除它。他處理政事，善於把禍患轉為福祉，把失敗轉為有功。注重斟酌輕重，謹慎衡量得失。齊桓公其實是恨少姬改嫁，才南侵蔡國，管仲卻藉機討伐楚國，責備楚國不向周天子進貢包茅之罪。齊桓公本來是北伐山戎，管仲卻藉機告誡燕國要重修召公時的政治。在柯地的會盟，齊桓公本想背棄對曹沫的許諾，管仲卻使齊桓公踐約，以昭信於天下。諸侯因此而歸附齊國。所以說：「知道給就是取，這是為政的法寶。」

管仲的財富可比諸侯，有三個公館，以及安放酒杯的土臺，可是齊國人並不認為他奢侈。管仲死後，齊國一直遵行他的法度，因此比其他諸侯都強。後來隔了一百多年，又有一個晏子出現。

晏平仲名嬰，是萊州夷維人。曾事奉齊靈公、齊莊公、齊景公，因為生活節儉、做事勤勉而在齊國受到推崇重。他已經擔任齊相，可是每餐未曾有過兩樣以上的肉食，姬妾都不穿絲緞的衣服。他在朝廷，國君問到他，他就直言無隱；不問到他，就正直地做事。政治上軌道，就照著法令做事；政治不上軌道，就權衡命令而後行。因此，在齊靈公、齊莊公、齊景公三朝，聞名於諸侯間。

越石父是個賢人，卻因案被囚禁。晏子外出，在路上遇到他，馬上解下車左的一匹馬替他贖罪，載他同車回家。到了家，沒有向越石父告辭就進了內室，過了很久。越石父要求絕交離去。晏子吃了一驚，慌忙地整理衣冠，向他道歉說：「嬰雖然沒有仁德，總是解除了您的危難，您為什麼這樣快就要告辭呢？」越石父說：「話不能這麼說。我聽說君子被不了解自己的人所冤屈，但在知己面前可以獲得伸張。當我被囚禁，是他們不了解我。您既然了解我而把我贖出來，這就是知己。知己而對我無禮，實在還不如被囚禁。」晏子聽了，馬上請他進去，尊為上賓。

晏子做齊相時，有一天出去，他車夫的妻子從門縫中偷看她的丈夫。她丈夫替國相駕車，坐在大傘蓋下，用鞭子抽打著駕車的四匹馬，趾高氣昂，十分得意。回家後，他妻子請求離婚，車夫問她是什麼原因，妻子說：「晏子身高不到六尺，身為齊相，名聞各國。今天我偷看他出來時，志氣深遠，態度謙卑。而你身高八尺，卻做人家的車夫。可是看你的意思，好像覺得很滿足，我所以要求離婚。」以後她丈夫自我收斂，晏子覺得奇怪而問他，車夫據實相告。晏子就推薦他做大夫。

太史公說：我讀管子的〈牧民〉、〈山高〉、〈乘馬〉、〈輕重〉、〈九府〉，以及《晏子春秋》，關於他們的思想主張說得很詳細。我既看過他們所著的書，還想看看他們行事，所以為他倆寫這篇傳。至於他們的書，世上有很多，所以不再介紹，只記他們的軼事。管仲是世人所說的賢臣，可是孔子卻輕視他。難道是因為周道衰微，桓公既然賢明，管仲不輔勉他建立王業，卻僅使他稱霸嗎？古語說：「助長君王的好行為，匡正君王的過失，因此君臣能夠相親。」這句話說的不就是管嗎？當晏子伏在齊莊公屍體上痛哭，做到應有的禮節，然後從容走開，他難道是《論語》上所說的「見義而不去做，就是無勇」的人嗎？至於進諫忠言，冒犯君王，這正是《孝經》上所說的「在朝就想到盡忠，退朝就想補過」的人啊！假使晏子現在還活著，我雖然替他拿鞭子趕車，也是衷心所欣喜嚮往的。

【研　析】本文可分八段。首段言管仲先後受知於鮑叔牙和齊桓公，而以「九合諸侯，一匡天下」八個字高度概括了管仲一生的功業。二段透過管仲自己的話，具現首段所言鮑叔「知其賢」的知人之明，和「善遇之」的容人器度；其中連用了五個「鮑叔不以我為……知我……」的句型，而以「生我者父母，知我者鮑子也」為結，充分反映管仲的知遇之感。

三段對照管仲論政要旨及其功績，一方面指出其成功的原因在於「論卑而易行」，且能與俗同好惡，「因禍而為福」；另方面則透露齊政靈活尚用的特質，鮮活地藉由齊桓公的平庸反襯管仲的因勢善導。四段則由齊人對管仲之奢侈的寬容以見其受愛戴，並言齊國所以長治久安，乃在於能貫徹管仲的治國理念。

五段言晏嬰之節儉守正，適與管仲之奢豪相對比；而其慎於權衡，則頗與管仲相類。六段以「知己」二字為核心，透過越石父之知遇於晏嬰來讚揚知己的可貴。晏子善於知人、勇於自省的恢宏氣度，越石父之方直廉貞，均使讀者印象深刻。

七段寫晏子識拔御者的經過，頗富戲劇性。晏子和御者雙方身材高矮與地位尊卑固然不成比例，而就處世態度觀之，御者之「甚自得」與晏子之「常有以自下者」亦形成強烈對比。御者由「自以為足」到「自抑損」的巨大轉變，透露了三則訊息：一、晏子之舉才不避貴賤。二、御者能夠痛定思痛，初步具備了客觀認知事實的能力與自我超越的志向，而反省實乃一切智慧的根源，故足以為大夫。三、御者因其妻之刺激而翻然改悟，知恥近乎勇；亦由此可以推知賢妻可為內助。末段說明取材原則，總結評價，並表示對於晏嬰的忻慕。

綜觀全文，敘管仲，而鮑叔之知遇，超過篇幅之半；敘晏嬰，則義贖越石父、推薦御者，又倍於晏嬰本人之事。管仲被知而晏子知人，對照司馬遷枉被刑獄而未見援手，此傳之取材，或亦有深意焉。

屈原列傳

【題解】 本文選自《史記‧屈原賈生列傳》，篇名摘取原題而訂。〈屈原賈生列傳〉以屈原與漢代賈誼合列一傳，本文節選其有關屈原的生平事跡。記敘屈原既忠且賢、歷事楚國懷王、頃襄王兩代，初受信任重用，旋因小人忌妒而君王未能明察，以致忠而遭斥、信而見疑，終以懷石自沉於汨羅江而死。

屈原者，名平，楚之同姓❶也。為楚懷王❷左徒❸。博聞彊志❹，明於治亂，嫺❺於辭令❻。入則與王圖議國事，以出號令；出則接遇❼賓客，應對諸侯。王甚任之。上官大夫❽與之同列❾，爭寵而心害❿其能。懷王使屈原造為憲令⓫，屈平屬⓬草藁未定，上官大夫見而欲奪⓭之，屈平不與，因讒⓮之，曰：「王使屈平為令，眾莫不知。每一令出，平伐⓯其功，曰以為『非我莫能為也』。」王怒而疏屈平。

屈平疾⑯王聽之不聰也，讒諂之蔽明也，邪曲之害公也，方正之不容也，故憂愁幽思而作〈離騷〉。離騷者，猶離憂⑰也。夫天者，人之始也；父母者，人之本也。人窮則反本⑱，故勞苦倦極⑲，未嘗不呼天也；疾痛慘怛⑳，未嘗不呼父母也。屈平正道直行，竭忠盡智，以事其君，讒人間㉑之，可謂窮矣。信而見疑，忠而被謗，能無怨乎？屈平之作〈離騷〉，蓋自怨生也。〈國風〉好色而不淫，〈小雅〉怨誹而不亂㉒，若〈離騷〉者，可謂兼之矣。上稱帝嚳㉓，下道齊桓㉔，中述湯、武，以刺㉕世事，明道德之廣崇㉖，治亂之條貫㉗，靡不畢見。其文約，其辭微，其志潔，其行廉。其稱文小而其指極大㉘，舉類邇㉙而見義遠。其志潔，故其稱物芳㉚；其行廉，故死而不容。自疏㉛濯淖㉜汙泥之中，蟬蛻㉝於濁穢，以浮游塵埃之外，不獲㉞世之滋㉟垢，皭然㊱泥而不滓㊲者也。推㊳此志也，雖與日月爭光可也。

屈原既絀㊴，其後秦欲伐齊，齊與楚從親㊵，惠王㊶患之，乃令張儀詳㊷去秦，厚幣委質㊸事楚，曰：「秦甚憎齊，齊與楚從親，楚誠能絕齊，秦願獻商、於㊹之地六百里。」楚懷王貪而信張儀，遂絕齊，使使如㊺秦受地。張儀詐之曰：「儀與王約六里，不聞六百里。」楚使怒去，歸告懷王。懷王怒，大興師伐秦。秦發兵擊之，大破楚師於丹、淅[46]，斬首八萬，虜楚將屈匄，遂取楚之漢中[47]地。懷王乃悉發國中兵，以深入擊秦，戰於藍田[48]。魏聞之，襲楚至鄧[49]。楚兵懼，自秦歸。而齊竟怒不救楚，楚大困。

明年，秦割漢中地與楚以和。楚王曰：「不願得地，願得張儀而甘心焉！」張儀聞，乃曰：「以一儀而當漢中地，臣請往如楚。」如楚，又因厚幣[50]用事者[51]臣靳尚，而設詭辯[52]於懷王之寵姬鄭袖[53]。懷王竟聽鄭袖，復釋去張儀。是時屈平既疏，不復在位，使於齊。顧反[54]，諫懷王曰：「何不殺張儀？」懷王悔，追張儀不及。其後諸侯共擊楚，大破之，殺其將唐眛。

時秦昭王[55]與楚婚，欲與懷王會。懷王欲行，屈平曰：「秦，虎狼之國，不可信，不如無行[56]。」懷王稚子[57]子蘭勸王行：「奈何絕秦歡？」懷王卒行。入武關[58]，秦伏兵絕其後，因留懷王，以求割地。懷王怒，不聽。亡走趙，趙不內[59]。復之秦，竟死於秦而歸葬。

長子頃襄王[60]立，以其弟子蘭為令尹[61]。楚人既咎[62]子蘭以勸懷王入秦而不反也。屈平既嫉[63]之，雖放流[64]，睠顧[65]楚國，繫心懷王，不忘欲反，冀幸[66]君之一悟，俗之一改也。其存君[67]興國而欲反覆之[68]，一篇之中三致志焉。然終無可奈何，故不可以反，卒以此見懷王之終不悟也。人君無愚智賢不肖，莫不欲求忠以自為[69]，舉賢以自佐[70]，然亡國破家相隨屬[71]，而聖君治國[72]累世[73]而不見者，其所謂忠者不忠，而所謂賢者不賢也。懷王以不知忠臣之分[74]，故內惑於鄭袖，外欺於張儀，疏屈平而信上官大夫、令尹子蘭。兵挫地削，亡其六郡[75]，身[76]客死於秦，為天下笑。此不知人之禍也。《易》曰：「井渫不食，為我心惻，可以汲。王明，並受其福[77]。」王之不明，豈足福哉？令尹子蘭聞之，大怒，卒使上官大夫短[78]屈原於頃襄王，頃襄王怒而遷[79]之。

屈原至於江濱，被髮[80]行吟澤畔。顏色[81]憔悴，形容[82]枯槁。漁父見而問之，曰：「子非三閭大夫[83]歟？何故而至此？」屈原曰：「舉世混濁而我獨清，眾人皆醉而我獨醒，是以見放。」漁父曰：「夫聖人者，不凝滯[84]於物，而能與世推移[85]。舉世混濁，何不隨其流而揚其波？眾人皆醉，何不餔其糟而啜其醨[86]？何故懷瑾握瑜[87]而自令見放為？」屈原曰：「吾聞之，新沐[88]者必彈冠，新浴者必振衣[89]，人又誰能以身之察察[90]，受物之汶汶[91]者乎？寧赴常流[92]而葬乎江魚腹中耳，又安能以皓皓[93]之白而蒙世之溫蠖[94]乎？」乃作〈懷沙〉[95]之賦。於是懷石，遂自沉汨羅[96]以死。

屈原既死之後，楚有宋玉[97]、唐勒[98]、景差[99]之徒者，皆好辭而以賦見稱。然皆祖屈原之從容辭令，終莫敢直諫。其後楚日以削，數十年，竟為秦所滅。自屈原沉汨羅後百有餘年，漢有賈生[100]，為長沙王[101]太傅，過湘水[102]，投書以弔屈原。

太史公曰：余讀〈離騷〉、〈天問〉、〈招魂〉、〈哀郢〉[103]，悲其志。適[104]長沙，觀屈原所自沉淵，未嘗不垂涕，想見其為人。及見賈生弔之，又怪屈原以彼其材，游諸侯，何國不容，而自令若是？讀〈服鳥賦〉[105]，同生死，輕去就，又爽然[106]自失矣！

【注釋】❶楚之同姓　楚國王族姓羋，後有屈、景、昭三氏。楚武王之子瑕，封於屈，子孫以屈為姓。❷楚懷王　戰國時代楚國國君。名槐，楚威王之子，在位三十年（西元前三二八～前二九九年）。❸左徒　楚國官名。位次令尹。《史記正義》以為：相當於後世的左、右拾遺之類。❹博聞彊志　見聞廣博，記憶力強。志，通「誌」。指記憶力。❺嫻　熟習。❻辭令　指外交方面交際應酬的語言。❼接遇　接待。❽上官大夫　姓上官而為大夫者。即楚懷王寵臣上官靳尚。❾同列　同位。❿害　嫉妒；忌憚。⓫憲令　法令。⓬屬　適；正在。⓭奪　變更；修改。⓮讒　背後說人壞話。⓯伐　自誇大。⓰疾　痛心。⓱離憂　遭遇憂患。離，通「罹」。遭。⓲反本　追溯事物的本始。⓳極　疲困。⓴慘怛　傷痛。㉑間　離間。㉒國風好色而不淫二句　《詩經．國風》雖多男女愛慕之詩，但不淫蕩；《詩經．小雅》雖多怨恨批評之詩，但不狂亂。好色，指男女相互愛慕追求。淫，亂。怨誹，怨恨批評。㉓帝嚳　古帝名。相傳為黃帝曾孫，號高辛氏。㉔齊桓　齊桓公。名小白，春秋時代齊國國君，春秋五霸之一。㉕刺　譏諷。㉖廣崇　廣大而崇高。㉗條貫　條理。㉘其稱文小而其指極大　文辭瑣細而內涵廣大。小，瑣細。指，指〈離騷〉中廣泛出現的花草意象。指極，寄寓的義旨。㉙邇　近。㉚稱物芳　指〈離騷〉中多以蘭桂等香草自喻其志。㉛疏　遠離。㉜濯淖　汙濁。㉝蟬蛻　蟬脫殼。此喻解脫。㉞獲　受。㉟滋　黑；汙濁。㊱皭然　潔白的樣子。

(37)泥而不滓　雖被汙泥浸漬而不受穢染。泥，用如動詞。滓，汙染。(38)推　推廣；擴大。(39)絀　通「黜」。貶官。(40)從親約縱而相親。從，通「縱」。指「合縱」，與「連橫」相對。(41)惠王　指秦惠王。名駟，秦孝公之子，在位二十七年（西元前三三七～前三一一年）。(42)詳　通「佯」。假裝。(43)厚幣委質　致送厚禮，表示歸順。幣，車馬玉帛之類。用為禮物。委質，臣子向君王呈獻禮物，表示歸順獻身。委，呈獻。質，通「贄」。進見時所呈禮物。(44)商於　皆秦地。商，在今陝西商縣東南。於，在今河南內鄉東。(45)如　到。(46)丹淅　二水名。丹水源出陝西商縣西北，東流入河南。淅水源出河南盧氏。二水在今河南淅川會合。(47)漢中　地名。在今陝西南部及湖北西北部。(48)藍田　在今陝西藍田。(49)鄧　古國名。在今河南鄧縣，春秋時代滅於楚國。(50)幣　贈送財物。(51)用事者　當權的人。(52)詭辯　混淆是非黑白的議論。(53)鄭袖　鄭國美女。楚懷王冊封為南后。(54)顧反　回來。顧，還。反，通「返」。(55)秦昭王　名稷。秦惠王之子，在位五十六年（西元前三〇六～前二五一年）。(56)無行　不要去。(57)稚子　幼子。(58)武關　地名。在今陝西商縣東。(59)內　通「納」。接納；收留。(60)頃襄王　名橫。在位三十六年（西元前二九八～前二六三年）。(61)令尹　官名。為楚國最高行政長官。(62)咎　指責；歸咎。(63)嫉　憎惡。(64)放流　放逐。(65)睠顧　眷戀；懷念。(66)冀幸　期盼；希望。(67)存君　惦念國君。(68)反覆之　指撥亂反正，恢復清明政治的舊觀。(69)自為　為自己辦事。(70)自佐　輔佐自己。(71)隨屬　連續。(72)治國　穩定、太平的國家。此與「聖君」對稱。(73)累世　數世；連著幾代。(74)分　分別。(75)六郡　指漢中一帶地區。(76)身　自己。(77)井渫不食五句　語出《易・井卦》。言井已淘洗而不汲飲，猶人修身潔行而不被用，使我心惻然，此井水之可汲，實猶此人之可用，王如明察而用之，則並受其福。渫，淘去汙泥。為，使。惻，心痛。(78)短　誣陷；毀謗。(79)遷　貶謫。(80)被髮　披散頭髮。被，通「披」。(81)顏色　臉色。(82)形容　形體容貌。(83)三閭大夫　楚國官名。掌楚國王族屈、景、昭三姓事務。(84)凝滯　拘泥固執。(85)與世推移　隨世俗而調整。(86)餔其糟而啜其釃　吃酒滓，喝薄酒。(87)懷瑾握瑜　抱著瑾，拿著瑜。比喻堅守美好的材質。瑾、瑜，皆美玉名。(88)沐　洗髮。(89)振衣　抖衣。(90)察察　明淨的樣子。(91)汶汶　汙濁的樣子。(92)常流　長流。(93)皓皓　潔白的樣子。(94)溫蠖　即塵埃。(95)懷沙　賦名。(96)汨羅　水名。在今湖南湘陰北。(97)宋玉　相傳為屈原弟子。(98)唐勒　楚國人。(99)景差　楚國公族大夫。(100)賈生　賈誼（西元前二〇一～前一六九年）。西漢洛陽（今河南洛陽）人，著名政論家、辭賦家。(101)長沙王　漢景帝之子，名發。(102)湘水　一名湘江。在今湖南湘陰東北，流經汨羅入洞庭湖。(103)天問招魂哀郢　皆《楚辭》篇名。(104)適　往。(105)服鳥賦　賈誼所作賦。(106)爽然　失意的樣子。

【語　譯】屈原，名平，是楚國王室的同姓。擔任楚懷王的左徒。學識淵博，記憶力強，明白治亂之道，熟習外交辭令。入朝就跟楚懷王商議國事，發布號令；出外就接待賓客，應對諸侯。楚懷王很信任他。有個上官大夫，跟他官位同等，和他爭寵而妒忌他的才能。有一次，楚懷王派屈原草擬法令，屈原正在草擬還沒有定案，上官大夫見了就要修改，屈原不肯給他改，因此就在楚懷王前進讒言，說：「大王命令屈原起草法令，大家沒有不知道的。每當法令公布，屈原都會自誇功勞說『如果不是我，誰能做這件事』。」楚懷王發怒而疏遠屈原。

屈原痛心君王不明是非，讒言遮蔽賢明，奸佞傷害公正，方正的人不被容納，所以憂悶愁思而寫了〈離騷〉。離騷，就是遭遇憂患。天是人的起源，父母是人的根本。人在困厄時，常回想自己的根本。所以，苦難無告時，沒有不喊天的；痛苦難當時，沒有不喊父母的。屈原依正道而直行，竭盡忠誠和心力，來事奉國君，竟被小人離間，命運可算是困窘了。誠信倒被猜疑，忠心反遭毀謗，怎能不怨呢？屈原寫〈離騷〉，實在由於怨恨啊。〈國風〉裡的詩，雖有男女私情，但不淫亂；〈小雅〉中的詩，雖有怨恨批評，但不過分，像〈離騷〉可算是兼而有之了。它讚美上古的帝嚳，稱道近世的齊桓公，敘述中古湯、武的革命，用來譏諷世事，彰明道德的廣大崇高，治亂的條理，一一呈現出來。他的文章簡約，辭意深微，志向高潔，操守清廉；他的文辭瑣細而內涵廣大，舉例淺近而義旨深遠。志行高潔，所以他稱引的物類都是芳香的；操守清廉，所以到死不肯稍有鬆懈。處在汙泥之中，能像蟬脫殼一般，不著一點汙穢，因此能浮游在塵世之外，不受世上垢濁的沾汙，清清白白，一塵不染。這種高潔的心志擴而大之，就是跟日月爭光，也未嘗不可呢！

屈原罷斥以後，秦國想攻齊國，但是齊國跟楚國約縱相親，秦惠王為此而擔心，於是差遣張儀假裝離開秦國，帶著厚禮表示願意投效楚國，說：「秦國非常痛恨齊國，但是齊國跟楚國卻有約縱相親的關係，如果楚國能和齊國絕交，秦國願意獻上商、於一帶六百里的土地。」楚懷王起了貪心，相信張儀的話，就和齊國絕交，派使者到秦國接受贈地。張儀卻騙說：「儀和楚王約定的是六里，沒有說六百里！」楚國使者一怒而離去，回來報告楚懷王。楚懷王惱怒，起大兵攻打秦國。秦國也出兵迎擊，在丹水和淅水一帶大敗楚軍，殺了八萬多人，俘虜楚將屈匄，就占領了楚國的漢中地。楚懷王於是盡起全國軍隊，深入秦國，會戰於藍田。魏國聽到這消息，出兵偷襲楚國，打到鄧地。楚軍害怕，從秦撤兵回來。齊國竟然也怨怒楚國而不救援，楚國因此大為困窘。

第二年，秦國割漢中地跟楚國講和。楚王說：「不願得地，情願得到張儀就甘心了！」張儀聽到，就說：「以一個張儀可以抵上漢中的土地，臣願意到楚國去。」到了楚國，又憑藉大量地贈送財物給楚國當權的靳尚，用詭詐的言詞說服楚懷王的寵姬鄭袖。楚懷王竟然聽信鄭袖，再把張儀放回去。這時候，屈原已經被疏遠，不再在位，出使在齊國。回來以後，進諫楚懷王說：「為什麼不殺張儀？」楚懷王聽了才後悔，派人追趕已來不及了。後來諸侯聯合攻打楚國，大敗楚國，殺了楚將唐眛。

這時，秦昭王和楚國通婚，想跟楚懷王會面。楚懷王想去，屈原說：「秦，是虎狼之國，不可輕信，不如不去。」楚懷王的小兒子子蘭勸楚懷王去，說：「怎麼可以失去秦國的歡心？」楚懷王終於去了。進入武關，秦國預設伏兵斷了他的歸路，因而扣留楚懷王，要求割地。楚懷王憤怒，不答應。逃到趙國，趙國不肯收留。再回到秦國，終於死在秦國，送回楚國安葬。

楚懷王大兒子頃襄王繼位，用他弟弟子蘭做令尹。楚國人都指責子蘭勸楚懷王到秦國去，以致一去不返。屈平也恨子蘭，雖然被放逐，但眷戀楚國，掛念楚懷王，時時不忘回國，希望國君有所覺悟，世俗有所改變。他那忠君愛國、想力挽頹勢的願望，在每一篇作品中，都再三地表示出來。然而終究無可奈何，所以不能再回去，由這可以看出楚懷王始終沒有覺悟。人君不論笨的，聰明的，賢能的，不肖的，沒有不想求忠臣做自己的幫手，用賢才做自己的輔佐，然而亡國破家的事接連不斷，而聖明天子與太平盛世，竟然經歷幾代都看不到，那都是因為君主所認為的忠臣未必忠，所認為的賢才未必賢啊。楚懷王因為分不清誰是忠臣，所以內受鄭袖的惑亂，外受張儀的欺騙，疏遠屈原而信任上官大夫、令尹子蘭。以致兵敗地失，丟了六郡，自己死在秦國，為天下人所恥笑。這是不知人的禍害啊。《易經・井卦》說：「淘洗過的井水，竟無人取用，使我心痛。淘洗過的井水，可以飲用的。王如果賢明，任用人才，上下都會得到福祉。」王不聰明，哪能有福祉呢？

令尹子蘭聽說屈原痛恨他，大怒，終於讓上官大夫在楚頃襄王面前誣陷屈原。楚頃襄王生氣而貶謫屈原。

屈原來到江畔，披頭散髮，在水澤畔邊走邊詠歎，臉色憔悴，形體乾枯。漁父見了他便問說：「您不是三閭大夫嗎？為什麼到這兒來？」屈原說：「世上都混濁，只有我清白；眾人都迷醉，只有我清醒，因此被放逐。」漁父說：「凡是聖人，都不拘泥於事物，能隨俗而調整。既然世上都混濁，何不隨波逐流一起瞎混呢？大家都迷醉，何不吃酒糟，喝薄酒，與他們同醉呢？何必自守美德而弄到被放逐的地步呢？」屈原說：「我聽說過：剛洗過頭的人，必定彈彈帽子上的灰；剛洗過澡的人，一定抖一抖衣服。有誰能拿自己的清白去受穢物的沾汙呢？寧可投水自盡葬身魚肚中，又怎能讓潔白的人格去蒙受世俗的塵埃呢？」於是做了一篇〈懷沙〉的賦，抱著石頭，自投汨羅江而死。

屈原死後，楚國有宋玉、唐勒、景差等人，都喜好辭章而以賦出名。但是他們只取法屈原委婉的辭令，始終沒人敢直諫。以後，楚國日益衰弱，幾十年後，竟被秦國滅亡。從屈原自投汨羅江以後一百多年，漢朝有位賈誼，做過長沙王太傅，當他經過湘水時，曾經寫過文章弔念屈原。

太史公說：我讀了〈離騷〉、〈天問〉、〈招魂〉、〈哀郢〉，為屈原的心志而悲痛。到了長沙，憑弔他自盡的汨羅江，不禁落淚，追念他的為人。等到讀了賈誼弔祭的文章，又怪屈原憑他那樣的才幹，如果去遊說諸侯，哪一個國家不會容納他，卻使自己弄到這步田地？讀了賈誼的〈服鳥賦〉，看到他把生死看得一樣，去就看得很輕，又不覺茫然若有所失了。

【研析】本文可分九段。首段以屈原個人的才智為關鍵，記其由受信任到失勢的過程。二段以憂怨為〈離騷〉的創作動機，並從文辭志行四方面概括了〈離騷〉的特色。三至六段以楚懷王的貪地受辱、折將失地，反襯屈原實為國之干城；而子蘭的無知更直接導致楚懷王飲恨而死，且為其不容屈原埋下伏筆。七段則藉屈原和漁父的對話向世人剖析其自殺之原委。八段推崇屈原為辭賦之祖。末段為司馬遷的贊語，欲言又止，歎惋再三。

亂世危邦中的忠臣鮮有善終，屈原就是一個典型。就其才智觀之，「博聞彊志」反映他對客觀世界廣泛認知的學養，故能具備通盤規畫的真知灼見；另方面，「明於治亂」意謂洞悉政治乃是人事結構的整體運作，因而在體制內適當地調配人才，以充分發揮行政效率；「嫻于辭令」則代表協調溝通的能力，以確保政治秩序的穩定和外交關係的和諧。屈原憑藉這些才能蒙獲楚懷王的激賞，內與機要，外主交涉；但一遭上官大夫之讒而為楚懷王疏絀，復以子蘭之故而不見容於楚頃襄王，終於自沉以死，豈不令人悲怨。

楚懷王初能識拔屈原，似乎顯示他有知人之明；但他輕信讒言而不自知，則復透露其輕躁的個性與判斷力的薄弱。司馬遷以一個「怒」字揭示了悲劇的必然性：楚懷王一怒而疏屈原，再怒而興師伐秦國，三怒而亡走趙國，因其怒而不得善終；楚國使者為受騙而怒、子蘭因屈原怨己而怒、楚頃襄王亦不辨是非而怒，楚國君臣何以易怒若此？另方面，楚懷王的庸愚源自缺乏反省能力，全憑本能的衝動行事，且至死不悟。他可以因認定屈原觸犯了他的忌諱就棄之如敝屣；又見利忘義，而被張儀玩弄於股掌之上；終其一生，都在憤怒與悔恨交織的蒙昧中度過，此皆由於「不知人」所致。

屈原以自沉表達了他對人世不公的最大抗議，而司馬遷亦將感同身受的悲憤寄寓於激動的描述之中。於是我們也不禁懷疑：是否先覺者多半要在斷斷眾口間孤寂一生？還是先覺者的可貴，就在那種「橫眉冷對千夫指」（魯迅語）的執著？抑或身處在那「但為自保故，情義俱可拋」的官場生涯裡，司馬遷也只能藉著對屈原的同情來自我安慰呢？

酷吏列傳序

【題　解】 本文選自《史記・酷吏列傳》，篇名據原題加一「序」字而訂。酷吏，執法嚴苛、殘害人民的官吏。〈酷吏列傳〉合漢武帝時的酷吏十人為一傳，本文為列傳前之序文。主旨在說明酷吏雖有其法治之功能，但法令僅為治標的工具，根本之道仍在以德化民。

孔子曰：「導之以政，齊之以刑，民免而無恥；導之以德，齊之以禮，有恥且格❶。」老氏❷稱：「上德不德，是以有德；下德不失德，是以無德❸。」「法令滋章，盜賊多有❹。」

太史公曰：「信哉！是言也。」法令者治之具，而非制治清濁之源❺也。昔天下之網❻嘗密矣，然姦偽萌起❼，其極也，上下相遁❽，至於不振。當是之時，吏治若救火揚沸❾，非武健嚴酷，惡能❿勝其任而愉快乎？言道德者，溺其職⓫矣。故曰：「聽訟，吾猶人也，必也使無訟乎⓬。」「下士聞道，大笑之⓭。」非虛言也。

漢興，破觚而為圜⓮，斲雕而為朴⓯，網漏於吞舟之魚⓰，而吏治烝烝⓱，不至於姦，黎民艾安⓲。由是觀之，在彼不在此⓳。

【注釋】❶導之以政六句　語出《論語．為政》。政，政令。免，免於犯罪受刑罰。格，正。❷老氏　指老子。道家的創始者。❸上德不德四句　語出《老子．三十八章》。高亨釋云：「上德之人，但求反其本性，不於性外求德，而終能全其本性，故曰上德不德，是以有德。」上德，最有德的人。下德，最無德的人。失，忘。❹法令滋章二句　語出《老子．五十七章》。意謂法令愈嚴酷，盜賊愈多。滋章，愈加繁多。這裡是嚴酷之意。❺制治清濁之源　政治清濁的根源。制治，政治運作的整體規畫。❻昔天下之網　指秦時之法。網，法網；法令。❼萌起　像初生草木般不斷發生。❽上下相遁　上下交相推諉塞責。遁，逃。❾救火揚沸　喻無濟於事。救火，「抱薪救火」的縮語。比喻欲除其害而反助其勢。揚沸，「揚湯止沸」的縮語。比喻捨本逐末。❿惡能　何能。⓫溺其職　失其職。溺，沒。⓬聽訟三句　語出《論語・顏淵》。聽訟，審理案件。猶人，與人同。⓭下士聞道二句　語出《老子・四十一章》。下士，下愚之人。⓮破觚而為圜　猶改方為圓。謂漢初去除秦之苛法，使法制簡約渾厚。觚，飲酒器。方形，故引申而有方意。⓯斲雕而為朴　削刮器物上繁縟的花紋，還原成樸素的形態。喻抑制巧詐奸偽，使民風返歸敦厚。斲，即「斵」字。斫削。雕，鏤刻繁縟的花紋。朴，通「樸」。樸實。⓰網漏於吞舟之魚　網目寬疏，吞舟大魚都可從網裡漏掉。比喻法令寬大。⓱烝烝　興盛的樣子。⓲艾安　治平無事。艾，通「乂」。治。⓳在彼不在此　在道德而不在刑罰。彼，指道德。此，指刑罰。

【語　譯】孔子說：「用法令來引導人民，用刑罰來齊一百姓，他們只想免於刑罰，但無所謂羞恥；用道德來引導他們，用禮來約束他們，人民不但知廉恥，而且很方正。」老子說：「上德的人，天性淳厚，不倡道德而有德；下德的人，不忘道德而有心做作，反而無德。」又說：「法令愈嚴酷，盜賊愈多。」

太史公說：「這些話說得對極了！」法令是治理天下的工具，並不是政治清濁的根源。從前秦朝的法網可算得嚴密了，然而奸詐虛假的事層出不窮，甚至到了上下通同作弊，鑽法律漏洞的地步，弄得國家衰頹不振。當這個時候，吏治已成抱薪救火、揚湯止沸的局面，若非採取勇武剛健嚴厲酷烈的手段，怎能擔當責任而且愉快地達成任務呢？假如這時候還談道德，那就是失職了。所以孔子說：「審理案子，我還比得上一般的人，要緊的是使人民不打官司，才是根本。」老子也說：「下愚的人，一聽到真正的道，就必定要大笑。」這真是一點不虛假啊！

漢朝興起，破除嚴厲的刑法，寬厚而圓通，去華采而崇尚樸實，法網寬大得吞舟大魚都能漏掉，然而吏治烝烝日上，沒有奸邪之事，老百姓都能平安度日。由此看來，治理天下是在於道德，而不在於嚴刑酷法啊！

【研　析】本文可分三段。首段分別引述孔子、老子的話，以德刑對舉的方式揭示其本末關係。次段借亡秦吏治武健嚴酷之風而贊其勝任愉快，暗漢指武帝之任用酷吏，實亦救火揚沸之舉。末段述漢初吏治寬仁而國泰民安，歸結於以德化為治亂之樞機。

《史記・循吏列傳》載錄諸人無一在漢武帝時，而〈酷吏列傳〉所列舉卻都在漢武帝朝，司馬遷的諷諭之意是不言可喻的。值得注意的是，他認為法令只是治標的辦法，為過渡時期的方便法門，根本之道仍在以德化民。社會正義必須維持，富於責任感的知識分子亦不能坐視民心陷於偷薄狡偽；然而中國傳統政治運作的實況仍以人治為主，酷吏本身雖以公廉強幹之才崛起，卻也因曲承上意，罔顧人情而為世所不容。另方面，治亂世以重典誠然迅速有效，但若未嘗啟發百姓的自覺向善之心，反倒會激發他們趨吉避凶的本能，化明為暗，陽奉陰違，「上下相遁，至於不振」。司馬遷透過〈酷吏列傳〉讓我們去反省為政以德的永恆性，意在言外，語簡而興寄深遠。

游俠列傳序

【題　解】本文選自《史記・游俠列傳》，篇名據原題加一「序」字而訂。游俠，指生性豪爽，重然諾，輕生重義，能替人排難解紛、存亡死生的俠客。〈游俠列傳〉記敘漢興以來，朱家、郭解等俠客，合為一傳。本文即列傳之序文，強調俠客之行，雖遭學者排擯，又為法網所不容，但其脩行砥名，濟人緩急，實較黨同伐異的偽君子和暴寡凌弱的強梁，尤為難能而可貴。

韓子❶曰：「儒以文亂法，而俠以武犯禁❷。」二者皆譏，而學士多稱於世云。至如以術取宰相、卿大夫，輔翼❸其世主，功名俱著於春秋❹，固無可言者。及若季次❺、原憲❻，閭巷人❼也，讀書懷獨行❽君子之德，義不苟合當世，當世亦笑之。故季次、原憲，終身空室蓬戶❾，褐衣疏食不厭❿，死而已四百餘年，而弟子[11]志[12]之不倦。今[13]游俠，其行雖不軌[14]於正義，然其言必信[15]，其行必果[16]，已諾必誠[17]，不愛其軀，赴士之阨[18]困，既已存亡死生[19]矣，而不矜[20]其能，羞伐[21]其德，蓋亦有足多[22]者焉。

且緩急[23]人之所時有也。太史公曰：昔者虞舜窘於井廩[24]，伊尹負於鼎俎[25]，傅說匿於傅險[26]，呂尚困於棘津[27]，夷吾桎梏[28]，百里飯牛[29]，仲尼畏匡[30]，菜色陳蔡[31]。此皆學士所謂有道仁人也，猶然[32]遭此菑[33]，況以中材而涉[34]亂世之末流乎？其遇害何可勝道哉！鄙人[35]有言曰：「何知仁義，已饗[36]其利者為有德。」故伯夷醜[37]周，餓死首陽山，而文、武不以其故貶王[38]；跖、蹻[39]暴戾，其徒誦[40]義無窮。由此觀之，「竊鉤者誅，竊國者侯。侯之門，仁義存[41]」，非虛言也。今拘學[42]或抱咫尺之義[43]，久孤於世，豈若卑論儕俗[44]，與世沉浮而取榮名哉？而布衣之徒，設[45]取予然諾，千里誦義，為死不顧世[46]，此亦有所長，非苟而已也。故士窮窘而得委命[47]，此豈非人之所謂賢豪間者[48]邪？誠使鄉曲[49]之俠，予[50]季次、原憲比權量力，效功於當世，不同日而論[51]矣。要[52]以功見言信，俠客之義，又曷可少[53]哉！

古布衣之俠，靡[54]得而聞已。近世延陵[55]、孟嘗[56]、春申[57]、平原[58]、信陵[59]之徒，皆因王者親屬，藉於有土卿相之富厚，招天下賢者，顯名諸侯，不可謂不賢者矣。比如「順風而呼，聲非加疾[60]」，其勢激[61]也。至如閭巷之俠，脩行砥名[62]，聲施[63]於天下，莫不稱賢，是為難耳。然儒、墨皆排擯[64]不載。自秦以前，匹夫[65]之俠，湮滅不見，余甚恨之。以余所聞，漢興，有朱家[66]、田仲[67]、王公[68]、劇孟[69]、郭解[70]之徒，雖時扞[71]當世之文罔[72]，然其私義，廉潔退讓，有足稱者。名不虛立，士不虛附。至如朋黨[73]宗彊[74]，比周[75]設財役貧[76]，豪暴侵凌孤弱，恣欲自快[77]，游俠亦醜之。余悲世俗不察其意，而猥[78]以朱家、郭解等，令與暴豪之徒同類而共笑之也。

【注　釋】❶韓子　韓非。戰國時代韓國人，喜刑名法術之學，與李斯俱師事荀卿，後出使秦國，為李斯所陷害，死於獄中。著有《韓非子》。❷儒以文亂法二句　儒生舞文弄墨而擾亂法紀，俠客仗恃武力而觸犯禁令。語出《韓非子・五蠹》。❸輔翼　輔助。❹春秋　泛指史籍。❺季次　公皙哀。字季次，春秋時代齊國人，孔子弟子。❻原憲　字子思，亦稱原思。春秋時代魯國人，孔子弟子。❼閭巷人　隱逸鄉里不仕之人。二十五家為閭。巷，指里中道路或屋舍。❽獨行　獨守個人節操。❾空室蓬戶　形容生活貧困。空室，室內一無所有。蓬戶，編蓬為門。❿褐衣疏食不厭　穿粗布衣，吃粗劣的食物，還經常不足。褐衣，粗布衣服。疏食，粗劣的飯食。厭，通「饜」。滿足。⓫弟子　指後代儒生。⓬志　懷念。⓭今　猶「夫」。提示性發語詞。⓮軌　合；遵守。⓯言必信　說話一定算數。⓰行必果　辦事一定做到。果，成功。⓱已諾必誠　已經答應他人的事，必定忠誠履行。⓲阨　災難；困境。⓳存亡死生　使將亡者得以復存，使將死者得以復生。⓴矜　炫耀。㉑伐　自誇。㉒多　讚美。㉓緩急　急難。偏義複詞，重在急字。㉔虞舜窘于井廩　舜父瞽叟及弟象使舜修糧倉，而於倉下以火焚之，又使舜淘井，而以土實井。見〈五帝本紀〉。廩，倉庫。㉕伊尹負於鼎俎　伊尹未為商湯之相前，負鼎俎以滋味之理說商湯。見〈殷本紀〉。鼎，烹煮器。俎，砧板。㉖傳說匿於傅險　傳說未相殷高宗前，築牆於傅巖。見〈殷本紀〉。傅險，即傅巖。在今山西平陸東。險，通「巖」。㉗呂尚困於棘津　呂尚遇周文王前，行年七十，嘗賣食於棘津。棘津，今河南延津東北。㉘夷吾桎梏　管仲因公子糾失敗而被囚。夷吾，即管仲。桎梏，刑具。桎，腳鐐。梏，手銬。㉙百里飯牛　百里奚曾替人餵牛。百里奚，春秋時代虞國人。少貧，流落不遇，虞亡，為晉國所虜，逃亡時又為楚國人所獲，秦穆公聞其賢，用五張黑色公羊（羖）之皮贖他，後為秦相。或曰百里奚餵牛以干秦穆公。㉚仲尼畏匡　魯定公十四年（西元前四九六年），孔子經匡地到陳國去，匡人誤以為陽虎（陽虎曾為害匡人），故圍而欲殺之，五日始得脫。匡，衛國地名。在今河南長垣西南。㉛菜色陳蔡　魯哀公四年（西元前四九一年），孔子在陳、蔡之間，楚王欲聘之，陳、蔡大夫懼孔子為楚國所用，乃圍之於野，孔子等絕糧，後使子貢至楚國，楚昭王興師迎之始得脫。菜色，因飢餓而蒼白的臉色。陳，春秋時代國名。在今河南淮陽。蔡，春秋時代國名。在今河南上蔡。㉜猶然　尚且如此。㉝菑　同「災」。㉞涉　經歷。㉟鄙人　指平民百姓。㊱饗　通「享」。享受。㊲醜　恥；瞧不起。㊳貶王　貶低王業的聲譽。㊴跖蹻　皆古之大盜。跖，即柳下惠之弟盜跖。蹻，即楚莊王弟莊蹻。㊵誦　稱美；頌揚。㊶竊鉤者誅四句　語出《莊子・胠篋》。謂罪小被殺，罪大則封侯，地位顯貴，自然有仁義之名。鉤，腰帶鉤。比喻賤物。㊷拘學　拘於一偏之見而謹言慎行的人。㊸咫尺之義　片段而拘謹的道理。咫尺，形容微小。八寸為咫。㊹卑論儕俗　降低論調，混同世俗。儕，同類。㊺設　講求。㊻為死不顧世　為急人之難，不惜犧牲自我，無視世人的指點議論。㊼委命　把生命交託給他人。㊽賢豪間者　「間」字疑衍。一說：間者，即傑出的人才。㊾鄉曲　窮鄉僻壤。㊿予　通「與」。(51)不同日而論　不可相提並論。(52)要　總之。(53)少　輕視。(54)靡　無。(55)延陵　春秋時代吳國公子季札。封於延陵。(56)孟嘗　戰國時代齊國孟嘗君田文。(57)春申　戰國時代楚國春申君黃歇。(58)平原　戰國時代趙國平原君趙勝。(59)信陵　戰國時代魏公子無忌。(60)順風而呼二句　語出《荀子・勸學篇》。疾，快。(61)激　激盪。此為「促成」之意。(62)砥名　磨練名節。砥，磨刀石。此用為動詞。(63)施　延續；傳播。(64)排擯　排斥。擯，棄。(65)匹夫　平民。(66)朱家　漢初魯人。為俠，活豪傑百數。(67)田仲　漢初楚人。喜劍術。(68)王公　疑即王孟。俠名聞於江、淮。(69)劇孟　漢洛陽（今河南洛陽）人。以商賈為資，名顯當世。(70)郭解　漢軹（即今河南濟源軹城鎮）人。(71)扞　牴觸；違犯。(72)文罔　法網。(73)朋黨　結黨營私。(74)宗彊　豪強大族。(75)比周　相與朋比結納。(76)設財役貧　倚仗財勢而奴役貧民。(77)恣欲自快　放縱私欲，滿足自己而罔顧他人。(78)猥　濫；苟且。

【語　譯】韓非子說：「儒生舞文弄墨而壞法亂紀，俠客仗恃武力而觸犯禁令。」這兩類人，都受他非議，但儒生卻多被世人所稱頌。例如用智術取得宰相或卿大夫的位置，輔佐當代的君主，功勳與名譽並垂青史的人，自是不消說了。至於像季次及原憲，是避居鄉里的隱士，他們讀書，懷抱特立獨行的君子志節，堅持仁義不隨便迎合當世，當世的人也笑他們。所以季次、原憲一生空無所有，住的是草屋，穿的是粗布衣，吃粗劣的食物，還經常不足，可是死後至今四百多年，後代儒生還懷念不止。至於游俠，他們的行為雖然不合於正義，可是說話一定算數，做事一定有始有終，答應人家的事，必定忠誠履行。不愛惜自己的身體，而去解救人家的困難，使將亡的復存、將死的重生，卻不誇耀自己的本領，羞於稱揚自己的功德，他們也有值得我們稱道的地方。

並且急難是人所常有的。太史公說：從前舜在水井和糧倉裡受受困，伊尹背著鼎俎做過廚師，傅說匿跡在傅巖築牆，呂尚曾在棘津擺攤子，管仲曾經被囚，百里奚曾經替人餵牛，孔子也曾在匡地遭受困厄，在陳、蔡絕糧。以上都是學者所說的有道的仁人，尚且遭逢這些災難，何況那些中等材質而又面臨亂世末俗的人呢？他們所遭受的禍害又怎能說得盡呢？一般百姓有句話說：「哪知道什麼仁義，讓我享受利益的就是有德的人。」所以伯夷雖恥於周武王伐紂，餓死在首陽山上，可是周文王、周武王並未因此而貶低了他們的王業；盜跖、莊蹻雖兇狠乖戾，黨徒卻不停地稱頌他們的義氣。由此看來，莊子所說的「偷腰帶鉤的要受處罰，竊據國家的可以封侯。諸侯的門第，存在著仁義」，一點也不假啊！現在有些拘謹的儒生，抱持著區區仁義，長久孤立於世上，何如降低論調、混同世俗，跟著世俗浮沉而求取榮名呢？至於布衣俠客，他們講求財物的取予和對人的承諾，稱讚道義，為人犧牲而不顧世俗的議論，也有他們的長處，不是隨便說說的。所以一般士子在窮困窘迫時可以把生命託付給他們，這豈不就是世人所謂的賢人豪傑嗎？假使拿窮鄉僻壤的俠客，和季次、原憲比比輕重、力量，對當世的貢獻，那是不能相提並論的。總之，以事功表現和言語信守來說，俠客的義氣，又怎可以輕視呢？

古代的布衣俠客，已經無從得知了。近代像吳季札、孟嘗君、春申君、平原君、信陵君等人，都因為是王者的親屬，靠著有封地和為卿相的富厚，招羅天下賢士，因此聞名於諸侯之間，不可以說他們不是賢者了。這就好比荀子說的「順著風向呼叫傳得遠，聲音並沒有加快」，是受風勢影響的緣故。至於鄉里俠客，修養品行，砥礪名節，聲名遠播於天下，無人不稱他們是賢者，這才是難得的。可是儒家和墨家對他們都排斥而不記載。因此，秦以前的平民俠客被埋沒而不為人所知，真令我深以為憾。就我所知，自漢以來，有朱家、田仲、王公、劇孟、郭解等人，雖然常常觸犯當時的法網，可是個人的品德，卻是廉潔退讓，有值得稱道的地方。聲名並不是虛立，士人也不是隨便附和他們的。至於像那些結黨營私、豪強大族的人，彼此勾結倚仗財勢而奴役貧民，仗著豪強去欺侮孤弱，放縱私欲以滿足自己，也是游俠所不滿的。我痛心世俗不明白游俠的宗旨，卻隨便地把朱家、郭解等人和那些豪強之輩看成是同類而加以譏笑啊！

【研　析】本文可分三段。首段引韓非的話，以儒、俠對舉來提高俠的地位，襯托俠的美德。次段由遍布人間的危險質疑世俗道德觀的公正，轉而強調俠客存在的必要性。末段敘述布衣之俠既遭學者排擯，復不容於當世法網，卻仍能脩行砥名，名顯天下，較諸黨同伐異的偽君子和暴寡凌弱的強梁，尤其難能可貴。

司馬遷因李陵事件，仗義執言而慘被刑辱，不禁慨歎世態炎涼而體悟游俠輕身重義之難得。他在本文中提出了幾項觀點：首先是針對儒和俠各自作了區分，將儒分為「讀書懷獨行君子之德，義不苟合當世」，「終身空室蓬戶」的閭巷之儒，以及「以術取宰相卿大夫，輔翼其世主，功名俱著於春秋」的朝廷之儒。另方面，俠者也可依其身分區分為「王者親屬，藉於有土卿相之富厚，招天下賢者，顯名諸侯」的貴族之俠，以及「脩行砥名，聲施於天下」，「然儒墨皆排擯不載」的閭巷之俠。貴族之俠，雖「不可謂不賢」，但他們的俠行，有如「順風而呼」，是憑藉其富貴之勢，遠不如閭巷之俠。可嘆的是「自秦以前，匹夫之俠，湮滅不彰」，而當世對閭巷之儒和游俠的訕笑，又暴露了時代的虛矯和功利。

其次，朝廷之儒對布衣之俠的迫害，根源於社會公義與個人私義間的衝突。游俠之義在於「設取予然諾，千里誦義，為死不顧世」，故不免「扞當世之文罔」；然而社會公義若已質變為「已饗其利者為有德」的偽道德，則游俠的「廉潔退讓」，豈不更勝於偽善弄權的儒生？

從有道仁人到閭巷之儒，皆不免於阨困，而游俠之存亡死生、伸張正義，反為學士所排斥、法網所制裁，司馬遷對此有著深刻的無奈和嗟歎。

滑稽列傳

【題解】本文選自《史記・滑稽列傳》，篇名據原題而訂。滑稽，指能言善辯，言辭流利詼諧。〈滑稽列傳〉以戰國時代齊威王時的淳于髡、楚莊王時的優孟，以及秦始皇時的優旃三人合為一傳，三人皆能談言微中，以詼諧的語言、舉動，用嬉笑怒罵的方式，寄寓諷諫、排難解紛。本文係節選列傳篇首的序文，以及淳于髡事跡。

孔子曰：「六藝於治一也❶。《禮》以節人❷，《樂》以發和❸，《書》以道事❹，《詩》以達意❺，《易》以神化❻，《春秋》以道義❼。」太史公曰：「天道恢恢❽，豈不大哉？談言微中❾，亦可以解紛。」

淳于髡❿者，齊之贅壻⓫也。長不滿七尺，滑稽⓬多辯。數⓭使諸侯，未嘗屈辱。齊威王⓮之時，喜隱⓯，好為淫樂長夜之飲，沉湎⓰不治⓱，委政卿大夫。百官荒亂，諸侯並侵，國且危亡，在於旦暮。左右莫敢諫。淳于髡說之以隱，曰：「國中有大鳥，止⓲王之庭，三年不蜚⓳又不鳴。王知此鳥何也？」王曰：「此鳥不飛則已，一飛沖天；不鳴則已，一鳴驚人。」於是乃朝⑳諸縣令長㉑七十二人，賞一人，誅一人㉒，奮兵而出。諸侯振驚，皆還齊侵地。威行三十六年。語在田完世家中㉓。

威王八年，楚大發兵加齊㉔。齊王使淳于髡之㉕趙請救兵，齎㉖金百斤，車馬十駟㉗。淳于髡仰天大笑，冠纓索絕㉘。王曰：「先生少之乎？」髡曰：「何敢。」王曰：「笑豈有說乎？」髡曰：「今者臣從東方來，見道傍有禳田㉙者，操一豚蹄、酒一盂㉚而祝曰：『甌窶滿篝㉛，汙邪滿車㉜；五穀蕃熟㉝，穰穰㉞滿家！』臣見其所持者狹㉟，而所欲者奢㊱，故笑之。」於是齊威王乃益齎黃金千鎰㊲，白璧十雙，車馬百駟。髡辭而行，至趙。趙王與之精兵十萬，革車㊳千乘。楚聞之，夜引兵而去。

威王大說㊴，置酒後宮，召髡賜之酒。問曰：「先生能飲幾何㊵而醉？」對曰：「臣飲一斗亦醉，一石亦醉。」威王曰：「先生飲一斗而醉，惡㊶能飲一石哉？其說可得聞乎？」髡曰：「賜酒大王之前，執法在傍，御史在後㊷，髡恐懼俯伏而飲，不過一斗徑㊸醉矣。若親㊹有嚴客㊺，髡帣韝鞠𦝫㊻，侍酒於前，時賜餘瀝㊼，奉觴上壽㊽，數起，飲不過二斗徑醉矣。若朋友交遊，久不相見，卒然相覩㊾，歡然道故㊿，私情相語，飲可五、六斗徑醉矣。若乃州閭(51)之會，男女雜坐，行酒(52)稽留(53)，六博(54)投壺(55)，相引為曹(56)，握手無罰，目眙(57)不禁，前有墮珥(58)，後有遺簪(59)，髡竊樂此，飲可八斗而醉二參(60)。日暮酒闌(61)，合尊促坐(62)，男女同席，履舄交錯(63)，杯盤狼藉(64)，堂上燭滅，主人留髡而送客，羅襦(65)襟解，微聞薌澤(66)。當此之時，髡心最歡，能飲一石。故曰：『酒極則亂，樂極則悲。』萬事盡然。」言不可極，極之而衰。以諷諫焉。齊王曰：「善。」乃罷長夜之飲。以髡為諸侯主客(67)，宗室置酒，髡嘗(68)在側。

【注釋】❶六藝於治一也　六經的治國功能是一樣的。六藝，指六經。即《詩》、《書》、《易》、《禮》、《樂》、《春秋》。❷節人　節制人的言行。❸發和　調和人的性情。❹道事　記載史事。❺達意　表達情意。❻神化　神奇奧妙的變化。指陰陽激盪調和的變化。❼道義　說明是非善惡之大義。❽恢恢　廣大的樣子。❾談言微中　談笑之間，暗合事理。微中，暗合。此謂暗合於理。❿淳于髡　複姓淳于，名髡。戰國時代齊國人。⓫贅壻　男子就婚於女家之謂。⓬滑稽　言語流利風趣，辯才無礙。⓭數　多次。⓮齊威王　名因齊。齊桓公（非五霸之一的齊桓公）田午之子。⓯隱　隱語。即謎語。⓰沉湎　沉溺。指沉溺於酒色。⓱不治　不管政事。⓲止　棲息。⓳蜚　通「飛」。⓴朝　召見。㉑縣令長　縣的長官。萬戶以上的縣稱令，萬戶以下則稱長。當時齊、楚各國均已設縣。㉒賞一人二句　賞即墨（今山東平度東南）大夫（此人治縣有實效，由於不奉承齊王左右之人，反蒙受惡名），誅阿（今山東東阿）大夫（此人治縣成績極差，但因懂得巴結齊王左右之人，故名聲反倒顯彰）。㉓語在田完世家中　自「賞一人」以下諸事，皆詳見《史記．田敬仲完世家》。此乃《史記》獨創之體例，凡互見之文皆曰「語在……中」，以避免重贅。㉔加齊　侵犯齊國。加，陵壓；覆蓋。㉕之　到；往。㉖齎　持送。㉗十駟　十輛車馬。一車四馬為駟。㉘冠纓索絕　帽帶子全斷。冠纓，冠上之帶，所以結冠者，俗謂帽帶。索，盡；全部。㉙禳田　祈求田地豐收。禳，求神降福。㉚盂　盛飲食之器。㉛甌窶滿篝　高地狹小之區，能收成滿籠。甌窶，高地狹小之區。篝，竹籠。㉜汙邪滿車　低窪之地，收穫滿車。汙邪，低窪之地。㉝五穀蕃熟　五穀大熟。五穀，稻、黍、稷、麥、菽。蕃，眾多。㉞穰穰　禾實豐盛的樣子。㉟狹　少。㊱奢　多。㊲鎰　二十四兩。或曰二十兩。㊳革車　大型兵車。每車甲士步卒七十五人。㊴說　通「悅」。喜悅。㊵幾何　多少。㊶惡　何。㊷執法在傍二句　古人宴會，恐飲酒亂序，醉後失禮，故立執法酒吏，執行飲酒號令，違者罰飲，並使御史監正醉者之言行，勸使勿亂。㊸徑　即；就。㊹親　指父母。㊺嚴客　貴賓。嚴，敬。㊻帣韝鞠䠆　捲起袖子，彎腰跪地。帣，通「捲」。韝，臂衣。即袖子。鞠，曲身。䠆，通「跽」。小跪。㊼餘瀝　餘酒。㊽奉觴上壽　捧著酒杯敬酒。㊾卒然相覩　忽然相見。卒，通「猝」。覩，見。㊿道故　話舊。(51)州閭　鄉里。(52)行酒　循環斟酒與人。(53)稽留　停留。(54)六博　亦作「陸博」。古遊戲之事，猶今之以棋局為博，行六棋，故曰六博。(55)投壺　古賓主燕飲時之遊戲。設特製之壺，賓主依次投矢於其中，中多者為勝，少者罰酒。(56)曹　輩。(57)眙　直視不移。(58)珥　耳環。(59)簪　髮笄。用以固定髮髻。(60)二參　十分之二、三。參，通「三」、「叁」。(61)酒闌　飲宴將散。闌，殘盡。(62)合尊促坐　合杯而飲，迫近而坐。尊，通「樽」。酒器。(63)履舄交錯　鞋子雜亂滿地。舄，木底的鞋子。(64)杯盤狼藉　杯盤雜亂。狼藉草而臥，去時會故作凌亂狀以滅跡，故凡物之散亂者曰狼藉。(65)羅襦　羅製的短襖。羅，輕軟有疏孔之絲織品。襦，短襖。(66)薌澤　香氣。薌，通「香」。(67)主客　官名。掌接待給賜之事。(68)嘗　通「常」。經常。

【語　譯】孔子說：「六經的治國功能是一樣的。《禮》用來節制人的言行，《樂》用來調和人的性情，《書》用來記載史事，《詩》用來表達情意，《易》用來表示陰陽變化，《春秋》用來說明是非善惡的大義。」太史公說：「天道無所不包，豈不偉大嗎？滑稽之士，談笑間暗合事理，也可以排難解紛。」

淳于髡是齊國的一個贅婿。身高不到七尺，滑稽善辯。多次出使外國，從不曾使國家受過屈辱。這時齊威王在位，喜歡聽隱語，愛好終夜淫樂喝酒，沉迷於酒色而不理國事，政務都委託給卿大夫。百官懈怠混亂，別國都來侵伐，國家危亡，只在旦夕之間。左右大臣沒人敢進諫。於是淳于髡用隱語諷諫，說：「國中有一隻大鳥，棲息在君王的宮庭上，三年不飛也不叫一聲。君王知道這是什麼鳥嗎？」齊威王說：「這鳥不飛便罷，一飛就要沖上天去；不叫便罷，一叫便會驚人。」於是召見各縣令長七十二人，賞了一人，誅了一人，整兵出戰。各國大驚，都把所侵占的土地還給齊國。聲威維持了三十六年。這段史事詳記在〈田敬仲完世家〉。

齊威王八年，楚國出動大軍來侵犯齊國。齊王派淳于髡到趙國去求救兵，讓他帶著黃金百斤，車馬十輛。淳于髡仰天大笑，帽帶子都笑斷了。齊威王說：「先生嫌它少麼？」淳于髡說：「豈敢。」王說：「你的笑，難道有什麼道理嗎？」淳于髡說：「剛剛我從東邊來，看見路旁有一個祭神祈求豐收的農夫，拿了一隻豬蹄子和一壺酒，他禱告說：『窄小的高地要滿籠滿籠地收穫，低窪的田地要滿車滿車的裝載，五穀都要大熟豐收，堆滿我的家。』我看他拿的祭品那麼少，求的卻是這麼多，所以笑他。」於是齊威王就加上黃金一千鎰，白璧十雙，車馬百駟。淳于髡辭別出發，到了趙國。趙王給他精兵十萬，大兵車一千輛。楚國聽到這事，就連夜撤兵離開。

齊威王非常高興，在後宮備了酒席，召淳于髡來請他喝酒。濟威王問他說：「先生喝多少才會醉？」回答說：「臣喝一斗也會醉，一石也會醉。」齊威王說：「先生喝一斗就醉了，怎還能喝十斗呢？其中的道理能說來聽聽嗎？」淳于髡說：「在君王面前接受賜酒，旁邊是監酒的官員，後面有糾察的御史，髡害怕，得低頭俯伏飲酒，不過一斗就醉了。如果父母招待貴賓，要髡捲起袖子彎腰跪地，在面前侍候喝酒，有時有剩酒賞給我喝，還要舉杯敬酒，這樣子站起來幾次，喝不到二斗也就醉了。假若知己的朋友，長久不見了，忽然相見，很高興地談起往事，再說些知心的話，這樣可以喝上五、六斗才會醉。假如是鄉里的集會，男男女女混雜一起，隨時可以走動敬酒，隨便可以停下說笑聊天，下棋也好，投壺也好，捉對尋伴，拉拉手也不會受罰，瞪大眼睛看也不被禁止，前面有掉落的耳環，後面有遺失的髮簪，髡喜歡這樣，可以喝上八斗也只不過有二、三分醉意。太陽西下，酒宴將散，大家合杯而飲，挨近而坐，男女同在一席，地上鞋子交錯，桌上杯盤散亂，堂上的燭火熄滅了，主人留下髡，送走了其他的客人，羅襟輕解，微微聞到香氣。這時候，髡是最快樂了，能喝到十斗。所以說：『飲酒過分就要失禮，歡樂過度就會生悲。』萬事都是如此。」他的意思是說一切都不可過分，過分就要衰敗。他就是借這話來諷諭勸諫齊王的。齊威王說：「說得好！」於是立刻停止終夜宴飲，並派淳于髡擔任接待諸侯賓客的官。凡是宗室有宴會，淳于髡常常在旁侍候。

【研　析】本文可分四段。首段引孔子的話，認為天道無所不容，六藝固然顯示前賢對宇宙人生秩序的掌握，而滑稽之言也往往能以嘻笑怒罵的方式發揮排難解紛的妙用。二段以迄篇末則以淳于髡用隱語諷諫齊威王的三個小故事，突出了淳于髡的機智辯才，並反映齊威王勇於納諫補過的雅量。

《史記·孟子荀卿列傳》概括淳于髡諫說的特色是「慕晏嬰之為人也，然而承意觀色為務」，而〈管晏列傳〉載晏嬰之諫說為「君語及之，即危言；語不及之，即危行」。由此推之，淳于髡雖忻慕和自己身高差不多的晏子，卻更長於察顏觀色。他見齊威王敏悟「喜隱」，便「說之以隱」：一以王庭大鳥喻君，復以禳田者之祝禱諷王，且以妙喻暗示「酒極則亂」的道理，總之是以詼諧的手法製造錯愕，在笑聲中寄寓諷勸。司馬遷透過淳于髡的調侃為我們展現了「幾諫」的藝術和犯君之顏的勇氣。或許，在君威似虎的年代裡，更適於以荒謬、遊戲的態度去伸張所謂正義。否則，還是韜光養晦，自求多福為上。

貨殖列傳序

【題　解】本文選自《史記·貨殖列傳》，篇名據原題加一「序」字而訂。貨殖，買賣貨物以賺取利潤，即經商、做生意。〈貨殖列傳〉將范蠡、子貢、白圭、猗頓等經商有成的古代人物凡九人，合為一傳，記敘其事跡。本文為列傳前之序文，旨在肯定商業活動與時發達的必然性，商人流通貨物的貢獻，故主張統治者應因勢利導，切勿橫加干涉，甚至與民爭利。

老子❶曰：「至治之極，鄰國相望，雞狗之聲相聞，民各甘其食，美其服，安其俗，樂其業，至老死不相往來❷。」必用❸此為務，輓近世❹，塗❺民耳目，則幾無行矣。

太史公曰：「夫神農⑥以前，吾不知已⑦。至若《詩》、《書》所述虞、夏以來，耳目欲極聲色之好，口欲窮芻豢⑧之味，身安逸樂，而心誇矜⑨勢能⑩之榮，使俗之漸⑪民久矣。雖戶說以眇論⑫，終不能化。故善者因⑬之，其次利道⑭之，其次教誨之，其次整齊之⑮，最下者與之爭。」

夫山西⑯饒⑰材⑱、竹、穀⑲、纑⑳、旄㉑、玉石，山東㉒多魚、鹽、漆、絲、聲色㉓，江南出柟、梓㉔、薑、桂、金、錫、連㉕、丹沙㉖、犀㉗、瑇瑁㉘、珠璣㉙、齒㉚、革㉛，龍門、碣石㉜北多馬、牛、羊、旃㉝、裘㉞、筋、角㉟，銅、鐵則千里往往山出棊置㊱。此其大較㊲也。皆中國人民所喜好，謠俗㊳被服㊴飲食、奉生送死之具也。故待農而食之，虞㊵而出之，工而成之，商而通之。此寧有政教發徵㊶期會㊷哉？人各任㊸其能，竭其力，以得所欲。故物賤之徵㊹貴，貴之徵賤，各勸㊺其業，樂其事，若水之趨下，日夜無休時，不召而自來，不求而民出之。豈非道之所符㊻，而自然之驗㊼邪？

《周書》㊽曰：「農不出則乏其食，工不出則乏其事，商不出則三寶絕㊾，虞不出則財匱少。財匱少，而山澤不辟㊿矣。」此四者，民所衣食之原(51)也。原大則饒[52]，原小則鮮[53]。上則富國，下則富家。貧富之道，莫之奪予[54]，而巧者有餘，拙者不足。故太公望[55]封於營丘，地潟鹵[56]，人民寡。於是太公勸[57]其女功[58]，極技巧，通魚鹽，則人物歸之，繈至[59]而輻湊[60]。故齊冠帶衣履天下，海岱[61]之間，斂袂[62]而往朝焉。其後，齊中衰，管子修之，設輕重九府[63]，則桓公以霸，九合諸侯，一匡天下[64]。而管氏亦有三歸[65]，位在陪臣[66]，富於列國之君。是以齊富彊至於威、宣[67]也。故曰：「倉廩實而知禮節，衣食足而知榮辱[68]。」禮生於有而廢於無。故君子富，好行其德；小人富，以適其力[69]。淵深而魚生之，山深而獸往之，人富而仁義附焉。富者得勢益彰，失勢則客無所之[70]，以而不樂；夷狄益甚。諺曰：「千金之子，不死於市[71]。」此非空言也。故曰：「天下熙熙[72]，皆為利來；天下壤壤[73]，皆為利往。」夫千乘之王，萬家之侯，百室之君，尚猶患貧，而況匹夫編戶之民[74]乎？

【注釋】❶老子　名耳，字聃。春秋時代楚國人，道家創始者。❷至治之極八句　語出《老子·八十章》，文字略有出入。至治，治理得極好的社會。甘其食，以其所食者為甘美。甘，用為動詞。美其服，以其所穿者為美好。美，用為動詞。❸用　以。❹輓近世　晚近時代。即距離現在最近的時代。輓，通「晚」。一說：挽救近代頹風。輓，通「挽」。❺塗　堵塞；粉飾。❻神農　傳說中的上古帝王。始製耒耜，教民務農，故號神農氏；以火德王，又稱炎帝。❼已　通「矣」。❽芻豢　泛指牲畜。芻，草食之獸類。如牛、羊。豢，穀食之獸類。如豕、犬。❾誇矜　誇耀。❿勢能　權勢能力。⓫漸　感染。⓬眇論妙論。眇，通「妙」。⑬因　順；依。⑭道　通「導」。⑮整齊之　指用規章法律來加以限制。⑯山西　太行山以西。山，指太行山。⑰饒　多。⑱材　木材。⑲穀　楮木。可造紙。⑳纑　山中之苧麻。可為夏布。㉑旄　犛牛尾。㉒山東　太行山以東。㉓聲色　音樂和女色。此指聲色所用器物。一說：指美女。㉔枏梓　楠木和梓木。皆可為建材。㉕連　未鍊之鉛。㉖丹沙　即丹砂。俗稱朱砂。㉗犀　犀牛。角極堅，可為器具，又為貴重藥品。㉘瑇瑁　龜類。甲可為飾物。㉙璣　珠之不圓者。㉚齒　獸齒。如象牙。㉛革　獸皮去毛者。㉜龍門碣石　二山名。龍門山在今山西河津、陝西韓城之間。碣石山在今河北樂亭東北。㉝旃　通「氈」。㉞裘　皮衣。㉟筋角　獸筋、獸角。可製弓弩。㊱山出棊置　言產銅鐵之礦山，如棋子之密布。棊，同「棋」。㊲大較　大略。㊳謠俗　風俗；習俗。㊴被服　穿戴。指穿著習慣。被，通「披」。㊵虞　掌山澤之官。此指開發山澤之人。㊶發徵　徵調。㊷期會　約期而會。㊸任　發揮。㊹徵　徵兆。一說：尋求。㊺勸　勉力；努力。㊻道之所符　符合於道。㊼驗　證明。㊽周書　書名。久散逸，又名《逸周書》。㊾商不出二句　此處次序不清，易生誤會。上文首言農，次言工，應接言虞，而後再說「商不出則三寶絕」。三寶，指農所出之「食」、工所出之「事」、虞所出之「財」，三者都仰賴商賈以流通。㊿辟　通「闢」。開發。(51)原　來源。(52)饒　富足。(53)鮮　缺少。(54)莫之奪予　相當於「莫奪予之」。無人奪之，無人予之。(55)太公望　即姜太公。姓姜，名尚，字子牙，佐周武王伐紂滅商，封於營丘（今山東臨淄西北）。(56)潟鹵　海水所浸之鹹地，不適耕種。(57)勸　獎勵；勉勵。(58)女功　婦女勞動。指刺繡、紡織等事。(59)繈至　像繩索般相連而至。繈，泛指繩索。(60)輻湊　像車輻向車轂集中一樣的聚集而至。輻，車輪中間的木條。湊，聚集。(61)海岱　東海和泰山。(62)斂袂　斂其衣袖。表示敬意。(63)輕重九府　掌財貨的官府。輕重，錢。九府，周時掌財幣之九官：大府、玉府、內府、外府、泉府、天府、職內、職金、職幣。(64)九合諸侯二句　多次會合諸侯，匡正天下。九，表示多次。一說：糾。(65)三歸　其說不一。或曰娶三姓女，有三房家室。或曰臺名。或曰地名。或曰指稅收。(66)陪臣　指諸侯之卿大夫。諸侯於周天子為臣，諸侯之卿大夫又為諸侯之臣，故云。(67)威宣　齊威王、齊宣王。(68)倉廩實而知禮節二句　語出《管子・牧民》。而，則。(69)適其力　適當地使用自己的財力。(70)無所之　無處可去。(71)千金之子二句　千金之子，雖有罪，亦可設法脫罪，不致伏法而死刑場。一說：千金之子知榮辱而不犯法，故不死於市。市，刑場。(72)熙熙　煩囂的樣子。(73)壤壤　紛錯的樣子。壤，通「攘」。(74)編戶之民　平民。編戶，編入戶籍名冊。

【語　譯】老子說：「太平盛世的極點，是鄰國可以互相看到，雞啼狗叫的聲音可以互相聽到，人民都以自己的食物為甘美，衣服為美好，安於他們的習俗，喜愛自己的職業，到老死都不相來往。」如果一定要如此的話，以近代社會狀況來看，勢必要堵塞人民的耳目，但這幾乎是行不通的。

太史公說：「神農以前，我不知道，至於《詩經》、《尚書》所記載，從虞、夏以來，人的耳目要求最好的聲色享受，口要吃美味，身體安於舒適快樂，心裡誇耀權勢能力的榮顯，這種風氣深入人心已經很久了。即使以最高妙的理論，挨家去勸說，終究不能改變。所以最好的辦法是順其自然，次一等的是因勢利導，再次一等的是進行教誨，再次一等的是加以強制，最下等的是與民爭利。」

山西盛產木材、竹子、楮木、苧麻、犛牛尾、玉石，山東多產魚、鹽、漆、絲和聲色方面的器物，江南出產楠木、梓木、薑、桂、金、錫、鉛、丹砂、犀牛、瑇瑁、珠璣、齒、革，龍門、碣石以北，多產馬、牛、羊、氈、裘、筋、角，而產銅、鐵的礦山，千里之內像棋子般密布著。這是大概的情形。這些都是中國人民所喜歡的，也是習俗中衣服、飲食，和養生送死所需的。所以有農人耕種才有得吃，有山澤開採者才能開發資源，有工人才能製出成品，有商人才能流通貨物。這難道有政令來徵召約集嗎？不過是人人各自發揮才能，竭盡力量，來得到他們所想要的東西罷了！所以東西便宜了，就是貴的徵兆；貴了，就是便宜的徵兆。各人努力從事自己的行業，喜愛做自己的工作，就像水往低處流一樣，一天到晚都沒有停止的時候。不必召集，自己會來；不必徵求，人民自會努力增產。這難道不是符合道理，並且是自然的驗證嗎？

《周書》說：「農人不耕田就缺乏糧食，工人不製造便缺少器物，商人不交易三寶便斷絕，山澤開採者不工作，物資就缺乏，物資缺乏，山林川澤就不能開闢了。」這四者都是人民衣食的來源。來源大就富足，來源小就缺乏。這些，上可以富國，下可以富家。貧富有一定的道理，無人可以剝奪，也無人可施與。大體來說，靈巧的人會有餘，笨拙的人會不足。所以太公望封在營丘，地質鹹鹵，人民稀少。太公就獎勵婦女做女紅，盡量發展技藝，同時流通魚鹽，結果四方人物歸附齊國像繩索般相連不斷，像車輻向車轂集中似的聚集而來。所以齊國的衣帽鞋帶，流通於天下；海、岱一帶，諸侯都恭敬地到齊國來朝見。後來，齊國一度衰弱，到管仲執政進行整頓，設立管理錢財的府庫，齊桓公因此成就了霸業，多次集合諸侯，匡正天下。而管仲也有三個公館，地位雖然是陪臣，財富卻超過各國君主。因此齊國富強，一直維持到威王、宣王時代。所以說：「倉庫充實才知道禮節，衣食充足才知道榮辱。」禮產生於富有，荒廢於貧窮。所以君子富有，則樂善好施；人民富有，就能適當地運用財力。水深，魚就生存在那裡；山深，野獸就住到那裡去；人富有，仁義也就依附他了。富人得勢就愈加顯赫，失勢則連門客都無處可去，因此而不快樂，這種情形，在夷狄就更嚴重了。俗話說：「富家子弟，不會死在刑場上。」這並不是空話啊！所以說：「天下人煩囂吵雜，都是為利而來；天下人紛亂擾攘，都是為利而往。」那擁有千輛兵車的國君，萬戶封地的諸侯，百家封邑的卿大夫，尚且怕窮，何況一般的百姓呢？

【研　析】《史記》中專講經濟的有兩篇：〈平準書〉偏向財政規畫，而〈貨殖列傳〉則闡述關於生產和交易方面的經濟思想。二篇關係密切，可相參讀。本文可分四段。首段質疑老子「小國寡民」的政經形態在當代社會的適用性。二段承認人的本性是趨利避害的，因而主張在制定政策時注意順應人性，因勢利導，切忌橫加干涉，甚或與民爭利。三段列舉天下物資分布的大略，且認為農、虞、工、商各任其能，各致其功，宜因其自然而使民樂而勤其事業。末段以農、工、商、虞四種職業為「民所衣食之原」，言太公治齊乃善於「利導」，故能使諸侯恭謹往朝；管仲則振興實業，教誨以整齊之；結尾以俗諺暗傷自己因家貧不足自贖而遭刑辱，不勝欷歔。

中國自古即推行重農抑商的政策，在論述社會經濟結構和活動時，總是視「農」為本，以「商」為末。但理論上的當然卻未必等於實際上的必然，尤其當財富和權勢掛上鉤，所謂「富者得勢益彰，失勢則客無所之」的矛盾就益形明顯：一方面得堅持「君子喻於義，小人喻於利」的清高形象，但「人富而仁義附焉」的現實利益卻更誘人。競好利而恥於言利，長期的壓抑，遂致身心分離而虛矯成風，此亦中國政治形態中的一大怪異現象。司馬遷敏銳地察覺「天下熙熙，皆為利來；天下壤壤，皆為利往」的社會真象，快語揭破官場文化重利輕義的虛偽本質，言下不免沉痛。

另方面，〈貨殖列傳〉更積極的意義乃在於肯定追求財富是人的本性，也是社會進步的動力，進而指出經濟發展為國家致富圖強的基礎。農、虞、工、商分別從事生產和交易的活動，共同創造國計民生的蓬勃生機；但是，人之所以尊貴於其他動物，在於能跨越現實層面的考量而擁有理想和希望。所謂「君子富，好行其德；小人富，以適其力」，亦即暗示真正的富有在於懂得珍惜而非任意揮霍，並應進而建立一個富而崇德的高尚社會。太史公的深意，或許在此。

太史公自序

【題解】本文選自《史記·太史公自序》，篇名據原題而訂。序，古代的一種文體。有介紹、評述著作的「書序」，如本文；有為宴集賦詩而作的「詩序」，如王羲之的〈蘭亭集序〉；有為贈別送行的「贈序」，如韓愈〈送孟東野序〉；有為祝壽的「壽序」。〈太史公自序〉為《史記》最後一篇，是司馬遷為《史記》全書所寫的自序。因為曾任太史令，故稱「太史公」。自序全文可分三大部分，首敘家世、生平，次敘著述原由，末敘《史記》體例、各篇提綱。本文係節選其中間部分，記敘與上大夫壺遂的問答，詳細說明基於家族職責及父親的期待，故發憤撰史，以原本六經、繼承《春秋》，成一家之言。

太史公曰：「先人❶有言：『自周公❷卒，五百歲而有孔子❸。孔子卒後，至於今五百歲❹，有能紹明世❺，正《易傳》❻，繼《春秋》❼，本《詩》❽、《書》❾、《禮》❿、《樂》⓫之際。意在斯⓬乎？意在斯乎？』小子⓭何敢讓⓮焉！」

上大夫⓯壺遂⓰曰：「昔孔子何為而作《春秋》哉？」太史公曰：「余聞董

生⑰曰：『周道衰廢，孔子為魯司寇⑱，諸侯害之⑲，大夫壅⑳之。孔子知言之不用，道之不行也，是非二百四十二年之中㉑，以為天下儀表㉒。貶㉓天子，退㉔諸侯，討㉕大夫，以達王事㉖而已矣。』子曰：『我欲載之空言，不如見之於行事之深切著明也㉗。』夫《春秋》上明三王㉘之道，下辨人事之紀㉙，別嫌疑，明是非，定猶豫，善善惡惡㉚，賢賢賤不肖㉛，存亡國，繼絕世，補敝起廢，王道之大者也。《易》著天地、陰陽、四時、五行，故長於變；《禮》經紀㉜人倫，故長於行；《書》記先王之事，故長於政；《詩》記山川、谿谷、禽獸、草木、牝牡㉝、雌雄，故長於風㉞；《樂》樂所以立㉟，故長於和；《春秋》辯㊱是非，故長於治人。是故《禮》以節人，《樂》以發和，《書》以道事，《詩》以達意，《易》以道化，《春秋》以道義。撥亂世反之正㊲，莫近於《春秋》。《春秋》文成數萬，其指㊳數千，萬物之散聚㊴，皆在《春秋》。《春秋》之中，弒君三十六，亡國五十二，諸侯奔走㊵不得保其社稷㊶者不可勝數。察其所以，皆失其本已㊷。故《易》曰：『失之毫釐，差以千里㊸。』故曰：『臣弒君，子弒父，非一旦一夕之故也，其漸久矣㊹！』故有國者不可以不知《春秋》，前有讒㊺而弗見，後有賊㊻而不知。為人臣者不可以不知《春秋》，守經事㊼而不知其宜，遭變事而不知其權㊽。為人君父而不通於《春秋》之義者，必蒙首惡之名；為人臣子而不通於《春秋》之義者，必陷篡弒之誅，死罪之名。其實皆以為善，為之不知其義，被之空言(49)而不敢辭。夫不通禮義之旨，至於君不君，臣不臣，父不父，子不子。夫君不君則犯(50)，臣不臣則誅，父不父則無道，子不子則不孝。此四行者，天下之大過也。以天下之大過予之，則受而弗敢辭。故《春秋》者，禮義之大宗(51)也。夫禮禁未然之前，法施已然之後。法之所為用者易見，而禮之所為禁者難知(52)。」

壺遂曰：「孔子之時，上無明君，下不得任用，故作《春秋》，垂空文(53)以斷禮義，當一王(54)之法。今夫子上遇明天子，下得守職，萬事既具，咸各序其宜。夫子所論，欲以何明？」太史公曰：「唯唯(55)，否否，不然。余聞之先人曰：『伏羲(56)至純厚，作《易》八卦；堯、舜之盛，《尚書》載之，禮樂作焉；湯、武之隆，詩人歌之(57)；《春秋》采善貶惡，推三代之德，褒周室，非獨刺譏(58)而已也。』漢興以來，至明天子，獲符瑞(59)，建封禪(60)，改正朔(61)，易服色(62)，受命於穆清(63)，澤流罔極(64)。海外殊俗，重譯(65)款塞(66)，請來獻見者，不可勝(67)道。臣下百官，力誦聖德，猶不能宣盡其意。且士賢能而不用，有國者之恥；主上明聖而德不布聞，有司(68)之過也。且余嘗掌其官(69)，廢明聖盛德不載，滅功臣、世家、賢大夫之業不述(70)，墮先人所言(71)，罪莫大焉！余所謂述故事，整齊(72)其世傳，非所謂作也。而君比之於《春秋》，謬矣！」

於是論次(73)其文七年，而太史公遭李陵之禍(74)，幽於縲紲(75)。乃喟然而歎，曰：「是余之罪也夫！是余之罪也夫！身毀不用(76)矣！」退而深惟(77)，曰：「夫《詩》、《書》隱約(78)者，欲遂其志之思也。昔西伯(79)拘羑里(80)，演《周易》(81)；孔子戹陳、蔡(82)，作《春秋》；屈原放逐，著〈離騷〉；左丘(83)失明，厥有《國語》(84)；孫子臏腳(85)，而論兵法；不韋遷蜀(86)，世傳《呂覽》(87)；韓非囚秦(88)，〈說難〉、〈孤憤〉(89)；《詩》三百篇，大抵賢聖發憤之所為作也。此人皆意有所鬱結，不得通其道也，故述往事，思來者。」於是卒述陶唐(90)以來，至于麟止(91)，自黃帝始。

【注　釋】❶先人　亡父。此司馬遷稱其父司馬談。❷周公　姓姬，名旦。周文王之子，周武王之弟，佐其姪周成王，安定周室，建立典章制度。❸孔子　名丘，字仲尼。春秋時代魯國人，儒家始創者。❹孔子卒後二句　周公生卒年不可考，但他是西周初年人，從西元前十一世紀，至孔子卒年（西元前四七九年）超過了五百年。自孔子卒年至司馬談卒年（西元前一〇八年）尚不滿五百年，故所說五百年並非確數。此司馬談取《孟子．盡心》語意，鼓勵司馬遷繼孔子《春秋》作《史記》。意謂歷史已經過了幾百年，應該總結了。❺紹明世　表彰治世的事業。紹，表彰。明世，治世。❻易傳　指《易．繫辭傳》。❼春秋　書名。孔子據魯史而制作者。❽詩　指《詩經》。中國最早的詩歌總集，現存三〇五篇，時代由西周至春秋時代初期。❾書　指《書經》。記上古帝王言論及文告。❿禮　指《儀禮》。記周代禮儀制度。⓫樂　指《樂經》。漢朝時已亡佚。⓬斯　這裡。⓭小子　司馬遷自稱。⓮讓　謙讓；推辭。⓯上大夫　官名。漢制，大夫有上、中、下三等。

⑯壺遂　人名。官詹事，掌皇后、太子家事，位在上大夫之列，曾與司馬遷等定漢朝律曆。⑰董生　董仲舒。河北廣川（在今河北景縣西南）人。少治《春秋》，學有原委，為西漢今文經學大師。生，對讀書人的尊稱。⑱司寇　官名。掌刑獄。⑲害之　忌害他。魯定公十四年（西元前四九六年），孔子由大司寇攝行相事，齊國人懼而贈女樂於季桓子，季桓子受之，孔子遂離開魯國而往衛國。⑳雍　阻隔；壅蔽。㉑是非二百四十二年之中　指以《春秋》來褒貶評論春秋時代二百四十二年間的歷史。是非，褒貶；評論。㉒儀表　標準；表率。㉓貶　給予低的評價。㉔退　排擯斥責。㉕討　聲討。㉖王事　王道。㉗我欲載之空言二句　轉引自《春秋繁露・俞序》。這是董仲舒的思想，認為《春秋》不發空論，故推尊孔子以《春秋》中之褒貶來維護禮義。空言，指抽象的理論說教。行事，謂在記載歷史事件時，寄寓褒貶以別善惡。㉘三王　指夏禹、商湯、周文王。㉙人事之紀　人與人之間的倫理綱常。人事，人情事故。紀，綱紀；分寸。㉚善善惡惡　謂善則美之，惡則惡之。㉛賢賢賤不肖　敬重賢者，貶斥不肖者。上「賢」用為動詞。敬重。賤，用為動詞。輕視。㉜經紀　規範；治理。㉝牝牡　雌性動物曰牝，雄性動物曰牡。㉞風　風俗。㉟樂所以立　用來引起快樂。㊱辯　通「辨」。㊲撥亂世反之正　治理亂世，使復正道。㊳指　通「旨」。要旨。㊴萬物之散聚　萬事的成敗盛衰。㊵奔走　逃亡。㊶社稷　國家。社為土神，稷為穀神，古代君主必立社稷，因以之借指國家。㊷已　通「矣」。㊸失之毫釐二句　語出《易緯・通卦驗》。今本《易經》無此語。㊹臣弒君四句　語出《易經・坤卦・文言》。漸，浸潤。㊺讒　指說壞話的人。㊻賊　指叛逆作亂的人。㊼經事　常事。㊽權　權衡。㊾被之空言　指受到輿論的譴責。被，加上。空言，此指憑空添加羅織的罪名。與上文之「空言」不同。㊿犯　為臣下所冒犯。(51)宗　根本。(52)夫禮禁未然之前四句　此用賈誼「陳政事疏」語。禁，制止；防範。(53)空文　指書面的文辭。與「功業」相對。(54)一王　指天子。《孟子・滕文公》：「世衰道微，邪說暴行有作。臣弒其君者有之，子弒其父者有之。孔子懼，作《春秋》。《春秋》，天子之事也。」(55)唯唯　姑且答應的聲音。(56)伏羲　傳說中的古帝名，三皇之一。姓風，稱太昊氏。(57)詩人歌之　指《詩經》中的〈商頌〉、〈周頌〉、〈大雅〉的部分篇章。這些篇章是歌頌商湯、周文王、周武王的。(58)刺譏　諷刺；譏諷。(59)符瑞　祥瑞。古人以為天降祥瑞，為王者受命之徵。此指漢武帝元狩元年（西元前一二二年）冬十月，行幸雍（在今陝西鳳翔西南），獲白麟。(60)封禪　古代帝王祭祀天地的典禮。在泰山築土為壇以祭天曰封，在泰山南面梁父山上除地而平以祭地曰禪。(61)正朔　正月初一。古王者易姓，必改正朔。漢初沿用秦曆，至漢武帝太初元年（西元前一〇四年），改曆法。(62)服色　衣服車馬、犧牲、祭器之顏色。秦朝色尚黑，漢武帝太初元年，改以黃色為尚。(63)穆清　清和之氣。指天。(64)澤流罔極　盛德流布無極。(65)重譯　輾轉翻譯。(66)款塞　叩邊關而來。款，叩。(67)勝　盡。(68)有司　官吏。古代設官分職，各有

所司，故曰有司。(69)嘗掌其官　指為太史令。(70)述　編述。將前人和他人的資料加以改造製作成為新的著作。此與下文的「作」字對舉。作乃創作，係發前人所未發。(71)墮先人所言　毀棄先人的教訓。墮，毀。前文記司馬談將卒，執司馬遷之手而泣曰：「予先，周室之太史也。自上世嘗顯功名於虞、夏，典天官事，後世中衰，絕於予乎？女復為太史，則續吾祖矣。」此即所謂先人之言。(72)整齊　整理。(73)論次　研究、編排。(74)李陵之禍　指漢武帝天漢二年（西元前九九年），李陵征匈奴，戰敗被俘而降，司馬遷為之陳說，竟遭宮刑。李陵，漢將，李廣之孫。(75)縲紲　捆綁犯人的繩索。此引申指監獄。縲，黑索。紲，繫。(76)身毀不用　謂身受宮刑無可用。(77)深惟　深思。(78)隱約　謂言簡意微。(79)西伯　指周文王。為西方諸侯之長，故稱。(80)羑里　在今河南湯陰北。(81)演周易　引申《周易》之義而詳言之。周文王因伏羲所畫八卦，演之為六十四卦。(82)孔子戹陳蔡　謂孔子周遊列國，絕糧於陳、蔡二國。戹，困。(83)左丘　左丘明。春秋時代魯國太史。(84)國語　書名。記先秦五百餘年周、魯、齊、晉、鄭、楚、吳、越八國史實。(85)孫子臏腳　孫子為戰國時代齊國人，與魏人龐涓同學於鬼谷子，龐涓自以為不及孫子，乃陰召孫子至魏國，以法刖其足，會齊國使者至魏國，載孫子而歸，齊威王以為師，後齊、魏二國交戰，孫子卒勝之，龐涓自殺。臏腳，古代一種斷足的刑罰，剔掉膝蓋骨，使小腿、下肢失去功能而癱瘓。以孫子曾受此刑，故後世名為孫臏。(86)不韋遷蜀　呂不韋為秦相，秦王政立，尊為仲父，後得罪免相，徙蜀，畏罪自殺。(87)呂覽　指《呂氏春秋》。為呂不韋集門客所編。全書凡紀、覽、論三部分。(88)韓非囚秦　韓非與李斯俱學於荀卿，後韓非奉命出使秦國，為李斯所陷，死於獄中。(89)說難孤憤　《韓非子》二篇名。韓非為韓國公子，以書諫韓王，不能用，乃作〈孤憤〉、〈說難〉等十餘萬言。(90)陶唐　即唐堯。(91)至于麟止　漢武帝幸雍，獲白麟，太史公作《史記》，上起黃帝，下至獲麟止。

【語　譯】太史公說：「先父曾說：『從周公死後，五百年而有孔子；孔子死後，到現在又是五百年，該是有人能夠表彰治世，整理《易傳》，上接《春秋》，根據《詩》、《書》、《禮》、《樂》來進行述作的時候了。』你有意於此嗎？你有意於此嗎？」小子怎敢推辭呢！」

上大夫壺遂說：「從前孔子為什麼要作《春秋》呢？」太史公說：「我聽董先生說過：『周朝政治衰敗，孔子擔任魯國司寇時，諸侯忌害他，大夫阻撓他。孔子知道自己的話不會被採用，主張也不能實現，所以評論二百四十二年中的歷史，作為天下的表率。貶抑天子，斥責諸侯，聲討大夫，用來闡明王道罷了！』孔子說：『我想與其徒託空言，不如就實際的歷史加以批評來得深刻明白。』《春秋》一書，上明三王的道理，下辨人事的綱紀，辨別嫌疑，明判是非，斷定猶豫，稱讚善的，批判惡的，敬重賢者，貶斥不肖者，保存亡國，延續絕世，補救破敗，振興衰頹，這些都是王道的大端啊！《易》說明天地、陰陽、四時、五行，所以長於表示變化；《禮》規範人倫綱常，所以長於論述行為；《書》記載先王的事跡，所以長於講明政治；《詩》記山川、谿谷、禽獸、草木、牝牡、雌雄，所以長於表現風俗；《樂》能使人愉悅和樂，所以長於抒發和順；《春秋》辨別是非，所以長於治理人民。因此，《禮》用來節制行為，《樂》用來興起和樂，《書》記載事情，《詩》傳達情意，《易》說明變化，《春秋》辨別道義。要治理亂世，回歸正道，沒有比《春秋》更為切近的了。《春秋》的文字有數萬，要旨也有幾千，一切事物的盛衰成敗，都載在《春秋》裡。《春秋》書中，弒君的有三十六件，亡國的有五十二個，至於諸侯逃亡，保不住國家的，那簡直數不清。考察它的原因，都因為失去了根本。《易》說：『最初只有一毫一釐的差異，結果可能相差千里。』所以說：『臣子殺君，兒子殺父，不是一天一夜的緣故，由來已經很久了。』所以國君不可以不知曉《春秋》，否則，面前有奸人卻看不見，背後有叛逆也不知道。人臣不可以不知曉《春秋》，否則，掌管常事而不會適當處理，遇到變故也不知權衡變通。為人君父如果不通達《春秋》的要旨，必定會蒙受首惡的罪名；為人臣子如果不通達《春秋》的要旨，必定會陷入篡國弒君的誅戮，落得個死罪的惡名。其實他們都認為自己在做好事，但是做的時候不知分寸合宜，結果是受到譴責也無所推卸。因為不懂禮義的要旨，以致君不像君，臣不像臣，父不像父，子不像子。君不像君就會被冒犯，臣不像臣就會遭殺戮，父不像父就是無道；子不像子就是不孝。這四種行為，是天下最大的過錯。把天下大錯的罪名加在他們身上，那只有接受而無所推卸。所以《春秋》是禮義的大根本。禮是在未犯錯之前加以防範，法是在犯錯之後加以處罰。法的功效容易看到，禮的防範卻是較難了解。」

壺遂說：「孔子的時候，上位沒有賢明的君主，他在下位無法得到任用，所以著《春秋》，以文辭來論斷禮義，把它當作天子的法度。如今先生在上有聖明天子，自己在下也有專職可守，一切事情都已具備，都上軌道。夫子的論著，想要表明什麼呢？」太史公說：「嗯！嗯！不對！不對！話不是這樣說。我聽先父說：『伏羲氏最為純厚，作了《易》的八卦；堯、舜盛世，《書》裡有記載，禮樂在這時候產生；商湯、周武王的興隆，詩人歌頌他；《春秋》一書彰善貶惡，推崇三代的道德，褒揚周朝王室，並不只是諷刺而已。』從漢朝建立以來，到現在的聖明天子，得到祥瑞的應兆，舉行封禪，改訂曆法，變換服色，承受天命，恩澤無窮。海外異俗的人，經過輾轉翻譯，叩關前來請求進貢朝見的，多得說不清。所有的官吏，都極力歌頌聖德，還不能完全表達他們的心意。而且賢能之士卻不被錄用，是國君的恥辱；主上明聖而德澤不能傳布宣揚，是官吏的過錯。況且我曾經執掌過這種職務，如果廢棄天子的聖明大德不加以記載，埋沒功臣、諸侯、賢大夫的功業而不敘述，毀棄先父的教訓，罪沒有比這個更大的了。我只是敘述史事，整理那些世家傳記，不能算是創作啊。而你把它和《春秋》相比，那就大錯了。」

於是編寫這本書，經過了七年，太史公遭到替李陵辯護而引起的災禍，被關在監牢裡。於是歎息著說：「這都是我的罪過啊！這都是我的罪過啊！身體毀傷無用了！」事後又深思，說：「《詩》、《書》之所以隱約其辭，是要傳達作者的意志啊！從前西伯被囚禁在羑里，藉此而推演《易》；孔子陳、蔡受困，後來著有《春秋》；屈原被放逐，才寫下〈離騷〉；左丘明雙目失明，於是有《國語》；孫子雙腳被刖，卻論述了兵法；呂不韋被貶謫西蜀，才有《呂氏春秋》傳世；韓非在秦國被幽禁，寫下〈說難〉、〈孤憤〉諸篇；《詩經》三百篇，大概都是聖賢抒發憤慨的創作。這些人都是心裡有著抑鬱，不能實現自己的理想，所以敘述以往的事，寄望於未來的人。」於是終於敘述陶唐以來的事情，從黃帝開始，到獲麟為止。

【研　析】本文可分四段。首段節引司馬談勉其子繼《春秋》以述史的遺命，而以「何敢讓焉」宣示自己的決心。二段藉與壺遂的答問闡明《春秋》的義例，以襯托《史記》不僅源於六經，更上繼《春秋》。三段透過對照往聖與六經產生之關係，重申述史乃個人職責所在。末段言己遭李陵之禍以致發憤著書的原委。

在司馬遷看來，《春秋》是一部集禮義之大成的史書，企圖透過筆削褒貶來建構政治倫理。《史記》的撰述正是秉持此一傳統，即所謂「述往事，思來者」：一方面總結歷史經驗，在對個別人物的記述中概括治亂興衰的契機；另方面則通過廣泛觀察個體命運的起落來全盤思考並掌握人事運作的法則，以防患起廢，懲惡揚善。

褒貶人事意謂賦予評價。褒貶容有各種方式，而其結果必然涉及個人死後的聲名。所謂「別嫌疑，明是非，定猶豫，善善惡惡，賢賢賤不肖」，亦即擯除一切立場，依據社會正義給予公正的評價；另方面，跨越權勢影響的公正評鑑亦足以確定君臣上下相處的分寸，而國家的治亂，端在此一分寸的掌握和平衡。《史記》載錄的下限到漢武帝獲白麟為止，猶如《春秋》之止於獲麟，這是否暗示著漢武帝朝聖德昭著的光輝表象下其實潛藏了太多讒賊佞臣，以致忠奸之分不顯？抑或只有當作者是「意有所鬱結，不得通其道」的時候，我們所見的歷史才更見真情而非純是歌功頌德的帝王譜系呢？

司馬遷

司馬遷（西元前一四五～前八六年？），字子長，西漢左馮翊夏陽（今陝西韓城南）人。先代曾任周朝太史，周朝東遷後失去官職。父親司馬談，學問淵博，漢武帝建元、元封年間，任太史令。司馬遷十歲即能背誦《尚書》、《左傳》、《國語》等書。二十歲時，曾南遊江、淮，其後任郎中，隨武帝多次巡遊，並曾奉使西南夷，足跡遍及天下，廣泛搜集遺聞佚事，憑弔歷史遺跡。武帝元封三年（西元前一〇八年）繼承父親司馬談任太史令，得以盡覽公家圖籍檔案。《史記》的寫作大約始於此時。武帝天漢二年（西元前九九年），因替李陵辯白其降匈奴之事，觸怒武帝，下獄，受腐刑。出獄後任中書令，雖受尊寵，但對仕宦已心灰意冷，只一心發憤努力，從事《史記》的寫作，志在「究天人之際，通古今之變，成一家之言」。約在武帝征和三年（西元前九〇年）左右完成《史記》，以後事跡難考。

報任少卿書

【題　解】本文選自《漢書．司馬遷傳》，篇名據文意而訂。報，回覆。任少卿，任安（西元前？～前九一年），字少卿，西漢滎陽（今河南滎陽）人。漢武帝時，官北軍使者護軍。漢武帝征和二年（西元前九一年），皇太子劉據因巫蠱案而發兵與宰相相抗，並命任安相助，任安受命而閉門不出。事平，漢武帝以為任安有二心，處腰斬。任安於受刑前，寫信向司馬遷求救。當時司馬遷已受宮刑出獄，任中書令，但無能為力，因此以這一封回信，向任安剖陳心跡，說明自己是刑餘之人，身遭大辱而隱忍苟活，全為先人遺命著史的責任未了，既無餘力，也乏進言的機會，唯有婉謝故人之請託。

太史公牛馬走❶司馬遷再拜言，少卿足下❷：曩❸者辱❹賜書，教以慎於接物❺，推賢進士❻為務。意氣❼懃懃懇懇，若望❽僕不相師❾，而用流俗人之言。僕非敢如此也。僕雖罷駑❿，亦嘗側聞⓫長者之遺風矣。顧⓬自以為身殘處穢⓭，動而見尤⓮，欲益反損⓯，是以獨鬱悒⓰而與誰語⓱？諺曰：「誰為為之？孰令聽之⓲？」蓋鍾子期死，伯牙終身不復鼓琴⓳。何則？士為知己者用，女為說己者容⓴。若僕大質㉑已虧缺矣，雖才懷隨、和㉒，行若由、夷㉓，終不可以為榮，適足以見笑而自點㉔耳。書辭宜答，會㉕東從上來㉖，又迫賤事㉗，相見日淺㉘，卒卒㉙無須臾之間㉚得竭志意。今少卿抱不測之罪㉛，涉旬月㉜，迫季冬㉝，僕又薄㉞從上雍㉟，恐卒然不可為諱㊱。是僕終已不得舒憤懣㊲以曉㊳左右，則長逝者㊴魂魄私恨無窮，請略陳固陋㊵。闕然久不報㊶，幸勿為過㊷。

僕聞之，脩身者，智之符㊸也；愛施者，仁之端也；取與者，義之表㊹也；恥辱者，勇之決㊺也；立名者，行之極也。士有此五者，然後可以託於世，而列於君子之林矣。故禍莫憯㊻於欲利，悲莫痛於傷心，行莫醜㊼於辱先㊽，詬㊾莫大於宮刑㊿。刑餘之人(51)，無所比數(52)，非一世也，所從來遠矣。昔衛靈公與雍渠同載，孔子適陳(53)；商鞅因景監見，趙良寒心(54)；同子參乘，袁絲變色(55)。自古而恥之。夫以中才之人，事有關於宦豎[56]，莫不傷氣[57]，而況於慷慨[58]之士乎？如今朝廷雖乏人，奈何令刀鋸之餘[59]薦天下之豪俊哉？僕賴先人緒業[60]，得待罪[61]輦轂下[62]，二十餘年矣。所以自惟[63]，上之，不能納忠效[64]信，有奇策才力之譽，自結明主；次之，又不能拾遺補闕[65]，招賢進能，顯巖穴之士[66]；外之，又不能備行伍[67]，攻城野戰，有斬將搴[68]旗之功；下之，不能積日累勞，取尊官厚祿，以為宗族交遊[69]光寵。四者無一遂[70]，苟合取容[71]，無所短長[72]之效[73]，可見於此矣。鄉者僕亦常[74]廁[75]下大夫[76]之列，陪外廷[77]末議[78]，不以此時引維綱[79]，盡思慮，今已虧形為掃除之隸[80]，在闒茸[81]之中，乃欲仰首伸眉，論列是非，不亦輕朝廷、羞當世之士邪？嗟乎！嗟乎！如僕，尚何言哉？尚何言哉？

且事本末，未易明也。僕少負[82]不羈之材[83]，長無鄉曲之譽[84]，主上幸以先人之故，使得奏薄伎[85]，出入周衛[86]之中。僕以為戴盆何以望天[87]，故絕賓客之知[88]，亡[89]室家之業，日夜思竭其不肖之才力，務一心營職[90]，以求親媚[91]於主上，而事乃有大謬[92]不然者！

夫僕與李陵[93]俱居門下[94]，素非能相善也。趣舍異路[95]，未嘗銜盃酒，接殷懃[96]之餘懽。然僕觀其為人，自守奇士[97]。事親孝，與士信，臨財廉，取與義，分別有讓[98]，恭儉下人[99]，常思奮不顧身以徇[100]國家之急。其素所蓄積也，僕以為有國士[101]之風。夫人臣出萬死不顧一生之計，赴公家之難，斯已奇矣。今舉事一不當，而全軀保妻子之臣隨而媒糱[102]其短，僕誠私心痛之！且李陵提[103]步卒不滿五千，深踐戎馬之地，足歷王庭[104]，垂餌虎口[105]，橫挑[106]彊胡，仰[107]億萬之師，與單于[108]連戰十有餘日，所殺過當[109]。虜救死扶傷不給[110]，旃裘[111]之君長咸震怖，乃悉徵其左、右賢王[112]，舉引弓之人[113]，一國共攻而圍之。轉鬬千里，矢盡道窮，救兵不至，士卒死傷如積。然陵一呼勞[114]軍，士無不起，躬自流涕，沬血[115]飲泣，更張空弮[116]，冒白刃，北嚮爭死敵[117]者。陵未沒時，使有來報，漢公卿王侯皆奉觴上壽。後數日，陵敗書聞，主上為之食不甘味，聽朝[118]不怡。大臣憂懼，不知所出。僕竊不自料[119]其卑賤，見主上慘愴怛悼[120]，誠欲效其款款[121]之愚。以為李陵素與士大夫絕甘分少[122]，能得人死力，雖古之名將不能過也。身雖陷敗，彼觀其意[123]，且欲得其當[124]而報於漢。事已無可奈何，其所摧敗[125]，功亦足以暴[126]於天下矣。僕懷欲陳之而未有路，適會召問，即以此指[127]推言陵之功，欲以廣[128]主上之意，塞睚眦[129]之辭。未能盡明，明主不曉，以為僕沮[130]貳師[131]，而為李陵遊說，遂下於理[132]。拳拳[133]之忠，終不能自列[134]。因為[135]誣上，卒從吏議[136]。家貧，貨賂[137]不足以自贖[138]，交遊莫救，左右親近[139]不為一言。身非木石，獨與法吏為伍，深幽囹圄[140]之中，誰可告愬[141]者？此真少卿所親見，僕行事豈不然乎？李陵既生降，隤[142]其家聲，而僕又佴[143]之蠶室[144]，重[145]為天下觀笑。悲夫！悲夫！事未易一二[146]為俗人言也！

僕之先，非有剖符、丹書[147]之功，文史、星曆[148]，近乎卜、祝[149]之間，固主上所戲弄，倡優[150]所畜，流俗之所輕也。假令僕伏法受誅，若九牛亡一毛[151]，與螻蟻何以異？而世又不與能死節者比，特以為智窮罪極，不能自免，卒就死耳。何也？素所自樹立使然也。人固有一死，或重於太山，或輕於鴻毛，用之所趨[152]異也。太上[153]不辱先，其次不辱身，其次不辱理色[154]，其次不辱辭令，其次詘體[155]受辱，其次易服[156]受辱，其次關木索[157]、被箠楚[158]受辱，其次剔毛髮[159]、嬰金鐵[160]受辱，其次毀肌膚、斷肢體受辱，最下腐刑[161]，極矣！傳曰：「刑不上大夫[162]。」此言士節不可不勉勵也！猛虎在深山，百獸震恐，及在檻穽[163]之中，搖尾而求食，積威約之漸[164]也。故士有畫地為牢，勢不可入；削木為吏，議不可對[165]，定計於鮮[166]也。今交[167]手足，受木索，暴肌膚，受榜箠，幽於圜牆[168]之中。當此之時，見獄吏則頭槍地[169]，視徒隸[170]則正惕息[171]。何者？積威約之勢也。及以[172]至是，言不辱者，所謂強顏[173]耳，曷足貴乎？且西伯，伯也，拘於羑里[174]；李斯，相也，具于五刑[175]；淮陰，王也，受械於陳[176]；彭越[177]、張敖[178]，南面稱孤，繫獄抵罪；絳侯[179]誅諸呂，權傾五伯，囚於請室[180]；魏其[181]，大將也，衣赭衣[182]，關三木[183]；季布為朱家鉗奴[184]；灌夫受辱於居室[185]。此人皆身至王侯將相，聲聞鄰國，及罪至罔[186]加，不能引決自裁[187]，在塵埃[188]之中。古今一體，安在其不辱也？由此言之，勇怯，勢也；強弱，形也。審矣，何足怪乎？夫人不能早自裁繩墨[189]之外，以稍陵遲[190]，至於鞭箠之間，乃欲引節[191]，斯不亦遠乎？古人所以重[192]施刑於大夫者，殆為此也。夫人情莫不貪生惡死，念父母，顧妻子。至激於義理者不然，乃有所不得已也。今僕不幸，早失父母，無兄弟之親，獨身孤立。少卿視僕於妻子何如哉？且勇者不必死節[193]，怯夫慕義，何處不勉焉？僕雖怯懦，欲苟活，亦頗識去就之分矣，何至自沉溺縲紲[194]之辱哉？且夫臧獲婢妾[195]由[196]能引決，況僕之不得已乎？所以隱忍苟活，幽於糞土之中而不辭者，恨私心有所不盡，鄙陋[197]沒世而文采不表於後世也。

古者富貴而名摩滅，不可勝記，唯倜儻[198]非常之人稱焉。蓋文王拘而演《周易》；仲尼厄而作《春秋》；屈原放逐，乃賦〈離騷〉；左丘失明，厥有《國語》；孫子臏腳，兵法脩列；不韋遷蜀，世傳《呂覽》；韓非囚秦，〈說難〉、〈孤憤〉；

《詩》三百篇，大抵聖賢發憤之所為作也。此人皆意有鬱結，不得通其道，故述往事，思來者[199]。乃如左丘無目，孫子斷足，終不可用，退而論書策以舒其憤，思垂空文[200]以自見。僕竊不遜，近自託於無能之辭，網羅天下放失舊聞，略考其行事，綜其終始，稽[201]其成敗興壞之紀。上計軒轅，下至于茲，為十「表」，「本紀」十二，「書」八章，「世家」三十，「列傳」七十[202]，凡百三十篇。亦欲以究天人之際[203]，通古今之變，成一家之言。草創[204]未就，會遭此禍，惜其不成，是以就極刑[205]而無慍色。僕誠以著此書，藏諸名山，傳之其人[206]，通邑大都[207]，則僕償前辱之責，雖萬被戮，豈有悔哉？然此可為智者道，難為俗人言也。

且負下未易居[208]，下流多謗議[209]。僕以口語遇遭此禍，重為鄉里所戮笑，以汙辱先人，亦何面目復上父母丘墓乎？雖累百世，垢彌甚耳！是以腸一日而九迴，居則忽忽若有所亡，出則不知其所往。每念斯恥，汗未嘗不發背沾衣也。身直為閨閤之臣[210]，寧得自引[211]於深藏岩穴邪？故且從俗浮沉，與時俯仰[212]，以通其狂惑[213]。今少卿乃教以推賢進士，無乃與僕私心刺謬[214]乎？今雖欲自雕琢曼辭[215]以自飾，無益於俗，不信，適足取辱耳。要之，死日然後是非乃定。書不能悉意，略陳固陋。謹再拜[216]。

【注釋】❶牛馬走　僕人；僕役。謂如牛馬供人役使，為人奔走。自謙之辭。❷足下　書信中稱人之敬詞。❸曩　從前；過去。❹辱　屈承。應酬語。❺接物　與他人交往。古人稱自己以外的人和物都叫物，這裡指人。❻推賢進士　推舉賢能，提拔才士。❼意氣　情意；心意。❽望　埋怨；責怪。❾不相師　不接受指教。❿罷駑　才能庸劣。罷，通「疲」。駑，劣馬。⓫側聞　從旁聽說。⓬顧　但是。⓭身殘處穢　身體殘缺，處在汙穢可恥的地位。指身受宮刑，有如宦官。⓮尤　指責。⓯欲益反損　想有所貢獻，反而帶來傷害。⓰鬱悒　愁悶。⓱語　交談；訴說。⓲誰為為之二句　當為誰而做，叫誰來聽。誰為，為誰。孰令，令誰。⓳鍾子期死二句　事見《呂氏春秋．本味》及《淮南子．修務》。鍾子期、伯牙皆春秋時代楚國人，伯牙鼓琴，志在泰山，鍾子期曰：「善哉！巍巍乎若泰山。」志在流水，鍾子期曰：「善哉！湯湯乎若流水。」及子期死，伯牙破琴絕絃，終身不復鼓琴。⓴士為知己者用二句　語出《戰國策．趙策》及《史記．刺客列傳》。說，通「悅」。喜歡。㉑大質　指身體。㉒隨和　隨侯珠、和氏璧。皆寶物。此以譬喻其才之美。事見《淮南子．覽冥》高誘注及《韓非子．和氏》。㉓由夷　許由及伯夷。皆古隱逸高士。㉔自點　自取汙辱。點，通「玷」。辱；汙。㉕會　適逢。㉖東從上來　即「從上東來」。指隨漢武帝由甘泉宮向東南回到長安來。上，當今皇帝。此指漢武帝。㉗迫賤事　被瑣事纏繞。迫，急；忙。賤事，個人瑣事。㉘相見日淺　見面的機會少。淺，少。㉙卒卒　通「猝猝」。匆促急遽的樣子。㉚須臾之間　片刻的空閒。間，空隙。㉛抱不測之罪　遭生死不可知的罪。㉜涉旬月　經過一個月。㉝迫季冬　迫近十二月。迫，近。季冬，十二月。漢時死罪在十二月行刑。㉞薄　最近。㉟雍　今陝西鳳翔。其地有祭五帝之壇。《漢書．武帝紀》：「(征和)三年春正月，行幸雍。」㊱不可為諱　不可避諱的事。此指死亡。難言其死，故曰不可為諱。㊲憤懣　憤恨苦悶。㊳曉　告諭。㊴長逝者　永遠逝去之人。即死者。此指任安。㊵固陋　固塞鄙陋。謙詞。㊶闕然久不報　好久沒回信。闕然，時間間隔很久。闕，空隙。此事甚急迫，故曰「久」。㊷過　責怪。㊸符　證驗；象徵。㊹表　標誌；表現。㊺決　果斷。㊻憯　通「慘」。㊼醜　汙穢。㊽辱先　辱及先人。㊾詬　恥辱。㊿宮刑　古五刑之一，亦曰腐刑。男子割生殖器，女子幽閉於宮中為婢。(51)刑餘之人　受過宮刑的人。(52)無所比數　不能放在一起，相提並論。比，並列。數，計算。(53)衛靈公與雍渠同載二句　衛靈公與夫人南子同車出遊，宦者雍渠坐在車右，孔子坐在第二輛車。孔子曰：「吾未見好德如好色者也。」遂離開衛國到陳國去。見《史記．孔子世家》。(54)商鞅因景監見二句　商鞅入秦，因宦者景監的引介而見秦孝公，變法強秦，封於、商，號商君，因曰商鞅，趙良以商君係嬖人引進，非為名之道，是以寒心。見《史記．商君列傳》。商鞅，姓公孫。名鞅，衛國人，故一名衛鞅。(55)同子參乘二句　漢文帝出，宦者趙談參乘，袁盎伏車前曰：「臣聞天子所與共六尺輿者，皆天下英豪，今漢雖乏人，陛下奈何與刀鋸之餘同載！」漢文帝笑，命趙談下車。見《史記・袁盎鼂錯列傳》。同子，指趙談。與司馬遷之父同名，故諱曰同子。參乘，在車右陪乘。袁絲，袁盎的字。袁盎於漢文帝時官至太常。56宦豎　宦官。豎，宮中供役使的小臣。57傷氣　挫傷氣勢。即氣短、喪氣。58慷慨　胸懷大志。59刀鋸之餘　指受過宮刑的人。60緒業　餘業。此指太史令之官職。61待罪　做官的謙稱。官吏怕失職獲罪，故稱。62輦轂下　指京師。輦轂，天子的車駕。63惟　想。64效　奉獻。65拾遺補闕　拾人君之所遺忘，補人君之所缺失。66巖穴之士　隱士。67備行伍　在軍隊中服役。行伍，古代軍隊的編制，以五人為伍，五伍為行。68搴　拔取。69交遊　朋友。70遂　成就。71苟合取容　勉強迎合討好，以取得他人的包容接納。72無所短長　無所長。73效　驗。74常　通「嘗」。75廁　雜次；置身。76下大夫　漢制大夫有上中下三等。太史令秩六百石，位在下大夫。77外廷　也稱外朝。漢時稱大司馬、侍中等議事之地為中朝，稱丞相等議事之地為外朝。太史令屬外朝之官。78末議　淺薄的議論。多用以謙稱自己所提的意見。79維綱　國家的典章法紀。80埽除之隸　負責打掃的賤役。自謙之詞。隸，僕役。81闒茸　猥賤。闒，小戶。引申為卑下。茸，細毛。82負　自負。83不羈之材　高遠不可羈絆的才能。84鄉曲之譽　鄉里的聲譽。85奏薄伎　貢獻淺薄的才能。指仕為郎中。86周衛　侍衛周密。指宮禁。87戴盆何以望天　戴盆怎能望天。喻事不可兼施。此謂一心供職，不暇其他。88知　知遇。此指交往。89亡　拋棄；不管。90一心營職　全心全力投入工作。91親媚　討好。92謬　錯誤。93李陵　隴西人。字少卿，西漢名將李廣之孫。94俱居門下　李陵少為侍中，司馬遷則仕為郎中，俱能出入宮門，故云。門，指宮門。95趣舍異路　志趣行事不同。李陵好武，而司馬遷著文，好尚不同。96慇懃　情意懇切。97自守奇士　能堅持其節操的特出人物。98分別有讓　指待人接物謙和有禮。分別，謂分別尊卑長幼，以掌握人際關係的分寸。99恭儉下人　謙虛不擺架子。恭儉，謙虛。下人，甘居人下。100徇　通「殉」。捨身從事。101國士　全國之中傑出之人才。102媒孽　酒麴。比喻牽合搆陷，造成其罪。103提　率領。104王庭　匈奴單于所居之處。105垂餌虎口　放在虎口的誘餌。謂此次出擊匈奴，李陵的任務本來就是用來牽制匈奴，像誘虎之餌一般。106橫挑　勇猛挑戰。107仰　仰攻。匈奴所處地高，李陵自南攻北，故曰仰。108單于　匈奴君王之稱。109所殺過當　所殺超過己方的損失。李陵率兵五千，殺敵一萬。當，相當；相等。110不給　不暇；趕不上。111旃裘　古代北方遊牧民族用獸毛製成的衣服。此借指匈奴。112左右賢王　匈奴單于下設左右兩賢王，皆單于子弟當之。左賢王位猶太子。113舉引弓之人　把凡是能拉開弓的人全部徵調來。舉，盡。114勞　鼓勵；慰勉。115沬血　血流滿面。沬，洗面。116空拳　空弓。117死敵　為殺敵人而死。118聽朝　上朝聽政。119不自料　自不量力。料，衡量。120慘愴怛悼　悽慘感傷。121款款　忠誠的樣子。122絕甘分少　自己不吃甘美的食物，即使食物極少，仍與眾人分享。形容能與人同甘苦。123彼觀

其意　猶言「觀彼之意」。124得其當　得到適當的機會。125摧敗　擊破；打敗。126暴　暴露；昭明。127指　意思。128廣　寬慰。129睚眦　怒目相視的樣子。引申指怨怒。130沮　毀謗。131貳師　西域大宛城名。漢武帝寵姬李夫人兄李廣利伐大宛，入貳師，因以李廣利為貳師將軍，及征匈奴，李廣利以三萬騎為主力，李陵提步兵五千為游擊，李廣利未遇敵，李陵軍苦戰失敗，故漢武帝疑司馬遷推言李陵之功，乃毀謗貳師將軍李廣利。132理　治獄之官。漢景帝更廷尉為大理，漢武帝復為廷尉，此從舊名。133拳拳　忠謹的樣子。134列　陳述。135因為　以為；認為。136吏議　法官的判決。137貨賂　財貨。138自贖　贖罪。誣上之罪當處腰斬，然漢律允許以錢贖罪，漢武帝時贖死罪五十萬，無錢可以腐刑替代而免死。139左右親近　指漢武帝身邊的親信。140囹圄　監牢。141愬　通「訴」。訴說。142隤　敗壞。143佴　次；處。144蠶室　施宮刑之密室。養蠶之室，宜溫而且密。腐刑畏風，須入密室乃得活，因以為稱。145重　深深地。146一二　一一。147剖符丹書　剖成兩片的符和丹書的鐵券。符，用竹、木或金屬製成，上書文字。凡封功臣，剖符為二，君臣各執其一以為憑信。丹書，又稱丹書鐵券。用朱砂在鐵券上書寫誓詞，作為後世子孫免罪的憑證。148文史星曆　文獻、史籍、天文、曆法。皆太史令所掌。149卜祝　占卜、巫祝之類的官。卜，掌占卜之官。祝，祭祀時司贊辭之官。150倡優　表演歌舞伎藝的人。倡，表演歌舞者。優，演戲者。151九牛亡一毛　喻輕微之極。亡，失去。152趨　趨向；方式。153太上　最高；最上。154理色　臉色。理，肌膚紋理。色，氣色。155詘體　屈曲身體，如叩頭、長跪之類。詘，通「屈」。156易服　換上罪人的衣服。罪人服赭衣。赭為赤色。157關木索　套上刑具繩索。關，貫；套上。木索，木枷和繩索。皆刑具。158被箠楚　受杖刑。箠楚，木杖和荊條。用以打犯人。159剔毛髮　剃去頭髮。即髡刑。剔，通「剃」。160嬰金鐵　以鐵束頸上。即鉗刑。嬰，繞。161腐刑　宮刑之別名。162刑不上大夫　謂大夫有罪，則賜自盡，不加刑辱。語出《禮記・曲禮上》。163檻穽　畜養野獸的圈欄和捕獸的陷阱。164積威約之漸　被威勢制約後，逐漸馴服。約，約束；束縛。漸，浸漬。此謂逐步發展。165議不可對　絕不可與之對答。議，通「義」。166鮮　吳汝綸說：借為「先」字。167交　交叉。168圜牆　指牢獄。169頭槍地　頭觸地。謂叩頭乞哀。槍，通「搶」。170徒隸　獄卒。171正惕息　戰戰兢兢，恐懼喘息。正，正容。畏懼的樣子。《漢書》「正」字作「心」。惕息，膽戰心驚。172以　通「已」。173強顏　厚著臉皮，打腫臉充胖子。174西伯伯也二句　周文王於紂時為西伯，為崇侯虎所譖，被囚於羑里。羑里，在今河南湯陰。175李斯相也二句　李斯於秦始皇時為丞相，二世立，趙高用事，誣李斯之子與盜通，腰斬咸陽。五刑：墨（黥面）、劓（割鼻）、剕（即刖，砍腳）、宮（割睾丸）、大辟（死刑）。176淮陰王也二句　韓信初封齊王，後改封楚王，都下邳。有人告韓信反，漢高祖用陳平計，偽遊雲夢，召韓信會於陳（今河南淮陽），漢高祖令武士縛之，械至洛陽，赦為淮陰侯，後為呂后所殺。械，手銬、腳鐐一類的刑具。177彭越　漢初封為梁王。或告彭越反，漢高祖捕之，囚於洛陽，後被殺。178張敖　趙王張耳之子，娶魯元公主。趙臣貫高等謀殺漢高祖事發，張敖受牽連被捕。179絳侯　周勃。周勃為漢高祖功臣，封絳侯，曾與陳平謀，誅呂祿、呂產等，迎立漢文帝。180權傾五伯二句　周勃誅諸呂有功，為丞相，權重一時，不久，免相就國，後有人上書告周勃反，下廷尉捕治之。五伯，五霸。請室，請罪之室。漢代囚禁罪官的牢獄。181魏其　漢文帝竇后之姪，名嬰。漢景帝時，平七國之亂有功，封魏其侯。182赭衣　古代囚犯所穿的赤色衣服。183三木　三種刑具。即枷、桎、梏。184季布為朱家鉗奴　季布曾為項羽將。項羽敗，漢高祖購求季布千金，季布初匿於周氏，周氏髡鉗季布，衣褐，雜群奴中，賣之大俠朱家所。185灌夫受辱於居室　灌夫嘗為將軍，為人剛直使酒，與竇嬰善，因在丞相田蚡席上罵座，被縛繫居室，以不敬論罪。灌夫，字仲孺，潁陰人。居室，官署名。屬少府，拘禁犯人的處所。186罔　通「網」。法網。187引決自裁　下定決心自殺。188塵埃　指塵世。189繩墨　指法律。190陵遲　遲疑。191引節　為保氣節而自殺。192重　慎重；不輕易。193死節　為氣節而死。194縲紲　捆綁犯人的繩索。引申指監獄。縲，黑索。紲，繫。195臧獲婢妾　古代對奴婢的賤稱。196由　猶。197鄙陋　《漢書・司馬遷傳》無「陋」字。鄙，恥。動詞。198倜儻　卓異。199思來者　讓後人了解自己。200垂空文　留下文章。垂，流傳。空文，與具體的功業相對而言的謙詞，即文章。201稽　考察。202上計軒轅七句　述《史記》之起迄及內容。軒轅，黃帝。傳說中的遠古帝王，居軒轅丘，故稱軒轅氏。「表」以序年月，「本紀」以記帝王，「書」以記典制，「世家」以記諸侯，「列傳」以記人物。203天人之際　天道人事相應之關係。204草創　草稿。205極刑　指宮刑。206傳之其人　傳之與己同志者。207通邑大都　大都市。通邑，大邑。亦即大都。重文加強語氣。208負下未易居　負罪之下，不易自處。209下流多謗議　居下位，多遭毀謗。210閨閤之臣　宦官。閨閤，指宮禁。211自引　自行引退。212與時俯仰　時利於俯則俯，時利於仰則仰。與上句「從俗浮沉」意同。213狂惑　狂妄無知。214剌謬　相違背。剌，乖戾。謬，錯誤。215曼辭　美妙的文辭。216謹再拜　古代用於書信首尾的格式，以示恭敬謹慎。

【語譯】太史公牛馬走司馬遷再拜言陳述，少卿足下：前些時承蒙您來信，教我謹慎交友，以推舉賢人、提拔才士為任務。信中情意非常誠懇，但好像在埋怨我不接受指教，而把您的話看成如同世俗人之見。我實在是不敢這樣。我雖然庸劣，也曾聽說過前輩的風範。只因自認身體殘缺，身分卑汙，動輒得咎，想要有所貢獻反而帶來傷害，所以只有獨自苦悶，又能向誰訴說呢？俗話說：「為誰去做呢？又有誰聽呢？」所以鍾子期死了，伯牙終身不再彈琴。為什麼呢？因為士人只為了解自己的人效力，女人只為喜歡自己的人打扮。像我身體已經殘缺了，即使才華像隨侯珠、和氏璧一樣，品行像許由、伯夷一樣，終究不可以以此為榮耀，恰足以被人譏笑而自取汙辱罷了。來信本當早日回覆，恰好隨侍皇帝由甘泉宮向東南回到長安，又忙於瑣事，見面的機會很少，匆匆忙忙地沒有一點兒空閒能夠詳細說明我的心意。現在您犯了死生未卜的罪，再個把月，就接近冬末，可是我最近又要隨從皇帝到雍縣去，恐怕匆促之間您有不可避諱的事，這樣我就永遠不能抒發內心的憤恨和苦悶來告訴您，那麼您那一去不返的魂魄將會遺憾無窮，現在我就簡略地表達一下我鄙陋的看法。耽擱了好久沒回信，請不要見怪。

我聽說，修養身心是智的象徵，樂於施捨是仁的開端，嚴於取予是義的表現，恥於羞辱是勇的決斷，建立名譽是德行的極致。士人有了這五者，然後才可以立足於世間而進入君子的行列。所以，禍患沒有比求利更悲慘的，悲哀沒有比傷心更痛苦的，行為沒有比辱沒祖先更汙穢的，恥辱沒有比受宮刑還大的。受過宮刑的人，不能跟常人並列，這不是一世一代如此，由來已經很久了。從前衛靈公跟宦者雍渠同車，孔子因此離開衛國而到陳國去；商鞅因太監景監的引介而得見秦孝公，趙良感到寒心；宦者趙談陪文帝乘車，袁絲氣得臉色都變了。自古以來宦官就被人瞧不起。一般中等才能的人，凡事只要牽涉到宦官，沒有不為之挫傷氣勢，何況胸懷遠大的志節之士呢？現在朝廷雖然缺乏人才，怎麼可能讓受過宮刑的人去推薦天下的豪傑呢？我靠了先人的餘業，得以在京師任職，二十多年了。自己常想，上不能夠奉獻忠信，有貢獻謀略、表現高才的美譽，以取得明主的密切信任；其次，又不能彌補人主的遺漏缺失，招納賢能的才士，拔擢隱居的高士；外不能在軍隊中服役，攻城野戰，有斬將拔旗的功勞；下不能積累功勞，取得高官厚祿，使宗族朋友都感到榮幸。這四項沒有一件成功，只是苟且迎合，沒有一點特長貢獻，從這裡也就可想而知了。過去我也曾經擠身下大夫的行列裡，參與外廷發表淺薄的議論，不在那時伸張典章法紀，竭盡思慮，現在已經形體殘缺成為掃除的賤役，處在卑賤的地位，倒要想抬頭展眉，議論是非，這豈不是輕視朝廷、羞辱當代才識之士嗎？唉！唉！像我這種人，還能說什麼呢？還能說什麼呢？

並且事情的本末，實在不容易明白啊。我年輕時自負有著不可限量的才能，長大後卻沒有鄉里的聲譽，幸而主上因為先父的緣故，使我有機會貢獻微薄的能力，出入宮禁之中。我認為戴盆怎能望天，所以謝絕賓客的交遊，丟下家庭的私事，日夜只想竭盡微薄的能力，全心全力投入自己的職務，希望贏得主上的歡心，哪曉得事情卻大錯特錯，滿不是那麼回事呢！

我和李陵都在宮中任職，但一向並無什麼交情。志趣行事不同，從來不曾殷勤來往，喝酒聯歡。但我看李陵的為人，是個堅持節操的傑出人才。侍奉父母很孝順，跟人交往有信用，對於金錢很清廉，取與合理，待人接物能退讓，謙虛而甘居人下，常想奮不顧身為國家的急難而犧牲。他平日的修養，我以為具有國士的風範。人臣能不顧生命而冒萬死的危險，為國家的急難效力，這就已經算是罕見了。現在行事一有不當，那些只知苟全生命保護妻子的臣子就誇大他的過失，陷他入罪，我內心實在感到悲痛極了！況且李陵率領不到五千人的步卒，深入戰地，直達單于的王庭，就像在虎口的誘餌一般，他還勇猛地向頑強的匈奴挑戰，仰攻億萬的敵軍，跟單于一連打了十幾天，殺死的敵人遠超過自己的兵力。敵人救護死傷都來不及，匈奴的君長都感到驚恐，就徵集他們的左、右賢王，發動所有的弓弩手，舉國來攻，團團圍住他。李陵轉戰千里，箭已用完，無路可走，援兵也不到，士兵死傷成堆。然而李陵一聲高呼慰勞，將士無不奮起，感激流涕，血汙滿面，悲憤哭泣，拉緊無矢空弓，冒著白刃，北向爭先為殺敵而死。當李陵還沒有戰敗，使者來報捷時，朝中公卿王侯都舉杯向主上致賀。隔了幾天，李陵戰敗的消息傳來，主上為此而飲食無味，上朝不悅，大臣都憂慮害怕，不知道該怎麼辦。這時我不顧自己的卑微，看見主上悽慘感傷，應該想盡我的一點忠心。我認為李陵向來能和部下同甘共苦，能得到部下死力效忠，即使古代的名將也不能超過他。現在他雖然陷落敵手，看他的意思，應該是想等待適當的機會來報答朝廷。如今事情已經無可挽回，但以他打敗敵人的功勞，也足夠昭著於天下了。我有這個想法要陳述而沒有機會，恰巧遇到主上召見詢問，我就以這個意思說明李陵的功勞，想藉此寬慰主上的心，堵塞怨家趁機報復的壞話。但是沒有完全說得明白，主上不了解我的意思，以為我在毀謗貳師將軍，替李陵遊說，於是把我交付廷尉審判。一片忠誠，始終無法陳述。被認為是欺蒙主上，結果判決有罪。我家境貧窮，沒有錢贖罪，朋友沒有一個肯來營救，主上左右親近的人也不肯為我說一句話。我不像木石毫無感情，卻獨自和獄吏在一起，囚禁在幽深的監牢裡，這種冤苦能向誰訴說呢？這是你親眼看見的，我的事情不是這樣嗎？李陵既然生降敵人，敗壞了他的家聲，而我也被送入執行宮刑的蠶室，深為天下人所恥笑。可悲啊！可悲啊！事情真不容易向俗人一一說明啊！

我的先人，沒有剖符節、賜丹書的功勞，管的是文獻、史籍、天文、曆法，近乎卜、祝一類的官，本來就是主上所玩弄，像倡優一樣蓄養著，被世俗所輕視的。如果我伏法被殺，像九隻牛身上掉一根毛，跟螻蛄螞蟻的死有什麼兩樣呢？而且世俗又不會把我和死節的人相提並論，不過認為我才智已盡、罪大惡極，無法消解，終於不免一死罷了！為什麼呢？這是我平日的作為所造成的啊！人本來都有一死，有人死得比泰山還重，有人死得比鴻毛還輕，這是死的方式不同啊！最上等的人是不辱沒祖先，其次不辱沒自身，其次不受人臉色侮辱，其次不受人言辭汙辱，其次屈曲身體受辱，其次穿上囚衣受辱，其次套上刑具、遭受鞭打受辱，其次被剔去毛髮、頸上套著鐵圈受辱，其次毀傷肌膚、截斷肢體受辱，最下等的受宮刑，那是最大的恥辱了。古書上說：「刑罰不加到大夫身上。」這是說士人的節操不可不勉勵啊！猛虎在深山裡，百獸都害怕，等到被關在鐵籠或陷阱中，也只得搖著尾巴向人求食，這是因為被威勢所逐漸制服的關係啊！所以士人的氣節，即使只是在地上畫個圈作為監牢，也決不走進去；就是削支木頭當作法官，也絕不受它的審問，這是要早作打算的呀！我手腳交叉，戴上刑具，光著身體，挨鞭子打，拘禁在牢裡。這時候，見了獄官就叩頭，看到看守人員就心驚肉跳。這是什麼道理呢？因為長久被押受制，勢必這樣啊！已經到了這個地步，還說不受辱，這叫做厚臉皮，有什麼可貴呢？並且西伯文王是西方諸侯之長，曾被紂王關在羑里；李斯貴為宰相，照樣備受五刑；韓信也是封王的，漢高祖到陳地時照樣把他捉起來；彭越、張敖都曾南面稱王，也一樣被關在牢裡受罪；周勃平定了諸呂，權比五霸還大，也曾被囚在請室；魏其侯是大將軍，同樣穿上赤色囚衣，頸枷、足梏、手桎加在他的身上；季布被鎖頸剃髮賣做朱家的奴隸；灌夫被拘禁在居室而受辱。這些人都曾做到王侯將相，聞名各國，等到犯了罪，觸了法網，不能下定決心自殺，只能苟活在塵世間。古今是一樣的，哪裡會不受辱呢？這樣看來，勇敢或膽怯，是情勢造成的；強和弱，得看當時形勢。這是很明白的，有什麼可奇怪的呢？一個人不能在法律制裁之前早日自殺，已經有點兒優柔寡斷，到了被鞭打的時候，才想要保全氣節而自殺，那不是太晚了嗎？古人對士大夫之所以慎重施刑，大概就是這個道理吧！人的常情，沒有不貪生怕死，思念父母，掛記妻子兒女。至於被義理所激動的人就不然了，那是因為有不得已的地方啊！現在我不幸父母早死，又無兄弟，形單影隻，孤立無援。少卿看我對妻子兒女怎麼樣呢？並且勇敢的人不一定要為氣節而死，懦弱的人可仰慕節義，什麼地方不能奮勉呢？我雖然懦弱，想苟且偷生，但也很了解生死取捨的分別，怎麼會自甘陷入監牢裡受辱呢？而且像奴隸婢妾還能自殺，何況我已到了不得不死的地步呢？我所以忍辱偷生，情願被拘禁在汙穢的監牢裡的緣故，是遺憾我的理想還沒有實現，以文采不能顯揚於後代為恥啊。

古來富貴而聲名埋沒的人，多得無從計算，只有卓異非凡的人才會被稱揚。文王被囚禁，藉此而推演《周易》；孔子遭困厄，才寫《春秋》；屈原被放逐，才寫下〈離騷〉；左丘明雙目失明，於是有《國語》；孫子雙腳被刖，才編寫兵法；呂不韋被貶謫西蜀，才有《呂氏春秋》傳世；韓非在秦國被囚禁，寫下〈說難〉、〈孤憤〉諸篇；《詩經》三百篇，大概都是聖賢抒發憤慨的創作啊。這些人都是心裡有著抑鬱，不能實現自己的理想，所以敘述以往的事，寄望於未來的人。至於像左丘明失明，孫子斷了腳，終究不能被用了，就退而著書立說來抒發憤懣，想留下文章來表現自己的心志。我不自量力，近來也想借不通的文筆，搜集天下散佚的舊聞遺事，簡略地加以考證，綜合它的始末，考察它成敗、興衰的道理。上從軒轅起，下到現在止，作了十篇「表」，十二篇「本紀」，八篇「書」，三十篇「世家」，七十篇「列傳」，總共一百三十篇。我也想拿它來探究天道與人生的關係，通曉古今的變化，成為一家的著作。草創還沒完成，恰巧遭逢這種禍事，我痛惜著作沒有完成，所以受了重刑也不怨恨。我如真能寫成這本書，藏在名山，傳給後來志同道合的人，流傳到通都大邑，那我就補償了忍辱不死所擔負的責任，就是要我死一萬次，哪會有後悔呢？然而這話只能跟明達的人講，無法跟世俗人說啊。

況且負罪之下做人是很難的，在下賤的地位也最容易遭受誹謗。我因為說話而遭遇這場禍事，深為鄉里之人所恥笑，因此汙辱了先人，還有什麼臉再上父母的墳墓呢？縱然事隔百代，恥辱只會更深啊！所以愁腸一天九轉，在家裡則恍恍惚惚若有所失，出了門常不知到哪兒去。每一想到這種恥辱，就冷汗直流，連衣服都濕透了！現在我簡直就跟宦官一樣，怎麼能自己引退而深藏隱居呢？所以姑且跟著世俗浮沉，隨著潮流進退，以疏通自己的狂妄無知。如今您卻教我推舉賢人，提拔才士，那不是跟我的私心相違背嗎？我現在雖然想用美好的文辭來自我掩飾，但對於世俗毫無益處，人家也不會相信，反而是自取羞辱罷了。總之，死後是非才有定論。這封信沒法說完我所有的意思，只能簡略地寫點鄙陋的想法。謹再拜。

【研　析】 本文可分七段。首段為答任安之辭，告以接到來信後，「闕然久不報」之故。二段憤恨自己受宮刑，自傷「苟合取容，無所短長之效」，以回應任安來信所言「慎於接物，推賢進士」。三段言一心報國而事與願違。四段言為李陵辨而受宮刑之始末，兼及對李陵的觀察。五段述隱忍苟活之苦衷，而以九事陪襯宮刑之至辱。六段謂《史記》之作，「欲以究天人之際，通古今之變，成一家之言」，可以償前辱之責。末段自道刑餘之人生不如死之恨，而以任安之請求與私衷乖違來婉謝所託。

亂世中人固然身不由己；而盛世中多少隱屈，又何嘗不是憑藉所謂明主的光環拙劣地遮掩著。漢武帝晚年變得多疑嗜殺，甚至到了使人不敢以輔弼為榮的地步。由於征伐頻繁，百姓貧耗而致犯法，遂進用酷吏以擊斷奸宄。繫獄者「見獄吏則頭槍地，視徒隸則正惕息」，固無尊嚴可言；典獄者亦以羅織罪名為高，曲屈承上意以定讞。於是，當漢武帝對司馬遷秉持「不虛美，不隱惡」的精神揭穿所謂聖君賢相的假面具的「舊恨」尚未消除，又添上「沮貳師」和「誣上」的「新仇」的時候，酷吏便以「前主所是著為律，後主所是疏為令」（〈酷吏列傳〉）的態度順水推舟地將他打入死牢。「家貧，貨賂不足以自贖」，揭露了「有錢始做人」（北朝民歌）的社會真相；而「交遊莫救，左右親近，不為一言」，更凸顯出死生存亡之際的世態炎涼。如果君王能因個人的好惡而定人生死，酷吏也一味承意觀色而罔顧是非，親舊可以為求自保而紛紛作壁上觀，這又是一個怎樣的悲慘世界？

就感情層面說，司馬遷尚且能為了救「素非能相善」的李陵而仗義直言，不惜犧牲，更何況是原為舊識的任安呢？就理智而言，太史公自乞宮刑以求免死，其用意特在《史記》之未成與父命之未就。自請宮刑是為了完成孝道，但自請宮刑本身就是不孝，此係以不孝成其孝。刑餘實非人，處穢亦猥賤，故通篇用語均極自卑。述家學，則曰「文史、星曆，近乎卜祝之間，固主上所戲弄，倡優所畜，流俗之所輕」，且自謂「閨閤之臣」、「掃除之隸」，但「求親媚於主上」而已。西哲尼采嘗云：「一切文學，吾愛其以血淚書者。」正是司馬遷《史記》的寫照。

卷六 漢文

漢高祖

漢高祖劉邦（西元前二五六～前一九五年），字季。沛郡豐邑（今江蘇沛縣）人。初為泗上（今江蘇沛縣東）亭長。秦末與項羽等同起兵反秦，秦亡後，滅項羽而統一天下，國號漢，都長安。在位十二年（西元前二〇六～前一九五年），廟號高祖。

高帝求賢詔

【題　解】本文選自《漢書・高帝紀》，篇名據文意而訂。詔，古代的一種公文書，即皇帝所發布的命令。漢高祖十一年（西元前一九六年）發布這一道詔書，強調帝王功業，仰賴賢人的參與，表明求賢人以安利天下的渴望，並責成各級官員切實執行此一詔令。

蓋聞王者莫高於周文❶，伯❷者莫高於齊桓❸，皆待賢人而成名。今天下賢者智能，豈特❹古之人乎？患在人主不交故也，士奚❺由進？

今吾以天之靈、賢士大夫定有天下，以為一家，欲其長久，世世奉宗廟亡❻絕也。賢人已與我共平之矣，而不與吾共安利之，可乎？賢士大夫有肯從我游者，吾能尊顯之。布告天下，使明知朕❼意。

御史大夫昌下相國❽，相國酇侯❾下諸侯王；御史中執法❿下郡守⓫。其有意稱明德⓬者，必身勸，為之駕，遣詣相國府，署行義年⓭。有而弗言，覺，免⓮。年老癃⓯病，勿遣。

【注　釋】❶周文　周文王。姓姬，名昌，商紂時為西伯，國勢強盛，行仁政以服人，三分天下有其二以服事殷商。❷伯　通「霸」。春秋時代諸侯盟主之稱。❸齊桓　齊桓公。姓姜，名小白，春秋時代齊國國君，任用管仲為相，尊周室，攘夷狄，九合諸侯，一匡天下，遂成霸業，為春秋五霸之首位。❹特　僅。❺奚　何。❻亡　通「無」。❼朕　我。自秦始皇起，專用為皇帝自稱。❽御史大夫昌下相國　是時未有尚書，凡有詔令，由御史起草，付外施行，御史大夫位列三公，掌圖書祕籍，為御史之長，故徑以詔書下之於相國。昌，《漢書》注謂為周昌。然當時周昌已為趙相，不在御史大夫之位，故王先謙補注疑為誤文。下相國，下達相國。相國，即丞相，佐天子處理政事。❾酇侯　指蕭何，時為相國。蕭何為漢高祖同鄉，佐漢高祖定天下，封酇侯。酇縣屬南陽，故城在今湖北光化北。❿御史中執法　即御史中丞。位次於御史大夫。⓫郡守　官名。一郡之長，漢景帝中二年（西元前一四八年），更名太守。⓬意稱明德　美名美德。意，通「懿」。美好。⓭署行義年　書明其人之履歷、儀容、年紀。義，通「儀」。⓮覺免　察覺而免官。⓯癃　腰彎背駝的毛病。此泛指殘疾。

【語　譯】聽說王業之高沒有超過周文王的，霸業之大沒有超過齊桓公的，他們都是依靠賢人的輔助才能成就功名。現在天下一定也有具備智能的賢人，難道只有古人才有嗎？令人擔心的是人主不能和他們交接罷了，這樣的話，賢士怎能進身呢？

現在我靠了上天的威靈、賢士大夫的力量平定了天下，統一了全國，希望能長久保持，世世代代奉祀宗廟，永不斷絕。天下賢人既已和我共同平定天下了，卻不和我一起使天下安和樂利，可以嗎？賢士大夫有肯和我共事的，我能夠使他尊貴顯揚。把這詔令向天下公布，讓大家明白我的意思。

御史大夫周昌把詔書下達給相國，相國酇侯下達給諸侯王，御史中丞下達給各郡郡守。他們所管的地方，如果有聲名美好、德行光明的人，一定要親自去勸請，替他準備車輛，送他到相國府，並且寫明他的履歷、儀容和年紀。如果有這樣的人而不報告的話，一經發覺，立刻免職。不過年老有病的，不必送來。

【研　析】本文可分三段。首段以王霸自期，指出人主求賢的必要性。二段將定天下之功歸諸賢士，表明自己求賢若渴的心意。末段指示各級官員務必切實遵行。語言樸質，論點鮮明，彰顯出懇切的愛才之情。

漢高祖早年時有侮慢儒生的言行，但歷經長年戎馬生涯的經驗積累，在得天下之後，逐漸體悟創業和守成的心態與方式宜有所別，因而重新肯定賢士的作用。這分熱切之情既非矯揉作態以干譽，也不是一時興起的衝動，而是出自「世世奉宗廟亡絕」的遠見與自覺。首先，他歸納歷史經驗，認為周文王、齊桓公之所以成功，「皆待賢人而成名」，換言之，功成名就以得賢人為本。接著站在人君的立場反省，天下不患無賢智幹才，而患人主之不交，故詔告天下，意欲尊顯「肯從我游」的賢士大夫。最後動之以情，一方面肯定賢人在建國史上的重要性，同時也以安定、造福天下共勸勉。如此，則既能得君王的「尊顯」，亦足以滿足賢士大夫自我實現的慾望，使個人與國家兩蒙其利，此誠務實之見。至於各級官員，則必須恭謹從事，以示尊賢敬德。

在劉邦求賢的決心與實務上的迫切需求背後，其實還涵藏著一分對於智慧的尊重。執行政令只需按部就班便成，但若欲通盤規畫協調以謀長治久安，卻非得具有洞達人情之智慧不可。從本文，我們見識了開國之君的高瞻遠矚與恢宏氣魄，而這或許也正是粗豪如漢高祖者何以總能化險為夷的真正精彩處吧！

漢文帝

漢文帝劉恆（西元前二〇二～前一五七年），漢高祖之子。初封代王，呂后死，周勃等平諸呂之亂，迎立為帝。仁慈恭儉，以德化民，海內豐殷，天下大治。在位二十三年（西元前一七九～前一五七年），諡文。

文帝議佐百姓詔

【題解】本文選自《漢書・文帝紀》，篇名據文意而訂。詔，古代的一種公文書，即皇帝所發布的命令。漢文帝後元年（西元前一六三年）發布這一道詔書，表示因為連年歉收，又有水旱瘟疫，以致人民缺乏糧食，內心深以為憂，令群臣商議，提供可以解決問題、幫助人民的辦法。

間者❶數年比❷不登❸，又有水旱疾疫之災，朕❹甚憂之。愚而不明，未達其咎❺。

意者❻朕之政有所失，而行有過與？乃天道❼有不順，地利或不得，人事多失和，鬼神廢不享❽與？何以致此？將❾百官之奉養或費❿，無用之事或多與？何其民食之寡乏也？

夫度⓫田非益⓬寡，而計民未加益⓭，以口量地，其於古猶有餘，而食之甚不足者，其咎安在？無乃⓮百姓之從事於末⓯以害農者蕃⓰，為酒醪⓱以靡⓲穀者多，六畜⓳之食焉者眾與？

細大之義，吾未能得其中，其與丞相、列侯⓴、吏二千石㉑、博士㉒議之。有可以佐百姓者，率意㉓遠思，無有所隱。

【注釋】❶間者　近來。❷比　常常。❸不登　五穀不熟。❹朕　我。自秦始皇起，專用為皇帝自稱。❺咎　弊病。❻意　料想；或許。❼天道　天時。❽享　祭祀鬼神。❾將　或者；或許。❿費　浪費。⓫度　計算。⓬益　更加。⓭益　增多。⓮無乃　莫非。⓯末　指工商業。⓰蕃　通「繁」。多。⓱醪　酒之有滓者。⓲靡　消耗。⓳六畜　馬、牛、羊、雞、犬、豕合稱六畜。此泛指牲畜。⓴列侯　指異姓功臣之諸侯。初稱徹侯，後避漢武帝諱，改稱通侯，又改列侯。㉑二千石　指郡守。漢制，郡守秩二千石。㉒博士　官名。兩漢為太常屬官，掌圖籍文獻，出謀獻策。㉓率意　竭意。

【語譯】近幾年來，常常收成不好，又有水旱瘟疫的災禍，我非常憂愁。我昏愚不明，不知道弊病出在哪裡。是我的施政不當，而行為有過失嗎？還是天時不調和，地利沒有開發，人事不和睦，鬼神的祭祀荒廢呢？為什麼會這樣呢？或者是官吏的奉養也許浪費，無用的事做太多嗎？為什麼民食這樣的缺乏呢？計算起來，田地並沒有減少，人民也沒有增加，以人口衡量土地，比起古代還是有餘，但糧食卻非常不足，弊病究竟在哪裡呢？莫非是百姓從事工商而妨害農耕的人多，還是釀酒而耗費米穀的人多，飼養牲畜耗費太多糧食嗎？

這大大小小的原因很多，我得不到合理的解釋，希望丞相、列侯、二千石俸祿的官吏、博士等仔細討論。凡有可以幫助老百姓的，要盡心竭意的深思，不可隱諱。

【研　析】本文可分四段。首段說明自己對連年荒歉、水旱疾疫，深感憂心。二段針對朝政規畫和官餉耗費過鉅加以檢討。三段重新評估百姓營生方式上的變化。末段諭令丞相、列侯、吏二千石、博士等仔細討論，直言無諱。

我們從本文可以看到一顆溫婉而體貼的心。其中沒有慍怒的責備，沒有自以為是的威懾，沒有推諉與欺瞞，只是真誠地面對所有問題，謙卑地徵詢解答。漢文帝雖然謙言「未達其咎」，不解「其咎安在」，但這並不表示他對時弊一無所知，他所考慮的層面其實涵括了自然界的天道和地利、超越界的鬼神以及人事上種種人謀不臧的可能性。全文通過層層反詰開展，對事而不對人，從而使人領悟：真正的明君必定善於察過補過，而絕非躲在讒言虛築的昇平假象中妄自尊大且自得其樂。

漢景帝

漢景帝劉啟（西元前一八八～前一四一年），字開，漢文帝長子。即位後，節儉愛民，有漢文帝之風，史稱文景之治。在位十六年（西元前一五六～前一四一年），諡景。

景帝令二千石修職詔

【題解】本文選自《漢書・景帝紀》，篇名據文意而訂。二千石，指郡守。漢代郡守秩二千石。詔，古代的一種公文書，即皇帝所發布的命令。漢景帝後二年（西元前一四二年）發布這一道詔書，明令天下郡守，勤於職守整頓吏治，以利民生。

雕文刻鏤❶，傷農事者也；錦繡纂組❷，害女紅❸者也。農事傷，則飢之本也；女紅害，則寒之原也。夫飢寒並至而能亡❹為非者，寡矣。朕親耕，后親桑，以奉宗廟粢盛❺祭服，為天下先。不受獻❻，減太官❼，省繇❽賦，欲天下務農蠶，素有畜積，以備災害。彊毋攘❾弱，眾毋暴❿寡，老耆⓫以壽終，幼孤得遂長⓬。今歲或⓭不登⓮，民食頗寡，其咎⓯安在？或詐偽為吏，吏以貨賂⓰為市，漁奪⑰百姓，侵牟⑱萬民。縣丞⑲，長吏⑳也，姦法㉑與盜盜㉒，甚無謂㉓也。其令二千石㉔各脩其職。不事官職耗亂㉕者，丞相以聞，請㉖其罪。布告天下，使明知朕意。

【注　釋】❶雕文刻鏤　雕刻金玉，彩繪花紋。雕、刻、鏤，統言之則意義無別，分別言之，則玉謂之雕，木謂之刻，金謂之鏤。文，花紋。❷錦繡纂組　織錦刺繡，編製帶綬。纂，赤色絲帶。組，佩玉或佩印用的絲綬。❸女紅　女工。指女子所做的紡織、刺繡、縫紉等工作。❹亡　通「無」。不。❺粢盛　盛在祭器內供祭祀的黍稷等穀物。黍稷曰粢，在器曰盛。❻不受獻　不受人民奉獻。漢代人民每年呈獻給皇帝的錢，稱為獻費。❼太官　掌宮廷飲食的官。❽繇　通「傜」。勞役。❾攘　搶奪。❿暴　欺陵；欺侮。⓫耆　年老。⓬遂長　長大成人。⓭或　又。⓮不登　五穀不成熟。⓯咎　災殃；弊病。⓰貨賂　以財物賄賂。⓱漁奪　侵奪；掠奪。⓲牟　食苗根之蟲。此處用作動詞。侵蝕。⓳縣丞　縣令之佐吏。⓴長吏　縣吏之長。㉑姦法　玩法作奸。㉒與盜盜　助盜搶奪。與，助。上「盜」字為名詞，下「盜」字為動詞。㉓無謂　猶今語「不應該」。㉔二千石　指郡守。漢制，郡守秩二千石。㉕不事官職耗亂　不稱其職，不能明察。耗，通「眊」。不明。㉖請　問；查究。

【語　譯】雕刻金玉，彩繪花紋，這是妨害農耕的；織錦刺繡，編製帶綬，這是妨害女紅的。農事受妨害，就是挨餓的主因；女紅被妨害，就是受凍的根源。到了飢寒交迫還能不為非作歹的，很少。我親自耕地，皇后親自採桑，來供奉祭祀宗廟用的黍稷和祭服，做天下人的表率。不接受人民的奉獻，減少宮中的太官，減輕傜役賦稅，希望讓天下人民專心從事農桑，平時有積蓄，好防備災害。強大的不搶奪弱小的，眾多的不欺侮寡少的，老年人能夠壽終，幼子孤兒能夠長大成人。

今年收成又不好，人民的糧食很少，這個弊病究竟出在哪裡？也許是詐偽的小人當了官吏，把賄賂看作買賣一樣，掠奪百姓，侵蝕萬民。縣丞是縣吏之長，如果玩法作奸，助盜搶奪，實在非常不應該。現在命令各郡郡守整飭吏治。凡是不稱職或不能明察的，丞相要奏聞，追究他們的罪責。布告天下，使大家都明白我的意思。

【研　析】本文可分二段。前段認為農桑為免飢防寒之本，透過自己以身作則，盼能使天下安和富厚。後段認為「吏以貨賂為市」、「姦法與盜盜」為妨害民生之大蠹，強調整頓吏治的重要性。

漢景帝看出居上位者競尚奢靡對國計民生的不良影響，故而不僅親身示範，行儉薄賦，撫老恤弱，同時嚴禁官吏收受賄賂，交結豪暴以漁奪百姓，可謂深中時弊。

漢武帝

漢武帝劉徹（西元前一五六～前八七年），漢景帝之子。在位時，興學崇儒，平定南越、東越、朝鮮、滇和西南夷，逐匈奴，通西域，是一代雄主。在位五十四年（西元前一四〇～前八七年），諡武。

武帝求茂才異等詔

【題　解】本文選自《漢書・武帝紀》，篇名據文意而訂。茂才異等，超群出眾的傑出人才。詔，古代的一種公文書，即皇帝所發布的命令。漢武帝於元封五年（西元前一〇六年）發布這一道詔書，令州郡察舉可以擔任將相或出使外國的優秀人才。

蓋有非常之功，必待非常之人，故馬或奔踶❶而致千里，士或有負俗之累❷而立功名。夫泛駕之馬❸，跅弛❹之士，亦在御之而已。其令州郡察吏民有茂才異等，可為將相及使絕國❺者。

【注　釋】❶奔踶　奔馳踢人。踶，俗作「踢」。不受羈勒之馬，立則踶人，走則能奔致千里。❷負俗之累　被世俗所譏論。累，毛病。❸泛駕之馬　覆車之馬。言馬不受控制，不循軌轍。泛，通「覂」。翻覆。❹跅弛　不自檢束。❺絕國　遠方之國。

【語　譯】要建立不尋常的功勞，一定要等待不尋常的人才。所以有的馬會狂奔踢人卻可以奔馳千里，有的士人被世俗所譏論卻能建功立名。那不循軌道的馬，不自檢束的士人，全在於如何駕御而已。現在命令州郡長官，留心考察吏民當中超群出眾的傑出人才，可以擔任將相和出使外國的人。

【研　析】本文起首「非常之功，必待非常之人」二語，將漢武帝的雄心與人格特質表露無遺；而其唯才是舉的用人態度，與「亦在御之而已」的高度自信，亦使人想見其顧盼自雄的氣魄。全文僅六十八字，簡短扼要而鋒芒畢現，氣勢不凡，正是一代雄主的風格。

賈誼

賈誼（西元前二〇〇～前一六八年），西漢洛陽（今河南洛陽）人。年輕時即通曉諸子百家。二十二歲，文帝召為博士，一年多，又超升為太中大夫。於是上書朝廷，主張改正朔，易服色，制法度，興禮樂。文帝很想破格重用，卻遭大臣反對，外放為長沙王太傅。過湘水，念屈原忠而被逐，觸景傷情，作〈弔屈原賦〉。在長沙一年多，奉召回京，改任梁懷王太傅。後梁懷王墜馬而死，賈誼自慚失職，常常悲傷哭泣，憂鬱成疾而死。賈誼是漢初著名的政論家、辭賦家。傳世有《新書》，一稱《賈子新書》。

過秦論上

【題解】本文選自《新書》，篇名原作〈過秦〉。過，指陳過失。原文有上、中、下三篇，分別針砭秦始皇、秦二世以及秦之末帝子嬰，本文為上篇。偏處西陲的秦國，從秦孝公起，即力圖東進，歷經一百四十一年，至第七代秦王政而一統天下，然而傳世僅十三年，一場大雨、九百戍卒，便導致帝國土崩瓦解。其中原因，西漢初年，學者多有討論，而以賈誼此文最是精警。賈誼認為秦王朝迅速覆亡的主要原因是既得天下之後，仍一味迷信武力而不施行仁義，即「仁義不施，而攻守之勢異」。言外不無諷諭漢室引以為鑑的深意在。

秦孝公❶據殽、函❷之固，擁雍州❸之地，君臣固守以窺❹周室。有席卷❺天下、包舉宇內[6]、囊括四海[7]之意，并吞八荒[8]之心。當是時也，商君[9]佐之，內立法度，務[10]耕織，修守戰之具，外連衡[11]而鬥諸侯[12]。於是秦人拱手[13]而取西河[14]之外。

孝公既沒，惠文、武、昭襄王[15]蒙[16]故業，因遺策，南取漢中[17]，西舉巴、蜀[18]，東割膏腴[19]之地，收要害[20]之郡。諸侯恐懼，同盟而謀弱秦。不愛珍器重寶、肥饒之地，以致天下之士；合從締交[21]，相與[22]為一。當此之時，齊有孟嘗[23]，趙有平原[24]，楚有春申[25]，魏有信陵[26]。此四君者，皆明智而忠信，寬厚而愛人，尊賢重士，約從離衡[27]，兼韓、魏、燕、楚、齊、趙、宋、衛、中山[28]之眾。於是六國[29]之士，有甯越[30]、徐尚[31]、蘇秦[32]、杜赫[33]之屬為之謀，齊明[34]、周最[35]、陳軫[36]、昭滑[37]、樓緩[38]、翟景[39]、蘇厲[40]、樂毅[41]之徒通其意，吳起[42]、孫臏[43]、帶佗[44]、兒良、王廖[45]、田忌[46]、廉頗[47]、趙奢[48]之朋[49]制其兵。嘗以十倍之地，百萬之眾，叩關[50]而攻秦。秦人開關延敵[51]，九國[52]之師，逡巡[53]遁逃而不敢進。秦無亡矢遺鏃[54]之費，而天下諸侯已困矣。於是從散約解，爭割地而奉賂秦。秦有餘力而制其敝[55]，追亡逐北[56]，伏尸百萬，流血漂櫓[57]。因利乘便，宰割天下，分裂河山；彊國請服，弱國入朝。施及孝文王[58]、莊襄王[59]，享國日淺，國家無事。

及至始皇[60]，奮六世[61]之餘烈[62]，振長策[63]而御宇內，吞二周[64]而亡諸侯[65]，履至尊而制六合[66]，執捶拊[67]以鞭笞[68]天下，威震四海。南取百越之地，以為桂林、象郡[69]。百越之君，俛首係頸[70]，委命下吏[71]。乃使蒙恬北築長城而守藩籬，卻匈奴七百餘里[72]；胡人不敢南下而牧馬，士不敢彎弓而報怨。於是廢先王之道，燔百家之言[73]，以愚黔首[74]；墮[75]名城，殺豪俊，收天下之兵[76]，聚之咸陽[77]，銷鋒鍉[78]，鑄以為金人[79]十二，以弱天下之民。然後踐華為城[80]，因河為池[81]，據億丈之城[82]、臨不測之谿[83]以為固。良將勁弩[84]，守要害之處；信臣精卒，陳利兵而誰何[85]？天下已定，始皇之心，自以為關中[86]之固，金城[87]千里，子孫帝王萬世之業也。

始皇既沒[88]，餘威震于殊俗[89]。然而陳涉[90]，甕牖繩樞[91]之子，甿隸[92]之人，而遷徙[93]之徒也；才能不及中人，非有仲尼、墨翟[94]之賢，陶朱[95]、猗頓[96]之富。躡足行伍之間[97]，倔起[98]阡陌[99]之中；率罷散之卒，將數百之眾，轉而攻秦；斬木為兵[100]，揭[101]竿為旗，天下雲集響應[102]，贏糧[103]而景從[104]。山東[105]豪俊遂並起而亡秦族矣。

且夫天下非小弱也，雍州之地，殽函之固，自若[106]也；陳涉之位，非尊於齊、楚、燕、趙、韓、魏、宋、衛、中山之君也；鉏櫌棘矜[107]，非銛[108]於鉤戟[109]長鎩[110]也；謫戍[111]之眾，非抗[112]於九國之師也；深謀遠慮，行軍用兵之道，非及曩時之士也。然而成敗異變，功業相反也。試使山東之國，與陳涉度長絜大[113]，比權量力，則不可同年而語[114]矣。然秦以區區之地，致萬乘之權，招八州而朝同列[115]，百有餘年[116]矣，然後以六合為家，殽、函為宮[117]。一夫作難[118]而七廟[119]隳，身死人手[120]，為天下笑者，何也？仁義不施，而攻守之勢異也。

【注釋】❶秦孝公　戰國時代秦國國君。嬴姓，名渠梁，秦獻公之子，秦穆公十六世孫。在位二十四年（西元前三六一～前三三八年），任用商鞅，實行變法，秦國因而富強。❷殽函　殽山和函谷關。殽山，在今河南洛寧北。函谷關，在今河南靈寶東北。❸雍州　古九州之一。包括今陝西、甘肅及青海之一部。❹窺　窺伺。❺席卷　像席子一樣捲起來。意謂併吞。下文「包舉」、「囊括」皆有此意。卷，通「捲」。❻宇內　上下四方之內。即天下。❼四海　指天下。古人以為中國四境皆海。❽八荒　八方荒遠之地。❾商君　商鞅（西元前三九〇～前三三八年）。姓公孫，名鞅，春秋時代衛國人，秦孝公封給他於、商十五邑，號商君。佐秦孝公變法，秦國因而富強。❿務　專力。⓫連衡　即「連橫」。西秦與東方諸侯單獨聯合曰連橫。⓬鬥諸侯　使諸侯自相爭鬥。⓭拱手　兩手相合，大指相並。此喻輕易。⓮西河　魏國邑名。在今陝西大荔、宜川等地，以在黃河之西得名。秦孝公二十二年（西元前三四〇年），商鞅打敗魏軍，魏國割西河之地於秦國。⓯惠文武昭襄　惠文王，名駟，秦孝公子，在位二十七年（西元前三三七～前三一一年），即位之十三年稱王。武王，名蕩，惠文王之子，在位四年（西元前三一〇～前三〇七年）。昭襄王，名稷，武王異母弟，在位五十六年（西元前三〇六～前二五一年）。⓰蒙　承受。⓱漢中　今陝西南部及湖北西北部地。秦惠文王二十六年（西元前三一二年）秦國打敗楚國，置漢中郡。⓲巴蜀　皆國名。巴國，在今四川巴縣一帶。蜀國，在今四川成都一帶。秦惠文王二十二年（西元前三一六年），巴、蜀互相攻擊，俱求救於秦國，秦惠文王出兵滅兩國，置巴、蜀二郡。⓳膏腴　土地肥沃。⓴要害　險要。㉑合從締交　聯合抗秦，締結盟約。從，通「縱」。

六國地亙南北，聯盟抗秦，曰合縱。㉒相與　相親附；相結合。㉓孟嘗　孟嘗君。姓田名文，齊威王孫，靖郭君田嬰子，為齊相，封於薛（今山東滕縣南），號孟嘗君。善養士，食客三千。㉔平原　平原君。姓趙名勝，趙武靈王子，趙惠文王弟。相趙惠文王及趙孝成王，封於平原（今山東平原），號平原君。喜賓客，食客常數千。㉕春申　春申君。姓黃名歇。相楚二十餘年，封於春申，號春申君。有食客三千餘人。㉖信陵　信陵君。名無忌，魏昭王少子，封於信陵（今河南寧陵），號信陵君。禮賢下士，食客常三千。㉗約從離衡　相約合縱，離散連橫。㉘韓魏燕楚齊趙宋衛中山　皆國名。韓、魏、燕、衛、中山均姬姓。韓始都平陽（今山西臨汾），後徙鄭（今河南新鄭）。魏始都安邑（今山西夏縣），後徙大梁（今河南開封）。燕都薊（今河北薊縣）。衛都帝丘（今河北濮陽）。中山都今河北定縣。楚姓芈，都郢（今湖北江陵）。齊姓田，都臨淄（今山東臨淄）。趙姓趙，都邯鄲（今河北邯鄲）。宋姓子，都商丘（今河南商邱）。㉙六國　指韓、魏、燕、楚、齊、趙六大國。㉚甯越　趙國中牟人。㉛徐尚　宋國人。㉜蘇秦　東周洛陽（今河南洛陽）人。師事鬼谷子，周顯王時，以合縱遊說六國，合力抗秦。蘇秦為縱約長，佩六國相印，趙封為武安君。㉝杜赫　周人。曾以安天下說周昭文君。㉞齊明　東周臣。後事楚及韓二國。㉟周最　東周成君子。曾出使秦國，仕於齊國。㊱陳軫　夏人。先仕於秦，後仕於楚，曾諫楚懷王勿貪秦國土地，楚懷王不聽，終為秦國所欺。㊲昭滑　楚國人。曾奉楚王令使越國。㊳樓緩　魏文侯之弟。曾為魏相，又為秦相。㊴翟景　王念孫謂即《戰國策・魏策》之魏相翟強，梁玉繩謂疑即《戰國策・趙策》之翟章，二說未知孰是。㊵蘇厲　蘇秦之弟。仕於齊國。㊶樂毅　魏國中山靈壽（在今河北靈壽西北）人。仕燕昭王，為亞卿，後為上將軍，率趙、楚、韓、魏、燕五國聯軍伐齊，下七十餘城。㊷吳起　衛國人。通兵法，初仕魯國，後為魏文侯將，守西河，使秦國不敢東侵，魏武侯時，被譖，奔楚國，楚悼王用為相，楚悼王卒，為楚貴戚所忌，被害。㊸孫臏　齊國人。兵家孫武之後，與龐涓同師鬼谷子。龐涓為魏將，嫉其才，召孫臏至魏國，刖其兩足，後孫臏為齊將，敗魏兵於馬陵（在今山東臨沂東南），射殺龐涓。㊹帶佗　楚將。㊺兒良王廖　王廖貴先，兒良貴後，善用兵。見《呂氏春秋》。㊻田忌　齊將。曾伐魏國，三戰三勝。㊼廉頗　趙國名將。趙惠文王時伐齊國，大破之，拜為上卿。㊽趙奢　趙將。擊秦有功，封馬服君。㊾朋　輩。一作「倫」。㊿叩關　攻打函谷關。叩，擊。關，指函谷關。周慎靚王三年，即秦惠文王二十年（西元前三一八年），燕、韓、趙、魏、齊等國兵共攻秦，秦兵出，各國皆敗走。(51)延敵　迎戰敵人。(52)九國　指燕、韓、趙、魏、齊、楚、宋、衛、中山。(53)逡巡　疑懼不前。(54)亡矢遺鏃　損失矢箭。亡，失。鏃，箭頭。(55)敝　衰敗；疲憊。(56)追亡逐北　追擊敗逃的敵人。亡，逃走。北，敗。(57)漂鹵　漂浮起盾牌。鹵，大盾。(58)孝文王　名柱。秦昭襄王子，在位三天而卒（西元前二五〇年）。(59)莊襄王　名異人，改名子楚。秦孝文王子，在位四年（西元前二五〇～前二四七年）。(60)秦王　指秦王政。名政，秦莊襄王子。在位之二十六年（西元前二二一年），統一天下，自以為德兼三皇，功過五帝，故號皇帝，又欲傳世一至萬世，乃除謚法，號始皇帝。(61)六世　指秦孝公、秦惠文王、秦武王、秦昭襄王、秦孝文王、秦莊襄王。(62)餘烈　遺留下的功業。烈，功業；事業。(63)振長策　揮動長鞭。策，馬鞭。(64)二周　周考王封其弟於河南（今河南洛陽西北），為桓公。周赧王時，桓公孫惠公，封其長子武公居洛陽，號西周，少子惠公居鞏邑，號東周，周分為二。秦昭襄王五十二年（西元前二五五年）滅西周，莊襄王元年（西元前二四九年）滅東周。秦吞二周，並非秦王政時事，說他吞二周，只是一種誇大的說法。(65)亡諸侯　秦王政十七年（西元前二三三年）滅韓，十九年滅趙，二十二年滅魏，二十四年滅楚，二十五年滅燕，二十六年滅齊。(66)六合　天地四方。此指天下。(67)捶拊　鞭子。捶，通「箠」。鞭子杖。拊，鞭柄。(68)鞭笞　鞭打笞擊。(69)南取百越之地二句　秦始皇三十三年（西元前二一四年）取百越，陸梁等地，置桂林、象郡。百越，亦作「百粵」。包括浙江、福建、廣東、廣西、越南之地，古為越族所居，因其種族不一，故稱百越。秦桂林郡，約有今廣西北部地。象郡，約有今廣東西南部、廣西南部及越南之地。(70)俛首係頸　低下頭來，以繩繫頸。表示投降請罪。俛，通「俯」。係，通「繫」。(71)委命下吏　把生命交給獄官。下吏，指獄官。(72)蒙恬北築長城而守藩離二句　秦始皇三十三年（西元前二一四年），命蒙恬率兵三十萬，北逐匈奴，收復黃河以南地，為三十四縣，並築長城。(73)燔百家之言　秦始皇三十四年，以諸生不師今而學古，譏議當世，惑亂人民，下令史官非秦紀皆燒之，非博士官所職，天下有藏《詩》、《書》百家語者，悉詣守尉雜燒之。燔，賈誼《新書》作「焚」。(74)黔首　秦時稱百姓。黔，黑。(75)墮　通「隳」。毀壞。(76)兵　兵器。(77)咸陽　秦都。在今陝西咸陽東二十里。(78)銷鋒鍉　銷熔兵器。鋒，兵器之尖端。鍉，通「鏑」。箭尖。(79)金人　銅人。當時兵器以銅質為主。(80)踐華為城　以華山為城郭。踐，登。華，西嶽華山，在今陝西華陰南。(81)因河為池　以黃河為護城河。因，依憑。河，黃河。池，環城之水。(82)億丈之城　指華山。(83)不測之谿　指黃河。(84)勁弩　強弓。(85)誰何　誰能奈何。猶今言「誰敢怎樣」。(86)關中　秦地。東有函谷關，南有武關，西有散關，北有蕭關，居四關之中，故曰關中。(87)金城　喻城郭堅固。(88)秦王既沒　秦始皇於即位之三十七年（西元前二一〇年）卒於沙丘平臺（今河北平鄉東北）。(89)殊俗　指風俗不同之遠方蠻夷。(90)陳涉　名勝，字涉，秦陽城（今河南登封）人。少為人傭耕，有大志。秦二世元年（西元前二〇九年）七月，謫戍漁陽（今河北密雲），為屯長，行至大澤鄉（今安徽宿縣南），遇大雨，道路不通，失期當斬，遂與吳廣起兵反秦，自號「張楚」。(91)甕牖繩樞　以破甕為窗牖，以繩繫戶樞。形容貧家。(92)甿隸　平民。甿，田夫。隸，奴隸。(93)遷徙　徵發戍邊。(94)墨翟　墨子。戰國時代宋國人，倡兼愛之說。(95)陶朱　即春秋時代越國范蠡。輔佐句踐滅吳後，變姓名，經商於陶（今山東肥城西北），自稱陶朱公。(96)猗頓　春秋時代魯國人。學致富之術於陶朱公，乃適河東猗氏（今山西安澤），大畜牛羊，十年之間，富比王侯。(97)躡足行伍之間　置身軍隊之中。古時軍制，二十五人為行，五人為伍。躡，踏。(98)倔起　崛起；奮起。(99)阡陌　田間小路，用來區分田界。東西為阡，南北為陌。借指鄉野之間。(100)斬木為兵　砍樹木為兵器。(101)揭　高舉。(102)雲集響應　如雲聚集，如響應聲。喻應和之多而速。(103)贏糧　擔糧。(104)景從　如影之隨形。景，通「影」。(105)山東　秦在華山以西，故稱華山以東之六國為山東。(106)自若　自如。仍舊不變之意。(107)鉏櫌棘矜　鋤柄戟柄。鉏，同「鋤」。櫌，整地用的農具。棘、矜，都是木杖。泛指農具和棍棒。(108)銛　鋒利。(109)鉤戟　有鉤之戟。(110)長鎩　長矛。(111)謫戍　因罪充軍守邊。謫，罰罪。(112)抗　當；比。(113)度長絜大　量度長短大小。度，量度。絜，圍而量之。(114)同年而語　相提並論。(115)招八州而朝同列　招致其他八州同列之諸侯朝秦。古代天下九州，秦僅有雍州。(116)百有餘年　由秦孝公元年（西元前三六一年），至秦王政二十六年（西元前二二一年）統一天下，凡一百四十一年。(117)宮　圍牆。(118)一夫作難　一人起兵與之為難。一夫，一人。(119)七廟　天子的宗廟。《禮記．王制》：「天子七廟，三昭三穆，與太祖之廟而七。」(120)身死人手　指秦王子嬰，為項羽所殺。

【語譯】秦孝公憑藉殽山和函谷關的險固，擁有雍州的土地，君臣嚴密防守而窺伺東周的政權。有奪取天下、征服各國、統一四海的志向，併吞八方的野心。在這個時候，商鞅輔佐他，在內，建立法律制度，努力發展農耕和紡織，整治攻守的裝備；對外，採用連橫策略，使諸侯自相爭鬥。於是，秦國人輕易地取得了西河之外的土地。

孝公死後，惠文王、武王、昭襄王繼承已有的基業。依循前代的策略，向南兼并了漢中，向西攻占巴、蜀，東邊割據肥沃的土地，北邊占有險要的州郡。諸侯都很恐懼，會商聯盟，謀求削弱秦國，不愛吝珍奇的器物、貴重的財寶和肥美的土地，用以延攬天下賢才，聯合抗秦，締結盟約，彼此合作結為一體。在這個時候，齊國有孟嘗君，趙國有平原君，楚國有春申君，魏國有信陵君，這四位公子，都明智而又忠信，寬厚而能愛人，並且能夠尊敬賢者，重用人才。諸侯結成合縱，化解連橫，集合韓、魏、燕、楚、齊、趙、宋、衛、中山各國的軍隊。這時，六國的賢士，有甯越、徐尚、蘇秦、杜赫這些人替各國謀畫，有齊明、周最、陳軫、昭滑、樓緩、翟景、蘇厲、樂毅這些人溝通各國的意見，有吳起、孫臏、帶佗、兒良、王廖、田忌、廉頗、趙奢這些人統率各國的軍隊。曾經以十倍於秦國的土地，上百萬的兵力，攻打秦國函谷關。秦國軍隊開關迎戰，九國的軍隊，都疑懼徘徊，不敢前進。秦國沒有耗費一矢一鏃，天下諸侯卻已陷困境了。於是合縱盟約解體，各國爭先割讓土地奉獻給秦國。秦國有餘力制服疲憊的諸侯，追擊各國敗逃的軍隊，橫在地上的死屍多到百萬，流的血可以浮起盾牌。秦國憑藉這有利的形勢，宰割天下諸侯，分裂各國土地，強國請求降服，弱國入朝稱臣。傳到孝文王、莊襄王，在位的時間短，國家沒有什麼大事。

到了秦始皇，發揚前六代的功業，揮舞著長鞭駕御天下，併吞東、西二周，滅亡各國諸侯，登上帝位，宰制天下，拿著鞭子，奴役人民，威風震動四海。從南方奪取百越土地，改為桂林、象郡。百越的君主，都投降請罪，把生命交給獄吏。於是派遣蒙恬到北方修築長城防衛邊疆，擊退匈奴七百多里，匈奴從此不敢南侵，兵士也不敢拉弓放箭來報仇。於是廢棄先王的大道，燒燬百家的書籍，來實施愚民政策；毀壞名城，殺戮英雄豪傑，沒收天下的兵器，聚集在咸陽，熔鑄成十二座銅人，以削弱民間的武力。然後以華山做城郭，黃河做護城河，憑據這樣的億丈高城，臨靠如此不測的深水，作為堅固的屏障。再加上優秀的將帥，強勁的弓弩，防守在險要的地方；親信的臣子，精銳的士卒，配置鋒銳利的兵器，誰敢怎樣？天下已經平定，秦始皇的心中，自以為關中的堅固，真像圍繞千里的銅城鐵壁，是子孫萬世做皇帝的基業。

秦始皇死後，遺威還使得遠方之國震服。然而陳涉，是個用破甕作窗、草繩充作門軸的窮人子弟，受僱種田的僕役，被徵發守邊的賤民；才能趕不上中等人，沒有孔子、墨子的賢智，陶朱、猗頓的財富。置身行伍，從鄉野間倉猝起事；率領著幾百個疲累散亂的戍卒，反過來攻秦國；砍伐樹木做兵器，高舉竹竿當旗幟，天下人像雲一般聚集，像回響應聲而起，帶著糧食像影子般追隨他。山東的英雄豪傑，就此一同起來，滅亡秦族了。

值得注意的是，這時秦國的力量，並未縮小、減弱，雍州的土地，殽山和函谷關的堅固，一如從前；陳涉的地位，遠不如齊、楚、燕、趙、韓、魏、宋、衛、中山各國國君的尊貴；農具和棍棒，比不上鉤戟長矛的鋒利；被罰守邊的兵卒，比不上九國的正規軍隊；深謀遠慮，行軍用兵的方法，也遠不及從前那些謀士將領。但是成敗不同，功業竟然相反。假使把以前的山東各國，和陳涉量長短，比大小，比較權勢力量，是根本不能相提並論的。然而秦國以小小的地方，千乘之國的力量，招致八州同等地位的諸侯來朝秦，經過一百多年，這才把天下合併為一家，把殽山、函谷關當作圍牆。但是只不過一個人起來發難，竟然使國家滅亡，君主死在敵人手中，被天下人譏笑，這是什麼緣故呢？只因為不施行仁義，而且攻天下、守天下的形勢也不同了啊！

【研　析】本文可分五段。首段言秦孝公憑藉殽、函天險和雍州的資源，任用商鞅，建立法制，奠定富強的基礎。二段言歷秦惠文王、秦武王、秦昭襄王三朝與諸國的爭鬥，秦國皆占盡優勢。三段言秦始皇統一天下，對外窮兵黷武，對內愚民弱民，行高壓統治，自以為子孫帝王萬世之業。四段言陳涉起義，而天下響應，秦族遂亡。末段言秦之所以亡，在於攻守異勢，而秦不施仁義。

秦在始皇「餘威震于殊俗」的榮耀中土崩瓦解，其故安在？

根據《史記・秦本紀》，秦的國勢在春秋時代秦穆公時曾達到一個高峰，其後經歷一段中衰期，以其地僻，又「不與中國諸侯之會盟」，每被視為夷狄。秦孝公對此深以為恥，於是重用商鞅，「變法修刑，內務耕稼，外勸戰死之賞罰」。自秦孝公至秦始皇，凝聚了七代君王的雄心和毅力，用嚴刑峻法熔鑄出一個強悍的軍事霸權，以挑撥離間的方式擊破各懷鬼胎的諸侯國，這在統一天下的過程中無疑是迅速而有效的手段。但從秦孝公以來，秦的國家精神一直在「明恥教戰」的壯志下呈現出強烈的擴張性，這種文化精神背後蘊藏的危機，卻是未能將其衝勁和氣魄調適轉化為安定建設的力量。賈誼用「仁義不施」一語斷定秦的過失，並非儒生的迂闊之談，而是深切地體悟秦文化潛藏的危機，不在守成慵懦，而在剛嚴勇毅的民風中似乎欠缺一點自我反省的能力。秦的祖先曾「佐舜調馴鳥獸」，而商鞅之變法，其政實亦無異於馴獸；換言之，秦國政教之缺失，根本在於統治者一貫採用馴獸之法威懾恫嚇，卻從未視百姓為「人」，從未教導百姓如何做個「人」！

人之所以異於其他動物，在於能跳脫物競天擇的進化法則而具有反省能力；而仁義作為政治運作中的準則，實即在不斷的反思中調整自我與社會乃至群體之間的互動，以期完成整體的和諧。賈誼透過〈過秦論〉，反省了為政之道的常與變，並啟發我們重新審視歷史表象背後的文化心態，可謂用心良苦。

治安策一

【題解】本文選自《新書》，原為賈誼在漢文帝朝陳政事諸疏之一，篇名取《漢書·賈誼傳》中的「因陳治安之策」一語而訂。治安，治理天下，使天下安定。策，策略。漢高祖劉邦以平民崛起而得天下，即位後陸續分封同姓、異姓諸王，諸王逐漸坐大，據地自雄，僭擬天子，不聽朝廷命令。從漢高祖五年至十二年，有九起造反事件，問題相當嚴重。賈誼在本文中論述了這一個問題，提出「眾建諸侯而少其力」的策略，即以分封諸王子孫，削弱其力量，使天下長治久安。

夫樹國固，必相疑之勢❶。下數被其殃❷，上數爽其憂❸，甚非所以安上而全下也。今或親弟謀為東帝❹，親兄之子西鄉而擊❺，今吳又見告❻矣。天子春秋鼎盛❼，行義未過❽，德澤有❾加焉，猶尚如是，況莫大❿諸侯，權力且十此⓫者乎？

然而天下少⓬安，何也？大國之王幼弱未壯，漢之所置傅相⓭方握其事⓮。數年之後，諸侯之王大抵皆冠⓯，血氣方剛，漢之傅相稱病而賜罷，彼自丞、尉⓰以上，偏置私人，如此，有異淮南、濟北之為邪？此時而欲為治安，雖堯、舜不治。黃帝曰：「日中必熭，操刀必割⓱。」今令⓲此道順，而全安甚易。不肯早為，已迺墮骨肉之屬而抗剄之[19]，豈有異秦之季世[20]乎？

夫以天子之位，乘今之時，因天之助，尚憚以危為安，以亂為治。假設陛下居齊桓[21]之處，將不合諸侯而匡天下乎？臣又以知陛下有所必不能矣。假設天下如曩時[22]，淮陰侯[23]尚王楚[24]，黥布[25]王淮南[26]，彭越[27]王梁[28]，韓信[29]王韓，張敖[30]王趙[31]、貫高[32]為相，盧綰[33]王燕[34]，陳豨[35]在代[36]，令此六、七公者皆亡恙，當是時而陛下即天子位，能自安乎？臣有以知陛下之不能也。天下殽[37]亂，高皇帝與諸公併起，非有仄室[38]之勢以豫席[39]之也。諸公幸者迺為中涓[40]，其次廑[41]得舍人[42]，材之不逮至遠也。高皇帝以明聖威武即天子位，割膏腴之地以王諸公，多者百餘城，少者乃三、四十縣，德至渥[43]也。然其後七年之間，反者九起[44]。陛下之與諸公，非親角[45]材而臣之也，又非身封王之也，自[46]高皇帝不能以是一歲為安，故臣知陛下之不能也。

然尚有可諉[47]者，曰疏。臣請試言其親者。假令悼惠王[48]王齊，元王[49]王楚，中子[50]王趙，幽王[51]王淮陽，共王[52]王梁，靈王[53]王燕，厲王[54]王淮南，六、七貴人皆亡恙，當是時，陛下即位，能為治乎？臣又知陛下之不能也。若此諸王，雖名為臣，實皆有布衣昆弟之心[55]，慮亡不帝制而天子自為者[56]。擅[57]爵人，赦死罪，甚者或戴黃屋(58)，漢法令非行也。雖行，不軌如厲王者，令之不肯聽，召之安可致乎？幸而來至，法安可得加？動一親戚，天下圜視(59)而起。陛下之臣雖有悍如馮敬(60)者，適啟其口，匕首已陷其胸矣。陛下雖賢，誰與領(61)此？故疏者必危，親者必亂，已然之效(62)也。其異姓負彊而動者，漢已幸勝之矣，又不易其所以然(63)。同姓襲是跡而動，既有徵(64)矣，其勢盡又復然(65)。殃禍之變，未知所移(66)，明帝處之尚不能以安，後世將如之何？

屠牛坦(67)一朝解十二牛，而芒刃(68)不頓(69)者，所排擊剝割，皆眾理解(70)也。至於髖髀(71)之所，非斤則斧。夫仁義恩厚，人主之芒刃也；權勢法制，人主之斤斧也。今諸侯王皆眾髖髀也，釋斤斧之用，而欲嬰(72)以芒刃，臣以為不缺則折。胡不用之淮南濟北？勢不可也。臣竊跡前事(73)，大抵彊者先反。淮陰王楚最彊，則最先反；韓信倚胡，則又反；貫高因趙資(74)，則又反；陳豨兵精，則又反；彭越用梁，則又反；黥布用淮南，則又反；盧綰最弱，最後反；長沙迺在二萬五千戶耳，功少而最完，勢疏而最忠(75)，非獨性異人也，亦形勢然也。曩令樊(76)、酈(77)、絳(78)、灌(79)據數十城而王，今雖以殘亡可也(80)；令信、越之倫，列為徹侯(81)而居，雖至今存可也。然則天下之大計可知已。

欲諸王之皆忠附，則莫若令如長沙王；欲臣子之勿葅醢[82]，則莫若令如樊、酈等；欲天下之治安，莫若眾建諸侯而少其力。力少則易使以義，國小則亡邪心。令海內之勢，如身之使臂，臂之使指，莫不制從[83]。諸侯之君，不敢有異心，輻湊[84]並進而歸命天子。雖在細民[85]，且知其安，故天下咸知陛下之明。割地定制，令齊、趙、楚各為若干國，使悼惠王、幽王、元王之子孫畢以次各受祖之分地，地盡而止，及燕、梁它國皆然。其分地眾而子孫少者，建以為國，空而置之，須[86]其子孫生者，舉使君之。諸侯之地，其削頗入漢者，為徙其侯國，及封其子孫也，所以數償之[87]。一寸之地，一人之眾，天子亡所利焉，誠以定治而已，故天下咸知陛下之廉。地制壹定，宗室子孫，莫慮不王；下無倍畔之心，上無誅伐之志，故天下咸知陛下之仁。法立而不犯，令行而不逆，貫高、利幾[88]之謀不生，柴奇、開章[89]之計不萌，細民鄉善，大臣致順，故天下咸知陛下之義。臥赤子[90]天下之上而安，植遺腹[91]，朝委裘[92]，而天下不亂。當時大治，後世誦聖。壹動而五業[93]附，陛下誰憚而久不為此？

天下之勢，方病大瘇[94]。一脛[95]之大幾如要[96]，一指之大幾如股。平居不可屈信[97]，一、二指搐，身慮亡聊[98]。失今不治，必為錮疾[99]，後雖有扁鵲[100]，不能為已。病非徒瘇也，又苦蹠盭[101]。元王之子，帝之從弟也[102]；今之王者，從弟之子也。惠王之子，親兄子也[103]；今之王者，兄子之子也。親者[104]或亡分地以安天下，疏者[105]或制大權以偪[106]天子，臣故曰：「非徒病瘇也，又苦蹠盭。」可痛哭者，此病是也。

【注釋】❶夫樹國固二句 謂諸侯強大，則必與天子有相疑忌之勢。樹，建立。固，勢力強大。❷下數被其殃 諸侯常因而遭受災禍。此謂下被上所疑而遭討伐。下，指諸侯。數，常；每每。❸上數爽其憂 天子常為憂慮所傷。此謂下疑上則必反，而上因而數為憂慮所傷。上，指天子。爽，傷。❹親弟謀為東帝 指漢文帝之異母弟淮南厲王劉長，於漢文帝六年（西元前一七四年）謀反，企圖稱帝，事發被廢，徙蜀途中不食而死。淮南在長安之東，故謂謀為東帝。❺親兄之子西鄉而擊 指濟北王劉興居於漢文帝三年（西元前一七七年）謀反而西擊滎陽（今河南滎陽東北），兵敗自殺。劉興居為漢文帝之兄劉肥之子。鄉，通「向」。❻吳又見告 指吳王劉濞不遵漢之法制，而為人所告發。劉濞為漢高祖兄劉仲之子，在吳鑄錢煮鹽，招納亡命。❼春秋鼎盛 正當壯年。春秋，指年齡。鼎盛，方盛。❽行義未過 品行未有過失。行義，即行誼。指品行。品行必求合於道義，故謂品行曰行誼。過，過失。❾有 又。❿莫大 最大。⓫十此 十倍於此。此，指淮南、濟北。⓬少 稍。⓭傅相 太傅和相國。漢代中央派往諸侯國的輔佐官和最高行政長官。⓮事 政事。⓯冠 成年。古人成年則加冠。⓰丞尉 縣丞和縣尉。縣的文武官吏。⓱日中必熭二句 趁日中而曬物，趁刀在手中而割物。喻不可失時機。日中，日正當中。熭，暴乾。⓲令 若。⓳已迺句 謂必俟諸侯之叛，而後毀骨肉之親恩，以法誅滅之。已，過後。迺，通「乃」。墮，通「隳」。毀。抗剄，砍頭。⓴季世 末年。㉑齊桓 齊桓公。春秋時代齊國國君，名小白，五霸之首。㉒曩時 從前。㉓淮陰侯 韓信。淮陰（今江蘇淮陰西南）人，助漢高祖定天下，先後被立為齊王、楚王，後因被告謀反，降為淮陰侯，漢高祖十一年（西元前一九六年），被告勾結陳豨謀反，為呂后所殺。㉔楚 在今江蘇銅山、徐州一帶。㉕黥布 即英布。漢六（今安徽六安）人，曾坐法黥（刺面），因稱黥布。從漢高祖破項羽於垓下，封淮南王，及彭越、韓信見誅，懼禍及己，漢高祖十一年遂反，兵敗而死。㉖淮南 在今安徽淮南、壽縣一帶。㉗彭越 漢昌邑（今山東巨野南）人。曾收魏、定梁、滅楚，多建奇功，封梁王，漢高祖十一年反，次年，兵敗被殺。㉘梁　在今河南商邱一帶。㉙韓信　漢初人。與淮陰侯韓信同時，漢高祖略定韓地，立為韓王，漢高祖七年，勾結匈奴叛漢，高祖遣柴武擊斬之。㉚張敖　張耳之子，漢高祖之婿。張耳卒，嗣立為趙王，後因國相貫高謀刺漢高祖，被貶為宣平侯。㉛趙　在今河北邯鄲一帶。㉜貫高　趙王張敖之相。漢高祖八年，貫高請趙王利用漢高祖過陳時刺殺之，敖不許。㉝盧綰　漢豐（今江蘇豐縣）人。與漢高祖同里同日生，從漢高祖起兵，為將軍，以破臧荼功，封燕王，漢高祖十年，陳豨反，帝疑盧綰與通。十二年，盧綰遁降匈奴，封東胡盧王。㉞燕　在今北京一帶。㉟陳豨　漢宛朐（今山東菏澤）人。漢高祖時以郎中封列侯，統趙代邊兵，招賓客善遇之，趙相周昌以陳豨有異圖奏上，帝召之，陳豨遂反，自稱代王。漢高祖十二年被誅。㊱代　在今河北蔚縣。㊲殽　紛雜。㊳仄室　側室。卿大夫之支子為側室。此指親族。仄，通「側」。㊴席　憑藉。㊵中涓　內侍之官。㊶廑　通「僅」。㊷舍人　宮中近侍之官。㊸渥　優厚。㊹七年之間二句　漢高祖五年，燕王臧荼、楚故將利幾相繼反；七年，韓王信反；八年，趙相貫高反；十年，代相陳豨反；十一年，淮陰侯韓信、梁王彭越、淮南王黥布反；十二年，燕王盧綰反。七，《漢書》作「十」。㊺角　較量。㊻自　即使是。㊼諉　推託。㊽悼惠王　齊悼惠王劉肥。漢高祖長子。㊾元王　楚元王劉交。漢高祖弟。㊿中子　趙隱王劉如意。漢高祖寵姬戚夫人所出。51幽王　趙幽王劉友。漢高祖子。52共王　漢高祖子。原封梁王，改封趙王。53靈王　燕靈王劉建。漢高祖子。54厲王　淮南厲王劉長。漢高祖子。55布衣昆弟之心　自以為與天子為兄弟，而不論君臣之義。昆弟，兄弟。56慮亡句　言諸侯皆欲與皇帝同儀制，而為天子之事。慮，大概；大抵。亡，通「無」。57擅　專；自主。58黃屋　天子之車以黃繒為傘蓋之裡，故以代指天子座車。59圜視　瞪眼而視。圜，通「圓」。60馮敬　漢文帝時為典客，奏淮南厲王反。始欲發言，節制諸侯王，旋為刺客所殺。61領　治理。62效　驗證。63易其所以然　謂變更法制，以消弭所以反叛之根源。64徵　證驗。65其勢盡又復然　謂與異姓諸王之叛，如出一轍。66移　改變。67屠牛坦　古之善屠牛者，名坦。68芒刃　鋒刃。69頓　通「鈍」。70理解　依肌肉之紋理而剖解。71髖髀　胯骨和大腿骨。72嬰　加。73跡前事　考察前事。跡，追尋；考察。74因趙資　憑藉趙國之力。75功少而最完二句　漢初異姓諸王，至漢文帝時惟長沙王以忠謹獨存。76樊　樊噲。漢初封舞陽侯，後任左丞相。77酈　酈商。漢初封曲周侯，後任右丞相。78絳　絳侯周勃。漢文帝時為右丞相。79灌　潁陰侯灌嬰。官至太尉、丞相。80今雖以殘亡可也　謂其勢強必反，而招致殘亡。81徹侯　僅有封爵而無封地的異姓諸侯。後避漢武帝劉徹諱，改通侯，又稱列侯。82菹醢　將人剁為肉醬。為古代酷刑之一。83制從　服從。84輻湊　輻條聚集於車轂。輻，車輪中之支木。湊，歸聚。85細民　小民。86須　等待。87諸侯之地五句　謂諸侯之地，有因犯罪削入於漢者，則徙其地，及改封其子孫時，以相等之數償之。削，削減；剝奪。頗，多。88利幾　本項羽將，降漢，封穎川侯。漢高祖五年反，被殺。89柴奇開章　皆淮南王謀士。曾參與謀反。90赤子　幼孩。此指幼君。91植遺腹　立遺腹子。植，立。92委裘　先帝之裘衣。93五業　指明、廉、仁、義、聖。94瘇　足腫。95脛　小腿。96要　通「腰」。97信　通「伸」。98一二指搐二句　有一、二指動，則身懼若無所恃賴。喻諸侯強大，朝廷微弱，有一、二反者，則朝廷為之震動，而不能自保。指，腳趾。搐，牽動。慮，恐懼。聊，倚賴。99錮疾　經久不癒之疾。亦作「痼疾」。100扁鵲　戰國時代名醫。姓秦，名越人。101蹠盭　腳掌向反面彎曲。蹠，腳掌。盭，古「戾」字。102元王之子二句　楚元王劉交為漢高祖之弟、漢文帝叔父，其子劉郢客於漢文帝為從弟。從弟，堂弟。同祖的伯叔之子幼於己者。103惠王之子二句　惠王下原脫「之子」二字。齊悼惠王劉肥為漢高祖之庶長子、漢文帝之兄，其子劉襄於漢文帝為親兄之子。104親者　謂漢文帝之子弟。105疏者　謂楚元王、惠王之後。106偪　古「逼」字。

【語譯】諸侯建國，如果強大，一定會造成與天子互相疑忌的形勢。諸侯常因而遭受禍害，天子常為憂慮所傷害，這實在不是安定朝廷、保全諸侯的道理啊。現在已有天子的弟弟想做東帝的事，也有過天子親兄的兒子領兵向西進犯的事，如今吳王又被人告發了。天子正在壯年，品行沒有過失，又能多施恩惠，尚且這樣，何況最強大的諸侯，權力比他們還要大十倍的呢！然而現在天下還能稍為安定，是什麼緣故呢？因為大國的王尚未成人，朝廷所置的傅相正掌握著政事。幾年以後，諸侯王大多成年，血氣正剛盛，朝廷所置的傅相，只好稱病而解職，他們從縣丞、縣尉以上的官職，全安置私人這樣的做法，和淮南厲王、濟北王的行為有什麼兩樣呢？這時而想要政治安定，就是堯、舜也做不到。黃帝說：「趁日正當中曬東西；趁刀在手中割東西。」假若現在能遵循這個道理，那麼上下安全就很容易了。若不肯早日處理，到了後來，就要毀壞骨肉親恩砍了他們的頭，這和秦末有什麼兩樣呢？

以天子的地位，趁現在的時機，靠上天的幫助，尚且害怕會把危險當做安全，把紛亂當做太平。假使陛下處在齊桓公的地位，會不糾合諸侯匡正天下嗎？臣又知道陛下必然不會這樣做的。假設天下還像從前，淮陰侯韓信還做楚王，黥布做淮南王，彭越做梁王，韓信做韓王，張敖做趙王、貫高做趙相，盧綰做燕王，陳豨在代，這六、七個人都還健在，這時陛下即天子位，能夠自覺安全嗎？臣知道陛下是不能的。當年天下紛亂，高皇帝與這些人同時起義，並沒有卿大夫宗族的勢力做依靠。這些人僥倖的不過做內侍一類的官，次一等的不過做舍人一類的官，才情實在差高皇帝很遠。高皇帝以他的明聖威武即天子之位，劃出肥美的土地來封這些人為王，多的有一百多城，少的也有三、四十縣，恩德可說非常的優厚。但是後來七年中間，謀反的事件有九起。陛下和諸王侯，並非親自較量才情而臣服他們，又不是親自封他們為王，即使是高皇帝也不能在這種情況下有一年的安逸，所以臣知道陛下是不能的。

然而還有可以推託的，說這些造反的王侯都是疏遠的異姓。現在臣就講那些親近的。假使悼惠王做齊王，楚元王做楚王，中子做趙王，幽王做淮陽王，共王做梁王，靈王做燕王，厲王做淮南王，這六、七個同姓的貴人都還健在，這時，陛下即位，能夠治理嗎？臣又知道陛下是不能的。像這幾位王，名義上雖是臣，實際上都認為和天子只是普通兄弟，大概沒有不想僭越皇帝的儀制而自己做天子的。他們擅自封人爵祿，赦免死罪，甚至於有的乘坐天子的黃蓋車。朝廷的法令不能推行，就算想推行，但是像行為不軌如同厲王的，命令他還不聽，召見他怎肯來呢？幸而來了，法令又怎能用到他的身上呢？只要動一個親戚，天下的諸侯都瞪大眼睛而騷動起來。陛下的臣子，雖有勇敢像馮敬的，可見他剛開口，匕首已經貫穿他的胸膛了。陛下雖然賢明，有誰和您處治呢？所以疏的必定有危害，親的必定會叛亂，這是已然的事實。那些仗著強盛而作亂的異姓，朝廷已僥倖戰勝他們了，但是又不知道消弭反叛的根源。同姓的照著樣子造反，也有了證驗，和異姓諸王的叛亂如出一轍。禍殃的演變，不知道加以改善，明君處在這種形勢尚且不能安逸，後世將怎樣辦？

屠牛坦一天殺十二頭牛，而鋒刃不鈍，因為他都是依各別肌肉的紋理進行剖解。至於股骨的部分，不是用砍刀，就是用斧頭。仁義恩厚，就是人主的鋒刃；權勢法制，就是人主的刀斧。現在的諸侯王，全都是那些股骨，不用刀斧，卻要用鋒刃，臣以為不缺便要折斷。為什麼不能用在淮南厲王、濟北王身上呢？這是形勢不許可啊！臣考察以前的事，大概強大的先反。淮陰侯做楚王，最強盛，便最先反；韓王信倚仗胡人，也才會反；貫高仗著趙國的力量，也才會反；陳豨兵精，也才會反；彭越做梁王，也才會反；黥布做淮南王，也才會反；盧綰最弱，所以最後反；長沙王不過二萬五千戶罷了，功勞最少卻能夠保全，關係最疏卻最忠謹，這不但是他的秉性忠貞，和常人不同，也是形勢使得他如此啊！從前如果讓樊噲、酈商、周勃、灌嬰都各占據幾十城為王，現在或許也滅亡了；讓韓信、彭越等人只位居徹侯，或許現在也還存在。那麼，天下的大計是可以知道的了。

要諸王都忠心內附，不如讓他們都像長沙王；要臣子不被誅殺，不如讓他們都像樊噲、酈商等；要天下長治久安，不如多封諸侯而減少他們的力量。力量減少就容易用禮義約束，國小便不會起邪心。使海內的形勢，像身體指揮手臂，手臂指揮手指，沒有不服從的。諸侯的君主，不敢存有貳心，像車輻聚集於車轂一樣都聽命於天子。即使是小民，也能知道天下的安定，所以天下人都知道陛下的賢明。明定分封土地的制度，令齊、趙、楚各分做若干個小國，使悼惠王、幽王、元王的子孫都按次序各自接受祖先的分地，直到封地分完為止，至於燕、梁各國也都是如此。那分地多而子孫少的，先建立若干小國，王位暫時空著，等到子孫生出來，再讓他做王。諸侯的土地，因為犯罪而削入朝廷的，就遷徙他的封地，等到改封他的子孫時，便如數償還。一寸地，一個人，天子都沒有從中圖利，確實是用來安定政治而已，所以天下人都知道陛下的廉潔。分封的制度一定，宗室的子孫，沒有人憂慮不能封王；在下的人沒有背叛之心，在上的人沒有誅滅征伐之意，所以天下人都知道陛下的仁德。法律制訂了，沒有人去觸犯；號令頒行了，沒有人敢違背，貫高、利幾的奸謀不會發生，柴奇、開章的計策不會出現，百姓向善，大臣和順，所以天下人都知道陛下的道義。即使幼君在位，天下也會安定，即使立遺腹子為君，讓群臣朝拜先王的衮衣，天下也不會亂。在當時天下大治，到後代歌誦聖明。一舉而成就五種功業，陛下怕什麼而遲遲不這樣做呢？

現在天下的大勢，正像害了腳腫的病。一條小腿粗得幾乎像腰一樣，一個腳趾粗得幾乎像大腿一樣。平常不能夠屈伸，一、二個腳趾牽動，就全身恐懼，無所依賴。現在不療治，一定會變成痼疾，以後即使有扁鵲，也無能為力了。並且不僅僅是腳腫的病，又苦於腳掌反面彎曲。楚元王的兒子，是陛下的堂弟；當今的楚王，是陛下堂弟的兒子。齊悼惠王的兒子，是陛下親兄的兒子；當今的齊王，是陛下兄子的兒子。嫡親的子弟有些還沒有得到封地來安定天下，疏遠的子弟反而執掌大權來逼迫天子，所以臣說：「不但害了腳腫的病，又苦於蹠盭反面彎曲。」讓人痛心哭泣的，就是這個病啊。

【研析】本文可分六段。首段以「安上而全下」為立論主旨。賈誼看出，在國家安定的整體考量中，君臣關係是極其敏感而薄弱的一環。多數情況下，君臣都在窺探和揣測的疑忌中，而疑忌的結果必然導致對立與緊張。所謂「樹國固，必相疑之勢」，深刻地揭露了千古君臣的心結。漢初政治情勢的詭譎和動盪，正是根源於君臣間的不信任，唯有洞察安定表象背後的危機，早為之計，方為萬全之策。

二段用「今之時」和「天子之位」作為情勢評估的主客觀條件，並以齊桓公和漢高祖為前例，反襯漢文帝有三「不能」，而其無以「自安」於異姓諸侯，亦不言可喻。

三段就同姓諸侯的不臣之心設難。言人君之難為，在於縱容則恐其桀驁不馴，治罪則諸侯疑懼欲叛，從而得出「疏者必危，親者必亂」的結論。

四段以「勢」字為中心，借屠牛坦解牛為喻，指出御下之道，或以「仁義恩厚」，或以「權勢法制」，須視對象和情勢而定。漢初的歷史事實顯示——大抵彊者先反；由此觀之，真正的權勢，在於充分掌握形勢的主控權，而消弭反叛於未形。其中連用七個「反」字細數反國，而唯一不反者，實以形勢使然故爾，可謂驚心動魄。

五段極言「眾建諸侯而少其力」之法，欲使海內之勢「如身之使臂，臂之使指，莫不制從」。就諸侯國而言，「力少，則易使以義；國小，則亡邪心」；而天下亦由此得知國君之明、廉、仁、義、聖。

末段用足病為喻。尾大不掉為「瘇」，親者無地而疏者反「制大權以偪天子」，這是「蹠盭」，皆宜早治。以「不能為」與首段之「不肯早為」、五段之「久不為」相應，再就親疏二層示警，重申去病宜及時，勢失不可得之旨，論證縝密而具有強烈的聳動性，極富說服力。

在賈誼的〈過秦論〉和〈治安策〉二篇文章中，鮮活地為我們展現出一個優秀的政論家必備的先決條件：

一是敏銳的危機意識，二是通盤規畫而一針見血的前瞻性眼光。前者足以防患於未然，後者在能力排俗見而慎於決斷。

鼂錯

鼂錯（西元前？～前一五四年），西漢潁川（今河南禹縣）人。文帝時為博士，常上書陳述時務，文帝愛其才，拜太子家令，頗受太子（景帝）寵任，時號為「智囊」。景帝即位時，匈奴時犯邊，景帝詔賢良文學對策，鼂錯列高第，遷御史大夫。後因建議削奪諸侯封地，引發吳、楚等七國叛變，要求誅殺鼂錯。景帝受情勢所迫，於三年正月殺之。鼂錯博學能文，尤長於刑名之學，其政論文章與賈誼齊名，皆漢初著名政論家。

論貴粟疏

【題解】本文選自《漢書‧食貨志》，篇名取文中「欲民務農，在於貴粟」之意而訂。疏，古代人臣向君王進言議事的文書，有疏通、分條陳述的意思。漢初採取放任的經濟政策，導致天下貧富嚴重不均，當時儒家學者如賈誼、董仲舒等都主張「重農抑商」。本文是鼂錯於漢文帝十二年（西元前一六八年）所上的奏疏，主張使天下人入粟以受爵免罪，既可使人民因而重農，又可使朝廷用度充足，人民賦稅減輕，達到國強民富、天下安定的目的。

聖王在上，而民不凍飢者，非能耕而食之，織而衣之也，為開其資財之道❶也。故堯、禹有九年之水，湯有七年之旱，而國亡捐瘠❷者，以畜❸積多而備先具也。今海內為一，土地人民之眾，不避❹湯、禹，加以亡天災數年之水旱，而畜積未及者，何也？地有遺利，民有餘力，生穀之土未盡墾，山澤之利未盡出也，游食之民❺未盡歸農也。

民貧則姦邪生。貧生於不足，不足生於不農，不農則不地著❻，不地著則離鄉輕家。民如鳥獸，雖有高城深池，嚴法重刑，猶不能禁也。夫寒之於衣，不待輕煖；飢之於食，不待甘旨❼；飢寒至身，不顧廉恥。人情一日不再食則飢，終歲不製衣則寒。夫腹飢不得食，膚寒不得衣，雖慈母不能保其子，君安能以有其民哉？明主知其然也，故務民於農桑，薄賦斂❽，廣畜積，以實倉廩，備水旱，故民可得而有也。

民者，在上所以牧❾之。趨利如水走❿下，四方亡擇也。夫珠玉金銀，飢不可食，寒不可衣，然而眾貴之者，以上用之故也，其為物輕微易藏，在於把握⓫，可以周海內而亡飢寒之患。此令臣輕背其主，而民易去其鄉，盜賊有所勸⓬，亡逃者得輕資⓭也。粟米布帛，生於地，長於時，聚於力，非可一日成也。數石⓮之重，中人弗勝，不為姦邪所利，一日弗得而飢寒至。是故明君貴五穀而賤金玉。

今農夫五口之家，其服役者不下二人，其能耕者不過百畝，百畝之收不過百石。春耕，夏耘[15]，秋穫，冬藏，伐薪樵[16]，治官府[17]，給繇役[18]。春不得避風塵，夏不得避暑熱，秋不得避陰雨，冬不得避寒凍，四時[19]之間，亡日休息。又私自送往迎來，弔死問疾，養孤長幼[20]在其中。勤苦如此，尚復被水旱之災，急政暴賦[21]，賦斂不時，朝令而暮當具[22]。有者，半賈[23]而賣；亡者，取倍稱之息[24]。於是有賣田宅、鬻[25]子孫以償債者矣！而商賈[26]大者積貯[27]倍息，小者坐列[28]販賣，操其奇贏[29]，日游都市，乘上之急，所賣必倍。故其男不耕耘，女不蠶織，衣必文采[30]，食必粱[31]肉，亡農夫之苦，有阡陌[32]之得。因其富厚，交通[33]王侯，力過吏勢，以利相傾，千里游敖，冠蓋相望[34]，乘堅策肥[35]，履絲曳縞[36]。此商人所以兼并農人，農人所以流亡者也。

今法律賤商人，商人已富貴矣；尊農夫，農夫已貧賤矣。故俗之所貴，主之所賤也；吏之所卑，法之所尊也。上下相反，好惡乖迕[37]，而欲國富法立，不可得也。方今之務，莫若使民務農而已矣。欲民務農，在於貴粟。貴粟之道，在於使民以粟為賞罰。今募[38]天下入粟縣官[39]，得以拜爵，得以除罪。如此，富人有爵，農民有錢，粟有所渫[40]。夫能入粟以受爵，皆有餘者也。取於有餘以供上用，則貧民之賦可損[41]，所謂損有餘，補不足，令出而民利者也。順於民心，所補者三：一曰主用足，二曰民賦少，三曰勸農功㊷。今令，民有車騎馬㊸一匹者，復卒三人㊹。車騎者，天下武備也，故為復卒。神農之教曰：「有石城十仞㊺，湯池㊻百步㊼，帶甲百萬，而亡粟，弗能守也。」以是觀之，粟者，王者大用，政之本務。令民入粟受爵，至五大夫㊽以上，迺復一人耳，此其與騎馬之功相去遠矣。

爵者，上之所擅㊾，出於口而亡窮；粟者，民之所種，生於地而不乏。夫得高爵與免罪，人之所甚欲也。使天下人入粟於邊，以受爵免罪，不過三歲，塞下之粟必多矣。

【注釋】❶道　方法；途徑。❷國亡捐瘠　人民沒有因飢餓而相棄或病瘦的情況。亡，通「無」。捐，棄。瘠，瘦病。❸畜　通「蓄」。積。❹避　讓。❺游食之民　游手好閒，坐食之人。❻地著　定居一地，而不遷徙。❼甘旨　美味的食物。❽薄賦斂　減輕賦稅。薄，減輕。賦，田地稅。斂，徵收。❾牧　治理。❿走　趨向。⓫把握　握持於手。⓬勸　鼓勵；引誘。⓭輕資　輕便之物。⓮石　重量單位。漢制，百二十斤為石。⓯耘　除草。⓰薪樵　薪柴。⓱治官府　修理官舍。⓲繇役　力役及兵役。⓳四時　四季。⓴長幼　撫育幼童。長，作動詞用。㉑急政暴賦　原作「急政暴虐」，王念孫《讀書雜志》依景祐本改正。政，通「征」。㉒朝令而暮當具　俗本「當具」多誤作「改當其」，今據日本內閣文庫唐寫本《漢書・食貨志》校正。言朝令索而暮當具備。㉓賈　價格。㉔倍稱之息　加倍的利潤。取一償二為倍稱。㉕鬻　賣。㉖商賈　行賣曰商，坐販曰賈。㉗積貯　囤積。㉘列　市列。猶今店鋪商行。㉙操其奇贏　取其餘利。操，持取。奇贏，餘利；贏利。奇，餘。㉚文采　衣上美麗錦繡之花紋彩色。㉛粱　好米。㉜阡陌　田間小路。此借指田地。㉝交通　交往。㉞冠蓋相望　車輛往來不斷。

冠，帽子。蓋，車傘。㉟乘堅策肥　乘堅車，駕肥馬。㊱履絲曳縞　穿絲鞋綢衣。履，穿著。曳，拖著。縞，精緻潔白的絲織品。㊲乖迕　相違背。㊳募　徵求。㊴縣官　指朝廷。㊵渫　散。㊶損　減。㊷勸農功　鼓勵農民努力生產。㊸車騎馬　戰車騎兵所用之馬。㊹復卒三人　免役三人。復，除。卒，繇役。㊺仞　古代長度名。七尺或八尺。㊻湯池　護城河。以沸湯為池，言嚴固之甚。㊼步　古代長度名。五尺或六尺。㊽五大夫　漢朝第九級爵名。入粟四千石。漢朝沿秦朝制度，侯以下爵有二十級。㊾擅　專有。

【語　譯】聖明的君王在位，人民就可以不受飢寒的痛苦，並不是君王能夠自己耕田產糧食給他們吃，織布給他們穿，而是能替他們開闢財源罷了。所以堯、禹遭九年的水災，湯遭七年的旱災，人民卻沒有因為飢餓而互相拋棄或者瘦弱生病的，因為儲藏的糧食多，準備工作早就做好了。現在天下統一，土地的廣大，人口的眾多，不下於商湯、夏禹時代，加上沒有接連幾年的水旱災，可是儲藏的糧食卻趕不上，是什麼緣故呢？因為土地的利益沒有充分利用，人民的勞力沒有完全發揮，能夠生產糧食的土地沒有全部開墾，山林川澤的資源沒有完全開發，光吃飯不做事的游民沒有全部回去耕種啊。

人民一貧窮，奸詐邪惡的事就會發生。貧窮由於物資不足，物資不足由於不注重農耕，不重視農耕，人民就不能定居，不能定居就會輕易地離開家鄉，人民像鳥獸一樣亂飛亂跑，即使有高城深池，嚴法重刑，也不能禁止。寒冷的時候，不會等到有輕煖的衣服才穿；飢餓的時候，不會等到有美味的東西才吃；飢餓寒冷的時候，往往不顧廉恥。人通常一天吃不到兩頓飯就會飢餓，整年不做衣服就要挨凍。肚子餓了沒有東西吃，身體冷了沒有衣服穿，即使是慈母也不能保有她的兒子，君主又怎能保有他的人民呢？賢明的君主知道這個道理，所以使人民盡力耕田種桑，減輕賦稅，增加蓄積，藉以充實倉庫，防備水旱災，因此才能保有人民啊。

人民，完全看君主怎樣去治理他們。他們追求利益，就像水往低處流，不分東西南北。珠玉金銀，餓了不能吃，冷了不能穿，但是大家都貴重它，因為君主要用它的緣故啊。這些東西又輕又小，容易收藏，手裡有了它，就可以走遍天下而沒有飢寒的憂慮。這使得人臣輕易背棄君主，人民容易離開家鄉，盜賊有了誘因，逃亡的人得到便於攜帶的財物。糧食和布帛生在土地裡，在一定的季節裡成長，集合很多人力才能收穫，不是一天就可以辦到的。幾石的重量，中等力氣的人挑不動，因而不被奸邪的人所利用，但是一天沒有它，便要挨餓受凍。所以賢明的君主就貴重五穀而輕視金玉。

現在農夫的五口之家，要替公家服役的不下二人，他們能夠耕種的田地不過一百畝，一百畝田地的收成不過一百石。他們春天要耕地，夏天要除草，秋天要收穫，冬天要儲藏，還要砍柴草，修理官舍，服勞役和兵役。春天不能避開風塵，夏天不能避開暑熱，秋天不能避開陰雨，冬天不能避開寒凍，一年到頭，得不到一天休息。並且在私人方面，要招待來往的親友，弔喪探病，養育孤兒，教養幼童，都要在這有限的收入中開支。像這樣的勤苦，還要遭受水旱災，緊急徵收的苛捐雜稅，隨時攤派，早晨下令要，晚上就要準備好。有糧食的，逼得半價賤賣；沒有的，就以加倍的利息去向人借貸。於是就有賣田地房屋、賣子孫還債的事了。而商人，大資本的囤積居奇，獲得雙倍的利潤，小資本的經營店鋪，他們牟取利潤，天天在都市裡遊逛，乘著公家的急用，賣的價格一定要加倍。所以他們男的不耕田不除草，女的不養蠶不織布，穿的一定華麗，吃的一定精美，沒有農夫耕種的辛苦，卻坐享田地的收成。憑藉著雄厚的財力，和王侯結交往來，勢力超過官吏，大家以利相交，千里出遊，往來不絕，坐著好車，駕著肥馬，穿著絲履，飄著絹帶。這就是商人兼并農人，農人流亡的原因了。

現在的法律雖然輕視商人，可是商人已經富貴了；重視農人，可是農人已經貧賤了。所以社會上所貴重的，卻是君主所輕視的；官吏所鄙視的，卻是法律所尊重的。上下看法相反，好惡相違背，卻希望國家富強，法令推行，是做不到的啊。當今的要務，莫過於使人民努力農耕而已。要人民努力農耕，在於貴重糧食。貴重糧食的方法，在於讓人民用糧食來得賞免罰。如果現在向天下徵求，肯向朝廷獻糧的人可以得到封爵，可以免除罪罰。這樣的話，富人可以封爵，農民可以有錢，糧食也有了銷路。那些能夠獻糧得封爵的，都是有餘財的人。取這些人的餘財來供應政府開支，那麼，貧民的賦稅就可以減少，這就是所謂取富人的餘財，來貼補窮人，命令一出而人民能得到好處。這不但順應民心，還有三個好處：一是君主的用費充足，二是人民的賦稅減少，三是鼓勵農業生產。現在的法令，人民獻戰馬一匹的，可以免除三個人的服役。車騎，是國家的軍事裝備，所以准許免役。神農氏的教訓說：「有石城十仞，護城河百步，帶甲的兵百萬，然而沒有糧食，還是不能夠防守啊。」由此看來，糧食對於帝王有很大的用處，也是政治上的根本要務。現在命令人民獻糧受爵，到五大夫以上，才能免一個人的役，這比起獻車騎的好處差得多了。

封爵是君主所專有的，只要一開口就行了，並沒有窮盡；糧食為人民所種植，生在土地上而不會缺乏。得到崇高的封爵和免除罪罰，是人人所極想要的。假使天下人民都獻糧食到邊塞，來獲得封爵，免除罪罰，不過三年，邊塞所儲藏的糧食一定很多了。

【研　析】本文可分六段。首段透過古今對比凸顯了漢初社會蓄積不足的實況，進而指出「地有遺利，民有餘力」實為社會病根，以見「開其資財」的必要性。

二段寫不農之害。一方面，不農則無蓄積，無蓄積則貧，「民貧則姦邪生」；另方面，農業是紮根於大地的事業，因務農而會對土地產生難捨的依戀之情，因地緣而會具有強烈的歸屬感，也就在這樣的一分眷戀和歸屬感中，國家得以永續地成長；更何況農業生產直接涉及百姓的生存問題，國君若想長保其民，豈能等閒視之？

三段基於對「民者，在上所以牧之。趨利如水走下，四方亡擇」的了解，透過珠玉金銀和粟米布帛在實用價值上的對比，強調君主的好惡對百姓的直接影響，進而指出「貴五穀而賤金玉」為明君治國之本。

四段以農夫之痛苦與商人之逸樂相對比，深刻揭露貧富勞逸不均的社會現實。鼂錯用了二個「不過」和四個「不得」傾瀉農民力財兩竭之不滿，而以「急」、「暴」、「不時」的政令言其雪上加霜之苦；至於商賈，則以二「游」字概括其「亡農夫之苦，有阡陌之得」的自在富厚，而政商勾結，正是「商人所以兼并農人，農人所以流亡」的真正原因。

五段根據「損有餘，補不足」的分配原則，正式提出「貴粟」的具體措施，即：以粟為賞罰、以納粟封爵除罪。這一方面可矯正棄本逐末、法律徒為具文的時弊，同時也能順應民心（即「富人有爵，農民有錢，粟有所渫」），更能一舉達成三種效果（主用足、民賦少、勸農功），故曰「粟者，王者大用，政之本務」。

末段總結貴粟之法的立意在於「使天下人入粟於邊，以受爵免罪」，達到國強民富的最終目的。

在這篇奏疏中，鼂錯圍繞著「貴粟」之利和「輕農」之弊進行多層次的對比，通過古與今、珠玉金銀和粟米布帛、農夫的勤苦和商賈的逸豫、以車騎復卒和入粟受爵免罪等方面的比較，使人逐漸意識到「貴粟」政策在經濟和國防乃至社會公平等各個層面上的必要性。通篇邏輯嚴密，文字亦頗富渲染力，充分顯示出嚴峻尚實的法家性格。

鄒陽

鄒陽（西元前？～前一二九年），西漢臨淄（今山東臨淄）人。景帝時，與枚乘、嚴忌等同在吳王劉濞手下做官，都以善於辯論和寫文章著名。吳王劉濞謀逆，鄒陽上書勸諫，不被接受，遂與枚乘、嚴忌等一起投奔梁孝王，出謀劃策，頗為得力。其文頗有戰國縱橫家之風。

獄中上梁王書

【題解】本文選自《漢書・賈鄒枚路傳》，篇名取文中「陽迺從獄中上書」一句而訂。梁王，梁孝王。名武，漢文帝次子，漢景帝同母弟，漢文帝十二年（西元前一六八年）封梁王。鄒陽於投奔梁孝王後，曾諫阻梁孝王不可與朝廷對抗，梁孝王因而不悅，加上在梁孝王左右的羊勝、公孫詭等人乘機進讒言，於是將鄒陽下獄判死。鄒陽於獄中上此書給梁孝王，極力辨析其冤屈，希望梁孝王不要被小人蒙蔽，誠心對待士人，才能得到士人的竭誠回報。

鄒陽從梁孝王游。陽為人有智略，忼慨❶不苟合，介於羊勝、公孫詭❷之間。勝等疾❸陽，惡之❹孝王。孝王怒，下陽吏❺，將殺之。陽迺從獄中上書，曰：

「臣聞忠無不報，信不見疑，臣常以為然，徒虛語耳。昔荊軻慕燕丹之義，白虹貫日，太子畏之❻；衛先生為秦畫長平之事，太白食昴，昭王疑之❼。夫精誠變天地，而信不諭❽兩主，豈不哀哉？

「今臣盡忠、竭誠、畢議、願知❾，左右不明，卒從吏訊❿，為世所疑。是使荊軻、衛先生復起，而燕、秦不寤⓫也，願大王孰⓬察之！昔玉人獻寶，楚王誅之⓭；李斯⓮竭忠，胡亥⓯極刑⓰。是以箕子陽狂⓱，接輿避世⓲，恐遭此患也。願大王察玉人、李斯之意，而後⓳楚王、胡亥之聽，毋使臣為箕子、接輿所笑。臣聞比干剖心⓴，子胥鴟夷㉑，臣始不信，迺今知之。願大王孰察，少加憐焉！語曰：『有白頭如新，傾蓋㉒如故。』何則？知與不知也。故樊於期逃秦之燕，藉荊軻首以奉丹事㉓；王奢去齊之魏，臨城自剄，以卻齊而存魏㉔。夫王奢、樊於期非新於齊、秦而故於燕、魏也，所以去二國㉕、死兩君㉖者，行合於志，而慕義無窮也。是以蘇秦不信於天下，為燕尾生㉗；白圭戰亡六城，為魏取中山㉘。何則？誠有以相知也。蘇秦相燕，人惡之燕王，燕王按劍而怒，食以駃騠㉙；白圭顯於中山，人惡之於魏文侯，文侯賜以夜光之璧。何則？兩主二臣，剖心析肝相信，豈移於浮辭㉚哉？故女無美惡，入宮見妒；士無賢不肖，入朝見嫉。昔司馬喜臏腳於宋，卒相中山㉛；范雎㉜拉脅㉝折齒於魏，卒為應侯。此二人者，皆信必然之畫[34]，捐朋黨之私，挾孤獨之交，故不能自免於嫉妒之人也。是以申徒狄蹈雍之河[35]，徐衍負石入海[36]，不容於世，義不苟取比周[37]於朝，以移主上之心。故百里奚[38]乞食於道路，繆公[39]委之以政；甯戚[40]飯牛車下，桓公任之以國。此二人者豈素宦[41]於朝，借譽於左右，然後二主用之哉？感於心，合於行，堅如膠漆[42]，昆弟不能離，豈惑於眾口哉？

「故偏聽生姦，獨任成亂。昔魯聽季孫[43]之說逐孔子，宋任子冉[44]之計囚墨翟。夫以孔、墨之辯，不能自免於讒諛，而二國以危。何則？眾口鑠金[45]，積毀銷骨[46]也。秦用戎人由余[47]而伯[48]中國，齊用越人子臧而彊威、宣[49]。此二國豈拘於俗，牽於世，繫奇偏之浮辭哉？公聽並觀，垂明當世。故意合則胡、越為兄弟，由余、子臧是矣；不合則骨肉為讎敵，朱[50]、象[51]、管、蔡[52]是矣。今人主誠能用齊、秦之明，後宋、魯之聽，則五伯[53]不足侔[54]，而三王易為比也。是以聖王覺寤，捐子之[55]之心，而不說田常[56]之賢，封比干之後[57]，修孕婦之墓[58]，故功業覆於天下。何則？欲善亡厭也。夫晉文公親其讎[59]而彊伯諸侯，齊桓公用其仇[60]而一匡天下。何則？慈仁殷勤，誠加於心，不可以虛辭借也。

「至夫秦用商鞅之法，東弱韓、魏，立彊天下，而卒車裂之；越用大夫種[61]

之謀，禽[62]勁吳而伯中國，遂誅其身。是以孫叔敖[63]三去相而不悔，於陵子仲[64]辭三公為人灌園。今人主誠能去驕傲之心，懷可報之意，披心腹，見情素，墮[65]肝膽，施德厚，終與之窮達，無愛[66]於士，則桀之犬可使吠堯，跖[67]之客可使刺由[68]，何況因萬乘之權，假聖王之資乎？然則荊軻湛[69]七族，要離[70]燔妻子，豈足為大王道哉？

「臣聞明月之珠，夜光之璧，以闇投人於道，眾莫不按劍相眄[71]者。何則？無因而至前也。蟠[72]木根柢，輪囷離奇[73]，而為萬乘器者，以左右先為之容[74]也。故無因而至前，雖出隨珠[75]、和璧[76]，祇[77]怨結而不見德；有人先游[78]，則枯木朽株樹功而不忘。今夫天下布衣窮居之士，身在貧羸[79]，雖蒙堯、舜之術，挾伊[80]、管之辯，懷龍逢[81]、比干之意，而素無根柢之容，雖竭精神，欲開忠於當世之君，則人主必襲按劍相眄之迹矣。是使布衣之士不得為枯木朽株之資也。

「是以聖王制世御俗，獨化於陶鈞[82]之上，而不牽乎卑亂之語，不奪乎眾多之口。故秦皇帝任中庶子[83]蒙嘉[84]之言以信荊軻，而匕首竊發；周文王獵涇、渭[85]，載呂尚而歸，以王天下。秦信左右而亡，周用烏集[86]而王。何則？以其能越攣拘[87]之語，馳域外之議，獨觀乎昭曠之道也。今人主沉諂諛之辭，牽帷廧之制[88]，使不羈之士與牛驥同皁89，此鮑焦90所以憤於世也。

「臣聞盛飾91入朝者，不以私汙義；底厲92名號93者，不以利傷行。故里名勝母，曾子不入94；邑號朝歌，墨子回車95。今欲使天下恢廓96之士，籠於威重之權，脅於位勢之貴，回面97汙行，以事諂諛之人，而求親近於左右，則士有伏死堀98穴巖藪99之中耳，安有盡忠信而趨闕下100者哉？」

【注釋】❶忼慨　意氣激昂。❷羊勝公孫詭　二人皆梁孝王客。❸疾　妒忌。❹惡之　破壞他。之，指鄒陽。❺吏　獄吏。❻荊軻慕燕丹之義三句　傳說荊軻出發為燕國太子丹刺秦王後，太子自望氣，見白虹貫日而不徹，曰：「吾事不成矣。」後聞荊軻死，曰：「吾知然也。」荊軻，戰國時代衛國人，為燕國太子丹刺秦王，不中，被殺。❼衛先生為秦畫長平之事三句　秦將白起伐趙，破趙軍於長平（今山西高平西北），欲遂滅趙，遣衛先生說秦昭王請益兵糧，衛先生為應侯所害，事遂不成。傳說當時出現太白食昴星象，秦昭王疑之，故不肯益兵糧。太白，金星。食，通「蝕」。昴，白虎宿。金星主兵革，昴宿分野為趙國，趙國將有兵事，故太白食昴以示兆。❽諭　明白；了解。❾畢議願知　此四字，《漢書・鄒陽傳》作「盡智畢議」。❿訊　審訊。⓫寤　通「悟」。⓬孰　通「熟」。仔細。⓭玉人獻寶二句　楚國人卞和得玉璞，獻之，楚武王以為詐，刖其左足，楚文王時復獻，又以為詐，刖其右足，及楚成王即位，卞和抱璞哭，王使玉人琢之，果得寶玉。⓮李斯　（西元前？～前二〇八年）楚國上蔡（今河南上蔡西南）人。從荀子學帝王之術，入秦說秦王政，為長史，秦滅六國，為丞相。秦始皇崩，與趙高共立胡亥為二世皇帝，後為趙高所忌，被腰斬，並夷三族。⓯胡亥　秦始皇子。繼立為二世皇帝，在位三年（西元前二〇九～前二〇七年）。⓰極刑　死刑。⓱箕子陽狂　箕子為商紂諸父，紂無道，箕子諫，不聽，遂被髮佯狂。陽，通「佯」。假裝。⓲接輿避世　接輿為春秋時代楚國人，姓陸名通，楚昭王時，政令不修，乃被髮佯狂，隱居不仕。避世，隱居。⓳後　放在後面。⓴比干剖心　比干為商紂諸父，傳說因商紂無道，比干屢諫，被剖心而死。㉑子胥鴟夷　伍子胥，名員，春秋時代楚國人，曾佐吳王夫差伐越，大破之，越王句踐請和，夫差許之，子胥屢諫不聽，自剄死。吳王乃以子胥屍，盛以皮囊浮於江中。鴟夷，皮囊。㉒傾蓋　途中相遇，停車對語，兩車蓋相擠而稍傾斜。㉓故樊於期逃秦之燕二句　樊於期本為秦將，被讒而逃亡至燕國，秦王政滅其家，又重金購其首，燕太子丹遣荊軻欲刺秦王，樊於期自刎，令荊軻齎首往。藉，獻。奉，助。㉔王奢去齊之魏三句　王奢本齊臣，逃亡至魏國，齊國因而伐魏，王奢登城謂齊將曰：「今君之來，以奢故，義不為魏累。」遂自剄。剄，割頸。卻，退。㉕二國　指秦、齊。㉖兩君　指燕太子丹及魏王。㉗是以蘇秦不信於天下二句　言蘇秦於天下則反覆無信，而於燕國則獨守信如尾生。尾生，古之信士，與女子相約於橋下見面，女子未至而溪水暴漲，尾生為了守信，抱橋柱而死。㉘白圭戰亡六城二句　白圭為中山國將領，失去六城，中山君欲殺之，遂逃亡入魏國，魏文侯厚遇之，領兵拔中山。㉙駃騠　駿馬名。㉚浮辭　虛浮不實的言辭。㉛司馬喜臏腳於宋二句　事見《戰國策》及《呂氏春秋》。司馬喜，戰國時代宋國人。曾三相中山國。臏腳，去膝蓋骨。㉜范雎　魏國人。隨中大夫須賈使齊國，齊襄王賜之金及牛酒，須賈疑其私通齊，以告魏相魏齊，使人笞擊之，拉脅摺齒，范雎遂逃亡。入秦，為應侯。㉝拉脅　脅骨折斷。拉，折斷。㉞畫計策。㉟申徒狄蹈雍之河　申徒狄乃殷商末年人，諫君不聽，抱甕自沉於河。雍，通「甕」。㊱徐衍負石入海　徐衍乃周末人，因不滿世亂，負石自沉於海。㊲比周　阿附。㊳百里奚　春秋時代虞國人。虞亡，被俘為奴，秦穆公聞其賢，贖之，後佐秦穆公以成霸業。一說：百里奚聞秦穆公賢明，行乞奔秦，秦穆公以為相。㊴繆公　即秦穆公。㊵甯戚　衛國人。為人餵牛，住齊國郭門外，齊桓公夜出，甯戚叩牛角而歌，齊桓公與語，悅之，以為大夫。㊶宦　做官。㊷桼　即「漆」字。㊸季孫　春秋時代魯國大夫季桓子，名斯。《論語・微子》：「齊人饋女樂，季桓子受之，三日不朝，孔子行。」㊹子冉　《史記》作「子罕」。姓樂名喜，宋國賢臣。㊺眾口鑠金　眾人之言，足以熔化金石。㊻積毀銷骨　讒言積久，則骨亦為之銷熔。㊼由余　春秋時代晉國人。因事逃至戎，後為秦穆公所用，拓地千里，遂霸西戎。㊽伯　通「霸」。㊾威宣　指齊威王與齊宣王。㊿朱　丹朱。堯之子，傲慢荒淫，故堯傳位於舜。(51)象　舜之弟。曾多次謀害舜。(52)管蔡　管叔鮮和蔡叔度，周公二弟。二人聯合紂子武庚謀叛，周公東征，殺武庚、管叔，流放蔡叔。(53)五伯　指春秋五霸。(54)侔　等同。(55)子之　燕相。燕王噲以國讓之，國乃大亂。(56)田常　即陳恆。齊簡公悅其賢而用之，後田常弒齊簡公。(57)封比干之後　周武王克商，封比干之後人。(58)修孕婦之墓　紂剖孕婦之腹，觀其胎產，周武王克商，乃修其墓。(59)晉文公親其讎　晉文公為公子時，其父晉獻公寵驪姬，逼死太子，晉文公逃亡，寺人披奉秦獻公之命攻之，晉文公逃，寺人披迫之而斷其衣袖，後晉文公回國即位，寺人披往見，晉文公赦之，寺人披乃舉發呂甥、郤芮等謀叛，晉文公得以平定之。(60)齊桓用其仇　齊桓公與公子糾爭位，管仲奉公子糾之命與齊桓公激戰，射齊桓公，中帶鉤，後齊桓公赦其罪，用以為相。(61)種　春秋時代越國大夫文種。(62)禽　通「擒」。(63)孫

叔敖　春秋時代楚國人。楚莊王時三為令尹。64於陵子仲　即陳仲子。戰國時代齊國高士，名子終，於陵（今山東長山南）人，自稱陵仲子。窮不苟求，不食不義之食，楚王欲聘以為相，逃去為人灌園。65墮　布。66愛　吝惜；吝嗇。67跖　盜跖。68由　許由。69湛　通「沉」。滅沒。70要離　春秋時代吳國人。吳公子光遣之刺殺慶忌，要離詐以犯罪逃亡，令吳焚其妻子，見慶忌於衛而刺之，而後自刎。71眄　斜視。72蟠　屈曲。73輪囷離奇　屈曲盤繞。74容　雕飾。75隨珠　隨侯之珠。76和璧　和氏之璧。77秪　通「祇」。78游　游揚；稱譽。79貧羸　貧困。羸，困頓。80伊　伊尹。佐商湯滅殷紂。81龍逢　夏代賢臣關龍逢。夏桀為長夜之飲，龍逢極諫，夏桀怒殺之。82陶鈞　製陶器的轉盤。83中庶子　官名。為太子屬官。84蒙嘉　人名。姓蒙名嘉。荊軻至秦國，由蒙嘉引見秦王。85涇渭　二水名，在今陝西。呂尚釣於渭水，周文王出獵遇之，知其賢，載以俱歸，遂佐周滅商。86烏集　乍合乍離如烏之集。此言周文王之得太公，非因舊故，若烏鳥之乍集。87攣拘　牽制。88牽帷廧之制　為臣妾所牽制。帷廧，指妻妾所居內室。此用以指妻妾及左右寵臣。廧，同「牆」。89皁　餵牛馬的木槽。90鮑焦　周代之介士，怨時之不用己，採蔬於道。子貢難曰：「非其時而采其蔬，此焦之有哉！」鮑焦遂棄蔬，乃立於洛水之上而死。91盛飾　穿戴整齊，修飾外表。引申指修飾言行。92底厲　砥礪。93名號　名聲；名譽。94里名勝母二句　勝母則不孝，故曾子不入。95邑號朝歌二句　朝非歌時，故墨子回車。朝歌，商時都邑名，在今河南淇縣。96恢廓　器度高遠寬宏。97回面　改變臉上表情。此指改變態度。98崛　同「窟」。99藪　大澤。100闕下　宮闕之下。借指朝廷。

【語　譯】鄒陽在梁孝王門下為客。鄒陽的為人有智慧才略，意氣激昂，不肯苟且迎合，身處羊勝和公孫詭之間。他們嫉妒鄒陽，向梁孝王說他的壞話。梁孝王動了怒，把鄒陽交給獄吏審問，準備殺他。鄒陽便從獄中上書給梁孝王，說：

「臣聽說忠心的人沒有得不到報答的，誠信的人不會被懷疑，臣一向認為這話是對的，現在才知道只是空話而已。從前荊軻仰慕燕太子丹的高義，所以替他去刺秦王，出發的時候，因為白虹穿過太陽，太子丹就害怕事情不能成功。衛先生替秦國計畫長平的事情，因為太白星遮蔽昴宿，秦昭王就懷疑他。這種可以感動天地的精誠，竟得不到兩位君主的信任，豈不是可悲嗎？

「現在臣向大王竭盡忠貞、真誠、計議和智謀，可惜左右不明察，竟然將臣下獄審訊，使臣被世人懷疑。

這就像荊軻和衛先生復活，而燕太子和秦王不能覺悟啊。希望大王仔細明察！從前卞和獻寶玉，反被楚王刖足；李斯竭盡忠誠，竟然被胡亥處死。因此箕子假裝顛狂，接輿避世隱居，都是恐怕受到這種禍災啊！希望大王明察卞和和李斯的心意，不要像楚王和胡亥一樣的聽信讒言，不要讓臣被箕子和接輿譏笑。臣聽說比干被紂王剖心，伍子胥的屍體被夫差裝入皮囊投於江中，臣起初不相信，現在才知道是真的。希望大王細細審察，稍加憐憫罷！古語說：『有的人雖然相交到髮白，還是像新交一般；有的人在路上偶遇，並車談話一下，就像是多年舊交似的。』為什麼呢？這是相知和不相知的分別罷了。所以樊於期從秦國逃到燕國，把自己的頭給荊軻，幫助他進行為燕太子丹刺殺秦王的壯舉；王奢離開齊國到魏國，登城自殺，以退齊兵而保存魏國。王奢和樊於期，和齊、秦二國不是新交，和燕、魏二國不是舊交，他們所以離開齊、秦二國，為燕、魏二君而死的原因，是由於二君的行為合於他們的志向，他們十分的仰慕道義啊。所以蘇秦對天下沒有信義，對燕國卻像尾生似的守信；白圭做中山將的時候，失守六城，逃到魏國，卻能替魏拔取中山。為什麼呢？因為他們真能夠彼此相知啊。蘇秦做燕相，有人向燕王說他的壞話，燕王按劍大怒，反把駿馬的肉賜給蘇秦吃；白圭因拔取中山而顯貴，有人向魏文侯說他壞話，魏文侯反而賜他夜光璧。為什麼呢？因為他們都能夠剖心析肝，互相信任，哪會因為浮辭而動搖呢？所以女子不論美與醜，一入皇宮便受妒忌；士人不論賢與不肖，一入朝廷便遭嫉恨。從前司馬喜在宋國被斬斷了腳，後來做了中山的相；范雎在魏國被打斷了肋骨，敲落了牙齒，後來在秦國被封為應侯。這兩個人，都是相信自己的計畫必然可行，拋棄了朋黨的私心，只依靠自己和君主的交情，所以不能避免別人對他們的妒忌。因此申徒狄抱著甕跳河自殺，徐衍背著石頭跳海，他們雖然不容於世，到底不肯在朝中苟合阿附，以求改變主上的心意。所以百里奚在路上乞食，秦穆公把國政委託給他；甯戚在車下餵牛，齊桓公任命他做大夫。這兩個人難道是一向在朝廷做官，託左右的人說好話，然後兩個國君才用他的嗎？不過是彼此心靈感應，行為相合，像膠漆一般堅固，即使兄弟也不能離間，豈會被眾人的話所惑亂呢？

「所以偏聽一面之辭，便生奸邪；單獨信任一人，便有禍亂。從前魯國國君聽了季孫的話趕走孔子，宋國國君用了子冉的計策囚禁墨翟。以孔、墨的辯才，尚且不能避免別人的毀謗，二國也因此而危險。為什麼呢？因為眾人的謠言，可以銷金；積久的讒毀，可以銷骨啊。秦國用了戎人由余而稱霸中國，齊國用了越人子臧而齊威王、齊宣王因此強大。這兩國的國君，難道是被世俗牽累，被片面不實的亂言所惑嗎？他們公正的聽，全面的看，賢名流傳於世。所以意見相合，胡、越也可變為兄弟，由余、子臧就是例子；意見不合，骨肉也可變為仇敵，丹朱、象、管叔和蔡叔就是例子。現在的人主，如果能夠做到齊、秦兩國國君的明察，不像宋、魯二國國君的聽信讒言，那麼即使五霸也不能相比，即使是三王的功業也容易做到。因此聖王覺悟，拋棄子之的心術，不喜歡田常那虛假的賢明，封比干的子孫，修孕婦的墳墓，所以成就了偉大的功業。為什麼呢？因為求善的心是不會滿足的啊。晉文公親近他的仇敵而稱霸諸侯，齊桓公任用他的仇人而一匡天下。為什麼呢？因為慈愛仁厚真誠懇切的心，不是虛偽的言辭所能替代的啊。

「至於秦國任用商鞅變法，東面削弱韓、魏二國，立即成為天下的強國，卻將商鞅車裂而死；越國用了大夫文種的計謀，滅了強勁的吳國而稱霸中國，卻使文種自殺而死。因此孫叔敖三次被免去令尹的職位而不懊悔，陳仲子情願推辭三公的高爵替人家灌園。現在的人主，果真能拋棄驕傲的心理，懷著報答功勞的心意，敞開心胸，表露本心，披肝瀝膽，施德廣厚，始終和士人窮達相共，毫不吝嗇，那麼夏桀的狗可以使牠去吠堯帝，盜跖的客可以使他去刺許由，何況利用天子的權勢，憑藉聖王的力量呢？那麼，荊軻刺殺秦王不成而被滅七族，要離為了刺殺慶忌先讓吳王燒死自己的妻子，哪裡值得對大王說呢！

「臣聽說明月之珠、夜光之璧，如果在黑暗中向路人拋擲，沒有人不會按劍怒目斜視的。為什麼呢？因為它無緣無故而掉到面前啊。彎曲的樹根，屈曲盤繞的樣子，卻可以做天子的器物，因為左右的人先替它雕刻裝飾過了。所以無緣無故而掉到面前，雖然拿出的是隨侯珠、和氏璧，也只有結怨而得不到別人的感激；如果有人先為介紹，枯木朽株也可以樹立功勞而永遠不忘。現在天下的布衣窮居的士人，身在窮困之中，即使身懷堯、舜的治術，擁有伊尹、管仲的才能，懷抱龍逢、比干的忠心，但一向沒有人替他介紹宣揚，雖然竭盡精神，想盡忠於當世的君主，而人主必定會按劍怒目相視的。這使得布衣士人竟連做枯木朽株的資格都沒有了。

「所以聖王治理天下，像陶匠獨自運轉陶鈞似的，掌握權柄，不被卑賤的浮辭所牽制，不被眾人的謠言所影響。所以秦始皇聽了中庶子蒙嘉的話而相信荊軻，結果是匕首暗中刺過來；周文王在涇水、渭水一帶打獵，載了呂尚一同回來，因此稱王於天下。秦始皇相信了左右的話而亡國，周文王任用了偶然遇到的呂尚而王天下。為什麼呢？因為周文王能夠跳出牽制的言語，超出世俗的議論，看出那光明曠達的道理啊。現在的人主，沉溺在諂諛的言辭中，受到臣妾的牽制，使曠達不羈的才學之士和牛馬同槽，這就是鮑焦憤世疾俗的原因了。

「臣聽說端正言行而入朝的人，不因私情而玷汙公義；砥礪名聲的人，不因私利而損害品行。所以有個里名叫『勝母』，曾子不肯進去；碰到邑名叫『朝歌』，墨子就轉回車子。現在想使天下高遠寬宏的士人，被威重的權勢籠絡，受尊貴的勢位脅迫，改變態度，辱損品行，來事奉那些諂諛的小人而親近君主，那麼士人只有伏死在洞穴大澤之中罷了，怎麼會到朝廷來盡忠盡信貢獻才智呢？」

【研　析】 本文可分兩部分，第一部分記鄒陽遭讒下獄；第二部分為鄒陽下獄後的自我辯白書，可分七段。首段從君臣關係切入，「臣聞忠無不報，信不見疑，臣常以為然」，拈出忠、信二字作為君臣相待的原則；接著說：「徒虛語耳。」態度遽然轉變，且舉荊軻、衛先生為證，使人在錯愕中體悟其忠而見疑之悲。

二段一面委婉地託言「左右不明」，再三懇請，「願大王孰察」，又透過「有白頭如新，傾蓋如故」的諺語和對一系列史實的自問自答，暗示不能以交往時間的長短作為判斷君臣遇合與否的標準，而臣下能否獻忠致信、有所作為，端視君王的知人知言之明。三段深痛主上「偏聽生姦，獨任成亂」，而「眾口鑠金，積毀銷骨」，亦使賢者「不能自免於讒諛」。

君臣間的遇合何以若此之難呢？鄒陽從自身的遭遇中意識到：嫉妒為讒言泛濫之源。所謂「女無美惡，入宮見妒；士無賢不肖，入朝見嫉」，政治圈中的讒言係以隻手遮天的方式切中君主的忌諱來形成蔽障，不惜以「奇偏之浮辭」黨同伐異，以維護既得利益。因此，一個聖明的君主，應當「公聽並觀，垂明當世」，而不可「惑於眾口」，要以「欲善亡厭」、「慈仁殷勤，誠加於心」的誠意去知人尊賢。

四段藉商鞅、文種的遭遇譏諷忠無善報的可悲，而勉人主「去驕傲之心，懷可報之意」，誠心待士，必能得士之死力。五段復借「明月之珠，夜光之璧」和「蟠木根柢，輪囷離奇」為喻，重提「偏聽生姦，獨任成亂」的問題，而這正是鄒陽自身最沉痛的疑慮；進而更為「天下布衣窮居之士」抱屈。如果不結譽干進就見棄於人主，這個社會豈不是病了？

六段期勉君主不要被小人的諂諛之辭所蒙蔽，要能「獨化於陶鈞之上」、「獨觀乎昭曠之道」，亦即具有獨立判斷的眼光，才能於斷斷眾咻中聽取真相。末段則藉曾子、墨子為例，重申氣節之士絕不向讒佞妥協的立場，而重名節的觀念，正是支持忠臣志士前仆後繼以盡忠報國的原動力。

在這篇上書中，鄒陽巧妙地運用了「同理心」的原則，處處為梁孝王建功立業的企圖設想，冰釋梁孝王對他的成見和誤解，於是他的自我辯白才有展開的可能。這可見其「智略」。其次，作者還善於製造錯愕。全文以忠信二字為核心，先說「常以為然」，隨即改謂「徒虛語耳」；又舉反證，言「始不信，迺今知之」，皆使人為之動容而不得不重新考慮；而其敢於批評梁孝王「惑於眾口」、「沉諂諛之辭，牽帷廧之制，使不羈之士與牛驥同皁」，而欲使天下寥廓之士「回面汙行，以事諂諛之人」，亦足以顯示「忼慨不苟合」的剛烈性格，此種道德勇氣的展現，實為膽識所激，斷非暴虎馮河的輕狂之徒所可比擬。

司馬相如

司馬相如（西元前一七九～前一一八年），字長卿，西漢蜀郡成都（今四川成都）人。少名犬子，因慕戰國時代藺相如為人，改名相如。景帝時為武騎常侍，因景帝不好辭賦，遂稱病免官。遊梁，與梁孝王客鄒陽、枚乘等同為文學待從之臣。武帝即位，讀其所作〈子虛賦〉，深為讚賞，因得召見，又進奏〈上林賦〉。帝大悅，拜為郎。後又拜中郎將，奉使西南諸夷。司馬相如是漢賦大家，著有賦二十九篇，今存六篇。有《司馬文園集》輯本。

上書諫獵

【題　解】本文選自《史記・司馬相如列傳》，篇名據文意而訂。漢武帝好狩獵，親自射獵追逐。司馬相如曾隨從出獵，目睹其驚險情況，因此上書勸諫，希望漢武帝不要以天子之尊，親身涉險。

相如常❶從上至長楊❷獵。是時天子❸方好自擊熊彘❹，馳逐野獸，相如上疏諫之，其辭曰：

「臣聞物有同類而殊能者，故力稱烏獲❺，捷言慶忌❻，勇期賁、育❼。臣之愚，竊以為人誠有之，獸亦宜然。今陛下好陵❽阻險，射猛獸，卒❾然遇軼材之獸⑩，駭不存⑪之地，犯屬車之清塵⑫，輿不及還轅⑬，人不暇施巧，雖有烏獲、逢蒙⑭之技，力不得用，枯木朽株，盡為害矣。是胡、越起於轂⑮下，而羌、夷接軫⑯也，豈不殆哉？雖萬全無患，然本非天子之所宜近也。

「且夫清道⑰而後行，中路⑱而馳，猶時有銜橛之變⑲。而況涉乎蓬蒿⑳，馳乎丘墳㉑，前有利獸㉒之樂，而內無存變㉓之意，其為禍也不難矣！

「夫輕萬乘之重，不以為安，而樂出萬有一危之塗以為娛，臣竊為陛下不取也。蓋明者遠見於未萌，而智者避危於無形。禍固多藏於隱微，而發於人之所忽者也。故鄙諺曰：『家絫㉔千金，坐不垂堂㉕。』此言雖小，可以喻㉖大。臣願陛下留意幸察。」

【注釋】❶常　曾經。❷長楊　宮名。故址在今陝西周至東南。❸天子　指漢武帝。❹彘　豬。❺烏獲　戰國時代秦武王力士。相傳能力舉千鈞。❻慶忌　春秋時代吳王僚之子。其走甚捷。❼賁育　孟賁與夏育。孟賁為戰國時代秦武王勇士，齊國人，相傳能生拔牛角。夏育為衛國人，相傳能力舉千鈞。❽陵　升；登。❾卒　通「猝」。❿軼材之獸　健壯有力之猛獸。軼，超越。⓫不存　無法存身。⓬屬車之清塵　天子隨從之車所揚起的塵埃。漢制，天子大駕屬車八十一乘。此處以屬車指天子車駕。塵而言清者，尊貴之意。⓭還轅　掉轉車頭。轅，車前直木。⓮逢蒙　夏代時善射者。⓯轂　車輪中間車輻湊集的圓環。⓰軫　車後橫木。⓱清道　清除道路。古代帝王或大官外出，先清除道路，使行人迴避，衛士搜查警戒，以保證安全。⓲中路　路中間。⓳銜橛之變　或馬勒斷，或鉤心出，而致車傾覆。銜，馬勒口。橫在馬口裡以勒馬。橛，車鉤心。⓴蓬蒿　叢生的雜草。㉑丘墳　丘陵。㉒利獸　獲獸之利。㉓存變　防範變故。存，心念之。㉔絫　積累。㉕坐不垂堂　不坐在堂之下。恐瓦墜而傷之。垂堂，堂邊近階處屋簷下。堂，臺階以上房室以外的地方。㉖喻　明白；了解。

【語　譯】司馬相如曾經跟隨皇上到長楊宮打獵。這時候，天子正喜歡親自搏殺熊、豬，追逐野獸，相如上奏章勸諫，說：

「臣聽說物有同類而技能卻不一樣的，所以力氣首稱烏獲，速度要推慶忌，勇敢要數孟賁、夏育。臣的愚見，以為人類確有這種情況，野獸也應當一樣。現在陛下喜歡攀登危險的地方，親自射獵猛獸，要是突然遇著兇猛的野獸，牠在無處容身的情況下受到驚嚇，衝犯陛下的車駕，車子來不及掉頭，人也沒有工夫施展靈巧，即使有烏獲、逢蒙的技能，也使不上力，路上的枯木朽株，都會造成傷害。這就像胡、越的敵寇出現在陛下車旁，羌、夷的敵寇逼近陛下車後一樣，豈不是很危險嗎？即使絕對安全而毫無危險，然而這本來也不是天子應該接近的啊！

「並且清除了道路而後出行，在路中間馳驅，有時也會發生馬勒斷、鉤心出的意外。何況在深草裡跋涉，在丘陵間馳騁，眼前只有貪求獵獸的樂趣，心裡並沒有防範意外的念頭，真不難遭遇禍害了。

「輕視萬乘的尊貴，不顧自己的安全，樂於冒著萬一的危險以求快樂，臣私底下認為陛下實在不宜如此。因為明察的人，能夠在事變沒有發生前及早察覺；聰明的人，能夠在危險沒有形成前及早避免。禍患本來多藏在隱微的地方，常在人們忽略的時候發生。所以俗話說：『家裡積了千金，就不坐在屋簷邊。』這句話說的雖是小事，卻可以從中明白大道理。臣希望陛下留心明察。」

【研　析】本文可分兩部分，第一部分記司馬相如上書的背景；第二部分為上書的諫辭，可分三段。首段援引古代著名的材士為例，類比野獸中亦有「軼材之獸」，當其為求生之鬥時，其兇險可知；更何況天子至尊，尤不宜於涉險。「卒然」二字說明其中的緊迫性，與下文之「不及」、「不暇」、「不能」三層否定適相呼應。

如果說首段人獸類比的方式是感之以情的話，則二段開始即是說之以理。司馬相如把驅車廣路和馳騁田獵兩種情況拿來對比，警告漢武帝須防不測。因狩獵對象暴狠而或致「枯木朽株，盡為難」，而狩獵之環境亦復險阻，加以狩獵者本身「內無存變之意」，則其害實難測而易致。

末段指出「禍固多藏於隱微，而發於人之所忽者」，奉勸漢武帝作個「遠見於未萌」的「明者」，「避危於無形」的「知者」，而以俚語作結。

漢初文士，無論學術淵源為何，均頗擅長縱橫家之術。故凡勸諫，必先動之以情而投其所好，其後則懼之以禍而勉其慎行，誘之以利而徐導入道，說之以理而篤其志意。漢武帝好狩獵，故司馬相如比之猛士，由猛士引出猛獸，遂以禍恐之，又徐喻以理，而辭賦家「勸百而諷一」的語言風格，亦於此可見一斑。

李陵

李陵（西元前?～前七四年），西漢隴西成紀（今甘肅秦安）人。祖父李廣為漢朝名將。父早死，李陵為遺腹子，由母親撫養長大。武帝時，任騎都尉。武帝天漢二年（西元前九九年），貳師將軍李廣利出征匈奴，李陵率領五千步兵為先鋒，遇匈奴主力，轉戰千里，予敵重創。終因無後援，力盡而投降。匈奴單于頗敬愛之，封為右校王，以女配之。後病死匈奴。

答蘇武書

【題解】本文選自《昭明文選》。蘇武，字子卿，西漢杜陵（今陝西西安東南）人。武帝時為郎。天漢元年（西元前一〇〇年）出使匈奴，遭扣留，在北海仗節牧羊，始終不屈。昭帝始元六年（西元前八一年）始還國。封典屬國，賜爵關內侯。漢武帝天漢二年（西元前九九年），李陵率步卒五千人出塞，與匈奴周旋，轉戰千里，力盡援絕而降。時蘇武已被扣留在匈奴。蘇、李二人在漢廷時即為舊好，故單于曾命李陵勸蘇武投降，但為李陵所拒。直到漢昭帝始元六年（西元前八一年）漢與匈奴和親，蘇武才得以歸國。蘇武返國後寫信給李陵，勸他回歸漢室，李陵回了這封信給蘇武，表明其力戰而敗，投降乃欲有所作為，不料漢室不察，罪及其家人，故寧願葬身蠻夷之地，不願重回漢室而受辱。

子卿❶足下❷：勤宣令德❸，策名清時❹，榮問休暢❺，幸甚！幸甚！遠託異國，昔人所悲；望風[6]懷想，能不依依？昔者不遺，遠辱還答[7]，慰誨懃懃，有踰骨肉。陵雖不敏[8]，能不慨然？

自從初降，以至今日，身之窮困，獨坐愁苦。終日無覩，但見異類。韋韝毳幕[9]，以禦風雨；羶肉酪漿[10]，以充飢渴。舉目言笑，誰與為歡？胡地玄冰[11]，邊土慘裂，但聞悲風蕭條之聲。涼秋九月，塞外草衰，夜不能寐，側耳遠聽，胡笳互動[12]，牧馬悲鳴，吟嘯成群，邊聲[13]四起。晨坐聽之，不覺淚下。嗟乎子卿，陵獨何心，能不悲哉？

與子別後，益復無聊[14]。上念老母，臨年被戮[15]；妻子無辜，並為鯨鯢[16]。身負國恩，為世所悲！子歸受榮，我留受辱，命也如何！身出禮義之鄉，而入無知之俗；違棄君親之恩，長為蠻夷之域。傷已[17]！令先君之嗣[18]，更成戎狄之族，又自悲矣！功大罪小，不蒙明察，孤負[19]陵心區區之意[20]。每一念至，忽然忘生[21]。陵不難刺心[22]以自明，刎頸[23]以見志，顧[24]國家於我已矣，殺身無益，適足增羞，故每攘臂[25]忍辱，輒[26]復苟活。左右之人，見陵如此，以為不入耳之歡，來相勸勉。異方之樂，秖[27]令人悲，增忉怛[28]耳！

嗟乎子卿！人之相知，貴相知心。前書倉卒[29]，未盡所懷，故復略而言之。

昔先帝㉚授陵步卒五千，出征絕域㉛，五將失道㉜，陵獨遇戰。而裹萬里之糧，帥徒步之師，出天漢㉝之外，入彊胡之域，以五千之眾，對十萬之軍，策㉞疲乏之兵，當新羈之馬㉟。然猶斬將搴㊱旗，追奔逐北㊲，滅跡掃塵㊳，斬其梟帥㊴，使三軍之士視死如歸。陵也不才，希㊵當大任，意謂此時，功難堪㊶矣。

匈奴既敗，舉國興師，更練㊷精兵，彊踰十萬，單于㊸臨陣，親自合圍。客主之形，既不相如，步馬之勢㊹，又甚懸絕㊺。疲兵再戰，一以當千，然猶扶乘創痛㊻，決命爭首㊼。死傷積野，餘不滿百，而皆扶病，不任干戈。然陵振臂一呼，創病皆起，舉刃指虜，胡馬奔走。兵盡矢窮，人無尺鐵，猶復徒首㊽奮呼，爭為先登。當此時也，天地為陵震怒，戰士為陵飲血㊾。單于謂陵不可復得，便欲引還，而賊臣㊿教之，遂使復戰，故陵不免耳。

昔高皇帝以三十萬眾，困於平城(51)，當此之時，猛將如雲，謀臣如雨，然猶七日不食，僅乃得免。況當陵者，豈易為力哉？而執事者(52)云云(53)，苟怨陵以不死。然(54)，陵不死，罪也。子卿視陵，豈偷生之士而惜死之人哉？寧有背君親，捐(55)妻子，而反為利者乎？然陵不死，有所為也。故欲如前書之言(56)，報恩於國主耳。誠以虛死不如立節，滅名(57)不如報德也。昔范蠡不殉會稽之恥(58)，曹沫不死三敗之辱[59]，卒復句踐之讎，報魯國之羞。區區之心，切[60]慕此耳。何圖志未立而怨已成，計未從而骨肉受刑。此陵所以仰天椎心[61]而泣血[62]也。

足下又云：「漢與[63]功臣不薄。」子為漢臣，安得不云爾乎？昔蕭[64]、樊[65]囚縶[66]，韓、彭葅醢[67]，鼂錯受戮[68]，周[69]、魏[70]見辜[71]；其餘佐命[72]立功之士，賈誼[73]、亞夫[74]之徒，皆信命世[75]之才，抱將相之具[76]，而受小人之讒，並受禍敗之辱，卒使懷才受謗，能[77]不得展。彼二子[78]之遐舉[79]，誰不為之痛心哉！陵先將軍[80]功略蓋天地，義勇冠三軍，徒失貴臣[81]之意，剄身絕域之表[82]。此功臣義士所以負戟而長歎者也！何謂不薄哉？

且足下昔以單車之使[83]，適萬乘之虜[84]，遭時不遇，至於伏劍不顧，流離辛苦，幾死朔北之野[85]。丁年[86]奉使，皓首[87]而歸，老母終堂[88]，生妻去帷[89]。此天下所希聞，古今所未有也。蠻貊[90]之人，尚猶嘉子之節，況為天下之主乎？陵謂足下當享茅土之薦，受千乘之賞[91]。聞子之歸，賜不過二百萬，位不過典屬國[92]，無尺土之封，加子之勤。而妨功害能之臣盡為萬戶侯[93]，親戚貪佞之類悉為廊廟宰[94]。子尚如此，陵復何望哉？

且漢厚誅陵以不死，薄賞子以守節，欲使遠聽之臣[95]，望風馳命，此實難矣！

所以每顧而不悔者也。陵雖孤(96)恩，漢亦負德。昔人有言：「雖忠不烈，視死如歸(97)。」陵誠(98)能安，而主豈復能眷眷乎？男兒生以不成名，死則葬蠻夷中，誰復能屈身稽顙(99)，還向北闕(100)，使刀筆之吏(101)，弄其文墨(102)邪？願足下勿復望陵！

嗟乎子卿！夫復何言！相去萬里，人絕路殊，生為別世之人，死為異域之鬼，長與足下生死辭矣！幸謝故人(103)，勉事聖君。足下胤子(104)無恙，勿以為念。努力自愛！時因北風，復惠德音(105)。李陵頓首(106)。

【注釋】❶子卿　蘇武。字子卿，西漢杜陵（今陝西西安東南）人。漢武帝時為郎。天漢元年，出使匈奴遭扣留凡十九年，在北海仗節牧羊，始終不屈。漢昭帝始元六年（西元前八一年）始返國，封典屬國，賜爵關內侯。❷足下　稱人之敬辭。書札中多用於平輩。❸令德　美德。❹策名清時　仕宦於清平之時。古人出仕，登錄姓名於官府簡策，謂之策名。❺榮問休暢　榮名美好而顯揚。問，通「聞」。名聲。休，美。暢，通。❻望風　想望風采。❼昔者不遺二句　指李陵以前曾與蘇武書，蘇武有回信。遺，棄。辱，承蒙。❽不敏　不聰明；不才。自謙之辭。❾韋韝毳幕　皮臂套和氈帳幕。韋，皮。韝，臂套。用以束衣袖。毳，獸之細毛。❿羶肉酪漿　牛羊羶臭之肉及乳酪之漿。⓫玄冰　厚冰。玄，黑。冰厚則色玄。⓬胡笳互動　胡笳之聲，此起彼落。笳，胡人所吹管樂器。⓭邊聲　邊塞上的各種聲音。如笳聲、風聲、馬鳴聲、戰鼓聲等。⓮無聊　心無所託。意謂不樂。⓯臨年被戮　臨老被殺。臨年，臨老之年。戮，殺。⓰妻子無辜二句　《左傳・宣公十二年》：「古者明王伐不敬，取其鯨鯢而封之，以為大戮。」杜預注：「鯨鯢，大魚名。以喻不義之人，吞食小國。」雌鯨曰鯢。此言其妻子無罪，亦被視為不義，而受誅戮。⓱已　同「矣」。⓲胤　子孫；後代。⓳孤負　辜負。⓴區區之意　真誠的報國之心。㉑忘生　捨棄生命。忘，捨棄。㉒刺心　剖心。意謂自殺。㉓刎頸　割頸自殺。㉔顧　但是。㉕攘臂　奮臂。奮起振作的樣子。㉖輒　就。㉗秖　通「祇」。只是；只有。㉘忉怛　悲痛。㉙倉卒　急迫。卒，通「猝」。㉚先帝　指漢武帝。此書作於漢昭帝時，故稱漢武帝為先帝。㉛絕域　極遠之地。此指匈奴。㉜五將失道　當時軍將有五，與陵約期會合而不至，故曰失道。

按《文選》李善注：「《漢書．武紀》曰：『天漢二年，將軍李廣利出酒泉，公孫敖出西河，騎都尉李陵將步卒五千出居延。』時無五將，未審陵書之誤而〈武紀〉略之。」㉝天漢　漢武帝年號。此借指漢朝。㉞策　鞭打。此用為指揮之意。㉟新羈之馬　新籠馬絡頭之野馬。此以馬代人，意謂剛投入戰場的騎兵。羈，馬絡頭。㊱搴　拔取。㊲北　敗走。㊳滅跡掃塵　滅行跡，掃塵埃。形容殺敵之快速而徹底。㊴梟帥　勇將。㊵希　難得。㊶功難堪　功大無比。堪，勝過。㊷練　通「揀」。挑選。㊸單于　匈奴君長之稱。㊹步馬之勢　李陵兵為步卒，匈奴兵為騎兵。㊺懸絕　相差甚遠。㊻扶乘創痛　帶著創傷，忍著疼痛。扶，支撐。乘，冒著；忍著。㊼決命爭首　拚命爭先。㊽徒首　光著頭。指身無盔甲。㊾飲血　吞飲血淚。形容悲憤之甚。㊿賊臣　指管敢。管敢本李陵軍候，為校尉所辱，遂降匈奴，言李陵無後援，匈奴遂復進攻。51平城　在今山西大同東。漢高祖七年（西元前二〇〇年），韓王信與匈奴勾結謀反，漢高祖親自討伐，被匈奴圍於平城七天。52執事者　指朝廷辦事之臣。53云云　多言的樣子。54然　則。相當口語「這樣」、「那麼」。55捐　棄。56前書之言　李陵前與蘇武書云：「所以然者，冀其驅醜虜，翻然南馳，故且屈以求伸；若將不死，功成事立，則將上報厚恩，下顯祖考之明也。」見《文選》注引。57滅名　為名而死。58范蠡不殉會稽之恥　越王句踐為吳王夫差所敗，困於會稽山（今浙江紹興東南），用范蠡計，卑辭屈身以求和，七年後，遂破吳。范蠡，春秋時代越國大夫。59曹沬不死三敗之辱　曹沬為春秋時代魯將，與齊國三戰三敗，魯莊公懼，乃獻地以和。後魯國與齊國盟於柯（今山東陽谷東），曹沬以匕首劫齊桓公於壇上，令還所侵地，齊桓公許之。60切確實；殷切。61椎心　搥胸。謂悲痛之極。62泣血　哭泣無聲如血出之無聲。形容悲痛至極。63與　對待。64蕭　蕭何。曾為民請開放上林苑，漢高祖怒，下廷尉，械繫之。65樊　樊噲。漢高祖病甚，有人誣告樊噲黨於呂后，欲以兵盡誅戚夫人、趙王劉如意之屬。漢高祖大怒，乃使陳平、周勃即軍中斬樊噲。陳平畏懼呂后，執樊噲詣長安，至則漢高祖已崩。66囚縶　囚拘。67韓彭葅醢　韓信、彭越。皆漢初功臣。韓信助漢高祖破項羽，定天下，封為齊王、楚王，後為呂后所殺。彭越封梁王，後被誣以謀反，夷其三族。葅醢，斬割成肉醬。68鼂錯受戮　鼂錯於漢景帝時任御史大夫，患諸侯強大，請削奪諸侯封地，後吳、楚七國反，以誅鼂錯為名，漢景帝遂殺鼂錯以謝諸侯。69周　周勃。平呂氏之亂，迎立漢文帝，拜右丞相，其後免相，有人告周勃欲反，漢文帝下詔廷尉捕治之，薄太后為之言，始得赦免。70魏　指竇嬰。漢景帝時，拜大將軍，平七國之亂，封魏其侯。漢武帝時，因其客灌夫罵丞相田蚡不敬，連坐棄市。71辜　罪。72佐命　輔佐創業之君的人。命，天命。古人以為天子受天命以有天下。73賈誼　西漢洛陽（今河南洛陽）人。年少多才，漢文帝欲任以公卿之位，周勃、灌嬰、張相如、馮敬等人盡讒之，漢文帝遂疏之而不用，致使抑鬱以終。74亞夫　周勃之子，封條侯，漢文帝時名將。漢景帝時，吳、楚七國反，拜太尉，大破之，拜丞相。因與梁孝王有隙，梁孝王常言其短，終以病免相，又以其子之事，牽連下獄，嘔血而死。75 命世　名高一世。命，名。76 具　才具；才幹。77 能　才能。78 二子　指賈誼、周亞夫。79 遐舉　遠去。即不用之意。80 先將軍　指李陵之祖父李廣。李廣於漢景帝、漢武帝時任隴西、右北平等郡太守，匈奴不敢犯邊，漢武帝元狩四年（西元前一一九年）隨衛青征匈奴，迷失道路，被責而自殺。81 貴臣　指衛青。82 表　外。83 單車之使　言從行者之少。84 萬乘之虜　指兵力強大的敵人。周制，天子地方千里，出兵車萬乘，後世因謂兵力強大者為萬乘之國。稱敵人曰虜，蓋輕視之。85 遭時不遇四句　蘇武奉使入匈奴被扣留，單于欲令蘇武降，蘇武謂屈節辱命，雖生何面目歸漢，引佩刀自刺，經搶救得活，乃徙蘇武於北海上無人處。流離，窮困轉徙。朔北，北方；塞外。86 丁年　壯年。87 皓首　白頭。蘇武留匈奴凡十九年，始以強壯出，及還，鬚髮盡白。88 老母終堂　老母去世。世謂母存曰在堂，卒曰終堂。終，死。堂，指北堂，古為婦人住處。89 去帷　離開帷房。婉言改嫁。90 蠻貊　野蠻地區的民族。此指匈奴。91 享茅土之薦二句　皆謂封侯之事。古代天子、諸侯培土為壇以祭土地之神，謂之社。天子之社以五色土為之，東方青，南方赤，西方白，北方黑，上面覆蓋黃土。以土地分封諸侯時，各按所封地之方位，取壇上象徵該方位之色土，置白茅之上而予之，使歸以立社。薦，藉。周制，諸侯大者有兵車千乘，故又稱諸侯為千乘之國。92 典屬國　官名。掌蠻夷降者。93 萬戶侯　漢制，列侯大者食邑萬戶，小者五、六百戶。94 廊廟宰　謂朝廷大臣。95 遠聽之臣　在遠方聽事之臣。96 孤　負。97 雖忠不烈二句　忠臣不必為激烈之行，而亦能不愛惜其死。98 誠　果真。99 稽顙　居喪時拜賓客之禮。拜時以額觸地。100 北闕　《漢書・高帝紀》：「上至長安，蕭何治未央宮，立東闕、北闕、前殿、武庫、太倉。」注：「尚書奏事，謁見之徒，皆詣北闕。」此指朝廷。闕，觀闕。101 刀筆之吏　文案之吏。此指獄吏。102 文墨　指法令文書。103 故人　指任立政、霍光、上官桀等。霍光與上官桀皆漢昭帝輔佐大臣，曾派李陵故人任立政至匈奴，欲召回之。104 胤子　嗣子。蘇武在匈奴時，娶胡婦，生子名通國，後歸漢。時蘇武之子尚在匈奴中，故李陵告以無恙。105 德音　善言。106 頓首　用頭叩地。書信結尾常用謙詞，猶今人用鞠躬。

【語　譯】子卿足下：您努力發揚美德，在這太平時代裡做官，美名顯揚於世，真值得慶幸啊！真值得慶幸啊！我託身僻遠的外國，這是前人所深感悲傷的事；想望風采，懷念老友，叫我怎能不懸念呢？從前承您不嫌棄，老遠地回信給我，安慰教誨，親切誠懇，超過骨肉親人。我雖然愚蠢，能不感慨嗎？

自從投降，直到現在，身處困境，只能獨坐愁苦。整天看不到什麼，就只見到異族。穿著皮臂套，住在氈帳幕，來擋風避雨；吃腥羶的牛羊肉，喝牛羊奶，來充飢解渴。舉目望去，有誰能和我說說笑笑、一同歡樂呢？胡地結著厚冰，邊土凍得裂開，只聽到寒風悲涼蕭條的聲音。涼秋九月裡，塞外野草衰枯，夜裡睡不著，側耳聽遠方一聲聲胡笳，此起彼落；牧馬悲涼的嘶叫，吟叫嘯呼，成群結隊，這種種邊地的聲音，從四處響起。清晨起來坐著聽，不覺掉下眼淚。唉，子卿！我豈是沒有心肝的人，怎能不悲傷呢？

和您分別以後，更加無聊。想起老母，到了晚年還被殺戮；妻子沒有罪，也被認為不義而遭殺害。自己辜負了國恩，為世人所悲歎！您回國享受光榮，我留此忍受屈辱，命運如此，有什麼可說的呢？我出身在講禮義的邦國，卻來到這野蠻無知的地方；違背君親的恩德，長留在蠻夷的異域。真悲傷啊！使先君的子孫，變成戎狄的族人，更令我悲傷！功大罪小，卻得不到明察，辜負了我真誠的報國之心。每當想到這裡，突然間就不想再活下去。我原不難剖心割頸來表明心跡，但是國家對我已是如此，自殺也沒有用，只有增加羞辱，所以每每強自振作，忍受恥辱，姑且再苟活下去。左右的人，看到我這樣，便用一些不入耳的歡樂來勸慰我。但是異國的歡樂，只有叫人傷心，加添悲痛而已。

唉，子卿！人的相知，貴在彼此知心。上一封信寫得倉猝，沒有說完心中的話，所以現在再大略說一下。從前，先帝給我步兵五千人，出征遙遠的匈奴。五個將領迷路沒到，只有我與敵軍交戰。帶著糧食遠行萬里，領著徒步的隊伍，離開大漢國境，進入強胡的地區。以五千士兵，對十萬大軍，指揮疲乏的戰士，抵擋敵人精銳的生力軍。還能斬將奪旗，追逐敗走的敵人，像消滅腳印、掃除塵埃一樣地砍殺他們的勇將。使三軍將士視死如歸。我沒有才幹，難得擔當重任。自以為這時的功勞，很少人能比得上了。

匈奴敗後，全國動員，再選精兵，數目超過十萬，單于親自到前線指揮包圍我們。敵我的形勢，既不能相比，步兵馬兵的實力又相差很遠。疲憊的兵士再度作戰，一個人要抵擋上千人。然而還帶傷忍痛，拚命爭先。死傷的人堆積遍野，後來剩下不到一百人，而且都有病在身，不能作戰。可是我振臂一呼，受傷的、有病的又都個個振作，拿起刀來殺敵，胡人兵馬紛紛敗逃。最後兵器弓箭都已耗盡，個個手無寸鐵，還光著頭奮勇大叫，爭先恐後地向前衝。在這個時候，天地為我震動發怒，戰士為我吞飲血淚。單于認為不能捉住我，就要領兵回去，但是叛賊教導他，單于便再次進攻，所以我終究不能免於失敗。

從前，高皇帝帶著三十萬大軍，被匈奴困在平城。在那時候，猛將多得像雲，謀臣多得像雨，然而尚且七天沒有東西吃，僅僅得以脫身而已。何況我所遇到的情況，難道是容易應付的嗎？而朝廷上那些辦事的人，卻議論紛紛，輕率地責備我不能犧牲。那麼，我不能犧牲是有罪的了。但是子卿您看，我難道是貪生怕死的人嗎？哪有背叛君親，拋棄妻子，反認為對自己是有利的呢？其實，我不死是想要有所作為的啊！就是像前封信所說的，想要報答君主的恩惠罷了。我的確認為與其白白犧牲不如建立大節，與其為名而死不如報答國家的恩德。從前范蠡不在句踐被困會稽山時殉職，曹沫沒有為三次敗戰而死難，終於報了句踐的仇，洗雪了魯國的恥。我真誠的心願就是羨慕這種做法啊！哪曉得志願還沒有達到而怨恨卻已經造成，計策尚未實現而骨肉卻已經被殺呢？這就是我抬頭問天、搥胸痛哭的原因了。

您又說：「漢朝對待功臣不薄。」您是漢朝的臣子，怎能不這樣說呢？但是從前蕭何、樊噲被拘囚，韓信、彭越被剁成肉醬，鼂錯被殺，周勃、竇嬰被判罪。其他輔佐天子、建立功勞的人士，像賈誼、周亞夫等人，都是真正名高一世的人才，具備將相的才能，卻被小人陷害，都遭受到禍患失敗的恥辱，終於使他們懷有才能卻遭受毀謗，能力不得施展。像賈誼、周亞夫的被廢不用，誰不為他們痛心呢？我的先祖父功勞才略蓋過天下，義氣勇敢冠絕三軍，只因為失去貴臣的歡心，逼得自殺於絕遠的邊地之外。這就是功臣義士持戟長歎的原因啊！怎能說不薄呢？

並且您從前帶著很少的隨從，出使到強大的敵國，時運不佳，竟至拔劍自殺，不顧生命，顛沛流離，辛辛苦苦，幾乎死在北海的荒野。壯年出使，頭髮白了才回來。老母已經逝世，妻子也已改嫁。這是天下所少見，古今所沒有的事。異邦的人尚且稱讚您的節操，何況統治天下的君主呢？我以為您應當享分茅裂土的封爵，受千乘的獎賞，但是聽說您回去之後，賞賜不過兩百萬錢，官位不過典屬國，沒有尺土的封地，獎賞您的功勞。可是一般妨礙功業、陷害賢能的臣子都做了萬戶侯，皇親國戚和貪汙逢迎的人都做了朝廷的大臣。您尚且如此，我還有什麼指望呢？

並且漢朝因為我沒有死節，就嚴厲的誅罰，對於您的守節卻只有微薄的獎賞，這樣，要使在遠方聽命的臣子，望風效命，實在是太難了！這就是我每次回想起來，卻不覺得後悔的原因。我雖然辜負國恩，漢朝也是背棄功績。古人說：「忠臣不一定有激烈的行為，但是也都能視死如歸。」如果我真能安心死於王事，主上難道會對我念念不忘嗎？男子漢活著不能成名，死就葬身蠻夷吧，誰能夠再屈身磕頭，回到朝廷，讓那些獄吏賣弄他的文墨呢？請您不要再希望我回去了！

唉，子卿！還有什麼可說的呢？相隔萬里，往來斷絕，道路不通。活著做另一個世界的人，死了做另一個地域的鬼，和您生死永別了！替我謝謝那些老朋友，勉力事奉聖君。令郎平安，不必掛念。希望您好好地珍重！能時常趁北來的風，再給我來信。李陵頓首。

【研　析】本文可分十段。首段言遠託異國，懷念故人，為書信的開頭應酬語，但從二人交情切入，故非泛泛。二段以獨、悲二字貫串。言己身之困窮，則曰「獨坐愁苦」、「誰與為歡」；論情寫物，則曰「悲風蕭條」、「牧馬悲鳴」。生活習慣的差異已然難堪，加上降臣異客的危懼孤苦，蕭颯悲涼的北地風土，可謂慘不可言。

三段將死生、榮辱、功罪、悲歡都歸諸命運，痛言心中無限怨毒。老母妻子無辜受戮，其可悲者一；身負國恩而長滯蠻夷之域，其可悲者二；辱及先祖，其可悲者三；異族尚惜才以勸慰，而母國竟不能容，其可悲者四；大功乃不抵小罪，其可悲者五；「殺身無益，適足增羞」，其可悲者六。總之親故皆無，君國咸鄙，悠悠天地，唯我獨悲。

四、五兩段扣緊「功大罪小」四字追敘戰敗始末，極力鋪陳將士以寡擊眾之勇烈，凸顯投降之不得已。六段先藉漢高祖平城之圍，言己獨木難支，接著針對執事者「苟怨陵以不死」而自我辯白。李陵自謂非「偷生之士」、「惜死之人」，然群佞事非關己，諛上而妄訕，此為可恨者一；「志未立而怨已成，計未從而骨肉受刑」，此為可恨者二。司馬遷在〈報任少卿書〉中，亦曾就此為李陵辯誣，只是，敗軍之將，安可言勇；孤危之臣，誰聽其言？

七段駁斥蘇武「漢與功臣不薄」之說，以漢初功臣為例，指出縱有「命世之才」、「將相之具」，也逃不過讒言羅織的罪網；而小人、貴臣之所以得意，功臣義士之所以「負戟而長歎」，豈不皆拜漢君之賜？八、九兩段就彼此遭遇譴責漢君賞罰失當。李陵罪小而遭族滅，蘇武功大而獲報微，然而「妨功害能之臣」、「親戚貪佞之類」卻得以尸位素餐，快意人生。在是非不分、忠奸不辨的朝廷裡，「陵雖孤恩，漢亦負德」，與其效死於昏瞶之君，為刀筆之吏所辱，毋寧自圖餘生之安養。對李陵而言，建功立業本是他畢生的志業，但他奮死拚戰的所有努力卻抵不過小人的一張嘴，這使他意識到，原來祖孫三代所成就的只是一個對漢室毫無意義的笑話，國君想的只是個人的虛榮，並不在意他們的死活。此刻，與其說李陵是因絕望而降，不如說他其實是厭倦了這走狗般毫無尊嚴的生涯。

末段再三致言保重，謂自此「生死辭」。「夫復何言」一語，其實是絕望的宣誓，用「無言」來表示對小人「讒言」的最大抗議。

路溫舒

路溫舒，字長君。西漢鉅鹿（今河北巨鹿西南）人。少家貧，放羊為生。讀書至勤，常編蒲習字。既長，學習律令，又研究《春秋》，著有成績。昭帝時，為廷尉史。宣帝時，官臨淮太守。

尚德緩刑書

【題解】本文選自《漢書・賈鄒枚路傳》，篇名取首段「溫舒上書，言宜尚德緩刑」而訂。漢初鑑於秦朝的嚴刑峻法、獄吏苛刻，乃所以滅亡的原因，因此法令簡省、用法寬緩。及至後來，律令迭增，獄吏深文周納，人民不堪其苦。路溫舒少習律令，曾任獄史，對於這種情況有極深入的了解，因此在漢宣帝即位之初上此書，主張崇尚德政，寬理刑獄，以導正自漢武帝以來任用酷吏斷案所造成的酷虐之風。

昭帝❶崩，昌邑王賀廢❷，宣帝❸初即位，溫舒上書，言宜尚德緩刑。其辭曰：

「臣聞齊有無知之禍，而桓公以興❹；晉有驪姬之難，而文公用伯❺。近世趙王❻不終❼，諸呂作亂❽，而孝文為太宗❾。繇是觀之，禍亂之作❿，將以開⓫聖人也。故桓、文扶微興壞，尊文、武之業，澤加⓬百姓，功潤諸侯，雖不及三王⓭，天下歸仁焉。文帝永思至德，以承天心，崇仁義，省⑭刑罰，通關梁⑮，一遠近⑯，敬賢如大賓⑰，愛民如赤子⑱，內恕⑲情之所安，而施之於海內，是以囹圄⑳空虛，天下太平。夫繼變化之後，必有異舊之恩，此賢聖所以昭㉑天命也。往者昭帝即世㉒而無嗣，大臣憂戚，焦心合謀，皆以昌邑尊親，援㉓而立之。然天不授命，淫亂其心，遂以自亡。深察禍變之故，迺皇天之所以開至聖也。故大將軍受命武帝㉔，股肱㉕漢國，披㉖肝膽，決大計，黜亡㉗義，立有德，輔天而行，然後宗廟㉘以安，天下咸寧。臣聞《春秋》正即位㉙，大一統㉚而慎始也。陛下初登至尊㉛，與天合符，宜改前世之失，正始受之統，滌煩文㉜，除民疾，存亡繼絕㉝，以應天意。

「臣聞秦有十失㉞，其一尚存，治獄之吏是也。秦之時，羞文學㉟，好武勇，賤仁義之士，貴治獄之吏；正言者謂之誹謗，遏㊱過者謂之妖言。故盛服先生㊲不用於世，忠良切言皆鬱於胸，譽諛之聲日滿於耳；虛美熏心，實禍蔽塞。此乃秦之所以亡天下也。方今天下賴陛下恩厚，亡金革㊳之危，飢寒之患，父子夫妻，勠力㊴安家，然太平未洽㊵者，獄亂之也。夫獄者，天下之大命也，死者不可復生，絕者不可復屬㊶。《書》曰：『與其殺不辜，寧失不經㊷。』今治獄吏則不然，上下相毆[43]，以刻為明；深者獲公名，平者多後患。故治獄之吏皆欲人死，非憎人也，自安之道在人之死。是以死人之血流離於市，被刑之徒比肩而立，大辟[44]之計歲以萬數，此仁聖之所以傷也。太平之未洽，凡[45]以此也。

「夫人情安則樂生，痛則思死。棰楚[46]之下，何求而不得？故囚人不勝痛，則飾辭以視[47]之；吏治者利其然，則指道以明之；上奏畏卻[48]，則鍛練[49]而周內[50]之。蓋奏當[51]之成，雖咎繇[52]聽之，猶以為死有餘辜[53]。何則？成練者眾[54]，文致之罪明[55]也。是以獄吏專為深刻，殘賊而亡極，媮[56]為一切，不顧國患，此世之大賊也。故俗語曰：『畫地為獄，議不入；刻木為吏，期不對[57]。』此皆疾[58]吏之風，悲痛之辭也。故天下之患，莫深於獄；敗法亂正[59]，離親塞道，莫甚乎治獄之吏。此所謂一尚存者也。

「臣聞烏鳶[60]之卵不毀，而後鳳凰集；誹謗之罪不誅，而後良言進。故古人[61]有言：『山藪藏疾，川澤納汙；瑾瑜匿惡，國君含詬[62]。』唯陛下除誹謗以招切言，開天下之口，廣箴諫之路，埽亡秦之失，尊文、武之德，省法制，寬刑罰，以廢治獄，則太平之風可興於世，永履和樂，與天亡極，天下幸甚。」上善其言。

【注　釋】❶昭帝　名弗陵。漢武帝子，在位十三年（西元前八六～前七四年）。❷昌邑王賀廢　漢昭帝崩，無嗣，迎立昌邑王劉賀即位，後因行為淫亂，大將軍霍光率群臣白太后而廢之。賀，昌邑哀王劉髆之子，漢武帝之孫。❸宣帝　名病已。漢武帝子戾太子之孫，在位二十五年（西元前七三～前四九年）。❹齊有無知之禍二句　春秋時代，齊襄公為公子無知所殺，雍廩復殺無知，齊國大亂。齊襄公弟小白自莒入齊，是為齊桓公，任用管仲而霸諸侯。❺晉有驪姬之難二句　春秋時代，晉獻公信驪姬之讒，殺世子申生，逐公子重耳、夷吾，而立驪姬之子奚齊、卓子。晉獻公卒，二人先後為里克所殺，夷吾自外入，即位，是為齊惠公。夷吾死，子圉嗣立，是為齊懷公。秦人納重耳，重耳殺懷公而入晉繼立，是為晉文公，遂霸諸侯。伯，通「霸」。❻趙王　名如意。漢高祖戚夫人所生，漢高祖死後，為呂后所害。❼不終　不得善終。❽諸呂作亂　漢惠帝死後，呂后專政，外戚呂產、呂祿諸人皆封王，兵權歸之，欲危劉氏，諸大臣共謀誅之，迎立代王劉恆，是為漢孝文帝。❾孝文為太宗　漢景帝時，丞相申屠嘉等奏，高皇帝宜為太祖之廟，孝文皇帝宜為太宗之廟。❿作　發生。⓫開　啟發。⓬加施加。⓭三王　指夏禹、商湯、周文王及武王。⓮省　減輕。⓯通關梁　暢通關市橋梁。謂遇關市橋梁，只稽查而不徵稅。⓰一遠近　待遠近之人如一。⓱大賓　古鄉飲酒禮舉齒德兼優者一人為賓，俗稱大賓。⓲赤子　嬰兒。⓳恕　推想。⓴囹圄牢獄。㉑昭　明示。㉒即世　逝世。㉓援　接；引。㉔大將軍受命武帝　漢武帝遊五柞宮，病篤，命大將軍霍光立漢昭帝，行周公輔周成王事。㉕股肱　大腿和手臂。喻君之卿佐。此用為動詞。輔助；輔佐。㉖披　開；露。㉗亡　通「無」。㉘宗廟　祭祖宗之所。此借指王室、國家。㉙春秋正即位　《春秋》之法，求繼位必得之於正。㉚大一統　重視一統。大，重視。㉛至尊　謂天子。㉜滌煩文　除苛法。㉝存亡繼絕　使亡者復存，絕者有繼。㉞十失　指廢封建、築長城、鑄金人、造阿房、焚書、坑儒、營驪山之冢、求不死之藥、使太子監軍、用治獄之吏。㉟文學　文章博學。㊱遏　阻止。㊲盛服先生　指儒者。以其儒冠儒服，衣著整齊，故稱。㊳金革　兵甲。借代指戰爭。㊴勠力　努力。㊵洽　周遍。㊶屬　連續。㊷與其殺不辜二句　見偽古文《尚書・虞書・大禹謨》。《左傳・襄公二十六年》引此文，云「〈夏書〉曰」，未指明篇名。意謂人命至重，治獄宜慎，寧失之於不合常法，而不濫殺無罪之人，所以崇尚寬恕。辜，罪惡。不經，不合常法。㊸毆　古「驅」字。㊹大辟大法。指死刑。㊺凡　皆；都。㊻棰楚　木棍荊條。此用為動詞。鞭打。㊼視　通「示」。㊽畏卻　害怕被皇上批駁退回。㊾鍛練　治金使精熟。此謂深文之吏，巧入人罪，猶工冶金使之成熟。㊿周內　多方羅織，以成其罪。內，通「納」。(51)奏當　上奏判決。(52)咎繇　即皋陶。舜臣，善聽獄訟。(53)辜　罪過。(54)成練者眾　謂捏造之犯罪理由甚為周備。(55)文致之罪明　謂入人於罪，而文飾之辭甚為詳明。(56)婾　通「偷」。苟且。(57)畫地為獄四句　意謂雖畫地為獄，刻木為吏，罪人亦不肯入對質證，況真實者乎。議，決定。期，必。對，答。58疾 痛恨。59正 通「政」。60鳶 鷙鳥。狀如鷹。61古人 指春秋時代晉國大夫伯宗。62山藪藏疾四句 語見《左傳．宣公十五年》。原文「山藪」句在後，「川澤」句在前，「惡」作「瑕」。藪，沼澤。疾，毒害。瑾瑜，美玉。詬，恥辱。

【語 譯】漢昭帝死後，昌邑王賀也被廢了，漢宣帝初即位，路溫舒上了一道奏章，說應當重仁德，寬刑罰。他的奏章說：

「臣聽說齊國有公孫無知的禍患，而齊桓公卻因此興起；晉國有驪姬的災難，而晉文公卻因此稱霸；近代的趙王不得善終，呂氏家族作亂，孝文皇帝卻因此被尊為太宗。照這樣看來，禍亂的發生，是要來啟發聖君的啊！所以齊桓公、晉文公扶助微弱，振興破敗，尊崇周文王、周武王的功業，德澤施加給百姓，功業惠及於諸侯，雖然比不上三王，但是天下都歸附他們的仁德了。文帝常常想著以至高的德行，來上承天心，他崇尚仁義，減輕刑罰，通暢關塞橋梁，遠近人民同等看待，尊敬賢人如同對待貴賓，愛護人民如同寶貝嬰兒，自身設想覺得心安的，才推行到天下人民身上，所以牢獄常空，天下太平。那些變亂之後繼位的，一定有異於舊時的恩惠，這是聖賢用來彰明上天的意旨啊。以前昭帝去世而沒有兒子，大臣憂戚焦急，共同商議，都認為昌邑王尊貴親近，迎立他為帝。可是上天不肯授命，淫亂他的心，因此自取滅亡。深入觀察禍患變亂的緣故，實在是皇天用以開啟聖君的啊！所以大將軍霍光接受武帝遺命，輔助漢王室，披露肝膽，決定大計，廢掉無義的暴君，擁立有德的聖君，依順天道行事，然後王室因此安定，天下都得安寧。臣聽說《春秋》主張君主繼位一定要出於正道，這是重視一統因而小心謹慎於開始啊！陛下初登天子的尊位，和天意相符合，應當改正前代的錯誤，端正方才接受的大統，去除苛法，為民除害，使亡國復興，絕祀繼存，以順應天意。

「臣聽說秦朝有十種失策，其中的一種如今還在，就是治獄的官吏。秦的時候，輕視文學，愛好勇武，賤貶仁義的士人，重視治獄的官吏；把正直的言論說成是誹謗，防止過失的言論說成是妖言。所以儒者不被當時所用，忠良懇切的言論都悶在心裡，恭維諂諛的話天天盈滿耳際；虛偽的讚美迷惑心智，實際的禍亂被掩蔽。這就是秦朝滅亡失掉天下的原因啊！現在天下依靠陛下的恩德仁厚，沒有戰爭的危險，飢寒的憂患，父子夫妻，努力安家。可是並沒有完全太平，這是受了刑獄擾亂啊！那刑獄，是天下人生死相關的大事，死的不能再活，斷絕的不能再接續。《書經》說：『與其誤殺沒有罪的人，寧可失之於寬縱而不合常法。』現在治獄的官吏卻不是這樣，他們上下相逼，以刻薄為明察；峻密刻薄的獲得公正的名譽，真正公平的人反多後患。所以治獄的官吏都要人死，並不是憎恨人，因為他們保全自己的方法就在於定人死罪。所以死人的血流滿街道，受刑的人一個挨著一個，被判死罪的每年以萬人計算。這就是仁聖帝王悲傷的原因了。天下不能太平，都是這個原因。

「人的常情，平安便喜歡活著，痛苦便想尋死。鞭打之下，有什麼口供得不到呢？所以犯人在受不了疼痛時，便招偽供；審獄的官吏利用這個道理，便牽引法律來證實他的罪；恐怕上奏被批駁，便斟酌文辭，多方羅織陷人於罪。大約判決書呈奏上去，就是皋陶來審理，也會以為死有餘辜。為什麼呢？因為捏造的犯罪理由非常的周備，而掩飾的文辭又十分的巧妙詳細啊！所以獄吏專講峻密刻薄，殘害無辜，沒有止境，一切事都苟且妄作，不顧國家的禍害，這是天下的大害。俗語說：『雖然是畫地為牢，也不肯進去；雖然是刻木為吏，也不肯對質。』這都是痛恨獄吏的風氣，悲痛的言語啊！所以天下的憂患，沒有比刑獄更深；破壞法律，擾亂政治，離間親近，閉塞道義，沒有比治獄的官吏更厲害的了。這便是所謂秦朝還遺留下來的一件苛政。

「臣聽說烏鳶的卵不毀壞，然後鳳凰才會聚集；誹謗的罪不誅殺，然後良言才會進諫。所以古人說：『山林沼澤藏匿毒害，河流湖泊容納汙穢，美玉藏著斑點，國君包容辱罵。』但願陛下廢除誹謗的罪以招求懇切的忠言。開天下人的口，擴大規箴勸諫的路，掃除亡秦的苛政，尊尚周文王、周武王的仁德，減省法條，寬舒刑罰，以廢除治獄的官吏，那麼太平的景象可以充滿社會。人民永遠踏在和樂的境地，像天地一樣沒有窮盡，那就非常幸福了。」皇帝以為他的建議很好。

【研　析】本文目的在於勸諫漢宣帝要崇尚德政，寬理刑獄，矯正漢武帝以來任用酷吏斷案所導致的酷虐之風。

上書的諫辭可分四段。首段透過對歷史的回顧，歸結「賢聖所以昭天命」與「皇天之所以開至聖」的原因。事實上，危機可能也是轉機，所謂「禍亂之作，將以開聖人也」，漢文帝能夠上體天心，「崇仁義，省刑罰，通關梁，一遠近，敬賢如大賓，愛民如赤子」，正是天德的體現。作者掌握漢宣帝「初登至尊」的機會，緊扣「天命」二字，反覆極寫興廢之樞機，勸漢宣帝「滌煩文，除民疾」，以「改前世之失」而「應天意」，辭意懇切而發人深省。

二段認為獄吏專權乃秦亡的原因之一，此弊仍沿襲至今，殊為禍根；進而批判治獄之吏那種「自安之道，在人之死」的變態心理。賈誼在〈過秦論〉中曾批判秦朝不施仁義，路溫舒也認為「賤仁義之士，貴治獄之吏」為秦朝「十失」之一，司馬遷在〈報任少卿書〉中更痛言自己那種「見獄吏則頭槍地，視徒隸則正惕息」的恐懼感，這一切都說明了漢朝「天下咸寧」的表象下實則是暗潮洶湧，而「太平未洽」的根源，乃在獄政酷虐而傷仁聖。路溫舒沉痛地刻畫出一幅人間地獄圖：「死人之血流離於市，被刑之徒比肩而立，大辟之計，歲以萬數。」百姓處於動輒得咎的焦慮之中，這豈不是場浩劫？

三段痛斥獄吏為「世之大賊」。對囚犯是刑求以羅織其罪，對上官則「鍛練而周內之」，為求「自安」而「專為深刻」、「不顧國患」。獄吏之可惡，在於他們一旦掌握生殺大權就必欲置人於死，所謂「殘賊而亡極」，「亡極」二字正深刻地透顯問題的嚴重性。

末段奉勸漢宣帝廢除誹謗罪，廣開箴諫之路，尊德省刑，以保天下之太平。路溫舒看出酷吏所以能隻手遮天的原因，在於他們擅長以「誣上」為理由堵塞忠諫洗冤之路，復慣用刑戮威嚇成招，故一方面主張廣開聖聽，另方面則廢治獄以崇仁義，可謂真知灼見。而其體恤民命之情，亦溢於言表，誠富道德勇氣。

楊惲

楊惲（西元前?～前五四年），字子幼，西漢華陰（今陝西華陰）人。父楊敞，昭帝時為丞相，又曾經擁立宣帝；母為司馬遷之女。楊惲於宣帝地節四年（西元前六六年），因密告霍氏謀反有功，封平通侯，升中郎將。漢宣帝神爵初年，升光祿勳。宣帝五鳳二年（西元前五六年），因與太僕戴長樂不合，互相攻擊，被廢為平民。後又被告「驕奢不悔過」，五鳳四年被腰斬，妻子流放酒泉郡（治所在今甘肅酒泉）。

報孫會宗書

【題解】本文選自《漢書．公孫劉田王楊蔡陳鄭傳》，篇名取首段「報會宗書」而訂。報，回覆。楊惲出身官宦世家，少年得志，不免年輕氣盛；加以性情刻薄，好論人是非，揭人陰私，以故結怨多人。後為戴長樂誣陷，以致被廢為平民，但仍我行我素，毫不收斂。其友人安定太守孫會宗乃寫信勸告，楊惲復借題發揮，大發牢騷，回覆這封信。信中傾訴遭誣陷的不滿，譏諷孫會宗不明事實，隨俗毀譽，既然道不同，就不必相為謀。

惲既失爵位，家居治產業，起室宅，以財自娛。歲餘，其友人安定❶太守❷西河❸孫會宗，知略士也，與惲書諫戒之。為言大臣廢退，當闔門❹惶懼，為可憐之意，不當治產業，通賓客，有稱譽。惲，宰相子，少顯朝廷，一朝以晻昧語言❺見廢，內懷不服，報會宗書曰：

「惲材朽行穢，文質無所底❻，幸賴先人餘業得備宿衛❼，遭遇時變❽以獲爵位，終非其任，卒與禍會❾。足下哀其愚蒙❿，賜書教督⓫以所不及，殷勤⓬甚厚。然竊恨足下不深惟⓭其終始，而猥⓮隨俗之毀譽也。言鄙陋之愚心，若逆指而文過⓯；默而息乎，恐違孔氏各言爾志⓰之義，故敢略陳其愚，唯⓱君子察焉！

「惲家方隆盛時，乘朱輪⓲者十人，位在列卿⓳，爵為通侯⓴，總領從官㉑，與聞政事，曾不能以此時有所建明㉒，以宣德化，又不能與群僚㉓同心并力，陪輔朝廷之遺忘㉔，已負竊位素餐㉕之責久矣。懷祿貪勢，不能自退，遭遇變故，橫被口語㉖，身幽北闕㉗，妻子滿獄。當此之時，自以夷滅㉘不足以塞責㉙，豈意得全首領㉚，復奉先人之丘墓㉛乎？

「伏惟㉜聖主之恩，不可勝量。君子游道，樂以忘憂；小人全軀，說㉝以忘罪。竊自思念，過已大矣，行已虧矣，長為農夫以沒世矣。是故身率妻子，戮力耕桑，灌園治產，以給公上㉞，不意當復用此為譏議也。夫人情所不能止者，聖人弗禁。故君父至尊親，送其終也，有時而既㉟。臣之得罪，已三年矣，田家作苦，歲時伏臘㊱，亨羊炰羔㊲，斗酒自勞。家本秦也，能為秦聲；婦，趙女也，雅㊳善鼓瑟；奴婢歌者數人。酒後耳熱，仰天拊缶㊴，而呼烏烏。其詩曰：『田㊵彼南山，蕪穢不治。種一頃㊶豆，落而為萁㊷。人生行樂耳，須㊸富貴何時？』是日也，拂衣而喜，奮褎低卬㊹，頓足起舞，誠淫荒無度，不知其不可也。

「惲幸有餘祿，方糴㊺賤販貴，逐什一之利，此賈豎㊻之事，汙辱之處，惲親行之。下流之人，眾毀所歸，不寒而栗㊼。雖雅知惲者，猶隨風而靡㊽，尚何稱譽之有？董生㊾不云乎？『明明求仁義，常恐不能化民者，卿大夫意也；明明求財利，常恐困乏者，庶人之事也㊿』。故『道不同，不相為謀(51)』。今子尚安得以卿大夫之制而責僕哉？

「夫西河魏土(52)，文侯(53)所興，有段干木(54)、田子方(55)之遺風，漂然(56)皆有節概(57)，知去就之分。頃者，足下離舊土，臨安定。安定山谷之間，昆戎(58)舊壤，子弟貪鄙，豈習俗之移人哉？於今迺睹子之志矣。方當盛漢之隆，願勉旃(59)，毋多談。」

【注釋】❶安定　漢代郡名。郡所治高平，即今甘肅固原。❷太守　官名。秩二千石。❸西河　漢代郡名。今山西西北部及綏遠南隅皆其地，在河套間，有三十六縣。❹闔門　閉門。闔，關閉。❺晻昧語言　不光明正大的語言。楊惲失爵位，是因為與太僕戴長樂結怨，戴長樂告發楊惲「以主上為戲語」，對皇帝不敬。❻文質無所厎　文采人品皆無所成。文，華美文采。質，樸實本質。即人品。厎，或作「底」，今據《漢書》顏師古注及《說文》「厎」字段玉裁注，從《文選》作「厎」。致；成。❼得備宿衛　言在宿衛之官中，能虛占一位置。備，備位。在官之謙辭。宿衛，值宿禁中，當警衛之任。❽時變　時局變故。指霍光之子霍禹及姪霍山、霍雲等謀反事。❾會　遭遇。❿愚蒙　愚昧；無知。⓫教督　教訓指正。⓬殷勤　懇切周到。⓭惟思。⓮猥　隨便；輕易。⓯逆指而文過　違逆意旨，掩飾過失。指，通「旨」。意旨。⓰各言爾志　《論語．公治長》：「顏淵季路侍。子曰：『盍各言爾志』。」⓱唯　希望。⓲朱輪　朱漆的車輪。漢制，公卿列侯及二千石以上可乘朱輪車。⓳位在列卿　漢代以太常、光祿勳、衛尉、太僕、廷尉、大鴻臚、宗正、大司農、少府為九卿。楊惲曾任光祿勳。⓴通侯　漢代異姓功臣僅有爵位而無封地的侯爵。原稱徹侯，因漢武帝名徹，避諱而改通侯，後又改列侯。㉑總領從官　楊惲曾官中郎將、光祿勳，所領皆宿衛士，故曰總領從官。㉒建明　建議陳述。㉓僚　同官。㉔遺忘　指缺失。㉕竊位素餐　竊取官位，空食俸祿。竊，偷。素，空。㉖橫被口語　橫遭誣陷。橫，不順理。口語，指戴長樂所告發。㉗身幽北闕　被囚於北闕。幽，囚禁。北闕，古代宮殿北面的門樓，為大臣朝見或上書之所。漢代犯罪者也拘禁於此，聽候處罰。㉘夷滅　滅絕宗族。夷，滅。滅，絕。㉙塞責　抵罪。㉚全首領　保全生命。領，脖子。㉛丘墓　墳墓。㉜伏惟　俯伏而思惟。謙敬之詞。㉝說　通「悅」。㉞公上　公家。㉟送其終也二句　送死之哀，有時而盡。指喪期三年而盡。終，死。既，盡。㊱伏臘　夏伏冬臘。秦、漢時皆為節日。伏日有三，夏至後第三庚日為初伏，第四庚日為中伏，立秋後第一庚日為終伏。臘，冬至後第三戌日。㊲炰羔　烤小羊。炰，同「炮」。裹物而燒。羔，小羊。㊳雅　甚。㊴拊缶　擊缶。拊，擊。缶，瓦器。秦人擊之以節歌。㊵田　墾耕。㊶一頃　百畝。㊷萁　豆莖。㊸須　等待。㊹奮褎低卬　舉袖高低揮舞。奮，舉。褎，古「袖」字。㊺糴　買穀。㊻賈豎　商人。豎，詆辱之詞。㊼栗　通「慄」。㊽隨風而靡　隨風之吹而偃伏。以喻雖深知楊惲者，亦隨眾議而相毀。㊾董生　董仲舒。㊿明明求仁義六句　語出董仲舒〈對賢良策〉，文字略有不同。明明，即「黽黽」。努力。(51)道不同二句　見《論語．衛靈公》。此言己為庶人，而孫會宗為官，地位既異，行徑難同。(52)西河魏土　西河在今陝西大荔一帶，因在黃河之西，故名。原為秦地，魏文侯取以置郡。(53)文侯　魏文侯，名斯。曾受經藝於子夏，客遇段干木，師事田子方。(54)段干木　晉人。守道不仕，魏文侯欲見，造其門，段干木踰牆避之。魏文侯以客禮待之，過其閭必軾，又請為相，不肯。後魏文侯卑己固請見，與語，魏文侯立倦不敢息。(55)田子方　魏人。賢者，魏文侯師事之。(56)漂然　高遠的樣子。(57)節概　節操。(58)昆戎　西戎。(59)旃　之。

【語　譯】楊惲失去爵位以後，閒居在家經營產業，建造房屋，以財富自求快樂。過了一年多，他的朋友安定太守西河人孫會宗，是一個有知識有才略的人，寫信勸諫規戒他。向他說大臣被廢退後，應該閉門思過，萬分恐懼，表現出令人憐憫的樣子，不該經營產業，交接賓客，受人家的稱讚。楊惲是丞相的兒子，年輕時在朝廷上就很顯達，因為一時言語不小心而被罷免，心裡很不服氣，回信給孫會宗說：

「我的資質低劣，行為卑汙，文采和人品都沒有什麼成就。幸而依賴先人的餘蔭得以充當侍衛，遇到時局變故因而得到爵位。終究不能勝任，到底遭到了禍患。您哀憐我的愚昧，寫信來教正我的錯誤，情意非常殷切深厚。可是我很遺憾的是您沒有深究事情的始末，而輕易聽信流俗對我的毀譽。如果向您表白我鄙陋的心情，就像是違背您的意旨，在掩飾自己的錯誤；要是沉默不說呢，恐怕不合孔子所說的『各言爾志』的道理。所以只得簡略敘述一下我的愚見，希望您能明察。

「我家正興旺時，坐朱輪車的有十個人。我自己位列九卿，封爵通侯，總管侍從官員，參與政事。卻不能在這時候有所建議陳述，來宣揚皇上的德化，又不能和同僚齊心協力，輔助匡正朝廷的缺失，早就受到竊取官位、白受俸祿的指責了。貪戀祿位權勢，不能自動引退。遭到了變故，無端被誣陷，自己被囚禁在北闕，妻子兒女全下監獄。在這個時候，自以為滅絕家族都不能抵償罪責，哪料到還能保全生命，仍舊奉祀先人的墳墓呢？

「我低頭想，聖主的恩澤，實在無法估量。使君子優游道義，快樂得忘了憂患；小人保全生命，高興得忘了罪過。我私下想，罪過已經很大了，行為已經虧缺了，只有永遠做農夫了結這一輩子了。所以親自帶領妻子兒女，努力耕田種桑，灌溉田園，經營產業，用來繳納賦稅，沒想到又因此招來譏笑批評。那人情所不能阻止的事，聖人也不禁止。所以君父是至尊至親，但為君父送終，也有期限。我獲罪已經三年了，田家的工作很辛苦，每到伏臘節日，便燒煮了大羊小羊，預備斗酒慰勞一下自己。我家本是西秦人，會唱西秦的歌曲；妻子是趙地女子，很會彈瑟；奴婢中會唱歌的也有幾個。每當酒後耳熱，我仰頭對著天，手敲著瓦盆，烏烏地唱起歌來。歌詞是：『種田南山下，荒蕪沒治理。一百畝豆田，只有長豆萁。人生行樂吧，富貴等何時？』在這種日子，我快樂地抖動衣服，高低揮舞著袖子，踏著腳步跳舞。實在荒唐過度，一時忘了禁忌。

「我幸好還有剩餘的俸錢，才能賤買貴賣，追求十分之一的利潤。這是商人做的事，汙濁可羞的行為，我都親自去做了。下流的人，原是大家批評的對象，真叫人不寒而慄。就算一向很了解我的人，尚且隨風倒似地附和譏評，還有什麼可以稱譽的呢？董仲舒不是說過嗎：『努力求仁義，常怕不能教化老百姓的，這是卿大夫的用心啊；努力求財利，常怕窮困缺乏的，這是平民做的事情啊！』所以『走的路不同，不能互相商量』。現在您怎麼還可以拿卿大夫的規矩來要求我呢？

「西河原是戰國時候的魏地，魏文侯所設置，有段干木、田子方這些賢人的遺風，當地人都有著高遠的節操，知道應去應留的分際。現在，您離開了故鄉，到安定郡。安定的山谷裡，本是西戎的舊地，年輕人都是貪婪鄙陋的，難道是習俗把人改變了嗎？現在我才看出您的志向了。如今正當漢朝隆盛的時期，願您多多自勉，不要多說了！」

【研　析】本文可分兩部分。第一部分記楊惲被廢，以財自娛，而孫會宗致書勸誡之。第二部分為楊惲之回書，可分五段。首段自道被貶經過和回信原因。二段誇耀家世隆盛，憤言遭譏忌之不平。三段謂得罪家居，耕桑之暇，歌樂自娛，未料復遭譏議。四段言既已被廢為平民，與孫會宗「道不同，不相為謀」，不必相責；而譏謗未止，尤其可畏。末段則反譏孫會宗媚俗附會，殊為決絕。

楊惲的外祖父司馬遷在《史記》中曾說〈離騷〉是「信而見疑，忠而被謗，能無怨乎」，班固則認為屈原「露才揚己，怨懟不容」，這些批評用在楊惲身上，也是十分符合的。人之患，在好論人是非。「橫被口語」為楊惲畢生最大恨事，故孫會宗的勸誡，在他看來，其實是「不深惟其終始，而猥隨俗之毀譽」的謬見，殘酷地撕裂他心靈的傷口，於是在回信中，遂自然呈現出由反話恨語摹畫恨事的敘事風格。就其實質而言，本篇實可視為書信體的自傳文學。自傳文學每每具有雙重性格，是謙卑與驕傲、隱晦與誇張的複合體。楊惲在信中，一方面是強烈的自負，極力稱述其隆盛時顯赫的門第勢力；另方面，卻又在自我評價中刻意貶抑。自以謂才質，則曰「材朽行穢，文質無所厎」、「鄙陋之愚心」；言其資歷，則曰「幸賴……得備」、「遭遇……以獲」、「終非……卒與」；又自比小人，而謂「道不同，不相為謀」。至於否定詞的大量運用，更是東方朔以來自傳文學的一大特色。其感於孫會宗之殷勤，則曰「賜書教督以所不及」；論己宦海之浮沉，則曰「不能以此時有所建明」、「不能與群僚同心并力」、「不能自退」、「夷滅不足以塞責」；言己無辜，則曰「不意當復用此為譏議」、「不知其不可」。總之，舉凡才能、仕途、德行，彷彿一無可取，而唯一可道者只有家世。

另外一個值得注意的現象是，楊惲談到文化地理方面的觀點，對西河和安定二地的民情作了概括性的評價，雖嫌刻薄，但也啟發吾人閱讀作品時「知人論世」的新角度。此外，在楊惲「毋多談」的決絕態度中，也使我們重新體悟：向人示好或建言時，絕不能一廂情願；若對方根本不領情或視為理所當然，所有的善意就變得毫無意義！

漢光武帝

漢光武帝劉秀（西元前六～西元五七年），字文叔。漢高祖九世孫。東漢開國君主，在位三十三年（西元二五～五七年）。

臨淄勞耿弇

【題解】本文選自《後漢書‧耿弇傳》，篇名據文意而訂。漢光武帝建武五年（西元二九年），派遣耿弇率軍攻破占據祝阿（在今山東長清東北）的張步，追擊至臨淄（在今山東臨淄）。漢光武帝親臨勞軍，大會群臣。本文即當時對耿弇的慰勞辭，一方面肯定耿弇的大功勞，一方面也對張步採取懷柔，促其投降。

車駕至臨淄，自勞軍，群臣大會。帝謂弇❶曰：

「昔韓信破歷下❷以開基，今將軍攻祝阿以發迹❸，此皆齊之西界，功足相方❹。而韓信襲擊已降❺，將軍獨拔勍敵❻，其功乃難於信也。

「又田橫❼亨酈生❽，及田橫降，高帝詔衛尉❾，不聽❿為仇。張步⓫前亦殺伏隆⓬，若步來歸命，吾當詔大司徒⓭釋其怨，又事尤相類也。

「將軍前在南陽⑭，建此大策⑮，常以為落落難合⑯。有志者事竟成也。」

【注釋】❶弇　耿弇。字伯昭，茂陵（今陝西興平東北）人，隨漢光武帝起兵，攻占齊地，後拜建威大將軍，封好時侯。❷歷下　故城在今山東歷城西。楚、漢相爭時，韓信渡黃河，襲歷下，破臨淄，自立為齊王。❸發迹　顯達；立功揚名。❹相方　相比擬。❺韓信襲擊已降　韓信領兵攻齊，尚未渡河，漢王已派人說服齊王投降。❻勍敵　勁敵；強敵。❼田橫　秦人。本齊王田氏族，韓信既破齊王，田橫遂自立為齊王，漢滅項羽，田橫與其徒屬五百人逃亡入海島中。漢高祖使人招之曰：「橫來，大者王，小者侯；不來，且舉兵加誅。」田橫因與二客詣洛陽（今河南洛陽），未至三十里，曰：「始與漢南面，今奈何北面事之。」遂自殺。❽酈生　酈食其。高陽（今河南杞縣西）人，沛公至高陽，酈食其獻計下陳留（今河南開封東南），曾為說客說齊，憑軾下齊七十餘城，及韓信攻齊，田橫以酈食其賣己，遂烹之。❾衛尉　酈食其弟酈商，官衛尉。高帝恐酈商與田橫為仇，詔酈商曰：「橫即至，敢動者族之。」❿聽　聽任；任憑。⓫張步　字文公。琅邪（今山東膠南西南）人。漢光武初起，張步擁眾據本部，漢光武遣伏隆拜張步為東萊太守，張步殺伏隆，為耿弇所敗，降漢，封安丘侯。旋欲招其眾入海，琅邪太守陳俊擊斬之。⓬伏隆　字伯文。漢光武時張步據齊地，伏隆為大中大夫，移檄告以順逆，青、齊群盜皆降，張步遣使隨伏隆詣闕下。漢光武拜伏隆為光祿大夫，遣使於張步，張步欲自王，留伏隆共守二州，伏隆不從，為張步所殺。⓭大司徒　伏隆之父伏湛。⓮南陽　郡名。治所在今河南南陽。⓯大策　指耿弇向光武所提出的軍事策略。包括平齊、消滅張步等。⓰落落難合　迂闊難成。

【語譯】皇帝的車駕到了臨淄，親自慰勞軍隊，大會群臣。皇帝對耿弇說：

「從前韓信攻破歷下而開創基業，現在將軍攻下祝阿而立功揚名，兩地都是齊國的西界，你們的功勞足以相比擬。但是韓信是襲擊已經投降的敵人，將軍獨力攻克勁敵，這功勞比起韓信的又更難了。

「齊王田橫烹殺酈食其，等到田橫投降，高皇帝下詔給酈食其的弟弟酈商，不准他向田橫報仇。張步以前也殺過伏隆，假若張步來投降的話，我也當下詔給大司徒伏湛，叫他放棄仇怨。這件事更加相似了。

「將軍以前在南陽，提出這遠大的策略，我一直以為疏闊而難以成功。現在才曉得，有志氣的人事情畢竟會成功啊！」

【研　析】漢光武帝的談話可分三段。首段以齊地為中心，以耿弇比諸韓信。二段以張步比諸田橫，而自比於漢高祖。末段盛誇耿弇「有志者事竟成」的精神。通篇皆以事實之對比代替空泛的稱揚，可謂言簡意賅。

漢光武帝一方面突出耿弇的智勇雙全，鼓舞其士氣；另方面則對張步採取懷柔政策，消除其顧慮；同時，又間接炫耀自己是明君，說話極具技巧。他用今昔、難易對比的方式，指出韓信「開基」和耿弇「發迹」都在「齊之西界」，故「功足相方」，然而「其功乃難於信」，此亦足以顯示耿弇確為「有志者」。又舉「高帝詔衛尉，不聽為仇」之例以示寬柔，而謂「事尤相類」，則不僅明白宣示對敵政策，亦有自褒之意味。漢光武帝之善於稱讚，於此可見。

馬　援

馬援（西元前一四～西元四九年），字文淵，東漢扶風茂陵（今陝西興平東北）人。事奉光武帝，消滅隗囂；又奉命出征先零羌，肅清隴右；平定交趾，立銅柱表功而回，威震南疆。拜伏波將軍，封新息侯。曾經說：「大丈夫為志，窮當益堅，老當益壯。」又說：「男兒要當死於邊野，以馬革裹尸還葬，何能臥牀上在兒女子手中邪？」後五溪蠻造反，以六十二歲高齡自動請命率兵征討，病死於軍中。

誡兄子嚴敦書

【題　解】本文選自《後漢書・馬援列傳》，篇名據文意而訂。主旨在告誡其姪馬嚴、馬敦，勿妄發論議，勿結交輕俠客，以免招禍。

援兄子嚴、敦❶，並喜譏議，而通輕俠客❷。援前在交趾❸，還書誡之，曰：

「吾欲汝曹❹聞人過失，如聞父母之名，耳可得聞，口不可得言也。好論議人長短，妄是非正法❺，此吾所大惡也，寧死不願聞子孫有此行也。汝曹知吾惡之甚矣，所以復言者，施衿結褵❻，申父母之戒，欲使汝曹不忘之耳。

「龍伯高❼敦厚周慎，口無擇言❽，謙約節儉，廉公有威❾。吾愛之重之，願汝曹效之。杜季良❿豪俠好義，憂人之憂，樂人之樂，清濁無所失⓫；父喪致客，數郡畢至。吾愛之重之，不願汝曹效也。效伯高不得，猶為謹敕之士，所謂刻鵠⓬不成尚類鶩⓭者也；效季良不得，陷為天下輕薄子，所謂畫虎不成反類狗者也。訖今季良尚未可知，郡將⓮下車⓯輒切齒，州郡以為言，吾常為寒心，是以不願子孫效也。」

【注釋】❶嚴敦　馬援二姪之名。❷輕俠客　輕薄之人。❸交阯　地名。漢置交阯郡，在今越南北部。❹曹　輩。❺是非正法　議論政治法令。正，通「政」。❻施衿結褵　古代婚禮時，母親為所嫁之女整理佩帶，結佩巾，並申誡之。衿，帶子。褵，佩巾。❼龍伯高　名述。京兆（今陝西西安）人，為山都（治所在今湖北谷城東南）長。❽口無擇言　語出《孝經》。謂所言皆善，故無可選擇。❾廉公有威　廉明公正而有威儀。❿杜季良　名保。京兆（今陝西西安）人，為越騎司馬。⓫清濁無所失　謂所交者，善惡皆有，而能得其宜。清濁，指善惡。⓬鵠　鳥名。似雁而大，俗名天鵝。⓭鶩　野鴨。⓮郡將　郡守。郡最高行政長官，兼掌軍事，故稱。⓯下車　謂官吏初到任。

【語譯】馬援的姪子馬嚴、馬敦，都喜歡譏刺議論別人，又結交一些輕薄之徒。馬援從前在交阯的時候，曾經寫信訓誡他們，說：

「我希望你們聽到別人的過失，如同聽到父母的名字，耳朵可以聽，嘴巴卻不可以說。喜歡議論別人的好壞，隨便批評政治法令，這是我最厭惡的事，寧願死也不願意聽到子孫有這樣的行為。你們已經知道我很痛恨這種事了，而我還要說的原因，好像父母嫁女兒，替她掛上佩帶，繫上佩巾，反覆叮嚀訓誡一樣，希望你們不要忘記罷了。」

「龍伯高這個人敦厚篤實，周到謹慎，不說人長短，謙虛節儉，廉明公正而有威儀。我敬愛他、尊重他，希望你們學他。杜季良這個人豪爽任俠而重義氣，憂人家的憂，樂人家的樂，交的朋友好人壞人都有，但都能相處適宜；父喪的時候招致賓客，好幾郡的人都到了。我敬愛他、尊重他，但是不希望你們學他。學不到伯高，還可以做一個謹慎的士人，所謂刻鵠不成還像隻野鴨；學不到季良，那就會成為天下的輕薄子弟，所謂畫虎不成反像狗了。到現在為止，季良這個人將來如何還未可知，郡守剛剛到任便切齒痛恨他，州郡裡的人都把他當做話題，我常常替他害怕，所以不願意子孫學他。」

【研　析】馬援的信文，內容可分二段。前段誡其姪勿論人短長，評議朝政；後段則舉時人為例，期勉他們慎選效法的對象。文辭警策，既顯現馬援謹慎謙恭的個性，也可看出他嚴於訓誨的家教。

大抵教養子弟的態度可別為二，或者驕縱溺愛，或者勤管厚栽，馬援無疑屬於後者。他痛恨別人「論議人長短，妄是非正法」，故「寧死不願聞子孫有此行」，委婉地批評馬嚴、馬敦二人「喜譏議，而通輕俠客」的毛病；至於效法對象的選擇，仍以謹言慎行為上。馬援何以特舉此二點勸誡，是值得留意的地方。「好論議人長短」者必多方樹敵，「妄是非正法」者必為主政者深恨，二事皆空泛浮華之舉，咸非明哲保身之道。另方面，結交豪俠，輕生尚義，或恐陷於輕率，亦欠穩重謹敕之風。凡此數端，皆罹禍之由，有違父母之戒，故宜戒慎。

通篇善用比喻，言聞人過失，則曰「如聞父母之名」；說所以重言之故，則曰「施衿結褵，申父母之戒」；謂學習對象，則曰「刻鵠不成尚類鶩」、「畫虎不成反類狗」，取譬自然生動，情真意切，富於藝術魅力。

諸葛亮

諸葛亮（西元一八一～二三四年），字孔明。瑯琊郡陽都縣（今山東沂南南）人。早年隱居隆中（今湖北襄陽西），躬耕田園，而留心天下大事，自比管仲、樂毅，人稱「臥龍」。後劉備三顧茅廬，遂出佐劉備，聯合孫權，破曹操於赤壁，取益州、漢中，建立蜀漢，與魏、吳三分天下，被任為丞相。劉備死，受遺命輔佐後主，積極圖謀恢復漢室，先後北伐六次，皆未成功。病逝於軍中。謚忠武侯。諸葛亮為三國時代傑出的政治家、軍事家，其文章樸實真摯，論理精闢。有《諸葛忠武侯文集》輯本。

前出師表

【題解】本文選自《三國志・諸葛亮傳》，篇名據《昭明文選》所訂加一「前」字，以與〈後出師表〉區隔。表，古代人臣向君王進言陳述的文書。蜀漢後主建興五年（西元二二七年），諸葛亮駐軍漢中（今陝西漢中），準備北伐曹魏，臨行上奏此表。一方面勸勉後主廣開言路、秉公為政、親賢遠佞，一方面表明自己出師北伐的目的和為國盡忠的決心。

臣亮言：先帝❶創業未半，而中道崩殂❷。今天下三分❸，益州疲弊❹，此誠危急存亡之秋❺也。然侍衛之臣不懈於內❻，忠志❼之士忘身於外❽者，蓋追先帝之殊遇⑨，欲報之於陛下⑩也。誠宜開張聖聽⑪，以光⑫先帝遺德，恢宏⑬志士之氣；不宜妄自菲薄⑭，引喻失義⑮，以塞忠諫之路也。

宮中府中⑯，俱為一體，陟罰臧否⑰，不宜異同⑱。若有作姦犯科⑲，及為忠善者，宜付有司⑳，論㉑其刑賞，以昭㉒陛下平明之治㉓；不宜偏私，使內外異法也。

侍中、侍郎郭攸之、費禕、董允㉔等，此皆良實㉕，志慮忠純㉖，是以先帝簡拔㉗以遺陛下。愚㉘以為宮中之事，事無大小，悉以咨㉙之，然後施行，必能裨㉚補闕漏，有所廣益。將軍向寵㉛，性行淑均㉜，曉暢軍事，試用於昔日，先帝稱之曰「能」㉝，是以眾議舉寵為督㉞。愚以為營中之事，悉以咨之，必能使行陣㉟和睦，優劣得所㊱。親賢臣，遠㊲小人，此先漢㊳所以興隆也；親小人，遠賢臣，此後漢㊴所以傾頹㊵也。先帝在時，每與臣論此事，未嘗不歎息痛恨㊶於桓、靈㊷也。侍中㊸、尚書㊹、長史㊺、參軍㊻，此悉貞亮死節㊼之臣也，願陛下親之信之，則漢室之隆，可計日而待也。

臣本布衣㊽，躬耕於南陽㊾，苟全性命於亂世，不求聞達㊿於諸侯。先帝不以臣卑鄙(51)，猥自枉屈(52)，三顧(53)臣於草廬之中，諮臣以當世之事，由是感激(54)，遂許先帝以驅馳[55]。後值傾覆[56]，受任於敗軍之際，奉命於危難之間，爾來二十有一年[57]矣！先帝知臣謹慎，故臨崩寄臣以大事[58]也。受命以來，夙夜憂勤[59]，恐託付不效[60]，以傷先帝之明[61]，故五月渡瀘[62]，深入不毛[63]。今南方已定，兵甲已足，當獎率三軍，北定中原，庶[64]竭駑鈍[65]，攘除姦凶[66]，興復漢室，還於舊都[67]。此臣所以報先帝而忠陛下之職分也。至於斟酌損益[68]，進盡忠言，則攸之、禕、允之任也。

願陛下託臣以討賊興復之效[69]；不效，則治臣之罪，以告先帝之靈。若無興德之言，則責攸之、禕、允等之慢，以彰其咎[70]。陛下亦宜自課[71]，以諮諏[72]善道[73]，察納雅言[74]。深追[75]先帝遺詔，臣不勝受恩感激；今當遠離，臨表涕泣，不知所云。

【注釋】❶先帝　指蜀漢昭烈帝劉備（西元一六〇～二二三年）。此時劉備已死，故稱先帝。劉備字玄德，涿郡（今河北涿縣）人，漢景帝子中山靖王劉勝之後。曹丕篡漢，劉備即帝位於成都，在位三年崩，年六十三，諡昭烈，史稱先主。❷中道崩殂　中途死亡。中道，中途；半路。天子死曰崩，言如山岳之崩，天下震動。殂，死亡。❸天下三分　指魏、蜀、吳三國割據鼎立。曹丕於漢獻帝建安二十五年（西元二二〇年）篡漢，國號魏，都洛陽（今河南洛陽）。次年劉備據西蜀自立，國號漢，都成都。九年後（西元二二九年），孫權據江東自立，國號吳，都建業（今南京市）。❹益州疲弊　益州人力物力困乏。劉備既伐吳失利，其後諸葛亮又用兵南蠻，國力耗損，故云。益州，東漢州名。轄地約今四川全省，為蜀漢國土的主要部分。

疲弊，困乏。❺秋　時機；關鍵時刻。❻內　指朝廷。❼忠志　忠心。❽忘身於外　公而忘私地在外奉職。❾殊遇　特殊的對待。指恩寵、信任。❿陛下　臣民對皇帝的敬稱。臣民有事要稟告皇帝，不敢直陳，懇請階下的侍衛代為轉達，所以稱皇帝為陛下，表示尊敬。陛，臺階。⓫開張聖聽　擴大聖上的見聞。亦即多聽臣民的意見。聖，尊稱皇帝。此指後主劉禪。⓬光發揚光大。⓭恢宏　擴大；發揚。⓮妄自菲薄　任意看輕自己。妄，胡亂。菲薄，輕視。⓯引喻失義　援引例證，不得其當。如引用公孫述、劉璋一類失敗的往事，以為蜀漢無法進取的證據。⓰宮中府中　皇宮和丞相府。宮，指皇帝宮殿，代表皇室。府，指丞相府第，代表行政體系。⓱陟罰臧否　即陟臧罰否。指賞功罰過。陟，遷升；獎賞。臧，善。此指功勞。否，惡。此指過失。⓲不宜異同　不應該有差別。異同，偏重於「異」之意。⓳作姦犯科　為非作歹，觸犯法律。姦，邪惡。科，法律條文。⓴有司　指官吏。職有專司，故稱有司。司，管理。㉑論　判定。㉒昭　表明。㉓平明之治　公平、嚴明的治國原則。㉔侍中侍郎郭攸之費禕董允　侍中郭攸之、費禕，黃門侍郎董允。侍中掌理宮中奏事及車馬衣服等。侍郎，此指黃門侍郎，為宮中侍衛的官。郭攸之，字演長，南陽（今河南南陽）人。費禕，字文偉，江夏鄳（今河南羅山縣西南）人。董允，字休昭，南郡（今湖北江陵）人。㉕良實　賢良忠實。㉖志慮忠純　即志忠慮純。指存心忠誠而謀事專一。㉗簡拔　選拔。簡，通「柬」。選擇。㉘愚　自稱的謙詞。此諸葛亮自稱。㉙咨　詢問；商量。下文「諮」，意同。㉚裨　補救。㉛向寵　襄陽宜城（今湖北襄陽）人。劉備時，為牙門將，劉禪即位（西元二二三年），封都亭侯。㉜性行淑均　即性淑行均。指秉性善良，行事公正。淑，善。㉝先帝稱之曰能　蜀漢昭烈帝章武二年（西元二二二年），劉備為報孫權殺關羽之仇，出兵伐吳，反被擊敗。在此戰役中，只有向寵的部隊損傷最少，所以劉備稱讚他能幹。㉞舉寵為督　蜀漢後主建興元年（西元二二三年），以向寵為中部督，典宿衛兵。㉟行陣　隊伍行列。此借指軍隊。㊱優劣得所　各種人才都能得到適當的職位。所，指適當的職位。㊲遠　疏遠；避開。作動詞用。㊳先漢　指西漢前期強盛時期。㊴後漢　指東漢末年衰微時期。㊵傾頹　倒坍。引申指失敗、滅亡。㊶痛恨　深感遺憾。恨，遺憾。㊷桓靈　東漢桓帝、靈帝。皆昏庸無能，信任宦官外戚，以致政治腐敗，民不聊生，盜賊四起，動搖國本。㊸侍中　指郭攸之、費禕。㊹尚書　指陳震。字孝起，南陽（今河南南陽）人。蜀漢後主建興三年（西元二二五年）拜尚書，後遷尚書令。尚書掌章奏、宣示、圖書、祕記等職。㊺長史　指張裔。字君嗣，成都（今四川成都）人。諸葛亮出駐漢中，任張裔為丞相府留府長史。長史為幕僚之長。㊻參軍　指蔣琬。字公琰，零陵湘鄉（今湖南湘鄉）人。時任參軍，諸葛亮往漢中，蔣琬與張裔共掌府事。參軍掌軍事謀畫及文翰。㊼貞亮死節　忠貞信實，能為節義而犧牲。亮，通「諒」。信實。㊽布衣　平民。古代平民除老年可以穿絲帛外，大都穿麻織衣物，故稱。㊾躬耕於南陽　在南陽親自耕種。南陽，漢郡名。治今河南南陽。諸葛亮所躬耕在今湖北鄧縣的隆中。50聞達　顯達。51卑鄙　出身低微，見識鄙陋。自謙之詞。52猥自枉屈　委屈貶抑自己的身分。猥，委屈。53顧　訪問。54感激　感動、振奮。55驅馳　奔走效力。56傾覆　失敗。指漢獻帝建安十三年（西元二〇八年），劉備在湖北當陽長坂坡（今湖北當陽東北），被曹操所敗，退保夏口（今湖北武昌西）。57爾來二十有一年　諸葛亮自漢獻帝建安十二年（西元二〇七年）出仕，至蜀漢後主建興五年（西元二二七年）上此表，前後共二十一年。爾來，自那時以來。有，通「又」。58臨崩寄臣以大事　指劉備臨終託孤之事。59夙夜憂勤　終日憂思勤勞。60不效　不成功。效，收效；成功。61明　指知人之明。62五月渡瀘　蜀漢後主建興元年（西元二二三年），雲南境內發生叛亂。三年春，諸葛亮率軍南征，五月渡瀘，平定亂事。瀘，指瀘水。即今雅礱江的下游，在四川會理西南流入金沙江，二水合流處，即當時諸葛亮渡瀘之地。63不毛　荒瘠不能耕種的土地。此指蠻荒地區。毛，草木。這裡特指五穀。64庶　庶幾；希望。65駑鈍　才能低劣。駑，劣馬。鈍，刀不利。66攘除姦凶　剷除奸邪兇惡之人。指消滅曹魏。攘，消滅；消除。67舊都　指東漢首都洛陽（今河南洛陽）。68斟酌損益　衡量事理而予以興革。斟酌，將酒適量注入杯中。引申為考慮可否而決定取捨。損，革除。益，興辦。69效　任務。70咎　罪過。71自課　自我省察。課，考察。72諮諏　詢問。同義複詞。73善道　良好的辦法、途徑。74雅言　正直的言論。75追　追念。

【語　譯】臣亮說：先帝創業不到一半，就中途去世。現在天下分成三國，而我們蜀漢又是人力、物力都困乏，這實在是國家危急存亡的緊要關頭。然而朝廷大小官員努力不懈，忠心的外臣、將士在外捨生忘死，這都是因為追念先帝的特殊對待，要想報答在陛下身上的啊。陛下實在應當廣泛聽取臣下的意見，來光大先帝的遺德，鼓舞志士的志氣；不應當任意地看輕自己，引證一些不當的事例，以致堵塞忠臣勸諫的道路。

皇宮和丞相府是一個整體，賞功罰過，不應該有所差別。假使有為非作歹、觸犯法律的，或者盡忠職守、積極行善的，都應該交給主管官吏，判定賞罰，以彰顯陛下治理臣民的公正嚴明；不應該心存偏私，導致宮內和相府法制有所不同。

侍中郭攸之、費禕和侍郎董允等人，都是賢良忠實的臣子，存心忠誠而謀事專一，所以先帝選拔出來輔佐陛下。我認為宮中的事，無論大小，都先徵詢他們的意見在施行，就一定能補救缺失，增加效益。將軍向寵，秉性善良，行事公正，通達軍事，以前曾經帶過兵，先帝稱讚他能幹，所以大家推舉他做中部督。我認為軍中事務，都徵詢他的意見，一定可以使軍隊和睦，各種人才都能發揮所長。親近賢臣，疏遠小人，這是前漢興盛的原因；親近小人，疏遠賢臣，這是後漢衰亡的原因。先帝在世時，每次和我談論到這裡，對桓、靈二帝總是深為遺憾。侍中郭攸之、費禕，尚書陳震，長史張裔，參軍蔣琬，這些都是忠貞可靠、能為國效命的賢臣，希望陛下親近他們、信任他們，那麼漢家的復興將很快就會到來了。

臣本是一個平民，在南陽耕田，只求在亂世裡保住生命，並不想在諸侯間求顯達。先帝不嫌棄臣出身低微，竟然貶抑身分，到臣的草廬來訪問了三次，問臣當時的天下大事，臣因此而感動振奮，就答應為先帝奔走效力。後來遭逢失敗，臣在挫敗時接受任務，在危難時接受使命，到現在已經二十一年了。先帝知道臣生性謹慎，所以臨終把輔佐的重任交付給臣。自從接下這個使命，臣日夜操勞，深怕無法完成先帝託付的任務，傷害先帝的知人之明，所以在五月間渡過瀘水，深入蠻荒。現在南方已經平定，軍備已經充足，應當鼓舞士氣，率領三軍，收復中原，希望竭盡低劣的才能，剷除奸邪兇惡之人，復興漢室，回到故都。這是臣報答先帝和效忠陛下應盡的本分。至於斟酌利害興革，盡力貢獻忠言，那是郭攸之、費禕、董允他們的責任。

希望陛下把討伐奸賊、復興漢室的任務交付給臣；如果不成功，就治臣的罪，以告慰先帝的神靈。如果沒有增進德行的嘉言，就要責備郭攸之、費禕、董允等人的怠忽，以表明他們的過失。陛下也應當自我省察，以訪求治國的良策，明察並接納正直的言論。深切追念先帝的遺詔，臣身受大恩，不勝感激；現在就要遠離，在寫這張表的時候，涕淚交流，不知到底說了些什麼。

【研　析】本文可分五段。首段期勉後主廣開言路，修德圖強，不可妄自菲薄。二段希望後主賞罰分明，無所偏私。三段列舉忠賢之臣以供後主諮詢，進而謂親近賢臣與否乃前、後漢興衰之關鍵。前三段皆條析道理以忠諫，四、五兩段則轉入剖情表態，自道與先主之遇合而申言己志。

作者關心或強調的事物，通常會透過不斷的重複來加深印象；因此，讀者若能分析重複出現的詞彙，便有助於掌握作者的關注焦點。本文提及「先帝」之處達十三次，而稱「陛下」者亦有七次，這說明諸葛亮念茲在茲的只是「追先帝之殊遇，欲報之於陛下」這件事。在以諸葛亮為中心的君臣關係網絡中，就其與先主之遇合而言，「先帝不以臣卑鄙」，且「知臣謹慎，故臨崩寄臣以大事」，於是他「遂許先帝以驅馳」；就劉備對後主的遺愛而言，則簡拔郭攸之、費禕、董允等以遺後主。而諸葛亮於後主亦有二願，一願後主親信郭攸之、費禕、董允等，以興復漢室；二願後主託以「討賊興復之效」。綜觀其所規勸之要點有三，即：納諫、法治和親賢，故初謂「不宜妄自菲薄，引喻失義，以塞忠諫之路」，復謂「陟罰臧否，不宜異同」、「不宜偏私，使內外異法」，三勉後主「宜自課，以諮諏善道，察納雅言」，辭氣委婉，諄諄叮嚀，可謂苦心孤詣。

杜甫曾於〈蜀相〉詩中以「兩朝開濟老臣心」概括諸葛亮獨撐危局，輔佐幼主的苦心，而劉勰在《文心雕龍・章表》中也稱許本篇為「表之英」。諸葛亮與蜀漢後主劉禪，於公為君臣，於私則諸葛亮為父執；論才，則諸葛亮器識閎深，後主闇弱不堪，故諸葛亮於上表之際，一則追懷先帝，屢致忠愛之忱，一則建言治國方略，剖述甚詳，於今昔對比中穿插以利害分析，而融議論、抒情、敘事為一體，語語出自肺腑，誠天下古今之至文。

後出師表

【題　解】本文選自《三國志・諸葛亮傳》裴松之〈注〉，篇名據文意而訂。表，古代人臣向君王進言陳述的文書。蜀漢後主建興六年（西元二二八年），東吳將領陸遜在石亭大敗入侵的魏將曹休。諸葛亮以魏兵東下，關中必定空虛，決意趁機出師北伐，而朝臣由於建興五年北伐未能成功，頗致疑慮，故上此表，說明「漢賊不兩立，王業不偏安」，討賊勢在必行，與其坐以待亡，不如主動出擊，猶有可為。

先帝慮漢賊❶不兩立，王業不偏安❷，故託臣以討賊也。以先帝之明，量臣之才，故❸知臣伐賊，才弱敵強也。然不伐賊，王業亦亡，惟坐而待亡，孰與❹伐之？是故託臣而弗疑也。

臣受命之日，寢不安席，食不甘味。思惟❺北征，宜先入南，故五月渡瀘❻，深入不毛，并日而食❼。臣非不自惜也，顧❽王業不得偏全於蜀都，故冒危難以奉先帝之遺意也，而議者謂為非計。今賊適疲於西❾，又務於東❿，兵法乘勞，此進趨⓫之時也。謹陳其事如左：

高帝⓬明並日月，謀臣淵深，然涉險被創⓭，危然後安。今陛下未及高帝，謀臣不如良、平⓮，而欲以長計取勝，坐定天下，此臣之未解一也。劉繇⓯、王朗⓰，各據州郡，論安言計，動引聖人，群疑滿腹⓱，眾難塞胸⓲，今歲不戰，明年不征，使孫策⓳坐大，遂并江東，此臣之未解二也。曹操智計殊絕於人，其用兵也，髣髴⓴孫、吳㉑，然困於南陽㉒，險於烏巢㉓，危於祁連㉔，偪於黎陽㉕，幾敗北山㉖，殆死潼關㉗，然後偽㉘定一時爾，況臣才弱，而欲以不危而定之，此臣之未解三也。曹操五攻昌霸㉙不下，四越巢湖㉚不成，任用李服㉛而李服圖之，委任夏侯㉜而夏侯敗亡，先帝每稱操為能，猶有此失，況臣駑下，何能必勝？此臣之未解四也。自臣到漢中，中間期年[33]耳，然喪趙雲[34]、陽羣[35]、馬玉[36]、閻芝、丁立、白壽、劉郃、鄧銅等，及曲長、屯將[37]七十餘人，突將無前[38]。賨叟[39]、青羌[40]散騎、武騎一千餘人，此皆數十年之內所糾合四方之精銳，非一州之所有，若復數年，則損三分之二也，當何以圖敵？此臣之未解五也。今民窮兵疲而事不可息，事不可息，則住與行，勞費正等，而不及今圖之，欲以一州之地與賊持久，此臣之未解六也。

夫難平[41]者，事也。昔先帝敗軍於楚[42]，當此時，曹操拊手[43]，謂天下以[44]定。然後先帝東連吳、越[45]，西取巴、蜀[46]，舉兵北征，夏侯授首[47]，此操之失計而漢事將成也。然後吳更違盟[48]，關羽毀敗[49]，秭歸蹉跌[50]，曹丕稱帝[51]。凡事如是，難可逆見[52]。臣鞠躬盡力[53]，死而後已，至於成敗利鈍，非臣之明所能逆覩[54]也。

【注　釋】❶漢賊　指蜀漢與曹魏。漢，蜀自謂。賊，指曹魏。❷偏安　偏據一方以苟安。❸故　通「固」。本來。❹孰與　何如。❺思惟　考慮。惟，思；想。❻渡瀘　渡過瀘水。諸葛亮於蜀漢後主建興三年（西元二二五年）渡瀘水伐南蠻。瀘水為雅礱江下游，在四川會理西南入金沙江。❼并日而食　兩天只吃一天的食物。❽顧　但是。❾疲於西　蜀漢後主建興五年（西元二二七年），諸葛亮出祁山北伐，南安、天水、安定三郡皆叛魏應漢，關中響應。❿務於東　蜀漢後主建興六年，魏將曹休與吳陸遜戰於石亭（今安徽潛山縣東北），大敗。務，盡力。⓫進趨　進取。⓬高帝　漢高帝。⓭涉險被創　歷險受傷。涉險，如困於滎陽。被創，如項羽伏弩傷漢高祖之胸。⓮良平　張良、陳平。皆漢高祖謀臣。⓯劉繇　三國吳牟平人，東漢興平中為揚州刺史，因袁術據淮南，劉繇不敢至州，吳景、孫賁迎置曲阿，孫策東渡，劉繇保豫章，駐彭澤，尋病卒。⑯王朗　三國魏郯人，東漢末年，拜會稽太守，後為孫策所敗，降曹操，魏文帝時累官司空，封樂平鄉侯，卒諡成。⑰群疑滿腹　謂用人則妒賢嫉能，滿腹猜疑。⑱眾難塞胸　謂行事則畏首畏尾，眾難塞於胸中。⑲孫策　字伯符。孫權之兄。⑳髣髴　好像。㉑孫吳　春秋時代孫武和戰國時代吳起。並精兵法。㉒困於南陽　東漢獻帝建安二年（西元一九七年），曹操與張繡戰於宛城，為流矢所中。南陽，漢郡名。治宛城（今河南南陽）。㉓險於烏巢　東漢獻帝建安五年（西元二〇〇年），曹軍與袁紹軍相持於官渡（今河南中牟東北），曹軍一度絕糧，且後方不穩，後曹軍夜襲烏巢（今河南延津東南），燒袁軍屯糧，敗官渡袁軍，始轉危為安。㉔危於祁連　事不詳。或曰謂圍袁尚於祁山時。祁連，山名。在甘肅境內。㉕偪於黎陽　漢獻帝建安七年（西元二〇二年），袁紹卒，其長子袁譚出屯黎陽（今河南浚縣東），時叛時服。偪，通「逼」。㉖幾敗北山　謂與烏桓戰於白狼山時。北，宋本作「伯」。錢大昕曰：「古伯、白通。」㉗殆死潼關　漢獻帝建安十六年（西元二一一年），曹操討伐馬超、韓遂於潼關，馬超將步騎萬餘人，追擊曹操軍，矢下如雨，曹操幾為箭所中。㉘偽　以蜀漢為正統，故指曹魏為偽。㉙五攻昌霸　東海郡（今江蘇邳縣東）太守昌霸反，曹操遣劉岱、王忠多次擊之。㉚巢湖　在今安徽，為魏、吳交界。曹軍屢從巢湖攻吳，皆不能得逞。㉛李服　其人不詳。或謂即王服。漢獻帝建安四年（西元一九九年）與董承合謀欲殺曹操，事洩被誅。㉜夏侯　夏侯淵。為曹操守漢中，漢獻帝建安二十四年（西元二一九年），在定軍山（今陝西勉縣東南）為蜀將黃忠所殺。㉝期年　滿一年。㉞趙雲　常山真定（今河北正定）人，蜀漢名將。㉟陽羣　蜀將。曾任巴西太守。㊱馬玉　此以下至鄧銅，事跡皆不詳。㊲曲長屯將　曲長、屯長官。曲、屯皆軍隊編制。㊳突將無前　謂衝鋒之將，所向無敵者。㊴賨叟　巴蜀之兵。賨，巴州的少數民族。叟，蜀兵之稱。㊵青羌　青衣羌。羌之一種。㊶平　衡量；測度。㊷敗軍於楚　漢獻帝建安十三年（西元二〇八年），劉備敗於當陽之長坂。當陽古為楚地，在今湖北。㊸拊手　拍手。㊹以　通「已」。㊺吳越　指江東孫氏所據地區。㊻巴蜀　指劉璋所據益州。㊼夏侯授首　謂斬殺夏侯淵。授首，納命。㊽吳更違盟　指孫權用呂蒙計，於漢獻帝建安二十四年（西元二一九年）襲取荊州。㊾關羽毀敗　指關羽為呂蒙所敗而遇害。關羽，字雲長。河東解縣（今山西臨猗西南）人，蜀漢名將。㊿秭歸蹉跌　劉備痛關羽之亡，奮力復仇，又為吳國陸遜所敗，逃至秭歸（今河北秭歸）。蹉跌，跌倒。比喻失敗。(51)曹丕稱帝　漢獻帝建安二十五年（西元二二〇年），曹操子曹丕稱帝，廢漢獻帝為山陽公。(52)逆見　預見；預料。(53)鞠躬盡力　為國盡力，不辭勞瘁。後世傳載本文，多作「鞠躬盡瘁」。(54)逆覩　預見。

【語　譯】先帝認定漢室和魏賊不能並立，王業不可以偏安，所以把討賊的事託付給臣。以先帝的英明，衡量臣的才能，本來也曉得由臣去討賊，是臣的才能薄弱而敵人的勢力強大啊。然而不去討賊，王業也要滅亡，與其坐等滅亡，何不主動討伐？因此把討賊的事託付給臣而不遲疑。

臣接受命令以來，睡不好，吃不下。心想北征應先平定南方，因此在五月裡渡過瀘水，深入蠻荒，兩天只吃一天的食物。臣並非不愛惜自己，但是想到王業不可以偏安在蜀都，所以冒著危險艱難去奉行先帝的遺志，而議論的人卻批評這不是好的計策。現在魏賊在西方剛被我們打敗，又在東方生事，兵法講究利用敵人的疲累，現在正是進攻的時機。臣恭敬地把這些事情陳述於左：

高皇帝英明有如日月，謀臣也老謀深算，可是還歷險受傷，經過許多危險才得以安定。現在陛下不及高皇帝，謀臣又不如張良、陳平，卻想採用持久的策略去獲得勝利，坐等平定天下，這是臣不懂的第一點。劉繇和王朗，各自擁有州郡，議論安危，高談計策，動不動就引述古代聖人，用人是一肚子的猜疑，做事則滿腦子的困難。今年不戰，明年不打，使得孫策因而壯大，終於併吞了江東。這是臣不懂的第二點。曹操的智謀策略遠超過一般人，他的用兵，好像孫武和吳起。可是他在南陽被困，在烏巢遇險，在祁連遇到危困，在黎陽被逼，在北山幾乎大敗，在潼關險些喪命，然後才建立偽政權得到短暫的安定而已。何況臣的才能薄弱，卻想不冒危險而安定天下，這是臣不懂的第三點。曹操五次攻打昌霸沒有攻下，四次想越過巢湖沒有成功，任用李服而李服卻想謀殺他，任用夏侯淵而夏侯淵失敗被殺，先帝常常稱讚曹操能幹，還有這種種的失敗，何況臣的能力低劣，怎能一定獲勝呢？這是臣不懂的第四點。自從臣到漢中，中間只滿一年而已，可是趙雲、陽羣、馬玉、閻芝、丁立、白壽、劉郃、鄧銅等人先後去世，又死了驍勇無敵的曲長、屯將七十多人，以及巴蜀、青羌戰士的散騎、武騎一千多人，這都是幾十年內所集合的四方精銳，不是一州的地方所有，假如再隔幾年，那就要損失三分之二了，還拿什麼來對敵呢？這是臣不懂的第五點。現在人民窮困、軍隊疲憊，可是討賊的事不可中止，既然不可中止，那麼攻和守的勞苦和費用正是相等，卻不盡早去做，而想拿一州的地方和賊人持久，這是臣不懂的第六點。

最難預料的是事情的變化。從前先帝在當陽長坂兵敗，在這時候，曹操樂得拍手，認為天下已經平定。後來先帝東邊聯合吳、越，西邊攻取巴、蜀，派軍北伐，殺了夏侯淵。這是曹操的失策也是漢室復興大業將要成功的時機。後來東吳違背盟約，關羽失敗被殺，先帝在秭歸遭到挫敗，曹丕自立為皇帝。凡事都是這樣的難以預料。臣只有不辭勞苦為國家盡力，到死為止，至於成功失敗、順利困難，那就不是臣的見識能夠預見的了。

【研　析】本文可分四段。首段說明再度出師的原因，在於受託討賊，實欲貫徹先帝「漢賊不兩立，王業不偏安」的既定政策。二段略陳受命之後的戒懼和所做的努力，進而說明自己的戰略考慮在於「乘勞」。三段透過六個「未解」的質疑，力駁群議，申言上段「坐而待亡，孰與伐之」，強調伐魏之必要。末段認為世事難料，所能確定的，也只是不計成敗地行所當行罷了。

如果說諸葛亮在〈前出師表〉中主要是為了開導劉禪，以消解後顧之憂，則此表顯然在於審度情勢，力排眾議而討賊，是以語言風格亦隨之不同。簡言之，前表多敘事委婉，援情以入理；而此表則純就事理逐層分析安危和勝敗之關鍵，託言「未解」以反詰眾難。可以說，前後〈出師表〉充分體現了漢、魏之際名法家綜覈名實的思辨色彩：敘情誼，必尚真而慷慨；論事理，則重實效而賤浮華；而其老謀深算，制敵機先，亦深得兵家要妙。謀臣貴具識見，諸葛亮之可佩，不僅在於那種「鞠躬盡力，死而後已」的忠誠和毅力，更重要的是具有通盤策畫的能力，善於主導情勢而不致躁進，穩紮穩打而不致於保守，實為一流的政治家。

本表僅見於《三國志・諸葛亮傳》之裴松之〈注〉，裴氏自謂「此表為亮集所無，出張儼默記」，後人多疑為偽作而尚難定論。單從欣賞文學的角度來看，倒不失為佳構，值得一讀。

文學的．歷史的．哲學的．宗教的　古籍精華　盡在三民

古籍今注新譯叢書

哲學類

新譯四書讀本
新譯論語新編解義
新譯學庸讀本
新譯孝經讀本
新譯易經讀本
新譯乾坤經傳通釋
新譯周易六十四卦經傳通釋
新譯易經繫辭傳解義
新譯禮記讀本
新譯儀禮讀本
新譯孔子家語
新譯老子讀本
新譯帛書老子
新譯老子解義
新譯莊子讀本
新譯莊子本義
新譯莊子內篇解義
新譯列子讀本
新譯管子讀本
新譯墨子讀本
新譯公孫龍子
新譯晏子春秋
新譯鄧析子
新譯尹文子
新譯荀子讀本
新譯尸子讀本
新譯鶡冠子
新譯鬼谷子
新譯韓非子
新譯呂氏春秋
新譯韓詩外傳
新譯淮南子
新譯春秋繁露
新譯新書讀本
新譯新語讀本
新譯潛夫論
新譯論衡讀本
新譯申鑒讀本
新譯人物志
新譯張載文選
新譯近思錄
新譯傳習錄
新譯呻吟語摘
新譯明夷待訪錄

文學類

新譯詩經讀本
新譯楚辭讀本
新譯文心雕龍
新譯六朝文絜
新譯世說新語
新譯昭明文選
新譯古文觀止
新譯古文辭類纂
新譯樂府詩選
新譯古詩源
新譯千家詩
新譯詩品讀本
新譯花間集
新譯南唐詞
新譯絕妙好詞
新譯唐詩三百首
新譯宋詩三百首
新譯宋詞三百首
新譯元曲三百首
新譯明詩三百首
新譯清詩三百首
新譯清詞三百首
新譯唐人絕句選
新譯拾遺記
新譯搜神記
新譯唐才子傳
新譯唐傳奇選
新譯宋傳奇小說選
新譯明傳奇小說選
新譯容齋隨筆選
新譯明散文選
新譯明清小品文選
新譯人間詞話
新譯白香詞譜
新譯幽夢影
新譯菜根譚
新譯小窗幽記
新譯圍爐夜話
新譯郁離子
新譯歷代寓言選
新譯賈長沙集
新譯揚子雲集
新譯建安七子詩文集
新譯曹子建集
新譯阮籍詩文集
新譯嵇中散集
新譯陸機詩文集
新譯陶淵明集
新譯江淹集
新譯庾信詩文選
新譯初唐四傑詩集
新譯駱賓王文集
新譯王維詩文集
新譯孟浩然詩集
新譯李白詩全集
新譯李白文集
新譯杜甫詩選
新譯杜詩菁華
新譯高適岑參詩選
新譯昌黎先生文集
新譯劉禹錫詩文選
新譯柳宗元文選
新譯白居易詩文選
新譯元稹詩文選
新譯李賀詩集
新譯杜牧詩文集

新譯李商隱詩選
新譯范文正公選集
新譯蘇洵文選
新譯蘇軾文選
新譯蘇軾詞選
新譯蘇轍文選
新譯曾鞏文選
新譯王安石文選
新譯唐宋八大家文選
新譯柳永詞集
新譯李清照集
新譯辛棄疾詞選
新譯陸游詩文選
新譯歸有光文選
新譯唐順之詩文選
新譯徐渭詩文選
新譯薑齋文集
新譯顧亭林文集
新譯納蘭性德詞
新譯方苞文選
新譯鄭板橋集
新譯袁枚詩文選
新譯李慈銘詩文選
新譯聊齋誌異選
新譯閱微草堂筆記
新譯浮生六記
新譯弘一大師詩詞全編

教育類

新譯爾雅讀本
新譯顏氏家訓
新譯聰訓齋語
新譯曾文正公家書
新譯三字經
新譯百家姓
新譯幼學瓊林
新譯增廣賢文·千字文
新譯格言聯璧

歷史類

新譯史記
新譯漢書
新譯後漢書
新譯三國志
新譯資治通鑑
新譯史記——名篇精選
新譯尚書讀本
新譯周禮讀本
新譯逸周書
新譯左傳讀本
新譯公羊傳
新譯穀梁傳
新譯春秋穀梁傳
新譯戰國策
新譯國語讀本
新譯說苑讀本
新譯新序讀本
新譯吳越春秋
新譯西京雜記
新譯列女傳
新譯越絕書
新譯燕丹子
新譯東萊博議
新譯唐六典
新譯唐摭言

宗教類

新譯金剛經
新譯高僧傳
新譯碧巖集
新譯百喻經
新譯楞嚴經
新譯梵網經
新譯圓覺經
新譯法句經
新譯六祖壇經
新譯禪林寶訓
新譯維摩詰經
新譯經律異相
新譯阿彌陀經
新譯無量壽經
新譯妙法蓮華經
新譯景德傳燈錄
新譯大乘起信論
新譯釋禪波羅蜜
新譯八識規矩頌
新譯永嘉大師證道歌
新譯華嚴經入法界品
新譯地藏菩薩本願經
新譯悟真篇
新譯无能子
新譯坐忘論
新譯列仙傳
新譯抱朴子
新譯神仙傳
新譯性命圭旨
新譯老子想爾注
新譯周易參同契
新譯道門觀心經
新譯養性延命錄
新譯樂育堂語錄
新譯沖虛至德真經
新譯長春真人西遊記
新譯黃庭經·陰符經

地志類

新譯山海經
新譯水經注
新譯佛國記
新譯大唐西域記
新譯洛陽伽藍記
新譯徐霞客遊記
新譯東京夢華錄

政事類

新譯商君書
新譯鹽鐵論
新譯貞觀政要

軍事類

新譯孫子讀本
新譯司馬法
新譯尉繚子
新譯三略讀本
新譯六韜讀本
新譯吳子讀本
新譯李衛公問對

◎新譯文心雕龍

羅立乾／注譯

李振興／校閱

《文心雕龍》是中國文學史上第一部完整且有系統的文學批評專著，內容博大精深，闡明寫作文章的根本原理和文學評論等重要問題，建立起一個由總論、體裁論、創作論、文學發展論、批評鑑賞論等部分組成的文學批評體系，向為了解中國文學與文學批評者必讀之作。本書「導讀」完整析論全書組織結構，各篇題解提綱挈領，注譯詳明準確，能帶領讀者深入研讀這部巨著。